I0652169

NUNCA
ES
TARDE
PARA
MORIR

NUNCA ES TARDE PARA MORIR

El crimen perfecto es aquel que no es un crimen

Pablo Palazuelo Basaldua

A mi familia.

Agradecimientos

Quiero mostrar aquí mi más sincero agradecimiento a mis lectores de prueba, Ángel Sáncho, Inmaculada Puyalto, Cheli Bermejo, Emilio Casillas, Silvia Llorente y, cómo no, mi mujer, por su comprensión con mis peticiones y las sugerencias que me han hecho, encaminadas a mejorar mi manuscrito.

También les doy las gracias a María Sánchez Puig y José Tomás Johansson por sus valiosas aportaciones, relacionadas con el ruso y el noruego, que espero haber transcrito sin cometer errores.

Asimismo, debo hacer mención del asesoramiento que he recibido por parte de Diana Alía, Miguel Andrés, Joel Val y Juan de Lago, en campos tan diversos como la medicina, acústica forense, crimen organizado, incendios…, sin el cual no me habría sido posible completar este libro.

Del mismo modo, tampoco puedo olvidar la magnífica capacidad para detectar errores y erratas por parte de mi corrector de estilo, Arturo Aranda.

Por último, he de mencionar la inestimable generosidad y contribución de Manuel Arce a la hora de ayudarme a perfilar a uno de los personajes más importantes de este libro.

ÍNDICE

PRÓLOGO

Muchos años antes

Las Trompetas de Jericó tronaron desde el cielo anunciando la inminente llegada de la muerte.

—¡Corre!

La desgarradora súplica de Iván se escuchó por encima de la amenaza que se cernía sobre ellos. Sin embargo, el pánico continuó atenazando los músculos de su mujer porque sabía bien lo que aquel terrible sonido significaba.

—¡Corre, corre! —le repetía con todas sus fuerzas.

Milagrosamente, ella reaccionó, y sus piernas comenzaron a moverse.

—¡Más rápido!

El ritmo de su carrera se incrementó, convirtiéndose en una desesperada huida por salvar la vida, pero ya era demasiado tarde.

Pablo Palazuelo

1987

El fugitivo

El océano Glacial Ártico se extendía ante sus ojos hasta perderse en un difuso horizonte blanco, ofreciéndole un panorama sobrecogedor, en el que el viento soplaba con fuerza, trayendo nubes y levantando nieve, lo que, a su vez, vaticinaba una inminente tormenta del invierno ártico ruso.

Estaba muy lejos de cualquier población, refugio o persona que pudiera auxiliarlo y ni siquiera contaba con la compañía del débil sol propio del invierno polar.

—Que tengas mucha suerte —se dijo a sí mismo.

Más que suerte, iba a necesitar un milagro y Sviatoslav Ivánovich Artamónov era consciente de ello. También, de que el Ártico era uno de los parajes más bellos del planeta y, a la vez, uno de los más hostiles y crueles con el hombre, porque la *muerte blanca* por congelación generalizada no era una muerte dulce, sino que era horrible. No obstante, se trataba de un riesgo al que debía enfrentarse de manera forzosa.

Por fortuna para él, era un día «caluroso» y la

temperatura rondaba «tan solo» los veinte grados bajo cero. De modo que, si tenía suerte y no moría de frío, se exponía a sufrir congelaciones de sus extremidades, ceguera de las nieves y deshidratación. Todos problemas de consecuencias fatales.

Confirmó con la brújula el rumbo a tomar. Luego se aproximó a la orilla del extremo más septentrional de la península de Kanin, se apoyó en su bastón y puso un pie sobre el agua congelada.

¡Craaac!

El crujido del hielo le hizo dudar. Era una locura. Todo era una locura. No obstante, dio otro paso. Y otro.

Los primeros cien pasos mar adentro sobre el hielo se le hicieron interminables, el viento se colaba en todo momento bajo su abultado ropaje y esto provocaba a su vez la condensación del sudor entre las capas de ropa y que el frío lo calara hasta los huesos.

Dar los siguientes cien pasos le llevó otra eternidad, durante la cual el esfuerzo lo hizo sudar, incrementando la pérdida de calor. Además, tenía la impresión de que la transpiración se congelaba cuando alcanzaba las capas exteriores de ropa y de que, si dejara de caminar, se convertiría en un témpano de hielo en escasos minutos.

Prosiguió con su agotadora marcha hacia la nada, teniendo que saltar por encima de peligrosos canales de agua, formados allí donde se quebraba la capa de hielo por efecto de las corrientes marinas. Por suerte, no eran demasiado intensas gracias a que no había luna llena, pero, incluso así, persistía el peligro de súbitas roturas de hielo que le harían caer al agua o le dejarían a la deriva.

En multitud de ocasiones, se vio obligado a rodear crestas de presión que duplicaban en altura su propia estatura, con vastas extensiones de fragmentos de hielo amontonados a su alrededor. Por si fuera poco, tenía la sensación de caminar a contracorriente, como si por cada tres pasos que diera, las malditas corrientes le hicieran retroceder uno.

—Solo falta que me cruce con un oso y me tome por su cena.

Resopló asustado. Hacía demasiado frío y viento, y todo apuntaba a que estaría caminando más de lo previsto.

Al cabo de unas horas, se encontraba agotado y la niebla se había vuelto más espesa, lo que reducía la visibilidad a unos pocos pasos. En esas condiciones, desorientarse era muy fácil, de modo que se detuvo y consultó de nuevo su brújula. Después de cerciorarse del camino a seguir, continuó su avance firmemente apoyado en su bastón. Solo así podía vencer el viento que lo empujaba hacia atrás y que levantaba la nieve con violencia, lanzándola contra su cara.

Caminar era una tarea titánica, y tardaría demasiado en hacer el resto de los diez kilómetros, con el agravante de desconocer cuánto había recorrido. En ese sentido, tratar de calcular la distancia en función del tiempo que llevaba caminando y de la velocidad de la marcha era absurdo. Así, la idea de que el puente de hielo que debía conducirle hacia su libertad estaba a punto de matarlo cada vez cobraba mayor fuerza.

El crujido de la capa helada lo sorprendió. La grieta creció y lo alcanzó con asombrosa rapidez. Pisó en falso, lo que causó que rodara por el suelo e introdujera el pie derecho en el frío mar. Sin embargo, consiguió sacar la bota antes de que se inundara por completo, si bien su cuerpo comenzó a escurrirse hacia el agua justo después. Atemorizado, trató de trepar por la pendiente para no hundirse entero, pero el hielo alrededor de la brecha era demasiado frágil, se resquebrajaba y no podía hacer fuerza contra él. Desesperado, golpeó la nieve endurecida con el bastón a modo de piolet, con el efecto de que el mango se clavara lo suficiente como para servirle de punto de anclaje.

Acto seguido, tiró con ahínco y se izó, alejándose por fin del peligro.

Había salvado la vida. No obstante, sabía que ahora la bota apenas lo protegería del frío.

«No puedo seguir. El pie se congelará enseguida, y ya no podré caminar».

Pensó en retroceder y olvidarse de su arriesgada travesía, pero no solo se había echado a perder una bota, sino que además la grieta le había cortado el camino de vuelta.

—Tendrás que continuar, querido Sviatoslav.

Reflexionó acerca de lo que tenía por delante: varios kilómetros más sin distinguir el blanco del suelo del blanco del cielo, en un recorrido plagado de trampas.

«No te rindas. No lo hagas nunca».

A los treinta minutos, el pie derecho le dolía de forma insufrible; una hora más tarde, no lo sentía. Cuando lo apoyaba en cada paso era como hacerlo con otro bastón, porque la articulación del tobillo apenas era funcional y su cojera se había acentuado de manera dramática. Asimismo, el frío era insoportable, y las extremidades le dolían tanto que se las habría cortado.

Comenzó a padecer arritmias, además de perder el autocontrol, lo que, a su vez, le produjo tener ganas de orinar y defecar. Los temblores, junto con los escalofríos, fueron en aumento y llegaron a ser violentos. Finalmente, la pésima coordinación muscular lo obligó a detenerse. En ese momento, cayó al suelo desesperanzado. Llevaba seis horas de travesía y desconocía por completo dónde se hallaba.

—Tendrá que ser aquí —murmuró de rodillas.

Extrajo de lo más profundo de sus ropas el equipo electrónico. Desplegó la larga antena y sacó la batería del interior de su ropaje, pero sus torpes dedos, helados y blanquecinos a pesar de los guantes, no fueron capaces de colocarla.

—¡Maldición! ¡Se va a congelar! —gritó con voz temblorosa.

Tardó bastante en insertarla en su conexión. Después subió la palanca que encendía el dispositivo y apretó el botón de color rojo. Sin embargo, la luz piloto no se encendió.

—¡Funciona de una vez!

Presionó el botón de emisión de señal multitud de veces, como si fuera un demente.

—¡¿Por qué no funcionas?!

Sus escasas fuerzas las dedicaba a gritar en vano, y a medida que transcurrían los minutos, lo hacía con menos vigor y de forma más ininteligible. Al mismo tiempo, su respiración era cada vez más superficial; como sus latidos, que ya resultaban casi inapreciables.

Se fue quedando dormido y los temblores desaparecieron por su bajísima temperatura corporal. El frío provocó momentáneamente la primera parada respiratoria y lo dejó al límite de la asfixia. En su estado de semiinconsciencia, deseó morir para que terminara su sufrimiento. Pese a ello, no fallecería de ese modo ni tampoco lo haría congelado. Sencillamente, porque nadie se muere de frío, sino que se muere de un fallo cardíaco sufriendo lo indecible.

El tiempo pareció detenerse, retrasando la ansiada llegada de la muerte y prolongando su espantosa agonía, cuando, de repente, un crujido fortísimo lo espabiló. Le anunciaba una peligrosa ruptura de la placa de hielo. Lamentablemente, en sus condiciones, no podría levantarse para alejarse de la grieta.

A veinte pasos frente a él, comenzó a alzarse el hielo. Los bloques superaron enseguida la altura de cualquier otra cresta de presión, y de entre ellos surgió una enorme torre ovalada de color negro. Se trataba de la vela del submarino nuclear británico HMS Tireless, que emergía ante él tras romper la capa helada de medio metro de espesor. Era lunes, 23 de febrero. Sviatoslav Ivánovich Artamónov había alcanzado su objetivo, y su pesadilla había finalizado.

Ahora, además, era un hombre libre, si bien tenía la más absoluta convicción de que, algún día, de alguna manera, alguien le haría pagar por su fuga y su pasado un precio mucho más doloroso que la aterradora experiencia que acababa de padecer.

2010

Sábado, 30 de octubre

Johann Caspar Harkort revisó el billete con su secretaria, en las oficinas de su compañía, en Berlín. Era para un vuelo a Nueva York con escala en Bruselas, que despegaba a las 8:45.

Su compañía, cuyo objeto social era la promoción y distribución de productos culturales, buscaba nuevos talentos en países bajo el comunismo o que salían de él. O expresado de otro modo, una caza de futuras promesas que comprendía los sectores audiovisual, literario y musical.

La sociedad había comenzado vendiendo en Occidente las creaciones de artistas del otro lado del telón de acero tras caer el muro de Berlín. Los resultados apenas habían permitido ganar dinero, pero el trabajo había sido muy gratificante, y tras años de actividad, su fundador podía presumir de seguir vivo en un difícil mercado, en el que muchos de sus competidores habían desaparecido.

Cuando el taxi concertado por su secretaria se detenía frente a la oficina, Johann se despidió de ella con un simple adiós. Después salió a la calle, por su taxi, a tiempo de ver cómo se le adelantaba una señora mayor con una maleta de ruedas.

—Lo siento, señora —explicó el conductor—. Creo que hay un error.

La gigantesca figura de Johann se detuvo a su espalda. Con su enorme estatura y peso, una musculatura impresionante para su edad, más un larguísimo abrigo, se asemejaba a un armario ambulante, en el que se podría haber escondido a la anciana que estaba a punto de quitarle el taxi.

—No se preocupe —dijo con voz profunda pero amable—. Cójalo. Pediré otro para mí.

Ayudó a la avispada señora a colocar la maleta en el interior del taxi y luego la depositó a ella sobre el asiento trasero.

—Que tenga un buen día.

Su secretaria había observado toda la escena por la ventana.

«Siempre igual de generoso».

Minutos después, llegaba otro taxi. Johann echó un vistazo a ambos lados de la acera para asegurarse de que no había nadie que pudiera repetir la jugada y se dijo:

«Menos mal».

Abrió la puerta del vehículo y se metió en él.

Travis Palmer cerró con demasiado ímpetu la puerta del taxi londinense y tuvo que disculparse con el conductor cuando este lo miró con desaprobación.

—Lo lamento, ha sido sin querer.

Su apariencia de gordito bonachón con cara regordeta, coronada por una brillante calva, hicieron que el taxista diera por zanjado el asunto.

—¿Adónde vamos?

—A Nueva York.

—¡¿Cómo dice?!

—Perdón, quería decir al aeropuerto, a Heathrow —repuso Travis.

El vehículo se incorporó al denso tráfico de Londres que fluía despacio bajo la lluvia.

«Esto va a ser lento».

Travis Palmer se quitó su gorra de estilo inglés de terciopelo beige y se arrellanó en el sillón trasero para hacer frente al largo y tedioso recorrido hasta la terminal 5.

A sus setenta años, se procuraba ciertos lujos. Esencialmente, detalles encaminados a cuidar su salud, como evitar un viaje en metro hasta el aeropuerto seguido de un largo vuelo en clase económica, con el consiguiente riesgo de sufrir el mal de la clase turista.

Durante el trayecto en taxi, tuvo tiempo de pensar en su agencia de viajes, The Mrauk U Travel Company, especializada en los destinos más exóticos y novedosos en países todavía poco abiertos al turismo: Libia, Birmania, Bután, Mongolia… En todos ellos solo contrataba personal local. Era una forma de ayudarlos en su desarrollo económico a pesar de no ser fácil, dado que había que formarlos e imbuirles unos hábitos de trabajo que, en muchos casos, les eran extraños.

Por otra parte, su empresa le había otorgado la satisfacción de conocer los sitios más interesantes del planeta y practicar en ellos una afición por la que sentía una pasión desmedida: la fotografía.

Al cabo de casi dos horas, su taxi llegó a la terminal 5, y él descendió del vehículo con despreocupación.

—¡Se deja la maleta! —le gritó el conductor.

Retrocedió a la carrera con sus michelines botando bajo la ropa, recogió su Samsonite y retomó su camino.

En el mostrador de primera clase, facturó con rapidez y después cruzó sin problemas el control de pasaportes. Una vez en el Concorde Room, solo pensaba en sus cómodas butacas.

Louis Prior se recostó en la butaca de la sala VIP de Air France del aeropuerto de Paris Charles de Gaulle.

«Por fin».

Iba a emprender un corto viaje a Nueva York, pero, en esa ocasión, sin una acompañante femenina, lo que no era habitual en él.

Reflexionó sobre los numerosos asuntos pendientes de Le Mirage, su empresa de rehabilitación de edificios antiguos, algunos, auténticas ruinas y muchos, en barrios degradados o deprimidos. Estaba evitando con éxito la crisis inmobiliaria y financiera que asolaba la economía mundial desde septiembre de 2007 gracias a su cauta política de expansión. Esta había facilitado que no incurriese en un apalancamiento financiero excesivo, y de este modo, llegada la crisis, pudo afrontarla sin demasiados problemas.

—¿Le puedo ayudar? —le preguntó la coqueta camarera, vestida con un pulcro uniforme.

La pregunta, formulada en un tono muy servicial, le avivó su imaginación.

—¿Me puede traer una botella de agua mineral? —repuso con una encantadora sonrisa.

—¿Evian está bien?

—Sí, por supuesto.

La examinó de pies a cabeza. Tenía una figura atractiva, y las facciones de su semblante eran corrientes, pero con maquillaje ofrecían un aspecto bastante bueno. Le calculó poco más de cuarenta años. Después, a Louis se le pasaron por la cabeza multitud de ideas con las que diseñar una agradable velada para disfrutarla juntos.

Estudió de nuevo a la camarera mientras ella le traía la bebida y cuando regresaba a la barra, tras dejarla sobre su mesa. Luego, él se ajustó el nudo de su corbata Hermès y se fue tras sus pasos.

Aunque la diferencia de edad era enorme, se trataba de un factor que no le suponía un obstáculo infranqueable. De hecho, había conquistado a mujeres más jóvenes e inaccesibles gracias a su estilizada figura, sin carnes flácidas ni cinturón de Apolo y con unos pectorales más que aceptables. Una figura que era un milagro para sus sesenta y dos años de edad y que le otorgaba una apariencia de juventud que le había hecho merecedor, hacía ya mucho tiempo, del sobrenombre del Niño.

—¿Me podría decir de qué whiskys dispone? —le preguntó a la camarera al llegar a la barra.

En ese momento, la megafonía anunció el embarque del vuelo AF06 de las 13:30.

—¿Es su vuelo?

A Louis le gustó su dulce tono cortés.

—Sí.

—Entonces, ya nos veremos otro día —resolvió la empleada.

Louis sabía que la puerta de embarque quedaba lejos y que, como se trataba de un Airbus A380, con capacidad para más de quinientos pasajeros, eran de prever aglomeraciones.

—Sí, otro día… Una pena.

Cogió su maleta y salió de la sala VIP. Cruzó la terminal hasta su puerta de embarque, y una vez en el avión, una azafata lo condujo con un encanto muy profesional hasta su asiento, en el extremo delantero del nivel principal.

Cuando Louis ocupó su asiento, la mujer se despidió con una sonrisa que permitió entrever unos dientes blanquísimos. Motivado por esa simpatía, decidió que durante el vuelo merecería la pena entablar una charla con ella y preguntarle qué planes tenía al llegar a destino.

El avaro Nikolái Ivánovich Leónov, Nick para sus amigos occidentales, se ajustó gruñendo y temblando el cinturón de su incómoda butaca de clase turista.

«¡A ver si ponen ya la calefacción!».

Aún tiritaba pensando en el frío que había pasado y por ello no se había quitado de la cabeza su cálida ushanka de zorro ártico.

La causa de sus temblores estaba en el amanecer a seis bajo cero que había tenido, que, desde luego, no invitaba a salir de casa. Además, el viaje en coche desde su rancho, al suroeste del estado de Montana, hasta el aeropuerto no había sido fácil, sobre todo, porque, a pesar de ser noviembre, la nieve había cubierto las carreteras con una gruesa capa blanca, y su viejo Lada Niva azul había sufrido mucho, quizá, más que él mismo.

«¡La calefacción...!».

Miró por la ventanilla el gélido paisaje y esperó a que el avión comenzase a carretear hacia la pista del aeropuerto de Helena para tratar de dormir y olvidar el agotador día, así como hacer más llevadero el vuelo hasta Minneapolis, donde tendría que empalmar con otro a su destino final: Nueva York.

A sus sesenta y cuatro años de edad, consideraba en ocasiones que tal vez fuera el momento de llevar una vida más tranquila y vender su empresa dedicada a la investigación de mejoras en los sistemas de conservación de alimentos a temperatura ambiente. Era una empresa con la que no había alcanzado grandes éxitos científicos ni económicos, pero sí los suficientes logros como para sentirse satisfecho del trabajo realizado. Sin embargo, lo obligaba a llevar una vida muy ajetreada, que su maltrecha pierna ya no toleraba; ni siquiera, con la ayuda de su preciado bastón.

«Mi bastón...», se dijo añorándolo.

Había tenido que facturarlo porque, desde los

atentados del 11 de septiembre contra las Torres Gemelas, era necesario facturar incluso una simple raqueta de tenis. A él le disgustaba hacerlo a causa de los dolores que padecía en la rodilla derecha y, así, al verse en la tesitura de tener que facturarlo, protestó malhumorado ante el personal de la línea aérea hasta que sus gritos alertaron a los agentes de seguridad. De modo que, muy a su pesar, procedió a facturar su bastón y después se alejó del mostrador con cierta torpeza, balanceando a derecha e izquierda su robusto cuerpo de mediana estatura.

El rostro tenía facciones muy marcadas y a juego con su físico: cabeza achatada, mandíbula cuadrada y frente despejada. Era como un primer plano de una cara en un televisor, que a muchos les inspiraba risa, si bien Nikolái Ivánovich Leónov era lo más alejado de un payaso. Y era física y mentalmente como una roca.

En el aeropuerto JFK de Nueva York, el metódico y riguroso Harry Anthony Powers esperaba con un bostezo al último de sus cuatro amigos mientras que los otros tres se recuperaban de sus respectivos vuelos en una de las cafeterías de la terminal 3. Deseó haber dormido más, ya que sus sesenta y cinco años acusaban mucho los madrugones, pero sus obligaciones profesionales de primera hora en Farma-Gal, su empresa farmacéutica, se lo habían impedido.

Años atrás, sus amigos se sorprendieron cuando la hubo constituido. Harry era doctor en Psicología por la Universidad de Stanford, así pues, ¿por qué una empresa farmacéutica para alguien con sus estudios? En realidad no había sido idea suya. Su padre, farmacéutico de profesión, había creado otra similar en 1940, en plena Segunda Guerra Mundial, como una forma de facilitar el acceso de los civiles a los medicamentos, puesto que, durante el conflicto, la mayor parte de la producción de medicinas estaba destinada a los soldados destacados en el frente. Para paliar esa carencia entre los civiles, con imaginación e investigación, logró elaborar una larguísima lista de remedios preparados a partir de productos naturales, remedios con los que combatir todo tipo de enfermedades y dolencias. A su favor, evidentemente, tuvo el hecho de residir en Boise, la capital de Idaho, un estado con más de veintiún millones de acres de bosques.

Su padre se marchaba una semana al mes a recoger plantas y hierbas medicinales al Área Primitiva de Idaho y, como era un enamorado de la naturaleza, en ocasiones llegaba hasta el río Sin Retorno, adentrándose en él para disfrutar de una extrema belleza en completa soledad. Sin embargo, el medio de obtener la materia prima de su negocio era poco eficiente, motivo por el que terminó comprando las plantas a los indios shoshones.

Cuando finalizó la guerra, las medicinas modernas volvieron a inundar la vida diaria, y Sacajawea, su empresa con más de ciento setenta plantas y hierbas naturales, languideció hasta morir.

Meses después, su padre, con la intención de recordar los buenos tiempos del negocio, salió de excursión en solitario por el río Sin Retorno, pero, tras unos días sin noticias suyas, su mujer y sus hijos se temieron lo peor. Preocupados, dieron la voz de alarma, y se organizó un enorme despliegue de búsqueda para localizar su cadáver. Finalmente, después de un mes de trabajo, las autoridades suspendieron sus vanos intentos, dejando a la familia sumida en una profunda aflicción, en especial, a Harry, quizá, por tratarse del mayor de los hermanos y ser el más consciente de la pérdida.

Ahora se alegró al comprobar que el vuelo de Delta Airlines había llegado a la hora prevista. También ante la expectativa de pasar unos días con sus cuatro amigos.

Tras comprobar el número de la puerta de salida de los pasajeros, se encaminó hacia ella. Allí, unos enérgicos gritos de protesta de alguien con acento ruso llamaron su atención. Sin embargo, se alegró por ello porque significaba que la espera había terminado.

Pablo Palazuelo

Domingo, 31 de octubre

—¡Me vas a arruinar!

La áspera voz de Nikolái Ivánovich Leónov sonó con enfado. Pese a ello, sus cuatro amigos, sentados junto a él alrededor de la vieja mesa de madera, ignoraron su comentario para mantenerse concentrados en la partida de *Texas hold'em poker*.

Se hallaban en un apartamento triste y espartano, en el que apenas había más de lo estrictamente necesario para llevar una vida sencilla: pocos muebles y ninguna decoración, con una mesa, sillas y sofá carentes de personalidad.

—¡Maldito seas! —bramó Nick en inglés, con un marcado acento ruso.

Louis Prior no pudo contenerse más.

—No sabes perder. Siempre te ocurre lo mismo. Cuando te desplumamos, te pones a lloriquear.

—¡*Poshol ná juy*[1]! —chilló Nikolái.

—Prefiero no saber qué barbaridad has soltado.

—Mejor, Niño; eres demasiado delicado.

—¿Por qué tienes que ser tan malhablado?

—Porque me crie en el barrio de Tishinski. Y si no me convertí en un chaval de la calle, como muchos de mis amigos, fue gracias a que mi madre obtuvo un trabajo de tejedora en Jamóvniki. Allí me olvidé de mis perniciosas amistades infantiles y me concentré en superar la desventaja que representaba mi minusvalía.

---

[1] ¡Que te jodan!

—Podías haber superado también tu lenguaje soez.

—No deberías enfadarte. Has jugado bien. Piensa que si he subido la apuesta ha sido solo para ver cómo reaccionabas y, así, conocer mejor tu juego.

Nikolái tiró sus cartas tras escuchar el comentario de Harry.

—¡No me fío de ti! No voy.

El otro reunió sus ganancias con calma para impedir que se alterase aún más.

—¿Qué llevas? —preguntó, malhumorado

—Ya es tarde para saberlo.

Recogió el taco de cartas, barajó durante un larguísimo medio minuto y no dio a cortar, motivo por el cual los demás le llamaron la atención.

—¡Nikolái…!

—Si no tocáis el taco, no podréis hacer trampas.

Louis puso sobre la mesa los cincuenta dólares de la *ciega pequeña* y, a continuación, Travis colocó fichas por valor de cien dólares por la *ciega grande*.

—Vamos, reparte.

Nick repartió con agitación dos cartas a cada uno de sus compañeros, y estos estudiaron lo que la fortuna les había deparado.

—Me toca.

Johann Caspar Harkort igualó la *ciega grande* y luego subió otros cien. Harry hizo lo mismo, elevando la apuesta hasta los trescientos dólares. Finalmente, Nikolái puso sus trescientos, y Louis y Travis lo imitaron.

—Para estar todos tan apagados, habéis apostado mucho —comentó Nick.

Repartió las tres cartas descubiertas del *flop*: un seis de tréboles, un as de corazones y una dama de diamantes. Louis, tras estudiar sus opciones, subió la apuesta hasta los seiscientos dólares, y Johann y los demás lo igualaron. Entonces llegó el turno de Nikolái, cuyo hierático rostro se había tensado para ocultar la impresión que le había causado la jugada que llevaba.

—Tramposos… Os voy a dar una lección.

Puso los trescientos y después elevó la apuesta hasta los novecientos.

—Sí, os voy a dar una lección.

Era como un crío tratando de amedrentar con reacciones infantiles, pero para su desconcierto, sus dos primeros oponentes igualaron su apuesta.

—Eres un payaso —le replicó Johann, a la vez que colocaba otros seiscientos dólares sobre la mesa.

Harry igualó los mil doscientos, y los demás hicieron lo mismo. A su vez, Nikolái procedió a descubrir la *fourth street*: un ocho de tréboles.

—¡Je, je, je! Os voy a crucificar.

—¿Es que no te puedes callar? —le espetó Johann.

—Nikolái, llevas una buena mano, pero más te vale que juegues con cautela e intentes adivinar nuestras cartas.

—Vete a paseo con tus consejos.

—Yo no voy —dijo Louis, echando sus cartas al centro.

Se levantó de la mesa sin dejar de mirar al ruso. Este se encontraba muy concentrado y visiblemente nervioso. Era un hombre muy dubitativo. Dudaba por todo y de todo. Y sabía que Harry, su principal oponente al *poker*, era formidable en cualquier proceso deductivo.

—Yo tampoco voy —añadió Travis.

Le tocó el turno al alemán.

—Nos vamos a quedar solos, enano.

Subió a mil quinientos dólares. Luego Harry igualó la apuesta con un silencio sepulcral, y Nikolái masculló al llegar su turno:

—Yo me voy a quedar solo, grandullón.

Saboreó su jugada sobando las cartas y subió hasta los dos mil.

—¿Qué te parece?

Johann dudó, aunque logró disimularlo. No obstante, se retiró de la mano. Entonces dio rienda suelta a su gusto por tomarle el pelo a Nikolái.

—Harías mejor en acompañarme. El larguirucho te va a desplumar.

—Ocultas un as —dedujo Harry—, y con el de corazones de la mesa ya son dos. Abriste los ojos un poco más de lo normal cuando lo viste. Igual que cuando salió el ocho de tréboles. —Revisó de nuevo sus cartas—. Dobles parejas con el otro ocho que ya tienes. No está mal, pero esa combinación da mala suerte. Por algo le llaman *la mano del muerto*.

Nick se puso tenso como una caldera a punto de reventar, pero antes de que lo hiciera, Harry subió hasta los dos mil quinientos.

—¡¿Qué?!

Nikolái estalló. Rompió a gritar y soltó improperios en ruso, que nadie entendía.

—¿Qué hora es? —preguntó Travis Palmer.

Louis comprobó la hora en su reloj de pulsera.

—Las tres y media. Va siendo hora de dejarlo.

—Terminemos con el gruñón y vayámonos a dormir. Me duele todo el cuerpo.

—Al grano. ¿Qué decides?

—¡Callaos! —les replicó.

Johann no dudó en aprovechar la oportunidad para continuar incordiándole.

—Deberías preguntarte si te ganamos por nuestra pericia o por tu incompetencia. ¡Ja, ja, ja!

Nick acarició su bastón, pero lo hizo con torpeza a causa de una vieja congelación en las manos. Lo usaba desde los diez años de edad, tras manifestársele un problema de autoinmunidad, que le produjo una dolencia en la rodilla derecha y los médicos fueron incapaces de curar, si bien, cuando lo desahuciaron, le regalaron un sencillo bastón de madera de pino a modo de compensación.

El origen de la enfermedad radicaba en la contaminación que la industria pesada del cinturón de Moscú emitía al aire, cargada de metales pesados. Mercurio, oro, plomo, arsénico, cobre, cromo e incluso las cenizas del carbón... Todo revoloteaba por los descampados en los que jugaba de niño con sus amigos y que, sin saberlo, respiraban despreocupados hasta que enfermaron, padeciendo alteraciones y malformaciones irreversibles en sus organismos.

En cambio, el actual bastón lo llevaba consigo desde que se lo entregaron en los talleres del Directorio de Operaciones y Tecnología del KGB[2] soviético. Realizado en aluminio, era grueso y basto de apariencia. No obstante, a Nick no le preocupaba el aspecto de los objetos, sino su funcionalidad y, en un mundo tan resbaladizo como el suyo, su bastón se había convertido en su mejor apoyo.

Nikolái se había doctorado en Ciencias Químicas en la Universidad Estatal M. V. Lomonósov. De forma paralela, y a instancias de su padre, había realizado unos cursos de contabilidad y finanzas en una academia del callejón Bolshói Sújarevskia.

En las interminables caminatas que lo llevaban hasta la academia y que tanto lo fortalecieron físicamente, pasaba siempre por delante del mítico Cinematógrafo de Arte de la plaza Arbátskaya, frente al cual se detenía todos los días unos minutos para contemplar los carteles de las películas en proyección. Soñaba con ellas a todas horas y con los lugares en los que se desarrollaban las historias que contaban, y esa pasión lo animó a entablar amistad con otros aficionados al cine, estudiantes del Instituto

---

[2] Comité para la Seguridad del Estado (Komitet gosudárstvennoy bezopásnosti). Agencia de policía secreta de la Unión Soviética.

Pansoviético de Cinematografía, que veía películas occidentales a escondidas.

El deseo de viajar sin restricciones a los lugares que había visto en esas películas fue lo que lo empujó a presentar una ingenua solicitud de ingreso en la oficina local del KGB. Para su sorpresa, lo aceptaron de inmediato. No obstante, la ineficiente burocracia soviética necesitaba su escasa preparación financiera más que el doctorado, y lo mandaron como un mero contable al Departamento del Servicio Número Uno, en la oficina local de Leningrado, tras un curso de un año de duración en la escuela 401 del KGB, en Ojta. Adiós a sus viajes.

Sin embargo, la tenacidad con la que trabajó para alcanzar su objetivo llamó la atención de sus superiores. Por ello, le permitieron presentarse a los severísimos exámenes de ingreso en el Instituto de Inteligencia Bandera Roja, y, como era de esperar, aprobó y entró en la escuela de la élite de los servicios secretos. En ella recibió una extensa formación en espionaje industrial y financiero, tras la cual fue destinado al Departamento de Finanzas del Primer Alto Directorio, aunque como un simple administrativo. Pese a ello, había llegado al corazón del KGB, y los ansiados viajes ya estaban a su alcance.

Ahora, Nikolái volvía a refunfuñar mientras decidía cómo jugar.

—Aguantaría mejor tu pataleta de no llevar casi seis horas sentado frente a ti —le comentó Harry.

—No tengas prisa por volver a tu hogar, a tu vida ociosa y vacía.

Johann continuó con sus bromas.

—¿Arriesgarás y nos dejarás ver esa *mano del muerto* o te va a ganar Harry sin tener que descubrir sus cartas?

—¡Cállate, cretino!

En ese momento, un tembloroso Nikolái cogió el

mazo.

—Te estás tirando un farol cuando dices que conoces mis cartas. Veo tus dos mil quinientos.

Colocó la *fifth street* boca arriba en el centro de la mesa.

—Una dama de corazones.

Su mirada se ensombreció, si bien se alegró la de su amigo.

—Una carta preciosa, Nick. Ahora bien, con ella no pasas de dobles parejas, y yo podría tener un trío. Así que ahí van otros quinientos.

Su reacción se hizo esperar tanto que empezaron a sentirse incómodos.

—Si tardas más, sufriré una trombosis —intervino Johann, con su característica voz grave— y no quiero que os repartáis mi dinero saltando sobre mi cadáver.

Para asombro de todos, Nikolái empujó un montón de fichas al centro de la mesa. De ese modo, elevaba la apuesta hasta los seis mil dólares.

—No puede ser. Tú no te echas faroles, no sabes hacerlo. ¿Qué tienes? ¿Nos has tomado el pelo con una falsa *mano del muerto*?

—Prueba a ver mis cartas y sabrás un poco más de mí.

Harry comenzó a estudiar la jugada del ruso. Entretanto, Louis cogió su abrigo.

—Me voy a dar un paseo.

—¿Nos dejas ya? Aún queda mucha partida.

—Recuerda que no he venido a Nueva York solo para veros.

Aunque era el más joven de los cinco, ya tenía sesenta y dos años. A pesar de ello, conservaba un denso pelo libre de canas, de color miel, del que podía hasta presumir. Era una situación que se repetía con su cara, la cual tenía una piel que parecía haber sido muy mimada. Se trataba, en resumen, del aspecto de alguien mucho más joven, lo que le permitía dar rienda suelta a su mayor afición: la de viajar por el mundo en compañía de una mujer. Era algo que le producía un estado de felicidad absoluta. De hecho, ese era su carácter: optimista, vital, alegre…, pero únicamente en apariencia.

—Sé bien adónde vas —le espetó Nick—. ¡Eres un golfo, un degenerado, un viejo verde!

—Nikolái, te corroe la envidia.

—¿La envidia? Si no tendrás ni idea de con quién estarás cuando despiertes.

—Eso es cierto. Suelo levantarme sin saber cómo se llama la mujer que está a mi lado. Desnuda, claro. Ahora bien, ellas tampoco recuerdan mi nombre.

Louis sonrió.

—Produce una sensación extraña compartir tu cama con alguien de quien no sabes nada.

—¿Cómo puedes seducir a una mujer con tanta facilidad?

—Es fácil. Conquisto su corazón dejándome llevar por el mío. Así percibe que mis actos están guiados por la pasión y la sinceridad y cree que me entrego en cuerpo y alma a la relación, pero en realidad es mentira, y no debe descubrirlo o, de lo contrario, será ella quien me domine.

Unas carcajadas cínicas y machistas sonaron en torno a la mesa.

—¡Serás sinvergüenza!

Se puso el abrigo sin hacer caso del comentario del cascarrabias.

—Volveré al amanecer, y seguirás ahí sentado, perdiendo dinero de la misma manera, pero más enfadado. Será divertido presumir entonces ante ti de las conquistas que haga esta noche.

Salió y cerró con fuerza la pesada puerta acorazada. A pesar de ello, el marco ni se inmutó. Era debido a que se encontraba reforzado y sólidamente fijado al grueso tabique. Como los muros exteriores, que resistirían un bombardeo. De hecho, todo el edificio lo soportaría, siendo a la vez el más apropiado para alguien con una obsesión por la seguridad como la que padecía Nikolái.

Ubicado en el distrito Flatiron de Manhattan, el Edificio Michigan era un grisáceo mastodonte de veintiocho plantas y veinticinco mil metros cuadrados, ocupados por casi trescientos apartamentos, innumerables pasillos, ascensores, sótanos, cables, tuberías y maquinarias.

Todo acusaba su decrepitud, con quejidos de los ascensores, chirridos de puertas, silbidos en las tuberías y el constante y ruidoso circular del agua por codos parcialmente obturados. En definitiva, parecía estar vivo pero también enfermo y que se quejaba por ello.

Por otra parte, la ennegrecida fachada *beaux-art* neoclásica hacía décadas que no se limpiaba ni restauraba. Además, sus decrépitos tejados puntiagudos, columnas corintias y ventanas arqueadas acentuaban su aspecto de vejez hasta el punto de que parecía llevar allí dos mil años. En conjunto, su apariencia era lúgubre y, en las frías tardes invernales, incluso siniestra.

Se había convertido en un lugar para inquilinos de baja categoría en el que nadie conocía a nadie y que resultaba, en la práctica, el lugar más solitario del planeta. De hecho, había cogido mala fama y, en los incontables apartamentos de sus largos pasillos, la ocupación era baja por su culpa.

A pesar de todo ello, Nikolái Leónov lo había elegido porque le recordaba a la inmensa *jrushovka* en la que había vivido en la Unión Soviética, si bien a diferencia de su apartamento moscovita, en el que las paredes eran tan delgadas que se decían que eran transparentes, en el Edificio Michigan eran tan gruesas que no dejarían pasar ni los gritos de un asesinato; una particularidad debida al interés del constructor por preservar su obra de un posible incendio.

Louis salió cabizbajo a la calle y caminó hasta el cercano Madison Square Park, donde la incipiente niebla acentuó la sensación de frío y lo obligó a acelerar el paso para calentarse cuanto antes con una copa en la mano.

«¿Adónde ir, adónde ir?».

Pensó en dirigirse al Plunge Bar, un atractivo lugar al aire libre, ubicado en una azotea. No obstante, no quería tomar un taxi, y además quedaba demasiado lejos como para ir andando. Por otra parte, para cuando llegase, ya estaría cerrado. Otra opción, y bastante más cercana, era el espectacular Rooftop Garden del antiguo hotel Victoria. Sin embargo, por la hora que era, tampoco estaría abierto. Para ver la ciudad tomando una copa, también podía dirigirse al Mé Bar, al Top of the Strand, al Berry Park o al Rare View, que estaban un poco más al norte, aunque adolecían del mismo problema horario.

La razón estribaba en que, desde hacía años, la normativa impedía que cualquier local permaneciera abierto más allá de las cuatro de la madrugada.

«¿Y un *after hour*?».

Repasó mentalmente otros locales con fama de *after hours*, aunque luego sospechó que no los encontraría abiertos a causa del mismo motivo. Así pues, caminó sin rumbo fijo mientras decidía adónde ir y, al llegar al elegante reloj dorado del 200 de la Quinta Avenida, optó por probar fortuna en alguno de los escasos clubs que vendía alcohol de manera ilegal más allá de las cuatro de la mañana.

«Eso es. Un *after hour* de verdad. No un sucedáneo».

Sabía en qué locales se ocultaban el Nova y el Futura. Ahora bien, el único cercano y con atractivo suficiente era el Moon; un local que, a esas horas, siempre aparentaba estar cerrado y cuya única señal de actividad era la del musculado vigilante que montaba guardia ante una anodina puerta de metal.

Pocos minutos más tarde, y tras abonar cincuenta dólares en la entrada, la potente calefacción del Moon le permitió quitarse la gabardina y dejarla en la guardarropía. Después entró en calor a medida que descendía por unas escaleras estrechas, que conducían hasta el sótano. En él, la música a medio volumen, para que no se escuchara desde la calle, y una decoración oscura creaban el ambiente necesario para tomarse una copa de forma tranquila y discreta. A la vez, le conferían al lugar la apariencia del perfecto y sórdido *after hours*.

Sobre el escenario, una solista, con acento sureño, interpretaba con bastante acierto *You know I´m no good* y le daba a la sala el toque final que permitía rememorar uno de los legendarios clubs del pecaminoso y ya desaparecido Storyville[3].

El sótano había sobrepasado su aforo por hombres y mujeres de todas las edades, concentrados en discretas conversaciones privadas. Era una clientela de lo más variopinta, pero siempre se trataba de gente con un espíritu nocturno bastante «aventurero».

Mientras Louis cruzaba entremedias de todas esas personas, se fijó en un par de mujeres, en apariencia sin compañía masculina, que le dirigieron una mirada cargada de interés.

«Quizá les tire los tejos más tarde».

No sería difícil hacerlo. Tampoco, tener éxito. El local era, al fin y al cabo, un lugar repleto de carne de mujer demasiado fácil de obtener para alguien con la

---

[3] Mítico distrito de Nueva Orleans, demolido en 1917, en el que florecieron el jazz y la prostitución.

habilidad de Louis, quien por cierto era un mujeriego con mucho éxito. Daba igual que ella fuese mayor o menor que él, lo grande que fuera la diferencia de edad y que estuviera casada o soltera; cualquier mujer era susceptible de ser cortejada.

¿Y qué ocurría con todas esas relaciones? Que no iban a ninguna parte. Y siempre porque Louis no se enamoraba, si bien conseguía que las mujeres sí lo estuvieran de él. De este modo, hacía con ellas lo que le apetecía. Desde que lo invitaran a viajes a los destinos más exóticos a cuidarlo como una madre cuando le afectaba alguna enfermedad. Simplemente, las seducía con la exclusiva finalidad de aprovecharse de ellas.

Buena parte del éxito se debía a que aparentaba quince años menos, lo que, además, le permitía conquistar a mujeres mucho más jóvenes que él.

Pasaba más tiempo en casa de sus amantes que en su hogar en la costa francesa, al que había vuelto tras terminar su carrera profesional en la Dirección General de Seguridad Exterior[4]. En él había ocupado varios puestos en la División de Inteligencia, en la que había desarrollado buena parte de su trabajo viajando por Oriente Medio y Asia Central con el encargo de reforzar la red de colaboradores e informadores.

En sus múltiples viajes, recolectó una innumerable cantidad de amantes que le hicieron asemejarse a un sultán con un numeroso harén; situación que supo aprovechar para crear una de las mejores redes de informadores de Oriente Medio y que lo ayudó a cumplir las funciones de su cargo con mayor eficiencia.

Uno de los principales éxitos de su División consistió en predecir el intento de invasión del estado de Israel por parte de Egipto y Siria, en octubre de 1973, mediante la operación Badr. Y lo hizo cuatro meses antes de que

---

[4] Servicio secreto francés.

estallara la guerra de Iom Kipur, tras la reunión en junio de Sadat con Al-Asad. No obstante, la burocracia y la negligencia ahogaron el aviso entre montañas de papeles. Tiempo después, la necesidad política de encubrir el fracaso que supuso desoír la advertencia significó que los autores nunca recibieran el merecido reconocimiento por sus logros. Eso lo quemó. «¡Política!», protestaba a gritos.

Por sus continuas quejas, fue confinado, en 1980, a un despacho de las oficinas del 141 del Bulevar Mortier[5], en París, donde se ocupó de realizar el seguimiento remoto de su red y analizar los informes que esta le remitía. ¡Mal sitio para un *bon vivant* como él!

En la central, terminó de quemarse, lo que motivó que presentara su dimisión, vendiera su casa de París y empezara una nueva vida en su localidad natal.

Louis dejó de recordar aquella época, alcanzó la atestada barra y pidió un New Yorker. Luego, mientras esperaba bajo la cálida luz de los focos, se fijó en la mujer de su derecha. Era de apariencia muy joven y vestía un ajustado traje corto de cuero rojo, que dejaba su espalda al descubierto. En ella lucía dos hileras verticales de *piercings* dorados con forma de pequeñas anillas.

A Louis se le ocurrieron varias ideas acerca de las diferentes utilidades que esa «decoración» podía tener. Entre ellas, la de un jinete sujetando su montura con las riendas enganchadas a los *piercings*.

«Interesante».

La mujer del traje rojo conversaba con otra chica, de la que Louis solo podía apreciar el perfil de su ceñido traje negro.

«Una amiga todavía más interesante».

La mujer de los *piercings* se levantó y se fue hasta un grupo de personas, con las que se puso a conversar

---

[5] Dirección de la sede central del antiguo Servicio de Documentación Exterior y de Contraespionaje francés.

animadamente.

«¿Más amigas interesantes?», se preguntó sin perderla de vista.

—Su bebida —le indicó el camarero a su espalda.

Se volvió hacia la barra y reparó de nuevo en la compañera de la mujer de los *piercings*, solo que esta vez se quedó atónito.

«¡Qué guapa es!».

Sí, era muy guapa, y resultaba deslumbrante en el ceñido traje negro, que además realzaba su estilizada silueta femenina. Sin embargo, lo más llamativo era su cara, junto con un esbelto cuello que, a su vez, estaba rodeado de una larga, lisa y brillante melena negra.

«¡Es perfecta!».

Como su piel, que parecía de porcelana blanca, semejante al marfil: suave, delicada y sin necesidad de maquillaje. De hecho, no aparentaba llevar.

«Solo me falta verte los ojos».

La chica mantenía fija su lánguida mirada en su propia copa, como si buscase en su fondo la solución a sus problemas.

«Pareces una chica triste».

En ese momento, ella lo miró, y él tuvo la oportunidad de ver sus ojos.

«¡Increíbles, son increíbles!».

Su especial belleza no radicaba en su ligera inclinación hacia el interior, faceta que le confería el aspecto de una gata, ni por cómo quedaban enmarcados por unas pestañas interminables y unas cejas que le otorgaban un aire alegre a su cara, sino por el iris, que era verde, pero un verde profundo y misterioso, como el de las esmeraldas de Muzo, que tan bien conocía y había regalado a las más afortunadas de sus amantes. Y al igual que en esas piedras preciosas, no había lagunas en el iris y apenas se percibían criptas en él. Eso homogeneizaba el color y lo hacía como si una esmeralda de Muzo tuviera las propiedades de pureza de una de Zambia, pero sin los jardines que decoraban su interior.

La chica sacó un monedero de su bolso. Al extraer un billete, cayó una moneda de un céntimo que rodó hasta los pies de Louis y quedó oculta bajo la punta de uno de sus relucientes zapatos.

—Tiene mi moneda bajo su pie. Solo es un *penny*, pero si no le importa…

—¡Perdón!

La cogió y se la colocó sobre la palma de la mano, y aunque apenas se rozaron los dedos, Louis tuvo la sensación de sentir lo más parecido a un calambrazo.

—Gracias.

Ella le dedicó una leve sonrisa, y él no supo si lo hizo como muestra de agradecimiento o como señal de complicidad.

—Ya es la hora —dijo la amiga de los *piercings*, cuando regresó—. Vámonos.

Los pensamientos de Louis fueron de enojo.

«¿Cómo que se va? ¡Si todavía ni la conozco!».

Observó desilusionado cómo recogían sus cosas y se marchaban hacia la escalera.

—Son treinta dólares.

Un camarero le entregó la cuenta.

—Tengo que saber adónde van —repuso, sin darse cuenta de que pensaba en voz alta.

—La copa son treinta dólares. Saber adónde se dirigen será más caro.

Pagar su consumición no consumida se le hizo eterno. La chica se le iba a escapar. Tenía que alcanzarla, saber más de la dueña de aquellos extraños ojos… Entonces su subconsciente le alertó del comentario del camarero.

—¿Qué más me ha dicho?

—Por cien dólares le diré adónde van.

—¡¿Cien pavos por una dirección?!

—Y por decirle cómo entrar en una fiesta privada muy especial, pero, si continúa dudando, no llegará a tiempo.

—¿A tiempo?

Nervioso por la posibilidad de perderle la pista a la pareja de chicas, sacó cinco billetes de veinte, ganados con esfuerzo en el *poker*, y se los entregó con disimulo al camarero.

—Esto es un atraco —protestó.

—Corra tras ellas y, cuando le hagan una pregunta, piense en Myra Reed.

—¿Quién?

—¡La chica de los *piercings*!

El empleado lo dejó a solas.

—¿Eso es todo?

Indignado, cruzó la sala con rapidez y subió las escaleras a la carrera, decidido a encontrar a la mujer de los ojos verdes. Tras comprobar que no se hallaba en la guardarropía, salió a la calle, a tiempo de ver cómo se metía en un taxi en compañía de su amiga.

—¡Condenado camarero! Ya podía haberme dicho adónde van.

Otro taxi se detuvo frente al club, y una pareja se acercó a él, pero Louis los adelantó y se introdujo en el vehículo, provocando su estupor.

—No pierda de vista ese taxi —le indicó al conductor en medio de unas enérgicas protestas.

—Le va a costar caro.

El taxista había vislumbrado la oportunidad de sacarse un dinerillo extra.

—Cien pavos. Por adelantado.

Su cliente se estaba poniendo nervioso al ver que el otro coche desaparecía en la niebla.

—¿Acaso se ha puesto de acuerdo con el camarero

para sacarme así el dinero?

—No sé de qué me está hablando. ¿Qué responde?

—Que no hay negocio. El taxi ha desaparecido.

—Tranquilo, hombre, que no es la primera vez que hago esta carrera. ¿Por qué cree, si no, que he parado aquí a semejante hora? Aun así, no tiene mucho tiempo. El barco no tardará en zarpar.

—¡¿Un barco?! ¿Tengo que subir a un barco?

El conductor asintió divertido.

—Si no queda otro remedio...

El taxista arrancó tras cobrar los cien dólares y enfiló hacia el río Hudson en medio de una blanquecina oscuridad.

—¿Puedo hacerle una pregunta?

—Después de arruinarme, espero que sea fácil.

—¿Qué clase de persona se gasta cien pavos con tanta facilidad?

—Un mujeriego curioso. Ahora corra.

El tiempo que les llevó cruzar Manhattan hasta el río Hudson se lo pasó pensando en su dinero.

«Si no cojo ese barco, le diré a Johann que se ocupe de recuperar mi dinero».

Empezaba a sospechar que había hecho el primo hasta un punto ridículo. No obstante, se mordió la lengua, y el resto de la carrera transcurrió en silencio, salvo por una pregunta de Louis cuando llegaron al río.

—¿Vamos muy lejos?

—A la calle 69, a un embarcadero muy peculiar.

Al poco tiempo, se pudo apreciar entre la densa bruma proveniente del mar una vieja, alta y oscura estructura de acero corroída por el salitre, que se alzaba aún majestuosa sobre lo que quedaba de las antiguas instalaciones del puente de transbordo del New York Central Railroad. Acercarse a la construcción, parcialmente sumergida y aislada de los rascacielos por la niebla, era como volver al año 1911, cuando había sido erigida.

—Vamos —le dijo el conductor—, baje ahí y métase en el muelle de la grúa.

Louis se apeó del coche, descendió por una pendiente cubierta de hierba y se detuvo justo en la orilla, donde unos tablones de madera, mucho más nuevos que las ruinas, permitían el acceso a ellas sin mojarse. Caminó por encima de los tablones y alcanzó el muelle, que albergaba una enorme grúa coronada por la caseta de los operarios. Allí se encontró con un hombre que le cortó el paso.

—¿Cuál es su animal favorito?

«Menuda pregunta. Solo falta que no me deje embarcar por no saber la respuesta».

Se detuvo a pensar en Myra Reed, tal y como le había sugerido el camarero, pero solo le vino a la mente lo llamativo de sus *piercings*. Entonces adivinó la contestación.

—La yegua.

El hombre se hizo a un lado y le franqueó el paso.

—Está de suerte. Unos segundos más y habrían zarpado.

Louis prosiguió hasta el extremo del muelle y vislumbró un yate blanco, color que lo ayudaba a pasar desapercibido en la niebla. Luego embarcó por otro tablón, desde el que se podía divisar el nombre del barco: General Slocum. Y nada más poner un pie a bordo, el hombre de la contraseña retiró el tablón.

«Esto apesta a ilegal, más que el Moon. Espero no meterme en un lío».

Se adentró en la cabina para protegerse del frío y examinó la embarcación. Se trataba de un barco con un elegante diseño en blanco y madera barnizada, que recordaba los yates de los años veinte y daba cabida a unos ochenta ocupantes.

El motor se puso en marcha. Los veinticinco metros

de eslora del General Slocum se fueron alejando de la costa, envuelto en la melodía *jazz* de *At last*, que sonaba en la cabina, y las luces del *skyline* de Manhattan se disiparon a medida que la niebla se las tragaba. Cuando desaparecieron por completo, Louis comenzó a caminar entre el pasaje en busca de la chica de los ojos verdes.

Pero ¿y si, en contra de las apariencias, no había embarcado? En fin, ya no tenía remedio.

Durante el resto del trayecto, disfrutó de la vaga silueta de los edificios del *waterfront*, de la música y del encanto de un viaje hacia un destino misterioso. Solo salió de su ensimismamiento cuando un cormorán orejudo se posó sobre la barandilla, como si fuera un vigía que pretendiera alertar de una colisión inminente. Quizá, una como a la que él mismo parecía dirigirse a causa de su especial tipo de vida. Eso lo llevó a reflexionar acerca de lo vacía que le parecía su existencia. Sentía que la vida pasaba ante él con toda su riqueza y que se le escapaba buena parte de ella a pesar de haber vivido experiencias excepcionales y desarrollado una interesante carrera profesional. Sin embargo, ocurría que le faltaba una parte esencial, vital: no tenía familia propia, ni mujer ni hijos. Y sus innumerables amantes no eran capaces de llenar ese vacío.

Sabía que el resto de sus compañeros de juego se hallaba en una situación muy parecida y que tenían en común con él vidas que serían la envidia de muchos, si bien les faltaba una familia. Y aunque Harry era el único que, años atrás, sí fue capaz de disfrutar de lo que ahora añoraban, lo perdió todo tras una desgracia de la que nunca se recuperó.

La niebla no tardó en volverse mucho más espesa, y el yate tuvo que aminorar su marcha, dando la impresión de que cortaba con dificultad la densa bruma. Transcurrido un cuarto de hora, se detuvo por completo. Entonces la tripulación bajó del techo de la cabina una lancha neumática y la introdujo con suavidad en el agua.

Los primeros pasajeros embarcaron, se alejaron del yate y desaparecieron de su vista, pero a los pocos minutos, la lancha volvió a aparecer, aunque esta vez únicamente con su tripulante.

Tras unos cuantos viajes, solo quedaban a bordo otras cinco personas, entre las que se contaba Louis. Enseguida se halló sobre la lancha a motor, en la que navegaron en silencio hasta que ante ellos surgió el perfil de la costa. Encallaron junto a la playa, se descalzaron y saltaron al agua y, después de unos pocos pasos caminando con los pies desnudos, alcanzaron la arena, donde se pusieron de nuevo los zapatos.

Louis rezó para no coger una pulmonía cuando los pies mojados empapasen los calcetines de agua fría y pensó en cómo lo harían los demás para evitarlo. La respuesta fue inmediata: una toalla pequeña. Había quien disponía de una. Los más avezados, posiblemente. Consiguió que se la prestaran y luego se fue con el grupo por un sendero delimitado con antorchas de bambú, aunque él en realidad no seguía ningún camino concreto, sino que se limitaba a ir detrás del resto de los pasajeros y escuchar su conversación.

—Llevábamos tiempo sin una de estas fiestas. Es una lástima que no haya más noches de niebla espesa.

—Hay que tener mucho cuidado. No olvides que sin la niebla nos descubrirían, y no tardaría en presentarse la patrulla del puerto.

Ahora, al menos, sabía qué hacía allí toda esa gente: asistir a una fiesta de lo más golfa con el atractivo adicional de lo prohibido y en el *after* más peculiar que hubiera visto jamás. Tan solo le faltaba por averiguar dónde estaba la amiga de la chica de los *piercings*. Mientras elucubraba esa idea, continuó camino seguido por un hombre de la tripulación, que apagaba las antorchas a su paso.

«Tiene que ser una isla, una isla desierta. ¿Cómo es posible que haya un lugar así frente a Manhattan? ¿Dónde demonios estoy?».

La música *indie* a bajo volumen, proveniente de algún lugar cercano, guio sus pasos hasta las ruinas de una vieja mansión. En la entrada del jardín, una placa de piedra conservaba un grabado, donde podía leerse:

Ruppert Manor
1905

Varias antorchas daban luz al jardín, abandonado y dominado por una maleza que se comía lo que quedaba de la mansión.

«¿Cuánta gente habrá aquí?».

Louis jugó a calcular cuántos presentes había en la fiesta contando sus figuras, recortadas por las luces de las antorchas. Rápidamente sobrepasó la cifra de cien.

«Tiene que haber venido otro barco aparte del mío, y quizá haya llegado en él la chica de los ojos verdes».

Se animó pensando en esa idea y comenzó a vagar por la fiesta, el jardín y los bajos de la residencia. Escudriñaba sin cesar la oscuridad en busca de Myra Reed y deseaba que se reencontrase con su amiga. A veces, su mirada se posaba en alguna pareja muy entretenida en asuntos de índole privada, haciendo que se sintiera molesta al verse descubierta. Más tarde, vagó entre las ruinas hasta que se alejó de ellas y se adentró en la densa vegetación. Al llegar a otra orilla, una elegante ave, que Louis identificó como una garceta nívea, lo saludó con un graznido.

—¿Sabrías decirme dónde estamos?

Hizo un cálculo de la distancia recorrida en línea recta: unos ciento ochenta metros.

«Esto es muy pequeño. Seguro que es una isla».

Una ráfaga heladora lo forzó a moverse para entrar

en calor. De manera que continuó con su paseo siguiendo la orilla durante varios minutos, tiempo en el que se cruzó con más parejas muy distraídas con cuestiones íntimas. Más tarde, cuando regresó al lugar de partida, concluyó:

«Pues sí, es una isla y no tendrá más de ciento cincuenta metros de ancho».

El súbito pitido de un micro lo obligó a correr hacia el jardín. Sin embargo, el ruido de sus pasos y el roce de su ropa contra las ramas no le permitieron escuchar lo que decía una voz por el sistema de sonido de la fiesta.

«Si al final me perderé lo mejor de la noche...».

Al llegar al jardín, vio a un hombre vestido con traje oscuro y pajarita, que se encontraba encaramado a los restos de una fuente:

—¡Vayamos con el sorteo! —anunció el desconocido.

«¡Un sorteo! ¿Dónde se consiguen los boletos?».

Myra Reed surgió tras él con un recipiente esférico de cristal, tipo pecera. Agarrada a su mano, la seguía cabizbaja la chica de los ojos verdes. Vestía una larga capa de color rojo oscuro que la cubría de pies a cabeza, y aunque no era posible ver bien su cara, era ella, de eso estaba seguro. También tenía la certeza de que debajo no llevaba nada más, a juzgar por el frío que tenía y lo que tiritaba.

—Démosle la bienvenida a la protagonista de esta noche.

Las dos mujeres se acercaron hasta la fuente entre vítores y aplausos. El hombre introdujo una mano en la pecera y sacó una papeleta.

—El afortunado que esta noche podrá disfrutar de su compañía —Señaló a la chica— es el portador del boleto 119.

Un suave murmullo recorrió el extraño escenario, en el que todos esperaban impacientes la aparición del ganador. Mientras tanto, Louis se dedicaba a pensar que el alto precio que había pagado por acceder a la fiesta habría merecido la pena de haber tenido el boleto premiado.

—¡El 119! —reiteró el hombre del traje oscuro.

A pesar de su insistencia, nadie se anunció como portador del preciado boleto.

—¿Va a ser esta la primera ocasión en la que no tengamos un ganador? ¿Cómo es posible?

El frío hizo mella en la chica de forma definitiva y la obligó a marcharse corriendo. Sin embargo, nadie se fijó en ella porque todos prestaban atención a la inminente aparición del ganador. Todos, salvo Louis.

Este se esfumó del sorteo como un fantasma ante el amanecer y corrió entre los árboles tras los pasos de la chica. A pesar de que no la veía, era capaz de escuchar el roce de su pesada capa contra los matorrales y, así, guiándose por ese sonido, continuó con su persecución hasta llegar a un claro.

«Ahí estás».

No obstante, alguien se había adelantado: un personaje de físico extraño.

—¡No volverás a salir corriendo o lo lamentarás!

Louis se detuvo a cierta distancia al escuchar los gritos que profería el hombrecillo.

—¡Largo de aquí, rata asquerosa! —le chilló ella—. No trabajaré para ti.

Él respondió golpeándola en la cara. Louis, nada más verlo, corrió hacia ellos sin valorar el riesgo que representaba un proxeneta iracundo y que pudiera esconder un arma. Al llegar frente a él, se cruzaron las miradas. La del chulo era como la de un roedor, igual que su cara; un rostro de nariz prominente y puntiaguda, que parecía extendido hacia delante, como si lo hubiesen cogido de ella y hubiesen tirado con fuerza. También sus finos labios, coronados por cuatro pelos que hacían las veces de bigote y escondían unos dientes amarillentos, se asemejaban a los de una rata. Y las orejas... Largas, adornadas con unos pendientes que imitaban sendos corazones atravesados por flechas... En cuanto a su cuerpo, este no iba a la zaga de la cara: espalda encorvada y piernas delgaduchas como alambres.

—¿Qué buscas? —le espetó el chulo con agresividad.

Era de menor estatura de lo que parecía, menos incluso que la mujer, pero de cuello gordo y corto, brazos escuálidos y con bastantes kilos de más en la zona abdominal. En resumen, un conjunto propio de un personajillo de apariencia repulsiva, cuyo tamaño rozaba lo insignificante.

—¡Esta no es tu conversación!

Louis se temió lo peor cuando el hombrecillo se llevó la mano al bolsillo.

—¿Está libre?

Había formulado la pregunta tratando de aparentar despreocupación.

—¿Ella?

—¿Quién, sino?

El hombre con aspecto de rata lo escrutó de forma autoritaria y luego le dijo:

—Toda tuya.

Sonrió mostrando con orgullo su dentadura, cuya parte inferior era normal y la superior, de oro. Tal vez, la razón de no ser de oro también la inferior fuera el excesivo peso que representaría y que lo obligaría a mantener abierta la boca a todas horas.

—Y tú —le dijo a la chica— procura reunir lo mío.

Louis no bajó la guardia hasta que se hubo alejado una distancia prudencial. Entonces se volvió hacia ella, y su estilizada figura de metro setenta dominó todo su campo de visión.

—Hace frío —murmuró la mujer—. ¿Quieres entrar

en calor conmigo?

La chica se chupó el labio con delicadeza para mitigar el dolor, y él sintió cómo otro calambrazo recorría su cuerpo; una sensación ensombrecida por el hecho de que fuera una prostituta. No se lo esperaba.

—¿Qué dices? ¿Te vienes? Por cincuenta pavos te garantizo una hora de ensueño.

«Seguro que sí», se dijo él, hipnotizado por un destello esmeralda.

—Nunca he pagado por estar con una mujer —repuso enseguida—. No me ha hecho falta. ¿Por qué iba a hacerlo ahora?

—Porque nunca has conocido a alguien como yo.

«Ni te imaginas lo acertada que estás».

Sin embargo, en lugar de confesarle lo que de verdad pensaba, explicó:

—No, lo siento mucho. Además, aunque quisiera, este no me parece el lugar apropiado y, por otro lado, cuando volvamos, no habrá tiempo. Tendré que regresar con mis amigos.

—¿Dónde están? A lo mejor, mi oferta le interesa a alguno.

Fue una proposición cargada de un fuerte tono pícaro.

—Tienes cara de cansada. ¿Por qué no te vas al barco?

—¿Qué me dices de tus amigos?

—Jamás harían nada contigo. Son más serios que yo.

—Nunca se sabe.

—Lo son. Los conozco bien. Son como mi familia. A falta de hermanos, los tengo a ellos.

—¿A qué se debe eso de los hermanos? ¿Una triste historia familiar?

Louis asintió, aunque la realidad no era exactamente como ella imaginaba.

—Necesito dinero —comentó la chica—. Ha sido una noche de mierda. Ni un cliente. No sé, la crisis… Por no hablar del canijo. No me deja en paz y me persigue a todas horas para que trabaje para él. Fue quien me prometió un pastón si me dejaba sortear, pero como luego no me pagó nada, hice trampas.

Le mostró un pequeño papel.

—El 119. Te lo regalo. Tendré problemas si me lo encuentran.

Lo convirtió en una bolita y se lo lanzó a Louis. Este lo cogió al vuelo.

—Aunque también los tendré si no consigo dinero esta misma noche. De hecho, no creo que ese chulo tarde mucho en volver por aquí para echar cuentas conmigo.

—¿Cuánto cobras?

—Ya te lo he dicho. Cincuenta la hora.

—¿Y por lo que queda de noche?

—¿Tanto aguante tienes?

—No.

—Entonces, ¿por qué lo quieres saber?

—Curiosidad.

—La curiosidad no me da de comer.

—¿Cuánto?

—Doscientos.

—Te los doy si me acompañas a tomar un café cuando volvamos.

—¿Doscientos por lo que dura un café? ¿Estás loco? ¿Por qué quieres hacerlo?

—Para compensar tu mala suerte. Podrías ser modelo y, en cambio, estás aquí, pelándote de frío.

—No te imaginas la de modelos que conozco en este gremio.

—Dudo que sean como tú.

Ella permaneció unos instantes en silencio, como si estuviera meditando las palabras de Louis.

—Pues a lo mejor es verdad que estoy gafada porque a la falta de clientes tengo que sumarle que a veces he de vérmelas con cerdos sudorosos que se creen con derecho a maltratarme y que me hunden moralmente.

A Louis le dio la impresión de que el peso de los recuerdos estaba entristeciéndola.

—Luego no sé cómo recuperarme, inmersa en un mundo sofocante en el que las drogas que alivian la amargura fluyen como un río.

Su voz empezaba a temblar, quizá por el frío, quizá por el miedo.

—Te puedes dar un baño relajante en él, pero, sin que te des cuenta, la corriente se transforma en un rápido, que te arrastra y te hunde hasta las cloacas de este mundo.

—No tiene por qué ocurrirte a ti.

—No sé... Lo he visto tantas veces con otras chicas que...

Se tomó un respiro muy necesario.

—¿Es que no quedan hombres que sepan tratar a las mujeres?

—Una buena pregunta.

—¿Tú sabrías hacerlo? ¿Lo harías conmigo? ¿De dónde eres? ¿Francés? ¿De Quebec? Lo digo por tu acento. ¿Cómo te llamas?

—Louis Prior, francés, pero ¿por qué tantas preguntas? ¿Acaso pretendes ligar conmigo?

Estaba esperanzado ante la opción de conocerla más sin tener que pagar por ello.

—Sería un mal negocio —replicó, con una preciosa mueca de sus labios—, pero, en otras circunstancias, quién sabe...

—No me dirás que te parezco guapo.

—Simpático.

Las esperanzas ganaron fuerza en su interior.

—¿De dónde eres? ¿Del Medio Oeste? Tu acento te

delata.

—Pues sí, soy de Clinton, *Missouri*.

—*Missouri*... Estuve una vez en la capital con un amigo. Tuvo que ir a Jefferson City por motivos profesionales, y yo aproveché para visitar una exposición.

—No entiendo de arte, pero me gusta la sensación que me produce un cuadro bonito. ¿De qué era la exposición?

—Fotografía. De jóvenes talentos. ¿Qué me dices del café?

—Que no te creo. Y hace frío.

—Haces bien en dudar. Podría ser una trampa. Y te aconsejo que dejes la calle y te dediques a un trabajo más tranquilo.

—Ya me gustaría, pero tengo que pagar una deuda peligrosa y no conozco otro medio de ganar dinero.

Se aproximó a él y lo examinó desde muy cerca.

—Te tiemblan los labios. ¿Tanto te ha asustado ese canijo?

—¡Claro que no!

Su voz rebosaba indignación.

—Aún no te he dado las gracias —continuó ella.

La chica se acercó todavía más, tanto que sus labios casi rozaban la cara de Louis. Luego lo besó en la mejilla.

—Gracias.

La mirada de su salvador fue una mezcla de estupor y deseo y, para compensarlo, trató de responder a la iniciativa de la chica con un beso de verdad, en los labios, pero ella dio un paso atrás.

—Ya te lo he dicho. Haría un mal negocio si empiezo a regalar besos.

Él se quedó con las ganas de conseguir lo que se le acababa de escapar. Realmente, se quedó con ellas. Por no hablar de la pequeña herida que había sufrido en su inmenso ego de seductor.

De repente se escuchó la sirena del barco a bajo volumen.

—Será mejor que nos vayamos. La fiesta ha terminado.

Emprendieron el camino de retorno a la embarcación con cierta prisa, por miedo a perder el único medio de transporte disponible.

—¿Qué isla es esta? —preguntó Louis.

—¿No lo sabes? Es South Brother.

—¿South Brother? No la conocía. Por cierto, ¿cuál es tu nombre?

—¿El real?

—Claro, pero entenderé que solo me digas tu apodo.

—Mi apodo es Kay, y mi nombre es Kayden, Kayden Fox.

¡Le había dado hasta el apellido! ¡Qué ingenuidad! Desde luego, esa chiquilla era demasiado inocente y acabaría mal si continuaba dedicándose a una profesión tan peligrosa.

—¿Cómo va ese golpe? ¿Te sigue doliendo?

—No tiene importancia. Ya estoy muy curtida.

—¿Cuántos años tienes?

—Preguntas demasiado.

—¿Dónde vives?

La insistencia de Louis por saber más no tardó en hacer mella, y poco a poco obtuvo retazos de la ansiada información.

Súbitamente, la rechoncha silueta del proxeneta asomó entre unos matorrales.

—¿Cómo te han ido las cosas? ¿Tienes algo para mí?

Louis intervino antes de que ella tuviera tiempo de responder.

—No, no tiene nada para ti.

—¿Quién te ha dicho que este sea asunto tuyo?

—¡Lárgate!

Aunque Louis se mostraba bastante gallardo, en su fuero interno no deseaba tener un enfrentamiento serio con aquel personaje. Por fortuna, el recién llegado dudó ante su determinación y se dio media vuelta, aunque antes de desaparecer por completo, murmuró:

—Esta isla no es muy grande.

Louis y Kayden escucharon el comentario, y cuando se quedaron a solas, ella explicó:

—Ha ido a buscar ayuda y volverá a por mí en cuanto la haya encontrado. Después se ocupará de ti.

—En ese caso, será mejor que volvamos al barco sin pérdida de tiempo.

Reemprendieron el camino de retorno con paso rápido. No obstante, la oscuridad y la maleza les impedían avanzar al ritmo que deseaban.

—Ya te debo dos favores —expuso Kayden.

—No me debes nada.

—Sí, y de alguna manera habré de mostrarte mi agradecimiento.

—No me asustes, Kayden. No me obligues a verme en la tesitura de rechazar semejante propuesta.

—¿Por qué eres tan mal pensado? ¿Por lo poco que sabes de mí?

—Lo siento si te he ofendido.

Llegados a un pequeño claro desde el que se veía recortada la silueta de las ruinas, Kayden dijo:

—Por ahí, no. Es por donde vendrán a buscarnos.

Agarró de la mano a su salvador y se lo llevó por un estrecho sendero que discurría bajo las ramas de los árboles.

—¿No es mucho rodeo? —preguntó Louis.

De pronto, la sombra de un hombre muy corpulento se interpuso en su camino.

—No puedes huir de lo que eres —comentó el desconocido.

Y luego añadió:

—El canijo tenía razón. Has utilizado este sendero.

El brillo en su mano de un objeto metálico llamó la atención de Louis.

«El filo de una navaja».

También le alarmó la achaparrada silueta del chulo, que se deslizaba a sus espaldas. Estaban rodeados.

—Ya no eres tan gallito —masculló el hombrecillo con cara de rata—. ¿Por qué será?

Louis vio venir el fulgor de un objeto metálico. Saltó a un lado y esquivó el navajazo de milagro. Luego, otra cuchillada contra él, pero, esta vez, por parte del hombre corpulento. Y otra y otra más. No obstante, fallaron todas, gracias a la oscuridad y la agilidad de Louis. Sin embargo, la diosa de la fortuna no le sonreiría mucho más tiempo, ya que la misma oscuridad que entorpecía los ataques, dificultaba la defensa. Y, así, la siguiente le hizo un pequeño corte en la mano.

—Me van a perseguir a mí —le susurró la chica—. Aprovéchalo para escapar.

—¿Qué?

Antes de que Louis ni siquiera pensará qué hacer, ella echó a correr.

—¡Huye! —le gritó Kayden.

El asombrado hombrecillo con cara de rata tardó un par de segundos en reaccionar e ir tras ella, seguido por su corpulento compinche. Louis, en cambio, dudó. ¿Qué era mejor? ¿Qué era más sensato? ¿Correr tras ellos y enfrascarse en una pelea de la que difícilmente saldría airoso o ir en busca de ayuda?

«¡Lo ha hecho!», pensó entonces. «¡Ella lo ha hecho! Me ha devuelto el favor. Me ha librado de un buen problema, incluso a costa de arriesgar su propia vida».

Cuando tomó la decisión de auxiliarla, ya apenas se escuchaban los pasos de la chica y sus perseguidores. Aun así, salió tras ellos a la carrera, pero deseando no tener que arrepentirse de su arrojo.

«Johann, cuanto me gustaría tenerte ahora a mi lado».

Corrió en busca de Kayden, orientado por el lejano ruido provocado por sus perseguidores a su paso entre la maleza. No obstante, no conocía bien los recovecos y senderos de la isla y se despistó, terminando envuelto por un denso follaje que lo forzó a retroceder.

«¿Por dónde se han ido? ¿Por dónde?».

Eligió casi al azar un lugar por el que proseguir y, al cabo de unos minutos de desesperante carrera, se empotró contra una maraña de zarzas. Se clavó varias espinas y se produjo algunos cortes. Además, la ropa se le enganchó en las ramas retorcidas, y no pudo continuar con su persecución.

Angustiado, trató de liberarse del doloroso encuentro. Sin embargo, en plena oscuridad, no veía bien las ramas ni sus afiladas púas, de modo que con cada movimiento agravaba la situación. Entonces dio un salto hacia atrás para zafarse de la trampa en la que había caído, pero tropezó y rodó por el suelo. Las púas rozaron su cara, y la sangre empezó a manar por las pequeñas heridas que se hizo.

Tumbado en el suelo, se revolvió con fiereza hasta desenganchar todas las ramas de sus ropas y luego salió a rastras por donde había entrado.

«¡Por fin, libre!».

Sí, libre, solo que ya no los oía. Kayden y aquellos dos sujetos se habían esfumado. O peor aún, la habían capturado.

Se puso de pie y probó fortuna caminando por donde había menos maraña, a pesar de que significaba alejarse de la ruta que, en apariencia, habían seguido los demás.

«Hay que ver en qué lío me he metido».

Se lamentaba por ello cuando la sirena del barco sonó de nuevo.

«¡Esto se está convirtiendo en una pesadilla!».

Decidió regresar al barco para no perderlo y solicitar auxilio y, al cabo de un rato, alcanzó la costa frente a la cual esperaban el General Slocum y su bote neumático, preparado para recoger al último pasajero que quedaba sobre la playa: él. En cuanto el bote tocó tierra, Louis le relató lo sucedido a su tripulante. No obstante, este no parecía mostrar gran preocupación. De hecho, llegó a interrumpir la narración de su agitado pasajero.

—Nosotros nos ocuparemos de todo. Ahora suba al bote y vuelva al yate. No puede quedarse aquí más tiempo. Hemos llamado demasiado la atención haciendo sonar la sirena en dos ocasiones, y la patrulla del puerto puede aparecer en cualquier momento. Además, en el barco le curarán ese corte de la mano con el botiquín de a bordo.

—Pero si nos vamos, ¿quién ayudará a esa chica?

—Mire, por la descripción que me ha dado, sé que esos dos no han venido con nosotros. Por otro lado, el General Slocum no es el único barco que ha arribado a la isla. De forma que lo mejor que podemos hacer es avisar por radio a la otra tripulación y dejar que ellos se ocupen del asunto.

Louis dio su brazo a torcer y embarcó con el tripulante. Enseguida alcanzaron el yate y, una vez a bordo, se dirigieron con rapidez hacia el puesto de radio. Sin embargo, y para su sorpresa, el comandante se negó a transmitir el aviso, aduciendo que desconocía cuál era el otro barco.

—¡¿Qué?! –exclamó Louis indignado.

El grito quedó ahogado por la puesta en marcha del motor de la embarcación.

—No hay nada que podamos hacer ahora, salvo marcharnos.

—Pero ¡debo ayudarla!

Louis pensó en saltar al agua, pero comprendió con rapidez que no tenía mucho sentido, ya que acababa de imaginar que los tres protagonistas del drama tendrían su mismo destino aunque fuera en otro barco. Por lo tanto, no había necesidad de coger una pulmonía por hacerse el héroe; menos aún si se tenía en cuenta que el General Slocum no detendría su marcha. En cualquier caso, el viaje de vuelta lo hizo apesadumbrado por las últimas imágenes de la chica, ahora grabadas con fuerza en su mente.

La posterior llegada al «embarcadero» de la calle 69 no alivió en nada su preocupación, dado que, tras preguntar por el otro barco al hombre que los esperaba, había averiguado que no atracaría allí y que ni siquiera se conocía su punto de destino. También, que en muchas ocasiones lo cambiaban como precaución frente a la patrulla del puerto.

—¡Qué mala suerte!

Maldijo repetidas veces y se juró que, de un modo u otro, ayudaría a Kayden Fox.

Marian Bennett sabía que se iba a jugar la vida. En ese instante, un escalofrío recorrió su cuerpo, haciéndola temblar. Era consecuencia del frío, pero también, de la tensión que se veía obligada a soportar.

Sin dejar de dar saltitos para mantener la temperatura corporal, miró el reloj de la Met Life Tower, ubicada frente al Madison Square Park, y cotejó la hora con la que marcaba su pulsímetro.

«Las siete y cuarto».

Llevaba diez minutos de espera, y el intenso frío del amanecer, junto con la humedad de la neblina, la estaba dejando helada, así que si no empezaba a correr ya, terminaría enfermando.

Buscó con la mirada la luz del sol que se colaba entre

los edificios, rezando para que le diera calor lo antes posible, pero solo alcanzó a ver unos débiles primeros rayos, que se filtraban difusos entre la bruma de la mañana. Por fortuna, el variopinto grupo del Brooklyn Runners Club por fin hizo su aparición, y sus diez corredores, identificados con distintivos del club, llegaron hasta ella en una carrera ligera. En ese momento, Marian echó a correr y se adaptó a su ritmo. Era la última en incorporarse. Los demás lo habían hecho algunas manzanas antes, a medida que el grupo recorría los diferentes puntos de recogida.

Salvo por los distintivos del club que portaban, eran casi todos unos perfectos desconocidos. Pese a ello, los siete hombres y tres mujeres que conformaban el grupo miraron de arriba abajo más de una vez su femenina silueta, embutida en una ceñida ropa de compresión térmica.

Al poco rato, uno de sus compañeros le preguntó por sus ganas de afrontar la carrera.

—Solo necesito correr un poco más para quitarme de encima este frío —le respondió Marian.

—No tengas prisa por entrar en calor. Hoy sudarás mucho.

Atravesaron Manhattan en sentido sur, recorriendo Broadway hasta la calle Canal, donde enfilaron hacia el puente de Manhattan. Se adentraron en él para cruzar el río y dejaron la isla a sus espaldas. También quedó atrás la protección que los edificios ofrecían frente al viento, lo que creó una sensación térmica muy desagradable.

En ese momento, un vistazo atrás le permitió disfrutar a Marian del panorama de un Downtown de aspecto tremendamente seductor, en el que la menguante neblina y los cálidos rayos de sol que acariciaban los rascacielos justificaban el madrugón necesario para verlo y, a la vez, servían para que olvidara el sufrimiento del corredor de medio fondo.

Al salir del puente de Manhattan, la frecuencia y la longitud de las zancadas se incrementaron. Así, el escaso frío que quedaba en su cuerpo desapareció por completo, y ya ni siquiera notaba frías la punta de los dedos.

Cruzaron el Downtown, Boerum Hill y Prospect Heights, siempre por calles secundarias, sin tráfico, gracias a lo temprano de la hora y a ser domingo. Al llegar a la altura del Prospect Park, el grupo aceleró aún más su cadencia. En ese instante, dos de las mujeres se descolgaron y tomaron otro camino, continuando a menor ritmo.

Marian revisó su estado: pulsaciones, capacidad aeróbica, músculos y estado psicológico. Todo bien, pero notaba que se acercaba a su límite. De hecho, el Prospect Park representaba su distancia ideal, en la que estaba más entrenada, la que su cuerpo aguantaba mejor y en la que conseguía mejores marcas.

«Ir más allá a esta velocidad será forzar en exceso. Ve con cuidado».

Recordó el origen de la carrera: un desafío entre los corredores del Brooklyn Runners Club para averiguar quién resistía más en una distancia de varios kilómetros, con un ritmo en constante progresión, y en el cual el tramo final se realizaba como si se tratara de una carrera mucho más corta. En otras palabras, un desafío tan atractivo como peligroso para la salud de los participantes. Por ese motivo, en los seis meses que llevaba corriendo con los integrantes del club, había surgido una inusitada rivalidad, y de manera constante nacían retos para evidenciar la supremacía física de unos sobre otros con carreras que requerían un esfuerzo cada vez mayor.

En todas ellas, los derrotados simplemente dejaban de correr y veían cómo sus competidores se alejaban sin ni siquiera mirar atrás. Y, en todos esos duelos, Marian brilló merced a su físico, acostumbrado a potentes carreras de media distancia, lo que a su vez la hizo objeto de numerosos retos. No obstante, el de hoy no parecía que fuera a ser uno más porque la carrera se estaba acelerando demasiado. Tanto era así que, al llegar a Crown Heights, la última acompañante femenina abandonó el grupo junto con dos de los hombres.

Marian continuaba pegada a los cinco corredores que aún mantenían la marcha, aunque a duras penas porque las fuerzas comenzaban a fallarle. Para compensarlo, trató de concentrarse en el líder del grupo.

«Piensa en él. Piensa solo en él».

Pero el ronco silbido del aire cada vez que salía de sus pulmones y la dificultad para volver a introducirlo en ellos la distraía en todas y cada una de sus zancadas. Casi a la vez, los latidos de su acelerado corazón dejaron de seguir el ritmo de estas. Así pues, temió que el cansancio extremo aflorara en el momento menos oportuno y le fastidiara el cumplimiento de su objetivo.

En las siguientes manzanas dejaron de correr tres de los competidores, y cuando el Betsy Head Memorial Playground se hallaba a escasa distancia, se descolgó el penúltimo.

Marian se encontraba muy cansada por haber superado hacía bastante rato la distancia en la que su rendimiento resultaba óptimo. De hecho, ni siquiera se había esperado que la de hoy fuera a ser una carrera tan dura. Y lo que era peor, el hombre que se mantenía en cabeza no presentaba señales de agotamiento y además mostraba una actitud desafiante.

«¿Cuánto más va a durar esto?».

Pensó en su nivel de lactato y rezó para que no se le agarrotasen los músculos. En ese momento, el líder abandonó la carrera, dejando que Marian prosiguiera sola por las calles de Brownsville.

«¿Estoy sola? ¡No puede ser!».

De repente, escuchó una respiración, potente y rítmica. Pertenecía a un hombre vestido con una camiseta del club, que la adelantó y la retó con un gesto cargado de arrogancia.

«¡Qué manera de correr! Es impresionante. No podré con él».

Los pulmones le ardían y las piernas le enviaban señales de querer detenerse. Era una carrera suicida, sin sentido y que solo podía conducir a un desenlace fatal. Pese a ello, rebuscó en lo más profundo de su cuerpo la energía necesaria para acortar distancias con el corredor.

«No pienses en el sufrimiento. Mejora tus inspiraciones. Que entre más oxígeno. Fuerza el diafragma…».

El hombre le volvió a mirar, como si quisiera comprobar que no representaba una amenaza a su supremacía.

«¿Cuánto lleva corriendo? Es imposible que haya salido con nosotros y se mantenga así de fuerte».

Continuó con su agonía, siguiendo al desconocido hacia East New York, hasta que, de repente, su nivel de lactato sobrepasó el punto crítico y sus piernas empezaron a agarrotarse.

«¡Vamos! No desfallezcas. ¡Ahora no!».

Pensó en tirar la toalla, detenerse y tumbarse en el suelo porque si no lo hacía, su corazón reventaría. No obstante, recordó el consejo de su viejo mentor: «No basta con intentarlo con todas tus fuerzas. Para conseguirlo, has de estar dispuesta a morir por ello».

Harry Anthony Powers la había introducido en las carreras de medio fondo, en las que experimentó unas sensaciones físicas que le gustaron y con las que descubrió su don para correr. Por otro lado, brillar en un deporte tan duro le forjó un espíritu de superación y resistencia excepcional.

«Sigue, sigue…», se repetía ahora una y otra vez.

Clavó la mirada en su objetivo y no le permitió alejarse ni una zancada más, y de ese modo continuaron corriendo hasta tomar la avenida Fountain. Luego pasaron bajo la Belt Parkway y se adentraron en los solitarios terrenos de los antiguos vertederos que delimitaban la costa.

«Avenida Fountain. Aquí entierra el crimen organizado a sus víctimas[6]. Bonito lugar».

Al recordar el cadáver de la chica violada y asesinada que fue encontrado allí en 2006, la abandonaron las escasas energías que le quedaban, y cayó mareada sobre el camino de tierra que bordeaba la bahía.

«Se acabó. No puedo más».

Se encontraba tan exhausta que se vio obligada a permanecer de rodillas para recuperar el resuello. Entonces las vio. Tres figuras surgidas de la nada, que se acercaban en línea recta con suma rapidez.

«¿Qué…?».

Sin fuerzas para reaccionar, echó un vistazo al corredor. Este regresó hacia ella a la carrera y le atizó una patada en la cara.

—¡¿Por qué?! —chilló ella, retorciéndose de dolor.

—Te vamos a invitar a una fiesta en la que serás la estrella.

Marian se arrastró hacia atrás.

—Nos apetece disfrutar de tu bonito cuerpo…

Tras ellos, por el camino que habían recorrido, surgió ahora una furgoneta, que comenzó a aproximarse a gran velocidad.

—…, pero antes te llevaremos a un lugar más cómodo.

—¡Ahora! —chilló ella.

El grito sorprendió a los asaltantes.

---

[6] Nota del autor: verídico.

—¡Ahora, ahora, ahora!

—¡Cállate ya!

—¡Venid ahora!

Antes de que ninguno de sus asaltantes pudiera reaccionar, Marian se puso de pie.

—Quedáis detenidos por los delitos de detención ilegal, secuestro y violación.

La mujer extrajo de su brazalete la placa que la identificaba como teniente del Departamento de Policía de Nueva York.

—¿Qué clase de broma es esta? —preguntó sorprendido uno de los asaltantes.

—Lo sabrás si te quedas conmigo.

Salvo el corredor, que permaneció frente a ella, los demás huyeron hacia la furgoneta.

—Esos no llegarán muy lejos por la única salida que hay para coches.

—Tú tampoco conseguirás mucho, cansada y sin pistola.

Luego, el hombre echó a correr.

«No, otra vez no», se dijo ella.

Su sensación de impotencia fue absoluta.

—¿Dónde estáis? —protestó por el diminuto micrófono que llevaba disimulado en su ropa—. ¡Se van a escapar!

Sin ganas de hacerlo, echó a correr tras el delincuente.

—Varios de los sospechosos huyen en una furgoneta de color azul oscuro en dirección a la avenida Fountain. Otro lo hace a pie, hacia el Hendrix Creek. Yo persigo a este último.

Su sensación de impotencia fue en aumento.

—¡Ni me oyen ni los oigo!

Sus agotadas piernas no corrían como su cerebro les ordenaba. De forma que forzó su respiración y los músculos e incrementó el ritmo para no perder más distancia con el violador. Sin embargo, este continuó alejándose hasta alcanzar la maleza existente junto al Hendrix Creek, se introdujo en ella y desapareció de su vista.

«¡Se va a escapar!».

Su corazón y sus pulmones no podían más. Así, al alcanzar la vegetación por la que había desaparecido el fugitivo, las fuerzas la abandonaron de nuevo, y sufrió otro mareo, con el consiguiente efecto de caer de nuevo al suelo.

«No puedo más, no puedo…».

El corredor reapareció entre los arbustos y se abalanzó sobre ella con una navaja en la mano.

—Me las vas a pagar.

Estaba indefensa ante el ataque. No tenía capacidad para reaccionar, y se imaginó herida de gravedad en el cuello.

Sonó un disparo, y Marian sintió el paso de un proyectil a escasos centímetros de su cabeza. Su asaltante se derrumbó y comenzó a sangrar por la pierna entre alaridos de dolor. Después, desde la cercana autopista, se escuchó un grito:

—¡Marian!

Era el detective investigador Christian Willocks. Se encontraba junto a un coche patrulla camuflado, desde donde le hacía señas. Enseguida saltó por encima del murete de la autopista y avanzó con rapidez entre la maleza. En cuanto se plantó frente al asaltante, lo esposó sin demasiada delicadeza y luego se dirigió a ella.

—¿Estás bien?

—¿Has disparado tú?

—Claro.

—¡Qué valor tienes! Me podías haber dado.

—No podía fallar.

—¿¡Cómo que no!? —gruñó enfadada.

—Jamás he fallado a esta distancia. Y veo que te sobran fuerzas para discutir.

—¡Pues nunca había estado tan cansada! Tendré suerte si no me da un infarto. Y tengo frío.

Al cabo de cinco minutos, se hallaba sentada en el interior del coche patrulla, cubierta con una manta, con la calefacción puesta al máximo y un termo con café caliente a su disposición.

—Te esperábamos escondidos en el Betsy Head Playground. ¿Por qué no tiraste la toalla allí? ¿Es que no estabas lo suficientemente cansada o acaso te lo impedía tu orgullo?

—Mi cabeza estaba en otras cosas.

—Me imagino dónde. El caso es que, cuando nos dimos cuenta de que no te detenías allí y empezamos a seguirte, ya te habías largado. Además, no teníamos claro en qué dirección. Desde luego, el que te marcó el camino sabía cómo hacer las cosas para despistar a cualquiera que te siguiera. Y, luego, lo de la radio… Te escuchábamos a pesar de que tú no nos oías. ¡Menudo susto te llevarías!

—¡Por supuesto! No podía defenderme. No me quedaban fuerzas para actuar por culpa de esos capullos. Me habían agotado con la carrera.

—Ya sabías que ocurriría algo así.

—Sí, sí, ganarse la confianza de mujeres atléticas y con una buena figura, a las que alejan de toda ayuda con la carrera, a la vez que las agotan para que no opongan resistencia.

—¿Hablas de ti? ¿No eres un poco vanidosa?

Christian trataba de animarla tomándole un poco el pelo.

—¡No estoy para bromas! Recuerda que preparamos esta trampa tras hallar aquí el cadáver de una mujer. Así que yo podría haber sido la siguiente, y solo me habrías encontrado cuando estuviera muerta, después de que me exprimieran como prostituta en algún burdel.

Tomó con cuidado otro trago del termo porque aún le dolía el labio por la patada recibida. Enseguida, el líquido caliente recorrió su aparato digestivo y traspasó su calor a su aterido cuerpo.

Entre trago y trago, examinó con disimulo a Christian Willocks: uno ochenta de estatura, una potente musculatura, pelo desordenado, aunque no caótico, y ropa informal, como si no le importara mucho ir medio desaliñado, consciente de su aspecto fuertemente varonil.

—Al menos, los hemos cogido a todos. Solo me faltaba que se hubiera escapado alguno después de estar haciendo *footing* como una loca durante meses para que se tragaran el anzuelo.

—Mi querida teniente Bennett, ahora solo debes pensar en volver a la tranquilidad de nuestros trabajos en el RAM.

Marian se imaginó su comisaría, enclavada en el corazón del distrito de Midtown South, y rememoró lo atractiva que en su momento le había resultado la idea de colaborar con los detectives de la División de Víctimas Especiales, que llevaba los casos de índole sexual. También, la ilusión que le había hecho dejar por un tiempo el RAM, el Módulo de Detención de Robos, al pensar que adquiriría prestigio realizando otras actividades, con las que se aceleraría su carrera en el Departamento de Policía.

—Tus galones de teniente brillarán mucho a partir de hoy. Te invito a cenar para celebrarlo.

—Ni lo sueñes. Por cierto, ¿qué hora es?

—Las ocho.

Miró su pulsímetro y comprobó que su corazón todavía estaba muy acelerado, aunque, para saberlo, no necesitaba un aparato como ese.

—Pide que me lleven a casa, por favor.

Pablo Palazuelo

EL HOMBRE PERFECTO

Lunes, 1 de noviembre

Louis descendió del taxi y le indicó al conductor que esperara. Se aproximó al borde del agua para examinar los restos ruinosos del puente de transbordo del New York Central Railroad de la calle 69, pero, por desgracia, no había ningún indicio de que hubiese sido utilizado como embarcadero la noche anterior. Lógico, por otra parte, ya que, según se había informado esa mañana, en el año 2003 había sido incluido en el Registro Nacional de Lugares Históricos, y desde entonces estaba prohibido acceder a él.

Cuando regresó al taxi, le pidió al conductor que lo llevase hasta el embarcadero de ferris turísticos de los Chelsea Piers. Una vez allí, entró en las oficinas y consultó la información de cruceros alrededor de Manhattan, en especial, los que recalasen en la isla de South Brother. Para su sorpresa, le dijeron que la isla era de propiedad municipal y que se había convertido en un refugio de aves.

También preguntó por el yate, el General Slocum, y aunque la respuesta fue que nunca habían oído hablar de él, esta vez no le extrañó. Y si se tenía en cuenta que no eran demasiados los barcos que hacían cruceros por el río, solo podía significar que era un nombre falso.

De nuevo en el taxi, recordó los cien dólares que le había entregado al conductor del que había tomado la noche anterior; una cantidad que ahora no le importaría volver a pagar si con ello obtenía algún dato de utilidad.

Luego pensó que quizá aquel taxista pudiera darle información que le sirviera para encontrar a la chica de los ojos verdes. Lamentablemente, y por mucho esfuerzo que hizo, no afloró ningún recuerdo que le permitiera identificar el vehículo que lo había llevado hasta la calle 69; ni la matrícula, ni el número de licencia ni la compañía.

—¿Adónde lo llevo? El taxímetro está corriendo.

Louis le facilitó una dirección próxima al Moon. Más tarde, al llegar a su destino, se aproximó al *after hour*, llamó a la puerta infructuosamente y luego permaneció un buen rato rondando las inmediaciones del local con la esperanza de dar con un empleado cualquiera, alguien que estuviera reponiendo bebidas o que perteneciera al servicio de limpieza. También deseó tener la fortuna de encontrarse con el camarero al que le había pagado una buena propina.

Al final, cansado de esperar, trató de abrir la puerta a empujones, haciendo bastante más ruido que cuando había llamado con los nudillos.

—¿Qué buscas por aquí? —preguntó alguien a su espalda.

Se trataba de un hombre bastante fornido.

—Ayer por la noche, conocí a una chica en este local y me gustaría volver a verla. ¿Crees que podrías...?

—Será una broma. Eso es un almacén. —Se interpuso entre Louis y la puerta—. Mi almacén.

—Entiendo.

Claro que lo entendía. No le sacaría nada a alguien que no quería hablar de un asunto ilegal.

—Me habré equivocado de sitio.

—¡Pues no vuelvas a husmear por aquí!

El empleado se metió en «su almacén», y Louis se quedó a solas con sus reflexiones.

Tal vez, de disponer de una foto de la chica de cierta calidad, podría ser más sencillo localizarla. Ello era debido a que se podría cotejar esa foto con las imágenes captadas por las decenas de miles de cámaras existentes a nivel nacional, que formaban parte de los diversos sistemas de reconocimiento biométrico facial del gobierno.

Para ahondar en ese problema, se daba la circunstancia de que ni siquiera tenía la certeza de que su nombre fuera auténtico. Le podía haber tomado el pelo y haberle dado un supuesto nombre real que fuera tan falso como el «artístico» con el único fin de camelárselo.

Echó a caminar, pensativo y cabizbajo. Dar con la chica iba a requerir más dedicación de la prevista. Por fortuna, sabía quiénes lo ayudarían. ¿Dónde estarían ahora? ¿Se habrían despertado ya? ¿Y Travis? De los cuatro, era su mejor amigo. Quizá estuviera vagando por la ciudad con su cara bonachona, cámara en mano, y disparando fotos como un poseso con su pequeña Leica.

Esa idea le hizo rememorar lo que había llevado a Travis a descubrir una afición de la que se había enamorado como si fuera una mujer.

Su amigo se había licenciado en Matemática Aplicada e Inteligencia Artificial por el Imperial College y fue capaz de sacar adelante las dos carreras en un plazo en el que la gente normal solo hacía una. Como consecuencia de ello, se esperaba que terminase en el sector privado con un magnífico sueldo, pero, para sorpresa de todos, aceptó una oferta del Departamento de Servicios Técnicos del SIS, el Servicio Secreto de Inteligencia británico.

En él ayudó a crear la red que unía los satélites y supercomputadoras de su país con Estados Unidos y otros aliados. Más tarde, en su primer destino en el extranjero, se dedicó a espiar las telecomunicaciones gubernamentales chinas. Años después, volvería a Londres para dirigir las relaciones con otros servicios de inteligencia de la OTAN.

Y fue en uno de sus múltiples viajes, uno para prestar apoyo técnico a la Embajada británica en Moscú, cuando cayó en sus manos una vieja cámara rusa FED, del año 1941. Era un aparato sencillo, robusto, pero por el que se sintió atraído de inmediato.

«Tengo que probar esta cámara», se dijo.

Lleno de ilusión, salió inocentemente a comprar una película y se embarcó sin saberlo en una odisea. Que, en plena Guerra Fría, un miembro de una embajada occidental comprase un carrete en Moscú para hacer fotos por la calle suponía un claro peligro para la seguridad del Estado soviético. Por ello, le llevó tres días de papeleo ante las autoridades obtener el permiso necesario para su adquisición y, cuando tuvo la película en sus manos, no se libró de que lo vigilaran de forma continua durante todos los días que salió a fotografiar.

No obstante, tras revelar el carrete Tasma 65 en el laboratorio de la Embajada y ver los resultados, se enamoró de la fotografía al instante.

Martes, 2 de noviembre

—Al menos es perfecta. Serviría para estudiar geometría. Es completamente redonda. ¡Qué cabeza tengo, qué maravilla!

Se pasó la mano por encima de su brillante calvicie.

—Y qué suavidad. Ni un pelo. Es como una bola de billar. No, mejor aún: un bolo. Sí, eso es, un bolo con los tres agujeritos. Dos en la nariz y otro en la boca.

Travis se reía de sí mismo frente al espejo, a la vez que recordaba la época en la que se le había empezado a caer el pelo y cómo había hecho todo lo inimaginable para contener la pérdida. Sin embargo, fue una lucha que no podía ganar y no ganó, y cuando abandonó toda esperanza, se deprimió. Hasta que, un buen día, un colega le confesó su secreto para superar el problema:

—¡Asume la realidad!

Se refrescó con agua, salió del baño del apartamento de Nikolái para reincorporarse a la partida de *poker* y ocupó su asiento junto a Johann, a quien notó más cansado de lo normal, un hecho que le causó preocupación, puesto que sabía bien que el corazón de su amigo nunca había sido el propio de un agente del BND, el Servicio Federal de Inteligencia alemán.

Johann era un gigante, sí, pero su corazón no estaba a la altura, y en todas las pruebas físicas en las que se requería una dosis extra de oxígeno, apenas la obtenía y solo conseguía superarlas a base de esfuerzos sobrehumanos. Ahora bien, ese espíritu de sacrificio había hecho que sus superiores se fijaran en él. Así, cuando era capitán del Ejército alemán, lo reclutó como francotirador la Oficina de Ciencias Militares, una tapadera de los servicios secretos. De allí pasó al Directorio de Proliferación y Armas Atómicas, Bacteriológicas y Químicas y de Tecnología para la Defensa y, por último, al Directorio para el Terrorismo Internacional y Crimen Organizado Internacional.

Ahora, a los sesenta y tres años, su frágil corazón apenas le suministraba aire más que para subir unos pocos escalones o cruzar una calle al trote. Literalmente, se ahogaba tras realizar cualquier esfuerzo aeróbico.

—¿Juegas o no, Johann? —le preguntó Travis.

El alemán se ajustó su marcapasos con conectividad Bluetooth, cuya señal se recibía en un diminuto dispositivo con localizador GPS y tarjeta SIM de telefonía móvil, que transmitía a su vez todos los datos a su centro médico, en Alemania. Así, en caso de una emergencia en la que no pudiera pedir auxilio, la llegada de socorro estaba garantizada.

—Estas partidas nos van a matar —comentó extenuado.

Travis, con su cara de agotamiento, le dio la razón.

—Me voy a quedar sin fuerzas para recorrer mañana por la noche los puentes de Manhattan. Quiero fotografiarlos con mi nuevo objetivo, un Leica 50 milímetros de 0,95. Es un juguete muy caro, pero es que mi pequeña MP no se merece menos.

—¿Te gustaría fotografiar los más increíbles ojos que hayas visto nunca?

La pregunta, formulada por Louis, le despertó una intensa curiosidad.

—¿A quién pertenecen?

—A una chica extremadamente guapa, pero con problemas. Y muy serios.

El relato de su aventura nocturna fue dejando

asombrados a sus amigos a medida que avanzaba por los cada vez más curiosos detalles, y en lo que se tardaba en jugar un par de manos, había dado cuenta de su extraña correría.

—Quiero ayudarla —añadió al terminar.

—Louis, todos los días conocemos gente que necesita ayuda. ¿Por qué ella? Puede tratarse de un asunto complicado.

—No lo entenderás hasta que veas sus ojos.

Nick saltó divertido sobre su compañero.

—¿Cómo va a terminar tu correría? ¿El príncipe besa a la puta y la convierte en princesa?

—No le llames así.

—¡Es una *shliúja*[7]! Olvídate de ella. Además, ¿qué crees que pensará de un viejo como tú?

—¡Tiene razón! —vociferó Johann—. Confundes el amor con la mera atracción física.

—A las putas no les interesan los hombres, solo su dinero. Y cuando se les acaba, los abandonan. Por no hablar de que son mujeres que sufren depresiones, bulimia, ansiedad y no sé cuántas cosas más. Vamos, que te volverá tan loco como lo pueda estar ella.

No obstante, Louis no parecía dispuesto a ceder, y Harry se percató de ello.

—Aquí hay gato encerrado.

Estaba intrigado.

—¿Nos dirás dónde está el truco?

—Tiene dieciocho o diecinueve años. Al menos, es lo que aparenta.

Se hizo un repentino silencio, que se mantuvo hasta que Johann lo rompió.

—¿No te da vergüenza?

—¡Tienes sesenta y dos y ella dieciocho! ¿Es que te has vuelto loco?

---

[7] Puta.

Todos estaban escandalizados.

—No tengo muy claro quién de los dos tortolitos necesita más ayuda.

Travis sacó su cámara del bolsillo y jugueteó con ella.

—Pues yo sí quiero ver esos increíbles ojos verdes. Y aprovecharé para fotografiarlos.

Dejó las cartas sobre la mesa e hizo un gesto para indicar que abandonaba esa mano.

—Te ayudaré. ¿Qué sabes de ella?

—Casi nada y no la encuentro por ninguna parte.

—¿Sabes dónde vive?

—Aquí.

—¿Dónde es aquí?

—Es tu vecina, Nick. Una curiosa coincidencia. Aunque en la isla también me contó que no lleva mucho tiempo en el Michigan.

La cara de pasmo del ruso fue digna de quedar inmortalizada en una foto.

—¿De verdad piensas ligártela si la encontramos?

—¿De verdad le importa eso a un viejo cínico como tú?

Travis intervino para cortar la discusión.

—¿Alguien más que eche una mano?

—Tengo cosas mejores que hacer —comentó Harry.

—¿Qué podemos perder? ¿Qué puede perder él?

—Si sale mal, a ella.

—No se puede perder lo que no se tiene.

—Ayudar al Niño a ligar —bromeó Nick, acariciando su bastón—. ¡Je, je, je!

Johann cortó sus carcajadas con agresividad.

—No te rías de él, payaso.

El ruso se enfadó y realizó un gesto amenazante.

—¡*Govn'uk*[8]!

---

[8] ¡Bastardo!

Entonces recogió las cartas con rapidez.

—La partida ha terminado —añadió frenético.

Así obligaba a los demás a darla por finalizada. También, a que dejaran de esquilmarle.

—¡Nick!, ¿qué haces? —protestó Harry.

—¿Tú qué crees?

—¿Aparte de recoger sin consultar? Arrugar las cartas más de lo que lo has hecho durante la partida.

—¿Ahora vas a justificar tu mal juego porque las haya doblado un poquito?

—Pero ¡si voy ganando!

—Ya, ya…

—¿Cómo que ya, ya?

—Que han pasado varios días desde mi falsa *mano del muerto* y aún te escuece no haberla visto.

Soltó una carcajada.

—¡Para que luego digáis que no sé mentir!

—No sabes mentir, querido Nikolái. Sé que sí llevabas *la mano del muerto*. En cambio, yo iba de farol y traté de presionarte diciendo lo que tenías. Era una forma de apartar tu atención de mis cartas, que no pasaban de pareja de damas. Ahora bien, aunque eres incapaz de mentir, sí sabes detectar una mentira y por eso me ganaste.

Travis intervino de nuevo, pero lo hizo hablando con tranquilidad para así imponer un poco de calma.

—Averigüemos lo que podamos de esa chica, no solo para encontrarla, sino también para ayudarlo a seducirla.

Johann no daba crédito.

—¿No aspiras a mucho?

—Pues tómatelo como un pasatiempo.

—¡Un pasatiempo!

Su reacción fue de hosquedad.

—¿Y si su ideal masculino tiene cuatro décadas menos?

—Podrás reírte de su fracaso.

Louis no pudo reprimir su intervención:

—¡No quiero seducirla! ¡No soy ningún enfermo!

—Pero ¡quisiste darle un beso!

—¡Fue un error! ¡Me dejé llevar por la testosterona!

—Qué más da. Tú déjate ayudar. Luego, lo que hagas con ella será asunto tuyo.

Travis señaló al alemán.

—Habla con tu amigo Robert Lehbrink. Tiene buenos contactos en el Medio Oeste y, si la chica es de allí, quizá pueda averiguar algo.

—De acuerdo —musitó Johann a regañadientes.

Travis hizo una pausa y después se dirigió a Nikolái:

—Sois vecinos; entra en su apartamento, regístralo y confirma si su nombre es auténtico. Servirá a los demás para empezar a trabajar.

Lo miró con seriedad.

—También tendrás que investigar algo que no te va a gustar: su basura. Nos aportará mucha información.

Nick dejó de sonreír.

—¡Si no es más que una puta! ¿Qué clase de vida piensas que lleva?

El inglés pasó a Harry para evitar su malhumorado rostro.

—Ya sé que también eres reacio a ello, pero espero que cambies de opinión por tratarse de un buen amigo. Así que, si lo crees oportuno, habla con Marian; tal vez nos pueda ayudar.

—No va a funcionar —intervino Nick.

—¿Por qué tienes que dudar siempre?

—¿Y si no aparece? Pueden haberla matado.

—No lo han hecho. Si es tan llamativa, vale su peso en oro para cualquiera que la prostituya.

—Pues supongamos que la putita surge ante el principito. ¿Y luego qué? ¿Tendremos que escuchar cómo le suelta chorradas empalagosas cuando haya cobrado para, después, matarlo follando?

—Dejemos que fluyan los acontecimientos y que Louis decida.

No obstante, la terquedad de Nikolái no se iba a doblegar con facilidad.

—Materializar un sueño es obrar un milagro que puede resultar muy peligroso.

Pablo Palazuelo

Miércoles, 3 de noviembre

Nick salió de su apartamento y bajó al vestíbulo, donde curioseó entre los buzones, buscando alguna pista que le indicara cuál era el apartamento de la chica. Sin embargo, la fortuna solo le sonrió cuando la amable anciana del apartamento 3070 recogió su correo y se puso a charlar con él acerca de la jovencita que se había mudado a una vivienda no muy alejada de la suya: la del 3014.

«Ya es mía».

Con su juego de ganzúas en el bolsillo, se fue al apartamento indicado y examinó su cerradura. Era de cilindro y tambor de pines, de lo más corriente, tanto que no ofrecía ninguna seguridad. Después, tras comprobar que no hubiera nadie en el pasillo ni se escucharan pasos por la escalera, murmuró:

—¿Cederás con un rastrillado o tengo que ir pin a pin con una ganzúa Hook?

Se inclinó por la segunda opción, abriendo la cerradura en pocos segundos al no estar cerrada con vuelta de llave. Luego entró sin hacer ruido y cerró con sigilo.

«Veamos qué secretos escondes».

Empezó a trabajar sin pensar demasiado en una reaparición inesperada de Kayden Fox y lamentando la decisión de no instalar micrófonos, ya que, con ellos, obtendrían mucha información.

Revisar el apartamento era bastante delicado, puesto que nadie debía sospechar del paso de un intruso. Para ello, se limitaría a examinar lo que estuviese a la vista.

Sobre el mueble de la entrada, encontró una factura

de U-Haul y otra de Verizon, en la que figuraba su número de móvil. De igual manera, localizó una fotocopia de su carnet de la Seguridad Social.

«Interesante».

Sacó una fotografía de todo ello con su cámara compacta y pasó a inspeccionar la mesa. Sobre ella, vio sendos informes de pruebas realizadas del VIH. Estaba limpia, lo que no significaba que no padeciera cualquier otra enfermedad relacionada con su profesión.

Después hizo una foto de unas baterías y pilas, separadas en dos grupos: recargables del tipo AA, que debían reciclarse según establecían las leyes de Nueva York, y alcalinas de 1,5 voltios, sin mercurio, por lo que no necesitaban reciclaje.

En el dormitorio, fotografió la ropa que se hallaba tendida sobre la cama, dos pares de zapatos de tacón alto y unas deportivas. En el armario encontró un traje corto muy escotado, de un tejido elástico, y otro más burdo, con lentejuelas de color dorado. Se quedó espantado con ambos. Después pasó al baño, donde hizo fotos de una crema hidratante, un kit básico de maquillaje, un secador, un peine y otros objetos para el aseo.

De vuelta en el salón, encontró cuatro copias de su *curriculum vitae* sobre la mesa que estaba junto al sofá. ¡Y con foto! Menuda suerte. Fotografió uno de cerca y luego se aproximó un poco más para retratar el rostro de Kayden. Parecía muy guapa, y le dio la impresión de que se trataba de una belleza que, a pesar de su juventud, desprendía un cierto aire de madurez y serenidad.

Después hizo otras fotos de los libros y revistas que encontró repartidos por las baldas del salón.

«¿Y la papelera? ¿No tienes ninguna?».

No, no tenía, pero sí tres cubos de basura en la cocina.

«Interesante. Separa todos los residuos. No es

normal en alguien tan joven».

Una leve sensación de curiosidad por ella nació en lo más profundo de su mente mientras revolvía un poco la escasa basura.

«Nada de interés».

A pesar de ello, sacó tres fotos del contenido de cada cubo y lo memorizó de cara a su hediondo próximo paso.

Ya en su propio apartamento, cogió unas largas botas de pesca sin fieltro, ecológicas, muy de su gusto. Las introdujo en una bolsa y se dirigió al estrecho callejón lateral del Michigan. Allí se encontraban los contenedores en los que se acumulaban las bolsas de basura de los centenares de apartamentos del monstruoso inmueble.

—Sí, sí... Amigos de toda la vida, y luego me largan el peor trabajo —murmuró enrabietado.

Después de calzarse las botas, se introdujo en el primero de los contenedores.

—¡*Govno*[9]! Siempre la misma mierda. ¡Maldito Niño! Malditos hijos de...

En el contenedor verde, y metido en bolsas transparentes, iban revistas, periódicos, folletos, catálogos y todo tipo de papel, blanco o en color.

En el contenedor azul para envases también fallaba la teoría, y las sanciones por infracciones llegaban con cierta frecuencia. Asimismo, se daban incidencias con los equipos electrónicos, elementos con gas CFC... y desechos con metales pesados, como las baterías. Estas últimas eran las que más le preocupaban, lo que motivó que se rascase su maltrecha rodilla derecha pensando en ello.

«Los metales pesados... Pero qué inconsciente es la gente».

Tras unos interminables minutos removiendo, abriendo y examinando basura, localizó lo que buscaba: las bolsas de Kayden Fox.

---

[9] ¡Mierda!

«Ya te tengo».

Con dificultad a causa de su cojera, salió del contenedor bajo la sorprendida mirada de un vagabundo, ya que Nick, a pesar de vestir con modestia, no aparentaba lo que en ese momento parecía ser.

—La vida se está poniendo fatal —le dijo Nikolái.

Cinco minutos más tarde, se hallaba en su apartamento. Guardó las botas en una bolsa de plástico, la anudó y la dejó en la cocina.

—Me pagarán unas nuevas. Ya lo creo que sí.

Extendió sobre el suelo un plástico de gran tamaño, que cubría casi todo el salón, para luego organizar sobre él la basura en función del contenedor de procedencia y, cuando olisqueó el hedor que desprendía y que comenzaba a inundar todo su apartamento, murmuró pensando en Louis:

—*Juy gollandski*[10].

Anotó en su ordenador todos los objetos que tenía a la vista, con cada entrada acompañada de varias notas que la categorizaban: nombre del residuo, tipo, biodegradable, reciclable, fechas, etc.

Se dio cuenta de que los desodorantes, lacas y similares eran respetuosos con el medio ambiente por no contener gases de la familia de los clorofluorocarbonos.

«Por lo menos, se preocupa del mundo que la rodea».

Las bombillas, a juzgar por las cajas vacías, eran de bajo consumo, un detalle en el que no se había fijado durante la inspección del piso.

«Pues sí, sí que se preocupa».

Encontró un documento de mucho valor: un informe médico de un ginecólogo, que certificaba que todo estaba en «orden».

«Esto sí que es un milagro».

También halló un cepillo de dientes que aún

---

[10] Inútil (de forma muy peyorativa).

conservaba restos de pasta y, en apariencia, saliva.

—¡Qué asco! Esta me la van a pagar.

Su destino sería el mismo que los cabellos sueltos extraídos de un cepillo para el pelo: un bote estéril y hermético.

De vuelta en el salón, encontró dos envases de productos contra las chinches y las cucarachas.

—Bienvenida al reino de los bichitos. Je, je... Tendrás que luchar duro para vencerlos.

Extrajo una oferta de empleo de otra de las bolsas. Se trataba de un trabajo de auxiliar administrativo con una porquería de sueldo y una mierda de horario. Ni las lechuzas lo aguantarían.

Repentinamente, exclamó:

—¡Claro, no están! ¿Cómo demonios lo he pasado por alto?

No había restos orgánicos procedentes de alimentos. Ni siquiera los originados con el lavado de los envases.

—¿Acaso nunca te has dejado un trozo de *pizza* o unos pocos espaguetis? ¿Dónde los escondes?

Rebuscó de nuevo entre las bolsas, ahora vacías, y localizó un documento que se había quedado pegado entre dos Tetra Brik aplastados. Era un folleto informativo relativo a los cursos de reciclaje del ABRI, que comenzaban el 14 de diciembre próximo.

—Muy interesante.

Ese detalle le proporcionó una pista. Cogió el montón de papeles que había recopilado y los revisó uno por uno hasta dar con el que buscaba.

—No me lo puedo creer.

Un justificante de entrega de restos orgánicos para su tratamiento como compost en el Centro Ecológico del Lower East Side.

—Eso está en el 39 de Union Square. Es todo un paseo, y seguro que lo hará caminando, ya que dudo que se meta en un autobús con una bolsa que apesta a putrefacción.

Se rascó la cabeza.

«Son más de siete manzanas. ¡Qué mentalidad hay que tener para hacerlo en otoño, con frío y lluvia! Ni es obligatorio ni contamina. ¿Cuánta gente lo hará? Si serán cuatro gatos».

Por si fuera poco, todo aquello resultaba mucho más llamativo si se tenía en cuenta el tipo de vida tan disoluta y marginal que llevaba la chica, y que hacía difícil creer que le quedase la suficiente cordura como para dedicar su tiempo libre a darse unos paseos interminables cargando con basura.

Por lo demás, Kayden Fox separaba la basura, reciclaba según la normativa vigente y hasta enjuagaba los envases de alimentos antes de meterlos en las bolsas de basura, según era preceptivo. ¡Increíble!

Cuando terminó de elaborar su informe, guardó los desperdicios en bolsas nuevas para bajarlos al contenedor. Todo, excepto los restos biológicos de Kayden Fox, por si hiciera falta analizarlos químicamente u obtener de ellos su huella genética, motivo por el cual decidió conservarlos en los botes estériles herméticos, cuyo destino final sería el congelador.

Luego, mientras esperaba a que se ventilase el salón, descubrió que sentía una fuerte curiosidad por esa tal Kayden Fox y se preguntó qué habría sido de ella, ya que, a juzgar por la basura, no había pasado por su piso en varios días.

Miércoles, 10 de noviembre

Johann se dirigió a un edificio de oficinas localizado en la Quinta Avenida. Subió hasta la planta en la que se ubicaban las oficinas de Henderson International, se identificó en la recepción de la agencia de detectives, y lo pasaron a una sala amueblada con una mesa y cuatro sillas. A los dos minutos exactos, la recepcionista reaparecía en compañía de otra persona:

—El señor Lehbrink.

—¡Johann! —saludó este al entrar.

El recién llegado llevaba un *pendrive* en la mano.

—Hola, Robert.

—Tenías que haberme avisado. Me habría ocupado personalmente de tu encargo.

Su amigo era un alemán de Baviera, afincado desde hacía años en Nueva York. Se había pasado del BND al sector privado a raíz de una suculenta oferta. Buscaban un experto en seguridad de la Europa oriental, y él encajaba a la perfección en el perfil. Así, con el paso de los años y mucho trabajo, llegó a convertirse en asociado de una de las firmas de detectives privados más prestigiosas del país.

—No quería molestarte por un asunto banal.

—En este negocio, nunca se sabe con seguridad lo que es banal y lo que no. Y aunque lo fuera, si es un encargo tuyo, para mí siempre será un placer ocuparme de ello. En fin, ¿cómo te va?

—Me hago mayor, Robert, muy mayor. Siento que se me acaba el tiempo.

—Me da miedo oírte decir eso.

Robert Lehbrink le señaló las sillas y le mostró el *pendrive.*

—¿Puedo preguntar de qué va esto?

—Es por un amigo.

—Veo que continúas tan reservado como siempre. En cualquier caso, me alegra haberme ocupado de ello. Me di cuenta de que se trataba de ti hablando con el jefe del Departamento de Búsqueda y Localización de Personas, cuando me habló de la rapidez con la que haría su último encargo, porque tu «amiga» nació y vivió en Clinton, un pequeño pueblo de *Missouri,* Estado en el que tenemos sucursal desde hace veintidós años y contamos con muy buenos contactos. Además, el que fuera director de su instituto colabora con nuestro Departamento de Adolescentes en Kansas City desde 2005.

—Me alegra saber que no has perdido demasiado tiempo con mi encargo. ¿Qué me puedes contar de ella?

—Está muy sola.

La respuesta le gustó. Sería más sencillo para Louis, a pesar de que le sabía mal por Kayden.

—Creo que es porque tiene un carácter difícil —explicó Robert—. Dulce y depresivo a la vez. Cuando confía en alguien, se entrega a él en cuerpo y alma, lo que la convierte en la candidata perfecta para que abuse emocionalmente de ella cualquier capullo que se cruce en su vida. Luego, claro, viene la depresión.

Johann volvió a pensar en Louis.

—¿La desvirgó el ligón de la clase?

—Puede ser. El caso es que, a partir de los quince años, se tornó muy reservada.

—¿Estudios?

—Era muy buena estudiante. Ahora bien, todo cambió con la adolescencia. No pudo o no quiso aprovechar una inteligencia brillante y dejó de estudiar.

—¿Cómo de brillante?

—No llegó a precisarse. Se aburría con las pruebas de inteligencia que hacían en el colegio, o al menos eso decía, y no las terminaba, pero si la parte realizada se extrapolase al total, su cociente intelectual rozaría un nivel que solo alcanzan tres personas de cada diez mil.

—Otra superdotada fracasada e inadaptada.

—Eso parece.

—¿Familia?

—Era hija única, y sus padres murieron en un accidente de circulación cuando tenía diecisiete años. Por otro lado, tiene unos primos en California, pero ni los conoce.

—¿Cómo salió adelante?

—No salió, desapareció, pero no hubo denuncia al respecto ni se investigó porque la gente supuso que se trataba de otra de sus ausencias voluntarias, aunque de mayor duración. Luego el asunto cayó en el olvido. ¿Puedes decirme qué ocurre ahora con ella?

—Ha reaparecido, pero solo ha servido para que alguien la secuestre.

—Una lástima. En fin, te deseo suerte. En cuanto al resto de la información, lo tienes todo aquí.

Lehbrink le hizo entrega del *pendrive*.

—Gracias por tu tiempo, Robert, y por tu rapidez.

Al finalizar la entrevista, retornó a su hotel dando un paseo. Por el camino, se preguntó si de verdad tenía sentido la investigación que estaban realizando. Por otra parte, el resumen de Robert Lehbrink le hizo recordar a su hermano fallecido hacía veinticinco años y en especial a su sobrina.

—Pamina... —suspiró.

Su débil corazón se aceleró y por su memoria pasaron imágenes de los momentos felices que habían vivido juntos. Recuerdos imborrables en los que ejercía de padre con la hija de su hermano tras el fallecimiento de este y disfrutaba de ello como jamás hubiera soñado. Remembranzas de la época en la que Pamina, con su carácter, había inundado su vida de alegría. Hasta que ella también falleció de manera prematura.

Su pasión por los niños había nacido al fallecer su hermano junto con su cuñada. Desde ese momento, su sobrina Pamina, de siete años, quedó a su cargo a pesar de la dificultad que suponía compaginar su vida en el BND con la atención que requería una niña pequeña.

Por este motivo y por su dedicación y entrega, conectó con ella como si fuera su propia hija. Esto condujo a que congeniaran a la perfección y que la siguiente década fuera la más feliz en la vida de Johann, en la que además él se comportó con su sobrina como el mejor de los padres.

Hasta que Pamina falleció.

Ocurrió un mes después de que cumpliera los diecisiete años. Johann se encontraba fuera del país en una misión del BND, circunstancia que aprovechó el novio de Pamina para invitarla a su casa uno de los días. Era un chaval poco recomendable, a punto de entrar en la mayoría de edad y que llevaba años tonteando con las drogas. Desgraciadamente, Johann nunca tuvo la oportunidad de conocer antes al imbécil de su amigo.

Esa noche, consiguió que se emborrachara por vez primera y después la introdujo en la drogas. Lamentablemente, la combinación de alcohol y estupefacientes les llevó a perder por completo el control y causar un incendio.

A la vuelta de su misión, se enteró de la desgracia y de que Pamina había agonizado con quemaduras de cuarto grado durante dos días. También tuvo conocimiento de que en los pocos momentos de lucidez que tuvo su sobrina, lo había llamado con insistencia.

Como le sucedía habitualmente, el simple hecho de recordar acontecimientos de carácter triste le produjo un incremento del ritmo cardiaco.

—Algún día me matará la pena —murmuró.

En efecto, su corazón latía con demasiada rapidez. Extrañamente, la cara que le vino a la memoria fue la de Kayden Fox.

Pablo Palazuelo

EN EL EDÉN DE LOS HOMBRES

Jueves, 11 y viernes, 12 de noviembre

Harry aparcó su descapotable, un A. C. Cobra Roadster del 63 de color burdeos, adornado con dos franjas doradas que lo recorrían longitudinalmente por encima, estilo Le Mans.

Travis y él descendieron del vehículo y se aproximaron al cordón policial, en el cruce de la 36 Oeste con Broadway.

—Qué frío.

La baja temperatura obligó al inglés a colocarse su gorra y, a Harry a ponerse su sombrero estilo fedora, una prenda de su vestuario que acostumbraba a utilizar solo los días más fríos.

—¡Hola!

Marian los saludó en cuanto los vio y, con un gesto, les indicó que le quedaban unos minutos de trabajo en la escena del crimen.

Harry aprovechó la ocasión para aproximarse a un policía que procuraba que ninguno de los numerosos curiosos que rondaban el lugar traspasara los límites marcados.

—¿Qué ha sucedido?

—Se ha cometido un robo —respondió el agente, mirando con curiosidad el sombrero de Harry y la gorra inglesa de Travis.

—¿Qué se han llevado?

—Antigüedades, pero de esas modernas: gramófonos, tocadiscos a válvulas, máquinas de escribir primitivas, juguetes a vapor... Cosas así.

—¿Diría usted que también había máquinas de fotos?

—Seguro que sí. Ahí dentro había de todo.

—¿No pensarás que he sido yo? —exclamó Travis entre risas.

—Agente, no deje que se escape —bromeó, señalando a su amigo—. Yo vuelvo enseguida.

El policía intentó disimular su sorpresa.

—¿Adónde vas? —preguntó Travis.

—He de comprobar algo.

Desapareció entre el numeroso público, agolpado frente al almacén. Minutos después, la policía desmontaba el cordón de seguridad y dejaba precintado el local. Eso hizo que la calle empezara a despejarse de curiosos. Luego llegó Marian, aunque no lo hizo sola.

—¿Dónde está Harry?

—Lo desconozco, pero ha dicho que ahora volvía.

—Siempre tan enigmático.

Señaló a su acompañante y añadió:

—Este es Christian Willocks. Trabaja conmigo.

El apretón de manos fue el de un hombre joven cargado de vitalidad, lo mismo que su apariencia. Vestía una chaqueta de *sport*, que cubría un jersey de cuello alto de color gris. Los zapatos eran cómodos, con suela de goma, y el pantalón era tipo chinos, de un tono oscuro.

—Hola.

—Travis... Es un placer conocerte.

El inglés volvió a dirigirse a Marian:

—Te encuentro estupenda. Parece que el tiempo no pasa por ti.

A sus treinta y cinco años, las facciones de su cara eran corrientes pero agradables, gracias a que sabía maquillarse y peinarse bien su corta melena estilo chico, de color negro azabache, que realzaba su largo cuello.

—Tú también tienes un aspecto fantástico.

No tuvieron tiempo de más presentaciones, ya que Harry regresó con ellos.

—Hola, pequeña —saludó con cariño.

—Hola, viejo testarudo. ¿Cuándo dejarás de llamarme así?

—Cuando me muera. ¿Qué ha ocurrido para que tengas que trabajar en festivo? Hoy es el Día de los Veteranos.

—Un robo, y parece que el dueño volvía justo cuando los ladrones salían. No ha tenido suerte, y nosotros tampoco. El fallecido era un buen amigo del alcalde, y no me gusta nada la idea de tenerlo todos los días preguntando por la investigación. Y luego está la prensa... En este distrito no se había perpetrado un asesinato desde hace dos años.

—Pues van a llenar unas cuantas portadas con esta historia.

—Te deseo suerte.

Seguidamente, se dirigió a su compañero.

—Tú debes de ser Christian.

—Y tú Harry Powers. Ella me habla muy bien de ti.

—Marian, me acabarás sacando los colores.

Christian intervino antes que su compañera.

—Hay personas que dejan una huella que no es fácil de olvidar. La prueba es Marian. El coraje y la resistencia al sufrimiento que demostró el día de la carrera con el violador son un buen ejemplo.

—¿Qué me he perdido, Marian?

Ella lo cogió del brazo con cariño y se lo llevó a un lugar con menos gente.

—Hace unos días, puse en práctica la pasión que me transmitiste por las carreras y tus enseñanzas para sobreponerte al sufrimiento.

—¿De qué estás hablando exactamente?

—¿Te acuerdas de la trampa de la que te hablé, la que tenderíamos a miembros de la organización del desaparecido Tommy, el *Gallo*? Salió bien.

—¿Los tenéis a todos?

—A unos cuantos, pero, al menos, son todos los que intervinieron ese día.

—¡Cuánto me alegro!

Esbozó una sonrisa.

—¿Recuerdas lo terca que te ponías cuando salías a correr conmigo y que siempre te empeñabas en detenerte para jugar con palos y pájaros? Quién me iba a decir después de todo eso que, con el tiempo, serías mejor corredora que yo.

—El tiempo corría a mi favor, pero dime: ¿para qué querías verme?

—¿Podrás hacer un hueco esta noche en tu apretada vida personal?

—No te rías de mí, Harry. Ya sabes cómo están las cosas.

—Lo lamento. ¿Querrás venir a cenar? Iremos los cinco y nos hace mucha ilusión que nos acompañes.

—¿Están todos aquí? Qué alegría.

—¿Entonces, vendrás?

—Por supuesto.

—Pues a las ocho en Il Nomade.

La conversación había tomado un derrotero muy personal, por lo que Christian decidió dar por terminada su presencia entre aquel grupo de amigos. Así pues, se despidió de los dos hombres, con un sencillo apretón de manos, y luego intentó darle un beso en la mejilla a Marian, pero desistió al ver una sutil reacción de rechazo. Entonces dijo «hasta mañana» y se marchó.

—¿Podemos dar un paseo? —preguntó Harry.

Comenzaron a caminar hacia la Sexta Avenida, acompañados de manera muy discreta por Travis.

—¿Qué tal Christian? ¿Es un buen compañero?

—No me puedo quejar.

—No lo dices con mucha convicción.

—Verás, lleva tres meses realizando conmigo las prácticas de año y medio para detective investigador. Todo un sueño para alguien de su edad, sueño que comenzó al ser trasladado desde un servicio de escolta bastante sonado a la caprichosa Charlotte Glenn, la hija única del secretario de Prensa del Departamento de Policía. Quizá su buena estrella se deba a que es muy trabajador y bastante honrado. Así que estoy segura de que lo que consiga será por méritos propios aunque su juventud a veces lo traicione y lo coloque en situaciones difíciles.

—Y de ahí lo de tu falta de convicción, pero ¿por qué, exactamente?

—En ocasiones, resulta un poco impulsivo. Tal vez, porque solo tiene veinticinco años. Y es ese ímpetu lo que llevo fatal. No soporto que actúe como un saco cargado de testosterona. Me mira con excesivo interés. Soy su superior; debería controlarse.

—¿No lo sabías?

—Sí, claro. Si ya me advirtieron que es un ligón incorregible, como Louis, pero más tosco, menos sutil. Aunque no le hace falta cambiar; tiene el encanto de la juventud y de un físico llamativo. En resumen, un granuja con las mujeres.

Suspiró y añadió:

—Ya podía haberme tocado una mujer.

—Consuélate pensando que la vida a veces crea extrañas parejas que, con el tiempo, funcionan muy bien. Es como esa afición de Travis por la fotografía. —Señaló un instante a su amigo—. Siempre recordaré el día que me mostró su Hasselblad 500 EL, una como la primera que estuvo en la Luna. Travis, corrígeme si me equivoco.

—Una 500 EL semiautomática —aclaró él—, y el modelo original es objeto de deseo para los coleccionistas.

—Supongo que verla ahora, en la calle, es realmente difícil, casi un milagro, incluso.

Marian se detuvo en seco al ver cómo le sonreía Harry.

—¡Conoces al ladrón! ¡Le has visto rondando el almacén con una de las cámaras robadas!

—Estaba sacando fotos del almacén y la policía. Seguro que has salido muy bien; eres muy fotogénica.

—¡Qué demonios! ¿Por qué no me avisaste en el momento? ¡Lo habríamos detenido!

—¿Y qué habrías conseguido? Dudo que ese pobre idiota sea el cerebro del golpe. No será más que un aficionado a la fotografía, incapaz de contener el impulso de utilizar la cámara cuanto antes. ¿Luego, por qué no seguirlo, en vez de detenerlo y cazar también al resto de la banda?

—Dame una alegría y cuéntame cómo encontrarlo.

—Tengo la matrícula de su coche.

—Eres fantástico.

Lo besó en la mejilla.

—Travis, tienes un amigo muy especial.

Este no contestó, mutismo que Marian percibió como una sombra que se cernía sobre su felicidad.

—¿Qué ocurre?

—Necesitamos que nos hagas un favor.

—Ya, y de lo contrario me quedo sin caramelo. Ahora entiendo las prisas por verme.

—Lo del caramelo ha surgido al llegar. Sabes que jamás te chantajearía.

Harry le hizo entrega de una nota manuscrita.

—La matrícula.

—Lamento mi comentario —confesó avergonzada—. ¿Qué tipo de favor necesitas?

La miró con ternura.

—No temas. Es ilegal pero no inmoral.

—Lo que es ilegal es inmoral. Así que no puedo hacerlo.

Travis intervino.

—En esta ocasión, es diferente. Louis busca a una chica desaparecida hace unos diez días.

—El Niño y las mujeres... Espero que algún día me cuente el secreto de su eterna juventud. Vamos, dame los detalles.

Se escandalizó al escucharles. Todo ilegal, de principio a fin.

—Y estáis aquí por ella...

—Sí, pero no sabemos mucho. Solo que es vecina de Nick, que se llama Kayden Fox y que ese es su número de la Seguridad Social.

Los nueve dígitos estaban anotados bajo la matrícula del coche que había visto Harry.

—Ese ligón compulsivo... ¿Y qué tiene de especial esa mujer, aparte de unos bonitos ojos verdes?

—Dieciocho años.

Marian detuvo momentáneamente la marcha a causa de su desconcierto.

—¿Qué diablos pretende hacer con una cría? Y a vosotros, ¿no os da vergüenza?

Fue muy contundente, pero más aun el silencio de sus amigos.

—La respuesta es no. No os ayudaré.

—Marian...

—Que se busque la vida.

Harry volvió a intervenir, pero, esa vez, con un tono cariñoso.

—No quiero nada especial, solo echa un vistazo. Comprueba si tiene antecedentes o si hay rastro de ella por alguna parte.

—No —lo interrumpió con aspereza.

Habían llegado caminando hasta el punto de partida, habida cuenta de que Harry, con mucha previsión, había dado la vuelta a la manzana. Allí se despidieron de Marian y volvieron adonde estaba aparcado el Cobra.

—¿Y ahora qué?

Travis se mostraba inquieto.

—No hay de qué preocuparse. Nos ayudará. Siempre me hace lo mismo.

Llevaban varias horas entre copas y bromas. También estuvieron riéndose un buen rato a costa de Nick y su eterna desconfianza, herencia de su vida en un sistema comunista, en el que nadie confiaba en nadie.

—Brindo por la amistad —dijo de repente Johann.

Todos bebieron de sus copas a la vez que él.

—Y brindo por la mujer más guapa del Departamento de Policía, que le da a esta reunión un aire más joven.

—¡De tener yo unas décadas menos, no estarías tan tranquila! —voceó Louis, de muy buen humor.

—Has tenido que hacer un pacto con el diablo. La eterna juventud a cambio de la condena de tu alma. Si hasta yo podría ser tu novia sin llamar la atención.

Apuraron sus copas de un excelente Krug Grande Cuvée, proveniente de las bodegas de Il Nomade, situado en la calle Thompson con Houston Oeste.

—¡Brindo por este grupito tan encantador!

—añadió.

Marian los conocía bien. A Harry, desde que era una niña. A Nick se lo presentó este en el año 2000, durante las celebraciones del cambio de milenio. En él, descubrió enseguida que, bajo su permanente mal humor, se ocultaba una persona generosa y siempre dispuesta a ayudar a los demás. Con Louis todo fue diferente. Mientras ella esperaba a Harry para asistir juntos a un musical, intentó ligársela aprovechando el retraso y que Marian desconocía de quién se trataba. En cuanto a Travis y Johann, estos tuvieron la oportunidad de conocerla en un acto benéfico, organizado en una galería de arte de Chelsea, a la que acudió invitada por su mentor.

A pesar de lo diferentes que fueron los encuentros con todos ellos y lo desiguales que eran sus caracteres, surgió una química con los cinco que creó unos fuertes lazos afectivos. Por consiguiente, Marian siempre hacía todo lo posible por verlos cada vez que alguno visitaba la ciudad.

—Y brindo por Nick —vociferó Johann, poniéndose en pie—, quien algún día será portada de los periódicos. Ese día en el que invente, por fin, algo digno de mención.

Vació su copa de un solo trago.

—Al siguiente, serás rico —agregó—. Al tercer día, nadie se acordará de ti, y otro será noticia.

Rellenó su vaso y añadió:

—Bienvenido al capitalismo.

—Solo intentas ridiculizar las investigaciones de mi empresa.

Nick disimuló el enfado jugando con su *ushanka.*

—Solo pretendo recordarte cómo es el mundo en el que vives.

—Es en lo que los cínicos como tú lo han convertido.

—¡¿Qué más da?! Funciona así.

Aún le apetecía meterle un poco más el dedo en el

ojo a su irascible amigo.

—¿Has venido sin tu bastón? ¿Cómo es posible que camines sin tu pierna buena?

—¿Cómo es posible que sepas hablar? Tu cociente intelectual es inversamente proporcional a tu tamaño.

Johann rellenó su enésima copa ignorando el comentario del ruso y se tomó el champán como si fuera un vaso de agua, que, por su peso y corpulencia, podía soportar sin mayor problema.

—¡Que Louis nos cuente su secreto mejor guardado! —gritó a continuación —. ¡Cómo perdió la virginidad!

A su amigo pareció divertirle la idea. De hecho, solía contar y alardear de sus conquistas, aderezando las historias con salsa picante, pero…

—No, no tendréis esa suerte.

—¿Alguna otra relación con fulanas? —inquirió Nick de forma agresiva.

—No conseguirás irritarme.

—¿Qué harás con tu ángel? Si la encuentras, ¿tienes idea de cómo hacer que salga de su infierno y entre en el cielo de las putas?

—No te rías —replicó Louis en tono adusto—. Me preocupa lo que le haya podido ocurrir.

Travis observó a Harry. No le parecía que participase con entusiasmo en la diversión, lo que motivó que se aproximara a él con la escasa discreción que su voluminosa barriga permitía.

—¿Qué te ocurre?

—Me acuerdo de mi padre y de su desaparición en el río Sin Retorno. Me pregunto si hizo bien adentrándose solo en él y de si nosotros estamos haciéndolo ahora o si, por el contrario, nos vamos a internar en un terreno resbaladizo.

Travis se acercó más a su amigo para evitar que Louis les escuchara.

—¿Cuánto rato llevas dándole vueltas?

—Mucho. ¿Qué respondes?

—No hay maldad en ello, y no hacemos daño a nadie.

Marian los interrumpió aprovechando la discusión entre Nick y Louis.

—Deberíais estar alegres.

—Lo estamos, pequeña, lo estamos —replicó Travis.

—Deberíais estarlo mucho más porque tenéis un encanto al que cuesta decirle que no.

Sacó un sobre de su bolso y se lo entregó a Harry. Este se lo pasó a Travis.

—Una niña normal, al menos en apariencia, porque en nuestros archivos no figura ninguna incidencia con ella. Tampoco aparece registrada en ninguno de los sistemas de vigilancia de la ciudad. Ahora bien, la foto que me facilitaste no es muy buena, de modo que las opciones de dar con su rastro cotejando su imagen con las recogidas por las cámaras conectadas al sistema de reconocimiento biométrico facial de Nueva York se reducen bastante.

Continuó hablando mientras Travis examinaba el contenido del sobre.

—Bastante guapa, por cierto. De todas formas, si la encontramos, no permitáis que se líen. No puede acabar bien.

—No parece que pretenda hacerlo. Y gracias por el sobre.

—Antes de guardártelo, cuéntame si habéis infringido alguna ley investigando a esa chiquilla.

—Quizá, un poquito.

—¿Habéis entrado en su piso?

Harry hizo un gesto con el que trataba de aparentar ignorancia.

—Seguro que habéis rebuscado hasta en su basura, y me apuesto mi sueldo a que guardáis recuerdos suyos.

Se miraron con complicidad.

—Travis, tienes delante a la mujer policía más atípica que he conocido jamás. Parece una de esas ejecutivas agresivas que vive para el trabajo. Día y noche, sin parar. Si hasta se pasa las horas libres dándoles vueltas a los casos.

Ella cortó los halagos para evitar sonrojarse:

—Espero que, al menos, haya satisfecho tus expectativas.

—Pequeña, por supuesto que lo has hecho, y aunque no fuera así, daría igual. Siempre contarás con mi bendición porque en una hija lo bueno que hay en ella proviene de sí misma y lo malo, de los que la educan y fallan en esa labor.

—¡Me vas a sacar los colores con esta demostración de cariño!

Travis terció en la conversación.

—Harry, nunca infrinjas la ley o te verás en la tesitura de tener que darle tu bendición cuando te ponga las esposas.

—Y yo espero que Marian nunca me tenga que disparar.

Travis levantó la voz para que todos le oyeran.

—Louis, ¿adónde nos vas a llevar esta noche?

—A ver un espectáculo muy especial. Ya sabéis de qué hablo.

—¿No crees que somos un poco mayores? Seguro que ni nos dejan entrar. Espantaríamos al resto de clientes.

—Ponte detrás de mí, así no te impedirán entrar por las arrugas de tu cara.

—Nick, ¿qué opinas? ¿Te apuntas?

—¡Qué gran idea! —gritó con sarcasmo—. ¿Acaso me ves a mí en semejante sitio, con mis manos temblando al ritmo de la música?

—Pero ¿cuándo ha sido la última vez que has

cometido un exceso, por pequeño que sea? ¡Disfruta un poco de la vida, hombre!

La sólida argumentación lo hizo dudar.

—¿Qué tipo de música hay en ese tugurio?

—No escucharás a Glinka ni a ningún compositor clásico ruso —apuntilló Louis—, pero sí *hard rock, heavy metal* o *blues rock*.

—Suena muy radical. ¿Qué tipo de música es?

—Tranquilo, que no te enterraremos por su culpa. Johann, ¿te vienes?

Nick guardaba su Lincoln Cosmopolitan Sedan de color negro, del año 1950, en un garaje de la calle Hudson, propiedad de un club de coches clásicos que permanecía abierto las veinticuatro horas del día. En él mimaban los caprichosos vehículos de sus clientes, por lo que gracias a esos cuidados, el motor V8 ronroneaba como un tigre dormido cuando estaba al ralentí y rugía cuando se le pisaba el pedal.

El automóvil lo había adquirido a los cinco años de obtener la residencia en Estados Unidos. Tan peculiar compra tenía su origen en su descubrimiento del modelo viendo las películas *Ha nacido una estrella* y *La garra gigante*. Fue como una revelación de lo que el mundo capitalista podía ofrecerle y que lo sedujo sin piedad.

Cuando por fin se hizo con el Cosmopolitan, jamás permitió que nadie que no fuera él usara tan valiosa pertenencia, salvo Harry. A él le había firmado una autorización en el garaje para que lo cogiera cuanto y cuando quisiera porque tenía la certeza de que lo cuidaría como si fuera suyo.

Ahora, sin embargo, tocaba hacer una excepción en ese sentido. De forma que, cuando los cinco amigos se acomodaron en el interior del vehículo, fue Johann quien se puso al volante. El motivo: ser el único capaz de hacerlo sin estrellarse en la primera curva. En cuanto a Marian, esta no los había acompañado porque era la única del grupo que tenía que madrugar.

Nick, por su parte, sentado en el asiento del copiloto, iba fuertemente aferrado a su bastón por la tensión que le provocaba pensar que su coche pudiera terminar mal la noche.

—¿Todavía funciona este montón de chatarra?

A Nick no le hizo gracia el chiste del alemán, y a pesar de ser evidente, cuando su amigo le entregó su paraguas plegable Bugatti para que se hiciera cargo de él mientras conducía, Johann continuó atosigándolo con bromas.

—Ya podías gastarte el dinero en un piso decente como has hecho con el coche y olvidarte de esa porquería en el Michigan.

—¡*Poshol ná juy*![11]

Johann puso en marcha el motor y agarró el volante con sus manazas.

—Y ahora disfruta del paseo.

Encendió la radio y empezaron a escuchar *It´s a man´s world*, interpretada por una suave voz de mujer con acento inglés.

Varias canciones más tarde, los cinco amigos se hallaban en la calle 45 Oeste, envueltos en la bruma que traía consigo la noche de Hell's Kitchen[12]. Frente a ellos, en un letrero de color rojo oscuro, que colgaba bajo una marquesina, podía leerse el nombre del club: The Back O' Town.

Junto a la entrada, había una interminable hilera de

---

[11] ¡Que te jodan!

[12] Barrio de Manhattan, también conocido como Clinton.

motos Harley-Davidson e Indian, y alguna BMW R 1200 C, pero aparcada lejos, como si fuera una apestada. Y ninguna japonesa.

—Bonito lugar —comentó Johann al ver todas aquellas motocicletas.

Luego dejó que el aparcacoches del club se hiciera cargo del Lincoln Cosmopolitan.

—Procura no estropearlo —le advirtió con la máxima severidad, a la vez que escrutaba la entrada del local.

Esta parecía una boca gigantesca. De ella manaban un halo de humo y una luz tenue de diferentes colores, que se entremezclaban con el furioso *hard rock* del interior.

—¿Y esto es música? —protestó Nick.

Louis intentó animarle.

—Ya que estás aquí, no te eches atrás.

—Tendría que darme un baño de vodka para aguantar ahí dentro más de un minuto.

Johann lo golpeó en el hombro.

—No seas cascarrabias.

—¡*Mamin juy*[13]!

Louis presentó cinco pases VIP, y pasaron al interior. Una vez dentro, Nick resultó el más sorprendido por el ambiente, propio de un club de moteros de Harley-Davidson.

De todas las paredes colgaban viejas motos americanas restauradas, tantas que el local parecía una réplica a escala reducida de las gigantescas concentraciones de *motards* de Sturgiss[14], en las Black Hills. Ahora bien, a pesar del espectáculo, Nikolái sabía que no disfrutaría allí. Demasiada gente, demasiado volumen y demasiados gritos para hacerse oír.

«No, no me quedaré mucho tiempo».

---

[13] ¡Gilipollas!

[14] Concentración anual de hasta 600.000 motos celebrada desde 1938.

Dejaron los abrigos en la guardarropía del sótano y volvieron a la planta principal para luego subir a la primera planta, donde se encontraba la zona VIP. Allí les volvieron a pedir el pase.

—Esto te gustará un poco más, viejo gruñón —le dijo Louis al ruso.

En efecto, Nick se relajó un poco en el nuevo ambiente, en el que la música era más tranquila y estaba a menor volumen. Del mismo modo, la cola para disfrutar de una bebida era sensiblemente más corta. Así, tras una corta espera, alcanzaron la barra para pedir cuatro *whiskys* y un vodka, pero, para su sorpresa, Louis les anuló su petición.

—Os he encargado un par de botellas muy especiales de *whisky*, y para ti, Nick, tengo una sorpresa diferente: un Imperia. Espero que te haga más llevadera la noche.

—No te preocupes demasiado por eso —replicó con aspereza—. Va a ser más corta de lo que piensas.

Una mujer de nombre Miranda, tremendamente voluptuosa y que no le quitó ojo de encima a Louis, trajo dos botellas de Macallan de dieciocho años y les sirvió a todos, menos a Nick, a quien le puso una copa bien cargada del preciado vodka. Cuando terminó, los cinco amigos bebieron con calma de sus copas, saboreando su contenido hasta saciarse. Entonces se dirigieron a la planta principal. Allí, la pista de baile estaba a reventar, cientos de personas se agitaban con frenesí al ritmo de la música y las luces recortaban sus perfiles como si fueran sombras chinescas.

—¿Estás ya más animado, Nick?

—Qué poco me conoces.

Se acercaron hasta el borde de la pista, donde unas pocas personas les echaron un vistazo superficial. Les parecía extraña su presencia, aunque, en el fondo, solo los veían como parte de la fauna de la ciudad. No obstante, fue solo Louis quien de verdad los asombró a todos al bailar en compañía de una mujer, que rondaría los cuarenta años.

¿Cómo se la había ligado con tanta rapidez?

—Nunca dejará de sorprenderme —comentó Travis.

Louis dominaba el mambo, el *twist*, la salsa, la samba, el foxtrot, el charlestón y una lista interminable de estilos, de los cuales hizo una improvisada demostración durante un buen rato, dejándolos atónitos.

—Lo que daría por tener solo una pequeña parte de su agilidad —musitó Johann.

Poco después, Travis se retiraba hacia una zona más tranquila. Se le había derramado buena parte de su copa como consecuencia de un empujón, propinado por alguien que bailaba con demasiado ímpetu. Louis, que lo había visto todo, abandonó a su acompañante femenina sin ni siquiera despedirse y se aproximó a su amigo.

—Espérame aquí. Subiré a buscarte otra copa.

—No, mejor te acompaño.

—¿Dónde están las cabinas? —preguntó el resto—. Ya que hemos venido a verlas, ¿para qué esperar más?

Louis empezó a reírse.

—Sabía que no os resistiríais a la tentación,…

Les hizo un gesto de connivencia.

—… pero ahora tengo que acompañar a Travis a por otra copa, así que preguntad por las cabinas a cualquier empleado.

No tardaron en localizar a una camarera que pudiera indicarles adónde debían dirigirse.

—¿Las cabinas?

—Sí.

—En la segunda planta.

Allí les pidieron de nuevo el pase VIP. Lo mostraron y accedieron a un reducto de afortunados, en el cual la escena que se desarrollaba provocó que Nick se quedase boquiabierto, con su mandíbula a punto de desencajarse.

—Cierra la boca, gusano —le espetó Johann.

Acto seguido, el grandullón también descubrió el

show y se embelesó con él, empujando a su amigo sin darse cuenta y haciendo que derramase parte de su vodka.

Harry fue el último en entrar y, cuando descubrió la húmeda escena, tropezó con el ruso y vertió lo que le quedaba en la copa.

«Esto es mejor de lo que esperaba».

Estaban frente a la gran atracción del club: las cabinas de las duchas. Dentro de cada una, dos chicas en bikini seguían, bajo un chorro ligero de agua y con suaves movimientos, el ritmo de los compases de *Fallin'*. Verlas a través del gentío, con su imagen difuminada por el líquido que caía por las paredes de cristal, era como tener una alucinación.

—¡Despertad! —les increpó Harry—. Parecéis viejos verdes.

Le propinó un codazo al gigantesco alemán y a Nick, un pisotón. Johann ni se inmutó porque continuaba preso del hechizo, pero el ruso trató de disimular el dolor y su embelesamiento llevándose la copa a la boca, aunque sin darse cuenta de que estaba vacía.

Entonces cambió la música, y comenzó a escucharse *What's a woman*. Después se oscurecieron las luces, y una sola chica, más alta y delgada que las anteriores y cuya cara resultaba casi inapreciable, las sustituyó. Empezó a bailar en el mismo momento en el que comenzó a ser rociada por la ducha con su fino chorro de agua. Entonces su pelo negro, a juego con su diminuto bikini, se pegó a su piel al entrar en contacto con el agua y, de esta manera, quedó resaltado con fuerza sobre su pálido cuerpo, tenuemente iluminado para acentuar la intencionalidad del baile.

El espectáculo no tenía nada que ver con el anterior. En esta ocasión, todos los movimientos eran muy pausados, hilvanados entre sí con absoluta suavidad, sin brusquedades, resultando naturales y sugerentes.

A diferencia de las otras chicas, no daba la impresión

de seguir una coreografía concreta. Tampoco había erotismo barato en su danza ni burdos gestos insinuantes, sino una sensualidad sutil pero seductora. Sin embargo, no eran solo su belleza y su baile lo que atraían la atención de todo el mundo; era también la sensación de fragilidad física y emocional que aparentaba. Y todo ello la volvía increíblemente atractiva.

—¡Es Kayden Fox! —murmuró Harry de repente.

—¿Dónde está Louis?

Nick comprendió de igual forma lo que ocurría. Casi a la vez, pensó en Louis.

—Empiezo a entenderlo. Ella es…

—Sí, espectacular.

Johann se acercó a las cabinas, y Nick lo siguió. ¿Por qué no? Después hizo lo mismo Harry. Se aproximaron hasta una distancia prudencial con el fin de evitar que la chica se fijara en ellos, pero de cerca vieron que no existía ese riesgo al estar danzando con los ojos cerrados, como si pretendiera escapar así del mundo real y sumergirse en un dulce sueño.

Nadie bailaba, nadie bebía. Todo el mundo estaba hipnotizado por un espejismo, que podía desvanecerse en cualquier momento. Y así ocurrió. El agua se cortó, y los focos que iluminaban las duchas redujeron su intensidad. Cuando retornó la luz, la chica había desaparecido, provocando que todos despertaran del dulce sueño en el que ella los había sumergido.

Los tres amigos sintieron la imperiosa necesidad de ver más, de verla a ella de nuevo. Ni siquiera se interesaron por la china, en ropa interior y de poco más de veinte años, que había ocupado su lugar en la ducha al ritmo de *Love, thy will be done*. De manera que la buscaron con la mirada y la descubrieron secándose con una toalla cerca de la barra. Allí, un corpulento empleado, quizá perteneciente al equipo de seguridad, se encaró de repente con ella.

Por fortuna, la discusión apenas duró más que unas pocas frases. Luego ella se desentendió de las amenazas del empleado y se alejó con paso firme hacia una puerta que había detrás de la barra.

«Unos vestuarios», supuso Harry.

No obstante, aquel imbécil estaba dispuesto a montarle un numerito en el lugar menos apropiado y, sin pensárselo dos veces, la siguió y la agarró por una muñeca con todas sus fuerzas. Por suerte, la pronta intercesión de un camarero produjo que la chica se soltase. Después, con lágrimas en los ojos, continuó su camino hacia la puerta y desapareció por ella. Su novio —o lo que fuera—, a pesar de no parecer que hubiese dado por terminada la discusión, se fue escaleras abajo.

—¿Ninguno pensaba intervenir? —preguntó Louis a sus espaldas—. Cualquiera diría que continuabais hipnotizados por el baile.

El francés llegaba acompañado de Travis.

—No ha hecho falta —comentó Harry—. Ha sido una simple discusión de pareja.

—Creo que estáis perdiendo vuestros buenos modales. Yo habría intermediado de haber llegado antes.

—¿Has visto el baile?

—No lo olvidaré nunca.

—Quizá me equivocase con esa chica —comentó Nick, alzando su copa—. Por ella, *zdoróvie*[15].

Harry y Travis se marcharon del club al cabo de una hora. En cambio, Louis, Johann y Nick decidieron quedarse más tiempo.

El berlinés quería tomarse alguna copa más; su cuerpo lo aguantaría bien. Louis, por el contrario, no alegó ningún motivo en particular para continuar allí, aunque

---

[15] Bebamos.

todos sabían el porqué. Sin embargo, y a pesar de sus esperanzas, de Kayden Fox no se supo nada más. En cuanto a Nick, como no le gustaba despilfarrar, no iba a permitir que se le escapase la oportunidad que representaba su proximidad a una botella de Imperia. Un motivo por el cual, probablemente, fuera el único que acabase borracho. De hecho, ya casi lo estaba, y pasada otra hora, en la que no dejó de ingerir alcohol, su cuerpo dijo:

—¡Basta!

Sus amigos lo sacaron del club a rastras, intentando disimular su verdadero estado, y cuando alcanzaron la calle, Nikolái les gritó:

—¡Esperad! Necesito ir al lavabo.

A la frase casi ininteligible le siguió una maldición.

— *Yebat-kopat*[16].

Y luego una arcada.

—Mejor será que nos lo llevemos a un sitio más discreto.

Lo agarraron por los hombros y echaron a correr, arrastrándolo sin demasiadas contemplaciones. Doblaron la esquina para adentrarse en el callejón que unía la calle 45 con la 46 y se detuvieron entre los coches aparcados al escuchar otra arcada. Soltaron su paquete, Nick se tambaleó y estuvo a punto de caer al suelo. Entonces, a la tercera arcada, les entregó su *ushanka* y vomitó.

—Lo estoy viendo venir —suspiró Johann—. Me va a tocar llevarte hasta tu cunita.

Louis se divertía con la escena.

—¿Nos lo llevamos ya o esperamos a que termine de vaciarse?

Nick volvió a vomitar, pero en esa ocasión, con peor fortuna para Louis.

—¡Será cerdo! —bramó lamentándose de que le cayera en los zapatos—. Te vas a volver solito a casa.

---

[16] Me cago en la leche.

—Eh, chicos —balbuceó—. Tenéis otro problema.

Del fondo del callejón llegaron los gritos que una mujer dirigía contra un hombre muy corpulento.

—¿Por qué no me dejas en paz?

Vestía de negro y llevaba el pelo suelto.

—¡Ni lo sueñes!

El hombre levantó su brazo con la intención de propinarle un puñetazo y aunque luego no descargó su golpe, ella se quedó tan aterrorizada como si lo hubiese recibido. Después se echó a llorar y salió corriendo.

—¡Te gusta menearte como una puta! —le gritó él cuando se fue tras ella—. ¡Vamos, reconócelo! ¿Por qué dejarlo?

La chica detuvo su escapada.

—¡No tienes ningún derecho a hablarme así!

—¿Para eso te consigo un curro? ¿Para que me dejes a la primera de cambio?

—¡Me voy!

Louis y Johann la reconocieron por lo inconfundible de su larga cabellera y a pesar de la poca luz del callejón.

—¿Es ella?

—Claro que sí.

Kayden Fox continuó caminando hacia la calle 45 y, cuando estaba a punto de llegar a la altura de los tres espectadores, el corpulento empleado del club la alcanzó de nuevo.

—No te puedes largar así de un curro que has conseguido gracias a mí. Me vas a hacer quedar fatal.

—¡Déjame en paz, Jack!

—¡Vuelve adentro!

Le propinó un bofetón.

—Jamás debí haber confiado en ti. No eres más que una zorra desagradecida que no cumple sus promesas.

Algo hizo que el vigilante se diera cuenta de que estaba siendo observado.

—Y vosotros, ¿qué queréis? ¿Eh? ¿Qué diablos miráis?

Su tono era muy agresivo.

—Largo de aquí. ¡Vamos! Volved al asilo u os llevaréis un buen susto.

Cada vez era más chulesco e insolente.

—¡He dicho que os marchéis! ¿A qué esperáis? Se me está agotando la paciencia.

Gritaba de manera escandalosa. Se olvidó de la chica y se fue directo contra ellos, pero Johann se interpuso en su camino de dos grandes zancadas.

—¿No crees que ya es suficiente?

El portero dudó al ver su tamaño. Había comprendido que era un adversario considerable a pesar de su propia corpulencia. Ahora bien, ¿qué podía hacerle un decrépito saco de músculos por grande que fuera? No tendría ni el vigor ni la velocidad que le otorgaban sus veintiocho años.

—Abuelo, más vale que desaparezcas ya.

—Antes de cometer un error, piensa que tus amigos de la entrada no te van a apoyar. No llevas el pinganillo. No puedes avisarles. Estás solo. Solo contra mí.

Louis se colocó a un lado del alemán para tapar una posible vía de escape del portero, pero también rezó para que su amigo solucionase el problema por sí mismo. Era consciente de que no aguantaría ni el más pequeño embate del gorila, quien no se sentiría intimidado ni lo más mínimo por su apariencia de caballero. Y ni pensar en contar con la ayuda de Nick. Estaba sentado en el suelo con la cabeza entre las piernas.

Entonces el portero agitó en el aire su llavero con el emblema de los Rangers, un cuchillo Ek, que había aparecido entre sus dedos como por arte de magia, y con la habilidad que da la práctica, situó la hoja de la réplica apuntando de forma amenazadora en la dirección del inminente puñetazo. Lanzó el peligroso golpe, Johann lo desvió con su Bugatti rojo y dejó que la inercia desequilibrase al portero. Luego le dio un empujón en el hombro y lo tiró al suelo.

—Creo que es mejor que te calmes.

El rostro del alemán era pura determinación. Jack, por el contrario, se veía incapaz de ocultar su estupor.

—¿Por qué no lo dejas ya?

¿Miedo o vergüenza? Louis no fue capaz de intuir qué motivó su decisión, pero el portero se marchó por donde había venido sin decir palabra, y en cuanto los dos amigos lo perdieron de vista, se aproximaron al convaleciente Nikolái para ayudarlo a levantarse.

—Siempre me sorprenderás, grandullón —comentó el ruso de forma casi ininteligible—. Por un lado, eres capaz de enfrentarte a cualquiera solamente con tus manos, pero, por otro, eres tierno y cariñoso.

Johann se rio.

—Podrías despachar a toda una pandilla de idiotas como ese gorila y luego disculparte con ellos, pedir una ambulancia y pagarles las facturas del hospital. Eres pura contradicción. ¿Cómo es posible que con ese corazoncito te metieras en el BND? ¿En qué estaría pensado el que te reclutó?

El alemán se aseguró de que Nikolái llevaba su bastón y se lo llevó hasta la calle 45, momento que Louis aprovechó para acercarse a Kayden.

—¿Estás bien? ¿Te puedo ayudar?

—Tengo que marcharme.

—¿Tienes cómo ir?

Kayden no contestó. Tampoco miraba a los ojos de Louis. Parecía no querer desvelar sus sentimientos, hasta que empezó a llorar de nuevo.

—No puedo volver a mi apartamento. Jack irá allí en cuanto acabe en el club.

—Creo que te puedo ayudar. Conozco a alguien en la Policía que le explicará que no debe molestarte más.

—¿Cuándo será eso? —respondió, alzando la vista—. Pasarán días antes de que un… ¡Espera, yo te conozco! ¡Eres Louis! ¿Qué haces aquí?

—Pasar la noche con unos amigos, pero dime, ¿por qué no te vas a un hotel?

—¿Crees que bailo casi desnuda por gusto? ¡No tengo dinero! Jack lleva explotándome desde que me forzó a ir con él en la isla. No es que estuviera secuestrada, pero me daba miedo lo que me pudiera hacer si no fichaba todas las noches en su casa.

Louis suspiró.

—¿Te puedo invitar a un café? Conozco un sitio que no cierra en toda la noche. Así podrás pensar con calma qué hacer.

Kayden titubeó unos instantes.

—De acuerdo —dijo finalmente.

El taxi los dejó frente al Roxy Coffee Shop de la calle John cuando ya eran más de las doce de la noche. A pesar de la hora, Louis pudo comprar dos *croissants* y dos terrinas con ensalada de frutas.

De vuelta en la calle, caminaron hasta sentarse en la plaza de Steve Flanders. Allí retomaron la relajada charla que habían iniciado en el taxi.

—Practico la danza desde que era pequeña. Lo hago por mi madre, porque siempre le atrajo y porque quiso que yo también aprendiera a bailar. Por eso me apuntó a las clases del colegio

—¿Te gustaron?

—¡Me encantaron! Y, desde entonces, siempre me ha resultado muy fácil seguir una música. Siento que fluye por mi cuerpo como si formase parte de él, como si circulase por un sistema paralelo al de la sangre, inundando mis brazos, mis piernas…

Permanecieron en silencio hasta que Louis lo rompió.

—¿Qué tal en el club?

—Es una pesadilla. Hay sanciones por todo. Te pesan a diario y, si engordas un poquito, te descuentan veinticinco dólares del sueldo. ¿Llevas el pelo un poco sucio? Otros veinticinco. Y así un montón de cosas más.

Sus gestos de hastío iban en aumento.

—Luego están esos mirones, entre los que siempre hay alguno que no sabe controlarse. Todo, para ganar una miseria porque la mitad de lo que saco bailando se lo queda el club, sanciones aparte. Además, tengo que pagar a Jack. Y de lo que gano en la calle, buena parte se lo llevan unos tipos que me han asegurado que solo pretenden velar por mi seguridad.

A pesar de las quejas, parecía empezar a recuperarse anímicamente de la pelea con su novio.

—Lo peor es que, cada vez que confío en alguien, me llevo una decepción. A veces, hasta pienso que es culpa mía.

—¿Por qué dices eso?

—Porque siempre fracaso cuando busco una amistad sincera.

—¿Quieres saber mi opinión?

—¿Merece la pena?

—No lo sabrás si no te la cuento.

—Está bien.

—Volverías loco a cualquiera, pero si tu pareja no consigue lo que espera obtener de ti, te lo hará pagar.

—No sabes lo que dices. No conoces nada de mis relaciones.

—No sé nada de ti, es cierto, pero conozco muy bien a las mujeres. He sido un seductor toda mi vida, y desde mi adolescencia, no ha habido ninguna que se me resista.

El semblante de Kayden reflejó su incredulidad.

—Entonces, ¿qué puedo hacer para llevar una vida normal?

—Quieres lo que cualquier chica de tu edad, pero no eres como las demás. Así que debes explotar tu parte intelectual, no la física. Pareces inteligente. Aprovéchalo para mostrar con sutileza que no eres un simple objeto de deseo, que en cambio eres una chica normal con inquietudes corrientes y que no puedes ofrecer nada excepcional. Y no caigas rendida en brazos del primero que te resulte simpático.

—¿Por qué no me ves como los demás?

—Tengo demasiada experiencia con mujeres como para caer en un error tan burdo.

—Perdona que te lo pregunte, pero ¿no sois un poco mayores tus amigos y tú para rondar los clubs a estas horas de la noche?

—No necesitamos dormir mucho y algo tendremos que hacer cuando no estamos en la cama. Además, ¿qué sentido tiene tirarse todo el día tumbado? La vida está llena de cosas interesantes que hacer.

Kayden no pudo evitar darle un toque irónico a la conversación.

—¿Cómo las de tu amigo, que tan mal lo estaba pasando en el callejón?

Louis empezó a reír.

—Ahora cuéntame más de esa exposición de la que me has hablado —le rogó ella—. Así tendremos de qué charlar hasta que salga el sol.

Estuvieron conversando durante horas, hablando del pasado y de temas intrascendentes: de cine, del mar, de la vida en el campo y de los sueños. Especialmente, los de Kayden.

—Me gustaría recorrer América de costa a costa, en

moto, y cuando pudiera, montaría sin casco para que el viento me acariciase la cara y meciera mi pelo.

—¿Qué moto sería? ¿Lo has pensado?

—Una Chief Vintage, en colores crema y rojo.

—¿No es muy pesada?

—Sí, y me iría mejor una más manejable, pero la que me gusta es esa.

Soltó unas carcajadas.

—No sé si podré con ella cuando pare en un semáforo.

Hizo un gesto con los brazos indicando su tamaño sin dejar de reírse.

—Me gustan grandes; cuanto más, mejor.

Mantenía la mirada fija en un punto más allá de la cima de los rascacielos.

—Seguro que las puestas de sol son más bonitas a lomos de una Indian.

Louis no la interrumpió. Le gustaba escucharle mientras se recreaba con su sueño.

—Lo haría en primavera o verano. Así, cuando se hiciera de noche, buscaría un sitio tranquilo donde dormir bajo las estrellas.

—¿Te gusta observar las estrellas?

—En Clinton vivíamos en las afueras, rodeados de campo, muy cerca del lago Truman y de la reserva natural de Harry S. Truman, en la que mi padre trabajaba como ingeniero forestal. Solíamos salir al campo por las noches, a tumbarnos sobre una manta para dedicarnos a buscar estrellas fugaces en el cielo. A la espera de ver alguna, jugábamos a identificar estrellas y constelaciones. Era maravilloso, pero ¡joder!, es el único recuerdo bueno que guardo de ese cabrón. Era un cerdo, un jugador compulsivo que hipotecó la casa a favor de un usurero con todo lo que contenía. Incluida yo.

Louis se removió nervioso en su asiento.

—Tranquilo, que no te haré llorar con las andanzas de ese capullo. Por cierto, ¿qué tal la herida de tu mano?

—Fue más leve de lo que aparentaba a primera vista y ahora está casi curada.

—Me da vergüenza reconocerlo, pero aún no te he dado las gracias por…

—¿Las gracias? ¿Tú a mí? Debería ser al revés.

Continuaron hablando hasta que empezó a vislumbrarse en el horizonte una leve claridad. Eran las seis y media de la mañana. Estaba a punto de amanecer y el día prometía empezar cargado de brumas.

—Te propongo hacer un plan encantador —dijo Louis, consultando su reloj.

—Estoy demasiado cansada como para seguir dando vueltas por ahí.

—El esfuerzo merece la pena.

—Pero es que me gustaría volver a casa cuanto antes.

—No puedes. Todavía no he hablado con mi amiga del Departamento de Policía.

—Descubrirás siete gamas de sabores de chocolate —explicó Louis—: los balsámicos, que son suaves y aromáticos; los de frutos secos tostados y mezclados con pralinés; los que llevan delicadas esencias de frutas, entre los que encontrarás algunos frutos secos, pero sin tostar; los cítricos, que también son frutales, aunque de variedades más jugosas que las anteriores; otros más innovadores por llevar albahaca, hinojo y verbena; asimismo, los hay elaborados con flores, como la lavanda, el geranio y el exótico *ylang*; y, por último, los de sabor más intenso, hechos con especias. Ahora bien, lo que convierte esta caja en una locura para el paladar es que cada una de estas gamas esconde, a su vez, otras siete variantes.

Llevaba una hora sentado con Kayden sobre el frío suelo del escenario de la Naumburg Bandshell del Central Park, estaban rodeados por un ambiente húmedo y un marcado olor a naturaleza en transformación. El toque otoñal final lo daban una silenciosa e inmóvil estatua humana, que imitaba a la perfección un árbol sin hojas, y una solitaria violinista, que tocaba con delicadeza el segundo ciclo de los poemas sinfónicos de *Má vlast*.

—Tenías razón —comentó Kayden—. Nunca había tomado un desayuno como este.

—Procura mantener el orden. Si lo alteras probando antes un bombón de sabor fuerte, después no podrás degustar con la suficiente precisión los de menos cuerpo.

Kayden dudaba acerca de cuál escoger entre los cítricos.

—Tengo que reconocer que sabes cómo tratar a una mujer. Estos bombones... son una maravilla. ¿Cuánto te han costado? Me ha parecido ver unos precios inmorales.

—Una cantidad tan indecente como hablar con una mujer del coste de una invitación. Ahora sigamos disfrutando del chocolate.

Mientras escogía su próximo bombón, añadió:

—Lástima que nos falten una botella de un buen Moët & Chandon y unas flores.

—¡Flores! Me encantan las orquídeas.

Se llevó a la boca otro bombón y lo saboreó.

—¿Por qué haces esto?

—Me gusta disfrutar de la vida. La aprecio demasiado como para no hacerlo, y no me queda mucho tiempo para ello.

—¿Te puedo hacer una pregunta personal?

Louis asintió.

—¿Las mujeres son una afición para ti?

—Un vicio.

—¿Yo también?

Él negó con serenidad y tuvo la impresión de que le creía.

—Pareces un hombre bueno, y si yo tuviera a mi lado a alguien como tú, que supiera tratar a una mujer, siempre le sería fiel.

Él no supo qué decir porque la aparente propuesta era una locura.

—Pensarás que no puede ser, que habiendo estado con tantos hombres…

Su mirada se perdió entre las nubes, cómo si buscase en ellas las palabras adecuadas para una explicación convincente.

—Le he entregado mi cuerpo a muchas personas, pero no mi corazón.

Tras unos segundos, él preguntó:

—¿Cómo es para ti el hombre perfecto?

Kayden no dudó ni un instante.

—Alguien en quien pueda confiar.

Louis permaneció pensativo. Desde luego, él no era muy de fiar para ninguna mujer.

—Gracias por ayudarme —añadió ella.

Le dio un beso en los labios, un beso que él percibió como el más maravilloso y emocionante que le habían dado jamás. Y aunque tal vez su primer beso estuviera al mismo nivel, de ello hacía ya muchos años y no era más que un vago recuerdo.

Junto con el beso, disfrutó de su olor. Era joven y fresco. Y sus ojos… Resultaban profundos y embriagadores.

—Y gracias por el desayuno.

Continuaron comiendo bombones hasta pasadas las once y media de la mañana, hora a la que la luna asomaba entre los rascacielos de la ciudad. Para entonces, Louis ya estaba enamorado.

Pablo Palazuelo

LA EXTRAÑA SEDUCCIÓN

Sábado, 13 de noviembre

Llevaba casi una hora paseando por las salas de la exposición en compañía del eco de sus pisadas, su pequeña Leica y su gorra.

Durante ese tiempo, Travis rememoró las miles de pagodas y estupas de Bagan envueltas en las brumas del amanecer, que conformaban el espectacular paisaje delimitado por una serpiente de color plateado: el río Ayeyarwady. De aquellos incontables templos rodeados de vegetación y con nombres tan evocativos como Ananda, Htilominlo o Sulami, o impronunciables como Nga-Kywe-Nadaung habían salido las maravillosas fotografías que ahora decoraban las salas de la galería Königsberg, en el corazón de Chelsea.

No tardaron en entrar más personas, momento que Travis aprovechó para observarlas con disimulo. Comenzó siguiendo a una pareja de unos cuarenta años que miraba las fotos con cierto desdén. Luego se fue detrás de una madre con un bebé que intentaba concentrarse en las fotografías. Después dio con una chica, inmóvil como una estatua, frente a una foto de un pescador en el lago Inle. Por último, un matrimonio con aspecto de jubilados. Estos sí que se detenían en cada una de las fotos para deleitarse con ellas.

Se fijó de nuevo en la chica-estatua. Ahora se movía.

«¿Qué hace? ¡Va a sacar una foto de una de las fotos! ¡Que compre el original! ¡O por lo menos el catálogo!».

Fue a amonestarla cuando la reconoció: Kayden Fox.

«¡Menuda casualidad!».

Llevaba un pañuelo en la cabeza, de color negro, como el resto de su ropa, que le cubría parcialmente el rostro, y que a él le había impedido reconocerla.

Pensó en esconderse, aunque enseguida cayó en la cuenta de que no lo conocía. Así pues, respiró tranquilo.

La chica se sentó en un pequeño sofá sin respaldo colocado en el centro de la sala, en el que a duras penas cabían dos personas. Entonces lo miró con curiosidad. Travis sospechó que no era de extrañar porque se hallaba de pie en medio de la sala y lejos de cualquier fotografía.

—Por favor, siéntese aquí —dijo Kayden, haciéndole sitio—. Tiene cara de cansado.

La sorpresa de Travis fue mayúscula; por lo generoso de su ofrecimiento y por significar que había observado que llevaba mucho tiempo de pie. Pero ¿qué hacer? ¿Qué debía hacer él? Estaba agotado por el tiempo dedicado a los últimos detalles de la exposición y por la juerga de la noche anterior. Además, conocer mejor a esa chica resultaba muy atractivo porque era tan llamativa como la había descrito Louis. De manera que finalmente cedió a la tentación.

—¿Sabe cómo funciona esta cámara?

La pregunta, formulada justo en el instante en el que se sentaba junto a ella, le provocó otro sobresalto.

—Perdón, ¿cómo dice?

Kayden le mostraba la cámara con ambas manos. Eran de piel muy clara y apariencia delicada, y contrastaban con el negro de las mangas de su abrigo.

—Había pensado que si usted estaba aquí, viendo fotos, es porque entiende de ello.

—¿Cuál es el problema?

—Me salen todas un poco oscuras.

—¿Me permite?

Travis cogió la sencilla Canon A480 y comprobó el ajuste de la sensibilidad. Estaba en manual, a tan solo 80 ISO.

—El problema está en la sensibilidad, y si no se sabe mucho de fotografía, es mejor dejar en automático su selección. De este modo, la cámara se adapta por sí sola a la luz del entorno.

Se la devolvió.

—Pues sí que es sencillo.

Tenía aspecto de estar aún más cansada que él. ¡Ni que hubiera pasado toda la noche en vela!

Entonces se produjo un silencio que se prolongó más de lo normal y que solo se vio roto por lo primero que se le pasó a Travis por la cabeza.

—Parece más cansada que yo.

—Esta noche no he pegado ojo.

Se quitó el pañuelo, su pelo se desenredó y cayó sobre los hombros. Parecía suave como la seda, pero también denso y brillante. Sin embargo, lo que más lo cautivó fue el color. No era negro, sino rubio, muy claro, casi blanco.

«¿Se lo teñía antes o lo lleva teñido ahora?».

En la sala de exposiciones, ahora solo brillaba su cabello, hasta el punto de que todas las fotografías, iluminadas por potentes focos, parecían haberse oscurecido.

«Unos tanto y otros tan poco», pensó él a la vez que

recordaba su calvicie.

Permanecía enmudecido cuando Kayden lo despabiló al dirigirse de nuevo a él.

—No sé valorar la dificultad técnica de una foto, pero sí captar el mensaje que quiere transmitirnos el fotógrafo. También percibir la sensibilidad con la que trabaja.

—Es un punto de vista muy realista y que no escucho a menudo. Yo creo que la razón estriba en que mucha gente se niega a reconocer que no sabe nada de lo que presume saber, y esa es una diferencia que dice bastante a tu favor. Seguro que tienes un gran potencial. Así que… ¿por qué no te animas a practicar la fotografía de un modo más profesional?

Había comenzado a tutearla sin darse cuenta.

—Aprenderías enseguida lo suficiente para hacer buenas fotos. El resto es creatividad e intuición.

—Los equipos son muy caros.

—Con las cámaras digitales no siempre es así. Las hay con prestaciones impensables hace solo unos pocos años y a precios muy asequibles.

—Aun así, para mí es mucho —repuso con cierta reserva.

Travis comenzaba a sentir una atracción cada vez más poderosa. Era como un agujero negro que todo lo absorbía. No era físico, no era solo su especial belleza; eso quedaba para Louis. Era algo magnético que no sabía cómo describir.

—¿Cómo has sabido de la exposición?

—Un amigo me habló de ella. Cuando me contó dónde era, no dudé en venir, porque en el estudio de fotografía que hay justo encima he posado en varias ocasiones.

—¿También posas en fotografía?

—¿Por qué dices también?

Había metido la pata al dejar entrever que conocía otros detalles de su vida.

—Quiero decir que si, aparte de fotógrafa aficionada, también posas.

—Pues sí, pero no con frecuencia. ¿Conoces el estudio?

Respiró aliviado. La chica no se había percatado de la metedura de pata.

—No, de hecho, ni sabía que había uno.

—¿Quieres verlo? Hay un decorado fantástico en el que posé hace poco. Es precioso.

La curiosidad, unida a su pasión por la fotografía, lo hizo dudar. La joven, al ver sus titubeos, añadió:

—Me llamo Kayden Fox.

Le estrechó la mano, y una ola de calor recorrió el cuerpo de su sorprendido interlocutor.

—Soy Travis Palmer.

—Ahora que nos conocemos, ¿quieres subir?

Sin saber muy bien cómo, enseguida se encontró en la planta inmediatamente superior, frente al estudio. Allí, Kayden sacó una llave y abrió la puerta.

Travis la miró con incredulidad.

—Jerry y yo… nos conocemos bien. Se fía de mí.

Al entrar, el deslumbrante decorado abovedado lo maravilló. Estaba dominado por un cielo azul marino plagado de estrellas, y sus tres metros de alto multiplicaban su fuerza visual hasta límites insospechados. En su parte central, unos dibujos representaban unas nubes de un color blanquecino, envejecido por el paso del tiempo. Por último, y como un extraño contrapunto a estas, unas olas de cartón piedra rondaban desordenadas por el suelo, además de una luna menguante, en la que había un soporte para que alguien pudiera posar sobre ella.

—¿De dónde ha salido esto? Parece un antiguo decorado de una ópera.

—Es viejo, bastante, pero no sabría decirte cuánto. Y sí, es de una ópera.

Travis se adentró en el decorado para examinar de cerca los dibujos.

—¿Qué tipo de fotos has hecho en él? ¿Promocionales?

—Desnudos.

La contestación lo hizo sentirse incómodo, a pesar de la naturalidad de su tono. Aun así, prosiguió con la charla para disimular su turbación.

—En muchas fotos, las mujeres parecen naturalezas muertas. En cambio, cuando la cámara está en manos de un buen fotógrafo, se aprecia a la perfección cómo un cuerpo femenino transmite vida y movimiento, aun permaneciendo inmóvil.

—Jerry dice que lo hago muy bien, pero paga una mierda.

—¿En qué revistas se publican?

—Revistas para adultos.

«Ups».

Ella señaló la Leica con la que jugueteaba Travis.

—¿Quieres fotografiarme?

—No me parece una buena idea.

—¡No me voy a desnudar! Solo quiero ver si eres capaz de captar la esencia misma de la feminidad, no una mera representación erótica.

La chica sabía de lo que hablaba, y su potencial para posar era indudable. Toda una tentación para un fotógrafo.

—Vamos, anímate.

Se quitó el abrigo sin esperar su respuesta y se colocó en el centro del decorado.

—El otro día posé con esa túnica. Me subí a la luna con ella y me hice pasar por la Reina de la Noche. Me la puedo poner de nuevo; a ver si mejoras el trabajo de Jerry.

Travis le quitó la tapa al objetivo de su Leica y sacó

varias fotos del escenario con las que ajustar después los parámetros de la cámara. A continuación, alzó la vista, descubriendo que Kayden se había quitado la chaqueta y se envolvía en la túnica. Lo invadió la sensación de encontrarse ante una piedra preciosa por pulir, un verdadero diamante; impresión que le hizo comprender de inmediato el efecto que la chica producía en los hombres. También, que no era de extrañar que con semejante capacidad de atracción, sumado a un carácter inestable y débil, tal y como había averiguado Johann, fuera dañada emocionalmente con frecuencia.

—¿Por qué no estudias fotografía?

—Porque trabajo día y noche.

—¿Has probado a pedir una beca?

—¡¿Pedir una beca?! ¡¡Yo?! El último año en el instituto fue difícil y mis méritos académicos son… Ni me presenté a los exámenes.

—¿Qué estudiarías, aparte de fotografía, si tuvieras la oportunidad de hacerlo?

—Quizá, Bellas Artes, aunque… No sé, tengo otras ideas en la cabeza.

—Bellas Artes… Una opción muy atractiva.

Tanto como ella cuando posaba. Sin embargo, no era erotismo, sino feminidad, tal y como Kayden concebía la fotografía ideal de una mujer, aunque no por eso era menos seductora, no al menos quitándose la ropa hasta quedar desnuda bajo la túnica.

—Todavía estás a tiempo de empezar una carrera universitaria y, con una recomendación, podrías conseguir una beca.

El dedo de Travis presionó varias veces el disparador de la cámara.

—¿Quién me iba a recomendar? ¿Y por qué insistes tanto?

Travis percibió un toque de tristeza en su voz.

—Digamos que hay gente que tiene tanto que ahora solo puede dar.

—¿Lo harías tú? ¿Puedes hacerlo? ¿De verdad puedes hacerlo?

Lo bombardeaba nerviosa a preguntas.

—¿Me ayudarías también con una deuda?

—¡¿Qué deuda?!

Sí, ¿qué deuda era esa? Johann no le había advertido de nada en ese sentido. Sin embargo, dejó de pensar en ello por el torrente de palabras que surgía de la boca de la chica.

—Cuando fallecieron mis padres, un amigo del instituto que me pagaba por acostarse conmigo me dijo que alguien quería conocerme. Así que me presentó a un prestamista, que me habló de la deuda de juego que mi padre había contraído con él y que me ofreció currar en pelis porno a cambio de su condonación. También me prometió vivir como una reina: mucho dinero, los mejores maquilladores y peluqueras, ser siempre la más admirada... Hasta me juró que, con mi aspecto, sería una estrella en muy poco tiempo, pero lo mandé a tomar por... Ya me entiendes.

Cambió de postura a otra más cómoda, como si tratara de aliviar el peso del pasado.

—Por desgracia, ese cabrón era mucho más peligroso de lo que pensaba. Me metió en un coche, ¡en el maletero!, lo llevó hasta un bosque y lo roció con gasolina. ¡Jamás chillé como lo hice entonces del pánico que tuve! Le supliqué a gritos que no lo quemara y le prometí que trabajaría para él. Para asegurarse de que había captado el mensaje, cuando me sacó del maletero, me propinó una paliza y me violó. Después me encerró en un burdel.

Estiró su cuerpo y dejó a la vista más de lo que Travis consideraba apropiado.

—Conseguí fugarme al cumplir los dieciocho y desde ese día, vivo medio escondida. Ahora, lo poco que ahorro lo guardo para intentar quitarme de encima al prestamista, pero solo lo conseguiré si no me cobra los intereses. Algo, claro está, que no hará, porque así seré suya para siempre.

Dejó que su mirada se deslizase a lo largo de sus piernas a medida que las descubría poco a poco.

—A su lado, el riesgo que representa un cabrón del club en el que trabajo es una nimiedad.

Parecía estar pensando en voz alta.

—Ahora únicamente sé salir adelante con lo que aprendí con ese malnacido, pero es tan duro que hay noches en las que tengo ganas de pegarme un revolcón en cocaína para no pensar en ello ni en mi futuro.

—No lo hagas.

—¿Por qué no? Nunca le he tenido aprecio a la vida. Mis padres siempre discutían, nadie me apoyó durante mi adolescencia... Estaba harta, desesperada. Así que al final me refugié en el sexo y empecé a cobrar para satisfacer mis caprichos, comprando todo lo que me apetecía.

Volvió a cambiar de posición, ahora, para ofrecer un insinuante perfil de sus pechos.

—Odio a mi padre por la deuda que ahoga mi vida.

—Lo siento mucho.

—¿Por qué? No es tu culpa. ¿O es que me estás diciendo que te sientes culpable y me vas a dar el dinero?

—Pero... yo no puedo pagar. Además, seguro que lo querrá en negro.

—Perdona que me haya precipitado, pero...

Travis recordó la advertencia de Nikolái, la de que «ese tipo de mujeres suele padecer desequilibrios emocionales», y dedujo que sería mejor cambiar de tema. No obstante, se trataba de un objetivo de difícil cumplimiento.

—... es que tengo prisa por solucionarlo —continuó ella—. No quiero morir quemada viva en el maletero de un coche. No es un sitio muy cómodo.

Se rio de su propio chiste y dejó que la túnica se escurriera por sus hombros hasta quedar desnuda por completo. A él se le desvaneció su resistencia y comenzó a sentir la más pura atracción física. Distraído, apretó el disparador hasta agotar el carrete. Cuando se dio cuenta, lo cambió por otro y continuó haciendo fotos, solo que ahora eran más atrevidas.

—Sí, podría hacerlo —explicó Travis—. Ahora bien, antes tendría que comentarlo con un buen amigo. Es un cascarrabias cargado de manías, como la de dudar de todo aquello que no pueda contrastarse de manera científica, aunque, en el fondo, el carácter seco de ese ruso esconde un enorme espíritu de entrega a los demás. Por cierto, vive en tu edificio.

—¡¿Somos vecinos?!

—Louis lo descubrió cuando le contaste dónde vives. Luego nos lo dijo a todos nosotros.

—Se lo conté en la isla, es verdad.

Un rayo de esperanza iluminó su rostro. Fue como si la luna desapareciera del decorado, dejando su lugar al sol, momento que Travis aprovechó para tratar de captar con la cámara la intensa expresividad que ahora transmitía la cara de Kayden.

Foto. Foto. Foto.

Resultaba extraordinario fotografiarla y tratar de reproducir en una imagen fija la sensualidad que transmitía con el movimiento. Sin embargo, hacerlo con sus ojos... Se acercó. Los fotografió. Se aproximó más.

—¿Quién es ese amigo tuyo?

—Un ruso bastante peculiar.

Cuando metía en la cámara el tercer rollo, pensó en sí mismo y en su edad, avergonzándose al comprender que se había dejado llevar por un impulso carnal propio de un adolescente. Acto seguido, reparó en Louis y en el problema que estallaría entre ambos.

Finalmente se puso en pie.

—He terminado.

—Todavía no —replicó ella con determinación.

Travis abandonó el estudio de fotografía a las seis de la tarde, calándose su gorra beige sobre su atormentada cabeza.

«¿Y ahora qué? ¿Y ahora qué?».

Se centró en el mundo real para olvidar, aunque solo fuera por un rato, el problema que tanto lo acuciaba. Esa momentánea tranquilidad le permitió percibir que tenía hambre, así que decidió acercarse hasta el Glimpsy de la 40 Oeste, casi en el cruce con la Octava Avenida.

De camino, comprendió aún más que toda esa historia, inocente en un principio, acababa de complicarse en exceso.

«Cuando Louis se entere me va a matar. ¡Seré idiota!».

—¿Qué opinas?

—Que los tenemos a todos.

Marian aparentaba tranquilidad, y Christian demostraba con la pregunta que era un novato, pero ocurría que le podía la ilusión de tener tan cerca la resolución de su primer caso en su periodo de prácticas para detective investigador.

—Supongo que el tonto de la banda no pensaría que alguien se fijaría en él cuando regresó al almacén para disfrutar de su afición con una de las cámaras robadas.

Christian miró por la ventana de la primera planta de la comisaría del distrito 14, correspondiente a Midtown South, para observar cómo limpiaban los cristales del bonito edificio de 1927, situado al otro lado de la calle.

—Estoy seguro de que se trata del menor de los hermanos Williams. Los demás serán: Randy, el mayor de los dos; Chris Patterson, un especialista en cerraduras y cajas de seguridad; y, por último, Eugene Cassell, un pistolero de poca monta. Imagino que será él quien se ocupe de la seguridad en la banda y el que haya asesinado al de la familia Hampton.

—¿Qué demonios pinta ese bobo en el grupo?

—Quizá fuera un simple vigilante para alertarles si venía la policía.

—Pues quizá nos carguemos gracias a él a la segunda de las escisiones de la vieja banda de Tommy, el *Gallo*. Llevan años dando golpes en Glendale, Woodhaven, Hilcrest y Hollis, aparte de su relación con los secuestros de mujeres y la prostitución. Sin embargo, es la primera vez que trabajan en Manhattan y, si los detenemos, se va a alegrar mucha gente. En especial, Harry. Por cierto, recuerda que le debemos un favor.

Christian paseó alrededor de las mesas y estiró los brazos un poco. Se encontraba entumecido tras varias horas organizando y estudiando la información recopilada.

—¿Es cierto que a tu amigo Harry no le gustan las armas de fuego? A mí, la verdad, me cuesta creerlo cuando pienso en el trabajo que tuvo en el pasado.

—Las odia por algo que le sucedió en aquella época y que nunca me ha confesado, pero que, sumado a sus sólidas convicciones morales, hace que sea inimaginable verlo amenazando a alguien con matarlo.

—¿Ni siquiera intuyes de qué se trata?

—No, pero tiene que ser un auténtico drama, como la pérdida de su familia, y sospecho que algo similar sucede con sus cuatro amigos. Son encantadores, pero tengo la impresión de que esa felicidad solo sirve para tratar de enterrar recuerdos amargos.

—¿Cómo lo conociste?

—¿Me vas a interrogar mucho más?

—Siento curiosidad por él.

—Se mudó a nuestro bloque de apartamentos en Brooklyn tras perder a su familia en un lamentable accidente. Aquella tragedia se sumó a las dos que había padecido previamente: la desaparición de su padre y, años después, la del mayor de sus hijos; recuerdos que siempre han constituido una terrible carga que no sé cómo ha podido sobrellevar. Más tarde, se volvió a mudar tras abandonar su empleo en la CIA. Recuerdo que, antes de hacerlo, me contaba historias de cómo empezó en ella y de su primer puesto en la Estación de Nueva York. También, de que con el tiempo, lo destinaron a la central para que ocupara no sé qué cargo en la División de Integración de Registros, y de allí, a otro lugar, fuera del país, como oficial de Operaciones de Contrainteligencia.

—Sabes mucho acerca de ese espía.

—No fue un espía y hace bastante tiempo que abandonó esa actividad. El caso es que, en todo el tiempo que estuvo en la agencia, pasaba a vernos siempre que podía. Y así hasta que cumplí quince años, cuando se marchó a vivir a un apartamento en Manhattan.

—¿Apreciaba a tu padre tanto como a ti?

—Pues sí, porque aparte de la edad, mi padre tenía con él muchas coincidencias: aficiones, política, religión… Terminaron siendo muy amigos. En cuanto a mí, para Harry siempre fui la niña de sus ojos, y tengo que decir que todavía lo soy, puesto que me trata como a una hija.

Recordó el cariñoso «pequeña» que tan a menudo le decía.

—Pasé muchas tardes en su casa jugando con él y los regalos que me compraba.

—¿Qué ocurrió después de mudarse?

—A pesar de la distancia, siempre estuvo a mi lado; en los momentos felices, como mi acto de graduación en la

Academia de Policía, y en los tristes, como cuando murió mi padre y, más tarde, mi madre. De alguna manera, llenó el vacío dejado por ellos, en especial el de mi padre. Hizo un gran esfuerzo por ayudarme anímicamente. Me llevaba al cine, al teatro, a pasear por el Prospect Park o a patinar al Wollman Rink.

Soltó un par de carcajadas.

—¡Qué patoso era!

Christian detuvo el paseo a sus espaldas.

—¿Qué quiso decir Harry con lo de tu apretada vida personal?

—Lo desconozco —contestó, aparentando desinterés.

Su compañero puso las manos sobre sus hombros y empezó a darle un masaje.

—¿Te gusta?

Marian se apartó con brusquedad.

—Es mejor que lo dejes.

Él comprendió en el acto que había metido la pata al dejarse llevar por sus instintos, en el trabajo y con su superior. Mal asunto.

Una llamada en el móvil de su compañera interrumpió sus divagaciones, además de suponerle un alivio, porque así se evitaba las obligadas disculpas. Por el contrario, para el corazón de Marian, significó todo un golpe, que se fue acrecentando a medida que ella escuchaba las palabras de quien la había llamado por teléfono.

Harry corrigió la posición de unas carpetas que había sobre su mesa y las dejó alineadas con el borde. Después hizo lo mismo con su preciada estilográfica, regalada por Johann cuando cayó el muro de Berlín.

Era un maniático del orden, costumbre que se había acrecentado con el transcurso de los años de vida en solitario. La soledad… Una palabra que conocía bien y que era como si se la hubiesen grabado en el cerebro con un hierro candente.

Estaba solo. Todos los días. A todas horas. Se trataba de una situación que lo corroía por dentro. Por no hablar de que, antes de que se diera cuenta, tendría un pie en el agujero, y no habría nadie que lo llorase en su entierro. Por eso sabía que las personas estaban hechas para interrelacionarse, formar una familia y tener de quién preocuparse, alguien que les diera sentido a sus vidas y que las recordasen cuando ya no estuvieran.

Su teléfono móvil sonó, y él apartó todos esos pensamientos para descolgar.

—¡Oh, Harry! —dijo Marian entre sollozos—. ¡Lo siento, lo siento muchísimo!

Al cabo de un cuarto de hora, el taxi en el que venían Harry y Nick se detenía frente al Glimpsy. Al primero le extrañó ver a Johann allí porque le había avisado con una llamada a su móvil hacía menos de cinco minutos. Por el contrario, a Nikolái, su desconsuelo le impidió percatarse de ese pequeño detalle. En todo caso, ambos se fundieron en un largo abrazo con el alemán, y las lágrimas rodaron por sus mejillas.

—No pensé que fuera a ser así —lamentó Johann, cuyo semblante era tan frío e inexpresivo como el de un muerto—. Me lo imaginaba en un final normal y rodeado de sus amigos.

Marian se presentó ante ellos y los abrazó para infundirles ánimo.

—¿Dónde está? —le preguntaron.

Los ayudó a cruzar la muchedumbre de curiosos y el cordón policial, y se aproximaron a dos furgonetas. La de atrás era una Ford LCF que pertenecía a una empresa de distribución de productos para la construcción, a juzgar por un letrero en el lateral, que rezaba: «Mr. Frank. Todo para la construcción». La de delante era una Chevrolet Express, propiedad de un horrorizado particular.

La parrilla frontal de la Ford LCF estaba deformada, y en ella se podía apreciar una mancha de sangre. En la parte trasera de la otra furgoneta, se observaba lo mismo, y entre ambos vehículos, un cuerpo que yacía en el suelo, cubierto por una manta.

Harry intuyó lo que había sucedido: Travis no había sido atropellado, sino que había muerto aplastado entre el radiador de la Ford y el portón trasero de la Chevrolet.

—¿Cómo ha ocurrido? —preguntó Johann.

—Tenemos el relato del conductor, que coincide con el de los testigos y con la grabación que ha hecho la cámara de seguridad del local: Travis cruzó por el centro de la calle sin mirar.

Marian se puso a llorar, y Harry la abrazó.

—Calma, pequeña, calma.

—Su cara es irreconocible. Está destrozada. ¡Es horrible, es horrible!

—¿Lo sabe Louis?

—No hemos conseguido localizarle. Antes de ayer se fue con esa chica, y no hemos vuelto a saber de él.

—¿Se va a hacer alguna investigación?

La pregunta la había formulado Nick, firmemente apoyado en su bastón.

—¿Por qué habría de hacerse?

—¿Estaba borracho el conductor? ¿Iba muy deprisa? ¿Intentó esquivarlo o iba a por él?

—¡No! No hay nada de eso. Cruzó por donde no debía, sin mirar, y al conductor de la furgoneta lo distrajo momentáneamente su perra.

Señaló a un labrador retriever atado al parachoques de un coche patrulla. El dueño, de unos veinte años de edad, de nariz pronunciada y aguileña, esperaba a su lado.

—Lo llevaba suelto dentro de la cabina. Es un hombre joven, que se encuentra muy afectado. No deja de temblar y de pedir disculpas. Y es un tipo honrado. Nos ha hecho entrega de la cámara de fotos de Travis, aunque le falta el carrete. Quizá haya caído por el hueco de la alcantarilla, porque no aparece por ninguna parte.

—Quiero ver su cuerpo.

Todos se giraron para descubrir al que había dicho esa frase, a Louis Prior, quien había estado llorando, y cuyos ojos enrojecidos así lo atestiguaban.

—¿Cómo te has enterado? —preguntó Johann, sorprendido con su repentina aparición.

—Vi la noticia del accidente por la televisión del hotel y lo reconocí por su ropa. ¡Y frente al Glimpsy! Tenía que ser él.

Marian y los demás lo abrazaron para consolarlo.

—Es mejor que no lo veas —le comentó Harry.

Louis comprendió a qué se refería. De forma que se sobrepuso al dolor, se acercó con calma hasta el lugar donde yacía su mejor amigo y contempló la sábana como si pudiera atravesarla con la mirada y ver sin trabas el rostro desfigurado de Travis. En ese momento, desapareció toda la frescura de su semblante.

—Travis... Adiós, amigo.

Con la máxima discreción, Christian se aproximó a Harry y le susurró al oído:

—Van a levantar el cadáver.

Luego le ofreció llevarlos en su coche.

—No, gracias. Iremos más cómodos por nuestra cuenta.

Más tarde, durante la búsqueda de un taxi, el desaliento hizo mella en ellos, especialmente en Nick, y la sospecha que lo corroía por dentro desde hacía rato salió a relucir.

—Esto no ha sido un atropello.

Los dominó un pesado mutismo, que Harry rompió acuciado por la necesidad de apartar viejos fantasmas.

—Tu famoso sexto sentido, tu manía de dudar de todo... Sin embargo, no tienes por qué estar en lo cierto. Además, parece un simple accidente, sin nada que indique lo contrario..., pero...

Remató la frase con un gesto que exteriorizaba el agobiante peso de la incertidumbre que albergaba.

«Maldito Edificio Michigan. Recuerdo bien el primer día que puse un pie en él. Justo antes, me detuve ante su entrada principal y alcé la mirada, tratando de abarcar su inmensidad. En la planta baja, a ambos lados de la entrada, divisé dos enormes ventanales semicirculares, que dejaban escapar una intensa luz. En la noche recién caída, me inspiraron la sensación de ser los ojos de un monstruo que albergase en su interior un gigantesco fuego. Y cuando crucé el umbral, fue como si me introdujera por la boca del terrible Moloch Baal[17] para un sacrificio humano, el mío, quemada viva y envuelta en un espantoso sufrimiento».

—¡Maldito edificio!

Kayden Fox puso de nuevo la mano sobre el radiador para comprobar lo que ya sabía, que la calefacción no funcionaba, y si no se le ponía remedio con cierta rapidez, tendría que ponerse la bufanda hasta para dormir, a pesar de las tres mantas que tenía en la cama.

—Tiene gracia. Soñar con morir abrasada para luego hacerlo congelada.

Bajó a conserjería, localizó a Holmer Reuben, el joven y gordo gerente del inmueble, que también vivía en él, y le expuso su problema.

—¿Cómo que no funciona? —replicó el empleado—.

---

[17] Deidad del mundo clásico a la que se ofrecían sacrificios humanos, en especial de niños, en los que las víctimas eran quemadas vivas.

¡Claro que sí! Toca este radiador.

Lo tocó y simuló quemarse.

—¿No te habrás dejado una ventana abierta?

—¿Acaso piensas que en casa me abrigo tanto por gusto? Estoy helada. Mira, toca mis manos.

Estiró el brazo hasta colocarle la mano delante de sus narices, pero se arrepintió en el acto a causa de la reacción del gerente, quien no mostraba enfado por su falta de respeto, sino más bien lo contrario, porque su nariz olfateaba la muñeca con lujuria.

Llena de inquietud, retiró la mano.

—¿Subirás a arreglarla?

El gerente puso cara de decepción.

—Tengo cosas mejores que hacer.

La chica estalló de indignación.

—¿Cosas mejores? ¿Para qué demonios crees que te pagan un sueldo?

Holmer Reuben se puso agresivo.

—¿Acaso piensas que el tuyo es el único problema del Michigan? Hay montones de asuntos que solucionar todos los días. Y no solo averías. También tengo que recoger la porquería que dejan los inquilinos que se largan sin pagar.

Sonrió con malicia.

—¿Me tocará la tuya mañana?

Kayden Fox dejó de un lado su enfado y trató de convencerlo por las buenas.

—Te lo pido por favor. No quiero helarme esta noche.

Lo hizo con la mejor de sus sonrisas.

—Está bien. Espérame en tu apartamento.

Retornó a su vivienda y esperó en compañía del ruido del bajante empotrado en una de las esquinas, como si el gigante de hormigón y acero estuviese teniendo una pesada digestión.

Veinticinco minutos después, Holmer Reuben entraba borracho en el apartamento. Ella lo recibió con desagrado.

—¿Y las herramientas?

—¡Bah! No me hacen falta para tratar contigo.

El humillante comentario la enfureció, sentimiento que se intensificó cuando Holmer le acercó su lasciva cara con la boca abierta. Su apestoso aliento a alcohol la envolvió y la obligó a apartarse de inmediato. Fue una reacción que no agradó al gerente.

—Sé de dónde vienes muerta de frío cuando vuelves a casa por las noches. Hay gente que me habla de ti y me cuenta tus secretos, amigos comunes a los que les gusta sincerarse conmigo. De hecho, hace poco conociste a otro: el Rata.

Kayden enmudeció.

—Vamos —añadió él—, seguro que podemos solucionar lo de tu frío de forma amistosa. Es más, conozco un medio estupendo de que entres en calor.

—¿Por quién me tomas?

—¿Es una broma? Te tomo por lo que eres.

—Pues te equivocas. Prefiero morirme de frío antes que tocar tu cuerpo seboso.

—Te puedo complicar mucho la vida, encanto. Si hablo de tus correrías nocturnas a los dueños, da por sentado que tendrás que hacer las maletas.

—Lo prefiero a verte desnudo. Y ahora largo. Tengo que ducharme.

—¿Con agua fría? Conozco muy bien estos apartamentos y sé que cuando no funciona la calefacción, tampoco llega el agua caliente al grifo. Es una jodida casualidad.

Se marchó dando un portazo.

—Te voy a denunciar a los dueños —gritó ella a través de la puerta.

—¿Y por qué no a la policía? —chilló el gerente desde el pasillo—. Pero ¿a quién van a creer?

«Miserable malnacido», maldijo la chica para sus adentros. «Y ni siquiera tengo más mantas. Al final, tendré que dormir vestida como un esquimal».

El aire que el radiador almacenaba en su interior y que impedía su correcto funcionamiento la saludó con un alegre silbido. Era como si le dijera: «Te voy a tener toda la noche despierta escuchando mi canto».

Pablo Palazuelo

Muchos años antes

Las Trompetas de Jericó tronaron desde el cielo anunciando la inminente llegada de la muerte.

—*¡Corre!*

La desgarradora súplica de Iván se escuchó por encima de la amenaza que se cernía sobre ellos. Sin embargo, el pánico continuó atenazando los músculos de su mujer porque sabía bien lo que aquel terrible sonido significaba.

—*¡Corre, corre!* —*le repetía con todas sus fuerzas.*

Milagrosamente, ella reaccionó, y sus piernas comenzaron a moverse.

—*¡Más rápido!*

El ritmo de su carrera se incrementó, convirtiéndose en una desesperada huida por salvar la vida, pero ya era demasiado tarde.

—*¡Más!*

El aterrador presagio se agudizó hasta volverse insoportable. En ese instante, la bomba de quinientos kilos impactó al otro lado de la casa, provocando una brutal explosión que pulverizó los sólidos muros exteriores y derribó las paredes interiores. La vivienda, literalmente, desapareció, y de inmediato, la onda expansiva los alcanzó también a ellos, lanzándolos por los aires.

Pasados unos minutos, Irina abrió los ojos sin ni siquiera saber cuánto tiempo había permanecido sin conocimiento. Tampoco era consciente de que se encontraba tirada sobre el suelo embarrado de la granja ni de que la detonación le había reventado los tímpanos.

Luego se giró y miró a su alrededor, pero sin recordar qué había sucedido.

—*¿Iván?*

Solo fue un susurro.

—*¿Dónde estás?*

Se puso de pie, despacio, con miedo a caerse.

—*¿Dónde…?*

Sintió un mareo y se sentó sobre unos escombros para evitar que fuera a más.

—*Te necesito.*

Volvió a estudiar el entorno y, poco a poco, fue comprendiendo lo qué había sucedido. También, que en su vida ya nada sería igual.

—*¿Dónde están mis hijos?* —*musitó.*

Alzó la vista al percibir cómo los bombarderos y cazas nazis la sobrevolaban a escasa altitud para ametrallar y bombardear a su paso toda la ciudad portuaria de Tallin, diezmando así a las fuerzas soviéticas. Asimismo, divisó otro bombardero Stuka, de la Luftwaffe, equipado con dos sirenas conocidas como Trompetas de Jericó y cuyo aullido tanto sobrecogía a las tropas enemigas, aunque, esta vez, no le prestó atención, sino que se limitó a revisar su cuerpo en busca de heridas. Salvo la conmoción y algunos rasguños y magulladuras, estaba ilesa. Respiró aliviada por ello, se relajó un poco y luego contempló el desolador panorama al que se enfrentaba, en el que su casa familiar, ubicada cerca de la catedral de San Alejandro Nevsky, había desaparecido y sus dos hijos, con ella.

—*Iván, ¿dónde estás? ¿Dónde estáis todos?*

Se levantó temblando y comenzó a buscar a su familia entre las ruinas de la casa. No obstante, los tímpanos le seguían zumbando con intensidad y apenas había recobrado el sentido del equilibrio, por lo cual tropezaba con cascotes una y otra vez y no avanzaba casi nada.

—¿Dónde estáis?—repitió, ahora entre lloros.

Empezó a flaquear y, cuando sintió nauseas, se apoyó sobre una viga de madera para recuperarse.

—No me dejéis sola, por favor. No me abandonéis.

Finalmente, la polvareda se disipó. Eso le permitió descubrir a Vasili, su hijo mayor, quien tenía cuatro años. Se hallaba de pie, en el centro de lo que antes era el jardín, y en su rostro se apreciaba un gesto de terror, que debía de ser similar al que tenía ella.

—¡Vasili!

Corrió hasta él, lo abrazó y lo besó.

—¿Te encuentras bien? ¿Tienes alguna herida?

Pero el súbito llanto de un bebé la obligo a detener sus preguntas.

—¿Anatoli?

Era un lloro que le hizo comprender que había recobrado parte de su capacidad auditiva, pero, también, que en las proximidades se encontraba con vida su hijo pequeño, de tan solo seis meses.

—¿Dónde estás, Anatoli? ¿Dónde...?

Lo encontró cuando la angustia estaba a punto de dominarla por completo, bajo unos escombros que ocultaban un hueco del tamaño de un triciclo. Lo recogió del suelo y comprobó que no estuviera herido.

—Estás vivo, no has...

Enmudeció cuando una mano la agarró del brazo y la forzó a girarse.

—¡Irina, por fin!—vociferó Iván.

Sobre su sucio uniforme, portaba los distintivos de capitán de submarinos de la Armada soviética. Por otro lado, llevaba fuertemente cogido de la mano a Vasili, casi en volandas, como si se tratara de una marioneta.

—¿Irina, te encuentras bien?

Ella continuaba aturdida.

—¿No me reconoces? ¡Soy Iván!

La mujer no dejaba de observarlo con incredulidad.

—¡Tenemos que irnos!

Su marido tenía un plan para evacuar a su familia del infierno de la guerra y trasladarlos a Kronstadt con ayuda del submarino que comandaba.

—Debemos partir ya —insistió.

Irina señaló la casa y empezó a llorar.

—Lo sé, pero ahora tenemos que marcharnos con nuestros hijos.

Tiró de la mujer con delicadeza en dirección al puerto.

—Tenemos que irnos —repitió—. El submarino corre peligro de ser destruido.

—Pero... no soy militar. ¿Me dejarán subir?

—Nadie te lo impedirá. No si subes conmigo. Soy el comandante del Shch-325[18].

Se ofreció para llevar a Anatoli, el bebé, aunque ella no quiso. Acto seguido, partieron hacia el puerto, adentrándose en una calle repleta de ruinas. Serpentearon entre edificios derruidos y otros tambaleantes y dejaron atrás numerosas barricadas con fusileros del Décimo Cuerpo, parapetados a la espera del definitivo asalto alemán. Era un camino plagado de cadáveres, además de los sollozos de sus familiares, que se entremezclaban con los gritos desgarradores de los heridos y mutilados.

Alcanzaron el Bastión de Margarita la Gorda, pasaron bajo la Gran Puerta de la Costa y se detuvieron al ver las negras columnas de humo que se alzaban sobre el puerto. Entre ellas, cientos de personas componían la marea humana que se dirigía a la desesperada hacia el mar en busca de una salvación, en forma de mercante o buque de guerra, que las evacuase a un lugar seguro. Junto a ellas, innumerables vehículos de todo tipo permanecían abandonados al lado de otros, destruidos por los ataques

---

[18] Submarino soviético de la Segunda Guerra Mundial.

enemigos. Y entremezcladas con todos ellos yacían en el suelo multitud de figuras humanas, que nunca más volverían a levantarse.

Los aviones de la Luftwaffe proseguían los ataques con una precisión mortífera. Las embarcaciones, obligadas a permanecer inmóviles mientras se atestaban de soldados, eran los blancos predilectos del enemigo, cuyas bombas, lanzadas en picado por los Stuka, apenas erraban los blancos y reventaban las naves con todos sus ocupantes dentro. A la vez, los bombarderos He-111 arrasaban calles enteras con sus descargas de múltiples bombas en cada pasada, y los cazas Bf109 disparaban en vuelo rasante contra las cubiertas de los buques, repletas de tropas. Era, en resumen, el escenario de la tarde del 27 de agosto de 1941, en el que la evacuación por el mar Báltico de las tropas soviéticas acantonadas en la ciudad estonia de Tallin se hallaba en su apogeo.

—¿De verdad que no hay otra forma de salir de aquí? —preguntó Irina.

—No, no la hay. No, al menos, que ofrezca cierta seguridad, como el submarino.

Había llegado el momento. Les tocaba acercarse hasta los muelles, el lugar más peligroso, el sitio donde se concentraban los ataques de la aviación enemiga.

—Corramos sin detenernos por nada —ordenó Iván.

—¿Y el submarino? ¿Y si se ha marchado?

—Ten fe. Mi tripulación no se irá sin mí.

Le pidió con un gesto que le dejara llevar al pequeño Anatoli. En esta ocasión, ella no se negó, puesto que sabía que así cruzarían más deprisa el largo trecho hasta el submarino y quedarían menos tiempo expuestos al fuego alemán. Luego, Irina agarró a Vasili de la mano con vigor, como si quisiera convertirlo en una extensión de su brazo para no perderlo durante la huida.

—¿Lista?

Ella respondió con un movimiento de la cabeza.

—Pues adelante.

Arrancó a correr hacia el mar, e Irina lo siguió, animada por él. Corrieron como nunca lo habían hecho y pronto se unieron a la masa de personas que compartía el mismo destino.

No lo vieron venir. No se percataron del caza Bf109 de la Alemania nazi que volaba hacia ellos disparando sus ametralladoras. Tampoco, de cómo los proyectiles levantaban una nube de polvo a lo largo de su recorrido por la calle. Hasta que Irina sintió un fuerte tirón en la mano, y su hijo Vasili dejó de agarrarla. Luego, el avión los sobrevoló a muy baja altura, saludándolos con el rugido que emitían los mil cien caballos de potencia de su motor. Después levantó el morro y ascendió hasta perderse entre las nubes.

—¡Iván!

Su grito fue desgarrador. Su marido, al escucharlo, se detuvo en seco y, por encima del hombro de su mujer, vislumbró el cuerpo sin vida de su hijo. Conmocionado por lo que veía, se acercó a él para comprobar lo que resultaba más que evidente.

—No lo mires —le rogó a ella después—. Recuérdalo tal y como era en vida. Que la última imagen suya que tengas no sea esta.

Irina comprendió que su intención era abandonarlo.

—Pero… no me puedo marchar, no puedo dejarlo ahí.

Se hallaba anímicamente destrozada.

—No lograré dormir nunca más si no me quedo con él.

—Quedarte no le devolverá la vida, y en el submarino ocuparía el sitio de otra persona. Dejémoslo aquí. Otros lo enterrarán. Ahora piensa en Anatoli. Corre el riesgo de perdernos a nosotros o de morir como Vasili.

¡Dale una oportunidad!

Tiró de ella hacia el mar sin permitir que reflexionase sobre sus dudas. Allí, el estrépito de los cañones antiaéreos se intensificó. Disparaban hacia un punto concreto entre las nubes desde el que procedía un nuevo aullido de las Trompetas de Jericó, que atravesaba el cielo provocando el terror entre todos aquellos que lo escuchaban. El Stuka picó hacia el destructor Kalinin desde una altura de mil metros, inclinándose después hasta caer en vertical. A mitad de su picado, el avión soltó dos bombas y levantó el morro para luego desaparecer entre las negras columnas de humo de los incendios.

—¡Al suelo —gritó Iván—, échate al suelo!

La empujó con fuerza provocando su caída y después se tiró él, protegiendo con sus brazos al pequeño Anatoli.

Los proyectiles continuaron su camino hasta el objetivo y... Dos explosiones levantaron sendas columnas de agua, que empaparon todo el muelle.

—Han fallado —le dijo Iván a su mujer—, pero dudo que el Kalinin o el submarino vuelvan a tener tanta suerte. Así que levanta y sigue corriendo.

Por si aquello no fuera suficiente, ahora se enfrentaban a un nuevo peligro: todo el mundo parecía haberse vuelto loco, y el pánico cundía, provocando que muchos hombres se subieran a las embarcaciones en mitad de un completo caos y sin hacer caso de las órdenes que los oficiales intentaban imponer pistola en mano.

—¡Ya estamos llegando! —dijo él tras una intensa carrera entre el gentío.

Alcanzaron el muelle donde el submarino de la clase Shuka, amarrado entre los destructores Kalinin y Volodarskiy, parecía esperar su llegada con impaciencia. Se detuvieron junto a él e interrumpieron así la acalorada discusión que el segundo de a bordo mantenía con cinco personas.

—¿*Qué ocurre aquí?* —*inquirió Iván.*

—*Estos son el coronel Tsaregradski* —*dijo el segundo cuadrándose ante su comandante*—, *su mujer y sus tres hijos. Son todos miembros del Partido y pretenden embarcar, ocupando las plazas reservadas para...*

Un camión Polutorka se detuvo junto al GAZ, el coche en el que habían llegado el coronel y su familia. Se bajaron seis hombres armados pertenecientes al NKVD[19] y rodearon de inmediato al grupo. El coronel, reforzado con su escolta, se sintió entonces capaz de imponer su decisión.

—*Embarcaré, junto con algunos de mis hombres, en su submarino para que usted pueda prestar a la madre patria el inmenso servicio de salvar a un destacado miembro del Partido...*

Aquel desagradable personaje sabía bien de lo que hablaba, puesto que un submarino era bastante más seguro a la hora de evitar las minadas aguas del Báltico y los bombardeos alemanes a los que tendrían que enfrentarse los buques de superficie.

—*... y a su familia, que, como puede comprobar, también tiene derecho a una evacuación segura.*

Iván examinó con detenimiento a los tres familiares. Lo que más le llamaron la atención fueron las insignias que portaban en las solapas de sus uniformes. El padre lucía con orgullo la Orden de la Bandera Roja y la que lo acreditaba como miembro del Partido Comunista. Su mujer también portaba la insignia del Partido, y el hijo, la de pertenencia al Komsomol.

—*No hay sitio para nadie más* —*replicó con energía al terminar*—. *Ya ha embarcado demasiada gente, además de la tripulación. Seguro que mi segundo se lo ha explicado con claridad.*

---

[19] Naródniy komissariat vnútrennij del (Comisariado del Pueblo para Asuntos Internos). Entidad encargada de asuntos relacionados con la seguridad soviética.

—*Siempre es posible hacer un hueco.*

—*No lo es. Ya no. Peligraría…*

—*¿Ya no, capitán? ¿Quizá, porque subirá a bordo otra familia? ¿Acaso desconoce que todos los miembros del Partido Comunista tienen prioridad sobre cualquier otro ciudadano?*

La intención de responder a aquel sujeto fue cortada en seco por el pelotón del NKVD cuando sus hombres armados le apuntaron con sus fusiles al corazón.

—*Desobedecer en tiempos de guerra una orden de un agente del NKVD, que, además, es miembro del Partido, podría significar ser acusado de alta traición y el fusilamiento inmediato. Y el futuro de los suyos no sería mucho mejor.*

Que un alto mando del NKVD luciera simultáneamente el emblema del Partido y el de la orden más antigua e importante del Ejército soviético en una zona de guerra era una circunstancia que le otorgaba un poder inconmensurable, incluso sobre la vida de los demás. Con esa autoridad, el coronel Tsaregradski dio por terminada la discusión y subió por la pasarela bajo la atónita mirada del segundo de a bordo, quien se debatía entre la fidelidad a su superior o su obligación de obedecer una orden imposible de ignorar.

—*La madre patria no puede prescindir de ni uno solo de sus soldados* —*chilló el coronel desde el submarino*—. *Su segundo debe embarcar y cumplir su obligación. Usted también. Lo contrario se consideraría deserción o cobardía frente al enemigo, y serían fusilados en el acto.*

No tenían opción. No estaban armados, eran menos numerosos y la legalidad imperante en un conflicto militar no les otorgaba la razón.

—*Capitán, no debe preocuparse por su familia* —*comentó con cinismo el coronel*—. *Ya que no hay cabida para todos en el submarino, parte del pelotón del NKVD se ocupará de encontrarles otro medio de evacuación y, en su defecto, de su protección. Por otro lado, su sacrificio será recompensado con la Orden por Servicios a la Madre Patria en las Fuerzas Armadas Soviéticas.*

Iván e Irina se miraron. Ambos comprendían lo inevitable de su separación.

—Lo siento —murmuró él—. No puedo evitarlo.

—No te preocupes. Sabré cómo salir adelante.

Su mujer lo besó con la pasión de una despedida definitiva.

—Esperaré a tu vuelta.

El coronel ayudó al último de su familia a entrar en el submarino, hizo una señal a los hombres del pelotón y estos separaron bruscamente a la pareja.

—Adiós, Iván.

—Irina...

El drama se vio interrumpido por la amenazadora silueta de un avión He-111, que corregía su rumbo para dirigirse hacia el submarino. A cuatrocientos cincuenta kilómetros por hora, la distancia que lo separaba de su objetivo desapareció en unos pocos segundos. Soltó sus bombas, y estas volaron hacia el Shch-325 como si las atrajera un imán.

Iván observó aterrado su recorrido, saltó hacia lo que quedaba de su familia y cayó sobre ellos, tirándolos al suelo.

Las dos explosiones simultáneas fueron brutales. La consiguiente onda expansiva reventó desde dentro el cercano almacén, sacudiendo todo lo que había a su alrededor, y cientos de trozos de metal y ladrillo fueron lanzados en todas las direcciones junto con los que pretendían embarcar. Luego se produjo un extraño silencio, acrecentado por la polvareda que inundó el muelle.

—Irina, Anatoli...

Iván se puso de pie, los agitó y repitió sus nombres.

—*Estoy bien… Estamos bien.*

El coronel Tsaregradski fue el siguiente en ponerse en pie.

—*¿Podemos irnos ya?* —*inquirió con despreciable ironía.*

Minutos después, Irina se sentaba en un noray a la sombra de la humareda que ascendía desde la ciudad en llamas y que oscurecía el cielo como si fuera de noche. Sujetaba al pequeño Anatoli con delicadeza mientras este trababa de dormir a pesar del estruendo que los envolvía.

«¿Cuántos más han de morir antes de que esto acabe?», se preguntó la madre.

Atisbó la silueta del submarino entre el humo y, sobre su puente, a su marido.; una visión que le hizo añorar la seguridad que él le infundaba y la época en la que se conocieron.

Iván contemplaba a su familia con tristeza.

—*Adiós, Irina. Adiós, Anatoli.*

Luego, forzado por un hombre del NKVD, abandonó el puente y ocupó su puesto en el submarino. Este se alejó de la dársena y se sumergió en las minadas aguas del mar Báltico. No obstante, en su interior, Iván no dejaba de pensar en lo que había sucedido.

«Lo pagarán», se decía una y otra vez a medida que el odio crecía en su interior a pasos agigantados.

El odio, sí, el odio… Tenía fundados motivos para sentirlo, para alimentarlo… Todo porque sabía que, si su familia no fallecía como consecuencia de los combates, sería víctima de un proceso de depuración por parte de los nazis, lo que a su vez implicaba una muerte casi segura. Y, entonces, él se vengaría.

Pablo Palazuelo

LA IRRESISTIBLE ATRACCIÓN DE LA JUVENTUD

Domingo, 14 de noviembre

El eficiente personal de W. R. Burnett, director funerario contratado por sus amigos, cobró por los servicios mortuorios y de cremación la módica cantidad de setecientos noventa y cinco dólares. Parecía una cifra razonable a pesar de que al cadáver no se le habían practicado más que los servicios mínimos, ya que el féretro permanecería con la cubierta de la sección superior cerrada durante la misa funeral.

Todos los trámites funerarios y legales pudieron realizarse con extraordinaria rapidez gracias a las inestimables gestiones de Marian frente al investigador médico legal de la Oficina del Jefe Médico Forense.

La misa funeral por Travis se celebró en la iglesia de Holy Spirit, donde Marian acompañó a sus cuatro amigos durante la ceremonia. Al finalizar, aprovechó para comentarle a Louis que cierto recado al novio de cierta chica ya se había hecho llegar.

—Qué hombre tan agresivo —explicó a continuación—. Me resultó realmente desagradable. Además, su prepotencia y su manía de dominarlo todo por la fuerza bruta me sacaron de quicio. Y para colmo, cuando le advertí que no debía volver a amenazar a nadie con su cuchillo, se echó a reír. Comprendí el porqué de mi metedura de pata cuando sacó su llavero de los Rangers[20] y vi el diminuto tamaño del arma. Luego me contó todo acerca de él: que si el cuchillo reproducido es el famoso Ek, que si en la unidad solo entran los más capaces... y, así, un sinfín de detalles con los que dio rienda suelta a su ego. Pero ¡qué hombre tan aburrido!

—Louis, me gustaría verte.

Su voz era pura tristeza, y él se dio cuenta de ello. Había sido un acierto facilitarle su número de móvil en el parque, por si volviera a necesitar ayuda. En especial, ahora que él la precisaba.

—¿Qué te ocurre?

—Nada.

—Te tiembla la voz. ¿Otra vez tu novio?

—Sí.

—¿No le hizo ya una visita la policía?

—Sí, sí, y le dejó claras las cosas, pero no sé si fiarme.

—¿Por qué no?

—Porque aunque me llamó para jurar que jamás volvería a molestarme, también me insultó. Y estaba rabioso como un perro.

Kayden continuó hablando, pero ahora, con una petición.

—Quiero verte.

—No es un buen momento.

---

[20] Unidad de élite del Ejército de EE. UU.

—Necesito verte.

—Lo siento. Estoy muy cansado.

—Pero ¡necesito verte!

—¡He dicho que no!

El grito lleno de rabia sorprendió a ambos. Quizá, si cabe, más al propio Louis.

—Perdón, no he debido gritarte.

—Déjame que vaya a verte ahora aunque sea un mal momento.

—No me encuentro bien. Es, es... Necesito descansar.

Estaba aturdido, desorientado. La chica lo confundía, y sus sentimientos hacia ella en ese trágico momento no lo dejaban pensar con claridad.

—Te ayudaré a relajarte.

Fue todo un susurro de lo más reconfortante.

—Kayden, por favor, no me hagas esto.

—Confía en mí...

Fue otro susurro seductor, irresistible, como una droga que estimulase el sistema límbico cerebral, produciendo una sensación muy placentera.

—Está bien. Si quieres, nos vemos a última hora de la tarde.

—¿Dónde te alojas?

—En el hotel The Park.

—Estaré allí a las seis.

La chica colgó antes de que él pudiera opinar.

Louis dedicó el resto de la tarde a tratar de superar el dolor causado por la pérdida de un amigo con el que había llegado a intimar tanto como si se tratara de un hermano.

Había estado parte de la tarde con sus otros amigos, pero, luego, deseó encontrarse un rato a solas, para lo que paseó por la ciudad sin rumbo fijo, sin percibir el frío ni la lluvia, en una caminata que lo alejó del hotel hasta alcanzar la orilla del río. Entonces comenzó a bordearlo en dirección al puente de Brooklyn.

Al regresar al hotel, pasó por debajo de la marquesina de la puerta y se adentró en el vestíbulo. Una vez en su habitación, se quitó el abrigo y se dejó caer sobre el sillón. Estaba exhausto y solo tenía ganas de darse un baño bien caliente y echarse a dormir, sin ni siquiera cenar. Sin embargo, nada más comenzar a relajarse, sonó el timbre de la puerta.

Era Kayden Fox. No se lo esperaba. Se había presentado antes de lo acordado. Por otro lado, su idea era que avisara de su llegada en recepción, y bajar para verse con ella en el bar del hotel.

Solo tuvo ojos para su pelo. No era negro, como en las ocasiones anteriores, sino que era de un rubio casi blanco.

«¿Llevaba peluca antes, y no me había dado cuenta? ¿O tal vez se lo teñía? ¿O lo hace ahora?».

La chica entró como si flotara, dejando tras de sí una corriente de aire impregnada de un perfume muy fresco. Vestía una gabardina gris barata que le llegaba hasta las rodillas, y por debajo, asomaban unas estilizadas piernas, enfundadas en medias negras, con unos finos tobillos que caminaban sobre unos zapatos de medio tacón.

Se quitó la gabardina y dejó a la vista una chaqueta negra de tela de viscosa y licra, que tapaba una sencilla camiseta blanca de cuello cerrado. Le quedaba bastante justa, lo que causaba que se viera el ombligo, y combinaba con una falda negra que le llegaba por encima de las rodillas. También, con un pañuelo del mismo color que llevaba alrededor del cuello, fabricado con algún tipo de tejido que imitaba la seda. En contraste con su pelo y su piel, el conjunto resultaba muy llamativo.

—Has venido pronto. Cuéntame, ¿qué ocurre?

Se sentaron en las sillas que rodeaban la mesa del salón.

—Háblame de Travis.

La cara de Louis cambió para mostrar un desagrado evidente.

—¿Travis? ¿Por qué? ¿Lo conocías?

—Sé que ha fallecido. Lo siento mucho.

—¿Cómo te has enterado?

—El Edificio Michigan es muy grande, pero es fácil estar al tanto de todos los chismorreos porque tiene pocos inquilinos. Y ese Nikolái del que me hablaste en el parque, el que es vecino mío, se lo ha contado a más de uno. ¿Travis representaba mucho para ti?

—Era más que un amigo, casi como un hermano —suspiró él—. Ha sido un golpe muy duro.

Se frotó las sienes con ambas manos, y ella le acarició la cara.

—No sabes cuánto lo lamento. Intento imaginar cómo es tu dolor, pero es difícil. Soy hija única y aunque siempre he echado de menos tener un hermano, no soy capaz de imaginar cómo es esa experiencia.

—¿Por qué quieres hablar de él?

—Lo conocí personalmente.

La noticia lo desconcertó.

—No me lo creo. Travis me lo habría dicho.

—Fue el mismo día que murió.

Aquello empezaba a ser excesivo, sobre todo en ese momento.

—Kayden, ¿estás jugando conmigo?

—¡Claro que no!, pero es que coincidimos en la exposición de la que me hablaste. En ella charlamos de mí y de mi futuro. Quería ayudarme, incluso con un dinero que le debo a un criminal. Si hasta me dijo que lo comentaría con un amigo ruso.

Louis estaba desconcertado.

—¿Travis te mencionó el dinero de Nick?

—¿Nick? ¿El cascarrabias es con el que tenía que

hablar? ¡Si vive en mi edificio! No puede tener mucha pasta viviendo en esa pocilga.

—Ese gruñón esconde muchas sorpresas, pero ¿qué es eso del dinero del delincuente?

Kayden le relató la carga que había traído consigo la herencia recibida de sus padres, el peligro que representaba el prestamista y que Travis parecía dispuesto a ayudarla.

—¿Tú también me echarías una mano con ese problema? ¿Puedes hacerlo? ¿Puedes? ¿Tienes cómo hacerlo? Necesito una solución cuanto antes. Los intereses son brutales, y lo voy a pasar muy mal si algún día me encuentra el usurero.

Louis estaba desconcertado, por el problema planteado y por la insistencia de la chica.

—La gente —continuó Kayden— siempre se ha querido aprovechar de mí. Jamás he recibido ofertas de ayuda sinceras. Por eso estoy aquí. Desconozco lo que es perder a un hermano, pero sí sé valorar la generosidad y quería expresarte mis más sinceras condolencias por tu pérdida. Travis era un buen hombre. Sé que lo era.

—Te lo agradezco. Resulta muy reconfortante.

Vio reafirmada su atracción por ella y comenzó a percibirla como una mujer con la que conversar, sincerarse y en la que apoyarse en estos difíciles momentos. La cuestión era, sin embargo: ¿qué sentiría ella?

—No quiero que parezca que he venido a verte para que me ayudes con mis problemas pero ¿crees que, a pesar de que Travis ya no está, alguno de vosotros me echaría una mano?

—Yo lo haría. Ahora bien, me temo que voy a depender del bueno de Nick.

—No tiene sentido. ¿Por qué tiene que pagar él? ¿De dónde sacaría el dinero? ¿Cómo lo gana?

—Son muchas preguntas para conocernos tan poco.

—Eso tiene remedio.

Le pasó la mano por la camisa con delicadeza, como si quisiera quitarle una arruga.

—¿Cuántos años tienes? Algo me dice que son más de los que aparentas. ¿Y qué hace un grupo de abuelitos en Nueva York? ¿Turismo?

Le arregló el ligero desorden de su pelo.

—¡No somos tan viejos! —protestó él por su comentario—. Y vinimos a visitar a Harry. No lo conoces, pero a Johann sí. Estaba conmigo el otro día en el callejón del club.

—¿El gigante que sujetaba al borracho? Entonces, el alcoholizado era Nick. ¿Son todos grandes amigos tuyos?

—Los mejores.

—¿Desde hace mucho?

—Sí, nos conocimos en Berlín, en los ochenta, aunque al borrachín lo conocimos algunos años después y en circunstancias un poco especiales.

—¿Qué pasó?

—Es una larga historia, y de eso hace mucho tiempo.

—¿Nick es ruso o americano?

—Ruso de corazón; americano de pasaporte.

—¿Por qué se vino a vivir a Nueva York?

—Es lo que lo ilusionaba desde pequeño, desde que veía películas de cine negro en Moscú.

Louis quería cambiar de tema y preguntó lo primero que se le pasó por la cabeza:

—¿Qué era lo que bailabas el otro día en el club, en la ducha?

—¿Te gustó? Espera, cambiaré la pregunta: ¿qué te gustó más? ¿La música o el baile?

—El baile.

Kayden sacó un CD del bolso y se lo ofreció.

—Ponlo.

Louis lo cogió y se aproximó al equipo de audio de la habitación.

—¿De verdad quieres que lo ponga?

—Tranquilízate, no estoy en la ducha. Es que me divierte averiguar cuánto sabes de música.

Él pulsó el botón de PLAY, y comenzó a escucharse una melodía.

—Esto es *Poison prince*. ¿Te digo quién lo canta?

Kayden hizo un gesto, y él pasó a la siguiente canción.

—*Rescue me* —dijo con Louis seguridad.

—¿Qué música es la que más te gusta?

—Mozart, *La flauta mágica*, aunque no te la puedo poner; no la tengo aquí. En cambio, te puedo examinar a ti con otros temas —añadió desafiante.

Tomó un *pendrive* que había junto al equipo de música y lo insertó en la conexión USB. Enseguida los envolvió otra melodía, aunque en esta ocasión con bastante más ritmo que la anterior.

Kayden aún permanecía sentada. A pesar de ello, comenzó a seguir los compases con unos leves movimientos propios de un *chair dance*.

—*Never marry a railroad man*, seguro.

Entonces se puso de pie, y su danza se tornó menos sutil, acompañando cada compás con algún gesto que parecía fundirla con la música.

—Siéntate —le ordenó, empujándolo contra el sillón.

Louis obedeció sin rechistar, pensando que, con suerte, disfrutaría de un *lap dance*. Todo un sueño.

—No tienes por qué escandalizarte. No voy a bailar en ropa interior para ti. Ni que estuviera loca.

Él no estaba tan seguro de eso. En cualquier caso, durante los escasos minutos que duró la canción, la joven danzó ante un asombrado espectador cuyo corazón estaba a punto de salírsele por la boca. La chica lo hizo con unos pasos de baile improvisados pero naturales. Y sonreía y sonreía.

De repente, ella se quitó la chaqueta, y su ceñida camiseta blanca se le subió más de la cuenta, con lo que su ombligo resultaba ahora mucho más visible. Además, entre paso y paso, jugaba con el pañuelo con delicados movimientos que imitaban un *striptease*.

«Menos mal que ha dicho que no se va a desnudar».

Louis no pudo evitar seguir su danza con un rítmico movimiento de pies a la vez que pensaba en que el verdadero *striptease* no consistía en quitarse la ropa, sino en insinuar, ocultar lo deseado y hacer soñar con ello. Jugar en un delicado equilibrio entre lo que se descubre del cuerpo y lo que no para crear en el hombre el deseo de lo prohibido. En el baile de Kayden, además, no había ni la más remota referencia a una burda sexualidad femenina, sino solo inocencia.

«Alguien tan inocente no vivirá mucho tiempo trabajando en la calle».

Efectivamente, la chica rezumaba candidez, lo cual otorgaba a su danza un atractivo que Louis nunca había experimentado. Sin embargo, también sería lo que la acabaría matando.

«Aunque quizá yo pueda remediarlo».

Su mente volvió a centrarse en el espectáculo.

«Esto no lo mejora ni una sesión privada de *hot dance*».

De pronto, ella lo cogió de la mano y lo puso de pie.

—Ven.

Bailar con Kayden, tocar las yemas de sus dedos, acariciar su pelo, su cadera… La tentación estaba a punto de vencerlo.

Kayden puso un nuevo tema: *I love Rock & Roll*. Después agarró a Louis por la solapa de su chaqueta y dijo con voz autoritaria, como si fuera una orden:

—Conozcámonos mejor.

Tiró de él y lo pegó contra su cuerpo para obligarlo a seguir su improvisada danza, lo que no era difícil para un consumado bailarín como él. No obstante, a veces la perdía, pero era cuando se centraba demasiado en su ombligo o los pechos.

Ella parecía no darse cuenta de nada y continuaba danzando con total despreocupación. Era brillante, ingenua, irresistible... y parecía no importarle la sensualidad que desprendía la simulación de dominación a la que jugaba.

Realizó dos giros completos y tropezó con Louis. Luego cayó tras perder el equilibrio, golpeándose en la cadera con una esquina de la mesa y lanzando un pequeño grito de dolor que obligó a su anfitrión a detener la música.

«¡Qué error!», se dijo él.

Kayden se incorporó y se tumbó en el sofá, tapándose con la mano un incipiente moratón y mordiéndose el labio inferior para contener un gemido.

Louis se acercó muy preocupado y se arrodilló frente a ella con la intención de ayudarla a mitigar su dolor.

—¿Te duele mucho?

No le contestó, lo miró a los ojos y luego al lugar en el que había recibido el golpe. La mano de Louis estaba sobre su pierna, directamente sobre su piel, porque la falda se le había subido cuando se había dejado caer en el sofá.

Louis vio las medias y el delicado encaje en el que terminaban por encima de las rodillas. Más arriba estaba la pálida piel de sus piernas.

—¡Lo siento! —exclamó, retirando la mano.

Ella continuaba mordiéndose el labio inferior, si bien con más suavidad que antes. A la vez, contemplaba con extrañeza al compungido Louis. Acto seguido, dejó de apretar los dientes, y su labio se escurrió entre ellos. Luego se giró en el sofá, y quedaron frente a frente.

Permanecía recostada, casi tumbada, con las piernas juntas. Entonces las separó hasta dejarlas muy abiertas, y

Louis pudo entrever su ropa interior, de un blanco puro como la nieve.

«Soy un novato», se dijo.

Pablo Palazuelo

Lunes, 15 de noviembre

El cuerpo sin vida de Louis Prior fue encontrado por el servicio de habitaciones del hotel The Park sobre la cama de su *suite*. Se hallaba desnudo y aparentaba dormir plácidamente.

Los empleados del hotel avisaron a la policía, y varios agentes de la comisaría del distrito 17, más un teniente de origen chino, hicieron acto de presencia, aunque con bastante discreción. No había necesidad de alarmar al resto de los huéspedes.

Al teniente Jigang no le costó relacionar al fallecido con su compañera del distrito 14, Marian Bennett, quien quedó enmudecida al escuchar la noticia. Cuando se recuperó de la impresión, localizó a Harry y le retransmitió lo sucedido. Este se lo comunicó de inmediato a sus dos amigos, y ni la fortaleza del alemán ni el robusto bastón del ruso fueron suficientes para soportar el enorme abatimiento que cayó sobre ellos.

No tardaron en personarse en el hotel y subir a la planta de la habitación de Louis. Allí convencieron al teniente Jigang con unos encarecidos ruegos para que los dejase acceder a la *suite* de su amigo. Sin embargo, no fue una buena idea porque, cuando entraron, lo hallaron metido en una triste bolsa de plástico negro, a la espera de que se lo llevasen los empleados de la Oficina del Jefe Médico Forense.

El panorama los abatió aún más, y la imagen que ahora ofrecían era patética: ojos llorosos, caras desdibujadas por el dolor, espalda encorvada... Parecían tres moribundos.

—No es posible —murmuró Nick—. Los dos, y tan seguidos.

—Jamás quiso envejecer, y la naturaleza lo agració con un don que le permitió disfrutar más de la juventud —dijo Johann, con un pesar que asustaba en alguien de su tamaño.

—¿Se conoce ya la causa del fallecimiento?

—El forense municipal piensa que ha sido por un ataque al corazón durante el acto sexual —comentó Harry.

—Seguro que la prensa dirá que fue una muerte dulce —ironizó Nick.

—¿Quién era la mujer? —preguntó Johann.

Harry respondió a la pregunta.

—Creo que no se sabe.

—Supongo que el pájaro levantaría el vuelo al verse con el muerto encima —bromeó Nick.

Tras un instante de reflexión, añadió:

—¿No os llaman la atención dos muertes tan seguidas?

Sus amigos no supieron qué responder.

—Quizá solo quiera ver fantasmas del pasado donde no los hay.

Marian hizo acto de aparición. Los abrazó, les expresó sus más sentidas condolencias y pasó a detallarles las novedades de la investigación:

—No hay indicios de robo ni violencia, y el forense municipal espera confirmar el infarto con la autopsia.

—¿Por qué?

—Porque han encontrado una caja de Viagra abierta en su bolsa de aseo y se trata de un producto que favorece los problemas de corazón. Ahora quiero el teléfono de Kayden Fox —les conminó—, y no me digáis que no lo tenéis.

—¿Es que vas a llevar el caso? —le preguntó Nick—.

¿Qué hay del chino con placa?

—Toole me lo ha ofrecido tras consultarlo con los de arriba, y yo lo voy a aceptar, ya que no parece que le vaya a arrebatar al bueno de Jigang un caso interesante para su carrera.

Les pareció una buena decisión porque Marian tendría más tacto con ciertos detalles de esta historia que su compañero de la 17. En cuanto al teléfono de Kayden, ya que la chica podía ser una de las candidatas a haber estado con Louis en el momento de su fallecimiento, le facilitaron su número sin pensárselo dos veces.

—¡Ah, Nick! —añadió Marian—. Como seguro que fuiste tú el que entró en el piso de Kayden, imagino que serás quien guarde lo que recogieras. Así que, ¿conservas algún resto biológico que podamos analizar para cotejarlo con los que hemos encontrado en el cadáver?

—No te servirán en un juicio —contestó Nick, jugando con su gorro—. Son pruebas obtenidas de forma ilegal.

—No habrá juicio porque no hay asesinato. Louis se ha ido haciendo lo que más le gustaba. Ahora responde: ¿lo conservas?

—Y en perfecto estado —precisó, agitando su bastón—. En botes estériles herméticos conservados en el congelador.

—¿Holmer? Soy Kayden. Necesito que me cambies el colchón. Está infestado de chinches.

Escuchó muda de asombro la respuesta que recibió.

—¡Imbécil! —chilló indignada, tras colgar—. ¿Cómo puede decir que no me cambia el colchón porque es nuevo?

Se rascó los pies mientras sacaba cuentas de lo que le costaría un colchón nuevo y cuánto le quedaría en su maltrecha cuenta bancaria. El resultado fue bastante desalentador y le empujó a buscar alternativas.

La primera, la de un producto específico contra las chinches, la había probado el día anterior y como si nada. Hasta tenía la impresión de que había más. De hecho, en la tienda le habían advertido de que sería más eficaz la ayuda de un profesional. Por desgracia, no se podía permitir el lujo de contratar a uno.

La opción de dormir con pijama largo y calcetines, dado que las chinches solo picaban en las partes de la piel que quedaban sin cubrir, no aportaba nada porque ya dormía vestida así para combatir el frío y, a pesar de ello, la atacaban. Por otro lado, ¿a quién le apetecía meterse en una cama infestada de hemípteras?

Finalmente decidió que compraría varias plantas de menta por sus propiedades plaguicidas. También, que se haría con unas cuantas ramas de eucalipto para colocarlas en cajones y estanterías, con la esperanza de que sirvieran para combatir las infestaciones.

—Jodidos bichitos —murmuró, pensando en qué armarios ponerlas.

Sonó el timbre de la puerta. Se trataba del repulsivo gerente.

—¿Qué hay de mi colchón?

—¿Tu colchón? Seguro que eso podemos solucionarlo los dos bien juntitos, tumbados en el mío.

Ella puso cara de repugnancia, pero él no quiso darse por enterado.

—Me gustaría ver esos ojos desde mucho más cerca.

Kayden le dio, como única contestación, con la puerta en las narices. Literalmente.

Del otro lado se escuchó un lamento y un grito:

—¡Mi nariz!

Los pasos de Holmer Reuben se alejaron por el pasillo, acompañados de múltiples quejas.

—¡Te acordarás de mí cuando veas la tele, ya lo creo

que sí!

Ella se asustó. El comentario no podía dejarla indiferente. De ninguna de las maneras. Sencillamente, porque su televisor de segunda mano no funcionaba tras haberse roto el cristal frontal a causa de un golpe durante la mudanza. Una circunstancia que había aprovechado para guardar en su interior un fajo de billetes, introduciéndolo por una raja en la carcasa de plástico del electrodoméstico. Sin embargo, el dinero ya no estaba ahí. Alguien lo había cogido.

«Cerdo cabrón».

Desenchufó la televisión y se la llevó a la carrera hasta las escaleras.

—¡Eh, Holmer! ¡Tengo algo para ti! —chilló por el hueco.

El rostro del gerente asomó por abajo, y ella soltó el televisor. El aparato cayó directo hacia el odiado personaje. Este vio su expresión de pasmo reflejada en el cristal de la pantalla y en un movimiento instintivo, saltó hacia un lado. La televisión chocó contra el suelo y su pantalla reventó, lanzando una lluvia de peligrosos cristales.

—¡Zorra! —chilló encolerizado—. ¡Cuando te coja, te haré barrer los cristales con la lengua!

Pablo Palazuelo

Martes, 16 de noviembre

El padre Henry Hecker, con ayuda de dos monaguillos del grupo juvenil de la parroquia, ofició la misa funeral por el alma de Louis Prior en la iglesia católica de San Pablo Apóstol, en el Upper West Side. Estuvo acompañado por el maravilloso órgano de M. P. Möller, con el que se interpretó el *Benedictus* de la *Missa brevis* en do mayor, de Mozart.

Marian y Christian quisieron reconfortar con su presencia a los tres amigos del fallecido, a quienes, a pesar de ello, la ceremonia les resultó vacua por no encontrarse presente el cuerpo de Louis. El motivo no era otro que la oposición de la Oficina del Fiscal del Distrito a su traslado desde el depósito, tras haber alegado que, si se tratase de un crimen, aún no tenía a su culpable y, por lo tanto, mantener el cadáver sin alterar era primordial.

Al finalizar la misa, Marian les ofreció a los tres jugadores de *poker* pasar la tarde juntos, pero estos desestimaron su ofrecimiento.

—De acuerdo, pero si necesitáis cualquier cosa, por favor, no dudéis en llamarme.

—No te preocupes, pequeña. Estaremos bien.

Los dos policías se despidieron de ellos con cariño y los dejaron a solas en lo alto de la escalinata de la fachada principal. No obstante, su soledad desapareció cuando se presentó ante ellos una figura, envuelta en una capa oscura que la cubría de pies a cabeza. Quienquiera que fuese, se detuvo al pie de las escaleras, observándolos como si no supiera qué decir. Entonces se quitó la capucha, y las finísimas gotas de la llovizna que flotaban en el aire impregnaron de humedad su piel y su pelo.

—¿Qué hace aquí esa *bliád*[21]?

Nick estaba indignado.

—¿Cómo se ha enterado?

Johann también encontraba la visita muy inoportuna.

—Se lo preguntaré.

Sin embargo, Kayden se le adelantó.

—¿Sois los amigos de Louis? Me habló de vosotros.

Su voz temblaba.

—Tú debes de ser Johann. Te recuerdo de la noche en el callejón del club. Resultas inconfundible.

Alzó los brazos intentando emular el enorme tamaño del alemán.

—A ti, Nikolái, tu bastón te hace fácilmente reconocible.

Miró al tercero de la fila.

—Y tú tienes que ser Harry.

—¿Por qué has venido?

—Quería despedirme de él.

Los tres descendieron por los escalones al ritmo de la cojera de Nikolái.

—¿Cómo sabías que ha fallecido?

—Louis me contó en qué hotel se alojaba, pasé por allí esta mañana, y un empleado me puso al corriente de todo.

—Pues lo lamento. La ceremonia ya ha terminado. Debiste de escuchar mal la hora.

—¿Su cuerpo sigue aquí?

Se encontraba muy decepcionada.

—La Oficina del Fiscal no quiere que abandone las instalaciones del OCME hasta que finalice la autopsia.

—¿Puedo verlo allí? No creo que tenga otra

---

[21] Puta.

oportunidad de hacerlo porque supongo que lo enterrarán en Francia.

—No será fácil.

—Quizá conozcas a alguien que nos deje verlo.

Señaló a Harry con el dedo, y este se sorprendió de la facilidad con la que ataba cabos. Probablemente, porque ella supiera que era propietario de una empresa farmacéutica; un detalle que le habría comentado Louis, y el cual permitía deducir que tenía buenas relaciones con hospitales y el OCME.

—Es cierto, conozco a gente en el OCME. Los llamaré mientras vas hacia allí. Johann, ¿la acompañas tú? Nick y yo tenemos que terminar con el papeleo.

Aunque de manera renuente, el alemán hizo caso de su amigo y acompañó a Kayden al OCME. Sin embargo, no intercambió palabra alguna con ella por el camino. No sabía qué decirle a esa chica, que a su lado parecía un pigmeo. Curiosamente, quería hablar con ella, si bien no acerca de Louis.

Al llegar a su destino, una recepcionista los esperaba en la entrada.

—Buenos días, soy Margot Taylor. Los atenderé en todo lo que necesiten.

Johann agradeció el ofrecimiento, y Margot los guio hasta los ascensores que conducían al depósito de cadáveres. Una vez allí, les presentó al celador y los dejó con él.

—¿De verdad quieres verle?

—Ahora no estoy segura. Deseaba hacerlo, pero… Su cara… No sé si me va a gustar.

—No te agradará. Ya no es la misma.

El celador intervino:

—No es necesario descubrirlo ni que entren. Además, el olor tampoco es agradable. De modo que, si lo desean, pueden mirar desde la sala de visitas. Tiene un amplio ventanal pensado para estas situaciones.

—Creo que será lo mejor.

Se sentaron en dos incómodas sillas de loneta de color negro mientras el celador sacaba el cadáver, el cual yacía ahora sobre una fría mesa de metal con ruedas. Luego, el empleado se apartó y permaneció a la espera en una esquina, desde donde apenas era visible.

Durante los siguientes minutos, reinó un mutismo absoluto en el cuarto de visitas, y ninguno de los dos apartó la vista del cuerpo que cubría la sábana.

—Háblame de él —rogó Johann.

La petición dejó perpleja a Kayden.

—Puede que seas la última persona conocida que lo viese con vida y que supiera cómo fueron sus últimas horas. Tengo entendido que...

—¿Pasamos juntos la noche?

—No quiero que pienses mal.

Johann no quería dar a entender de ninguna manera que la noche del club hubiese terminado de forma carnal.

—Fue muy amable. Yo no quería volver a casa porque me daba miedo lo que pudiera hacerme mi novio, pero tampoco me apetecía quedarme sola toda la noche. Así que se quedó conmigo, y a medida que pasaba más horas con él, fui teniendo la sensación de estar en compañía de un buen hombre, uno que inspiraba confianza, como un gran amigo, hasta el punto de que hablar con él me resultaba muy fácil, y eso me relajó.

Johann no le confesó que Louis tenía la excepcional habilidad de hacer que las mujeres creyeran que él era la solución a sus problemas.

—Era muy buena persona —dijo Johann—. Tenía una gran capacidad para entender los problemas de los demás y ayudarlos a resolverlos.

—Siempre he tenido pocos amigos. Me cuesta hacerlos y me cuesta conservarlos, pero con él tuve la sensación de haber encontrado a uno.

La chica le acababa de confesar que era fácil relacionarse con Louis. Sorprendentemente, Johann sentía esa misma facilidad con ella; una especie de empatía que lo conquistaba poco a poco.

—Sigue hablándome de la vez que lo viste.

Ahora que empezaba a mostrarse receptiva, intentaría sonsacarle lo que quería saber.

—¿Qué más te puedo contar?

—¿Estuvisteis todo el día juntos?

—¿Por qué me lo preguntas?

Se mostró incómoda, mucho, y terminó por marcharse corriendo de la sala.

—Perdóname —le dijo él.

Echó a correr tras ella.

—De verdad, no quise ofenderte.

Kayden llegó al ascensor y se metió en él.

—¡Déjame! ¡No soporto a los hombres! Siempre ocultáis algo. Siempre me hacéis daño.

—Louis no era así.

Su recuerdo fue el salvavidas al que se agarró para intentar retenerla.

—Pero ya no está. Estoy abocada al fracaso. Siempre lo estaré.

Las puertas se cerraron, y Johann se quedó sin poder terminar su interrogatorio.

Pablo Palazuelo

Miércoles, 17 de noviembre

Kayden tenía que quitarse de encima a Holmer, Jack y el Rata o, de lo contrario, tendría un problema grave que la policía no podría evitar. Por otra parte, llamar la atención de la policía denunciando a esos tres cretinos tampoco era una idea de su agrado.

Sin dejar de pensar en todo ello, entró en Internet y buscó una zona alejada del Edificio Michigan donde no la pudieran localizar Jack y sus colegas. En foros y artículos de periódicos digitales, localizó dos áreas de la ciudad en las que había prostitución callejera: por un lado, en la zona de las calles 47 y 48 Oeste, concretamente en el tramo situado entre las avenidas Novena y Décimo Primera, y por otro lado, en la Tercera con la 53. No obstante, ninguna estaba lo suficientemente lejos, por lo que descartó Manhattan y probó en Brooklyn.

El buscador encontró comentarios relacionados con la prostitución que hacían referencia a Butler con Nevins y Atlantic con la Cuarta. Se inclinó por esta última por tener un motel de baja categoría cerca de la boca de metro, que alquilaba habitaciones por horas, días y temporadas largas. El motel no estaba en un mal barrio, pero la cercanía a una zona con prostitución había facilitado la aparición de ese tipo de establecimientos.

Se marchó sin apagar el ordenador. Tomó el metro en la 23 con Park Avenue cuando estaba a punto de anochecer y se fue hasta la estación de la avenida Atlantic sin necesidad de hacer transbordos. Al llegar a su destino, salió al exterior, caminó hasta el Motel Boulevard y entró en el inmueble, pasando bajo un cartel de lona en el cual se leía *Now renting*[22], colgado bajo unas grandes letras de neón azul en las que figuraba el nombre del motel.

El establecimiento no llegaba a ser una porquería, si bien su fachada gris, de cemento viejo y sucio, no le permitía albergar a huéspedes ilustres. Sin embargo, serviría para sus planes.

Localizó al conserje, un hombre mayor con un chándal desgastado, y le pidió que le mostrara una de las habitaciones. Este la revisó de pies a cabeza sin creerse que esa chica tuviera que trabajar lejos de zonas más caras. Luego cogió un llavero de un armario sin quitarle ojo de encima a la recién llegada, y se fueron al ascensor. En la tercera planta, recorrieron un pasillo con una moqueta marrón llena de manchas. Al llegar a la habitación 307, el empleado la abrió y explicó:

—Son quince dólares la hora y veinticinco dos horas. Hay días en los que esto se llena y conviene llamar antes de venir. Puede echarle un vistazo a solas. Cuando termine, cierre la puerta. Luego puede pasar por mi oficina para despedirse.

La dejó sola. Kayden revisó entonces la habitación; también, la ventana que asomaba a la fachada lateral con vistas al callejón y a la escalera de incendios.

Cuando regresó a la calle, ya era noche cerrada y hora de volver a casa. Sin embargo, decidió dedicarle unos minutos más a examinar el Boulevard, por lo que se adentró en el callejón para ver desde abajo la escalera de incendios, pensando que sería una buena vía de escape en caso de jaleo o visitas inesperadas.

—Me has hecho caminar mucho para estar a solas contigo —ironizó el Rata a su espalda—. ¿Por qué trabajar tan lejos de casa? Allí puedo ayudarte.

Sonrió con cinismo, permitiendo que brillase su

---

[22] «Alquilando ahora», en inglés.

dorada dentadura.

—Y no tendrías que viajar en metro.

Se frotó las manos con insidia y añadió:

—Yo te protegería y te conseguiría clientes dispuestos a pagar muy bien por ciertos servicios. Alguno deseando que ese extraño color verde solo lo mire a él. ¿Por qué huir? Estar conmigo son todo ventajas.

«¿Cómo demonios ha dado conmigo? Ha tenido que seguirme desde el Michigan».

La incómoda visita continuó frotándose sus largos y huesudos dedos, a la vez que pensaba en el suculento negocio que haría con ella. Entonces sacó una navaja automática y apretó un botón. De su mango de plástico surgió una larga hoja, y el Rata jugó con el arma, pasándose el filo por la palma de la mano, como si quisiera demostrar que no podía herirse y que era un tipo temible.

—Si estás en la calle, no podrás esquivarme. Así que o te asocias conmigo o te largas de la ciudad.

Se acercó con diminutas zancadas de sus ridículas piernas y le mostró el afilado borde de la navaja. Luego se pegó a la chica de un salto final, que a ella le sorprendió por la rapidez con que lo dio. Entonces le acarició el cuello con el filo, y aunque no la hirió, Kayden tuvo la sensación de que le estaba cortando la garganta.

—Te arrepentirás —murmuró la chica.

—No me obligues a hacerte daño. No tiene sentido tener que lamentarlo cuando puedes evitarlo.

Apretó la hoja contra el cuello desnudo y empezó a olisquearlo con su nariz puntiaguda. A ella le resultó asqueroso, y el roce de los pelillos de su bigote casi le hizo cometer la locura de darle un guantazo.

—Hueles bien. Hueles muy bien.

El Rata continuó sobándola por la parte alta de las piernas, después por el culo y, por último, por la tripa.

—Buenos abdominales.

Continuó por los pechos, con los que jugueteó un poco.

—No merece la pena dañar una mercancía de tanta calidad, pero si me obligas a ello...

Lo único que se interponía entre ambos era su abultada barriga, y esta se contrajo cuando el Rata vio al hombre situado al comienzo del callejón.

—Avísame cuando termines —dijo con extrema frialdad el recién llegado.

Estaba demasiado oscuro para que Kayden o el Rata le distinguieran la cara. Tan solo las farolas de la Cuarta Avenida arrojaban algo de luz, pero se trataba de una iluminación que se limitaba a recortar su silueta, haciendo evidente su enorme tamaño.

—¡¿Qué?!

El proxeneta no comprendía a qué se refería.

—No hablo contigo —replicó de mal humor el recién llegado—. Le he preguntado a la chica. Quiero pasar un rato con ella.

El Rata intuyó que, en caso de problemas, su cuchillo resultaría tan inofensivo en aquel gigante como la picadura de un mosquito por lo difícil que le sería atravesar con él toda la ropa que llevaba puesta para combatir el frío. Comprendió asimismo que solo podría herirlo de gravedad en el cuello. Sin embargo, alcanzar su gaznate tampoco le resultaría sencillo, a causa de la enorme diferencia de estatura que existía entre ambos.

Por consiguiente, decidió que era mejor no pelearse por Kayden. Además, ya le había dado el recado, y seguro que sería suficiente para que supiera qué debía hacer a partir de ahora.

Viernes, 19 de noviembre

La multitud de huellas dactilares recogidas en la habitación del hotel de Louis no había arrojado ninguna luz, dado que pertenecían a empleados y clientes alojados en los días previos, y todos, con una coartada y un perfil que les hacía quedar libres de toda sospecha.

En cuanto a la autopsia y los análisis de las huellas genéticas, los resultados todavía no estaban disponibles. En ese aspecto, Marian le juró a Harry que estaba presionando a la Oficina del Jefe Médico Forense para que ambas pruebas se terminasen cuanto antes.

—… pero al menos ya tengo el informe de Verizon —añadió.

Había recibido la documentación de la compañía de móviles de Kayden apenas quince minutos antes.

—La chica llamó a Louis a las cuatro y cuarto de la tarde —continuó—, si bien esto no significa que fuera luego hasta su hotel.

Más tarde, Harry habló por teléfono con sus amigos para ponerlos al corriente.

Pablo Palazuelo

EL CAZADOR

Sábado, 20 de noviembre

—Me acaban de llamar del laboratorio de la Oficina del Jefe Médico Forense para decirme que me han enviado el informe con los resultados. ¿A qué obedece este milagro? Estamos a sábado.

Marian se encontraba bastante alegre.

—¿Me llamarás cuando lo hayas leído? —le preguntó Harry por teléfono.

Estaba más que deseoso de conocer el contenido.

—Tendrás que esperar porque primero tiene que verlo el inspector. Luego lo pasará hacia arriba, al alcalde, que quiere ser informado cuanto antes. Entonces podrás leerlo tú.

El estudio anatomopatológico practicado a Louis había incluido la tradicional autopsia macroscópica en busca de cicatrices, marcas, pinchazos, lesiones y hemorragias internas, pero ante la sospecha de una muerte por infarto, también le practicaron un análisis microscópico de vísceras, pulmones y corazón, junto con un examen toxicológico en busca de drogas, elementos tóxicos y medicamentos.

Marian esperaba confirmar sus sospechas con la autopsia. «Intuición de mujer», decía. Y así fue: Louis falleció de un infarto de miocardio haciendo lo que más le gustaba. Además, en la página decimotercera, figuraba que en su sangre se hallaron restos del compuesto UK-92.480, más conocido como citrato de sildenafilo y comercializado bajo el nombre de Viagra, entre otros. Este descubrimiento no le extrañó, ya que, a fin de cuentas, por reducida que fuera la probabilidad de sufrir un problema de corazón tomando el compuesto, se trataba de un riesgo muy real.

Junto con el informe de la autopsia figuraban los análisis del ADN de los fluidos vaginales encontrados en Louis y el de las muestras del mismo tipo recogidas por Nick con anterioridad. El contraste del ADN no dejaba lugar a dudas: Kayden Fox mató a Louis Prior. De manera involuntaria, claro. Y al ver cómo moría en sus brazos en el momento más dulce, asustada, saldría huyendo como alma que lleva el diablo.

Respiró satisfecha. Tenía resuelto el caso, y resultaba un alivio no tener que buscar justificaciones retorcidas a su muerte.

—Solo nos falta darle un toque de legalidad a las muestras que nos facilitó Nick —le explicó a su compañero—. No podemos contar cómo se han obtenido. ¿Alguna idea?

Christian permaneció callado durante casi un minuto. Finalmente preguntó:

—¿Tienes una buena relación con la Oficina del Fiscal?

—Es un viejo conocido de esta comisaría.

—Cuéntale la verdad. Pondrá el grito en el cielo, pero al tener el caso cerrado, mirará hacia otro lado.

—Puede que funcione. Ahora volvamos con el Jefe para darle su ración de información.

Guardaron todos los documentos en una carpeta de anillas y subieron a ver al inspector Toole. De camino, buscó las palabras con las que explicar más tarde a sus amigos que el dulce ángel de Louis se lo había cargado con tres cómplices: pasión, edad y Viagra.

En el despacho de su jefe, el desconocido que lo acompañaba se presentó a sí mismo:

—Chester Himes, secretario de Prensa del alcalde —dijo, recibiendo a ambos agentes con un apretón de manos—. Ante todo, quiero agradecer su disponibilidad.

Con treinta y cinco años, de aspecto joven y carácter afable, sabía meterse a la gente en el bolsillo; facetas por las que, sin duda alguna, llevaba años trabajando en puestos de confianza del alcalde. Sin embargo, no tenía mayores intenciones políticas y prefería el sector privado, donde ganar en cargos equivalentes un millón de dólares en vez de los casi doscientos mil que las arcas públicas le pagaban. De hecho, era un secreto a voces su inminente salida, y que lo sustituiría un estratega electoral venido de California.

—Al alcalde le ha parecido oportuno que me entreviste con el personal que lleva el «caso de los turistas».

—¿Ya le ha puesto nombre la prensa?

—Algunos medios, pero se extenderá.

—Quizá nos complique las cosas.

—Sí, quizá, y por eso el alcalde sigue esta historia con mucho interés. Piensen que no le gusta que en un hotel de su ciudad aparezca muerto un turista francés. Por otro lado, también le desagrada mucho la pérdida de dos amigos de Harry Powers, quien ha prestado tan buen servicio a la comunidad.

El inspector Toole no hizo ni un comentario durante el largo monólogo que prosiguió de Chester Himes; una demostración de paciencia muy propia de su forma de ser.

Se trataba de un hombre amable, de padres

irlandeses y cuarenta y nueve años de edad, que había ingresado en el Departamento en 1981. En su carrera, rotó por seis distritos de la ciudad y llegó a dirigir dos comisarías. Completó su formación al graduarse en el Instituto de Gestión Policial de la Universidad de Columbia y al finalizar los estudios de Justicia Criminal del John Jay College. De mentalidad sumamente práctica, todo lo liquidaba en el menor tiempo posible. Sin preámbulos, sin rodeos, pero con diplomacia. Por consiguiente, la larga charla del secretario de Prensa le pareció de lo más superflua.

—El alcalde quiere que le dediquen a este asunto todo el tiempo que haga falta —terminó diciendo Chester Himes—. Así pues, si necesitan apoyo, se les asignarán recursos adicionales.

—No hará falta. Lo tenemos resuelto. Murió de un infarto. En la cama. Con una mujer.

—¿Ella está localizada e identificada?

—Sí, y aunque nos falta interrogarla, el informe de la huella genética es concluyente.

—¿Lo del hotel, entonces, no tiene ninguna relación con el atropello?

—Sin la menor duda, no.

—Enhorabuena. Y, por favor, transmita mis condolencias a sus amigos.

Examinó el informe con curiosidad y preguntó:

—¿Me puedo quedar con esta copia?

—Claro.

Toole se decidió a intervenir.

—Existe otro asunto que debemos tener en cuenta: los tres que siguen vivos. Y es que hay gente preocupada con que a alguno de ellos le pueda suceder otro «accidente» —enfatizó con fuerza esa palabra—. Porque si de un grupo de cinco amigos mueren más de dos personas, surgirían todo tipo de teorías negativas para esta ciudad, y los políticos, las asociaciones de empresarios, la Cámara de Comercio y un sinfín de grupos de interés nos iban a crucificar.

—No es el caso, Jefe.

El apodo de Jefe se lo habían puesto al ocupar el cargo de inspector, tras años de llamar él a su predecesor de la misma manera. Y aunque era algo que no terminaba de gustarle, supo aguantarse, ya que no tenía otra salida.

—Y debe seguir siendo así —añadió—. Tu misión —la señaló únicamente a ella— es asegurarte de que tus amigos siguen con vida.

Era la primera vez que Marian se veía envuelta en el juego de la política.

—Sr. Himes —dijo Christian, interrumpiendo la conversación—, es difícil tener la certeza acerca de lo que sucederá en el futuro, pero puede asegurar a la familia Hampton y al resto de las personas que han mostrado su preocupación por estos tristes sucesos que sabremos velar por los intereses de la comunidad.

Chester agradeció sus palabras, lo que aumentó el asombro de Marian. Además, ¿quién era esa familia que nunca había oído mencionar? ¿Y de dónde sacaba Christian esa habilidad para decirle a un político lo que quería escuchar?

—La Oficina del Alcalde es consciente de la comprensión del Departamento de Policía y su plena colaboración en estos desafortunados incidentes. Por ello, estoy seguro de que cuando todos los cabos sueltos queden bien atados, el alcalde sabrá cómo hacer participar del agradecimiento de la ciudad a los que han hecho posible un final tranquilo.

Marian estaba asombrada.

«Es increíble, hablan igual. Christian no debería haberse metido a policía, sino a político».

Cuando salieron del despacho, no pudo evitar

preguntarle a su compañero:

—¿Quién es la familia Hampton?

—Te encuentras tan centrada en tus obligaciones que no tienes tiempo de conocer bien a los de arriba. Verás, los Hampton son los dueños de Heer Capital, el grupo empresarial que más ha financiado la campaña del alcalde. Además, han realizado grandes inversiones en la ciudad.

—Pues tendremos que vernos con Johann y Nick para asegurarnos de que no se quedan mucho tiempo por aquí.

Más tarde, camino de su casa de Hoboken, Marian llamó a Harry en una de las muchas paradas de un interminable atasco y lo puso al corriente de todas las novedades. Curiosamente, al finalizar sus explicaciones, él le respondió que sometería las conclusiones al escrutinio del siempre desconfiado Nikolái y su sexto sentido, capaz de detectar una fisura en la más sólida de las argumentaciones.

Poco después, Harry llamó a Johann para comentarle los detalles facilitados por Marian y acto seguido telefoneó a Nikolái con la misma finalidad. Además, a ambos les propuso ir a cenar a un restaurante en el elegante barrio de Upper West Side.

—¿Irá Johann? —preguntó Nick.

—No, se ha negado en redondo. Estaba muy cabezota.

—Es alemán. Es un cabeza cuadrada.

—No es eso. Es como si... estuviese alarmado por algo.

—Ese muro con patas tiene un ladrillo por cerebro.

Finalmente, esa noche no fueron a cenar a un restaurante elegido por Harry, sino por Nikolái, lo que sorprendió un poco a su amigo, quien desconocía que se alimentaba con algo más que sus insípidas y espartanas comidas.

Nick, para comer, se inclinó por una cata de quesos, entre los que destacaban dos azules, uno procedente de Derbyshire y el otro, de Colston Bassett, ambos untados en panes tostados con una tostadora esférica que permitía obtener el resultado más homogéneo y agradable posible. También pidió un queso elaborado con leche de cabra, cuya corteza estaba enmohecida con ceniza de carbón de leña, lo que le otorgaba un olor especial. Por supuesto, no faltaron quesos lo más malolientes posible, como lo era una variedad para rallar de la Suiza francófona y otro de similar potencia apestosa proveniente de la *Côte-d'Or*. En todos los casos, pudo disfrutar de un toque adicional de sabor cubriendo el queso con miel de abejas salvajes de la remota Baskiria y regándolo con un vino blanco The Moment, de ideal maridaje con toda la comida, salvo el foie gras de Patería Sousa que se tomó después, elaborado con hígado de ocas sin alimentación forzada.

Harry probó la misma bebida, perfecta para su entrante, un aperitivo basado en la escasa y valiosa trufa blanca, así como para una deliciosa ensalada de algas, que resultó extraordinariamente ligera, y las orejas de mar que vinieron a continuación.

De postre, ambos disfrutaron de un *mousse* de humo, con el que se quedaron maravillados.

Solo faltaban diez días para tener que empezar a mendigar o, si quería evitarlo, ir al Mainchance o al Olivieri Center, los dos Drop-In de Manhattan, que repartían comidas gratuitas.

Kayden Fox los conocía de vista. No quedaban lejos de su apartamento, y había pasado caminando por delante de ellos en un par de ocasiones para satisfacer su curiosidad.

La expectativa de tener que comer en los centros

municipales no la atraía mucho, y si su mala fortuna no cambiaba, también acabaría durmiendo en uno de ellos. Solo le faltaría elegir si en el de Brooklyn o en el del Bronx. Y todo por culpa del coste del Motel Boulevard, que la condenaba al desahucio anticipado. Mal asunto.

Al entrar en su apartamento, la nevera empezó a vibrar como una batidora vieja. Estaba incluida en el precio del arrendamiento que pagaba y parecía tan antigua como el Michigan.

—Te odio —le dijo al electrodoméstico.

Revisó su interior para comprobar lo escaso de sus opciones.

—Hamburguesa congelada. ¡Otra vez!

Tenía una alternativa: dos sándwiches vegetales con pan casi rancio.

—Casi prefiero tostar las cucarachas y comérmelas. Terminaría con ellas y variaría el menú.

Estaba pasando hambre. Había perdido peso y su esbelta figura se había «estilizado».

—Si esto sigue así, no me querrán ni como una de esas modelos anoréxicas de pasarela.

Calentó la carne en el microondas a baja potencia para descongelarla. Transcurridos unos minutos, la sacó del aparato y se la pasó bajo la nariz.

—Esta porquería solo huele a plástico. Si apestase, pensaría que al menos es carne en mal estado.

Sin embargo, lo peor era el edificio. En algunas ocasiones, cuando trataba de conciliar el sueño, tenía la impresión de estar metida en sus tripas, escuchando cómo hacía la digestión y los quejidos de los que seguían atrapados en él, tras años intentado escapar.

Domingo, 21 de noviembre

«La paciencia es fundamental. Siempre hay que esperar. A veces, horas; a veces, días. Jamás se puede bajar la guardia. No se puede dormir. Hay que soportar la lluvia y el viento, el frío y el calor, la sed y el hambre. Hay que desplazarse sin llamar la atención y ocultarse hasta ser invisible».

Continuó recordando las palabras de su instructor.

«La psicología del francotirador es muy especial, más que la del mejor de los cazadores, porque no se trata solamente de hacer blanco a larga distancia, hasta mil metros, o incluso los dos mil que alcanzan los mejores, sino que se ha de mantener una inquebrantable paciencia a la espera de que el objetivo se ponga a tiro».

Johann Caspar Harkort había realizado el Curso Avanzado de Francotiradores del Ejército alemán y aunque había entrado en él gracias a su puntería, los instructores pensaban que no lo superaría; «demasiado grande para moverse con todo el equipo sin ser visto», decían. No obstante, los sorprendió, puesto que fue capaz de aprovechar como nadie el entorno para confundirse con él y desplazarse hasta una nueva posición sin que lo vieran. De ese modo, el desafío que representaba su propio y enorme tamaño lo superó siendo más paciente que el resto. La paciencia… La clave que en el pasado le otorgó el éxito volvería a dárselo ahora.

Apenas había dejado de vigilar a Kayden Fox desde su intento de interrogarla el día de la visita al OCME para ver el cadáver de Louis, y ahora, tras seis días siguiendo a su objetivo, había llegado el momento.

Kayden Fox salió del edificio, y él la siguió hasta la parada de metro de la 23 Oeste con la Quinta. Ella se subió al primer metro que circulaba en dirección norte y permaneció de pie junto a la puerta. En la sexta parada, la correspondiente a la 59 Oeste, abandonó el tren. Una vez en la calle, el día la recibió con un manto grisáceo de nubes.

Johann escudriñó el cielo. Quizá lloviera, aunque no de forma inminente, pero por si acaso, cerró su mano con fuerza alrededor de su paraguas plegable, como si de esa manera pretendiera asegurarse de que no se lo había olvidado en el hotel. Después se adentró en el Central Park tras los pasos de la chica.

Enseguida bordearon un estanque cuyas aguas reflejaban el triste cielo que los acompañaba. Al poco rato, Kayden llegó al Naumburg Bandshell y se sentó en un banco, en el que permaneció absorta en sus pensamientos, sin el árbol humano ni la violinista que la habían acompañado el día que había estado allí con Louis. Cuando sintió frío, se levantó y caminó hasta la calle 110, un largo paseo con el que se olvidó del transcurso de las horas. Por el camino, se comió un perrito caliente en un puesto ambulante, junto a la 97, pero al cabo de media hora, volvió a tener hambre, de modo que decidió regresar a casa para preparar una cena ligera.

Unos gamberros, a los que parecía divertirles jugar con una mujer solitaria, comenzaron a molestarla en el vagón de metro de la línea A. Sin embargo, se olvidaron de ella al llegar a la siguiente parada, en la que se bajaron y desaparecieron de la vista.

Johann respiró aliviado desde el vagón contiguo, al comprobar que la fortuna le había evitado tener que intervenir para socorrerla, lo que habría echado por tierra su plan y su prolongado seguimiento.

Kayden se bajó en la parada de la calle 23 y se fue directa a la tienda de Agastya. Allí compró un sobre de sopa precocinada y una manzana roja. Al salir, se detuvo de manera imprevista. Parecía dubitativa. Aquello obligó a Johann a ocultarse en un portal de un edificio de oficinas.

«¿En qué estará pensando?».

Ella escrutó el entorno y luego continuó con su camino, pero muy pensativa. Al llegar frente a la entrada del Michigan, sacó sus llaves de la profundidad del bolso y entró, sin mirar atrás.

La pesada puerta de cristal y reja de hierro comenzó a cerrarse cuando Kayden ya subía por las escaleras. En ese instante, Johann se aproximó a la carrera, salvó los últimos metros de dos enormes zancadas y la bloqueó poniendo un pie en el marco. Después se introdujo en el vestíbulo sin que nadie lo viera. Ni siquiera Holmer Reuben, quien estaría zanganeando por alguna parte.

Cruzó el solitario vestíbulo y se fue a la tercera planta. Una vez frente al apartamento de Kayden, llamó al timbre con insistencia.

—Tenemos que hablar —dijo con severidad, cuando ella le abrió la puerta.

Luego pasó al interior sin esperar a que lo invitara.

—¡Hola! —repuso indignada la chica—. ¿Qué tal si entras y te pones cómodo?

Johann inspeccionó el apartamento. Tenía las cortinas corridas, no se veía el exterior y la única iluminación provenía de una triste lámpara, colocada sobre la mesa del comedor.

—¿Dónde estabas cuando Travis murió atropellado?

La seguridad de la chica se convirtió en nerviosismo.

—¿A qué viene esa pregunta?

Johann cerró la puerta de un manotazo.

—¿Dónde estabas?

—¡No tienes derecho a gritarme!

—No te hagas la inocente. Sé que estabas con Travis cuando lo atropellaron. ¡Te vi!

El alemán deseó que confesase enseguida para no tener que pasar a métodos más persuasivos.

—Te equivocas.

—Soy mayor, pero la vista me funciona bien. Por favor, dime qué hacías con él.

—Si yo estaba con...

La interrumpió al alzar su brazo con la intención de darle un tortazo.

—Te vi muy cerca. Ese día, a la misma hora. No puede ser casualidad, no tras estar también con Louis cuando murió en el hotel.

—¡Que me encontrara cerca no implica que hubiera estado con Travis!

Johann descargó su brazo sobre ella, y su manaza abierta la abofeteó, tirándola al suelo.

—En toda mi vida, solamente he pegado una vez a una mujer. Fue a la amante de un terrorista del Otoño Alemán[23], cuando me apuntó con un arma a muy corta distancia. Mis manos eran lo único que podían salvarme...

Le mostró su enorme puño con orgullo.

—... así que le rompí la mandíbula de un solo golpe.

Kayden permanecía inmóvil, tratando de superar el dolor.

—Más tarde, tuve que interrogarla usando la fuerza, aunque estaba muy bien entrenada y resistió sin decir nada, salvo repetir que era inocente.

Su nueva víctima se arrastró por el suelo y se apoyó en una silla para levantarse.

—Al final, tras un interrogatorio que me hizo sudar bastante, confesó.

Kayden ya estaba sentada sobre la silla. Sin embargo, no aparentaba encontrarse dominada por el terror. A la vez, a él le pareció extraño que no se quedara tirada en el suelo. En resumen, dos detalles que se asemejaban a toda

---

[23] Oleada terrorista sufrida por Alemania occidental durante 1977.

una declaración de resistencia.

—Resultó muy doloroso, incluso para mí —dijo, dándose unos golpecitos en el pecho, a la altura del corazón—, pero en ocasiones, es necesario el uso de la fuerza.

Se irguió por completo como respuesta al desafío de Kayden y para evidenciar su absoluto dominio de la situación. De ese modo, además, ella resultaba patéticamente diminuta a su lado, lo que a su vez resaltaba su total inferioridad de condiciones.

—Dos veces junto al muerto no es casualidad. Es imposible, y me costó mucho aceptarlo porque me caes bien y me recuerdas a mi sobrina.

Se quitó el abrigo bajo una mirada de desprecio.

—Lo siento —murmuró.

Sujetó la silla por el respaldo y le propinó un puñetazo en el abdomen, que la dejó sin respiración.

—Tranquila, intenta respirar con calma. Contrae los músculos abdominales y luego estírate para que entre el aire en los pulmones. Así desbloquearás la parálisis respiratoria.

Kayden quería hacerlo, pero el dolor se lo impedía. Entonces empezó a notar la acuciante falta de oxígeno, y un silbido angustioso salió de su garganta. Acto seguido, el miedo se reflejó en su cara.

—Puedes hacerlo. Concéntrate.

Logró dominar su pánico, se encorvó y se estiró, pero, cuando apenas había entrado aire por su boca, Johann la golpeó en el mismo punto.

—Para un interrogador, es sencillo controlar el flujo de aire y provocar una sensación horrible de asfixia.

Johann rogó para que tirase la toalla porque, salvo por el dolor físico, sufría tanto como ella.

—Ahora intenta respirar. Necesito que contestes a mis preguntas.

El rostro de la chica era una mueca de terror y permaneció así hasta que, pasado un agobiante medio minuto, empezó a reponer el oxígeno perdido con grandes boqueadas.

—Te estás equivocando, grandullón —musitó.

—Te equivocas tú, pequeña.

Le volvió a pegar. Kayden cayó al suelo y se golpeó en la cabeza, quedando aturdida unos instantes.

—¡En pie! ¡Vamos!

Johann la levantó con una sola mano, como si fuera una pluma, y la sentó de nuevo sobre la silla, con sus ojos verdes totalmente abiertos y llorosos.

—Te...

La chica intentaba hablar, pero la falta de aire se lo impedía. Entonces dobló el tronco hacia delante y susurró:

—Te estás equivocando.

Su voz temblaba. A pesar de ello, el fondo del mensaje era de resistencia, así que él se preparó para golpearla otra vez.

—No me pegues más.

Tras un momento de vacilación, Johann decidió darle una oportunidad.

—Te lo preguntaré por última vez: ¿por qué te encontrabas junto a Louis y Travis cuando murieron?

Kayden se limitó a encogerse sobre la silla en una postura defensiva, y esa falta de respuesta provocó que el pesado brazo volviera a alzarse.

—No, por favor... —gimió.

A ojos de la chica, era como si una grúa fuera a golpearla.

—Créeme si te digo que esto me duele más que a ti —expuso Johann.

Ella se llevó una mano a la cara para amortiguar el golpe, pero Johann le pegó con el puño en el lado contrario. Fue peor que la vez anterior, tanto que su mandíbula crujió, y la chica rodó por el suelo.

—¿Por qué me obligas a hacerte esto?

Ella tardó unos segundos en levantarse, y cuando lo hizo, su rostro no se encontraba repleto de lágrimas, sino que estaba lleno de odio.

—¿Qué ocurre, maricón? ¿No sabes pegar más fuerte?

Johann se encontraba completamente perplejo.

—¿Y si fuera cierto? ¿Y si estuve con él?

Estaba fuera de sí, iracunda.

—¿Por qué lo negaste?

—¿Crees que puedo ir por ahí contándoselo a la gente? Invito a subir a mi taxi a una persona que acabo de conocer en una exposición, y la atropellan. Visito a otra en su hotel, y muere en mis brazos.

El alemán vio que empezaba a progresar, pero quería más.

—Sigue siendo demasiada casualidad.

—¡Pues jódete!

—¿También dirías que sería casualidad si otro de nosotros muriera contigo?

—Ojalá fueras tú. Ojalá entrara por esa puerta alguien que te enseñara a tratar a una mujer.

—Eso no es una contestación.

Kayden comenzó a sangrar por la boca.

—Necesito ir al baño para limpiarme.

Johann evaluó la situación y la conversación.

—De acuerdo, pero no hagas tonterías. Estoy armado.

Se llevó la mano al interior de su abrigo.

—¿Qué crees que puedo hacer? ¿Pelear a arañazos contra ti y tu pistola?

El tono irónico y el gesto burlesco lo molestaron, aunque no por ello le impidió que entrara en el baño.

—Deja la puerta entreabierta —ordenó.

La abrió lo justo para contentarlo y que no se viera el interior.

Entretanto, el alemán se colocó junto a la ventana. Así evitaría que lo pusiera en dificultades si lo atacaba al salir. Además, no llevaba ningún arma. Por otra parte, también se evitaría tener que golpearla en defensa propia en el caso de que intentara sorprenderlo. En ese sentido, pensaba que ya no podía pegarle más de lo que ya lo había hecho. Le parecía una brutalidad; por no hablar de que Kayden le recordaba demasiado a su sobrina.

Luego, mientras escuchaba los ruidos que hacía en el baño, las dudas comenzaron a asaltarle. ¿Y si se había equivocado? ¿Y si debiera haber compartido sus inquietudes con sus amigos?

Retornó al mundo real cuando la chica salió del baño, con la pequeña hemorragia cortada y la herida limpia, aunque ahora el moratón que había alrededor de ella era mucho más visible.

—Tengo sed. ¿Me dejas beber algo?

Señaló una botella de cristal que había sobre el mueble de la cocina, y que contenía un líquido incoloro.

—¿Quieres un poco? Pruébalo. Es fantástico.

Llenó un vaso hasta la mitad y se lo acercó a su «invitado». Este percibió con desagrado su fuerte olor.

—¿Qué es?

—Anticongelante. Va muy bien para no morir helada. Aquí paso mucho frío.

—Apesta muchísimo a alcohol. ¿Cuánto lleva? ¿El cincuenta por ciento?

—Claro, así funciona el anticongelante. Este es casero. Lo prepara con limón un cliente... un amigo danés en su taller de coches de Linden Hill. A veces pienso que le pone gasolina en vez de alcohol.

—Es ilegal.

—¿Beberlo?

—Producirlo.

—¿Por qué me lo dices? Yo no lo destilo.

—Olvídalo. Por cierto, veo que conoces a gente interesante.

Su sarcasmo no agradó a Kayden.

—Conozco a gente todos los días. Y no son interesantes.

Johann decidió cambiar de tema.

—No es una buena idea emborracharse con esto.

—Casi no lo tomo. Solo un poco antes de vérmelas con alguien difícil. Me da valor para superar el mal rato. Como ahora.

Se reconfortó vaciando el vaso de un solo trago.

—Los hombres quieren de mí lo que no les puedo dar.

—¿De qué estás hablando?

—De sexo. No me acuesto con nadie por amor, no desde que me violó el *quarterback* del equipo de fútbol del instituto. Desde entonces, mi relación con los chicos ha sido muy difícil, y cuando alguno conquista mi corazón, no le doy lo que de verdad busca: un buen polvo.

Johann continuaba receloso.

—¿Lo denunciaste?

—No. Fue en su casa. Fui allí tras invitarme él. Los amigos comunes lo sabían. Y bebimos. Mucho. ¿Quién iba a creerme?

El alemán se llenó de dudas.

—Desde la violación, solo una vez he sido capaz de abrir mi corazón: a Louis. ¿Comprendes ahora por qué me resulta tan difícil hablar de esto?

—¿Y tus clientes?

—No les abro precisamente mi corazón. Todo es frío, distante. Es como estar a miles de kilómetros de ellos desde el momento en el que me ponen la mano encima.

Se tomó un respiro.

—El sexo… La violación hizo que perdiera para mí todo su valor afectivo, y ahora me supone un esfuerzo enorme devolvérselo.

Su historia parecía creíble. ¡Era creíble! Tanto era así que la investigación sobre su pasado arrojaba que, en el instituto, su relación con los chicos había cambiado de forma radical y sin explicación aparente. Pese a ello, Johann no podía quitarse de la cabeza ambas coincidencias: estar presente en las muertes de sus dos amigos.

—Me gusta contemplar la ciudad por la noche —añadió ella, corriendo las cortinas de la ventana—. La puedo sentir. Noto su pulso transmitiéndose por el aire viciado, como si fuera un ser vivo. Te da la opción de ser lo que quieras, de alcanzar metas con las que solo soñamos, pero ese ser también es un monstruo que, si tropiezas y caes, te devora sin piedad.

Entonces Kayden se acercó hasta él y, para sorpresa de Johann, le acarició la cara.

—Travis y Louis fueron muy buenos conmigo. Siento que los hayas perdido.

Él no se retiró, sino que permitió que continuase acariciándole, ahora con dulzura. Eso le provocó un escalofrío muy placentero.

—A Travis lo conocí en una exposición de fotografía —continuó ella—. Intimé con él y tardé poco en comprobar que era amable y generoso. Solo le faltaba la capacidad de seducción de Louis. Con los dos me encontré muy cómoda, como si fuésemos amigos de toda la vida. Sentía que les podía confiar mis secretos. Creo que me hipnotizaron para que me sincerase con ellos y hablase de muchos temas; también, de mi pasado y mi futuro. Joder, el futuro… El mío es más que negro y lo será por mucho tiempo.

—¿Por qué lo dices?

—Porque los dos querían ayudarme con él, pero

ahora… ya no están.

—¿Ayudarte? ¿Louis y Travis? ¿Cómo pretendían hacerlo?

—Me dijeron que mi vecino gruñón era el más indicado para liquidar la deuda que tengo con un prestamista.

De nuevo, un rápido resumen de su lamentable pasado y permanente vivir con miedo, y como no podía ser de otra manera, Johann se mostró seriamente preocupado con la amenaza del delincuente.

—Sí —confirmó después—, es cierto que Nick podría echarte una mano.

—Un tipo curioso, ese ruso, pero ¿por qué un grupito de espías depende tanto de él?

Continuó aproximándose sin dejar de acariciarle la mejilla y hasta quedar tan cerca del alemán que podría haberlo besado con solo mover los labios, circunstancia que a él no pareció importarle. No obstante, los fallecimientos de sus dos amigos y la presencia de la chica en ambos volvieron para atormentarlo.

«Una coincidencia puede pasarse por alto. Dos no. En mi antiguo negocio es imposible».

—Preguntas demasiado —murmuró, tratando de liberarse del hechizo y no olvidar sus inquietudes.

—La desesperación me empuja a hacerlo.

Johann trató de poner su rostro más frío y severo.

—No me has dicho toda la verdad. Lo sé por experiencia.

—¡No hay nada más!

Él fue a darle un tortazo, y ella respondió alzando su brazo para detener el golpe. Entonces Johann se lo cogió con fuerza por la muñeca.

—¡Me haces daño!

La chica saltó hacia atrás y se liberó a costa de caer al suelo y darse un doloroso golpe en la espalda.

—¡Juro que me las pagarás!

—Perdona, no quería que te hicieras daño.

—Claro, yo tampoco quería hacérmelo cuando puse la cara para que me la partieras.

Trató de levantarse, pero un fuerte dolor en la espalda se lo impidió. A Johann le sirvió para comprender que se estaba equivocando. Quizá, no en sus sospechas, sino en la forma de plantear el interrogatorio.

—No te pegaré más, pero te llevaré ante la policía, y explicarás la extraña coincidencia de tu presencia en ambas muertes.

Le tendió la mano, la misma del puñetazo.

—Déjame que te ayude.

Ella receló del ofrecimiento.

—Por favor —insistió él.

Kayden extendió su brazo, aunque enseguida lo detuvo, dejándolo inmóvil en el aire.

—No. Estás loco. No me fío de ti.

Al gigante alemán se le agotó la paciencia. La puso en pie sin mucha delicadeza y se la llevó hasta la puerta del apartamento. Luego, de un empujón, la sacó al pasillo.

—¿Caminarás o tendré que arrastrarte?

Johann observó en su rostro un sentimiento de pánico y se giró para averiguar qué lo había provocado.

El atacante le propinó una patada en la rodilla, la articulación emitió un crujido y el alemán pensó que se había fracturado. Cayó al suelo envuelto en dolor e incapaz de reaccionar y, durante unos instantes que le parecieron eternos, se hizo una bola para protegerse de la lluvia de patadas que recibió en la cara, costillas y abdomen, tratando en todo momento de mantenerse boca arriba para ocultar la delicada columna vertebral.

«¡Reacciona, reacciona!».

Su mente no lo hacía y tampoco enviaba a los músculos las órdenes necesarias para ello, hasta que un grito de mujer lo forzó a abrir los ojos. Sin embargo, se le estaban hinchando, y ya no veía bien, por lo cual apenas consiguió distinguir cómo una figura humana forcejeaba con Kayden, la cogía del cuello y se la llevaba hacia el ascensor.

La chica intentó chillar, pero como se estaba asfixiando, de su garganta solo salió un silbido agónico.

Necesitaba ayuda. Los dos la necesitaban. No obstante, nadie los auxiliaría. No en ese edificio casi vacío.

De manera repentina, una agresividad desconocida para él despertó en su interior. Furioso, se puso de pie de un salto y analizó al agresor. Era muy alto, más que él, y muy delgado, delgadez que se veía acentuada por la ropa negra que llevaba puesta.

Sintió miedo al verle la cara. Era pálida como la luna, y una cicatriz, tan grande que resultaba grotesca, la recorría en diagonal, desde la mandíbula hasta la frente. Cortaba los labios y los párpados del ojo izquierdo y continuaba por una frente coronada por una calvicie perfecta. A su paso por la nariz, la seccionaba en profundidad, dejando a la vista los senos frontales.

El asaltante soltó a su presa, y esta cayó al suelo con estrépito. Luego, con un rápido movimiento, sacó un cuchillo enorme de su chaquetón, tipo hacha de cocina, sin punta y con una hoja curva mucho mayor que su mango. Entonces, el gigante se lanzó al ataque, moviendo los brazos en círculos verticales y convirtiendo el cuchillo en una segadora, a la que Johann no podía hacer frente. El filo de la hoja brilló y silbó en el aire repetidas veces, y el alemán retrocedió para impedir que el hacha de carnicero le amputase un brazo, pero tropezó y se derrumbó sobre el suelo, a tiempo de ver cómo la hoja de acero amenazaba ahora con cortarle el tórax como si se tratara del de un peluche.

Encontró una defensa en su paraguas Bugatti. Con

este golpeó con todas sus fuerzas la mano armada que se cernía sobre él y aunque el impacto fue contra la muñeca del albino, resultó suficiente para desviar el hacha de cocina, que chocase contra el duro suelo de mármol y se le escurriera de la mano.

Johann se la arrebató antes de que se hiciera con ella. Como premio, recibió una demoledora patada en el costado que lo dejó sin aire. A pesar de ello, se revolvió, haciendo girar con agresividad el hacha de cocina y forzando al albino a retroceder.

«Ahora me toca a mí».

El tacto del arma en la mano aumentó su confianza en sí mismo. Se puso de pie, sus fibras musculares entraron en tensión y sus sentidos se agudizaron. Estaba listo para el combate. Sin embargo, tenía la impresión de que el albino le sonreía. ¿Acaso se estaba divirtiendo? ¿Acaso guardaba otra sorpresa?

La respuesta la obtuvo casi en el acto, cuando su contrincante sacó de su chaquetón un objeto puntiagudo, que era tan largo como su antebrazo.

«Un punzón».

Su cerebro escarbó en el pasado y se asustó al encontrar un terrible recuerdo.

«¡Un punzón! Dios mío, entonces… ¡No puede ser! ¡Un punzón no!».

En su mente encajaron muchas piezas de un antiguo rompecabezas. A medida que lo hacían, sus fuerzas flaquearon, se sintió extenuado, y el cuerpo le pesó como si fuera de plomo. El albino aprovechó su evidente abatimiento para saltar hacia delante y lanzar una peligrosa punzada. Entonces Johann hizo uso, en milésimas de segundo, de sus conocimientos de defensa personal a fin de analizar el ataque y defenderse de él.

«El agarre del punzón es tipo pluma, y la punta va directa a tu corazón. Así que levanta los antebrazos y crúzalos por las muñecas. De esa forma bloquearás su ataque».

Luego tenía que agarrar la mano, presionando fuertemente sobre ella con los pulgares, y retorcerla hacia atrás, hasta que el dolor obligase a agacharse al albino. Sin embargo, su lentitud provocó un éxito parcial, porque el punzón se hundió entre sus ropas y penetró en el hombro.

Había evitado la muerte, pero su frágil corazón acusó los esfuerzos realizados, causando que una neblina invadiera sus ojos, y justo después, perdió el conocimiento.

No supo por qué recuperó la consciencia ni cuánto tiempo había transcurrido desde que la perdiera. Lleno de inquietud, miró a su alrededor. En el pasillo no había nadie. Ni el agresor ni Kayden.

Presumió que el albino le había dado por muerto de un ataque al corazón, a causa de la pérdida de sangre por la herida del hombro, aunque tras examinarla, llegó a la conclusión de que no era mortal, ni mucho menos, pero, entonces, ¿por qué se encontraba tan débil? No parecía que la hemorragia hubiese sido tan abundante como para sentirse ni siquiera mareado.

Se incorporó y sintió un intenso dolor en la pierna derecha, más una aparente incapacidad para hacer fuerza con ella. Se examinó la pierna y en el pantalón observó una mancha muy amplia, de color rojo oscuro. Estaba sangrando, mucho más que por el hombro. ¿Qué herida era esa? El hombre de la cicatriz solo lo había alcanzado una vez con aquel enorme punzón y ninguna con el hacha de cocina, y, además, había sido en el hombro.

Separó el tejido cortado del pantalón hasta descubrir una incisión larga y profunda en una zona no letal. Verla, comprender lo que le había sucedido, provocó que su cerebro reparase en la herida y se disparase la sensación de dolor.

Volvió a pensar en la pelea. Decididamente, no recordaba que hubiese sufrido una herida en la pierna, si bien resultaba evidente que la pérdida de sangre por ella era la causa de su extrema debilidad.

«Tengo que detener la hemorragia».

Se quitó la chaqueta y arrancó una de sus mangas para hacerse con ella un torniquete bastante burdo, pero que cumpliría sus funciones hasta conseguir asistencia médica. Luego sacó su móvil.

—¿Cómo es posible? ¡No tiene cobertura!

Unos gritos lejanos le hicieron olvidar su necesidad de encontrar auxilio.

—¿Kayden?

La puerta del apartamento continuaba cerrada, y no parecía haber nadie en su interior.

Volvió a escuchar los gritos.

—¿Kayden? ¿Dónde estás?

Seguía viva, en alguna parte del monstruoso Michigan y necesitaba su ayuda.

«Vamos allá».

Caminó hacia las escaleras todo lo rápido que pudo, miró por el hueco y vio el ascensor, detenido en el sótano.

—¡Auxilio!

Más gritos apagados de angustia y terror. Sí, ahora estaba seguro, era ella, arrastrada por el asaltante hacia las entrañas del Michigan. Pensó entonces en llamar a la policía desde otro teléfono. Sin embargo, los continuos gemidos de Kayden Fox resultaban irresistiblemente atrayentes para alguien con el espíritu de entrega de Johann. De modo que tomó aire, ignoró el dolor de las heridas y comenzó a bajar en una carrera cada vez más torpe. Alcanzó la planta baja, aunque muy lejos del vestíbulo principal, y prosiguió hacia abajo. Una vez en el sótano, se encontró con un distribuidor del que nacían tres pasillos, que recorrían los cimientos del edificio. En ellos había cuartos de almacenaje, con material de desecho, y trasteros sin uso. Asimismo, por el suelo se veían gárgolas, rejas de hierro forjado, radiadores de hierro fundido, decorados con motivos florales en relieve, y añejas tuberías de plomo, que en su día fueron sustituidas por otras de cobre.

En aquel triste y sucio lugar, que para Johann se asemejaba a unas catacumbas, el silencio era absoluto, salvo por su respiración entrecortada y los gemidos de la gran caldera de la calefacción.

«Este edificio acabará conmigo».

Las repetidas lamentaciones de la chica volvieron a marcarle el camino, obligándolo a la vez a continuar por él.

«Debería volver, descansar. Debería buscar ayuda, debería…».

Apretó un interruptor que colgaba de un cable, y se iluminó el pasillo del que provenía el eco de los gimoteos. Luego se adentró por él, tropezando casi a cada paso que daba, hasta que su debilidad se acentuó tanto que sufrió un mareo.

«Me estoy muriendo».

Se detuvo a descansar junto a una puerta metálica, que aparentaba conducir al callejón de una de las fachadas laterales, pero la puesta en marcha del motor de una furgoneta lo devolvió a su agónica persecución.

—¡Johann, socorro!

La chica continuaba viva, pero se encontraba fuera, en el callejón, por lo que las opciones de salvarla se reducían casi a cero, salvo que… En la puerta, una cerradura de pasador impedía su apertura. El pasador era sensiblemente más fino que el hueco en el que se alojaba y daba la impresión de estar a punto de partirse.

«¡Rómpelo, vamos, rómpelo!».

Cargó contra la puerta con todo su peso, pero su

enorme figura rebotó sin que llegase a moverla. Por otro lado, el golpe lo hizo estremecerse de dolor, y una punzada aguda, procedente de su debilitado corazón, recorrió todo su cuerpo. Era una advertencia de que ese era el camino para morir de un paro cardiaco.

—¡Kayden! —gritó desanimado—. ¡No puedo salir!

Volvió a cargar contra la puerta, pero cada nuevo embate era como si lo hiciera contra su propio corazón, y este no soportaría muchas arremetidas más.

Desde el exterior, las embestidas se escuchaban como si las realizara un toro.

Un hombre, con pasamontañas y mucho menos corpulento que el gigante albino, trataba de no prestarles atención mientras forcejeaba con Kayden. La chica llevaba los brazos atados a la espalda, y una capucha le cubría la cabeza. El secuestrador intentaba introducirla en la parte trasera de una furgoneta Savana Cargo mientras ella se resistía con patadas al aire. A la vez, no dejaba de chillar, gritos que se escuchaban muy amortiguados, como si estuviera amordazada. Finalmente, el hombre la cogió por las axilas y la metió sin muchos miramientos en la zona de carga del vehículo.

—Listo. Y a ver si ahora no me retrasas más.

Ante él surgió un iracundo Johann con una barra de hierro entre las manos, procedente de una de las rejas abandonadas en el sótano. Con ella había hecho palanca para romper el pasador y poder salir al callejón.

El asaltante, al verlo, se introdujo en la furgoneta y la puso en marcha sin perder un segundo.

«No, no, no...», pensó Johann.

Debía detener la camioneta a cualquier precio. Ya se ocuparía después del secuestrador. Además, este no era como el albino, sino más bajo y delgado, y el alemán, a pesar de encontrarse en lamentables condiciones físicas, podría vencerlo.

«¡El albino!».

Pensar en aquel monstruo lo hizo girarse para comprobar que no se veía rodeado por él.

«Nadie. Nada».

En efecto, nada a su espalda, salvo un muro coronado por un alambre enrollado, tipo concertina, erizado de afiladas cuchillas.

La furgoneta aceleró hacia atrás para atropellarlo, pero Johann, a pesar de su torpeza, pudo esquivarla. El vehículo pasó de largo, se detuvo y cargó de nuevo contra él, esta vez circulando hacia delante. El alemán saltó a un lado y cayó escaleras abajo. La camioneta metió una rueda en el hueco del primer escalón, el neumático reventó y la suspensión se partió. La Savana Cargo resultó incontrolable, chocó contra el transformador eléctrico, adosado a la fachada del Michigan, y en apenas un parpadeo, surgió un incendio en el motor, que se extendió con rapidez a la parte trasera.

Las llamas no tardarían en devorarlo todo, empezando por la cabina, en la que todavía se hallaba el conductor. Este, desesperado, intentó liberar sus piernas del salpicadero aplastado, que ahora las mantenía aprisionadas.

Johann se aproximó a la camioneta, barra en mano, y forzó la cerradura del portón trasero. En el interior descubrió un peligrosísimo panorama: bidones de gasolina repletos de combustible, a juzgar por el olor, y a Kayden Fox tumbada entre ellos.

Un repentino dolor en el brazo izquierdo le advirtió de su inminente muerte por infarto. La extremidad se le paralizó, y el dolor se extendió por la parte superior del tórax.

«¡Ahora no, ahora no!».

Antes del fatal desenlace, cogió a Kayden con el brazo que aún tenía movilidad y se alejó del vehículo. Acto seguido, se produjo una explosión, y la gasolina almacenada en los bidones de cinco galones creó una llamarada que envolvió la furgoneta.

El secuestrador se revolvió con violencia para escapar del incendio, pero sus intentos perdieron fuerza rápidamente y enseguida dejó de moverse.

En ese instante, cuando el peligro ya había pasado, Johann desató a la chica y le retiró la capucha. Ella, nada más verse con las manos libres, se soltó la mordaza y rompió a llorar, pero a pesar de sus lágrimas, fue capaz de captar el gesto de sufrimiento de su salvador.

—Ayúdame... —murmuró él, en un tono agonizante.

Se llevó la mano al pecho y forzó la respiración para compensar el deficiente funcionamiento del corazón.

Kayden lo miró con dulzura pero también con impotencia. A la vez, su padecimiento era observado por un testigo imperturbable y enorme, construido con cemento y acero: el Edificio Michigan. Por último, el eco de las sirenas de los coches patrulla, que se acercaban a gran velocidad, ponía la nota de sonido al fatal desenlace del rescate.

Colocaron sobre el coche la luz estroboscópica de la policía y activaron la sirena.

—¡Otra vez, no puede ser! ¡Madre mía, que follón! Ya me imagino la bronca de Toole. ¡Y cómo estarán el jefe Gates y el alcalde!

—¡Es un desastre! ¡Estamos acabados! —le gritó Christian a Marian—. ¡Y menos mal que no ha muerto otro de los viejos!

Se llevó las manos a la cabeza.

—Y la prensa, cuando se entere de lo que ha

ocurrido, no nos va a dejar en paz. Esta historia es un auténtico filón. ¡Nos vamos a hacer famosos!

—El secretario de Prensa del Departamento se ocupará de eso. Es todo un perro. Sabrá cómo contener la avalancha y esconder los trapos sucios.

—No somos trapos sucios —protestó Christian—. Y me gustaría aclarar yo las cosas a la prensa. Ese Samuel Glenn es demasiado radical. Dicen que incluso intercepta los teléfonos de los reporteros más críticos, y así no se hace ese trabajo.

—Cierto. Y se está volviendo muy conocido.

—Más de lo que imaginas. Cuando la prensa se enteró de que Charlotte, su única hija, se iba a casar con Steven, el menor de los hermanos Hampton, corrieron ríos de tinta. Si hasta ordenó que la escoltasen día y noche con el fin de que los periodistas y los *paparazzi* no la incordiasen.

—¿No fue esa tu misión de escolta?

—La dirigí, y no resultó una tarea sencilla. Piensa que para un trepa como el secretario de Prensa, la boda es una oportunidad increíble de subir en el escalafón social, y no va a permitir que ningún idiota la estropee. Ahora bien, no se da cuenta de que su verdadero problema radica en la propia Charlotte, que es bastante simpática pero muy caprichosa y, al menos entonces, no quiso cambiar su forma de vida, especialmente por la noche.

—No te imagino haciendo de niñera. ¿Pasaste mucho tiempo con ella?

—Demasiado para su padre.

—Y te apartó como escolta y te colocó conmigo.

Christian asintió.

—Una pena —dijo él—. Es una chica muy guapa.

—No te quejes. Has ganado con el cambio.

Recorrieron en apenas un cuarto de hora la distancia que los separaba del hospital, ubicado a orillas del East

River. Dejaron el coche mal aparcado frente a la entrada principal y se bajaron a la carrera. En el vestíbulo principal, alcanzaron a una pareja que caminaba con la exasperante lentitud que la cojera permitía a uno de ellos, a Nikolái. En ese instante, las evidentes muestras de dolor hicieron innecesarias las palabras de consuelo.

Cuando llegaron a Urgencias, se encontraron con el cardiólogo de guardia, quien, después de las presentaciones de rigor, seguidas de las oportunas explicaciones médicas, comentó:

—Hay un asunto que me preocupa. El corazón del Sr. Harkort no está capacitado para oxigenar su cuerpo, y hacer de héroe ha complicado las cosas. Así que asegúrense de que reposa cuando le demos el alta, porque no sobrevivirá ni al más leve esfuerzo físico.

Los siguientes minutos los dedicó a explicar detalles adicionales de las heridas y diferentes problemas de salud que padecía Johann. Además, respondió a multitud de preguntas, tratando de tranquilizarlos con sus respuestas, pero sin dejar de hacer hincapié en que su convaleciente amigo debía llevar una vida muy relajada.

Finalmente, el doctor se marchó y, en contra del criterio de las enfermeras, los cuatro entraron en el *box* en el que reposaba Johann. Nada más verlo, Marian se abalanzó sobre su convaleciente amigo.

—¡Cuánto lo siento! —exclamó llorosa.

Le dio un abrazo.

—Tu cara...

Examinó con preocupación los vendajes que tapaban las heridas.

—¿Es grave?

—Tengo rota la nariz, pero no voy a ser más feo de lo que ya era.

—¿Quién te ha hecho esto? ¿Quiénes eran los asaltantes? ¿Viste sus caras?

—Solo a uno. El otro, el que conducía, iba encapuchado.

—No queda mucho de él, por lo que será difícil identificarlo. ¿Reconocerías al que le viste la cara?

—Supongo que sí. Una cara como la suya no se puede olvidar. Era blanca como la nieve, y la cruzaba una gran cicatriz. Y el cuchillo, y su ropa… El conjunto era realmente siniestro.

—Comprobaremos si está fichado cotejando su retrato robot con las bases de datos estatales y federales. Así que te enviaré al fisonomista para que lo ayudes a prepararlo. ¿Conoces el programa Faces con el que trabaja?

—Sí

—Perfecto. Otra pregunta. ¿Alguna idea del porqué del ataque?

La respuesta fue una rotunda negativa.

—Ahora dime qué hacías con Kayden Fox.

Un breve resumen del alemán bastó para escandalizarla, aunque también hubo hueco en su mente para la admiración por el heroísmo de su amigo. Luego, al terminar Johann su explicación de las dos extrañas coincidencias, las de la presencia de la chica junto a Travis y Louis en el momento de sus muertes, ella exclamó:

—¡Jamás dijo nada!

—Por eso quise interrogarla.

Harry apenas era capaz de creerse semejante noticia.

—¡Nos lo deberías haber contado!

Marian le corrigió:

—Me lo deberías haber contado.

Se le agotó la paciencia y se encaró con ellos.

—Me habéis mostrado inquietudes cuyo origen no alcanzo a comprender. Por no hablar de que pensáis que los fallecimientos de Travis y Louis no han sido fortuitos y los investigáis por vuestra cuenta.

—A lo mejor, ha llegado el momento de preguntarse

si estamos en lo cierto —repuso Harry.

—Eso lo sabremos cuando finalicemos la investigación si es que antes no me quitan el caso. De momento, he conseguido que me lo asignen, por Johann, por encontrarse involucrado en él, y así unirlos a los de Travis y Louis, por si hubiera conexiones entre ellos, cosa que dudo.

—¿Y tus compañeros de la 13?

—No han puesto pegas. No les interesa ocuparse de una investigación que saldrá mucho en la prensa y que no tiene pinta de que vaya a servir para ponerse medallas. Ahora bien, si de verdad guardara relación con vuestro pasado, escaparía a mi control.

—Entonces, te echaré una mano.

—¿Echarme una mano? ¿Acaso tienes algo que contarme que no sepa? Porque, si es así, debiste hacerlo antes del numerito de la barbacoa de Johann.

—Ese comentario está fuera de lugar.

—Vosotros sí que estáis fuera de lugar. Sois unos bichos raros con aficiones raras. Ninguno se ha casado. Ninguno ha formalizado una relación con una mujer. Ni siquiera con una novia más o menos estable.

Nick trató de parar la monumental bronca con una aclaración.

—Louis y Harry…

—Los ligues de Louis de fin de semana no cuentan —le cortó Marian con dureza— y lo de Harry, tampoco. Su familia desapareció hace muchos años.

—Marian, mi intervención se limitará a darte una copia del expediente que tenemos de Kayden. Puede que ella no fuera quien nos pareció a todos y que arrastre consigo un pasado que ponga en peligro la vida de los que la rodean.

—Gracias —soltó lacónicamente—, pero no quiero que suponga tenerte metido en el caso.

Se despidió con cariño de Johann y desapareció airada por la puerta de Urgencias, acompañada de Christian.

En ese instante, el alemán dio rienda suelta a una patética alegría.

—¡Lo he conseguido! ¿Entendéis? He evitado que se repita una tragedia como la de mi sobrina. ¡Esta vez, sí que he podido salvar una vida! ¿Os dais cuenta? ¡He impedido que muera quemada!

La tensión de su rostro se incrementó.

—Y he roto la maldición que supone relacionarse con esa chica, porque sigo vivo.

Pablo Palazuelo

Lunes, 22 de noviembre

—Me ha llamado hace un rato el perito de la Unidad de Incendios Provocados —comentó Marian—. Ha dicho que tiene que realizar un examen más a fondo de los restos de la camioneta, pero que si tuviera que adelantar un dictamen, este sería que el incendio tiene su origen en causas fortuitas. Fundamenta esa conclusión en que el choque contra el transformador produjo una descarga muy intensa, que afectó a todo el sistema eléctrico, lo que a su vez provocó un fuego en la batería. La colisión también motivó que se vertiera la gasolina de los bidones. En cuanto al resto, es fácil imaginárselo.

El apartamento 3014 lo encontraron tal y como había quedado en la precipitada fuga, con varios muebles tirados por el suelo.

—No me gustan estos apartamentos —dijo Marian—, no me gusta el edificio. Jamás me ha gustado.

Revisaron la vivienda hasta que la frustración hizo mella en ambos, por no encontrar nada que no figurase ya en los informes elaborados el día anterior.

—¿Vamos al sótano?

El sótano estaba ahora mejor iluminado porque el gerente se había ocupado de ello, a pesar de recibir instrucciones en sentido contrario para no alterar la escena de un crimen. Pese a ello, sobre el polvo acumulado en el suelo durante años, la División de Investigación Forense había encontrado huellas de unas zapatillas deportivas que, tras compararlas con las existentes en la base de datos, resultaron corresponder a unas Nike Air Max 95, iguales a las que llevaba puestas el conductor de la furgoneta. Casualmente, eran la marca y modelo de zapatilla que más surgía en los escenarios de crímenes a lo largo y ancho del país[24]. Aunque quizá no fuera un detalle fortuito, sino la lógica consecuencia de un minucioso plan destinado a ocultar la identidad de su propietario entre los millones de usuarios de ese calzado.

Christian y Marian comenzaron a inspeccionar con cuidado los restos del suelo a la búsqueda de cualquier objeto de interés. Al cabo de un rato, ella le hizo una petición a su compañero:

—Abre la puerta para que entre un poco de aire. Me estoy agobiando.

Después de hacerlo, él le preguntó:

—¿Quién lleva esto en la Oficina del Fiscal? Entre sus mil doscientos empleados, hay unos cuantos incompetentes.

—Paul Preuss. Lo conozco bien. Trabaja en la Unidad de Investigación de Homicidios de la División de Juicios. Nos dejará bastante iniciativa y, como tiene mucha experiencia, no intentará convertirse en la estrella del caso.

—¿Por qué crees que querrían secuestrarla?

—Ni idea. Y en la documentación que nos pasó Harry, el único punto misterioso de su pasado es el cambio de actitud en el instituto, que, según Johann, se explica por la violación.

—Kayden nos ha contado durante el interrogatorio de esta mañana que la causa esté seguramente en la deuda que tiene con un prestamista, pero lo dudo porque ese hombre murió días antes del intento de secuestro en un tiroteo con un rival.

—¿Tal vez, algún cliente cabreado?

---

[24] Nota del autor: verídico.

—No lo creo. ¿Para qué semejante follón? Lo normal es darle una paliza a la chica.

—Lo que es seguro es que la furgoneta y su conductor no nos van a ayudar. El vehículo se lo robaron a una empresa de reparto de alimentos el día anterior, y el secuestrador está tan carbonizado que la identificación no será factible. Y para colmo, tampoco encontraremos huellas dactilares.

—¿Qué dijo Johann? ¿Que el que lo atacó llevaba guantes?

—Sí.

—¿Y el quemado?

—También. ¿No te fijaste?

—No tuve ganas de hacerlo. Se me revolvían las tripas.

Marian se hartó del ambiente pesado que reinaba en el sótano y de lo inútil de sus pesquisas en aquel lugar.

—Creo que es mejor que volvamos a comisaría y empecemos con el pasado de Kayden Fox.

Pablo Palazuelo

LA VERDAD

Martes, 23 de noviembre

—Al final le falló el corazón —le indicó Marian a Christian.

Lo dijo sin dejar de observar a Harry y Nikolái. Los encontraba muy avejentados. Imaginó que cada uno de los fallecimientos los había hundido físicamente y que, por ello, ahora, las arrugas de sus semblantes parecían profundas cicatrices.

El padre Mosel ofició la liturgia funeral por Johann en la iglesia de Holy Spirit. Durante su celebración, se procedió a la lectura de una carta de San Pablo a los romanos, el Salmo 114 y parte del Evangelio según San Lucas.

De nuevo, por impedimento de la fiscalía, la ceremonia no se pudo celebrar con el fallecido de cuerpo presente. En consecuencia, resultó fría a pesar de la compañía de los voluntarios de la Cross Food Pantry.

Al terminar la liturgia, el padre Mosel se acercó a los dos supervivientes del grupo de *poker* y les dio su más sincero pésame.

Ya en la puerta, Nick intentó alegrar el día con su particular humor negro.

—Si esto sigue así, alguien tendrá que cavar dos agujeros más para nosotros.

Como era de esperar, a Harry la broma no le pareció divertida.

—Te prefiero con las maldiciones que nadie entiende.

Una vez fuera de la iglesia, Marian los agarró por el brazo.

—Vosotros dos y yo tenemos que hablar.

Se los llevó lejos de la entrada y soltó el mal humor que llevaba dentro.

—Sé que no es el momento adecuado, pero no puedo esperar. Se han terminado vuestras correrías. No quiero más actos de heroísmo. No quiero ni que os cortéis con un abrecartas, de modo que volved a vuestros negocios y centraos en ellos.

—¿Es una amenaza?

—Sí, tu pequeña Marian te amenaza con poneros a un policía detrás de vosotros las veinticuatro horas del día para multaros cuando soltéis el volante al estornudar. Por cierto, ¿qué clase de empresas son esas que tenéis? No han crecido nada desde que las creasteis. Sí, sí... No pongas esa cara de pasmo. Las he investigado y he descubierto que su dimensión no les permitiría aguantar ni un solo día en el mercado, pero ahí siguen, estancadas y fracasando.

—No siempre tienen pérdidas.

La broma de Nikolái no le hizo gracia, y su gesto de reproche lo obligó a guardarse el siguiente comentario.

—¡Y resulta que los cinco tenéis negocios que se dedican a lo mismo!

—No es cierto.

—Sí, porque todas parecen entidades sin ánimo de lucro disfrazadas de empresas corrientes. Y, si no, veamos caso por caso. Johann dirigía un negocio de promoción de la cultura que en realidad favorecía a nuevos talentos entre las clases más desfavorecidas. Travis administraba una empresa que exploraba destinos turísticos en los lugares más pobres del planeta, colaborando así en el desarrollo del Tercer Mundo. Louis creó un negocio orientado a mejorar las viviendas de gente sin recursos. Tú, Nikolái, tienes una empresa química que solo piensa en facilitar mejoras alimentarias. Y mi querido Harry y su ruinosa farmacéutica... Para qué hacer comentarios.

A su amigo se le agotó la paciencia.

—No te dejes cegar por la rabia.

—Pues ilumíname —replicó ella con sorna.

—Tres muertes seguidas no pueden ser casualidad.

—Son cuatro, con la del conductor.

—Olvídate de esa por un momento, y revisemos las tres que de verdad interesan. Travis fue el primero. Un accidente, un descuido propio de un despistado al cruzar una calle. En segundo lugar, está la de Louis, también sin motivo para la sospecha. Y por último, Johann, como víctima colateral de un intento de secuestro. Todas fortuitas y por causas diferentes, pero tres muertes es más que sospechoso. Es un ataque. Y en las tres estaba involucrada Kayden.

—¿Me estás diciendo que los han asesinado creando las circunstancias necesarias para que sus muertes se produzcan de forma natural o accidental?

Él asintió con severidad.

—El crimen perfecto es aquel que no es un crimen, porque nadie lo investigará.

Christian no había perdido detalle de la conversación y decidió intervenir:

—Tu teoría no se sostiene. Johann no muere de manera natural; lo asesinan. Es una víctima indirecta del ataque contra Kayden, pero lo asesinan.

—¡Falso! Recuerda que no lo matan cuando está inconsciente, en el suelo. Sin embargo, al despertar, tiene una herida nueva. Pero ¿por qué herirlo otra vez? ¿Por qué no matarlo? Sencillamente, porque así parecerá que murió por defender a Kayden. Piensa que el corte de la pierna le hizo perder demasiada sangre para su maltrecho corazón. Es decir, era un corte producido para asegurar su muerte y hacernos creer que murió por salvarla a ella. De este modo, el secuestro de la chica encubriría que Johann era el auténtico objetivo del asalto.

—Solo que no había forma de saber cuándo coincidirían los dos juntos con la suficiente antelación como para realizar los preparativos necesarios.

—Sabemos que Johann la siguió durante varios días, pero ¿y si lo siguieron también a él?

Levantó la vista para escudriñar el cielo, aunque, en realidad, solo se abstraía para ordenar sus ideas.

—Kayden estuvo presente en las tres muertes. Al ser ella su nexo ha de ser también la clave que nos ayude a resolver los crímenes. Y los que querían secuestrarla tenían que hacerla callar para siempre por ese mismo motivo.

—Muy retorcido, propio de una mujer.

Marian empezaba a tomárselo a broma.

—¿Y por qué no mataron a Louis en el parque? ¿Era poco romántico para la primera cita?

—¿Quizá, demasiados testigos?

—¿Y qué pasa con el otro muerto, el que también falleció calcinado?

—Supongo que fue víctima de un fallo en el plan.

—¿Y el incendio? ¿Para qué tanta gasolina en los bidones que llevaba la furgoneta?

—A lo mejor, pretendían quemar a Kayden para impedir su posterior identificación.

—Pues para hacerlo con éxito también deberían arrancarle los dientes.

—No parece que semejante trámite pueda suponer algo más que una menudencia para un asesino dispuesto a amputarle una extremidad a cualquiera que se interponga en su camino.

Su argumentación tenía cierta solidez, pero, aun así, Marian no daría su brazo a torcer con tanta facilidad.

—¿Podéis decirme cuál es el móvil?

El ensordecedor silencio de sus amigos provocó que se le agotara la paciencia.

—A Johann no lo han asesinado. No hay crimen. No hay ni uno ni dos ni tres. Solo el intento de secuestro de Kayden, pero ¿por qué? La respuesta tiene que estar en lo que esconda el pasado de esa chica, y en eso tienes razón.

—Pero…

—Sois unos paranoicos y seguís viviendo una Guerra Fría que os ha dejado congelados en el tiempo.

Harry se irritó. Agitó los brazos y chilló como un padre enfadado cuando regaña a su hija:

—¿Es que no lo entiendes? El único motivo que justifica el modo en el que fueron provocadas las muertes es hacer que la gente piense como tú.

Marian le dio unos golpecitos en el pecho con el dedo índice.

—Lo que debes hacer es pensar por qué atacaron a Kayden Fox. Seguro que se te ocurre algo. O a ti, Nick, porque vosotros la conocíais mejor que nadie.

—Lo averiguaremos. Puedes estar segura.

La contestación la encolerizó.

—¡No, no lo haréis! Y ya estoy harta. Así que os pondré escolta para protegeros y vigilaros. Día y noche.

—Esos *menty*[25] no entienden nada, y ahora tenemos que hacer su trabajo.

---

[25] Pardillos. (Pies planos)

Repentinamente se golpeó la frente con la palma de la mano.

—Vaya, acabo de recordar que mi coche sigue aparcado en el aeropuerto de Helena. Me voy a arruinar con el parking.

—¡Bah! Pásale la factura a tu empresa.

—Siempre lo hago.

—Entonces, ¿de qué te quejas?

—¡Soy su único accionista!

La protesta fue muy enérgica.

—¿Y si vamos a medias?

Harry desdeñó su propuesta sin llegar a reírse y se concentró en conducir. Unos minutos más tarde, a las doce del mediodía, aparcaron el coche en la Sexta Avenida. Caminaron hasta el Edificio Michigan y entraron en el apartamento de Kayden gracias a las habilidades de Nick. Lo revisaron durante media hora, aunque no llegaron a hallar nada de interés, salvo el silbido del aire que corría por el circuito de la calefacción. Quizá, de haberlo inspeccionado durante más tiempo, hubieran encontrado algo que arrojara un poco de luz al pozo lleno de dudas en el que se encontraban inmersos, pero la posibilidad de que su inquilina retornara antes de lo previsto de su viaje al centro de compost del Lower East Side era un riesgo que tenían muy en cuenta.

—Sigamos con la inspección en otra parte —pidió Harry.

Bajaron al sótano y deambularon a lo largo del mismo pasillo que habían recorrido Johann y Kayden durante su huida. Enseguida se fijaron en la puerta de salida al callejón, en la que el gerente aún no había colocado la nueva cerradura, a la espera de un visto bueno de las autoridades que sufría retraso tras retraso, motivo por el cual el empleado se había quejado enérgicamente, alegando que se le colarían intrusos.

Casi a la vez, Harry captó un reflejo en el suelo que le hizo sentir extrañeza. Pensaba que se trataba de un brillo que solo podía provenir de un objeto nuevo y reluciente. En otras palabras, que no debería encontrarse en semejante lugar. Intrigado, se agachó y lo tomó entre sus manos para examinarlo.

Se trataba de un pequeño objeto metálico con forma cilíndrica. Era, sin duda alguna, el extremo partido del pasador que le había impedido a Johann acceder al callejón.

Se lo mostró a Nick, y este lo analizó con interés.

—¿Por qué no lo guardamos?

A continuación, abrieron la puerta que daba al callejón para airear el cargado ambiente del sótano.

—Sois fáciles de reconocer con los sombreros puestos —comentó Marian desde lo alto de las escaleras.

Bajó hasta ellos con rostro severo y añadió:

—Sospechaba que no esperaríais a vuestra escolta.

—No me has decepcionado, pequeña. ¿Y tu fiel escudero?

Ella contestó irritada:

—Ha ido a comprobar si estabais en el apartamento de Kayden.

—Marian, hay una historia que debemos contarte.

—No, Harry, esta vez habéis ido demasiado lejos.

—Pero ¡debes comprender que el secuestro de Kayden es un montaje para encubrir el asesinato de Johann!

—¿Otra de tus fantasías? Te lo preguntaré de otra manera: ¿tienes alguna prueba?

—Esperaremos a Christian y os diré lo que he descubierto.

El policía no tardó en aparecer por la puerta. Marian le explicó la situación, y Harry comenzó su perorata.

—Es fundamental que comprendáis la sutileza con la que los asaltantes lo prepararon todo. Por ejemplo, cómo crearon las condiciones necesarias para que Johann se viera empujado a salvar a Kayden, que su corazón se resintiera por ello y que sufriera un infarto. Ahora bien, imagino que el plan original no concordaría con todo lo que sucedió, porque murió uno del grupo.

—Preguntaré a los abogados del Departamento cuál es la condena por usar como arma el corazón débil de la propia víctima —ironizó Marian.

—¡Déjate de bromas!

—¿Tienes alguna prueba, por pequeña que sea?

Harry le mostró un objeto de metal.

—Tu pequeña prueba: el pasador que rompió Johann.

Ella lo cogió y lo analizó con desdén.

—¿Por qué es una prueba?

—Porque los secuestradores conocían bien la puerta, ya que debían estar en posesión de una copia de la llave. Y porque el pasador tenía el tamaño y la dureza justos para que Johann pudiera romperlo en un último y letal esfuerzo.

—¿No te parecen un montón de conjeturas?

—No lo es. Nick vive aquí. Ha hablado con el gerente y el de mantenimiento. No recuerdan nada de un pasador cambiado recientemente. Y este está muy nuevo.

Ella examinó la pieza de metal con incredulidad.

—¿Por qué matar a Johann? ¿Y por qué asesinar a Travis y a Louis? Dios mío, y dicen que las mujeres somos retorcidas...

Casi con desprecio, concluyó:

—Habéis visto muchas películas de espías.

—Deja que investiguemos —rogó Nikolái—. Queremos empezar por el principio, por la muerte de Travis.

—¿Estáis mal de la cabeza? ¿Creéis que os voy a dejar removerlo todo por una pieza metálica?

—Claro, y te informaremos con regularidad —precisó Nick.

—Facilísimo —protestó ella—, y de paso quedáis a comer con el alcalde y lo ponéis al corriente.

Christian vio cansada a Marian y decidió ir a recoger el coche.

—Sabes que tengo razón —le comentó Harry a su amiga cuando el agente se hubo marchado.

—¡No! Y no sería la primera pista falsa que me haces seguir.

Él la asió de un brazo.

—Quiero que vengas conmigo esta noche. Tú sola.

Marian lo miró con desconfianza y lo obligó a soltarla.

—¿De qué estás hablando?

—Por favor —rogó—. Es importante.

La curiosidad femenina pudo más que sus obligaciones como policía. En consecuencia, esa misma noche, Marian se presentó a la hora fijada en el Linton Park, en Brooklyn Norte, al este de la ciudad. Se hallaba en el corazón del triángulo delimitado por Cypress Hills, East New York y Brownsville; una zona con las peores estadísticas de delincuencia de la ciudad, tal y como lo atestiguaban los datos publicados por la comisaría del distrito 75.

«Esos sí que tienen trabajo», pensó ella.

Bajó del coche y escudriñó el parque mirando entre los árboles.

«Ni loca entraría ahí aunque no se vea a nadie».

Al poco rato, un enorme y avejentado Caprice de color rojo oscuro, con cuatro personas en su interior, pasó despacio por delante del lugar en el que permanecía de pie. Todos sus ocupantes la observaron con detenimiento, como si estuvieran valorando la posibilidad de asaltarla, pero de repente, el coche aceleró y desapareció al doblar la esquina con la avenida Blake.

Continuó con su espera otros diez minutos, pero cada vez más inquieta, porque no era lugar para una mujer sola, y podía llamar la atención de cualquier loco. De hecho, el año pasado se habían cometido veinticuatro asesinatos en ese barrio; el récord de la ciudad y un dudoso honor, a pesar de ser una cifra baja en comparación con las ciento nueve muertes violentas que habían tenido lugar en 1990. También recordó las cuarenta y ocho violaciones ocurridas en la zona; una auténtica barbaridad, y eso que las estadísticas tenían fama de haber sido manipuladas a la baja. En ese sentido, se habían presentado denuncias por parte de algún que otro delegado de la Asociación Benéfica de Patrulleros.

«Menudo panorama, el mío».

Lamentó no tener a Christian a su lado para reconfortarla y, sobre todo, para darle calor.

«Pero ¡qué frío hace!».

La temperatura era solo de dos grados centígrados, y se le habían entumecido los dedos, por lo que si tuviera que sacar su arma con rapidez, lo más probable era que se le cayera al suelo. Así, por miedo a que sucediera de verdad, formó una bola con las manos y probó a calentárselas exhalando sobre ellas.

El Caprice volvió a aparecer; en esa ocasión, por la avenida Dumont y, al llegar a su altura, frenó en seco.

—Buenas noches, preciosa.

El hombre que iba sentado junto al conductor mostró sus blanquísimos dientes al sonreír, como si quisiera lucirlos con orgullo.

—¿Estás sola? A lo mejor podemos solucionarlo.

Su primer pensamiento fue para Harry.

«Si salgo de esta, te mato», pensó, deslizando una

mano hacia su arma.

—No te hará falta eso —dijo el hombre—. Vamos, monta. Alguien quiere verte.

La petición no la tranquilizó demasiado, porque cualquiera habría deducido que esperaba a alguien.

—El Sr. Powers te está esperando —añadió el conductor.

El comentario, hecho en un tono bastante distendido, la relajó.

«Harry, desde luego, te mereces un premio por la puesta en escena».

Uno de los ocupantes se bajó de la parte de atrás y la invitó a entrar. Marian accedió, sentándose en el centro del asiento trasero, entre dos montañas de músculos, aunque sin dejar de pensar si de verdad no era una trampa; una tan bien urdida como esas que Harry veía en las muertes de sus amigos.

—¿Estás cómoda, querida?

—Calla y pon la calefacción a tope.

Circularon escasos minutos por el barrio hacia Cypress Hills y, en la diminuta calle Marginal Oeste, se detuvieron frente a una estrecha edificación sin número, de planta baja y dos alturas, cuyos mejores años hacía mucho que habían pasado.

—Vamos, baja. Hemos llegado.

Sin embargo, fue la única de todos los ocupantes del automóvil que entró en el edificio. En su interior, una solitaria bombilla iluminaba el recibidor, y multitud de cables eléctricos corrían a la vista por doquier.

—Veo que no has muerto congelada.

—Ni congelada ni asaltada —protestó ante Harry.

—¿Asaltada? Imposible. Los del coche te habrían protegido en caso de problemas.

—¿De qué va esto?

—De una reunión bastante íntima.

Descendieron por unas escaleras que conducían al sótano y, al llegar abajo, se encontraron con Nikolái y...

—¡Damarcus! ¿Qué haces aquí? ¿Qué tienes que ver con esta historia?

—Espero que no te hayas enfriado junto al parque mientras mis chicos se aseguraban de que venías sola.

—¿Tus chicos? ¿Los del coche? ¿Qué relación tienes con ellos?

—Nos hacemos favores mutuos. Ellos vigilan mi edificio, y yo me ocupo de ciertos asuntos suyos.

—¿No estarás delinquiendo?

—No, no, no. Y ahora desnúdate.

Marian soltó una carcajada.

A sus diecisiete años, Damarcus Hooper se ganaba la vida mucho mejor que la mayoría de los adultos gracias a su habilidad con cualquier aparato que basara su funcionamiento en la electrónica. Tan solo había una pega: era menor de edad.

Para solventar el problema, había decidido, años atrás, ocultarse tras la pantalla de un ordenador. Así pues, toda relación con sus clientes, los contratos y las gestiones con los bancos sería por Internet. No obstante, seguía siendo menor de edad. En consecuencia, necesitaba a alguien de toda confianza que hiciera las veces de tutor cuando fuera necesaria la intervención de un adulto, puesto que sus padres hacía ya tiempo que se habían marchado de este mundo. En ese aspecto, su buena fortuna hizo que no tuviera que buscar mucho, dado que Harry Anthony Powers se ofreció para ejercer de tutor.

Marian se lo había presentado unos meses atrás, cuando dijo que quería conocer a Damarcus. Lo había hecho porque pensaba que era una lástima desperdiciar en las calles tan enorme talento. Antes, ella ya le había hablado acerca del Sr. Hooper, tras su detención por robar un ordenador en el colegio. Con él, había forzado la red inalámbrica para modificar los expedientes académicos de sus compañeros y cobrar por ello.

No obstante, esa no fue la primera de sus hazañas, ya que dos años antes, desmontó el microondas de su casa y, con sus componentes electrónicos, fabricó una calculadora. Tiempo después, con la experiencia adquirida, se dedicó, a cambio de una propina, a liberar las calculadoras de sus amigos para que hicieran más funciones de las que venían programadas de fábrica. Fue un trabajo un tanto peculiar porque en él incluso llegó a obtener un alto grado de especialización. En concreto, con la Casio fx-82 MS, el modelo que en más ocasiones «mejoró».

En cualquier caso, todos aquellos logros no desviaron la atención de los adultos de lo que de verdad interesaba: su futuro. Así pues, la asistente social de Damarcus coincidió con Marian en que un tutor sería perfecto para encarrilar una vida que discurría por muy mal camino. También, en que Harry cumplía con los requisitos a la perfección. Y como así se lo pareció a su vez al juez de menores, el Sr. Hooper se libró de terminar en un reformatorio.

Él protestó ante la idea de verse tutelado por un desconocido, aunque en el fondo fue un golpe de suerte para el enclenque de Damarcus Hooper porque la vida para un canijo y delgaducho como él en un duro reformatorio habría sido una auténtica pesadilla.

—No es broma —dijo el Sr. Hooper en ese momento, replicando así a la carcajada de Marian—. Debéis desnudaros antes de entrar. Es un cuarto «limpio», sin micros ni cámaras, pero únicamente es seguro si nadie entra con objetos electrónicos ocultos. De modo que debéis dejar aquí fuera todo aquello que llevéis encima que contenga metal. Eso incluye pequeñeces como hebillas de cinturones, botones, pendientes y cremalleras. Por supuesto, también tu radio de poli.

Harry y Nikolái empezaron a desvestirse mientras

que ella titubeaba y no dejaba de escrutar el entorno.

—No lo busques. No hay vestuario femenino.

—¿Y dónde me desvisto?

—¿Qué más te da que te veamos hacerlo? Dentro estarás desnuda.

—Debo estar loca para hacer esto.

Comenzó a imitarlos cuando el anfitrión le hizo un comentario:

—Si tu ropa interior no lleva refuerzos metálicos, te la puedes dejar puesta, como ellos.

—Sabes mucho de esto para tu edad.

El adolescente asintió mientras se deleitaba con su cuerpo.

—¡Oh! Sí, sí, sí...

—Anda, mocoso, date la vuelta.

El Sr. Hooper se giró, y ella continuó desvistiéndose hasta quedarse en ropa interior.

—Pero ¡qué tetas! —exclamó él.

—¡¿No te había dicho que no miraras?! —chilló indignada.

—¿Acaso crees que saltaría por la ventana si me lo pidieras?

El Sr. Hooper los condujo a continuación a otra estancia algo más acogedora, con calefacción, cuatro desgastados sillones, una mesita de escasa altura y una nevera bastante ruidosa. Abrió una bolsa de deporte azul oscuro, sin logotipos ni marcas, extrajo un detector de metales y lo pasó a escasa distancia de la piel de los tres adultos.

—Lamento la pérdida de vuestros amigos —dijo sin interrumpir su inspección—. Sé que es tarde para decíroslo, pero me he enterado hace muy poco, cuando la prensa ha contado lo de la muerte de Johann, el héroe de la ciudad, y de cómo murieron sus dos compañeros.

Harry le puso la mano sobre el hombro.

—No los conocías en persona, y por eso no te puse al corriente. Lo siento.

El dolor de su amigo y tutor lo obligó a detener momentáneamente su inspección electrónica, instante en el que los conflictos inundaron su mente. Sus turbios negocios, sus grabaciones de Kayden, su pasado... Sin embargo, fue capaz de apartarlos y retomar su registro. Al hacerlo por Marian, su mirada comenzó a desviarse hacia sus senos y su pubis. Ella se sintió molesta por el atrevimiento, pero, a pesar de ello, simuló no haberse dado cuenta. Al cabo de un rato, el Sr. Hooper sacó un detector de micrófonos y cámaras y recorrió de nuevo los cuerpos de los dos hombres y la mujer, pero el de ella, rozándolo en más de una ocasión y comiéndoselo con los ojos. Aquello fue la gota que colmó el vaso, y Marian, harta, le arreó un bofetón.

—¡Vaya hostia me has dado!

Se llevó la mano a la cara y se dio un masaje en la zona colorada.

—¡Soy menor de edad! ¡Es un delito! ¡Te voy a denunciar! —mintió con descaro.

—Y yo te voy a reventar tu negocio de espionaje electrónico.

Harry intervino para imponer la paz.

—Ya es suficiente. Sr. Hooper, ¿estamos limpios?

—Como una patena.

—¿Podemos vestirnos? —preguntó ella.

—Todavía no. Aún tengo que revisar la ropa que os habéis quitado. Luego os la podréis poner.

—¡¿Me has hecho quitarme la ropa para nada?!

Damarcus tuvo que agachar la cabeza para evitar que le viera sus esfuerzos por controlar la risa, pero perderla de vista solo hizo que no viera venir el segundo bofetón.

—¡Serás...!

—¿Seré qué?

Levantó su brazo de forma amenazadora.

—Sosa. Eso, eres una sosa.

Antes de marcharse, criticó de nuevo el escaso sentido del humor de Marian y activó un equipo de barridos antiespionaje, que emitía una señal acústica en una gama espectral muy amplia, conocida como ruido blanco, y cuya finalidad era enturbiar la calidad de la grabación, haciéndola inútil. De esa manera, si se le había pasado por alto algún dispositivo electrónico, alguno que no emitiese señal al exterior y que solo grabase, su pista de sonido quedaría anulada por completo.

—¡Listo! —exclamó satisfecho—. Os dejo a solas. Ah, en la nevera hay bebidas.

Después de marcharse Damarcus, Marian se dirigió a los dos hombres:

—¿Quién es el gallito que va a empezar?

—Lo haré yo —aclaró Nikolái—. Soy el protagonista de un robo realmente increíble. ¿Agua, cerveza?

Ella tardó unos segundos en reaccionar. La frase del ruso y su aparente indiferencia la habían desconcertado.

—Para mí agua. Intuyo que la charla puede ser larga.

Nick le pasó una botellita.

—Lo primero que has de saber es que no me llamo Nikolái Ivánovich Leónov.

—¡¿No eres Nick?! ¡¿No te llamas Nikolái?!

—Mi verdadero nombre es Sviatoslav Ivánovich Artamónov.

—¿Sv... qué? ¿Cómo has dicho?

—Sviatoslav.

Marian se encogió de hombros y con tono de resignación, dijo:

—Te seguiré llamando Nick.

Tomó un trago de agua e hizo un pequeño chiste.

—Igual ha merecido la pena desnudarme delante de dos viejos verdes.

Nikolái continuó hablando.

—Ya sabes que soy un agente del servicio de inteligencia soviético, desengañado, retirado y exiliado…

Ella asintió.

—…, pero desconoces otros aspectos de mi pasado y, para que los comprendas mejor, empezaré por hablarte de mi padre. Fue comandante de submarinos y tuvo que abandonar a su mujer y a su hijo en Tallin durante la Segunda Guerra Mundial. Tras la victoria sobre Alemania, logró encontrar con vida, en un hospital de Leningrado, a su esposa, quien había evitado ser capturada por los nazis. También había sido capaz de sobrevivir a la terrible hambruna provocada por el interminable sitio de la ciudad. Su hijo, sin embargo, murió de hambre, y su cadáver lo robaron los mercaderes de carne humana que florecieron en los casi tres años que duró el asedio. Además, nunca se halló su cuerpo, y siempre quedó el horrible recuerdo de que sirvió de alimento para los que practicaron la antropofagia en aquel terrible periodo.

—Creo que es lo peor que le puede suceder a una madre.

—Mis padres rehicieron su vida familiar y tuvieron otro hijo: yo. Después, mi padre decidió iniciar su particular venganza: destruir desde dentro el sistema que le había arrebatado a su hijo de forma tan espeluznante. Por esta razón, se pasó al otro bando, con el nombre en clave de Pausanias, aunque sin abandonar su carrera en la Armada soviética. A partir de ese momento, empezó a cosechar numerosos éxitos como comandante de submarinos en los peligrosos juegos con los rivales occidentales y, más tarde, en las labores de espionaje naval para el todopoderoso GRU[26]. Ahora bien, en realidad, todo era un montaje,

---

[26] Glávnoe Razvédyvatelnoe Upravlénie (Departamento Central de Inteligencia). Servicio de inteligencia de las Fuerzas Armadas de la URSS.

porque contaba con la cooperación encubierta de los occidentales. La finalidad era afianzar su carrera y facilitarle los ascensos que lo conducirían hasta un destacado puesto en las Fuerzas Armadas soviéticas.

El tono de su voz se entristeció de forma apenas perceptible.

—No obstante, el ineficiente y negligente sistema soviético contra el que luchaba pareció querer vengarse de manera sutil. Así, en 1966, mi padre se vio afectado por radiactividad a causa de una fuga en el reactor de un submarino nuclear durante una inspección y fue trasladado, junto con el resto de los tripulantes contaminados, a una isla cercana a la base de Polyarny con el fin de tratarles su grave afección. Sin embargo, ninguno regresó jamás. Para mí, la reclusión de los enfermos, a los que obligaron a morir sin ver a sus familias y así ocultar el accidente, fue la gota que colmó el vaso y que me empujó a seguir los pasos de mi padre.

—¡Vaya! Todo un ejemplo de tradiciones que pasan de padres a hijos.

Harry reprobó su comentario con un gesto, pero sin decir nada para no interrumpir a su amigo.

—No fue una decisión difícil, pues fui educado en secreto por él en contra del comunismo. De modo que, aprovechando su nombre y su fama, iniciaría desde joven una carrera orientada a progresar hasta los más altos niveles de la Unión Soviética. En resumen, el objetivo de mi ingreso en el Centro[27] no solo tenía su origen en una cuestión de satisfacciones personales, relacionadas con viajes o coches, sino en consumar una venganza como agente doble en los servicios de inteligencia.

Marian no pudo evitar otro comentario.

—Nikolái, eres una caja de sorpresas.

Harry retomó la palabra.

---

[27] Sobrenombre con el que era conocido el KGB.

—A Jericó —señaló al ruso, dando a entender que ese fue su nombre en clave— le diseñamos una carrera con multitud de éxitos; los necesarios para destacar, pero no tantos como para deslumbrar. La idea era crear un perfil de profesional eficiente, constante y fiable que, sumado a haber tenido un padre de reconocido prestigio, le permitiría ser un firme candidato a dirigir el KGB. Así, a lo largo de su carrera, lo condecoraron en reiteradas ocasiones y le expidieron el certificado de Ciudadano Honorable Vitalicio.

Nick cogió otra cerveza, sació su sed y, ahora más animado, continuó con su discurso:

—Ascendí y ascendí hasta llegar a ser subdirector de Finanzas para el Extranjero. ¿Entiendes lo que significa? ¡Era el tesorero! Controlaba el dinero con el que desarrollábamos nuestra política de Medidas Activas; unos dieciocho mil millones de dólares de la época.

—¿Medidas Activas?

—Sí. ¡El corazón y el alma de la inteligencia soviética! Desde el terrorismo a cualquier otra práctica criminal que desestabilizase Occidente.

—Un trabajo tan inmoral como peligroso.

—No lo puedes ni imaginar. Kruchinka, mi homólogo en el PCUS, fue asesinado. Pávlov, su sucesor, corrió la misma suerte. Y su ayudante, responsable de canalizar las subvenciones a partidos comunistas extranjeros, también.

—¿El PCUS? ¿El Partido Comunista de la Unión Soviética? ¿Estaba liado?

—Claro. Solo el Partido, su Politburó y su Departamento Internacional tenían poder para tomar decisiones. Nosotros, los del Centro, nos limitábamos a ejecutar sus órdenes. El dinero para hacerlo estaba en divisas en la cuenta número 2 y en la cuenta especial 1400026 del Vneshtorgbank, cuyo titular era la Unidad Militar 54282, es decir, el KGB. Dinero cuyo destino final eran siempre nuestros míticos maletines[28], y uno de ellos jugó un importante papel en nuestro pasado, aunque de eso te hablaré más adelante. Antes debes saber que, como tesorero del KGB, me ocupaba de enviar fondos a nuestros ilegales encubiertos destacados en el extranjero, los que estaban bajo el mando de la Dirección S. Los fondos, como podrás suponer, se destinaban a promover el terrorismo, revoluciones, tráfico de armas, extorsión, compra de políticos y una interminable lista de actividades criminales.

Bebió con avidez de su lata, como si el esfuerzo de recordar aquellos años le hubiera dado una sed inmensa.

—Disponía de una cantidad exorbitante de dinero para fines ilícitos en defensa de la madre patria. Hablamos de unos cien mil millones de dólares, gastados a lo largo de muchos años.

—¡¿Tanto?!

—¿Por qué crees que se arruinó mi país?

Marian estaba perpleja.

—Existía toda una red de blanqueo de capitales a través de los propios bancos del KGB y otros occidentales, cuyos nombres te asombrarían. Una actividad en la que nos acosaba en todo momento el Centro Antinarcóticos de la CIA, aunque con un éxito relativo.

Volvió a beber de su lata con un sonoro trago.

—El acceso al dinero estaba muy restringido y contaba con fuertes medidas de seguridad. Entre ellas, la relativa a las claves de las cuentas secretas. Yo conocía una de las claves de cada cuenta, y mi director, la otra. De modo que siempre eran necesarias dos personas para hacer un pago. Sin embargo, y a pesar de las medidas de seguridad, yo robaba.

—¿Robar? ¿Tú?

---

[28] Nota del autor: el uso de maletines para la entrega de cantidades de dinero elevadas por parte de los servicios secretos soviéticos era una práctica habitual.

—¡Sí! Desviaba regularmente parte de nuestros fondos ilegales a diversos países occidentales: maletines con dinero que se extraviaban y transferencias a destinatarios desconocidos o alteradas por los informáticos del Pentágono con mi colaboración. También aprobaba la financiación de supuestos grupos radicales que, en realidad, no eran más que tapaderas occidentales que nos forzaban a dilapidar nuestros recursos. Y, así, durante muchos años.

—¿Cuánto robasteis?

—A valor de hoy, unos cinco mil trescientos millones de dólares.

Marian lanzó un silbido de la impresión que le había causado la cifra.

—¿Y cómo se os ocurrió robar a otro Estado?

—¿No ordenan los jueces la incautación de bienes de delincuentes?

—Pero ¡estamos hablando de un país soberano!

—¡Era dinero utilizado con fines criminales! Por eso la Unión Soviética lo escondía en cuentas secretas. No quería que su nombre se pudiera vincular a ella. Del mismo modo, no podrían reclamarlo por vías legales.

Su rostro permitió entrever un atisbo de regocijo.

—¿Cómo es posible? Estás… disfrutando.

La repulsión de Marian iba en aumento.

—¿Y qué hizo tu Gobierno, Nick? ¿No intentó recuperarlo?

—¿A quién reclamárselo? No dejamos pistas, y si no hay ladrón, no hay reclamación. Además, por increíble que parezca, no es la única vez que, en ámbitos como este, desaparecen grandes cantidades de dinero. Sirvan como ejemplo los quinientos millones de dólares que los rusos robaron del programa Petróleo por Alimentos impuesto al régimen iraquí de Sadam Hussein o las decenas de miles de millones de dólares en armamento soviético desaparecido de sus arsenales con la complicidad de altos oficiales tras la desintegración del país[29].

Nick detuvo la narración un instante para refrescar sus recuerdos. Luego prosiguió.

—En 1989 cayó la corroída Unión Soviética, el Estado perdió el control de lo que no pudimos robar, y el resto de aquella fortuna ¡desapareció! Se volatilizó junto con otros treinta mil millones del PCUS.

Hizo un gesto con las manos como el que realiza un mago cuando hace desaparecer un objeto.

—Posiblemente, esa fortuna quedase bajo el control de grupos criminales vinculados al KGB.

—Y el dinero robado se lo repartieron los cuatro países de tus cuatro amigos.

—Así es.

Fue una respuesta carente de orgullo, dado que había traicionado a su patria, y aunque había sido por una causa mejor, al fin y al cabo, la había traicionado.

—Vayamos con mis amigos: en 1987, Harry era director de la Base Operativa de la CIA de Berlín, donde conoció a Louis, a Travis y a Johann. Sin embargo, por aquel entonces, yo jamás había pisado la ciudad porque todo el juego oculto que se desarrollaba en sus calles lo seguía desde mi despacho, en Moscú. No obstante, sí había intervenido, aunque desde mi cómodo sillón, en los intercambios de agentes capturados realizados con Occidente en 1985 y 1986, en el puente Glienicke, a caballo entre Berlín y Potsdam; un lugar que nos pareció oportuno volver a utilizarlo en 1987, para un canje que afectaba a un personaje especialmente delicado: Mijaíl Lébedev.

—Sospecho que voy a recibir una lección de historia.

Marian trataba de buscar el punto irónico a la situación.

—Su padre era el editor de un periódico de ámbito

---

[29] Nota del autor: ambos casos son verídicos, al igual que el de los treinta mil millones que se menciona en el párrafo siguiente.

local que cometió el error de no ser un incondicional del régimen. Su hijo, un convencido comunista, lo denunció, así que lo detuvieron y fusilaron. Ahora bien, la consiguiente ausencia paterna dejó a la familia en la ruina, y para sobrevivir, Lébedev tuvo que tragarse sus creencias y dedicarse a aprovechar las miserias del sistema soviético.

Nikolái casi se echa a reír por la absurda paradoja, pero fue capaz de contenerse y continuar con su relato.

—Comenzó su carrera como delincuente en 1957, practicando con extranjeros el estraperlo de ropa, cámaras, relojes y cualquier otro objeto que no se encontrase con facilidad en la Unión Soviética. Lo que compraba caro lo revendía con un abultado margen a los especuladores en la entrada del Parque Gorky, pero lo detuvieron en una redada porque se olvidó de pagar a la Policía moscovita su parte del botín.

—Un olvido muy habitual —apuntilló ella.

—Fue condenado y enviado al campo de trabajo de Arjánguelsk, donde lo confinaron junto a los peores criminales para dar un escarmiento a los de su gremio. En aquel remoto lugar, en los barracones de los presos más peligrosos, vivían hacinados en pequeñas celdas con diez literas triples, que no disponían de luz natural ni ventilación, y en las que sufrían el tórrido calor del verano de la región. Por si fuera poco, para aliviarse, solo disponían de tres lavamanos y tres urinarios. Unas circunstancias que condujeron a Mijaíl Lébedev a idear un método para mejorar su negro porvenir: suavizar las condiciones de confinamiento de sus colegas.

Su voz adquirió un tono más alegre.

—Les construiría una piscina y, con esa promesa, reunió todo el pan disponible. Con la miga selló agujeros, grietas y puertas[30]. Entonces abrió todos los grifos y dejó

---

[30] Método utilizado en campos de concentración soviéticos por ser más resistente que el yeso.

correr el agua hasta que les llegó al pecho. Sus compañeros no salían de su asombro y lo festejaron dándose un baño durante horas y zambulléndose desde lo alto de las literas. En el exterior, los celadores, por miedo a la riada que provocaría la apertura de la celda, les dejaron hacer, hasta que abrieron desde dentro, con las previsibles y catastróficas consecuencias.

Marian empezaba a disfrutar con la pintoresca historia.

—Mijaíl se hizo un nombre en el mundo de los delincuentes, y gracias a su recién adquirida fama, un colega le reveló el potencial lucrativo del tráfico de divisas. Sin embargo, otro cabecilla, celoso de su éxito, quiso asesinarle. Pelearon, y Lébedev lo mató con un punzón, lo que lo convirtió en un hombre temido por muchos. Tiempo después, cuando quedó libre en 1959, decidió volcarse de lleno en el nuevo negocio y, para ello, montó una imprenta en los antiguos talleres del periódico de su padre con los mejores especialistas de la industria gráfica. Tras semanas de pruebas, prepararon un estereotipo y emitieron un millón de dólares en billetes de cinco. Fue la primera emisión de moneda falsa de una larga serie, con la que llegó a montar un auténtico emporio en el tráfico de divisas, hasta el punto de poder fijar el cambio «oficial» en el mercado negro.

«Un tipo especial, desde luego», pensó ella.

—Con el tiempo, también traficó con oro, aunque a escala reducida, al menos hasta que conoció en el restaurante Sofía a un grupo de pilotos egipcios. Traían oro de contrabando de su país y le desvelaron que su precio en Egipto era inferior al de la URSS y mucho más bajo que en el mercado negro ruso. Lébedev, agradecido, les pagó el gramo en dólares y, además, su equivalencia en rublos; un gran trato para los pilotos. Ahora bien, a pesar de su «generosidad», el mejor negocio lo haría él al revender el metal precioso a un georgiano, conocido como el Rey del Oro, a un precio muy superior. Espoleado por los beneficios, Mijaíl se ocupó de que las siguientes remesas de los pilotos fueran más importantes: treinta kilos en lingotes por vuelo. Era una cantidad que tenía asombrado a Lébedev, y por más que intentó averiguar su procedencia, nunca supo de dónde lo sacaban.

A la sorprendida oyente de Nick no le hubiera importado conocer el origen de todo aquel oro, pero prefirió no interrumpir la narración con su pregunta y olvidar ese pequeño detalle.

—En cualquier caso, todas las semanas, los egipcios hacían puntualmente su entrega. De forma que el negocio creció y creció, y cuando Lébedev se hizo íntimo amigo de los pilotos, estos le mencionaron un asunto aún más lucrativo: el tráfico de armas. Sin embargo, se trataba de un asunto muy delicado, por lo cual decidió afrontarlo en persona allí donde estaban sus potenciales clientes. Eso lo llevó a sobornar a todo el que fuera necesario en el corrupto sistema soviético con tal de conseguir los permisos que lo autorizaran a salir del país.

Su oyente puso una nota de humor.

—Seguro que esa parte fue sencilla.

—En unos meses, ya vendía armas a terroristas por toda Europa, pero, como era de esperar, su osadía empresarial tendría un tropiezo: uno de los aviones que transportaba oro egipcio se estrelló cerca de Moscú. Las autoridades encontraron los lingotes y fue cuestión de tiempo que detuvieran a Lébedev. Se lo juzgó y condenó a muerte, si bien una orden secreta del KGB obligó a absolverlo con el fin de que trabajara para nosotros.

Marian sentía cada vez más fascinación por la historia.

—Siempre quisimos ficharle, y el accidente del avión no fue más que un montaje para convencerlo de las bondades de nuestra oferta laboral, ya que, a cambio, salvaba su vida. Nos interesaba mucho que lo hiciera porque se movía como pez en el agua en ese turbio ambiente. Manejaba el dinero ilegal con asombrosa facilidad y lo hacía crecer como la espuma. Es más, nadie en nuestra plantilla poseía habilidades semejantes, y en muchos aspectos, su red en Oriente Medio y Europa era mejor que la nuestra. Así que confiamos en su fe ciega en el comunismo y le ofrecimos el puesto de tesorero regional para esas dos áreas.

—Tanto dinero en manos de un sinvergüenza como Lébedev...

—El caso es que la mala fortuna se cebó de nuevo con nosotros, y se truncó el sueño de que el futuro director del KGB fuera un agente doble.

—Sucedió que la avaricia nos empujó a robar más de lo aconsejable, alguien en el PCUS empezó a sospechar, y llamaron de inmediato a Lébedev de vuelta a la madre patria. En ese momento, lo capturaron los británicos.

—A Lébedev le querían echar el guante los servicios secretos de Francia, Alemania, Reino Unido y Estados Unidos, aunque cuando lo capturaron, desconocían a quién tenían entre manos, y como él sabía que no poseían registros de su nombre, cara o huellas, se hizo pasar con éxito por un simple correo. Para completar el engaño, lo ayudamos a interpretar su papel permitiendo que la red de espionaje electrónico de Travis interceptase comunicaciones nuestras en las que hablábamos de su detención y absoluta carencia de valor. Cuando hubo constancia de que los mensajes habían sido captados por Menwith Hill[31], contactamos con los responsables de las potencias occidentales en Berlín para liberar a Jacques

---

[31] Base de la fuerza aérea británica, en North Yorkshire. Alberga un importante centro de interceptación de comunicaciones, seguimiento de satélites y misiles, y espionaje electrónico.

Fauque, un empresario británico de origen francés, afincado en el Triángulo de Investigación y metido a espía aficionado en Alemania oriental. A partir de ahí, esperamos a que nos ofrecieran a cambio a uno de los nuestros sin valor aparente: Lébedev, claro.

—Nunca había oído hablar de él —señaló Marian—, pero lo del punzón... —Se llevó las manos a la boca—. ¡Dios mío, a Johann lo atacaron con uno! No puede ser casualidad.

—En efecto, no puede serlo. De hecho, Johann pensaba lo mismo y así nos lo dijo en el hospital la noche antes de fallecer, cuando ya te habías marchado.

—¿De verdad esperó a que me marchara para contarlo?

—Sí, porque no quería llamar tu atención sobre ello. Tenía miedo de que imaginaras algo de lo que te acabamos de decir. En cualquier caso, la cuestión es que sí, que Lébedev se aficionó a asesinar a sus adversarios con un punzón.

—¿Cuántos años dijo Johann que aparentaba el albino?

—Sé lo que estás pensando, pero Lébedev está muerto, el albino es demasiado joven y físicamente no tienen nada que ver.

Nick se había quedado de nuevo sin cerveza, así que abrió otra lata y echó un buen trago.

—El KGB interrogaría a Lébedev cuando llegase a Moscú y cabía la posibilidad de que descubriera su inocencia. De ser así, tendría que buscar a otro culpable, y a la vista del peligro que se cernía sobre mí, planteé mi deserción a los occidentales. Se aceptó de forma inmediata y se acordó sacarme del mundo comunista cuando estuviera en Berlín para el intercambio entre Lébedev y Fauque, el 11 de febrero de 1987. Cuando llegó ese día, volé a Alemania, donde me recibió una fría niebla que se espesaba a medida que se aproximaba la noche.

El semblante de Nikolái dejó entrever cómo su mente viajaba al pasado, y a Marian le pareció que añoraba los viejos tiempos de la Guerra Fría.

—Nuestro prisionero comenzó a cruzar el puente al recibir desde el lado opuesto la señal luminosa prevista. Lo mismo hizo Mijaíl Lébedev desde allí, con la ropa, las gafas y el maletín con los que había sido detenido por los británicos, y cuando ambos se cruzaron en el centro del puente, sucedió lo inimaginable.

Una sombra enturbió su mirada.

—Al cruzarse Lébedev con Fauque, se produjo una explosión, que los lanzó por los aires. Fauque cayó sobre el propio puente, y Lébedev fue lanzado por encima de la barandilla, cayendo al río. Al ver todo aquello, nos quedamos paralizados. Todos. Incluso los del otro lado de la frontera.

Dio un puñetazo sobre el sillón con rabia y prosiguió en tono nervioso.

—Echamos a correr hacia el lugar de la explosión, igual que hicieron los occidentales. Fue la primera vez que me encontré cara a cara con mis futuros amigos, allí, en el centro del puente, en tierra de nadie, pero no hubo saludos, como puedes imaginar. En su lugar, nos asomamos todos por encima de la barandilla en busca de Lébedev y localizamos su cadáver flotando en el agua, junto a la orilla de los occidentales. Así que fueron ellos los que bajaron a por él y registraron su cuerpo.

—Ahora me toca a mí —dijo Harry—. Sacamos a Lébedev del agua. Su rostro estaba irreconocible, y el maletín se encontraba abierto pero no destruido por completo, a pesar de que la explosión había tenido lugar en su interior. ¡Qué error! Cuando meses antes capturamos a Mijaíl, examinamos la documentación que contenía, no así el propio maletín porque lo detuvieron al salir de la tienda donde, supuestamente, lo había comprado. ¡Jamás se sospechó que ya estuviera trucado! Para colmo, los documentos solo eran facturas de viajes y hoteles. Es decir, nada de interés, lo que nos hizo confiarnos todavía más.

Harry repasó en silencio los próximos detalles de la narración para ponerlos en orden y, acto seguido, continuó con ella.

—Me di cuenta de que Lébedev había cruzado el puente por el lado izquierdo, pegado a la barandilla, y con el maletín en la mano derecha. Era la posición ideal para caer al agua empujado por la explosión. Curiosamente, el maletín no resultó destruido, así que aprovechamos que los rusos no veían bien lo que hacíamos para quedárnoslo y luego dejar que el río se llevase el cuerpo hasta la orilla contraria. Días después, lo examinamos de nuevo y descubrimos que era de acero y aluminio, muy sólido, y que contenía un compartimento secreto capaz de soportar una explosión y desviarla hacia el lado opuesto, mucho más débil. Nos resultó fácil deducir que estaba diseñado para facilitar su fuga por el río, en una oscura noche cargada de brumas.

Nikolái volvió a intervenir.

—Lébedev debía de sospechar que tenía un futuro muy difícil y por eso planearía su fuga, aunque luego la explosión fue más potente de lo previsto y lo mató. Ahora bien, ¿cómo pensaba huir por el río de haber sobrevivido? Jamás se supo. En cuanto a mí, no pude desertar esa noche y volví escoltado a Moscú, donde caí en desgracia por aquella catástrofe. Días después, para limitar los daños, el intercambio fallido se ocultó por completo a la prensa y a la historia, y lo mismo sucedió con la muerte de Lébedev.

Harry también estaba preso de la pasión.

—¡Qué fracaso tan colosal! Mijaíl Lébedev, el agente más buscado por todos los servicios de inteligencia, el hombre del que todos habían oído hablar, pero que nadie había visto, lo tuvimos en nuestras manos y lo perdimos. ¡Cuánta información le habríamos sonsacado y cuánto se perdió con su muerte!

Tras un momentáneo descanso, continuó hablando:

—La deserción de Nick se convirtió en nuestra máxima prioridad, ya que alguien podría sospechar que la muerte de Lébedev fue un asesinato para que no hablase y por ello podría imaginar que no era el responsable último de los robos. Eso los llevaría a buscar al verdadero culpable, y a partir de ahí solo sería cuestión de tiempo que dieran con Nikolái.

Marian estaba intrigada.

—¿Cómo conseguiste desertar?

—Teníamos que sacarlo del país con urgencia —explicó Harry—. De modo que a los nueve días del incidente del puente, la fuga de Nikolái estaba en marcha. El 20 de febrero, agentes alemanes en la Unión Soviética, pertenecientes a la desaparecida Organización Gehlen[32], iniciaron con él un viaje hasta el extremo de la península de Kanin, a un punto más allá de Kanin Nos, una pequeña población a orillas del océano Glacial Ártico. A su vez, otros agentes facilitaron el paso por la región de Arjánguelsk de un camión preparado para el viaje, con Nikolái oculto a bordo, otorgando los permisos necesarios, ayudando a superar controles y entregando gasolina y repuestos.

—Tardé una eternidad en vestirme para caminar sobre el hielo. Me envolví en capas y capas de ropa hasta casi no poder moverme, me calcé unas botas especiales para el Ártico y me puse un abrigo largo y grueso, hecho con piel del precioso y casi extinto zorro ártico. Es una barbaridad, pero es lo que más calienta, y en el invierno ruso, nadie se acuerda de los derechos de los animales por

---

[32] Agencia de inteligencia creada sobre las redes nazis de espionaje en la URSS.

muy exóticos que sean. Por último, me coloqué mi *ushanka* sobre un cálido cubrecabezas.

—¿Y ya está?

—También llevaba una brújula y un localizador GPS, que incorporaba una pequeña pero potente emisora de fabricación rusa, sintonizada para emitir una señal en UHF, que pudiera captar un satélite FLTSATCOM de la Armada de Estados Unidos. Y mi bastón, claro. No me iba a ir sin él.

Dio un golpecito con él sobre suelo para resaltar la presencia de tan sólido apoyo.

—Me pegué el equipo a la barriga para que la batería no se enfriase y dejara de funcionar. Entonces me adentré caminando sobre el mar helado, dejé atrás la costa hasta perderla de vista y, cuando estaba a punto de morir congelado, me localizó el submarino británico HMS Tireless. Lo hizo gracias a la señal emitida por mi equipo, tras alcanzar el satélite y ser reenviada al buque USS Mount Whitney[33], señal que el barco retransmitió a la Comandancia de la Fuerza de Submarinos del Atlántico, en Norfolk, y desde allí, por medio de una antena de cuarenta y tres kilómetros de largo, enterrada en Wisconsin, le pasaron mis coordenadas al submarino.

Se descalzó y le mostró el pie derecho a Marian.

—Un recuerdo de aquel paseíto.

Señaló los cuatro dedos que le faltaban.

—Tuve suerte de perder por congelación tan solo cuatro dedos. Tuve mucha suerte.

—Nunca estuviste a punto de morir congelado en Montana, ¿verdad?

Nikolái confirmó su sospecha y percibió en Marian un atisbo de compasión.

—Mi travesía sobre el hielo ártico me enfrentó con

---

[33] Buque de la Armada de EE. UU de mando, control, comunicaciones e inteligencia.

la perspectiva de morir solo y que mi cuerpo desapareciera para siempre, pero decidí sobrevivir. Me hice mentalmente indestructible para superar los obstáculos físicos, y desde entonces, la autosuperación es mi religión.

Rebosaba orgullo y no le importaba evidenciarlo.

—Lo llevaron a la Estación Aeronaval de Brunswick —continuó Harry—. Luego voló en un Hércules hasta la base de la Fuerza Aérea en Langley. Lo hizo escoltado por dos aviones de combate F-15, dado que era demasiado valioso como para no derribar a cualquiera que se hubiese acercado más de la cuenta. Unos días más tarde, lo trasladamos a una casa de campo en Montana, aislada y fortificada, donde lo mantuvimos bajo una estricta vigilancia. Ahora bien, Nick no quería vivir escondido el resto de su vida. No iba con su carácter. De modo que decidimos permitir que lo «asesinaran» para que después pudiera comenzar una nueva vida con otra identidad. Para ello, ideamos un plan sobre la base de que, en nuestras manos, Nikolái suponía tal pesadilla para los soviéticos que se verían forzados a intentar cualquier acto con tal de matarlo. Así pues, creamos «otro Sviatoslav» y simulamos que viajaba por el mundo, alquilaba coches, se alojaba en hoteles y compraba con tarjeta de crédito. Todo, con la esperanza de que lo localizaran, y sufriera un atentado.

Marian apreció en los rostros de sus amigos un dolor interior, como si el recuerdo de lo que fueran a contar supusiera revivir una tragedia.

—El 2 de septiembre de 1998, el fantasma de Sviatoslav reservó una plaza en el vuelo 111 de Swissair, de Nueva York a Suiza, supuestamente, para operar con el dinero cobrado por su traición. En el vuelo se declaró un incendio y, a las 22:31, la aeronave se estrellaba contra las frías aguas del Atlántico Norte. Con posterioridad, la investigación del accidente determinó que el incendio se había originado por causas fortuitas. Sin embargo, los investigadores habían hallado trazas de magnesio[34] entre los escasos restos rescatados, un elemento inflamable y utilizado en determinados explosivos.

—¿Fue un atentado? ¡Por el amor de Dios! ¿Cómo os atrevisteis a simular que viajaba en un avión lleno de gente?

Harry tenía la cara descompuesta por el recuerdo.

—Esas doscientas veintinueve vidas no dejarán de atormentarnos hasta que paguemos por ello. Personalmente, me hacen imposible quitar otra vida más. De ahí mi aversión a las armas.

Nikolái también quiso expresar su pesar.

—Toda mi vida he tratado de ser mejor persona para compensar esas vidas perdidas. Los cinco lo hemos intentado, y nuestras empresas nos han ayudado en ese empeño con su carácter benéfico.

—¡Qué horror! ¡Tanto sufrimiento por un robo!

Estaba pálida pensando en la participación de sus amigos en aquella tragedia.

—El vuestro es un trabajo que ennegrece el corazón de las personas. No entiendo cómo sois capaces de conciliar el sueño.

La indignación dominaba sus emociones.

—No os diferenciáis en mucho de aquellos contra los que combatíais.

—¡Estábamos en guerra!

—¿La Guerra Fría? No es excusa para matar inocentes.

Marian permaneció muda unos instantes por las desagradables sensaciones que experimentaba.

—¿Sirvió, al menos, para que creyeran que Nick había muerto?

—Sí, porque los buceadores del equipo de rescate del

---

[34] Nota del autor: tanto el accidente como el hallazgo son hechos verídicos.

buque de salvamento USS Grapple colocaron material biológico suyo, identificable genéticamente, entre los restos sin vida de los pasajeros que yacían en el fondo del mar. Eran los cuatro dedos congelados del pie derecho de Nikolái, que le amputamos al llegar aquí, y gracias a ellos, un mes más tarde, tuvimos conocimiento de que los rusos lo habían dado por muerto. Así, al cabo de unas semanas y una vez eliminado el riesgo de su posible asesinato, pudimos darle otra identidad y prepararle una nueva vida en Montana.

—Nikolái... Ahora entiendo por qué siempre has sido tan reservado con tu pasado.

Harry continuó hablando.

—Pocas personas conocen esta historia, pero alguien se ha enterado y nos está haciendo pagar por nuestros pecados.

Marian permaneció pensativa, tratando de digerir toda la información, hasta que expuso lo que anidaba en su mente:

—Sois unos canallas y os merecéis lo peor, pero no encuentro razones para que asesinen a simples funcionarios que colaboran en la ejecución de un robo por orden de sus gobiernos. Ni siquiera han intentado matar a Nick, el artífice de la operación. En definitiva, no hay móvil, no hay crimen.

—Pero ¡era dinero sucio manejado por gente sin escrúpulos, capaz de la venganza más terrible!

—Entonces, ¿por qué tardar más de veinte años en hacerlo? ¿Y por qué asesinar simulando accidentes o muertes naturales?

—Para todo eso tendrás que averiguar qué maldición arrastra consigo Kayden Fox.

—¡Kayden! ¿Por qué?

—Es el arma para asesinarnos.

—Pero ¡¿qué dices?! Esa pobre niña está medio loca.

Por lo que me habéis contado, todavía habla de Jack, el chulo que la martiriza, como si fuera su novio. No me la imagino formando parte de un complot. Lo reventaría con su desequilibrio emocional. Además, olvidas que hasta su encuentro con Louis en el Moon fue pura casualidad.

—¿Casualidad? Seguro que le fue fácil averiguar que Louis jugaría al *poker* en el Michigan y que saldría, como siempre, para ir a un *after*. Deducir que acabaría en el Moon, si se investigan los que hay en la ciudad, tampoco es un asunto difícil. Una vez en el local, ¿cuánto tiempo crees que tardaría alguien como Louis en interesarse por Kayden Fox y seguirla hasta el fin del mundo? Por otro lado, recuerda lo que nos contó del beso que se le escapó en la isla. ¿No crees que cometería cualquier locura con tal de conseguir lo que, en el fondo, tanto anhelaba? Por no hablar del secuestro en la isla, un suceso del que no tenemos la certeza de que efectivamente ocurriera, puesto que solo tenemos la versión que ella nos dio y que nos llegó a través de Louis. Con respecto a ello, conviene recordar que fue la propia chica la que cambió la ruta hasta la mansión en ruinas por otra más larga, pero, en «teoría», más segura.

Marian no daba crédito a lo que estaba escuchando, pero, aun así, permaneció en silencio.

—Sin embargo, ahora, a la vista de todo lo sucedido, sospecho que en realidad escogió ese camino para encontrarse con los asaltantes y provocar el fatal desenlace que empujaría a Louis a volcarse en la chica y a nosotros con él. Por otra parte, cuando se reencuentran al salir de The Back O' Town, ella le cuenta que estuvo obligada durante varios días a trabajar para ese tal Jack, el supuesto novio que la explota sexualmente. De nuevo, no es un hecho comprobado por nadie, ya que solo disponemos de la versión de la chica y que en su momento nos creímos todos a pies juntillas. Ni siquiera tú, Marian, cuando fuiste a conminarle al novio a que dejara de molestarla, viste confirmados tales extremos, puesto que Jack, en el fondo, sí andaba detrás de ella, lo que hacía muy creíble la historia, credibilidad que le evitó al proxeneta preguntas incómodas por tu parte, pero que habrían servido para descubrir la falsedad de ciertos hechos.

Casi temblaba por la tensión que suponía convencerla de algo que le parecía evidente. A pesar de ello, Marian continuaba sin compartir su punto de vista.

—¿Y por qué el viajecito hasta la isla y el sorteo? ¿No era suficiente con ligárselo en el Moon?

—Resultaría demasiado evidente.

Harry empezaba a desesperarse.

—Sin ti no podemos avanzar. Hay información que solo puede conseguir la policía. Y…

—¡No os detendréis jamás! —profirió asombrada—. ¡No os importa lo que suceda!

—¡Lo saben todo de nosotros, todo, excepto aquello por lo que nos están matando! Buscan en uno, lo asesinan, y pasan al siguiente. Recordemos, si no, cómo se han producido las muertes: la primera es un atropello fortuito que no tiene por qué ponernos en sobre aviso; la segunda es un fallo cardíaco por sobreesfuerzo e ingesta de estimulantes que tampoco levanta nuestras sospechas. Sin embargo, otra muerte fortuita o natural sí que resultaría extraña. De modo que la siguiente ha de ser radicalmente diferente. ¿Y qué mejor manera hay de encubrir el asesinato de Johann que con el secuestro de Kayden?

—¿Y puede saberse qué buscan en vosotros?

Marian percibió un atisbo de complicidad entre los dos amigos.

—Lo estamos investigando.

El tono de Harry fue tajante, cortando en seco su pretensión de avanzar por ese camino.

—Y ahora querréis que busque fantasmas en las

muertes de Travis y Louis.

Asintieron, y Marian permaneció con aire reflexivo hasta que dijo:

—La respuesta es no.

Se levantó del sillón.

—Hace frío. ¿Me puedo ir?

—Tengo una petición.

Ella hizo una mueca de impaciencia.

—Consigue una copia de los vídeos grabados por las cámaras de seguridad del lugar donde atropellaron a Travis.

—¿Qué buscas en las grabaciones?

—Lo que encaje con mi versión. ¿Tenéis identificado y localizado al conductor que lo atropelló?

—¿Por quién me tomas?

—Pues vayámonos y esperemos las grabaciones.

Marian decidió reflexionar sobre esa última cuestión y, pasados unos instantes, comentó:

—De acuerdo, las conseguiré, pero no deis un paso sin mi consentimiento. Pensad que ya estoy en la cuerda floja, y con otro suceso negativo, terminaré en la cola del paro.

Pablo Palazuelo

Miércoles, 24 de noviembre

El embarque de las cenizas de Travis tuvo lugar en Newark Liberty, en el vuelo de Delta Airlines de las 18:29, con destino a Londres. Los detalles y los permisos para su recogida a la llegada ya los tenía su familia de Sheerness. Se trataba tan solo de su hermana, dos años mayor que él y viuda desde 2005, quien, muy a su pesar, había permanecido en Inglaterra porque hacía una semana que había sido operada de la cadera. Su hermana, fiel a su estilo previsor, ya había encargado una misa y su entierro en el pequeño cementerio de Halfway, un agradable lugar rodeado de árboles cerca de la carretera de Queenborough.

En cuanto a Harry y Nikolái, tres de sus mejores amigos habían desaparecido, y por ese motivo, el insoportable peso de la soledad había caído de lleno sobre ellos, destrozándolos anímicamente. Por otra parte, sabían que el triste proceso de repatriación tendría lugar en dos ocasiones más durante los próximos días y que tampoco acompañarían los restos de sus compañeros en sus vuelos de vuelta a casa. Había sido una decisión muy difícil de tomar, pero necesitaban permanecer en Nueva York para descubrir lo que en realidad había sucedido.

A Marian le tocó realizar un último favor a Harry: recopilar las grabaciones. Y aunque tenía la certeza de la inutilidad de la tarea, decidió llevarla a cabo por un extraño temor a quedar en evidencia. De esa forma, y gracias a la rápida obtención de una orden judicial, en esa misma mañana fue capaz de reunir las dos que recogían el atropello y comenzar a revisarlas en comisaría con la ayuda de Christian.

El vídeo que pertenecía a la tienda de electrónica, ubicada junto a la cafetería donde había estado Travis, grababa su escaparate, su parte de la acera y los vehículos que circulaban próximos a ella. En su grabación, vieron pasar a Travis y, a los quince minutos, la camioneta. Rodaba despacio, y los otros coches la adelantaban. A la vez, el conductor no paraba de otear por su derecha, como si buscase una dirección. De pronto, se detuvo, aunque volvió a circular enseguida; todo mientras la perra, sentada en el asiento del copiloto, lo miraba con interés. A continuación, su dueño se rascó la cara y ella ladró. El hombre, quizá asustado por el ladrido, frenó a pesar de ignorar a la perra. Luego puso nuevamente en marcha el vehículo y se volvió a rascar. El animal ladró otra vez y además saltó sobre él. En esta ocasión, la consecuencia fue un brusco acelerón y, por último, el fatal desenlace, con la figura de Travis apenas visible.

—Pasemos a la grabación de la propia cafetería.

En ella no se veía lo sucedido entre el conductor y el animal. Por el contrario, el atropello sí era visible. Demasiado visible. Y como era de esperar, ver a Travis muriendo aplastado sobrecogió a ambos, en especial a Marian. A pesar de ello, fue la primera en recuperarse de la impresión.

—Aquí no hay nada extraño, así que trabajo concluido.

Guardaron una copia de las grabaciones en el disco duro y otra en un DVD.

—¿De verdad quieres que se las demos? —preguntó Christian—. Aparte de una posible reclamación económica por imprudencia temeraria contra el conductor o su empresa por permitirle llevar suelta a la perra, no hay nada más.

—Los conozco. No es su estilo presentar este tipo de

denuncias, pero que ellos decidan qué hacer. Yo me limitaré a decirles que les dejamos un DVD metido en un sobre a su nombre.

Pablo Palazuelo

Jueves, 25 de noviembre

Harry leyó la nota que encontró en el sobre:

> Espero que sirvan para que entierres tus paranoias.
> Un abrazo.
> Marian

El viejo ordenador de sobremesa de Nick tardó bastante en arrancar y permitir el uso del reproductor multimedia.

Aprovecharon ese tiempo muerto para leer otras notas de su amiga. En ellas, explicaba desde qué lugar se había realizado cada grabación y qué partes de la calle cubrían. A continuación, para clarificar las explicaciones, hicieron un croquis sobre un callejero dibujando los ángulos que recogía cada cámara.

Poco después, al ver el accidente en la pantalla del ordenador, sintieron un profundo dolor, si bien las imágenes posteriores, con el auxilio de los peatones a su viejo amigo, los ayudó a superar el difícil momento. Para finalizar, visionaron las escenas con la intervención de la policía y la llegada de la ambulancia.

Pasaron al siguiente vídeo. En él, vieron aparecer a Travis, y veinticuatro minutos después, la camioneta. Tras el atropello, Harry detuvo la reproducción.

—¿Qué opinas?

—Todo normal.

—¿Pero...? Porque hay un «pero», lo percibo en tus ojos.

—No me gusta lo que veo. No sé por qué, pero no me gusta.

—Revisémoslo de nuevo.

Reprodujeron la grabación desde el punto en el que aparecía la camioneta. Vieron cómo circulaba, el giro de cabeza del conductor a la derecha, la detención del vehículo, vuelta a rodar, el gesto para rascarse, el ladrido, frenazo, vuelta a rascarse, continuación de la marcha, otro ladrido, salto de la perra, acelerón brusco y atropello.

—¿Y bien?

—Estoy igual. Hay una alarma en mi interior que no para de sonar, y si no averiguo el motivo, acabaré reventando.

Harry se desperezó.

—Hoy es el Día de Acción de Gracias. Nos vendrá bien celebrarlo para relajarnos.

—¿Vamos al Glimpsy?

—¿En recuerdo de Travis?

—Sí.

Se habían terminado su segundo café cuando Nikolái decidió regresar a su apartamento. Quería descansar, necesitaba hacerlo, y nada mejor que la privacidad de su hogar para conseguirlo.

Harry, por el contrario, permaneció en el Glimpsy. No obstante, y con la sensación de haber perdido el tiempo, decidió volver a su hotel al cabo de una hora. Así pues, salió a la calle, se puso su *fedora* y caminó hacia el cruce con la Novena Avenida, pero al pasar por delante del local cuya cámara había hecho la grabación, observó el cartel de generosas dimensiones con el nombre de la empresa que lo ocupaba. A su lado, encastrado en el hormigón, figuraba el número de la calle en metal brillante.

«Son muy llamativos. Y muy visibles».

La imagen del tembloroso conductor afloró entre sus reflexiones.

—¿Por qué no los veías?

Pasó al lado contrario de la fila de coches, aparcados junto a la acera, y miró a través de sus ventanillas. Continuaba viendo todo muy bien.

—¿Qué estabas buscando?

Repitió la operación con otros portales, obteniendo un resultado idéntico en todos los casos. Luego rememoró la grabación de vídeo, y de repente el corazón le dio un vuelco. Había comprendido el porqué de la alarma de Nikolái.

—¡Claro, es perfecto! —murmuró asombrado.

—Tienes que verlo.

Harry le mostró su iPad a Marian.

—¿El qué?

—Hay un detalle sorprendente en las grabaciones.

Avanzó el vídeo hasta el momento en el que aparecía la camioneta.

—La clave está en la orden que el conductor le da a la perra.

En la pantalla se vio cómo se rascaba el conductor y el posterior ladrido de la perra. También, que parecía que estuviese a punto de saltar sobre él.

—¿Por qué no toma ninguna medida para evitar que lo moleste durante la conducción?

—¿Esta es la gran novedad?

Harry detuvo la reproducción.

—El gesto de rascarse es una orden para que la perra salte, pero, por algún motivo, el animal solo amaga con ello y ladra. De modo que el conductor se vuelve a rascar la cabeza, es decir, le repite la orden.

—¿Y si la realidad no fuera así?

—Entonces, ¿por qué no hace que se calle o se siente en el suelo, en vez de repetir el gesto que tanto altera al animal?

Avanzó un poco más la grabación.

—¿Lo has visto?

Volvió a interrumpir la reproducción.

—No estoy ciega —confirmó ella con ironía.

Reanudaron el visionado y observaron cómo la perra ladraba y saltaba sobre el conductor, provocando la mortal distracción.

—En resumen —concluyó Marian—, estamos ante una perra adiestrada para provocar un asesinato.

—Así es.

—¿Qué quieres que hagamos? ¿Detenerla?

—Sí, y averigua si habla, para que puedas interrogarla.

Harry la miró con desazón.

—En todos los crímenes, siempre queda algún cabo suelto, no importa lo perfecto que sea el plan. En este, ¿quién pensaría que sospecharíamos de la perra, entrenada para crear la mejor coartada que hayamos visto nunca? Con ella, no habrá juez ni fiscal que considere a ese hombre culpable de asesinato. Como mucho, de homicidio involuntario, pero, posiblemente, ni siquiera eso.

—¿No te das cuenta de lo que dices? ¡Es absurdo!

—¿Absurdo? ¿Qué vio Travis? ¿Qué lo hizo cruzar distraído?

—No se aprecia en ninguno de los vídeos.

—Le pusieron un cebo para distraerlo y atropellarlo.

—¿Es Kayden el cebo?

—Sí.

—¿Y por qué no hay ningún vídeo donde aparezca?

—Para no dejar otra prueba.

—Harry, quiero pruebas de verdad.

—¿Te has fijado en que el conductor busca con la

mirada algo fuera del vehículo, justo antes del atropello? He estado allí. Es imposible no encontrar un portal. Entonces, ¿qué buscaba?

Marian permaneció pensativa unos instantes.

—¿A Travis?

—Bien, pequeña, bien.

Pablo Palazuelo

Viernes, 26 de noviembre

El Sr. Hooper localizó la página web de «Mr. Frank. Todo para la construcción» y murmuró:

—Seguro que tenéis una página de pedidos por Internet, conectada al servidor central.

Recordó las palabras de Harry mientras rompía las inútiles medidas de seguridad:

«No saben lo que tienen entre manos. Son buenos policías, pero solo para crímenes corrientes».

Navegó por el servidor hasta localizar el plan de trabajo de la empresa y el parte del día del atropello: sábado, 13 de noviembre de 2010. Tenía anotada una incidencia: un vehículo había sido dado de baja de manera temporal como consecuencia de un accidente. Lugar: Nueva York.

Examinó la ficha de la camioneta y copió tanto la matrícula como el número de bastidor. Luego pasó a la sección de personal. En ella no había ninguna referencia a un atropello. Tan solo encontró una lista de nombres y apellidos con su número de la Seguridad Social, puesto, fecha de alta y baja, domicilio actual y datos de contacto. Por las fechas de las bajas, descubrió que un empleado, un tal Renny Smith, contratado como conductor, había sido despedido al día siguiente del accidente.

Ahora tenía que confirmar la validez de los datos del conductor, en especial de su domicilio. Para ese fin, probaría con posibles facturas suyas de la luz, gas o agua; por si se hubiese mudado, y la empresa no tuviese constancia de ello. También le serían de utilidad las facturas del móvil, ya que podría estar viviendo de alquiler, con los gastos por cuenta del arrendador, o en casa de la novia o de un amigo.

Sin embargo, tres horas después, tuvo que abandonar la búsqueda y redactar una nota:

> Solo encuentro datos de tu conductor en la empresa para la que trabajaba. Es como si hubiera dejado de existir.

Se desconectó del servidor y reunió toda la información en un único archivo, que encriptó y luego envió a su viejo amigo.

Harry lo recibió casi en el acto en el ordenador de su oficina. Eran las cinco de la tarde, y ya estaba pensando en marcharse a casa, pero cambió de opinión nada más ver el correo. Sin perder un instante, desencriptó el archivo con CryptoForge con la esperanza de encontrarse con algún detalle que le permitiera avanzar en sus pesquisas. No obstante, se sintió muy decepcionado tras un breve examen del contenido.

«Nada. ¿Cómo es posible?».

Le había encargado al Sr. Hooper que averiguara los datos del conductor ante la negativa de Marian a facilitárselos, pero ahora se volvía a encontrar en el punto de partida. Sin embargo, este revés le dio una idea y, sin perder tiempo, preparó un correo electrónico para su amigo informático:

> Seguro que los datos de la empresa son falsos. Ahora bien, ese hombre tiene un labrador retriever. Es hembra. La policía no tomó medidas contra ella tras el atropello de Travis, lo que significa que estaba registrada, pero, por desgracia, no anotaron los datos del animal.

Para el Sr. Hooper, acceder al sistema informático estatal del Registro de Perros era un sencillo pasatiempo. La causa radicaba en que su nivel de protección era bajo, debido a que la información que contenía no era de carácter sensible. Por este motivo, se pudo saltar con rapidez los cortafuegos y luego copiar los cientos de miles de registros, con una sencilla herramienta creada en Visual Basic para Access. El siguiente paso consistió en filtrar los datos por raza y edad. En este último caso, ni menores de un año ni mayores de doce. Para terminar, seleccionó a los animales que fueran hembras. De este modo, la lista quedó reducida a once mil trescientos cincuenta y tres registros. Finalmente, cruzó los datos con el nombre obtenido en Mr. Frank, y apenas un segundo y medio más tarde, una sonrisa iluminaba su cara.

—Esto te va a gustar, abuelo. Te voy a dar incluso su nombre: Livia. Y el de su dueño coincide con el del conductor: Renny Smith.

Encriptó la información y la remitió por correo electrónico.

El mensaje tardó un instante en llegar al ordenador de su destinatario. Harry lo abrió y copió en un papel su nombre, teléfono y dirección. Entonces dedicó unos segundos a pensar de dónde sacar ayuda, empujado por la idea de encontrarse con el albino monstruoso. Había comprendido que, para hacer esa visita, un amigo que pudiera pedir socorro en caso de necesidad sería vital. Así pues, llamó a Nikolái, aunque sospechaba que podría estar ahogando sus penas en vodka barato. Instantes después, lo acertado de su intuición se vio confirmado cuando el timbre de llamada sonó sin descanso hasta que se cortó la comunicación.

«Lástima».

Ahora solo le quedaba una alternativa.

—Pequeña, espero que no te enfades demasiado.

A Harry le llevó un buen rato llegar a su destino, junto al puente de Williamsburg, a causa del tráfico de hora punta. Para ello, había alquilado un discreto Taurus, de color gris oscuro, con el que, además, evitaría que alguien lo reconociera por culpa de su llamativo Cobra.

Aparcó a una manzana del domicilio del conductor. Se ajustó el abrigo, se caló el sombrero para combatir la baja temperatura y continuó la marcha a pie. Enseguida pasó por delante de un edificio con un cartel sobre su entrada, que rezaba: «La Leyenda Lofts». Se trataba de un antiguo inmueble industrial, reconvertido hacía años en un bloque de viviendas tipo *loft* de baja calidad.

Prosiguió caminando hasta doblar la esquina. Rodeó toda la manzana, inspeccionó los alrededores y regresó a la entrada. Como era de esperar, estaba cerrada. Además, no figuraba ningún nombre en el cuadro de botones del interfono y los buzones no estaban debidamente identificados.

«A ver cómo estoy de suerte».

Llamó a un piso cualquiera, uno que no pudiera ser el de Renny Smith, a juzgar por la ubicación de los botones del interfono.

—¿Quién es? —preguntó una voz malhumorada de hombre.

—Cartero.

La voz cortó la comunicación, y Harry probó de nuevo con otro *loft*. En esa ocasión, contestó un hombre de voz enfermiza.

—¿Sí?

—Compañía de la luz. Venimos por una avería

—dijo en un tono de voz que inspirase la máxima confianza—. ¿Me puede abrir, por favor?

Sin mediar respuesta, la cerradura emitió un chasquido, y la puerta se abrió. Luego, Harry llamó al piso en el que debía de alojarse Renny Smith. Ante la falta de contestación, se encaminó hacia las escaleras y subió a la tercera planta. Allí, continuó por el pasillo hasta llegar a una ventana, que daba a la fachada posterior. A través del cristal, comprobó que la cornisa tuviera el ancho suficiente para caminar por ella sin dificultad y que en la calle no hubiese ni un alma, nadie que pudiera dar la voz de alarma. Entonces abrió la ventana, saltó a la cornisa y caminó con precaución hasta alcanzar el ventanal de Renny Smith, donde asomó un poco la cabeza para reconocer el interior.

«Vacío».

Con tres pasos más, llegó a la parte practicable de la ventana.

«A seguir probando suerte».

Con el brazo protegido por su grueso abrigo, rompió uno de los cristales propinándole un fuerte golpe con el codo y luego metió la mano por el hueco que quedó para tirar de la palanca con la que abrir la ventana. En ese instante, el corazón comenzó a latirle con fuerza.

«Relájate, relájate».

No sería fácil porque sabía que no se estaba metiendo ilegalmente en una propiedad ajena, sino que estaba entrando en la casa de un asesino.

Una vez en el interior, cruzó el inmenso salón sin encender la luz, aprovechando la que llegaba desde la calle. En el centro, se encontró con una mesa de metal sobre la que había varios cuchillos, pero lo que más le llamaron la atención eran unas hachas de cocina.

«Pesa mucho», pensó mientras examinaba el mango de una de ellas, forrado con polipropileno, y en la gruesa virola que le daba el peso suficiente al cuchillo como para cortar un hueso sin esfuerzo.

Se acordó del ataque que había sufrido Johann y se dio cuenta de que cogerlo era un error, ya que sus huellas dactilares se confundirían con las del gigante albino. O, peor aún, las habría borrado. Se consoló pensando que ahora, al menos, tenía un arma, y dado que el daño ya estaba hecho, decidió continuar sin soltarla.

Llegó al dormitorio y, de un rápido vistazo, comprobó que lo más llamativo solo era la cama sin hacer. Después pasó a la cocina y, en la penumbra que la dominaba, escuchó un jadeo casi agónico. Asustado, levantó el cuchillo, sujetándolo con fuerza, momento en el que un intenso olor a heces y orín lo golpeó en la nariz.

«¡Atrás, rápido!».

Retrocedió un par de pasos y esperó a que sus ojos se acostumbrasen más a la oscuridad. De esa forma, al cabo de unos pocos pero interminables segundos, pudo vislumbrar una figura sentada en el suelo. Era pequeña para ser el hombre que buscaba, pero no por ello le causaba menos preocupación. Entonces la silueta se movió y gimió, tal y como hacían los perros.

«¿Por qué no ataca?».

Aguardó, inmóvil, pero sin que sucediera nada. Cuando se hartó de esperar y dio otro paso, tropezó con un cuenco vacío, que se encontraba colocado junto a un recipiente metálico, también sin contenido. Empezaba a comprender. Ni agua ni comida. Así durante días, y obligado a realizar sus necesidades en la cocina. Adivinó que la intención de su propietario era volver pronto, pero que algún contratiempo grave se lo había impedido. De forma que se relajó y bajó el brazo que sujetaba el cuchillo.

—Tú debes de ser Livia, y me da la impresión de que eres tan obediente que no te moverías de aquí ni aunque hubiera un incendio. Desde luego, te han entrenado muy bien.

Llenó de agua uno de los cuencos y lo puso a los pies de la perra. Esta se lo bebió entero con avidez. Al terminar, movía la cola con alegría.

—Si eres tan inteligente como creo, ahora deberías estarme agradecida y hacer lo que te ordene. Y más vale que te acostumbres a ello porque voy a ser tu nuevo dueño.

Se le ocurrió que la perra sería una buena compañía para una solterona como Marian. Divertido con la idea, le acarició la cabeza y fue correspondido con un lametón. Curiosamente, además de con las babas, su mano se había manchado con restos de barro seco.

—¿Dónde has estado metida?

Decidió salir por la entrada del *loft* con la esperanza de que no estuviera cerrada con llave. De camino, le planteó otra pregunta a Livia:

—¿Sabrías decirme dónde se encuentra el amigo de tu dueño, ese con la cara cortada?

«Cuánto lo siento, amigos, cuánto lo siento».

El recuerdo de la pérdida de sus compañeros de juego le había causado a Nick una profunda sensación de malestar general, por lo que su mente había estado toda la mañana invadida por los recuerdos de su amistad. No terminaba de creerse que, de repente, después de tantos años juntos y sin la posibilidad ni siquiera de despedirse, se hubieran marchado.

Se lamentaba por todo ello sentado frente a la mesa de su apartamento, sobre la que había dejado su preciado bastón y media botella de vodka, que pensaba terminársela antes de que finalizara el día. No obstante, esa sencilla tarea solo lo era en apariencia, al menos para él, habida cuenta de que Nikolái hacía ya mucho tiempo que había perdido la precisión en los gestos con los dedos, y ahora, para recuperarla, necesitaba moverlos antes repetidas veces. Lamentablemente, ese pequeño ejercicio le causaba dolores en las articulaciones de la mano, molestias que le recordaban la pesadilla de su deserción.

Concentrado para superar ambos problemas, ejercitó sus dedos con paciencia, luego cogió con cuidado el vaso repleto de alcohol y se lo llevó a la boca a fin de suavizar el impacto emocional de los tres fallecimientos.

—Mmmm...

Vació el vaso antes de lo que pensaba. Decepcionado, agarró la botella y vertió en él lo que quedaba de vodka.

«Habrá que ir a por más».

Sintió lástima por no tener a mano una botella de Imperia y, por el contrario, disponer solo de otra de San Francisco China Beach.

«Al menos, es algo que se puede beber».

Se levantó para buscarla, pero en cuanto dio un par de pasos, se notó muy cansado. Fue algo que le extrañó, ya que había dormido bien. Por si no fuera suficiente, además sintió un mareo que lo obligó a sentarse de nuevo. A pesar de ello, la sensación de malestar físico continuó incrementándose, y sufrió un retortijón en el estómago. Entonces la fatiga lo dominó hasta el punto de provocarle una sensación de sueño que atenazaba sus pensamientos. Alarmado, trató de incorporarse otra vez, aunque sin saber qué hacer ni adónde ir. Finalmente perdió el equilibrio y cayó sobre el sofá.

Por un instante, tuvo la fantasía de que el Edificio Michigan trataba de asesinarlo de alguna forma misteriosa. A la vez, los dolores se hicieron más y más agudos y enseguida se volvieron insufribles. Quiso gritar, pedir auxilio, pero de su boca apenas salió un gemido. Desesperado, se agarró al respaldo del sofá con la intención de levantarse y alcanzar el teléfono para hacer una llamada de socorro. Sin embargo, sus manos perdieron fuerza y cayó al suelo, dándose un sonoro golpe. Eso lo avivó un poco, lo suficiente para que una alarma sonase en su interior: había sido envenenado.

«¡ *Yebat-kopat*! ¡Han metido C-2[35]!».

No había ni un segundo que perder, o moriría en muy poco tiempo. Aterrorizado por esa idea, se arrastró entre espasmos de dolor hasta el armario del salón. Sus dedos temblorosos abrieron una de las puertecitas que quedaban a ras del suelo, sacó un bote de Afterbite y se puso una enorme cantidad justo bajo la nariz. El aire sobrecargado de amoniaco, proveniente del producto contra las picaduras de mosquitos, entró con fuerza por las fosas nasales, y él se revolvió al sentir cómo recorría su sistema respiratorio, pero continuó inhalándolo hasta que la lucidez comenzó a arrinconar la somnolencia.

«Ahora tengo que purgarme».

Incapaz de alcanzar el bastón, se arrastró hasta otro armario, lo abrió y cogió un frasco con aceite de ricino, que siempre tenía a mano como remedio natural contra una intoxicación casera. Desenroscó con torpeza el tapón y se lo bebió entero. Eso le produjo una arcada. Le siguió otra y otra más, y así hasta que vomitó sobre la moqueta. Entonces respiró profundamente y se relajó a medida que los dolores remitían. Por fin, lo que estuviera disuelto en el vodka había dejado de entrar en su aparato digestivo.

Ahora tenía que llamar por teléfono para solicitar asistencia médica, pero ¿dónde había puesto el móvil?

Se tumbó sobre el sofá antes de emprender su búsqueda porque, a pesar de haberse purgado, aún estaba lejos de encontrarse completamente restablecido.

—Buen intento —masculló, pensando en el que hubiera tratado de envenenarlo—, pero el viejo Nikolái es duro y previsor. No se puede con él con una simple dosis de C-2.

---

[35] Sustancia venenosa inodora e insípida desarrollada por la URSS e indetectable *post mortem*.

Se fue la luz. No funcionaba nada, ni la radio despertador ni el equipo de música. Luego, en medio de la oscuridad reinante y el sopor que aún lo dominaba, distinguió un sonido familiar: la cerradura de la puerta principal.

«Alguien intenta entrar con llave. ¡*Kakovo juya*[36]! ¡¿Cómo es posible?!».

Hizo un esfuerzo para espabilar y reaccionar.

«¡Mi bastón, rápido!».

Se agarró por segunda vez al respaldo del sillón y, en esa ocasión, sí consiguió erguirse, pero al ir a coger su bastón de la mesa, una sombra tan alta que parecía interminable entró por la puerta y llegó hasta él de dos saltos, que hicieron retumbar el suelo.

No supo qué lo asustó más, si el inesperado asalto o la espantosa cara blanca del atacante, cruzada por una enorme cicatriz. Por no hablar de su rostro, que reflejaba un odio extremo. O sus movimientos, extrañamente ágiles en un cuerpo tan alto y delgado; delgadez que, por otro lado, se veía compensada en parte por unos huesos de un tamaño descomunal.

El asaltante portaba una enorme hacha de cocina y, de un solo golpe, le cortó los cinco dedos de la mano izquierda. Nikolái lanzó un alarido, perdió el equilibrio y rodó por el suelo. Ahora bien, ya tenía su bastón. En décimas de segundo, apretó una pequeña y disimulada palanca, ubicada bajo el puño, tiró de él y extrajo un larguísimo estilete de doble filo. Orientó la punta del arma hacia su atacante justo en el instante en que este cargaba de nuevo contra él. La hoja se clavó en la escasa carne de su pierna derecha, le atravesó los cuádriceps y asomó por el bíceps femoral. El albino soltó un gemido y lo abofeteó con el reverso de la mano, con tanta fuerza que Nick volvió a rodar por el suelo, pero sin soltar el estilete. Justo después,

---

[36] ¡Me cago en la leche!

cuando el arma se desclavó de la pierna del agresor, este se miró la herida con incredulidad, como si el secreto que escondía el regalo del KGB lo hubiera desconcertado por completo.

El torrente de adrenalina que empezaba a fluir por el organismo de Nick lo espabiló y le permitió ponerse de pie. Estudió a su enemigo: demasiado grande y, a pesar de ser un saco de huesos desproporcionadamente gruesos, como si padeciera gigantismo o acromegalia, daba la impresión de tener la suficiente musculatura para romperle el cuello con una sola mano. Por otra parte, su aspecto lo atemorizaba: chaqueta, pantalón y zapatos de color negro, y la camisa de un blanco impoluto. Una combinación que le confería la apariencia de un siniestro enterrador del salvaje oeste.

El albino balanceó en el aire el hacha de cocina y le sonrió, mostrándole los dientes. Nick se desplazó hacia la entrada, pero desde el otro lado de la mesa, el asaltante agarró el mueble con la mano libre y lo lanzó contra el armario del salón para cortarle el camino de huida.

Era inútil pelear. Estaba perdido, y solo quedaba jugársela. Por consiguiente, retrocedió hasta la ventana a fin de calcular mejor el riesgo que representaba la alternativa de un salto al vacío.

«Me voy a romper unos cuantos huesos», pensó, tras echar un rápido vistazo al callejón.

Ahora bien, si se descolgaba, reduciría la altura en casi un tercio y se libraría de la muerte cierta que representaba el hombre del hacha de cocina, pero ¿cómo abrir la ventana y sujetar a la vez su estilete si estaba casi manco?

Hizo un amago de atacar con el arma, y el otro retrocedió. Entonces, con toda rapidez, reventó el cristal con la empuñadura y apartó los peligrosos restos con el filo de la hoja.

«¡Ahora!».

Tiró el estilete por la ventana, volteó su cuerpo sobre el alféizar y se descolgó hasta sujetarse del marco con la mano sana. Demasiado lento. El cuchillo ya se dirigía contra él, sujeto por un puño grotescamente grande. Sin embargo, justo antes de que el filo de la hoja cortara sus dedos, se soltó y cayó al vacío. Unos metros más abajo, chocó de puntillas contra el pavimento de asfalto. Fue mucho peor de lo que había supuesto. Sintió cómo se le rompían los huesos de los pies y se quedaban reducidos a astillas, causándole un dolor que le hizo perder la consciencia.

Samuel Glenn, secretario de Prensa del Departamento, hizo una breve declaración ante la prensa, parte verdad, parte mentira. Pretendía despejar la sospecha de que el asalto a Nikolái en su casa y su posterior secuestro en el callejón tuviese algo que ver con la muerte, quizá asesinato, de tres turistas amigos suyos.

La pregunta a la que dedicó más tiempo, para no responder a otras más incómodas, fue a la de la reciente disputa para llevar el caso entre el RAM y el Escuadrón de Homicidios, negando su existencia y afirmando que el curso de la investigación del intento de secuestro de Kayden Fox era satisfactorio.

En un discreto segundo plano, Marian escuchaba con interés. Christian, a su lado, la imitaba, aunque apenas podía disimular sus ganas de ser él quien estuviera frente a las cámaras.

—¿Cuándo será la boda? —vociferó un periodista.

Samuel Glenn trató de sortear la pregunta.

—Si no hay más preguntas de interés, daré por finalizada la declaración.

—¿Dónde será la boda?

—Veo que no me queda otra opción que contestar

—respondió con reticencia—. La boda es un asunto que me alegra, pero prefiero dejar que los verdaderos interesados den a conocer esos detalles cuando lo crean oportuno.

Terminada la comparecencia, Christian y Marian se acercaron a Harry, quien aguardaba junto al coche de alquiler, con su móvil ya recuperado y bien abrigado para combatir el helador frío nocturno.

—Lo siento —le dijo al llegar a él—. Lo siento por Nikolái. Lo siento por no haberte creído.

Y lo abrazó.

Pablo Palazuelo

Sábado, 27 de noviembre

El Rata llevaba años con la costumbre de pasear por el desconocido «pantano» del Bronx, un lugar ignorado por la mayoría de los habitantes de la ciudad. No ofrecía ningún atractivo cultural ni turístico, si bien tenía el encanto de lo abandonado y misterioso, motivo suficiente para que un espíritu joven quisiera explorarlo a todas horas.

Se movía por él como si se tratara de una extensión de su cercano apartamento, ubicado en un viejo caserón de la 142 Este. Le gustaba pasearse por sus recovecos insalubres, los conocía a la perfección y se sentía en ellos como pez en el agua. Y nunca mejor dicho, habida cuenta de que en el año 2009, las bombas del Departamento de Protección Ambiental habían extraído más de dos millones de litros de agua estancada y contaminada, a lo largo de kilómetro y medio de las viejas vías que llevaban desde Hudson Line hasta Port Morris y Oak Point, en el East River. La siguiente medida fue la retirada de cuarenta y cinco toneladas de basura empapada por los vertidos tóxicos de líquido anticongelante, que le habían otorgado al agua un color verde intenso.

Durante años, la zona había estado infestada de mosquitos y ratas, que se alimentaban de los pájaros que fallecían por beber de sus aguas. Aun así, a él le gustaba, y procuraba disfrutarla a solas. En ese aspecto, las escasas ocasiones en las que se había cruzado con alguien había esperado escondido a que se marchara para vagar a sus anchas por el entorno; una actitud que, a pesar de ser de lo más extravagante, tenía su explicación, porque entre sus extraños *hobbies* estaba el de dar de comer a la principal especie de la fauna del lugar: las ratas.

El Rata miró el reloj: las nueve de la noche. Tenía tiempo de darse una vuelta por el «pantano» antes de tomar la línea 6 en la avenida Brooklyn para ir al centro, a vigilar a su mercancía humana, así que cogió su linterna, la chupa de cuero y una bolsa con pienso para hámsteres.

Tras salir de casa, caminó dos manzanas, hasta una valla metálica, la cruzó por un hueco existente en su extremo opuesto y atravesó el solitario terreno sin edificar, que quedaba al otro lado.

—Bonito negocio, el tuyo.

El Rata se asustó y se giró hacia la voz.

—¿Quién eres? —le gritó al desconocido, tratando de aparentar valor.

—Tranquilo. No voy a atracarte.

La misma silueta corpulenta y alargada que había visto en el callejón del Motel Boulevard se encontraba ahora de nuevo frente a él.

—¿Qué estás buscando?

Le entró el pánico al iluminarle la cara y ver su rostro desfigurado.

—No te acerques más.

Pero el albino se aproximó al ridículo hombrecillo aunque solo fuera para ver cómo se ponía aún más nervioso.

—Esa tienda que tienes de cacharros de vídeo de segunda mano… ¿Es en ella dónde editas tus grabaciones?

El Rata, lleno de inquietud, se preguntó cómo lo sabía.

—Grabas a hombres casados acostándose con tus chicas. Con su complicidad, claro, o, de lo contrario, se llevan una paliza.

—¿A ti qué te importa a lo que me dedico?

El asunto no le gustaba nada, y ese larguirucho con

pinta espectral, que sabía demasiado de sus actividades, le agradaba menos todavía.

—¿Pagas impuestos en ese negocio de los chantajes? Sí, no pongas esa cara. Tu actividad no es tan desconocida para el Estado. Por cierto, ¿saben tus colegas que eres un soplón y que, a cambio, la poli te permite ciertas libertades? Pero ¿qué te ocurriría si se enterasen?

Demasiado, sabía demasiado, y eso lo puso mucho más nervioso.

—¿Quién eres? ¿Qué quieres?

—Tranquilo, ya me voy. Solo quería conocerte mejor.

Poco después, deambulaba a solas por el foso de las vías y esparcía por el suelo el pienso para las ratas, pero todo con un ligero temblor, que imponía cierta torpeza a sus movimientos.

Lo que lo provocaba no se apartaba de su cabeza. El rostro de ese larguirucho no lo dejaba en paz. Una y otra vez volvía a su mente. Al final, se le ocurrió que no había mejor receta para disipar su miedo que sustituir una cara por otra, la de ese monstruo por la de Kayden, y con el cambio, centró sus pensamientos en ella.

«Con el revuelo del secuestro va a ser difícil hacerse con esa chavala. ¡Qué mala suerte! Conozco a gente que me habría pagado un pastón por disfrutarla».

Una dosis de rabia lo ayudó a olvidar el mal trago que había pasado con el monstruo de la cicatriz. Sin embargo, también se desvaneció cuando una multitud de roedores hizo su aparición bajo el haz de luz de la linterna.

—Hola, chicas…

Unos chillidos agudos fueron su saludo, y tras ese pequeño detalle de cortesía, comenzaron a comer sin apenas mirarlo y a la vez que se acercaban más y más a su benefactor. Este caminó por el andén hacia la boca del túnel seguido de tan peculiar comitiva, hasta que, al cabo de un par de minutos, un fortísimo dolor en el tendón de Aquiles del pie derecho provocó su caída sobre las vías.

—¡Malditas alimañas! ¿Es que no distinguís vuestra comida de mi pie?

La pregunta la formuló con sus finos labios formando una mueca de dolor. Como respuesta, sus amigas se aproximaron con temor, pero luego lo hicieron con curiosidad y terminaron rodeándolo por completo. Durante unos instantes, se temió que fueran a devorarlo, hasta que las ratas, presas de un repentino nerviosismo, desaparecieron a la carrera.

Respiró aliviado y se llevó la mano al pie para evaluar la herida, llegando a la conclusión de que no parecía un mordisco.

—Me has hecho caminar mucho para estar a solas contigo.

El comentario del albino le hizo comprender que el ataque no provenía de ninguna de sus amigas, y se le erizaron de puro terror hasta los escasos pelos del bigote. Asimismo, que ese monstruo blanco reapareciera y le repitiera lo que él le había dicho a Kayden la última vez que la había visto era el peor de los augurios.

—¿Cuántos saben de tu relación con Kayden Fox?

Antes de que pensara siquiera en responder, el gigante le arrancó un pendiente, provocando que el Rata soltase un alarido.

—¿Cuántos lo saben?

Le arrancó el otro pendiente sin darle tiempo a contestar. El Rata lanzó otro grito y rápidamente respondió a la pregunta:

—Jack, el que fue su novio, y Holmer, ese cínico que trabaja en el Michigan.

—¿Y si no te creo?

—Ya no me quedan pendientes.

—Te puedo arrancar partes de tu escuálido cuerpo

para que se las coman tus amigas.

Sacó de su abrigo un objeto metálico grande y afilado. El Rata lo vio y retrocedió reptando lo más rápido posible.

—No lo sabe nadie más. Te lo prometo.

El agresor sonrió satisfecho con la angustiosa sinceridad de la respuesta.

—Has metido tu larga nariz donde no debías —dijo con frialdad.

Descargó con todo su peso un golpe con el hacha de cocina contra el pie sano de su aterrorizada víctima. La amputación fue limpia, y el Rata chilló como sus sucias amigas, cuando saben que van a morir.

—No te preocupes. Será rápido. He dejado a medias otro asunto con bastante más carne que tu ridículo cuerpecillo y no me puedo entretener mucho contigo.

Pablo Palazuelo

Domingo, 28 de noviembre

Nikolái se despertó. Yacía boca arriba, le dolía el cuerpo y su cabeza le daba vueltas como si fuera una peonza. Sintió nauseas e intentó girarse para vomitar, pero se lo impidieron unas correas de cuero, que lo mantenían sujeto por tobillos, piernas, antebrazos, cuello y cadera.

La inquietud por la extraña situación en la que se hallaba acentuó su debilidad, y se vio obligado a cerrar los ojos. Pasados unos minutos, volvió a abrirlos y miró a su alrededor.

La sala sin ventanas en la que se hallaba, mal iluminada por un fluorescente, aparentaba pertenecer a una nave industrial de finales del siglo XIX. El espacio mediría veinticinco metros de ancho por quince de largo, y en el ambiente flotaba un cierto olor a azúcar mezclado con humedad.

Había dos mesas más de metal iguales a la suya, con pequeñas barreras horizontales, que impedían que lo que estaba colocado encima cayera al suelo de forma accidental.

Supuso que si no lo habían amordazado era porque no temían que alguien pudiera escuchar sus gritos de socorro. Eso significaba que estaba solo. Muy solo.

Probó a soltarse de sus ataduras tirando de ellas, pero en su estado, herido y mutilado, era absurdo intentarlo. Ni Johann lo habría conseguido.

Bruscamente, una oleada de dolor sacudió su tallo cerebral.

—¡Mi mano!

Pasó de no sentir los dedos a percibir «en ellos» una

dolorosa sensación de aplastamiento, que lo forzó a «moverlos», aun a sabiendas de que ya no estaban ahí, pero, como era de prever, el movimiento solo tuvo lugar en su cerebro.

Alzó un poco la cabeza para mirar la herida, estudiarla y comprender el porqué de lo que sentía. Sin embargo, solo alcanzó a ver el tosco vendaje que la tapaba. Estaba realizado con cinta adhesiva corriente y sujetaba unos trapos, manchados con un líquido de color rojo oscuro. Desde luego, quien lo hubiera hecho no era un sanitario, sino un chapuzas. A su vez, imaginó que las heridas continuaban abiertas y que se le infectarían por culpa de los trapos.

¿Y sus pies? Al recordarlos, se avivó el dolor que le producían los huesecillos rotos en multitud de pedacitos y que se le clavaban como astillas.

«¡Mis pies...!».

Les echó un vistazo solo para descubrir que se encontraba sin zapatos ni calcetines. En todo caso, lo más extraño era que además le faltaba una pernera del pantalón.

Entonces escuchó a su espalda una respiración tranquila y pesada. Giró lo que pudo la cabeza y vio a su peculiar atacante.

—Me has hecho esperar dos días, Sviatoslav —le comentó el insólito personaje—. Empezaba a temer que no sobrevivieras a tus lesiones.

Su voz no había sonado como se hubiera esperado de alguien con su físico, ni grave ni profunda, pero sí con un timbre que le otorgaba un cinismo vengativo.

—Me alegro de no haberte perdido.

El albino se aproximó hasta él y plantó su cara frente a la de su prisionero. A esa distancia, la interminable cicatriz que recorría su áspera piel aterraría hasta a un muerto, y a Nikolái le causó pánico saberse a merced de alguien con esa cara.

El gigante sonrió, enseñando los dientes y descubriendo una boca de un tamaño que estaba en proporción al de su cuerpo. De hecho, parecía que podría comerse la mano que le faltaba a Nick sin ni siquiera masticarla.

—De verdad, Sviatoslav, me alegra que estés de vuelta entre los vivos.

Se fue hasta una de las mesas, sobre la que había un pequeño bidón de material similar al plástico.

—Hace siglos, la gente se reunía en las plazas para ver cómo torturaban a pobres desgraciados, para disfrutar con aquel macabro espectáculo. En cambio, ahora, nadie soporta ver a un muerto ni por la tele.

Se puso unos guantes y, con sumo cuidado, vertió sobre la mesa un par de gotas del contenido del bidón. El líquido empezó a disolver el metal y emitió una diminuta «humareda».

—Te voy a explicar cómo funciona la tortura. Primero: el dolor físico. Uno piensa: lo soportaré, le echaré pelotas y aguantaré lo que sea, lo haré como en las películas, en las que al héroe le dan una paliza y ni se despeina. Por desgracia, la realidad es muy distinta. El dolor que se puede infligir a una persona llega a ser insoportable y nadie aguanta hasta el final, porque no hay final.

Evidenció lo rotundo de su razonamiento con una mueca sarcástica, que asustó aún más a Nikolái.

—¿Qué quieres de mí?

El hombre de la cicatriz no le prestó la más mínima atención.

—Segundo: el dolor emocional. ¿Cuánto crees que aterra la idea de que te amputen una pierna o te corten la lengua? Todos se desmoronan ante la perspectiva de quedar mutilados de por vida.

Se acercó a Nikolái sin mostrar expresión alguna y con el bidón en la mano y sin cerrar.

—Es una pena que no puedas ver el agujero que te voy a hacer con el agua regia[37]. La he tomado prestada de un amigo que la utiliza para disolver armas y que la poli no las encuentre. A veces, también la usa para disolver algún que otro cadáver.

Dejó que cayeran unas gotas sobre la pierna descubierta de Nick. Este soltó un grito tan largo que lo dejó sin aire, y con los músculos agarrotados por la tensión, fue incapaz de seguir respirando.

—Calma, no te asfixies, reserva fuerzas. El bidón sigue casi lleno y pretendo gastarlo contigo.

Nick abrió la boca todo lo que pudo y dio una gran boqueada de aire.

—Sí, respira, respira... No quiero que pierdas el conocimiento.

El poco oxigeno que entró en sus pulmones salió de inmediato para producir una súplica:

—¡Ya basta, por favor, ya basta!

—¿Ya? Pero si esto solo ha sido el comienzo.

Tras una pequeña risa, añadió con malicia:

—Es para forzarte a respirar profundamente.

El rostro de Nick evidenció que no entendía el significado de la última frase.

—Dime qué quieres. Por favor, dímelo.

—¿Dónde está el dinero? —le inquirió el albino con agresividad.

—¡¿Qué dinero?!

—¿No quieres colaborar, Sviatoslav Ivánovich Artamónov? Sabes que lo harás. ¿Qué ganas sufriendo? ¿Que tu conciencia quede tranquila cuando confieses?

---

[37] Solución altamente corrosiva y fumante formada por ácido nítrico y ácido clorhídrico concentrados, en la proporción de una a tres, capaz de disolver metales preciosos.

¿Acaso no la tienes a pesar de tus investigaciones benéficas y a ese permanente revoloteo con tus amigos alrededor de los necesitados? ¿Por qué no es suficiente para limpiar vuestros sucios pasados? ¿Por qué? Te ayudaré a responder, Sviatoslav: escondéis un dinero que os quema la conciencia.

—¡Yo no escondo nada!

Nick alzó un poco la cabeza, vio la macabra sonrisa del albino y lo maldijo.

—¡ *V pizdú*[38]!

—No te esfuerces. No hablo ruso.

Su torturador dejó caer unas gotas más en el mismo sitio, como si pretendiera hacer un túnel en la pierna de Nikolái.

—Creo que no tardaré en ver la mesa a través de tu pierna.

Metió un dedo en el agujero de la herida y lo removió. Nick se revolvió sobre la mesa e intentó liberarse con la fuerza de la desesperación. Se hizo rozaduras en los tobillos y en el cuello y después se desmayó.

Un segundo tortazo terminó de espabilar a Nikolái.

—Te he dado un par de tortas porque los cubos de agua helada no te hacían efecto.

Nick no sabía cuánto tiempo había transcurrido, aunque sí, que continuaba en el mismo lugar y a merced del loco de la cicatriz. Además, estaba empapado y tenía frío, lo cual hacía que el contraste con la zona quemada resultara muy doloroso. Era como estar desnudo en el Ártico y con la pierna en contacto con un hierro candente.

—¿Por qué te resistes? —El hombre de la cicatriz le mostró nuevamente el bidón—. Tú eres del negocio. Sabes que hablarás. Todos lo hacen.

---

[38] ¡Vete al coño! (¡Al diablo!)

Nikolái empezó a respirar de forma agitada.

—Hablemos, hablemos… —gimoteó.

—Más vale que no sea una jugada para ganar tiempo.

—El dinero… La mayor parte está en cuentas en países con opacidad bancaria, y para operar con ellas, son necesarios dos certificados digitales, dos claves de acceso y dos claves para operaciones.

El gigante le dio un par de vueltas al asunto para concluir que no tenía sentido mentir, ya que, si lo hiciera, lo descubriría y continuaría con la tortura.

—¿Cómo me hago con esa información?

—Se encuentra en soportes informáticos guardados en cajas de seguridad. Ahora bien, toda la información está encriptada y…

—¿Y las llaves para desencriptarla? ¿Y el acceso a las cajas?

—En otras cajas de seguridad.

—¿Qué es esto? ¿Un juego como el de esas muñequitas rusas? Tardaré mucho en conseguir todas las piezas del puzle y mi paciencia es bastante escasa.

Balanceó el bidón abierto sobre la cara de Nikolái.

—¡Espera, espera! —suplicó Nick—. Otra cantidad se conserva en metálico en cinco cajas de seguridad. Una, en Helena y otra, en Nueva York; el resto, en París, Berlín y Londres.

—No sé por qué, pero me temo que se trata de poco dinero.

—Sí, es muy poco comparado con el total, pero es lo que tenemos en billetes para una emergencia.

—Pues si no me dices cómo abrir hoy mismo una caja, no me creeré tu historia, volveremos a nuestra fiesta y no pararé hasta disolver el último gramo de tu carne. Así que ¿dónde está la llave de la caja de Nueva York y dónde se encuentra esa caja?

Nikolái emitió un gruñido que pretendía ser una carcajada.

—Has tenido la llave muy cerca.

—¿Cuándo? ¿Dónde?

—En mi bastón, el del estilete, escondida dentro del puño.

La ira invadió al albino. Lanzó un puñetazo contra la cintura de Nick, y este tuvo la sensación de que le chasqueaban las costillas. A su vez, la punzada de dolor le bloqueó el diafragma, impidiéndole gritar o respirar, por lo cual arqueó el cuerpo lo que las correas le permitieron y se desplomó sobre la mesa.

El torturador acababa de recordar que su víctima había tirado el bastón por la ventana justo antes de saltar. Además, a estas horas, la vivienda estaría custodiada por la policía, con el consiguiente riesgo de que hubiese sido localizado, pero a pesar de las malas noticias, intentó tranquilizarse pensando que ya encontraría una solución al problema. Entonces le dio a Nick unas palmaditas en el hombro y le espetó:

—Ahora, dime dónde está el banco con la caja.

Nikolái le facilitó la dirección sin pensárselo dos veces.

—En agradecimiento, te voy a enseñar lo que aprendí de un veterano de guerra.

Le mostró una cuerda de escalada.

—Hace años se llamaba «la cigüeña»; ahora le llaman «el cerdo». Le han puesto ese nombre porque la víctima acaba respirando como un cerdo herido de muerte. Consiste en colocarla horizontalmente para atarle entre sí tobillos, muñecas y cuello, con la espalda encorvada hacia delante. De esta forma, cuando la estira o lo hace con las piernas o los brazos, las cuerdas tiran del nudo corredizo del cuello, y este se cierra a su alrededor. Entonces comienza la asfixia, y empieza la pelea para evitar moverse.

Al principio, no causa dolor, solo es incómodo, pero con el paso de las horas, la tensión muscular por la postura y la inmovilidad convierte las molestias en dolores. Luego aparecen los calambres. Son muy intensos. Empiezan en los músculos abdominales y rectales, después, en los pectorales y cervicales y por último, en las extremidades.

A esas alturas, Nick ya había comprendido que el relato de los detalles formaba parte de la tortura.

—Pasadas unas horas, el dolor es inaguantable, la víctima pierde el control, se estira y se asfixia, pero muy despacio, porque el nudo corredizo del cuello no permite el paso de la cuerda con fluidez. En fin, todo un invento para sufrir una agonía interminable.

Acarició las cuerdas con cariño y disfrutó pensando en el padecimiento de Nikolái.

—A ti, en cambio, te lo voy a aplicar de otro modo, pero uno bastante más cabrón, claro. Te ataré por la espalda, y quedarás encorvado hacia atrás. En esa posición, tus dolores serán más fuertes y la asfixia, mucho peor.

—Eres un… Te he contado lo que querías.

Nick estaba temblando y sudaba copiosamente.

—Empecemos.

Lo primero que hizo fue vendarle los ojos.

—Es más divertido. Acentúa la angustia, y con tu resuello forzado por la quemadura, sufrirás desde el primer momento.

—Seré breve —le dijo Marian a Harry—. Es domingo y no debería estar aquí. Además, estoy bastante cansada, y los próximos días van a ser difíciles.

Les sirvieron los cafés que habían pedido en Burgs, la hamburguesería cercana a la comisaría de la Novena Avenida, que, aunque no era el mejor lugar para reunirse, en domingo resultaba tranquila.

—La pista de ese Renny Smith —explicó Marian—, el propietario de la perra, no aporta mucho por ser una identidad falsa. Por si fuera poco, tras indagar en el mundillo de la prostitución acerca de Kayden Fox, no hemos sacado nada en claro. Además, aunque he vuelto a interrogar a los empleados y propietarios del Moon, apenas han colaborado y solo lo han hecho tras la amenaza de una investigación a fondo de sus actividades. El caso es que, al parecer, Kayden no llevaba más que unos pocos días rondando el local. Por otra parte, tampoco he dado con colegas de profesión que se hayan fijado en ella, y aunque podría hablar con las de zonas diferentes, no servirá de nada si no las frecuentaba. Por último, el conserje de una pensión dice que una vez fue a preguntar precios, pero que jamás llevó a un solo cliente.

—Qué mala pata —murmuró Harry.

—Pues sí, un desastre. Así que ahora únicamente nos quedan por investigar las agencias de contactos.

—Yo he tenido mejor fortuna —expuso Christian—. Volví al Moon de madrugada, con la suerte de encontrarlo abierto. De manera que me hice pasar por un cliente más, pensando que, si Louis la había conocido allí, alguien como él, habitual del local, me podría dar referencias de la chica. Sin embargo, la gente es muy discreta y no habla de los demás. Todos saben muy bien que están en un bar ilegal. Por suerte, cuando me tomaba una copa, un camarero, a cambio de una buena propina, me habló de Myra Reed, conocida por su espalda llena de *piercings* en forma de pequeñas anillas, alineados en dos hileras verticales. Al parecer, hace algunos numeritos de hípica muy especiales a cambio de un pastón.

—¿Conoce a Kayden Fox?

—No lo suficiente, porque solo la vio en el Moon en un par de ocasiones: el día que Louis conoció a Kayden y el anterior.

—¿Tienes localizada a esa Myra Reed?

—Incluso sé dónde vive. Piensa que me pidió que la acompañara a su casa después de tomarnos unas copas, y eso hice.

Marian se escandalizó, y un sexto sentido disparó una alarma en su cabeza.

—Por cierto —dijo cambiando de tema—, los del Departamento de Protección Ambiental han encontrado en el Bronx una increíble cantidad de ratas dándose un festín con cuarenta y cinco kilos de carne muy bien picadita, perfecta para una hamburguesa bien tierna. Al pobre hombre que sirvió de alimento para esos bichos le habían robado la documentación, pero, aun así, la identificación ha sido posible gracias a que no le habían arrancado su característica dentadura de oro. Por eso imagino que no se trata de un simple robo a ese chulo conocido como el Rata, fichado y famoso por sus extrañas aficiones. Ahora bien, como proxeneta que era, ¿tiene algo que ver con nuestro caso?

El mutismo en sus dos interlocutores fue total. Marian, insatisfecha con el silencio, tomó otro sorbo de su café y continuó hablando.

—Hasta la desaparición de Nick, no me convencían tus teorías, pero que sean reales complica todo mucho. ¿Por qué, Harry? ¿Cuál es el porqué?

Este miró a Christian de reojo.

—No te preocupes. Ya está al corriente.

—Pero...

—¿Qué esperabas? No puedo protegerte más. Es hora de pensar en mi trabajo y cumplir mis obligaciones.

—¿Quién más lo sabe?

—Mi jefe y unos cuantos peces gordos. Y ni te imaginas la cara que pusieron. Es más, de haber tenido yo pelotas, me las habrían cortado por no habérselo dicho antes.

—¿Qué han decidido?

—Que se revisarán todas las muertes y se tratarán como asesinatos. Ahora volvamos a mi pregunta: ¿por qué secuestrar a Nick en vez de matarlo? ¿Cuál es vuestra relación con Kayden Fox?

Harry permaneció sin habla bajo la atenta mirada de los dos policías. Finalmente dijo:

—Tienes que volver al sótano.

Pablo Palazuelo

EL MILAGRO

Lunes, 29 de noviembre

—De modo que tú eres Damarcus Hooper.

Christian le otorgó un cierto toque irónico al nombre de su anfitrión.

—Sr. Hooper, por favor.

—Y los de ahí fuera son tus socios.

—Solo vecinos bien avenidos.

—Ya, y este sótano es solo para recibir a los amigos.

El Sr. Hooper miró a Harry con enojo.

—Si sigues trayendo policías, mis vecinos pensarán que tengo algún problema con la justicia.

A continuación, procedieron con el mismo ritual que en la visita anterior y enseguida se hallaron a solas en la sala «limpia».

—¿Para qué tanta seguridad? —preguntó Christian—. Lo que nos vayas a contar no podremos mantenerlo en secreto, menos aún estando los jefazos al corriente de todo.

El razonamiento de Christian hizo sentirse incómodo a Harry, porque significaba que había perdido el control de un secreto de vital importancia. Sin embargo, eso no era todo, puesto que ahora se veía en la tesitura de tener que desvelar otro de mucho más calado.

Marian lo examinó con preocupación. Lo encontró muy avejentado y, por primera vez, le pareció un anciano. Se le habían acentuado las arrugas y estaba más delgado. Por no hablar de su piel, que había adquirido un tono enfermizo y en la que las ojeras eran muy visibles.

—Necesitas descansar.

—No servirá de nada. Saber que me he quedado solo me resulta angustioso. Es una situación que me recuerda a mi infancia, cuando mi padre desapareció en el río Sin Retorno.

Christian volvió a intervenir con un fin práctico: evitar que la conversación discurriera por senderos que no aportaban nada a la investigación.

—No consigo encajar las piezas del puzle. La documentación que me ha entregado la policía científica, a falta de los informes forenses, no arroja ninguna luz, porque las huellas dactilares recogidas no se corresponden con ninguna de la base de datos, y buscar restos en el callejón para un análisis del ADN es absurdo. Es un lugar público por el que pasan hasta vagabundos.

—Y el albino, ¿cómo es posible que no se lo pueda identificar? Con ese físico, alguien habrá que lo recuerde.

—Preguntaremos en la calle. Marian, ¿cómo andas de confidentes?

—Bien, y ya les he preguntado, pero, de momento, ninguno me ha aportado pista alguna.

—¿Qué dice de todo esto Paul Preuss?

—No sabe por dónde tirar. ¿Por qué crees, si no, que el ayudante del fiscal nos deja actuar con tanta libertad? Si la investigación no avanza, la culpa es nuestra.

Su voz estaba cargada de cierto enojo.

—En cualquier caso, me gusta el reto. Es más, pienso

en él a todas horas. Si te digo la verdad, ni siquiera consigo conciliar el sueño. Imagino el rostro de Kayden sin cesar, como si fuera una alarma en mi cerebro que no quiere apagarse.

Tamborileó nerviosa con los dedos sobre el reposabrazos y se mordió las uñas.

—Cálmate o conseguirás ponerme nervioso.

Harry detuvo su movimiento sujetando su mano.

—Pasemos a lo que nos interesa: la historia del puente de Berlín; un relato que tiene una cara oculta, la que hizo que ninguno de nosotros cinco llegara a formar una familia. Sencillamente no podíamos hacerlo. Temíamos que nuestro pasado nos siguiera y se volviera contra nosotros. Y no es que antes nuestras vidas sentimentales fueran un éxito… Había demasiados viajes y secretos. Luego estaba ese dinero manchado de sangre que habíamos robado… Cabía esperar que intentasen recuperarlo por cualquier medio.

—Pero si vosotros no os quedasteis con nada, ¿por qué vengarse, entonces?

Repentinamente, sus ojos se abrieron como platos.

—¿O sí os quedasteis dinero?

—Mijaíl Lébedev era un genio con el dinero y acumuló una fortuna al margen del capital que manejaba del PCUS. Montañas de dólares en billetes. También de francos, libras y marcos.

A Marian se le avivó la imaginación y se anticipó a lo que le iba a ser desvelado.

—¡Robasteis a Lébedev aprovechando que estaba muerto y sin que nadie lo supiera! O, al menos, es lo que pensabais.

Harry no tuvo más remedio que reconocer la verdad, y su amiga volvió a espantarse con su falta de escrúpulos.

—Por desgracia, hay más —dijo a continuación.

—No creo que sea peor que lo que ya me has

contado.

—Lébedev era el seguro de vida de Nick, su falso culpable, el cabeza de turco al que detendrían y fusilarían si se descubría que desaparecía dinero. Y todo porque Nikolái había dejado pistas falsas apuntando contra ese fantasma, al que ni siquiera conocía en persona. Así, mientras el KGB se cebaba con él, Nick tendría tiempo de escapar.

—¡Esa idea era su condena a muerte! ¡Le hicisteis pagar con su vida por un crimen que no cometió!

Marian fue incapaz de reprimirse.

—Nunca más volveré a verte como lo que eras para mí.

—Te consolará saber que Nikolái quería robar el dinero para evitar que se hiciera un mal uso de él, pero, además, para reparar el daño que había causado. De modo que aquella fortuna quedaría bajo su control para asegurarse de que su destino era el correcto. Con ese fin, nos seleccionó para ayudarlo y nos entregó cada mes lo necesario para alcanzar ese objetivo. Así pues, cada uno podría hacer con su parte lo que creyera conveniente, siempre que tuviera carácter benéfico, y en caso de duda, debíamos consultarle. Evidentemente, no podíamos malgastarlo en nuestra vida privada, por ejemplo, en mujeres. De ahí el interés de Louis en que sus amantes corrieran con todos los gastos y que, en el caso de Kayden Fox, tuviéramos que obtener su aprobación antes de ayudarla.

—¿Y las partidas de *poker*? No parecen un medio de utilizar el dinero muy ajustado a los deseos de Nikolái.

—No, en eso te equivocas. Las hemos jugado siempre entre nosotros, precisamente, para evitar que el dinero acabe en otras manos.

Harry se frotó las sienes por un incipiente dolor de cabeza.

—Nuestros ruinosos negocios han sobrevivido

durante años, ya que beben de una fuente casi inagotable, y de alguna manera, los secuestradores lo han descubierto.

—Aún no has dicho cuánto os quedasteis.

La curiosidad de Marian era como la de la hija impaciente por saber en qué consiste la sorpresa que le ha preparado el padre.

—Unos mil doscientos millones de dólares.

Christian no pudo reprimirse:

—¡Sale un pastón por cabeza!

—Por esa cantidad, hasta un muerto como Mijaíl Lébedev volvería del infierno para vengarse.

—Lébedev… —murmuró Harry con pesadumbre—. Durante nuestros años en activo, su caza y captura se convirtió en nuestra obsesión, transformándose con el tiempo en un peligroso juego que nos marcó para siempre. Por su culpa, Johann perdió a Pamina, pero no porque Lébedev la asesinara, sino por su propia obstinación en cazarlo, y es que pasaba tanto tiempo fuera de casa que desatendió lo más importante de su vida: su sobrina. En cuanto a Nikolái, no es necesario añadir nada más. Luego está Travis. Era el que lo perseguía de forma más implacable gracias a su red electrónica, y por ello sufrió dos intentos de asesinato. Por otro lado, la más querida de las amantes de Louis murió en Jerusalén a manos de sicarios de Lébedev; una mujer que fue su única pareja estable, incluso hasta el punto de querer casarse con ella. Por último, y en lo que se refiere a mí, perdí a mi familia a causa de una fuga de gas en casa, en apariencia, «fortuita». Un chispazo al encender la luz y… Yo me libré de milagro por estar en el garaje.

Se sobrepuso al doloroso recuerdo y añadió:

—Fue una guerra sin piedad contra Lébedev, una guerra que dimos por terminada con su muerte y que nos hizo ricos.

La impresión que la franqueza de su declaración

causó en los dos agentes fue como la del globo que suelta lastre a la desesperada para evitar estrellarse.

—Marian, debes comprender que solo una persona de absoluta confianza puede ayudarnos. Y esa eres tú.

—Ya. ¿Y cómo encaja Kayden Fox en esta historia?

—Sigo pensando que solo es el medio para llegar hasta el dinero.

—Entonces, ¿quién más hay que sepa lo que ocurrió?

—¿Aquellos a los que robamos? Tienen más motivo que nosotros para no llamar la atención, dado que robaron mucho más. ¿Mijaíl Lébedev? Está muerto.

Christian levantó una mano.

—Hay otra posibilidad. Nikolái fue el artífice del plan y compartió el dinero sin tener necesidad de hacerlo, así que lo podemos descartar. Sin embargo, ¿cómo sabemos que todos tenían la misma generosidad? Alguno del grupo podría no ser como él y volverse loco pensando en esa inmensa cantidad de dinero.

—Pero ¡están muertos!

Marian estaba escandalizada.

—Todos, menos uno —aclaró él.

Ella se giró hacia su viejo amigo.

—No puede ser. Tú no.

Él se mantuvo frío como el hielo ante la acusación.

—Yo no, por supuesto. Además, no iba a ser tan estúpido como para darte el móvil de los crímenes.

Marian le espetó con agresividad:

—¿Y a qué viene esa cara? Cualquiera diría que te han descubierto.

—Me das miedo.

—¿Yo?

—Algún día me matarás.

—¿Por qué dices eso? Sabes que nunca lo haría.

—A Travis le tendieron una trampa con uno de sus

constantes despistes cuando volvía de la exposición de fotografía. A Louis lo mataron seduciéndolo. A Johann, utilizando contra él su propio físico y espíritu de entrega, y a Nick lo secuestraron aprovechando su debilidad por el alcohol y su amistad por los fallecidos. Es decir, que todo lo hicieron sirviéndose de lo que daba sentido a sus vidas.

—¿Y tú? ¿Cómo te matarán a ti?

Harry pareció rebuscar la contestación en su interior.

—Me temo que recibiré un castigo especial —puntualizó finalmente—, y harán que sea la persona que más aprecio en esta vida quien acabe conmigo.

Pablo Palazuelo

Martes, 30 de noviembre

Marian continuaba explicándole que la autopsia confirmaba que Johann había fallecido de un ataque al corazón. Entretanto, Harry esperaba impaciente a que terminara su larga exposición telefónica para confesarle sus inquietudes.

—¿Me sigue viendo Christian como sospechoso? —preguntó cuando tuvo la oportunidad de hacerlo.

—Le gusta demasiado la política. Está convencido de que su futuro pasa por ella y le disgustaría tener una mancha en su expediente por tu culpa.

—¿Ha conseguido ya que le nombren secretario de Prensa?

—De momento, solo sale de refilón por la tele cuando sacan a Samuel Glenn.

La conversación se detuvo hasta que Harry preguntó:

—¿Habéis investigado el pasado de Kayden Fox?

—¿Otra vez? ¿Es que no puedes darte por vencido? ¡Mantente al margen!

Se había enfadado. Realmente, le había cambiado el ánimo por completo.

—Han muerto tres amigos tuyos, Nikolái ha sido secuestrado y mutilado y una persona ha terminado carbonizada. ¿Por qué tanto empeño en correr una suerte parecida? Quédate en casa, y déjame trabajar. Además, piensa en mí. No me puedo permitir el lujo de que sufras ni un rasguño.

La conversación finalizó cuando Marian le dijo «no te quitaré el ojo de encima» y él prometió dedicarse a su recién adquirida mascota. Sin embargo, lo que Harry tenía pensado hacer de verdad era algo tan opuesto a esa tranquila actividad que no se había atrevido a confesárselo.

—Espero mucho de ti, Livia —le dijo a la perra tras colgar el teléfono—, aunque estoy seguro de que no me vas a defraudar.

Volvió su mirada hacia el plano de Nueva York, que tenía extendido sobre la mesa. En él, la zona al norte del puente de Williamsburg, en la orilla de Brooklyn, allí donde había encontrado al labrador retriever, estaba marcada en rojo.

—Vamos, vístete, que salimos de paseo.

Livia respondió a la broma con un alegre ladrido. Salieron del apartamento, y saludó al policía de paisano que montaba guardia frente a la entrada.

—¿De paseo? —repuso el agente.

—No exactamente. Necesito comida para perros.

Señaló al animal.

—No pienso darle de la mía. Se volvería una sibarita cara de mantener.

Continuaron hasta el aparcamiento, donde se encontraron con el agente Sagan. Igual que su compañero, vestía de forma discreta, con vaqueros y una gruesa cazadora de cuero. Harry lo saludó y prosiguió hasta su coche.

—Vamos, arriba —le ordenó a la perra.

El animal se subió al asiento del copiloto con un ladrido.

—Livia, marcaré unas normas que deberás cumplir si quieres quedarte en mi casa. De lo contrario, te mandaré a la perrera municipal. Primera regla: en mi descapotable siempre te sentarás en el suelo, ¿de acuerdo? Ahora, ¡abajo!

La perra ladró de nuevo, pero esta vez con simpatía. Además, se la veía radiante y, tal y como estaba, bien alimentada y rehidratada, parecía otra.

Harry también la había lavado, pero, al hacerlo, había tenido buen cuidado de guardar los restos de barro de sus patas, ya que quizá le fueran útiles para localizar el lugar donde se había manchado. En ese sentido, pensaba que si la habían metido sucia en una vivienda era porque había venido así de la calle y que probablemente se hubiera ensuciado con barro cerca del *loft* del conductor. En consecuencia, lo lógico era deducir que el lugar de partida no estuviera lejos, no más de unos diez minutos andando. En otras palabras, la distancia de un paseo con un perro.

Harry pensó en ello y en lo que pudiera suceder al llegar a la zona en el que se hubiese manchado, donde quizá solo encontrase un descampado sin interés.

O quizá no.

Pável Kórotov detestaba darse esos largos paseos por la ciudad. La odiaba. Le parecía que había demasiada gente. A todas horas del día, se cruzaba con alguien por más que buscase rutas tranquilas y horarios menos frecuentados y, como siempre, pasar desapercibido no le resultaba nada fácil; menos aún en un día laborable, a primera hora y en una calle con numerosos comercios.

Cuando entró cojeando en la sucursal bancaria, el agente de seguridad privada se llevó un buen susto. De hecho, le faltó muy poco para sacar su pequeño revólver del calibre 38 Especial y pegarle un tiro al coloso de piel clara que a duras penas pasaba por la puerta giratoria. No obstante, de haber querido, no habría podido hacerlo porque la cicatriz en la cara del visitante lo había dejado helado y con sus brazos rígidos como estalactitas. Sin embargo, se sorprendió todavía más cuando el personaje le preguntó por el director con una amabilidad fuera de lo común y con un acento que le resultó irreconocible. Después, una vez repuesto de la sorpresa, lo condujo hasta su superior, aunque sin dejar de vigilarlo ni un solo instante.

El director, al verlo entrar en su despacho, se levantó de su butaca como si estuviera sentado encima de un resorte.

—¿En qué lo puedo ayudar?

—Soy Pável Kórotov. Quisiera abrir la caja de seguridad del Sr. Nikolái Ivánovich Leónov. Aquí tiene el poder que me autoriza a ello.

Antes de interrogar a Nikolái, Pável ya se había imaginado cuál sería su respuesta, salvo por el matiz de no saber dónde se encontraba la llave y cuál era el banco. Por eso tuvo la previsión de falsificar el poder con la ayuda de un notario, quien tenía deudas de juego con tres delincuentes propietarios de un gimnasio. El documento lo había realizado a cambio de una reducción en la deuda con sus amigos, deuda que, por cierto, volvía a aumentar justo después al utilizar a crédito los servicios de sus prostitutas.

Más tarde, ya tras la confesión de Nikolái, a Pável no le costó deducir que este había elegido esa sucursal bancaria de barrio, entre otros motivos, por estar equipada con cajas de seguridad y hallarse ubicada en el corazón de la Pequeña Odessa[39], un lugar plagado de rusos en el que debía de encontrarse muy a gusto. También, porque sus empleados, entre ellos el director, no solían hacer muchas preguntas. De manera que cuando le mostró su documento de identidad falso junto con el poder, lo hizo con la confianza

[39] Área de Nueva York en la que viven 150.000 personas de origen soviético.

de que no despertaría ningún recelo en el empleado, asustado y distraído por las cicatrices de la visita.

—Claro, cómo no —le respondió el director mientras le devolvía el poder.

Sin perder un instante, llamó a través del teléfono interior al subdirector, el Sr. Silverberg. El empleado se presentó de inmediato, saludó desconfiado a Pável y le pidió que lo acompañara.

—¿De qué caja se trata?

—La 7C.

El subdirector le señaló a su cliente un asiento colocado frente al ventanal que daba a la avenida Brighton Beach, en el que podría esperar a que volviera con su copia de la llave.

Pável se sentó en él y se entretuvo recordando dónde había localizado el estilete de Nikolái. Había sido en el callejón, tras unas bolsas de basura cuyo contenido se encontraba desparramado por el suelo. Durante su examen, había hallado una tapita en la cara inferior del puño, que ocultaba una oquedad diminuta y de la cual había extraído la pequeña llave con ayuda de su navaja Biker-2.

—¿Cómo se encuentra el Sr. Leónov? —preguntó el subdirector, cuando regresó con la llave—. Hace tiempo que no viene por aquí.

—Está mayor y le cansa viajar. Por eso, pasa cada vez más tiempo en Montana y envía a otros a resolver sus asuntos.

El empleado lo acompañó hasta la sala de seguridad e introdujo su llave en la caja indicada.

—Avíseme cuando termine.

Pável trató de saborear el momento ante la inminencia de hacer suya una fortuna inmensa. A continuación, introdujo su llave, extrajo la caja y levantó la tapa.

—¿Qué...?

No le gustó lo que vio.

—Sviatoslav, aquí falta mucho dinero.

Un único billete de un dólar. Eso era todo lo que había.

—¿Es que te has gastado todo lo demás?

Metió la mano para cogerlo, pero, súbitamente, un impulso instintivo lo detuvo, y a pesar de haberlo rozado solo con la yema del dedo corazón, en su cerebro saltaron todas las alarmas. Apartó la mano con rapidez y se la miró. Notaba una sensación extraña en el dedo, como si... Inquieto, cerró el puño y, para su sorpresa, el dedo apenas se movió. ¿Por qué le costaba tanto doblarlo? En pocos segundos, tuvo la impresión de tenerlo dormido. Se asustó y en su miedo entendió la trampa en la que había caído; un temor que se agudizó al mover la mano de forma tan torpe como antes su dedo.

Desconocía cuál era el veneno que impregnaba el billete y ahora amenazaba con extenderse por todo su organismo, si bien tenía la certeza de que se trataba de alguna potentísima y mortal batraciotoxina de origen animal, transmisible por el simple contacto con la piel. No obstante, por su experiencia con venenos, sabía que debía cortar de raíz el problema para no morir en pocos minutos. Así pues, sacó un pañuelo y lo mordió con fuerza. Apoyó el dedo contra el borde de la caja, le propinó un fuerte golpe y se lo partió. Ya con el hueso roto, no le resultó difícil cortarlo a la altura de la fractura haciendo uso de su navaja. Después tiró el dedo al interior de la caja, escupió cargado de rabia unas palabras ininteligibles y se encaminó hacia la mesa del Sr. Silverberg. Le quitó la grapadora, introdujo en ella el pellejo sobrante del dedo y descargó todo su peso, grapando la piel con firmeza.

—Esto aguantará —comentó satisfecho.

El Sr. Silverberg quedó al borde del desmayo. Pável sintió un profundo desprecio por él y salió de la oficina como un torbellino, sin ni siquiera despedirse de aquel asustadizo hombrecillo.

—Sviatoslav, te voy a arrancar tu coraje cortándote las pelotas —masculló al montarse en su coche.

Nikolái se despertó. Supuso que había salido de su aturdimiento por el dolor que le causaban los cortes en la mano y la quemadura de la pierna, que parecía hervir. Además, tenía frío y tiritaba, no solo por la ausencia de calefacción, sino también por padecer fiebre.

Por otra parte, la tensión en las piernas se había vuelto insufrible, y las había estirado lentamente sin poder evitarlo, por lo que las cuerdas que las unían con el cuello se habían tensado, cerrando de manera parcial el nudo corredizo. Por fortuna, los brazos, a diferencia de las piernas, ni los tenía demasiado juntos ni estaban doblados, así que los dolores que le ocasionaban eran menores.

Intentaba por todos los medios aguantar los tirones musculares de los cuádriceps pensando en su apacible rancho de Montana, pero cuando no eran los cuádriceps, se le agarrotaban los bíceps femorales, y la evasión mental desaparecía.

Entre los dolores y la asfixia parcial, no podía concentrarse en buscar un medio de salvarse. Se trataba de algo en lo que ya había pensado antes de perder el conocimiento, puesto que era consciente de que aguantar no tenía sentido. Tarde o temprano cedería. De hecho, estaba comenzando a ocurrir, al menos, a nivel muscular.

Volvió a pensar en cómo solucionar el problema de los calambres y, entonces, en un genial momento de lucidez, comprendió que el monstruo albino no podía dejar que muriera porque si por alguna circunstancia no conseguía el dinero, se vería obligado a volver para continuar interrogándole. Ahora bien, solo si ese salvaje sobrevivía a la batraciotoxina.

Se rio pensando en la jugarreta que le había hecho a su torturador gracias a una de sus pequeñas ranas dardo dorada[40], pero la risa sonó extraña, ahogada por el nudo que atenazaba su cuello. Se puso colorado y se le hincharon las venas. Entonces, para aliviar la presión del nudo corredizo, movió la cabeza varias veces a un lado y a otro. No obstante, en el proceso, una dureza en la cuerda le provocó una rozadura en el cuello, como si una bola de reducidas dimensiones se le clavara en la nuca y se moviera a la vez que él.

«¡Me está dejando el cuello en carne viva!».

Fue cuando adivinó lo que el albino había tramado, cuando supo que no moriría asfixiado gracias a su resistencia, sino a que su torturador había preparado las cuerdas y los nudos de tal modo que sufriese lo indecible, pero que no perdiera la vida.

«¡La bola del cuello es otro nudo que limita el cierre del corredizo!».

Se le escapó una carcajada y casi se ahoga del todo.

—*Na jítruyu zhópu juy vintóm*[41]. Sí, eso será lo que estás pensando a estas horas. ¡Estúpido carnicero! Tienes el mismo cerebro que una lombriz.

Ahora ya conocía con precisión en qué consistía el juego. Sin embargo, era muy posible que no dispusiera de mucho más tiempo para escapar.

—¡Me tengo que soltar! —masculló exasperado.

Tuvo la sutileza de captar la pequeña holgura en el nudo que aprisionaba la mano herida. Esperanzado, movió el brazo varias veces hacia todos los lados. No obstante,

---

[40] Es el vertebrado más venenoso del planeta, capaz de matar a un hombre adulto con una cantidad de veneno equivalente a dos granos de sal de mesa.

[41] A culo rebelde, polla con rosca (Siempre hay alguien más granuja que uno mismo).

tras varios minutos tratando de soltarse, el nudo apenas se había desplazado. Sin embargo, algo sí que se había deslizado. De modo que repitió los movimientos durante unos minutos más, en medio de un padecimiento tremendo, hasta que consiguió desplazarle de manera sensible.

El siguiente problema surgió cuando el nudo llegó hasta la cinta adhesiva que cubría la herida; se resistía a pasar por encima. Para superarlo, Nikolái tiró con las escasas fuerzas que le quedaban mientras trataba de ignorar el terrible dolor que lo atormentaba.

«¡Vamos, vamos!».

Continuó con el forcejeo a la vez que los gemidos escapaban entre sus dientes. Luego, otro tirón y, por fin, se soltó la mano. La liberación produjo que se aflojasen el resto de los nudos y se destensasen las cuerdas. Entonces el corredizo del cuello aligeró la presión, permitiendo que una corriente de aire llenase sus pulmones.

Se estiró, se tumbó con normalidad y dedicó los siguientes minutos a oxigenarse. En esa posición, esperó a que los agarrotados músculos se relajaran y a que las extremidades volvieran por sí solas a su posición natural.

Pasado un tiempo que no supo determinar, pero que le resultó muy corto, se movió como una lagartija para aflojar aún más todos los nudos.

Harry pasó de largo el edificio de *lofts* de Renny Smith e hizo que Livia se subiera al asiento del copiloto.

—Veamos si me puedes ayudar.

El coche patrulla camuflado se puso a su altura, y el agente Lytton le hizo señas para que se detuviera y bajara su ventanilla.

—¿Se puede saber qué busca? Estamos muy lejos de su casa, y por aquí no va a encontrar ninguna tienda de mascotas.

Su protegido intentó que su contestación pareciera muy convincente.

—Me habían hablado de un almacén para mascotas muy barato en la avenida Wythe, aunque tal vez se trate de un error. No sé... Daré un par de vueltas más por si acaso.

Lytton no quedó muy convencido y frunció el entrecejo, pero Harry arrancó sin darle tiempo a protestar y giró enseguida en la calle Berry. A lo lejos, vio el monumental Edificio de Filtrado de la Refinería de Azúcar Domino, con su llamativa chimenea de ochenta metros de altura.

No era la única edificación abandonada. De hecho, la zona necesitaba una actualización, y ya había planes urbanísticos para reconvertir algunos inmuebles en residenciales, planes que, por otra parte, chocaban a todas horas con las intenciones de la Corporación para la Preservación de la Comunidad.

—Este lugar está lleno de agujeros donde esconderse.

Dio varias vueltas con el coche de manera aleatoria, en busca de una zona con tierra en la que Livia se hubiera manchado de barro. Pasado un rato, el coche patrulla, que tan dócilmente lo seguía, lo adelantó y se cruzó en su camino.

—Ya hemos buscado bastante —gruñó Lytton—. ¿Por qué no volvemos a casa y le da a la perra cualquier cosa que tenga a mano? Por una vez, no pasará nada.

—Está bien. Giraremos en la Tercera y continuaremos hasta Roebling, para coger después el puente.

Al llegar a la intersección de Wythe con la Segunda, se detuvo en el cruce, frente a una tienda de alimentación.

Livia ladró en cuanto la vio.

—¿Por qué ladras?

La perra rascó la ventana con su pata.

—¿Conoces la tienda?

El claxon del coche patrulla sonó por detrás.

—Es hora de poner a prueba tu inteligencia —le murmuró Harry a Livia.

Aparcó frente a la tienda, abrió la puerta del coche, y el animal saltó por encima de él, echando a correr de manera imprevista, pero para su sorpresa, la perra pasó de largo el local y dobló la esquina.

Harry se lanzó tras los pasos de Livia, aunque sin ser capaz de seguir su ritmo. Así, cuando también dobló la esquina, sus temores se vieron confirmados: el labrador había desaparecido.

Estudió la acera. Se encontraba flanqueada por una valla de chapa ondulada, en cuya parte superior había una alambrada erizada de cuchillas. Casi a la vez, el coche patrulla se detuvo de un frenazo junto a él, y ambos policías se bajaron del vehículo, precipitándose a continuación sobre Harry.

—¿A qué demonios está jugando?

—Creo que estamos a punto de dar con los que me quieren matar. Pida refuerzos.

—¿Y dónde está su perra?

—Seguro que se ha metido por ese hueco de ahí delante.

Se aproximó a la pequeña apertura en la valla. Se tiró al suelo y metió la cabeza. Acto seguido, desapareció el resto de su cuerpo.

—¿Qué hace? ¡Me va a hundir en la miseria! —exclamó el agente.

Sagan pidió refuerzos, y Lytton se lanzó tras su protegido. Al otro lado de la valla, se encontró con un descampado con el suelo embarrado. El terreno lindaba con la fachada trasera de unas instalaciones industriales desiertas, y en el centro, solo, inmóvil, el loco al que debía proteger.

—¡Vuelva conmigo afuera! —le ordenó.

Harry se llevó un dedo a los labios, y el agente, inquieto, desenfundó su P226.

—¿Se puede saber qué ocurre ahora?

Un ladrido distante rompió la tensión del momento.

—¡Por allí!

—¡Espere, hombre, espere al menos a que lleguen los refuerzos!

Hizo caso omiso del consejo y se dirigió hacia una puerta de acero, que permitía el acceso a la nave.

Nikolái se bajó de la mesa de un saltito, con cuidado, a fin de no hacerse daño. Pese a ello, las astillitas de los huesos de los pies se le clavaron en la carne y la vibración del impacto reavivó el dolor de la quemadura. Eso lo obligó a soltar un alarido y sentarse sobre el suelo.

Después de unos minutos de descanso, empezó a reptar hacia la pesada puerta de metal. Se arrastraba apoyándose en codos y rodillas y por el camino tuvo que hacer varias paradas con el fin de recobrar el aliento. Al llegar a su objetivo, se colocó de rodillas frente a la puerta y rodeó el pomo con la mano derecha mientras que con la otra presionaba para mejorar el agarre. Entonces hizo fuerza y probó a girarlo, pero, por desgracia, estaba demasiado duro y se le escurría.

«Tengo que hacer más fuerza y solo lo conseguiré si me pongo de pie y empujo con todo el cuerpo».

De modo que se agarró al picaporte y se aupó hasta levantarse del todo, momento en el que los huesos de sus pies le recordaron de nuevo que no debía apoyarse sobre ellos.

Nick recibió su recordatorio con otro alarido.

El agente Lytton se detuvo en seco.

—¿Lo ha oído?

—Un grito —contestó Harry—, pero no estoy seguro. Ha sonado muy lejos.

Se sobresaltaron al escuchar unos pasitos a sus espaldas.

—¡Livia! ¿Dónde te habías metido?

La perra no se acercó más, sino que retrocedió y se detuvo frente al acceso por el que había aparecido.

—¿Qué demonios quiere?

El policía estaba intrigado.

—Se sabe el camino —dedujo su protegido— y quiere que la sigamos.

Livia ladró y desapareció por donde había venido.

—Juro que te arrepentirás. Juro que te haré beber todo el bidón de ácido para disolver tu valor.

A Pável solo le faltaban unos pocos kilómetros para llegar a las proximidades del puente de Williamsburg y poder cumplir su amenaza. Estaba furioso y más que hablar consigo mismo, escupía las palabras a gritos, como si Nick pudiera escucharle y se fuera a atemorizar por ello.

Había cruzado buena parte de la ciudad con rapidez, utilizando para ello la Belt Parkway. Sin embargo, ahora su ritmo se veía entorpecido a causa de unas obras a la altura de las calles 65 y 58. Por otro lado, el dolor del dedo lo incomodaba al conducir, molestia que se habría ahorrado de haber cogido un taxi. No obstante, le disgustaba la idea del coste de casi cincuenta dólares de la carrera y la falta de intimidad que suponía viajar en compañía de un conductor que le sería desconocido.

—¡Moveos, imbéciles, moveos! —bramó con ira en medio del lento tráfico.

339

Agarró el volante con tanta energía que lo habría partido en dos de haber sido el cuello de Nikolái y vilipendió a todos los incompetentes que obtenían un carnet de conducir Dios sabe mediante qué milagro.

Llevaba al volante quince minutos más de lo previsto cuando, por fin, vislumbró en la distancia la enorme chimenea de la refinería de azúcar.

—Esa perra corre demasiado.

Llevaban un buen rato buscándola desde que la habían perdido de nuevo en aquel laberinto. En su búsqueda, habían visto restos recientes de la presencia de alguien en aquel lugar: una silla más limpia de lo normal, periódicos de los últimos días y una botella de agua mineral.

—¿Dónde se habrá metido ese animal?

Se detuvieron al escuchar unos pasos más pesados que los de Livia. ¿Alguien de la banda? Ante la duda, decidieron ocultarse tras un muro de ladrillo.

—¿Por qué os escondéis? —preguntó el agente Sagan al surgir ante ellos—. ¿No os dais cuenta de que os podría seguir hasta un ciego? Dejáis un rastro inconfundible en la capa de polvo.

—¿Has pedido refuerzos?

—¡Claro!

La perra reapareció por otro recoveco. Se detuvo, los miró y regresó por donde había venido, guiándolos hasta un pasillo que terminaba en una pesada puerta corredera. Allí, el animal rascó el marco con insistencia.

—¿Habéis oído? Es como si hubiera alguien al otro lado que estuviera gimiendo.

Lytton tiró del asa del extremo para abrirla, pero los raíles por los que debía desplazarse estaban sucios y no consiguió desplazarla ni un centímetro. De hecho, sería muy difícil que la moviera un solo hombre, salvo que fuera extremadamente fuerte.

—Probemos todos juntos.

Los tres tiraron a la vez, y la puerta se abrió con un chirrido. En la penumbra del interior, vislumbraron el cuerpo de Holmer Reuben, el gerente del Edificio Michigan, cortado en multitud de pedacitos. Asimismo, escucharon un silbido similar al llanto de un fantasma; quizá, el de la propia víctima, aunque en realidad no era más que un sonido originado por el paso del aire a través de una rejilla de ventilación.

El viejo no estaba. Se había volatilizado, y con él, la posibilidad de continuar con la tortura. Sin embargo, Pável también había descubierto unas huellas en el suelo. No eran de pisadas, sino de alguien que huye arrastrándose como las serpientes. Conducían hacia la puerta y, desde allí, continuaban hasta la pared de su derecha. Luego desaparecían por un hueco de ventilación por el que cabría un hombre no muy grande, como Nikolái.

Cerró los puños con odio para no olvidar su dedo perdido y, así, no rebajar ni un ápice sus deseos de venganza. Se acercó al hueco, se agachó con una mueca de dolor por la herida de la pierna y examinó el interior, en el que vio un conducto revestido de ladrillo, que se alejaba hacia un punto desconocido.

—Las ratas huyen por las cloacas.

Arrastrarse tanto tiempo por un conducto largo, estrecho y con constantes giros había agotado las últimas reservas de energía de Nick. Los ojos se le cerraban contra su voluntad, y lo poco que veía le parecía un ataúd.

«Si no ocurre un milagro, moriré atrapado aquí».

Debía continuar. Debía escapar de aquella ratonera. No obstante, quería dormir, necesitaba hacerlo. Aun así fue capaz de luchar contra ello pensando en su fuga sobre el hielo ártico; un recuerdo que le sirvió de inspiración y le dio fuerzas para reanudar la marcha.

Por fortuna, no tardó en distinguir una leve claridad.

«La luz al final del túnel».

Nunca como ahora había comprendido tan bien su significado. Eso le renovó su tenacidad por completo y le permitió avanzar hasta el final. Sin embargo, allí se encontró con una rejilla que obstaculizaba su salida a la libertad, al exterior. Ahora bien, no era a la calle, sino a un amplio terreno sin edificar por el que no se veía pasar a nadie. Abatido, intentó gritar, pero su boca solo emitió un quejido.

Una ráfaga de aire húmedo le lamió la cara. Había empezado a llover. En pocos segundos, unos hilillos de agua sucia se filtraron por las juntas de la rejilla y Nikolái intuyó lo que sucedía. También, que tenía una oportunidad.

Con su único puño, golpeó lo que lo separaba de la libertad, y los oxidados tornillos saltaron con facilidad. Luego reptó hasta el borde y cayó sobre un charco, en el que se colocó boca arriba para que el agua de la lluvia le diera en la cara.

Se refrescó durante largos minutos, tiempo que aprovechó para descansar y examinar el entorno y, entre las figuras recortadas contra el cielo de la noche que pudo distinguir, descubrió la llamativa silueta de una enorme chimenea. De igual manera, descubrió que por la calle más cercana no pasaban peatones y apenas circulaban automóviles. No obstante, si conseguía alcanzarla, sería cuestión de tiempo que alguien lo socorriera. Sin embargo, su cuerpo trataba de impedírselo mandándole una y otra vez el mismo mensaje: «Necesitas descansar. Duérmete».

Al final, Nikolái cedió a la tentación. Inspiró como lo hacía con el aire de las montañas que rodeaban su rancho y se quedó dormido.

Harry hizo las presentaciones.

—Estos son los agentes de policía Marian Bennett y Christian Willocks.

—Hola, Marian —dijo Kayden.

El saludo lo realizó con una familiaridad que no le gustó a Marian. Y sus ojos… Fue como si viera a través de ella, violando la intimidad de su mente y descubriendo sus más recónditos secretos.

—Hola, Christian.

El policía le estrechó la mano, instante que le sirvió para realizar un examen visual de la chica. Le pareció muy atractiva, incluso a pesar del mal aspecto que aún mantenía tras su intento de secuestro. Entonces trató de imaginársela sonriente y con mejor color de piel, y el resultado no pudo ser más prometedor.

—No esperaba verte por aquí —le comentó la chica—. Pensaba que solo vendría tu compañera. ¿A qué se debe? ¿Acaso no va a ser el sencillo trámite burocrático que me prometió Marian por teléfono? Aunque, a decir verdad, me lo imaginaba ante su urgencia por venir a verme. ¡A estas horas de la noche y justo tras no sé qué lío con Harry!

—En efecto, se trata de un asunto urgente. En cualquier caso, mis disculpas por la precipitación y por la hora que es.

Pasaron al saloncito del apartamento de la chica. Allí, Christian le preguntó a Kayden.

—¿Qué tal se encuentra?

—Con ganas de olvidar.

—Entiendo. Ahora, si no tiene inconveniente,

quisiéramos que nos ayudara a esclarecer el secuestro de Nikolái Leónov.

—¿Nikolái? ¿Mi vecino? ¡Qué horror!

Les señaló las sillas que rodeaban la pequeña mesa del salón, y se sentaron en torno a ella.

—¿Qué puedo hacer para ayudar?

—Responder a algunas preguntas.

—¿Harry va a estar presente? Tampoco me esperaba que viniera.

—Efectivamente —confirmó Marian—, no debería ser así, pero dada su relación con el secuestrado y la confianza que tengo en él, su presencia puede ser de utilidad.

—Entonces, empecemos.

Marian sacó de su carpeta varios papeles, revisó algunos y luego preguntó:

—¿Quién es Kayden Fox?

La chica se mostró visiblemente incómoda. Se llevó una mano a la boca y se mordisqueó las uñas. Harry, extrañado, miró de reojo a Marian y la encontró muy enigmática.

—Soy consciente de que se trata de una pregunta difícil de responder, así que por ello se lo voy a poner más fácil. ¿Quién es Valentina Irinova?

Kayden palideció hasta extremos insospechados.

—Verá, hemos encontrado a Holmer Reuben, el gerente de su edificio. Estaba muerto, como no podía ser de otra manera, dado que alguien, de cuya identidad sospechamos, se ha tomado la molestia de trocearlo en pedacitos. Ahora bien, en contra de lo que pudiera parecer, ese no es el hallazgo más llamativo, sino unos documentos, en apariencia extraviados, que descubrimos en el mismo edificio durante su posterior inspección. Uno de los papeles es un permiso de trabajo a nombre de Valentina Irinova, de origen ruso y que residía en Moscú; información a pesar de la cual continuaba siendo una absoluta desconocida para nosotros. En consecuencia, teníamos que saber de quién se trataba exactamente, y además con urgencia. Por desgracia, a través de los cauces oficiales, tardaríamos demasiado. De modo que el jefe Gates llamó a su homólogo moscovita, haciéndolo a una hora en la que hasta un santo protestaría, pero, por fortuna, mantienen una buena amistad desde hace años, y no le dio importancia.

Sonrió para sus adentros.

—El caso es que resultó muy comprensivo con nuestra premura, con el consiguiente resultado de que, en menos de una hora, nos hizo llegar un informe perteneciente a cierta jovencita. Una chica que, al parecer, intentó entrar en el Teatro de Arte de Moscú y que cuando rechazaron su candidatura, empezó a estudiar Arte Dramático en la Universidad Estatal Lomonósov. Sin embargo, no terminó sus estudios y jamás trabajó como actriz. En cambio, sí hizo de modelo de manera esporádica, además de ser habitual en una sórdida agencia de contactos muy utilizada por extranjeros.

A juzgar por su agitación, todos habrían jurado que Kayden Fox estaba a punto de salir corriendo del apartamento.

—También ha sido detenida en varias ocasiones. Al menos, es lo que figura en su ficha policial.

Marian sacó una foto de su carpeta.

—Es una mujer bastante joven y guapa, aunque yo diría que la foto no le hace justicia a la realidad. ¿La quiere ver?

Ella negó con la cabeza.

—En ese caso, Srta. Irinova, pasemos a la siguiente pregunta.

Harry se quedó maravillado con la puesta en escena.

—¿Quién es Kayden Fox?

Bajo una tensión que se habría podido cortar con un

cuchillo, un hilo de voz salió de la garganta de la chica:

—Es el nombre de la mujer cuya vida yo tenía que interpretar.

Su acento de *Missouri* había desaparecido. En su lugar, había surgido otro característico del sur de Rusia: el suyo, el de su lengua materna.

—¿Su objetivo, señorita Irinova, en su papel como Kayden Fox, era trabar amistad primero con Louis y luego con sus amigos?

—Sí.

—¿Ese papel fue creado con un fin concreto?

Harry tenía los ojos abiertos como platos.

—El personaje lo diseñaron pensando en los cinco y con el único fin de embaucarlos. Tuvieron en cuenta sus caracteres, sus costumbres y sus debilidades. Los espiaban a todas horas para saber más de ellos y llegaron a conocer incluso la idea de Louis de llevarlos al club para ver las danzas en las duchas.

—¿Por qué no intentó un acercamiento a Harry tan sutil como con los demás?

—Porque una vez que tuviera embaucados a cuatro, el quinto caería como fruta madura.

Harry tuvo que esforzarse mucho para disimular su perplejidad.

—Y él está muy maduro —añadió la chica.

Marian sintió pena por la humillación que acababa de sufrir su antiguo mentor y, por un instante, pensó en consolarlo o en salir en su defensa, pero enseguida creyó más acertado pasar por alto la afrenta. Por consiguiente, cuando hubo dominado sus emociones, formuló la siguiente pregunta como si nada hubiera sucedido:

—¿Cuál era la finalidad de las amistades que entabló?

—Que Harry y sus amigos confiaran en mí con el objeto de sonsacarles cierta información sin que lo sospecharan. Ahora bien, he de decir que todo me pareció muy extraño desde el principio, sobre todo que la paga fuera tan buena y la pudiera cobrar por adelantado. Por un lado, significaba que yo no tenía nada que perder, pero, por otro, implicaba casi con toda seguridad que nunca cobraría la prima si es que al final tenía éxito.

Su imaginación echó a volar al pensar en ella.

—Era enorme. ¡Cincuenta mil dólares! ¡Demasiado bonito para ser verdad! Aun así, acepté, ya que mi vida en Moscú era un desastre. Lamentablemente, no podría usar el adelanto cobrado a cuenta de mi representación porque le habría restado credibilidad a mi personaje. De modo que tuve que sobrevivir con calderilla. Y en cuanto al acercamiento, para no levantar sospechas, decidí que era más conveniente dejar que ellos lo hicieran a mí. Así que alquilé un piso en el edificio de Nick y permití que Louis me viera en el Moon.

—¿Qué información debía sonsacarles?

—Detalles sobre su patrimonio oculto.

—¿Qué hizo para conseguirlo?

—Les solté unas cuantas mentiras de mis inquietudes profesionales y de mi pasado. A cada uno le contaba lo que más lo podía enternecer. Además, lo que comía, lo que compraba, lo que tiraba a la basura, lo de llevar los residuos orgánicos al centro de compost... Todo era un montaje. Solo el trabajo de bailarina en las duchas era auténtico. De hecho, era mi única fuente de ingresos.

—¿Es consciente de las muertes en las que está involucrada?

—¡Claro que sí! Y menudo susto me llevé cuando atropellaron a Travis.

—¿Por qué no se quedó para socorrerlo?

—Porque tuve miedo. No sabía qué hacer. Estaba... conmocionada... y me largué. Como con Louis.

—¿Miedo? ¿Por qué? ¿No fueron accidentes?

—Antes pensaba que sí, pero ahora…

—Tengo unas fotos que quiero que vea. Son de una mujer joven que guarda bastante parecido con usted y, aunque no es tan guapa ni tiene sus ojos, podría pasar por su hermana.

Les pasó tres fotografías.

—¿Quién es?

—Kayden Fox, la verdadera, y se desconoce su paradero desde antes de que intentaran secuestrarla a usted.

La chica se quedó helada.

—No… —balbuceó incrédula—, no es posible que… Ella es real. Nunca me lo dijeron. Pensaba que mi personaje era íntegramente ficticio.

Harry, por su parte, estaba igual de estupefacto. Le parecía asombroso lo mucho que había avanzado la investigación, espoleada por su amiga y su compañero.

—Es… es increíble —continuó diciendo Valentina.

Marian retomó la palabra con rapidez para no darle tiempo a elaborar una mentira.

—Ahora llegamos al siguiente fallecimiento.

—¿Quién más ha muerto?

—Johann Caspar Harkort.

La alarma se hizo aún más evidente en su rostro.

—Murió un día después de salvarla a usted. Su corazón no pudo soportar el esfuerzo físico que realizó con ese fin.

La mujer policía pasó a un tono amenazador.

—¿Por qué? ¿Por qué le han intentado secuestrar, Valentina?

—Si lo supiera, me habría largado antes para evitarlo.

—No me dé largas. Está involucrada en varios asesinatos.

Un ligero temblor apareció en su rostro.

—No estoy segura. Le he dado muchas vueltas desde entonces y solo se me ocurre que quisieran quitarme de en medio por saber demasiado.

—Pero no intentaron matarla. ¿Por qué?

—¡Y yo qué sé! Querrían interrogarme primero.

—¿Acaso pensaban que no les contó todo?

La chica se limitó a encogerse de hombros.

—Harry —Valentina le dirigió una mirada cargada de preocupación—, ¿qué dinero ilegal es ese? ¿Por qué os asesinan por él? Creo que me merezco una explicación.

Christian intervino para salvarlo de una incómoda situación.

—El patrimonio del señor Powers y sus amigos es un asunto que no le concierne. De forma que volvamos a las preguntas: ¿quiénes son los que están detrás de esto? Usted es la única que los conoce.

—Eso es un decir. Solo tuve contacto con uno: el que me contrató, el monstruo que, más tarde, nos atacó a Johann y a mí. Se llama Pável Kórotov.

—¿Es su nombre real?

—¿Cómo quieres que lo sepa? Me contrató en Moscú, en una oficina de Prostórnaya, pero sin un papel, todo de palabra. Y lo hicimos en inglés porque ese tipo no hablaba ruso.

—¿Se vieron alguna vez en Nueva York?

—Sí, pero siempre en lugares públicos diferentes.

—¿Qué más nos puede contar de Pável Kórotov?

El rostro de Kayden pasó a ser puro desprecio.

—Ese animal no parece muy listo, y seguro que fue él quien perdió mi expediente. Así que alguien habrá por encima de él que le diga todo lo que tiene que hacer. Y ese sí que tiene que ser inteligente.

—Ha dicho que nunca le habló en ruso. ¿De dónde era?

—Ni idea.

—¿Reconoció su acento?

—¿Su acento? Ese bruto no acentúa las palabras, las escupe. Lo hace como el animal que es: un cerdo cuyo cuerpo apesta a un hedor que aún siento pegado a mi cuerpo. Es repugnante. Todo en él es repulsivo. Y me producía tanta aversión que después de cada entrevista, sentía la necesidad de ducharme para quitarme de encima su pestilencia.

Se frotó los brazos como si quisiera eliminar de su piel algún resto del odiado personaje.

—En fin, que ese descerebrado podría ser de cualquier parte.

—No parece que le resulte muy simpático.

—¿Simpático? A veces tengo ganas de contratar a unos matones del mercado de Rizhski[42] para que le abran las tripas con unas tijeras.

—Ahora tendrá que ayudarnos con el retrato robot. Aunque tenemos la descripción que nos facilitó Johann Harkort, nos gustaría otra para afinarla más.

—¿Tiene que ser ahora?

—No, pero mañana sin falta tendrá que ir a comisaría para explicar al fisonomista lo que recuerde de él. También, para facilitarnos detalles de direcciones, teléfonos o cualquier otro dato que pueda ser de utilidad. Así que vaya haciendo memoria.

Kayden asintió sin apenas convicción.

—Una última pregunta: ¿por qué la eligieron a usted para este papel?

—Buscaban a una actriz atractiva, con un buen inglés y dispuesta a dejarse la piel en el trabajo por difícil que fuera.

—Usted nació y se crio en Rusia. Entonces, ¿dónde aprendió un inglés tan perfecto?

—De mi padre. Fue un destacado alumno de la

---

[42] Mercado moscovita.

Escuela Especializada de Secundaria número 23, en Moscú. Allí consiguió dominar el inglés como si fuera su idioma materno, lo que, con el tiempo, le permitió trabajar como agregado cultural en Estados Unidos y otros países de habla inglesa, en los que llegó a ser capaz de imitar los acentos locales.

Valentina parecía recordar a su padre con cariño.

—Tenía un don para hablar otras lenguas y me lo transmitió con sus genes. Una herencia que, combinada con mi físico, me abrió algunas puertas en agencias de modelos y azafatas. Ahora bien, no tardé en descubrir lo sencillo que era ganar más trabajando menos. Solo era cuestión de tener menos escrúpulos.

El nivel del agua sacó a Nikolái de su profundo sueño. Seguía tumbado boca arriba, ahora medio sumergido en un charco creciente a causa de la lluvia, y no quería abrir los ojos. No había descansado lo suficiente y se hallaba tan agotado que no sentía ninguna de las lesiones.

El viento frío de la noche lo hizo temblar y entreabrir los párpados. Fue cuando vio, gracias a los destellos de los faros de los coches, una cara encolerizada, cruzada por una enorme cicatriz.

—¡Te encontré!

El albino le atizó un puñetazo, y a Nick le pareció que su mandíbula se desencajaba. Con el segundo golpe, quedó inconsciente.

—Volvamos a casa —dijo Pável—. Tengo mucho que cortar.

La llamada al móvil la despertó.

«¿Qué hora es?», se preguntó Marian somnolienta.

Encendió la luz. Su reloj marcaba las doce de la

noche; demasiado tarde como para que le apeteciera responder. Sin embargo, su móvil continuaba sonando e interrumpiendo su sueño. De modo que se levantó de la cama y comprobó quién la importunaba a esas horas.

«¿David? Este es de la comisaria. ¿Qué querrá?».

Decidió responder a la llamada.

—¿David, qué ocurre?

—¿Crees en los milagros?

Miércoles, 1 de diciembre

Cuando a Nick le redujeron la sedación intravenosa, lo primero que vio fue a Marian, sentada junto a la cama.

—Hola, viejo gruñón.

Le acarició la mejilla con dulzura.

—Nos has tenido muy preocupados.

—¿Te ha dejado quedarte ese antipático del doctor Niven? ¡Es más desagradable que yo! —gritó.

Un fuerte pinchazo en el abdomen le recordó que debía tener cuidado, incluso al realizar el más leve esfuerzo.

—Ese animal me ha hecho daño de verdad.

—El doctor me ha facilitado el parte médico. Imagino cómo te encuentras.

—Por fortuna, no moriré de esto.

Alzó la mano y le mostró los vendajes.

—¿Habéis encontrado lo que me falta?

—Sí, pero el doctor dice que pasaron demasiado tiempo sin riego sanguíneo y que los tejidos ya estaban muertos.

—No importa, estoy mejor así. Me dolían con frecuencia a causa de la osteoporosis, originada por las congelaciones.

El humor negro del ruso no le hizo gracia. Aun así, le sonrió por complacerlo.

—Si os hubiera hecho caso desde el principio… Dios mío, habríamos evitado todo esto.

—No te sientas culpable. Lo normal era no creernos, pero ahora encuentra al que me ha torturado.

—Antes tenemos mucho de qué hablar, mi querido Nikolái. Me sería de gran utilidad. ¿Quieres que lo hagamos ahora? Después vendrá el fisonomista. Necesito que mejores el retrato robot que hemos hecho con los detalles facilitados por Johann y Valentina.

—¿Quién es Valentina?

—Pues Kayden, claro.

El ruso se encontraba perplejo.

—¿Kayden? ¡¿Kayden Fox?!

—¡Es verdad! —Se llevó las manos a la cabeza—. Nadie te lo ha dicho.

Al finalizar las explicaciones, Nikolái saltó con una pregunta:

—¿Dónde está Valentina?

—En su casa. La hemos interrogado, y podría tener problemas con la justicia. Así que la mantendremos bien custodiada para evitar un nuevo intento de secuestro o que se fugue. Y desde luego, es una chica curiosa. Pasa de la dulzura a la ira con una facilidad pasmosa.

Se dio unos golpecitos en la cabeza con la punta del dedo índice para indicar que, en su opinión, podía estar ligeramente desequilibrada.

—Nos ha hablado de un tipo muy llamativo con una cicatriz en la cara, el mismo que asaltó a Johann. Se hace llamar Pável Kórotov.

—Pável Kórotov... El que me torturó. Es curioso. Tiene nombre ruso, pero a mí también me dijo que no lo hablaba.

—Ahora necesito que me cuentes tu historia.

Marian sacó un bloc de notas y su pequeña grabadora digital, en la que guardar la información en un archivo MP3 para luego transferirla a su ordenador y así poder revisar la declaración con calma en comisaría.

Entonces Nikolái le relató con detalle los duros avatares que padeció: el midazolam u otro anestésico oral, mezclado con la bebida, además de la creencia inicial de que se trataba de C-2, un potente veneno inodoro e insípido creado en el laboratorio número 12 del 5º Departamento Especial y probado en prisioneros del gulag, en la clínica que el NKVD tenía en Varsonófievski; luego, su pelea con Pável, la fuga por la ventana y su secuestro con una camioneta.

Marian se quedó asombrada, tanto con el valor como con la tenacidad demostrada, por no hablar del engaño del dinero.

—Nikolái, eres un hombre increíble.

Nick cambió de postura porque los moratones le impedían permanecer en la misma posición durante más de diez minutos y, cuando retomó la conversación, lo hizo de forma sorprendente.

—No confío en Valentina. Nos oculta algo.

—¿A qué viene eso? Eres un paranoico. Esa chica ha sufrido mucho.

—¡Interrógala con dureza!

—Nikolái, desconfiarías hasta de tu madre si te hiciera más de dos preguntas seguidas. Han querido secuestrar a Valentina, quizá, para interrogarla y luego matarla. Y aunque es cierto que está implicada en una conspiración contra vosotros, todo apunta a que es de forma marginal.

—¿Y si me hubiese drogado ella? Pudo haber accedido a mi apartamento sin llamar la atención. Piensa que me interrogaron por el dinero igual que esa chica lo hizo con Johann. Y quién sabe si también les preguntó por él a Louis y Travis antes de matarlos.

Harry entró en ese momento. Empujaba con alegría una flamante silla de ruedas.

—Como tu bastón no aparece por ninguna parte —explicó el recién llegado—, te la he alquilado para que no lo eches en falta cuando salgas de aquí.

Se lo veía radiante de alegría, y no era para menos. La suerte quiso que dos de los agentes que fueron a inspeccionar el lugar donde se había encontrado a Valentina entrasen por error en el edificio contiguo. Al llegar, les dispararon y tuvieron que pedir apoyo por radio. Cuando llegaron los refuerzos, vieron huyendo a un hombre de un tamaño descomunal. Más tarde, en la posterior inspección de lugar de los hechos, encontraron a su amigo, aunque inconsciente y malherido.

—Ahora que tienes compañía —dijo ella—, aprovecharé para continuar con mi trabajo. Me queda mucho por hacer.

Le dio un beso en la mejilla a Nick y un abrazo al recién llegado.

—Gracias por todo lo que has hecho —le dijo a Harry—. Ahora bien, no vuelvas a corretear por ahí, husmeando donde no debes. Ni mi carrera profesional ni mi corazón soportarían tu pérdida.

—Hola, Christian Willocks.

El saludo iba cargado de una falsa inocencia que lo hizo desconfiar. Por ello, Christian lo desdeñó y le señaló a la chica una de las sillas del despacho del RAM para que tomara asiento en ella.

—Seré breve. En vista de los últimos acontecimientos, se ha decidido que su servicio de escolta permanezca activo al menos hasta que la Oficina del Fiscal determine con precisión su grado de participación en los fallecimientos de una serie de personas.

—Eso suena a que no será una escolta, sino más bien un servicio de vigilancia.

Le dio la espalda y preguntó mirando por la ventana:

—Ahora que estamos solos, ¿puedo hablarte de algo muy personal?

La entonación resultaba extrañamente provocadora.

—Cuentan cosas increíbles de ti.

—¿A qué se refiere?

—Lo sabes muy bien. Eres un pez muy conocido en esta pecera.

Christian sabía a qué se refería: la atracción que despertaba en las mujeres. De alguna manera, se había enterado; tal vez, a causa de comentarios de sus compañeros durante las largas y aburridas horas en el servicio de escolta recién iniciado.

—¿No tienes nada que decir?

La chica le regaló la mejor de sus miradas, y a él solo se le ocurrió pensar que debía de estar mal de la cabeza.

—¿Me llevarás tú a mi casa?

Christian prefirió no darse por enterado de la atrevida petición.

—Los agentes Goodis y Latimer permanecerán con usted hasta su relevo por los agentes Charyn y Anderson. Harán turnos de ocho horas. El último estará a cargo de Ballinger y Bleeck. El horario empezará desde ahora, pero como son las ocho y cuarto, lo ajustaremos a las cuatro en punto en el primer relevo.

A continuación, le leyó un documento con una lista de pasos a seguir, encaminados a mejorar su seguridad. Al finalizar, añadió:

—Y no olvide avisar a sus escoltas de desplazamientos futuros.

—Veo que mi vida se va a complicar más de lo que ya estaba.

—Hay otro asunto que debo tratar con usted.

—Tienes cara de ir a darme otra mala noticia.

—Han ordenado el bloqueo de las cuentas bancarias que pueda haber a nombre de Kayden Fox y Valentina Irinova.

—¿Por qué? ¿Y por qué todas?

—Las explicaciones las dará la Oficina del Fiscal.

El disgusto era más que evidente.

—Ahora sí que estoy sin blanca.

—Y se va a solicitar a las autoridades rusas el bloqueo de sus cuentas en Moscú.

—¡También!

—Le recomiendo que no intente mover el capital que tenga en ellas antes de que se haga efectiva la orden. Agravaría su situación.

—¿Y de qué voy a vivir?

Su consternación hizo que Christian le diera un consejo.

—Sé que es fácil decirlo, pero busque un trabajo normal.

—¿Hay algo más que sí pueda hacer?

—No mucho. Ni siquiera podrá viajar, ya que le hemos retirado el pasaporte. Siguiendo instrucciones del fiscal, nuestros agentes han revisado su vivienda y se lo han llevado. De eso hará una hora. Tampoco podrá abandonar la ciudad sin autorización, al menos, hasta que el fiscal la interrogue.

—Ya estamos.

Christian paseó la vista por la enorme fachada del Edificio Michigan y lo que vio no le inspiró ningún sentimiento agradable. Más bien al contrario, lo empujaba a alejarse de allí y no regresar nunca más. Aun así, tomó la decisión de entrar en él y cumplir su obligación. De manera que descendió del vehículo, lo rodeó y le abrió la puerta a Valentina. No obstante, esta parecía muy renuente a bajarse.

—Quedarse aquí no tiene sentido —le explicó él—. Además, ahora estará protegida por los agentes Goodis y Latimer. —Señaló el coche patrulla en el que acababan de llegar—. Vamos, confíe en nosotros.

Mientras ella luchaba contra sus temores, los dos agentes entraron en el inmueble e inspeccionaron el vestíbulo.

—¿Lo ve? Con ellos aquí, no hay nada que temer.

Finalmente, Valentina se bajó.

—¿Subirás conmigo?

Él asintió y repartió algunas órdenes.

—Revisad también los callejones, y cuando terminéis, que uno se quede aquí de guardia y el otro suba a la quinta planta.

El propietario del apartamento de Valentina había tenido la delicadeza de ofrecerle otro igual situado dos plantas más arriba, sin coste adicional y hasta que pudiera volver al suyo, que continuaba precintado por la policía, si bien la nueva vivienda, salvo por el hecho de ser más luminosa, no suponía ninguna mejora. Por el contrario, significaba un perjuicio, puesto que tendría que mudarse desde la tercera planta con ayuda de alguien a quien debería pagarle con un dinero que no tenía.

Christian se dio cuenta del problema nada más entrar en la nueva vivienda y pensó que, con lo loca que parecía estar, quizá intentase ganar un dinero rápido esa misma noche. Después, sin saber muy bien por qué, le preguntó:

—¿Va a dormir aquí?

—¿Y tú?

—Dormiré en mi casa. Solo.

Trató de zanjar así la aparente intención de su protegida.

—¿Me contestarás a mi pregunta?

—¿Cuál?

—La de comisaría, tonto.

—¿La de mis increíbles habilidades?

La pregunta fue estúpida e innecesaria, y la

respondió la propia Valentina con un gracioso «meneo» de caderas, que movió su culo hasta golpear la puerta con él. Ahora se encontraban a solas en el apartamento, y la puerta se había cerrado.

—Tus amigos uniformados tardarán en llegar, y yo tengo un asunto pendiente contigo.

El agente Goodis halló entornada la puerta del apartamento de Valentina. Le dio un empujoncito y la abrió por completo. Una vez en el interior, comprobó que ni Christian ni la chica estaban en él. Alarmado, bajó con rapidez a la vivienda de la tercera planta, encontrándose con la puerta entreabierta.

—¿Christian?

Se tropezó con la joven de los ojos verdes, la cual se hallaba mucho más tranquila que cuando había llegado al Michigan.

—¿Y el detective investigador Willocks?

—Se marchó hará unos segundos. ¿No te has cruzado con él?

Bajo el brazo llevaba su ordenador portátil, dos cajas de zapatos y un abrigo barato.

—Estaré trasladando mis cosas a la quinta planta.

Subió con alegría a su nuevo apartamento y encendió su ordenador para comprobar que funcionaba correctamente y ver si tenía mensajes nuevos. En su correo electrónico, recibió montones de *spam*, además de un mensaje remitido a la dirección que figuraba en sus anuncios de contactos, utilizados como parte de su tapadera. Fue el único que leyó.

Me gustaría verte hoy, a las tres en punto. ¿Es posible? ¿Dónde?
Steven.

—¿De cuándo es tu mensaje?

El correo provenía de una dirección anónima en Gmail y había sido enviado justo después de conectar ella su ordenador.

—Hace poco, hace muy poco.

Del fondo de su bolso, sacó su nuevo móvil, con una tarjeta SIM duplicada que le permitía reutilizar su antiguo número. Lo encendió, y le llegó un SMS, con el mismo texto que el correo electrónico.

«¿Por qué no?», se preguntó después de leerlo.

Entonces respondió al mensaje, aunque lo hizo sin apenas convicción.

De acuerdo. Motel Boulevard, en Brooklyn. ¿Lo conoces?

Esperó la contestación.

Sé bien dónde está. Hasta luego.

—Claro que sabes bien dónde está, cerdo vicioso. Los de tu calaña lo conocéis bien.

El Sr. Hooper había empezado a sentirse nervioso nada más responder al SMS. Aunque tarde, había comprendido que se había precipitado al contactarla con tanta rapidez, tras conocer por el periódico *The New York Times* su milagrosa salvación y su nueva identidad.

En cualquier caso, en su interior latía ahora una necesidad que ansiaba satisfacer cuanto antes. Sin embargo, no sabía cómo hacerlo, sobre todo, porque no había actuado conforme a un plan, creado con ese fin tras haber iniciado, por su cuenta y riesgo, la vigilancia del ordenador y el móvil de la chica, sino que se había limitado a pedirle una cita al detectar que revisaba su correo «profesional», puesto que solo podía significar que buscaba clientes.

—En fin; lo hecho, hecho está. Ahora falta por ver si me querrás cobrar.

Releyó el rotativo en el que se daban los detalles de su nueva identidad.

«Menudo lío has montado en la ciudad, chavala».

A continuación, murmuró:

—Valentina… Me gusta tu nuevo nombre.

Desde que había comenzado su particular espionaje de Valentina Irinova, intrigado por las peticiones de Harry, había intervenido su móvil y su ordenador, ambos con una facilidad pasmosa, y había encontrado, en este último, el curriculum vitae de la chica. Gracias a él, descubrió que ella cumpliría diecinueve años el próximo doce de diciembre.

—No eres mucho mayor que yo. Seguro que puedo enseñarte algunas cosillas— se había dicho en aquel momento.

Examinó de nuevo la foto de la esquina superior derecha que había en el curriculum vitae.

—Estás muy buena. Y me gusta esa larga melena negra.

Le volvían loco las mujeres mayores que él, con una especial debilidad por aquellas que tenían el pelo largo, y despreciaba a las de su edad por considerarlas unas crías sin atractivo.

—Te queda de miedo la cola de caballo. Seguro que, cuando te lo sueltas, te llega hasta las nalgas.

Asimismo, había copiado del ordenador de la chica fotos en las que se la veía en la playa, con un bañador que permitía entrever que era muy delgada pero no anoréxica, ni mucho menos.

—Y los ojos… Madre mía, tengo que verlos en vivo.

Se imaginó junto a Kayden, atreviéndose a acariciarla con delicadeza y percibiendo su aliento en la piel.

—Tengo que verla de cerca... —se dijo, embelesado con la chica—... y voy a verla de cerca. Ya lo creo que sí.

Tamborileó con los dedos sobre la mesa.

—Motel Boulevard... Menuda tentación.

Llevaba pensando lo mismo desde que descubrió las idas y venidas de la chica a ese alojamiento de tan mala reputación.

Valentina Irinova llegó al Motel Boulevard a las tres menos cuarto. Saludó al recepcionista sin mirarlo para evitar ver cómo se la comía con los ojos con absoluto descaro, subió por las escaleras y recorrió el pasillo de la tercera planta con paso firme hasta la habitación 305. Una vez dentro, encendió el televisor y se sentó a esperar en un deshilachado sillón.

A las tres en punto, sonó la alarma de su móvil con un único bip, y al cabo de cuarenta y cinco minutos más, proseguía con su inútil espera. Hastiada, apagó la televisión con el mando a distancia y se puso la gabardina. Una vez en el pasillo, continuó su camino hacia el ascensor, atormentada por la cantidad de problemas que poco a poco se iban acumulando en su vida. Al llegar a él, se dio de bruces con un adolescente.

—¡Hola! —dijo el Sr. Hooper, aparentando sorpresa—. ¿Eres nueva en el Boulevard?

Damarcus tenía muy estudiada la reacción.

—No, es que... En fin, he estado...

—Igual he metido la pata con la pregunta. ¿Te puedo invitar a una cerveza para compensarte?

La chica lo miró con recelo.

—¿No vas demasiado rápido?

—Tranquila, que no es en mi casa. Es en un bar. Conozco uno bastante agradable aquí al lado, junto a la iglesia del Redentor.

—Sigue siendo demasiado rápido.

—Solo pretendía ser cortés. Si vamos a ser vecinos...

—¿Vecinos?

—He cogido una habitación para varios meses. Los alquileres salen muy baratos aquí si te quedas mucho tiempo.

—Lo sé, lo sé...

—¿Lo ves? Vamos a ser vecinos.

Valentina pareció meditar mucho sus próximas palabras.

—¿Dejan entrar a menores? —pregunto finalmente con una sonrisa.

—¿En la iglesia? Claro que no; sirven alcohol.

Ella no pudo evitar reírse por su desenvoltura y agilidad mental y le tendió la mano.

—Me llamo Valentina.

Al Sr. Hooper no le gustaba su verdadero nombre, de modo que le dio una versión algo más atractiva.

—Marcus, Marcus Hooper.

Sin moverse de su silla y con todo su aplomo, el Sr. Hooper le pidió dos cervezas a un desconfiado camarero. A ella le volvió a resultar divertido su desparpajo.

—Resulta gracioso ver cómo juegas a ser un adulto.

—¿Otra vez con la broma de mis años?

—Es que no termino de creerme que... En fin, ya sabes.

—Ya, que no aparento ni de lejos ser mayor de edad.

—Pues no, pero, para serte sincera, me gusta que sea así.

Sentado frente a ella, el pequeño informático no dejaba de pensar que sería mucho más interesante hacerlo a su lado.

«La tengo en el bote y solo he de cerrar la tapa con

cuidado para que no se escape».

Apartó de su cabeza esas ideas por el timbre de una llamada entrante en el móvil de Valentina. Ella comprobó el número y la cortó, pero enseguida recibió un aviso de su buzón de voz, y al escuchar el mensaje, se le escapó una risita.

—Hay dos pardillos a los que les dejé una nota en la puerta de mi apartamento que decía: «Vuelvo en un rato». Ahora están buscándome como locos.

El Sr. Hooper no entendió el trasfondo de la broma, así que cambió de tema.

—No sé qué horario tienes en tu trabajo, pero me alegro de que libres a la misma hora que yo.

—¿Estás de guasa? ¿Tú? ¿Trabajar?

—¡Otra vez con mi edad! ¿Cuántos años crees que tengo?

—No los que pretendes aparentar. Tengo buen ojo para calcular la edad de los hombres.

El Sr. Hooper no quiso alargar la charla sobre ese tema.

—Todos tenemos nuestros secretos y, si no, ¿qué hace una chica sola en el Boulevard?

—¿Es una crítica?

—No, lo siento. Solo pretendía cambiar de tema.

Lamentó de veras la reacción de Valentina, pero de haber sido más receptiva a la indirecta, habría llevado la conversación al campo que le interesaba: llevársela a la cama.

Decidió cambiar de táctica. Charlaría un buen rato con ella y profundizaría en la incipiente amistad. De modo que le habló de su dura infancia, en la que los adultos no comprendían sus dotes con la electrónica. Esto había conducido inexorablemente a otros intentos de llamar la atención realizando el más difícil todavía, con las consiguientes consecuencias negativas. Estas, a su vez, introdujeron el proceso en una espiral sin fin, cada vez más enloquecida.

La conversación se alargó sin que ninguno pensara en el tiempo transcurrido. Pidieron más y más cervezas, y a él le pareció que Valentina se sentía a gusto en su compañía. Imaginó que sería por no estar frente a un viejo verde que solo veía en ella un cuerpo joven o porque los dos pasaron por infancias difíciles. O, quizá, porque le era simpático.

—¿Volveremos a vernos?

—Estoy muy ocupada tratando de resolver un problema, pero quién sabe...

Jugueteó con su cerveza, manteniendo así en vilo al Sr. Hooper.

—Quizá, por mi cumpleaños.

—¿Cuándo es?

Aunque conocía la respuesta a la perfección, había tenido que formular la pregunta para hacer creíble su papel.

—El 20 de este mes.

—No sé si podré esperar tanto.

Desde luego, le costaría bastante, pero se conformó pensando que si ella le daba detalles de su vida privada, solo podía haber un motivo: se sentía atraída por él.

—¿Qué harás ahora?

—Dar un paseo hasta el Brooklyn Bridge Park.

—¿Qué tiene de especial ese sitio que merezca un paseo tan largo, de noche y con frío?

—Suele haber astrónomos aficionados con telescopios.

—¿Quieres ver estrellas? ¿En esta ciudad?

—Tienes razón, no es fácil, pero hoy tenemos una noche despejada, y con la ayuda de un pequeño telescopio será suficiente para verlas. Y seguro que convenzo a alguien para que me deje echar un vistazo por el suyo.

—Te acompañaré. Si no te importa, claro. Y así viajarás en moto.

—¡Tienes una moto! Marcus, manejas el dinero con mucha alegría para ser un mocoso.

—Solo gasto cuando merece la pena. Como con las motos. Y lo de «mocoso» lo pasaré por alto.

Para el Sr. Hooper, había nacido una prometedora complicidad. De hecho, ya no veía a la chica como un simple objeto de deseo, un factor que a su vez le permitía otorgarle más naturalidad a la conversación. Así pues, los nuevos sentimientos le hicieron sencillo disipar los recelos de Valentina para caminar juntos hasta su moto y, desde allí, en un corto paseo con fuertes acelerones, llevarla al muelle número 1 del Brooklyn Bridge Park.

Apenas había gente observando las estrellas en el parque a pesar de ser una noche propicia para ello, y cuando Kayden y el Sr. Hooper advirtieron que la mayoría lo hacía tumbada sobre la hierba seca, decidieron imitarles.

—Hace poco pude ver desde aquí un destello en el cielo, un reflejo del sol en la Estación Espacial Internacional. Fue increíble... Fue sensacional poder observar algo tan lejano, habitado por seres humanos.

El Sr. Hooper imaginó que era toda una soñadora.

—¿Crees en Dios, Marcus?

—No sé... No sé de él, no me han enseñado. ¿A qué viene esa pregunta?

—¿Quién, sino él, ha creado una catedral con un techo tan bellamente decorado con millones de diminutas motas luminosas de colores? Porque sabes que las estrellas tienen diferentes colores, ¿verdad?

—No miro mucho el cielo. Bastante tengo con saber dónde piso.

—¿Cómo sales adelante en la vida? A tu edad, no

será fácil.

—Sé cómo conseguir lo que quiero.

—¿Con dinero?

—Con trampas. ¿Y tú?

—Fingiendo.

El informe remitido por el inspector Borodinsky, desde la central de la Policía de Moscú, no había pasado por la oficina de enlace que la Interpol tenía en Nueva York, ya que, al no tratarse de un criminal buscado internacionalmente, no era un asunto de su competencia.

El informe reflejaba que la policía había indagado la veracidad de los datos facilitados por Valentina Irinova. En ese sentido, se descubrió que la oficina de Prostórnaya había sido alquilada por una sociedad ficticia, cuyos documentos de constitución eran brillantes falsificaciones. Además, se había pagado en efectivo un año por adelantado a cambio de un buen descuento. Por otro lado, no quedaba ni un mueble en su interior. Por no haber, no había ni basura tirada por el suelo. Y por si fuera poco, los cristales estaban impolutos y los picaportes de latón brillaban como si fueran nuevos. Era evidente, por lo tanto, que sus últimos ocupantes la habían «esterilizado» y que nadie encontraría el más mínimo rastro de su paso por el inmueble.

En cuanto al número de teléfono que figuraba en el anuncio, la titularidad de este era la misma empresa fantasma, y en lo que se refiere a los cargos bancarios por su uso, tampoco se había averiguado nada porque el teléfono era de prepago.

La situación en Estados Unidos era similar. La nave donde se había localizado a Holmer Reuben llevaba años vacía, y su propietario tenía una coartada perfecta. En la que se había encontrado a Nikolái, se repetían las mismas circunstancias. Por fortuna, sí se había producido un avance con la identidad del conductor de la camioneta: su nombre era Leonard Lance.

—Al menos, ahora sabemos algo más que antes.

Marian guardó los documentos en el archivador de su despacho del RAM y añadió:

—Pues si la clave no está en el pasado de Kayden Fox y tampoco en el de Valentina, ¿dónde se oculta?

—Valentina Irinova no esconde nada porque la clave no está en ella, una simple actriz hábilmente manipulada —precisó Christian con frialdad—. La clave está en Kayden Fox. Siempre lo ha estado.

—¿De qué estás hablando?

—El Sr. Leónov desconfía de Valentina. Sospecho que lo hace porque piensa que ha intervenido en su envenenamiento, ya que puede pasear por el Michigan y aproximarse a su apartamento sin llamar la atención, si bien se equivoca en un detalle fundamental: hay otra persona que también pudo hacerlo, alguien que nos es muy conocido.

Marian se mostró molesta al atisbar por dónde pretendía continuar su compañero.

—Eso es imposible. Él no puede estar implicado. Ya lanzaste esa idea antes, y te repito que es absurdo.

Estaba a punto de explotar.

—Harry conocía la existencia del dinero —continuó él— y ha tenido años para preparar el plan.

—¿Por qué iba a hacerlo? No hay un móvil.

—¿El móvil? Tener más. La codicia es un vicio insaciable.

El silencio se hizo muy pesado, y él lo rompió de forma brutal.

—Kayden, la verdadera Kayden Fox y tu querido Harry se conocían.

El desconcierto de Marian fue absoluto, y no supo de

qué manera defender a su amigo.

—He investigado a Harry —prosiguió Christian— y he averiguado que el año pasado asistió a una convención de fabricantes de productos farmacéuticos en Kansas City.

—¿Y eso qué tiene que ver con...?

Él la interrumpió con brusquedad.

—Kayden era de Clinton, una localidad muy cercana, cuyos habitantes suelen acudir a la capital del estado vecino en busca de atención médica especializada por encontrarse más próxima que Jefferson City.

Alzó la voz para darle más convicción a su planteamiento.

—Kayden era paciente de la consulta de psicología del doctor Delaney, en el Saint John Hospital de Kansas City, y lo visitó el día que se celebró allí la convención.

—¡No!

—¡Sí! Y aquel día, cuando Harry conoció a la verdadera Kayden Fox, se firmó su sentencia de muerte.

—No sabemos si está muerta. Puede haber huido de ese prestamista que la acosa.

—¡No seas inocente!

—¡Pues será una horrible casualidad!

—¡Sabes muy bien que no lo es!

—¿Cómo lo has averiguado?

—Farma-Gal publica en su página web mucha información. Al ver en ella el paso de su presidente por Kansas City, le pedí a la Oficina del Fiscal que contactase con el doctor y le solicitase la historia clínica de la chica.

Su compañera sintió cómo le fallaban las fuerzas.

—¿Y...?

—Descubrimos algo totalmente inesperado.

—Vamos, no te hagas de rogar.

—Pocos días después de la convención, el doctor Delaney moría en un extraño accidente de circulación, uno causado por un perro; un labrador.

Marian se derrumbó.

—¡No es posible! Si hasta nos condujo a casa del hombre que atropelló a Travis.

—Marian, si de esos cinco chalados mueren cuatro, el quinto será el sospechoso, y Harry lo sabe. Por eso, se construye una coartada. ¡La coartada perfecta!

—Pero… —balbuceó.

—Puedo concederte que no todos sus actos encajan con este razonamiento, pero quizá se deban a que ha traicionado a sus cómplices y ahora luchan entre ellos por ver quién se lleva el botín.

—No, no, no…

—¿Por qué, entonces, ese empecinamiento suyo en que seas tú quien investigue? Te lo diré: porque nunca sospecharías de él y, si averiguaras demasiado, jamás le dispararías.

El peso del razonamiento era aplastante.

—Has sufrido mucho, y este nuevo golpe… Siento haber sido tan brusco.

—Es muy tarde. Estoy cansada y necesito digerir todo esto.

Titubeaba de manera evidente a pesar de sus esfuerzos por disimularlo.

—Me voy a cenar. ¿Quieres venir?

A su compañero le sorprendió el ofrecimiento, pero no porque no estuviera habituado a ellos, sino porque no se lo esperaba de ella en un momento como ese.

—Anímate, nos vendrá bien.

A él le tentó bastante la idea de cambiar la comisaría por un restaurante, en especial si era en su compañía, pero dudaba acerca de la idoneidad del momento.

—Me apetece mucho —insistió, acercándose a él.

—Lo siento. Hoy no es un buen día.

—¿Por qué no?

Se arrimó más y, repentinamente, le cambió la cara.

—¿A qué hueles?

Lo olisqueó con más intensidad.

—Hueles a perfume de mujer. ¿Cuándo has…? ¡No me lo puedo creer! Hoy has llevado a casa a Valentina. ¿Es que os habéis liado?

—¡No!

—¿Cómo que no? ¡Eres un mentiroso! ¡Y un traidor!

—La llevé a su casa, pero no ocurrió nada.

—Me tiras los tejos, y resulta que, a la vez, te lías con todas las que se cruzan en tu camino: primero esa Myra Reed, o como se llame la de los *piercings*, y ahora Valentina. ¿Por quién me tomas? ¿Y qué dirá Toole si averigua que te acuestas con la principal testigo?

—Debes creerme. No les he tocado ni un pelo.

Parecía sincero, y su tono de voz era casi suplicante.

—No he estado con ninguna otra mujer desde que te he conocido porque solo me interesas tú.

La espontánea declaración de intenciones, tan franca y romántica, volatilizó su indignación.

—Entonces… —dijo dubitativa—, eh… ¡que no vuelva a ocurrir!

Se preparó para marcharse.

—¿El qué? —protestó él.

—Lo que parece que ha ocurrido.

—¡Si solo lo ha parecido!

—Pues cuida las formas.

La discusión le había hecho comprender lo que sentía por Christian y que lo amaba, y deseó que sus sospechas nunca se hicieran realidad.

EL MUNDO SE DESMORONA

Jueves, 2 de diciembre

—¿Cómo has sabido que estaría aquí? —preguntó Harry—. ¿Y tus escoltas?

Valentina respondió divertida:

—Resulta increíble lo tontos que pueden llegar a ser los hombres. Ven una sonrisa angelical y bajan la guardia hasta extremos insospechados.

—Eres una mujer muy extraña.

—Solo intento superar las zancadillas que me pone la vida.

—Aún no me has dicho cómo has sabido que estaría aquí.

—Sé mucho de ti. Sé que te gusta pasear por las tardes. Lo haces por High Line, pero no los días de sol, como hoy. Entonces te gusta dar una vuelta por este puente.

Valentina se deleitó con el atardecer que se podía observar desde la parte central del puente de Brooklyn, en la que ella le había estado esperando.

—¿Ves los rayos de luz cruzando entre los rascacielos? Cuando lo hacen como ahora, casi en horizontal, resulta fascinante. No se distinguen los colores de los edificios, solo sus siluetas. Son figuras sin profundidad, sin el toque de humanidad de quienes las han construido. Por eso siento que nos encontramos ante una ciudad desierta, habitada por fantasmas.

Caminaron en silencio, seguidos por los escoltas de Harry, hasta que el último rayo de sol estuvo a punto de desaparecer, instante en el que Harry observó cómo el agonizante color naranja iluminaba la piel y la melena de la chica.

—Vayamos al grano: ¿qué quieres de mí?

—Sospecho que me van a detener y necesito ayuda. Necesito que tú me ayudes.

—Tengo mis propios problemas.

Harry fue muy tajante.

—Pero ¡tienes que hacerlo! ¡Eres el único capaz de ayudarme!

—No puedo.

—Pues dime, al menos, lo que sepas de ese dinero que están buscando. Así podría investigar por mi cuenta.

—Eso es imposible, absolutamente imposible.

Valentina se fue llorando justo en el momento en el que llegaban a Manhattan. Cuando Harry la perdió de vista, continuó con su camino, dirigiéndose hacia su coche, aparcado en la calle Murray. Al llegar a él, lo saludó una cara conocida.

—¿De paseo por la ciudad?

Marian se encontraba en compañía de Christian. Los seguían los agentes Charyn y Anderson, escoltas de Valentina.

—¿Dónde está nuestra amiga? —inquirió con sequedad.

—Imagino que camino de su casa.

Marian hizo una señal a Christian, y este se marchó a la carrera, en compañía de Anderson.

—Lo lamento, pero debes acompañarnos.

Le hizo entrega de un documento pulcramente doblado.

—Es toda una cortesía mostrar a un amigo su propia orden de detención.

Abrió el documento y retrocedió hasta el Cobra, apoyándose en él para leerlo, pero antes de que los policías se dieran cuenta, se había metido en el coche de un salto, aprovechando que no llevaba puesta la capota.

—¡No lo hagas! —gritó Marian, a la vez que Harry ponía en marcha el motor.

Echó a correr hacia el Cobra, pero solo para ver cómo se le escapaba por unos centímetros. Entretanto, los agentes Ellis y Berling se colocaron en medio de la calzada a fin de cortarle el paso. Sin embargo, Harry logró esquivarles de un volantazo.

—¿Disparo? —preguntó Charyn, empuñando su Glock.

—¡No! Lo necesitamos vivo.

—Ellis, tratad de interceptarlo en West con Canal —ordenó Charyn —, por si fuera a huir por el túnel Holland.

Se montaron en el coche patrulla de Charyn y se fueron por donde había desaparecido su antiguo mentor. Giraron en West Broadway, y en el siguiente cruce, Marian le pidió a su compañero que torciera de nuevo a la izquierda.

—¿Por qué?

—Intuición femenina.

A continuación, desesperada por el denso tráfico de Park Place, pidió refuerzos por radio.

—Agentes Bennett y Charyn persiguiendo a un sospechoso en un Cobra de color burdeos. El conductor es un varón de raza blanca, metro ochenta, complexión delgada y pelo blanco. Se dirige hacia Broadway por Park Place.

—¿Cómo lo sabes?

—¿No lo entiendes? Seguro que está dando la vuelta.

Con la sirena encendida, Charyn subió el coche a la acera, espantó a los escasos peatones que encontró en su improvisado itinerario y adelantó a diez vehículos. Enseguida alcanzaron el cruce con Broadway, giraron a la derecha y se detuvieron al llegar a Park Row. Era el camino hacia el puente de Brooklyn, pero también, el mejor medio de largarse de Manhattan.

—No irá por ahí. Demasiado evidente.

El coche patrulla de Ellis y Berling surgió por su derecha. Habían retrocedido al escuchar el mensaje que Marian había emitido por radio.

—Refuerzos… No nos vendrán mal.

Más adelante, Charyn observó que unos coches trataban de volver a sus carriles.

—¡Allí!

Zigzaguearon velozmente entre los vehículos y sus asombrados conductores y, al alcanzar el siguiente cruce, vieron, en la calle perpendicular, el coche de Harry, aunque tan atascado como los demás.

—Sigue tú solo. Yo iré a pie, con Berling.

Descendió del coche, y el otro agente la imitó en cuanto Marian así se lo ordenó.

—¡A correr!

Desenfundaron sus armas reglamentarias y se acercaron a hurtadillas hasta el Cobra. Sin embargo, Harry no estaba.

—No puede estar lejos y, si corre, no pasará desapercibido.

Por el fondo de la calle se escucharon unas sirenas.

Llegaba la caballería. Enseguida, varios policías descendieron de sus coches patrulla y quedaron a la espera de instrucciones.

—¡Qué algunos agentes se dirijan a la parada de Brooklyn Bridge-City Hall! —ordenó—. ¡Y que otros vigilen estas bocas de metro!

Berling se fue a cumplir las órdenes mientras que otro de los policías corrió con ella hacia la parada de la calle Fulton. Bajaron las escaleras a toda velocidad y pasaron por delante de un plano de la red del suburbano, que Marian no tuvo necesidad de mirar, dado que sospechaba que se dirigía hacia el nudo de comunicaciones que quedaba a una parada de distancia; el lugar perfecto para perder su pista de manera definitiva.

Cruzaron las puertas giratorias de barras metálicas horizontales y corrieron entre el gentío. En el desvío que conducía al resto de las líneas, le indicó al agente que montara guardia allí.

Poco después, llegaba al andén de las líneas 4 y 5, sentido Uptown. Empezó a recorrerlo con cautela, con su arma oculta bajo la chaqueta, y casi al final, divisó a un hombre alto, delgado y de espaldas a ella. Parecía esperar pacientemente la llegada del convoy. Por el contrario, su respiración era rápida y entrecortada.

«Harry…».

Se fue hacia él, nerviosa, pero sin correr para no alertarle. A punto de alcanzarlo, sintió la corriente de aire que anunciaba la llegada del metro.

—¡Harry, no te muevas!

Este se giró y la miró a los ojos. También miró el arma que le apuntaba al corazón.

—Que estés aquí demuestra que tienes instinto de policía —dijo entre jadeos—, y eso me alegra, pequeña.

La gente echó a correr despavorida al ver la escena.

—¡Échate al suelo!

—Estoy demasiado cansado.

El convoy se detuvo como si nada estuviera sucediendo, y sus puertas se abrieron con un chirrido. Sin embargo, ninguno de los ocupantes del vagón se atrevió a salir.

Marian, ante el temor de que su fugitivo se metiera en el tren, estiró los brazos para afinar la puntería.

—No dispararás —afirmó él.

Retrocedió un paso.

—Mi trabajo es hacerlo, así que no tientes a la suerte.

—Entonces, tendré que jugármela, como en el *poker*.

Otro pitido anunció la marcha del tren. Harry retrocedió de un salto y se introdujo en el vagón.

—Adiós, pequeña.

Las puertas se cerraron sin que disparase.

—¡Maldición!

Se plantó delante del metro de dos zancadas.

—No me hagas esto, por favor.

Supo que nunca lo cogería y, si por un milagro daba con él, que necesitaría la presencia de alguien capaz de dispararle.

«No, no, no…».

El tren se marchó y, con él, todas sus esperanzas de un futuro brillante en el Departamento de Policía. Golpeó el vagón en movimiento con la culata de su arma y soltó un chillido de rabia.

De inmediato, se escuchó otro grito:

—¡Marian!

Era Berling. Se acercaba a la carrera, acompañado del agente que había bajado con ella al metro.

—¡Tengo que parar ese tren ahora mismo! —exclamó ella—. Así tendrán tiempo de detener a Harry en la próxima estación. Mientras tanto, tú confirma que han enviado a agentes a Brooklyn Bridge-City Hall y lo esperan en los andenes antes de que cambie de línea.

Berling dio instrucciones al agente que había llegado con él para que se ocupara de ejecutar las órdenes. Entretanto, Marian localizó al responsable de la estación y, tras identificarse, le pidió que detuviera en medio del túnel el convoy que acababa de partir. No obstante, el empleado de la MTA le explicó que solo podía hacerse si existía un claro riesgo para la seguridad de los pasajeros, y que, en caso contrario, necesitaría la autorización de su superior en la central.

Al escuchar su explicación, ella le aclaró que se trataba del caso de los turistas, que todo el mundo con poder e influencia en la ciudad estaba como loco por que se solventase de una vez por todas y que, si no colaboraba, se arrepentiría. Aun así, él se negó, si bien la consoló diciendo que solicitaría que se impidiera su salida de la próxima estación y que haría lo mismo con el resto de los trenes, para evitar más tráfico en esa parte de la red del metro.

Marian, enojada, le cogió su linterna y se marchó sin despedirse, dirigiéndose hacia el extremo del andén por donde había desaparecido el tren de Harry. Allí se le unió Berling, haciendo uso de su propia linterna.

—¿Bajamos?

—Por supuesto.

Saltaron a las vías y echaron a correr por el oscuro túnel. No obstante, sabían que no llegarían antes de que Harry se bajara del convoy, pero, también, que al menos evitarían que los despistara si decidiera retroceder a pie por la vía.

—No tiene escapatoria —comentó Berling—. Por radio me han confirmado que ya hay agentes esperando en la próxima estación.

Tras dos minutos y medio de carrera desbocada, que se les hicieron eternos, llegaron al cruce de las vías con la del bucle de la estación abandonada de City Hall.

—¿Y ahora qué? —preguntó Berling—. ¿Nos dividimos?

—Espérame en el siguiente enlace. Yo revisaré la estación, daré la vuelta por el bucle y saldré por el otro lado.

—¿Y si tienes problemas?

—Escucharás mis disparos.

Marian se adentró en solitario por la vía del bucle. Este era un semicírculo utilizado por los trenes de la línea 6 para dar la vuelta y emprender el camino de retorno al Bronx y cuyos dos extremos empalmaban diagonalmente con la vía principal. En él se hallaba la preciosa estación de City Hall, la más antigua de la red del suburbano, a la vez que el orgullo del transporte público de la ciudad por su maravillosa y peculiar arquitectura. Era, también, un sitio lleno de encanto y misterio, del que se decía que albergaba algún que otro fantasma.

Al llegar a City Hall, paseó el haz de luz de la linterna por todos los rincones del andén, recorriéndolo hasta el extremo contrario y disfrutando de la belleza del lugar, alumbró los escalones del acceso que conducía a la entreplanta, en la que se encontraban las taquillas, y subió por la escalera, con precaución, hasta detenerse al llegar al centro de una sala circular. Allí escuchó lo que parecía un jadeo.

«Ya te tengo».

Examinó sin moverse las dos escalinatas que conducían a la calle, cuyas puertas deberían estar bloqueadas. Aun así, parecían el escondite idóneo, el más alejado de las vías. No obstante, para ella, llegar hasta sus extremos suponía abandonar el centro de la sala, posición desde la que dominaba visualmente ambas salidas.

Dedujo con rapidez que inspeccionar primero en la que no se ocultase Harry podía provocar que él aprovechase tal circunstancia para escapar, pero aun así, decidió arriesgarse, aunque con el máximo sigilo para poder escuchar los pasos de su presa. Así pues, subió por las escaleras de la derecha en absoluto silencio y, al alcanzar el extremo superior, empujó la puerta con fuerza para confirmar que se encontraba cerrada. Luego bajó sin pérdida de tiempo e hizo lo mismo por el lado izquierdo. Por último, regresó a la entreplanta. Allí se dio de bruces con un hombre de raza blanca, anciano, obeso y desnudo.

Estuvo a punto de disparar su arma del susto que la aparición le había provocado. Ahora bien, no era Harry ni guardaba parecido alguno con él, pero, entonces, ¿de quién se trataba? ¿De uno de esos habitantes que dormitaba en el subsuelo de la ciudad, sobre todo, durante los días más fríos? ¿Y qué hacía desnudo? Lo único que llevaba puesto era un reloj de pulsera. ¡Menudo frío debía pasar vestido solo con él! ¿Y por qué parecía tan feliz?

El extraño personaje desapareció del haz de luz de su linterna sin dejar de sonreír, y ella se quedó de nuevo a solas con sus problemas.

Reflexionó acerca de qué hacer con él, aunque de inmediato comprendió que su prioridad era otra. De modo que decidió que continuaría con la búsqueda de Harry y que, en cuanto pudiera, avisaría a los de los servicios sociales para que fueran a recoger al indigente.

Una vez de vuelta en el andén, avanzó hacia el norte, saltó a la vía y caminó hasta encontrarse con la línea 6.

—¡Por fin! —exclamó el agente Berling al verla—. ¿Alguna novedad?

—Solo el lamento de los fantasmas de City Hall.

Berling no le preguntó por su enigmática respuesta porque sabía bien que se refería a una de las leyendas de la ciudad.

Al cabo de unos minutos de marcha, llegaron a la estación de Brooklyn Bridge-City Hall, donde un nutrido grupo de policías retenía a los viajeros. Al ver la escena, lo primero que hizo Marian fue desear que Harry estuviera entre ellos.

—¡Marian, aquí! —le gritó Charyn—. Pareces un fantasma salido del más allá. Vamos, dame una mano, te ayudaré a subir.

La alzó por los aires como si fuera ligera como una pluma y la puso sobre el andén.

—¿Lo tenéis?

—No, y hemos comprobado dos veces los vagones y todos los rincones de la estación. Además, varios de los pasajeros aseguran haber visto a un hombre, con el aspecto de Harry, saltar del tren en marcha por la puerta del extremo del vagón.

El desánimo la invadió.

—O un diligente operario ya ha puesto en práctica la nueva directriz municipal sobre esas puertas o Harry es una caja de sorpresas. ¡Forzar la puerta y saltar en marcha! ¡Y a su edad!

Observó que la tensión entre los viajeros aumentaba de forma considerable. No entendían nada y no estaban en condiciones de hacerlo. Por otra parte, querían continuar su camino, tras esperar más de lo que sus ajetreadas vidas les permitían.

—Seamos prácticos. Aquí perdemos el tiempo y nos queda mucho por hacer en otro sitio. Que dejen marchar a todo el mundo y den instrucciones de vigilar incluso puertos y aeropuertos. Ahora vayamos a por Valentina. ¿Qué noticias tenemos de Christian y Anderson?

—Todavía no han llegado. Están en un atasco en la calle Church.

—Llama a los que custodian a Leónov.

—¿Etrich y Taube? Ya lo he hecho. No hay novedades.

—Vuelve a llamarlos, y que uno vigile el apartamento de Valentina.

Hacía rato que habían dejado atrás el cruce con la calle Barclay. Desde allí, su progresión por la calle Church había resultado desesperante a pesar de la habilidad de Berling como conductor. Manejaba el coche entre el denso tráfico como un ágil delfín en aguas turbulentas y se lanzaba sin temor por los estrechos huecos que quedaban entre los automóviles, pasando a veces tan cerca de ellos que se golpeaban entre sí los espejos retrovisores.

—¡Los escoltas de Valentina siguen sin contestar! ¿Qué demonios les ocurre?

Marian estaba de los nervios.

—¿Los has llamado? ¿A los dos?

—Sí, sí, y no doy con ninguno.

Se desviaron por la Sexta Avenida, a su paso por la calle Franklin. No obstante, la circulación continuaba siendo lenta, y ni la sirena ni la luz estroboscópica, que alertaban del paso de un coche patrulla camuflado de la policía, eran suficientes para abrirse hueco entre la multitud de vehículos atascados.

—Aprovecharé para mandar refuerzos. Si Pável está en el Michigan, nos van a hacer falta. Y piensa en cómo salir de aquí.

Berling volvió a subirse a la acera. Empezaba a cogerle el gustillo.

Sus cautivadores ojos verdes escudriñaron la siniestra fachada lateral del Michigan. Era como la cara de un monstruo, que la atemorizó al instante. Por otro lado, el silencio en el callejón desde el que lo escrutaba era casi irreal, como cuando la selva enmudece ante la presencia de un depredador, al acecho de su presa.

Tampoco le atraía lo más mínimo la idea de cruzar el

callejón ni entrar por el sótano, aunque de esa manera evitaría a un posible poli que estuviera de guardia en la entrada principal.

Así pues, comprobó con discreción que el acceso estuviera despejado, salvo por una Chevy Van de una empresa de mantenimiento de calderas, y luego abandonó la esquina desde la que había vigilado durante unos minutos.

—Me preguntaba si alguna vez volvería a verte.

La cabeza de Jack asomó por la ventana del vehículo. Lo puso en marcha y lo movió hacia atrás, hasta bloquear la salida. Luego se bajó de la camioneta.

—¡No estoy de humor para aguantarte! —gritó ella.

—Llevo buscándote desde que diste esquinazo a tus dos polis, pero me harté de dar vueltas por ahí y volví aquí con la esperanza de poder recibirte sin tu escolta.

—Ahora no, Jack, por favor.

Su antiguo novio abrió la puerta corredera lateral y dejó unas cuerdas a la vista.

—Me han despedido por tu culpa.

Se colocó entre los dedos su llavero de los Rangers, y la mano formó un puño, dejando la hoja del cuchillo a modo de peligroso punzón.

—Por suerte, unos amigos me han prometido un pastón a cambio de un pase privado tuyo, pero siempre que luego te quedes a jugar con ellos.

Valentina estudió sus opciones. En contra de lo que había esperado, la puerta de entrada al edificio estaba cerrada, o al menos lo parecía. Por otro lado, pasar por donde aguardaba Jack no iba a resultar fácil, y la última alternativa era un muro a su espalda, coronado por una concertina repleta de cuchillas, sobre las que moriría despellejada si intentase pasar por encima.

—Solo hay dos formas de salir de aquí: conmigo, camino de una nueva vida, o pasando por encima ese muro.

Y si saltas, no te lo impediré, sino que lo grabaría con el móvil y lo colgaría en Internet. Seguro que causa furor.

Valentina evaluó la situación.

—Ni siquiera hay asientos traseros en tu camioneta.

—No te harán falta.

Tampoco tenía ventanillas en la parte posterior.

—No volveré contigo.

Extrajo de su bolso una pequeña navaja automática. La hoja se desplegó y se aprestó a defenderse.

Jack se echó a reír.

—No, tú no me negarás lo que quiero, pero si te resistes, te llevaré al barrio para que una panda de psicópatas te viole hasta hacer añicos tu tozudez. Y si te empeñas en no hacer bien tu trabajo, te ataré a mi coche con tu larga melena y te arrastraré desnuda por el asfalto de calles en las que nadie te vea morir desollada.

—¡Valiente capullo!

Valentina recorría el interminable pasillo de la quinta planta. Se atusaba el pelo y se ajustaba la ropa, muy descolocada por culpa de cierto imbécil. Luego se comprobó los rasguños de la mano. No eran gran cosa.

—Espero que ardas en el infierno.

Deseó que la calefacción funcionara con normalidad para quitarse de encima la tiritona que arrastraba desde el puente de Brooklyn. No obstante, sus problemas con el edificio finalizarían en breve, habida cuenta de que no tenía dinero para hacer frente al pago de la próxima mensualidad, de forma que acabaría desahuciada poco tiempo después. A su vez, se imaginó haciendo cola en algún comedor de caridad para tomar una sopa caliente con la que luchar contra el frío. Con ese mismo fin, acudiría a él con antelación para ser de las primeras y coger la grasa que quedaba flotando en el caldo; un buen complemento a su futura y ajustada dieta.

Pasó al dormitorio con la intención de cambiarse la ropa por otra que abrigase más, otra que la ayudara a quitarse de encima el temblor que le provocaba el frío. ¿O, quizá, la tiritona se debía a la dura experiencia del callejón?

Se desnudó con calma hasta quedarse en ropa interior. Revisó su cuerpo, especialmente las costillas, que resultaban más visibles que hacía unos días. Luego se aproximó hasta el espejo vertical, que colgaba de una de las paredes. Ante él, pudo comprobar que el papel para el que había sido contratada todavía no la había convertido en un saco de huesos y que mantenía un tipo atractivo.

Se acarició las piernas y las caderas pensando en ello, y la piel se le erizó. Entonces cerró los ojos y permaneció unos minutos disfrutando de un pequeño masaje. Después vino el susto, provocado por el sonido de una respiración.

—¡¿Cuánto tiempo llevas mirando?! —chilló.

—*Privét, vrúshka-pobliadúshka*[43].

—¿Qué haces aquí? ¿Cómo has entrado? Y no me llames así.

—Me quedaría toda la noche deleitándome con tu belleza —dijo Nick, desde su silla de ruedas—, pero no me dejaré engatusar por ella.

Salió del baño y se adentró en el dormitorio.

—Uno de mis escoltas monta guardia en la entrada del edificio, pero al otro lo he dejado en el baño, y cuando se recupere de la sorpresa, llegará aquí enseguida. Así que no puedo perder el tiempo.

Se acercó con rapidez a la puerta y la cerró con llave.

Valentina se quedó perpleja.

—¿Tienes llave de mi casa? ¿De dónde la has sacado?

Vio un reflejo metálico en la mano izquierda que la preocupó.

—¿Qué tienes ahí? ¿Es una pistola?

---

[43] Hola, putita mentirosa.

—Es un revólver SW del calibre Magnum 44 diseñado para caza mayor. Si te disparase con él y te alcanzase en alguno de tus huesos mayores, saldrías volando por la ventana, empujada por la fuerza del proyectil.

Valentina había abierto tanto los ojos que parecían dos platos brillando en la oscuridad.

—También sirve para jugar a la ruleta rusa. Ahora deja sobre la mesa tu móvil y aléjate de él. No quisiera matarte antes de tiempo por intentar usarlo.

Obedeció y se distanció un par de pasos, momento en el que Nick se apropió del teléfono y se lo guardó en un bolsillo. Luego introdujo dos cartuchos en dos de las seis recámaras del cilindro del revólver.

—¡Estaba vacío! —protestó ella.

Nikolái hizo girar el cilindro y gesticuló con el revólver en el aire.

—Tendrás un máximo de cuatro oportunidades, y con dos cartuchos va a ser mucho más emocionante que solo con uno.

Devolvió el cilindro a su posición de disparo y la encañonó. Valentina permaneció muda de terror. Nick levantó el percutor e hizo girar el cilindro una posición. Eso la asustó todavía más, ya que en la oscuridad, no era posible distinguir si en la recámara se alojaba un cartucho.

—La cuestión es la siguiente: no creo en los milagros. Eso queda para los cristianos, y yo no lo soy. De modo que no puedo creer en tu milagrosa salvación a manos de Johann; no después de que falleciera. Lo que a su vez me obliga a pensar que no eres una víctima más y que los ayudaste a que me secuestraran.

—¡Eso no tiene sentido!

—Sí lo tiene, porque si alguien te hubiera visto rondar mi apartamento, pensaría que solo eras una vecina camino de su casa, y esa es una circunstancia que te confería la libertad de movimiento necesaria para entrar en la mía e introducir algún tipo de droga en mis botellas.

La reacción de la chica fue de absoluta incredulidad.

—¡Te has vuelto loco!

—¿Quién eres?

—¡Soy Valentina Irinova!

—Si eso fuera cierto, no nos encontraríamos en esta situación.

—¡Te lo juro!

Nikolái apretó el disparador. Sonó un clic cuando el percutor golpeó una recámara vacía, y una exhalación de alivio salió de la boca de la chica. No obstante, el ruso volvió a levantar el percutor, y otra recámara se alineó con el cañón.

—¡Por favor, no lo hagas! No te miento. Soy Valentina Irinova, una actriz que solo intenta salir de la miseria.

—¿Quién trabaja contigo y dónde puedo encontrarlo?

—¡No lo sé!

Apretó el disparador, y Valentina se sobresaltó al oír el ruido del percutor golpeando en vacío.

—Con suerte, tendrás dos oportunidades más, pero a la tercera, volarás por esa ventana como un pájaro muerto.

—¡No te puedo contar lo que no sé!

Miró nerviosa a su alrededor, como si buscase una escapatoria. Entonces Nick apretó de nuevo el disparador, y Valentina se encogió de hombros, aguardando el final, pero en contra de lo esperado, solo se escuchó otro clic.

—Ahora estás al treinta por ciento. ¿Por qué has vuelto?

—Nikolái, por favor, escúchame… —imploró entre sollozos—. No sé qué esperas que te diga, pero no puedo hacerlo.

Nick levantó el percutor, lo que provocó que

Valentina se arrodillase y arrastrara para suplicarle que no disparase. Sin embargo, en lugar de bajar el arma, Nikolái retrocedió, pensando que quizá ella buscase en realidad sorprenderlo y arrebatarle el revólver.

—¡Eres repugnante!

Los interrumpieron unos violentos golpes en la puerta.

—Sr. Leónov, ¿está ahí?

El agente Etrich, escolta de Nikolái, había dado con él después de una rápida búsqueda.

—¡Sr. Leónov, abra, por favor!

Nick no sabía qué hacer. Volarle la cabeza a Valentina con un policía al otro lado de la puerta no era una buena idea y…

—¡Viejo pervertido! ¿Quién te crees que eres?

Su agresividad lo sorprendió. Debía de ser similar a la que había mostrado con Johann y confirmaba sus sospechas de que padecía un cierto desequilibrio emocional. De hecho, pensaba que habría sido más normal que la chica pidiera socorro al agente en vez de insultarle.

—Sois unos viejos verdes. Os ponía cachondos tener a vuestro lado a una jovencita y tratabais de camelarme con dinero porque no teníais nada mejor que ofrecer. Sabíais que nadie querría perder el tiempo con unos sacos de carne vieja y arrugada si no era a cambio de un pastón. De lo contrario, ¿qué hacías antes babeando a escondidas mientras me desnudaba?

Se dirigió a la ventana y cerró las cortinas.

—¿Qué haces? —chilló Nick.

—¡Dispárame ahora que nadie te ve!

—¡Cállate!

El policía aporreó de nuevo la puerta.

—¡Dispara! —gritó ella—. Nadie verá mi cuerpo volando hasta la calle porque la cortina lo detendrá. ¡Aprovéchalo!

Nick se estaba poniendo nervioso. Había perdido el control de la situación y empezaba a dudar del acierto del encuentro. Por si no fuera suficiente, los gritos desde el pasillo incrementaron la tensión.

—¡Abra! ¡Es una orden! Si no lo hace, dispararé contra la cerradura.

El agente Etrich trató de derribar la puerta, pero su solidez lo hizo rebotar.

—¡Agente, saldré en un minuto!

—¿Se encuentra bien? ¿Quién está con usted? ¿Es ella?

A pesar del autoritario tono de voz utilizado, el policía se quedó sin respuesta.

—Vas a tener que darle muchas explicaciones al poli del pasillo.

—Sigo sin creerte —le espetó Nick a Valentina.

—Tu amargura te ciega. Tu vida es una porquería. No eres más que un apátrida, un renegado. Sí, lo sé, no pongas esa cara de bobo. Eres un viejo con el corazón devorado por la soledad y en mí solo ves lo que jamás has tenido: una mujer.

—Te voy a...

—Me odias porque me deseas y porque sabes que nunca seré tuya.

—¡Cállate!

Se acercó hasta él.

—¡Sé que es cierto!

—¡Cállate o te pego un tiro!

El sudor corría por la frente y las manos de Nick. Eso hizo que las cachas de la empuñadura del revólver se volvieran muy escurridizas, con el consiguiente efecto de hacer muy pesados los casi dos kilos del arma.

Alivió esa carga golpeando con la culata la frente de Valentina. La chica cayó al suelo y permaneció sobre la moqueta revolviéndose de dolor.

—Juro que te arrepentirás.

Nikolái la encañonó de nuevo.

—¿Hablarás?

—Sí, lo haré. Contaré todo lo que me estás haciendo, y te encerrarán en un manicomio.

Al apretar el gatillo, no se produjo ninguna detonación, solo un clic que anunciaba que la próxima vez sí moriría.

—Hay algo que he aprendido sobre vosotros y que tu juego me ha confirmado: sois unos cobardes.

—No sabes de lo que estás hablando.

—Tú nunca me dispararías, y seguro que esos cartuchos que has metido son falsos o sin proyectil.

—Sí dispararé.

Levantó el percutor y lanzó su amenaza final:

—Es tu última oportunidad de confesar.

—¡Que te den por el culo!

Se produjeron más golpes contra la puerta del apartamento, solo que, en esta ocasión, eran mucho más fuertes que los anteriores, como si el agente Etrich hubiese crecido y engordado repentinamente.

—Abriré yo —dijo la chica, poniéndose de pie.

La detonación producida por el revólver la sobresaltó; un susto que luego sirvió para suavizar la sensación de dolor, causada por la herida de bala. También el grito que siguió. A pesar de ello, fue brutal. Acto seguido, Valentina se miró la pierna con incredulidad. Estaba sangrando.

—Pero tú... tú no disparas... Nunca lo has hecho.

Era cierto. Nunca se había manchado las manos de sangre, aunque sus decisiones habían condenado a muchos a muerte. Curiosamente, ahora no sentía nada, salvo un inmenso vacío interior.

—¡Serás cabrón! —chilló ella.

La herida sangraba ahora de forma considerable.

—Cuéntame lo que sepas.

—Y, si no, ¿qué harás? ¿Rematarme? Vamos, llama una ambulancia.

Él negó con la cabeza, y ella comprendió lo peligroso de su situación.

—Te estás muriendo.

Valentina trataba de contener la hemorragia taponando el orificio con ambas manos.

—¿Acaso piensas que no me doy cuenta?

Resopló al sentir cómo le flaqueaban las piernas.

—No saldrás de aquí hasta que confieses.

—Por favor, no me hagas esto.

Se sentó sobre el suelo para evitar marearse, y el miedo asomó por su rostro ante la proximidad de la muerte.

—Viejos engreídos. Olíais el perfume de la belleza y os cegabais como adolescentes. ¡Hombres! No sabéis ver una mentira. ¿Cómo es posible? ¿Es que la testosterona os impide razonar? ¿Y tú, cómo lo has descubierto? ¿Acaso eres marica?

De nuevo salía a relucir su carácter agresivo, y cada palabra que escupía iba acompañada de un odio incontenible.

Por el contrario, Nikolái estaba henchido de orgullo porque su instinto no lo había engañado. O eso parecía. El caso era que, a pesar de que la chica aún no le había confesado nada, consideraba que se había abierto una brecha en su insondable coraza, la que tan bien ocultaba la verdad, a causa de ese «¿Y tú, cómo lo has descubierto?».

—Te contaré lo que quieres oír, pero ¿cómo sabrás si es cierto? ¿Y si solamente te digo lo que deseas escuchar con tal de salvar mi vida?

Sufrió una convulsión que la hizo retorcerse de dolor.

—Llama de una vez —suplicó.

—Pobre Louis, engatusado por semejante zorra. Seguro que nunca llegaste a sentir nada por él —Soltó una carcajada—. Imagino que lo mataste haciendo que ingiriera una sobredosis de Viagra, disuelta en su bebida, y después lo agitaste hasta que reventó como una lata de gaseosa.

Una pequeña humareda blanca se filtró por debajo de la puerta. Venía acompañada de un intenso olor a quemado.

—¿Agente Etrich? —preguntó Nikolái.

Se escuchó un ligero crepitar de llamas, que hizo que Nick tocara la puerta.

—No está caliente.

Ahora bien, eso no significaba que no hubiera un fuego al otro lado.

—¿Agente Etrich?

No recibió respuesta alguna, a pesar de que había gritado con fuerza. Extrañado, se guardó el revólver y sacó un móvil, conectado a un cable, que se perdía en el interior de su chaqueta.

—No tiene cobertura —murmuró, entre maldiciones en ruso.

A continuación, probó con el móvil de Valentina, pero el resultado fue el mismo.

—Tienen que estar interfiriendo la señal.

Recordó que Johann había pasado por la misma situación.

—¡Sin teléfono! —exclamó ella—. ¡Joder, qué mala suerte tengo!

El humo continuaba entrando por la rendija.

—Nos quieren hacer salir porque no pueden entrar —comentó él.

—Deja que me marche. Esto no va conmigo.

—Ni lo sueñes.

—¿Qué vas a hacer? ¿Salir corriendo de aquí? No puedes huir, no con Pável al otro lado. ¿Por qué crees, si no, que ese poli ya no aporrea la puerta como un histérico?

Había dado en el clavo. De hecho, era más que probable que hubiese sido el cráneo del agente Etrich lo que la había golpeado con tanta fuerza.

—Tengo un arma —expuso Nikolái.

—Con solo una bala, idiota.

—Será suficiente.

—No podrás deshacerte de ese loco. No puedes ni imaginar de lo que es capaz. Acabo de ver, en el callejón, cómo descuartiza a un hombre. Luego me ha amenazado con hacerme lo mismo si no continuaba con mi trabajo y permitía que te cruzaras «casualmente» conmigo.

—Ya, solo que ahora vuestros planes se han torcido.

—¿Por qué lo dices?

—Porque Pável habrá escuchado tu confesión a través de la puerta y ahora nos quiere matar a los dos para enterrar la verdad.

Aunque a regañadientes, Valentina tuvo que reconocerle que, en efecto, su propia vida parecía carecer ya de valor para su antiguo socio.

—Te sacaré de aquí —añadió él—. Necesito que vivas para que cuentes la verdad.

Entonces hizo acopio de valor y sentenció:

—Esto me va a doler.

Se puso de pie, y a pesar de estar atiborrado de calmantes, los huesecillos fracturados, clavándose por el interior de sus pies, le recordaron que distaba mucho de poder caminar. Asimismo, las punzadas de dolor que le lanzaron las terminaciones nerviosas casi lo hicieron desmayarse.

No obstante, el verdadero problema estaba al otro lado de la puerta, o por el incendio o por el albino. En cualquiera de los casos, el apartamento se había convertido en una ratonera, y debían escapar de él, si bien en su estado físico, salir al pasillo no era una buena idea y saltar por la ventana tampoco, habida cuenta de que se hallaban en una quinta planta.

«Los rociadores automáticos de agua…».

No se habían activado, e imaginó que ya no lo harían. Eso le dio una idea.

«Pável no puede permanecer mucho tiempo en el pasillo por el riesgo que conlleva».

Por consiguiente, tomó la decisión de salir al corredor.

—Si nos encontramos con ese albino, colócate detrás de mí.

Valentina tosió porque la garganta se le había irritado a causa de la incipiente humareda.

—Ah, y permanece agachada. Hay menos humo cerca del suelo.

—¿Ese es tu plan? ¿Salir a rastras? ¿Es que te has vuelto idiota? Además, tienes que bajar lisiado cinco pisos por la escalera en pleno incendio y hacerte invisible para no encontrarte con Pável.

—Adiós, Valentina.

Abrió la puerta rezando para no encontrarse con el albino y salió al pasillo. En él halló el cuerpo sin vida del agente Etrich. Tenía la cara deformada y manchada de un líquido de color rojo oscuro. A su vez, descubrió que el fuego se había originado entre el apartamento de la chica y la escalera principal, lo que significaba que tendría que huir por la de servicio.

El humo le producía en ojos y garganta un picor cada vez más intenso. Por no hablar de los dolores en las heridas y mutilaciones, que volvieron para complicar aún más su dramática situación y que, sin duda, no tardarían en convertirse en una pesadilla.

La tos de Valentina, justo a su espalda, le indicó en ese instante que la chica se había decantado por la opción más sensata, y se alegró por ello. Se evitaría así engorrosas explicaciones, que, ahora, podría dar ella en su lugar.

«Aunque antes debo sacarte viva de aquí, y eso no va a ser fácil».

Echaron a caminar, agachados, en dirección a la escalera y en cuanto alcanzaron su objetivo, vieron por el hueco que el humo aún no había invadido las plantas inferiores. Sin embargo, unos escalones más abajo, la amenazadora figura de Pável les cortaba el paso.

El intento de ganar tiempo circulando un tramo por la acera apenas les había servido a Marian y Berling más que para ahorrar unos pocos minutos.

—¡Qué desastre! —gritó él.

—No sé por qué, pero el tráfico no deja de empeorar. Así que seguiremos a pie. Ya queda poco, y será más rápido.

—Andando tardaremos mucho —protestó Berling.

—¡Pues correremos!

Aparcaron en el primer sitio libre que vieron, donde ella calculó la distancia que les quedaba por recorrer a lo largo de la Sexta Avenida, desde la calle 3 Oeste hasta la 24.

«Máximo cinco minutos».

Lo podía hacer en menos, pero no con esa ropa, ese calzado, el arma y sin calentar.

«Vamos allá».

Cogió la linterna del coche patrulla y empezó a correr, con Berling justo por detrás. Este, con un acelerón, se colocó por delante para marcar el ritmo. Sin embargo, Marian incrementó el paso poco a poco y lo dejó de nuevo atrás.

Alcanzó el cruce con la 14. Allí descubrió que el atasco lo provocaba un corte en el tráfico de la Sexta Avenida. Casi a la vez, una ambulancia pasó a toda prisa por delante de ella, inundándola de preocupación.

Reanudó su carrera mientras la adelantaban otras dos ambulancias, con las luces de emergencia activadas. Más adelante, aullaban las sirenas de los bomberos y de la policía. A la vez, una humareda negra, que parecía nacer en el lugar al que se dirigía, ascendía hacia el cielo, hasta mezclarse con las nubes, y en ese momento, la terrible posibilidad de más muertes entre sus amigos y compañeros la espoleó con fuerza.

Al cabo de unos minutos, se detuvo en la esquina con la 24, desde donde contempló horrorizada el espectáculo del incendio del Michigan.

«Nick, Nick... espero que no sigas ahí dentro».

Las llamas devoraban un lateral del viejo edificio, y los bomberos, pertenecientes a las compañías ubicadas en las calles 18, 19, 29 y 31, se afanaban en evitar que el fuego se extendiera por las decenas de miles de metros cuadrados del inmueble.

La amenaza del revólver había surtido efecto. Pável había detenido su rápida ascensión nada más verlo y se había ocultado.

Valentina parecía aliviada por ello, pero no así Nikolái. Sospechaba que ese animal había escuchado parte de la conversación y que, por lo tanto, sabía que al revólver solo le quedaba un cartucho. Dedujo también que si amagaba ir contra ellos era porque buscaba provocar un disparo precipitado, que, por el humo y la fatiga, lo más probable era que Nick lo fallara. Luego sería fácil para Pável acercarse a dos torpes víctimas y trocearlas.

—Tenemos que evitar otro encuentro con ese tipo a toda costa. ¿Lo entiendes? —dijo Nick.

—¿Que si lo entiendo? Soy yo quien morirá si no consigo un médico pronto.

Huyeron escaleras arriba. Sin embargo, Valentina, por su herida, que aparentaba ser bastante más grave que todas las de Nikolái juntas, se fue quedando rezagada.

—No me dejes atrás, por favor.

En ese preciso instante, se escuchó un estrépito lejano de gente corriendo.

—¡Socorro!

Por desgracia, las llamas, el miedo y sus propios pasos impedían a los escasos vecinos oír su agónica petición. Eso la terminó de abatir.

—No desfallezcas ahora —le conminó Nick desde más arriba.

No sabía qué hacer. No podría levantarla y sacarla de allí. Necesitaba casi tanta ayuda como ella. Aun así, retrocedió y le tendió la mano derecha, la de los dedos amputados.

Ella tuvo un presentimiento. El de que de todas las pesadillas que había tenido acerca del inmueble, se haría realidad la peor: el Michigan, por fin, acabaría con ella, cocinándola viva a fuego lento y devorándola a continuación.

De repente, el largo y huesudo Pável, envuelto en su chaqueta negra, surgió con velocidad de entre el humo. Agarró a Valentina del tobillo y la arrastró hacia el interior de la humareda.

Ella soltó un alarido de terror, y Nick ni siquiera tuvo tiempo de apuntar más que al asfixiante humo, que no era precisamente el blanco más apropiado para su único y valioso cartucho.

Después escuchó un grito de pánico y el silbido del hacha de cocina surcando el aire. Después, un chasquido, como si un hueso hubiera sido cortado, y luego otro chillido, pero más potente que el anterior.

El siguiente sonido fue otro grito, también procedente de una garganta femenina, solo que mucho más débil que los primeros. Acto seguido, un objeto cruzó por el aire la distancia que los separaba

—¿Qué…?

Nick supo lo que era cuando cayó junto a él: un zapato de Valentina con el pie en su interior, aunque limpiamente cortado por el tobillo.

Permaneció vigilante pero dubitativo, y pensando cómo socorrerla. Sin embargo, esos minutos de duda eran letales. El incendio no esperaba, y menos a un tullido como él.

«Márchate, márchate cuanto antes».

Pero ¿por dónde salir? Le dio vueltas al dilema y encontró una posibilidad: el ascensor. Era muy arriesgada, aunque también la única de esquivar a Pável.

Para ello tenía que ascender una planta más. Allí llamaría el ascensor y haría frente con su revólver al agresor. Por desgracia, no era capaz de levantarse; los dolores de los pies eran insoportables y se lo impedían. De forma que se colocó el arma en la cintura y trepó por los escalones sin dejar de mirar hacia atrás. Así, tras denodados esfuerzos, logró alcanzar su destino: el rellano de la octava planta.

«Por fin».

Se tumbó boca arriba para tratar de ventilar sus pulmones respirando el aire que quedaba a ras del suelo, con menos humo. A pesar de ello, sufrió un broncoespasmo y su estridor laríngeo fue en aumento.

La repentina patada contra su estómago lo dejó sin el preciado aire y sin poder moverse.

—Terminemos lo que dejamos a medias —le dijo Pável, con cara divertida.

«El revólver, el revólver», pensó Nick con rapidez.

Trató de sobreponerse y agarrar el arma, a la vez que, con el rabillo del ojo, veía cómo Pável sacaba un punzón y se agachaba sobre él.

«¡Mío!», pensó al alcanzar su revólver.

Colocó la boca del cañón contra las costillas de su atacante y buscó el disparador con el dedo índice. Sin embargo, la fina punta del punzón, clavándose en su antebrazo, le bloqueó los músculos y le impidió hacer fuego.

Nikolái gritó, chilló como un poseso y le atizó una patada en la cara al albino. Después se alejó a rastras para que no lo dejara tan lleno de agujeros como un queso gruyer, pero Pável se fue tras él, cojeando como si fuera un robot con una pierna averiada. Nick, antes de que lo alcanzara, apuntó lo mejor que pudo y apretó el gatillo, si bien no hubo ningún disparo.

«¡Condenada ruleta rusa!».

Apretó el disparador varias veces más.

«¡¿Cómo es posible?!».

El gigante llegó hasta él, con el hacha de cocina en una mano y el punzón en la otra, y con una calma terrorífica, se lo clavó en el hombro derecho. Nick soltó un alarido. Luego Pável se lo hundió en el izquierdo.

—Ya no puedes mover los brazos, no puedes apuntar, disparar... ¿Por qué no sueltas el arma de una vez?

Por último, el albino le perforó ambas rodillas. Ahora, Nikolái, tampoco volvería a caminar.

Berling se hallaba exhausto cuando alcanzó a su compañera. A Marian, su llegada le sirvió para despertar del letargo en el que observaba el incendio. Entonces continuaron juntos hasta la multitud de curiosos, la atravesaron y alcanzaron el cordón de seguridad, montado por los agentes del distrito 13.

—¡Anderson, aquí!

El agente se aproximó a ellos nada más escuchar su

nombre.

—¿Dónde está Christian?

—Por alguna parte, buscando respuestas al lío que hay montado.

Prosiguieron su camino hasta llegar al lugar donde se encontraban los camiones de bomberos.

—Soy la teniente Marian Bennett. ¿Quién está al mando?

—El capitán Krause. Está dentro, pero para hablar con él, tienen que esperar a que terminemos.

—¡Ha de ser ahora! ¡Es muy importante!

—Lo siento, pero tiene que esperar —repitió el bombero con calma para transmitir tranquilidad.

—Pero ¡tengo que pasar ahora!

Su tono era de súplica.

—¿Cómo pretende que la deje entrar ahí? Es una locura.

Sabía que contravenir las instrucciones del bombero era un suicidio. Sin embargo, sin dejarse dominar por la impotencia y sintiendo la necesidad de hacer algo, insistió:

—Quiero que me equipen para pasar ahora porque puede que ahí dentro se esté cometiendo un asesinato.

—Pues morirá más gente si la dejo entrar. Compréndalo y mantenga la calma.

En ese momento observaron que, junto a la entrada principal, estaba aparcado el coche de los agentes Etrich y Taube. También, que la ventana del conductor se hallaba rota de un golpe, lo que provocó que se aproximaran y descubrieran en el interior el cuerpo sin vida de Taube.

Era hora de trocear al viejo y largarse, puesto que las llamas hacían peligrar su fuga. Sin embargo, justo antes de dar un paso, Pável escuchó una detonación.

El proyectil del calibre 50 le atravesó el tórax por el

pulmón derecho. El paso de la bala creó una onda expansiva en el interior, provocando que venas, músculos y pulmón se deformasen más allá del límite de su elasticidad, lo que a su vez causó desgarros que destruyeron gran parte de sus tejidos. Asimismo, el impacto del pesado proyectil lo hizo tambalearse y que retrocediera dos pasos, dejándole un agujero de entrada del tamaño de una nuez y otro de salida mucho mayor, con forma estrellada.

Nikolái relajó el antebrazo y lo apoyó en el suelo. Pensó en que de no ser porque ese idiota solo pretendía hacerle daño en vez de inutilizarlo por completo, habría caído en la cuenta de que el revólver aún representaba un peligro.

«Idiota... Un brazo inutilizado no impide mover el antebrazo ni presionar el gatillo».

Observó al agresor. Este no se movía. Permanecía de pie, con la cabeza hacia abajo y los brazos caídos. Parecía contemplar cómo se le escapaba su propia vida por la herida del pecho.

«El cabrón ni siquiera ha doblado las piernas. ¡Qué animal! ¿Cómo es posible?».

Nikolái se hallaba más que sorprendido y por ello no dejó de vigilar a Pável. Sin embargo, la humareda le irritaba los ojos cada vez más, y llegó un punto en el que tuvo la sensación de que le ardían.

—Adiós, Michigan —dijo sin demasiado cariño.

Retomó su penosa marcha hacia el ascensor y poco después, cuando pudo atisbar su puerta abierta, respiró aliviado. Luego miró hacia atrás, hacia Pável, pero ya no era visible, por lo que se lo imaginó pasto de las llamas en pocos minutos.

No lo vio venir. El punzón entró por su espalda y le atravesó el pulmón, hasta surgir por la parte frontal del tórax. Lo que sí pudo observar fue la brillante punta enrojecida del arma asomando por el pecho. En ese instante, lo abandonaron las fuerzas y exhaló pesadamente.

Luego, Nikolái Ivánovich Leónov se desplomó sobre el suelo.

—¡Apártense! ¡Pueden caer cascotes de la fachada!

Un bombero obligó a retirarse una distancia prudencial a la morbosa multitud que observaba el Michigan envuelto en llamas. Entretanto, una grúa remolcaba el coche patrulla camuflado, con el cadáver de Taube en su interior, hasta un lugar más alejado del incendio.

Nadie sabía cuál había sido el origen del fuego, pero algún vecino apuntaba a un problema en la quinta planta, y Marian, al escucharlo, se temió lo peor. Luego, al reencontrarse con Christian, le mostró su consternación.

—Es horrible. No quiero ni pensar en lo que puede estar pasando ahí dentro. Y Nikolái, Dios mío…

—Lo sé, lo sé. Hasta he intentado acceder al interior por dos sitios diferentes, pero me ha sido imposible.

Un hombre alto y delgado, de unos sesenta y cinco años, se unió a la multitud de curiosos. No mucho más tarde, los morbosos espectadores empezaron a marcharse cuando consideraron que lo que veían carecía de interés. Harry, disimulado entre el gentío, hizo lo mismo. Luego, de camino a su coche, se puso un sombrero con el que ocultar su rostro de las cámaras de seguridad de los comercios circundantes.

—Espero que no me falles, grandullón —le dijo al Cosmopolitan de Nikolái cuando se subió a él.

Harry era el conductor habitual en Nueva York del coche de Nikolái, y así estaba notificado al garaje en el que lo cuidaban, motivo por el cual se había hecho con él sin tener que dar explicaciones.

Su V8 no sonaba igual que los eficientes motores actuales, por lo que el impecable Lincoln Cosmopolitan arrancó con un rugido poco frecuente, que se incrementó cuando el conductor aceleró y se alejó del lugar entre unos asombrados peatones.

A Harry le habría gustado disponer de un automóvil más discreto, ya que circular por la ciudad con ese vehículo resultaba muy llamativo. No obstante, era la única forma de desplazarse con rapidez de un lugar a otro y sin necesidad de tener que hacerlo en un coche de alquiler, lo que, por otro lado, era detectable por parte de la policía. Ahora bien, esa impunidad no duraría mucho tiempo porque, en cualquier momento, alguien se acordaría de la existencia de ese coche.

Calculó que le sería de utilidad un día más. Hasta entonces, no temía en exceso que un policía lo detuviera, más que nada, porque no era el vehículo propio de un delincuente.

Los bomberos consiguieron sofocar los últimos rescoldos tras varias horas de trabajo agotador. Después realizaron una inspección preliminar del inmueble y concluyeron que existía un cierto riesgo de colapso de la edificación. Por ese motivo, el edificio quedaría desalojado hasta nueva orden, lo que a su vez suponía un quebradero de cabeza para sus ocupantes, ya que, o bien se realizarían refuerzos estructurales durante varias semanas, o bien se procedería al derribo controlado del Michigan.

Un poco más tarde, el capitán de la compañía Engine 3 hizo acto de presencia ante los agentes de la policía.

—Soy Brian Krause. ¿Querían verme?

—¡Sí! —exclamó Marian nerviosa—. Soy la teniente Bennett. Verá, necesito pasar al interior. Tengo motivos para pensar que ha sido un incendio provocado y que quizá haya alguien asesinado en el edificio.

Krause les franqueó la entrada, y Berling y ella se fueron con él. En cambio, Christian y Anderson permanecieron en la calle para interrogar a los vecinos.

Por el camino, Marian le preguntó al capitán de bomberos por los detalles del incendio. Este, en medio del fuerte olor a quemado aún reinante, le contestó que se había iniciado en la quinta planta y que había sido provocado rociando con gasolina el pasillo en los alrededores del apartamento 5014. También le explicó que el fuego se había propagado por el hueco de la escalera y los conductos de ventilación y que luego había trepado por la fachada.

La rapidez del diagnóstico la sorprendió, por lo que Krause le explicó que la veteranía le permitía adivinar ese tipo de detalles sobre la marcha, pero que, en todo caso, era mejor esperar el informe del perito de la Unidad de Incendios Provocados, ya que sería mucho más completo que su escueta explicación.

A Marian no le extrañó la aparición de la gasolina, puesto que ya había surgido con anterioridad en el caso, en concreto, en el incendio de la camioneta y, quizá por ello, al ver los rociadores automáticos de agua, quiso saber si se habían activado.

—Tienes instinto. Efectivamente, no han funcionado.

—Pero… las llamas siempre funden la soldadura de las placas que impiden la salida del agua.

—Así que…

—… si no han funcionado es porque el sistema no tenía presión.

—¡Exacto! ¿Y por qué? ¿Avería o manipulación? Yo, dadas tus sospechas, me inclino por la segunda alternativa.

A la vista de su propia conclusión, Krause decidió

hacerse con una palanqueta con la que forzar cerraduras.

—Nunca se sabe —dijo con una sonrisa.

Fueron directos a la quinta planta, caminando en todo momento entre charcos de agua, creados por el riego de las mangueras de los bomberos. Una vez en ella, se encontraron con el cadáver del agente Etrich.

—Lo lamento —comentó Krause—. También, lo de su compañero del coche.

Marian le dio instrucciones a Berling para que se ocupase del cadáver del policía. A continuación, Krause forzó la debilitada cerradura del apartamento con la palanqueta, encendieron sus linternas y revisaron el interior. No quedaba mucho por ver, salvo una silla de ruedas, que Marian reconoció y la hizo echarse a temblar.

De vuelta en el pasillo, exclamó:

—¡Que mal huele!

No pudo contener un gesto de repulsión.

—Es como si...

Se quedó lívida y le entró una conocida sensación de pánico ante la posibilidad de haber perdido a otro amigo.

—El olor del incendio disimula el de la carne quemada —afirmó el capitán—, pero en cuanto te acostumbras al humo, lo acabas notando.

El capitán le hizo entrega de una mascarilla, pensada para el duro trance que se avecinaba. Luego se encaminaron a las escaleras y ascendieron por ellas. En uno de los rellanos, Krause le indicó unas manchas en el suelo.

—Fíjate, aquí y aquí, donde las llamas no lo han borrado todo: son manchas de sangre. Están bastante chamuscadas y es difícil distinguirlas, pero estoy seguro.

Enseguida dieron con otro cadáver, viéndose envueltos en un hedor repulsivo, hasta el punto de que Marian, a pesar de llevar mascarilla, tuvo que retroceder.

—Te faltan unos cuantos incendios para curtirte.

El comentario de Krause la motivó lo suficiente

como para olvidarse de la repugnancia que sentía y comenzar a examinar el cadáver. El cuerpo no se hallaba completamente irreconocible, lo que le permitió advertir un pequeño resto de una melena muy clara, tanto como la escasa piel que no se había quemado o que no quedaba oculta por la ropa.

«¿Valentina?», se preguntó.

El tamaño del cuerpo y sus proporciones se ajustaban bastante bien a las de la joven prostituta, pero ¿y el pie que le faltaba? Valentina carecía de esa minusvalía física. Por consiguiente, y para evitar un posible error en la identificación, decidió que solicitaría un análisis de su huella genética, cuyos resultados compararía con los de las muestras obtenidas por Nikolái en el apartamento de Valentina y los restos localizados sobre el cuerpo sin vida de Louis Prior.

—Mira —dijo Krause—. Quizá sea esta la pieza que falta en tu puzle.

Le señaló el pie amputado de la chica, que todavía se encontraba en el interior del zapato.

El repentino estertor procedente del cuerpo chamuscado que yacía en el suelo los alarmó todavía más. Valentina continuaba viva. Sin embargo, sobrevivir a las graves quemaduras, a la intoxicación por la inhalación del humo del incendio y no morir desangrada por el corte en el pie era un auténtico milagro, que, además, no duraría mucho tiempo.

—¡Necesitamos que venga de inmediato el personal de la ambulancia!

Krause repartió las instrucciones oportunas para una evacuación lo más rápida posible y reunió a cuatro de sus hombres con el fin de bajarla por la escaleras, una vez estuviera en la camilla y debidamente atendida por los sanitarios.

Los minutos que transcurrieron hasta la llegada de la

asistencia médica se hicieron eternos. Entretanto, Marian trató de consolar a Valentina hablando con ella, animándola a resistir y asegurándole que, en breve, desaparecería su dolor.

Cuando llegó el personal de la ambulancia, Valentina ya sufría vómitos y convulsiones. Rápidamente la registraron en busca de anillos o pulseras que pudieran causarle compresión, y le cortaron y quitaron buena parte de la ropa quemada, dejando la que parecía adherida a la piel. Después la cubrieron con una manta aluminizada.

Mientras tanto, otros enfermeros le realizaron una sedoanalgesia profunda, necesaria para su manejo por su fuerte agitación. Además, le administraron oxigenoterapia suplementaria para luchar contra la insuficiencia respiratoria por la inhalación de monóxido de carbono, así como por la intoxicación por vía aérea con cianuro, prestando especial atención a una posible quemadura inhalatoria. Por ese mismo motivo, Krause sospechó que tal vez fuera necesario ir más allá y practicar de inmediato una cricotiroidotomía, que consistía en la perforación de la parte frontal del cuello, justo bajo la nuez de Adán, para insertar un tubo hasta la vía respiratoria.

Por otro lado, a pesar de que el corte del pie parecía cauterizado por el fuego, le colocaron unos apósitos hemostáticos sobre la herida y le realizaron un torniquete tras ponerle un vendaje de vuelta recurrente.

Por último, antes de ser trasladada por las escaleras hasta la ambulancia, un enfermero recogió del suelo el miembro amputado y lo introdujo en una bolsa de plástico, y ésta, a su vez, en otra con hielo y agua.

Cuando, por fin, se la llevó el personal de la ambulancia, el bombero y Marian respiraron aliviados y pudieron proseguir con su ascensión.

—Aquí hay dos cadáveres más —comentó Krause al llegar a la siguiente planta.

El primero permanecía postrado en una extraña posición, como si tratara de mirar a través del agujero que le atravesaba el pecho, visible a pesar de encontrarse el cuerpo carbonizado casi en su totalidad.

Marian dedujo que se trataba de Pável por las dimensiones de su cuerpo y de sus huesos. A causa de ello, casi la venció la tentación de escrutar su interior para comprobar lo podrido que tenía el corazón.

En su lugar, se armó de valor y se aproximó al otro cuerpo, el que yacía parcialmente calcinado frente al ascensor.

—Este tampoco parece que vaya a resucitar —comentó Krause tras tomarle el pulso, tal y como había realizado con Pável—. ¿Lo conoces?

—Es Nikolái Leónov. Pobre hombre, ha debido ser horrible.

Krause se agachó para examinar el cadáver.

—A lo mejor tuvo suerte y no murió por el incendio.

Señaló numerosas perforaciones en la ropa de Nick.

—Le han clavado un objeto punzante en varias partes de su cuerpo.

Ella le dedicó a Pável un intenso pensamiento de odio, que se vio truncado al vislumbrar en una de las paredes una gran salpicadura de sangre y, en el centro, un agujero. Parecía consecuencia de un disparo.

—Seguro que hay un proyectil empotrado.

Encontró lo que buscaba incrustado a poca profundidad, sabiendo que los de la Unidad de Balística se iban a enfadar por entrometerse en su trabajo, pero el dolor por ver a su amigo torturado y abrasado le había nublado la razón.

—¡Madre mía! —exclamó tras sacarlo—. Esto tiene que ser como mínimo del calibre 50. ¿Han encontrado algún arma de fuego de ese tipo?

—No, y buscarla queda para vosotros.

En ese momento, Christian y Anderson se presentaron ante ellos.

—¿Novedades?

—No muchas. A Taube lo mataron partiéndole el cuello y un vecino cree haber oído un disparo cerca de la escalera mientras escapaba del fuego. Ahora viene lo más interesante: uno de los últimos en salir del edificio jura que alguien utilizó el ascensor de servicio en pleno incendio.

—¿Vio salir al que bajaba?

—No. El ascensor fue directo al sótano.

—Alguien huía y no quería que lo vieran —concluyó Marian.

—También me han entregado esto. Ha sido una amable viejecita, inquilina del Michigan, que se lo encontró cerca del ascensor cuando huía escaleras abajo.

—¿Qué es?

Christian le mostró una carcasa rectangular de color gris metalizado, coronada por cuatro antenas recubiertas de plástico negro.

—Un inhibidor de frecuencias de telefonía móvil. Interesante.

Marian le relató a continuación los resultados de su inspección, y al escucharlos, Christian se sintió afectado por lo que en apariencia les había sucedido a las víctimas.

—¿Y qué demonios hacia Nikolái con Valentina? —se preguntó ella, al terminar de detallarle los últimos sucesos.

—Decía que la chica no era tan inocente como nos quería hacer creer, así que cabe suponer que intentase interrogarla.

—Deberíamos haberlo mandado esposado de vuelta a Montana.

—Por cierto, ¿es Valentina la mujer que bajaban en camilla? —preguntó Christian.

—Imagino que sí, pero no lo sabremos con certeza

hasta que lo comprobemos con los análisis pertinentes. Para eso, hablaré con Toole; a ver si nos ayuda a evitar la burocracia y podemos así disponer del análisis de su huella genética cuanto antes.

—Qué final más triste para una joven llena de sueños. ¿Cuántas vueltas tiene que dar la vida para morir así?

—Demasiadas.

—¿Qué ocurrirá ahora con ella?

—Si no sobrevive, que es lo más probable, supongo que la enterrarán en el cementerio para indigentes de la isla de Hart.

A Valentina Irinova le esperaba un entierro a cargo de los presidiarios de la isla de Rykers, que cobraban a razón de treinta y cinco centavos la hora, en el mayor cementerio público del mundo; un frío y anónimo lugar para personas sin recursos o sin identificar.

—Quizá se merezca algo mejor —comentó él.

—Sí, quizá… —replicó Marian, sin dejar de estudiar el cuerpo de su amigo ruso.

Paseó a su alrededor y añadió:

—¿No te parece extraña su postura?

Estaba tumbado sobre el costado izquierdo, encogido, con los brazos pegados al pecho, cubriendo con ellos el corazón. Las manos se hallaban colocadas junto a la clavícula izquierda, la cabeza inclinada con la barbilla pegada al cuello y las piernas dobladas, cubriendo los codos.

—Parece que intentaba protegerse de las llamas.

—No lo creo.

—¿Por qué?

—Si llevaras a un bebé en brazos y quisieras protegerlo, ¿cómo lo harías?

Lo miró de nuevo.

—Sí, puede que lo hiciera como él.

—Y fíjate en su cara. No se la cubre con las manos.

Yo, al menos, prefiero que se me queme un brazo antes que perder la cara.

—¡Protegía algo muy valioso! —exclamaron.

—¿Lo registramos?

—Sabes que debemos esperar.

—No tengo tanta paciencia.

Krause se sintió incómodo.

—Creo que es mejor que me vaya.

Marian tuvo el acierto de pedirle al agente Anderson que lo acompañara para que, de esa forma, hubiera otro testigo menos cuando hiciera lo que tenía en mente.

Una vez a solas, abrió la chaqueta chamuscada de Nick y tanteó el bolsillo interior. Localizó un objeto duro, lo sujetó pinzándolo con los dedos y lo sacó.

—¡Un móvil!

Estaba abrasado por uno de sus extremos, y parte de la carcasa se había fundido, inundando el equipo con un diminuto reguero de plástico derretido. A la vez, era posible observar un pequeño cable colgando del extremo inferior del aparato.

—¿A qué estaba conectado?

Rebuscaron en otro bolsillo interior y descubrieron un objeto rectangular. Milagrosamente, estaba intacto.

—Parece una grabadora.

—Es una grabadora, digital, similar a la mía, y no aparenta encontrarse en mal estado.

La agitó en el aire.

—Me inclino a pensar que el tesoro que protegía está aquí y no en el móvil.

—¿Funcionará todavía?

—Recemos por ello.

De bajada, Christian apreció en Marian un profundo desánimo, que fue incrementándose hasta el punto de volverse insoportable.

—Llévame hasta el coche, por favor —pidió entre

sollozos.

Sin cruzarse una palabra más, la condujo hasta el Thunderbird y la sentó en el lado del copiloto.

—Lo pude haber evitado —se lamentaba mientras su compañero ocupaba el asiento del conductor—, lo pude haber evitado.

—No te culpes. Nadie podía evitarlo. Nikolái era una buena persona pero todo un cabezón y si no hubiese ido a ver a Valentina…

—¡No le eches la culpa al pobre Nick! ¡Yo soy la responsable!

Sin darse cuenta, Marian dejó que su cabeza reposara sobre el hombro de su compañero.

—Déjame que te lleve a casa —le pidió él.

Y ella aceptó.

Acto seguido, y sin que se diera cuenta, Christian le quitó la grabadora.

—Yo la llevaré al laboratorio.

En el camino a casa, Marian no dejó de maldecirse.

—Nos hemos quedado sin testigos. ¿Qué haremos ahora?

Estaba somnolienta cuando llegaron a su destino, quince minutos más tarde. Entreabrió los párpados y reparó en su edificio, una construcción levantada para la clase media en los años noventa. Contaba con cuatro plantas de viviendas y una planta baja de uso comercial, en la que podían encontrarse una tienda de informática, una peluquería y otra de decoración. Las típicas de barrio.

—Súbeme a casa.

—No sé cuál es tu apartamento.

Solo era una excusa, un burdo pretexto, porque, en realidad, a Christian no le había gustado la propuesta y había contestado lo primero que se le había ocurrido y porque no lo seducía la idea de meterse en la vivienda de su superior, no si estaba deprimida. La situación podía dar lugar a un malentendido de consecuencias muy graves.

—Yo te indicaré —insistió ella.

—Está bien, te acompañaré hasta la entrada.

—No me entiendes. No tengo ganas de caminar.

Claro que la había entendido, pero, por una vez, su sentido común se había impuesto a su testosterona, y había sospechado que su repentina pasión pudiera deberse a su alicaído estado emocional y a una posible necesidad de consuelo mal entendido.

—Quiero que me cojas en brazos y me lleves hasta mi apartamento.

La petición había sonado como una orden, que él no quería obedecer, si bien, en su fuero interno, sus hormonas lo obligaban a lo contrario. Finalmente, pero sin saber muy bien por qué, cogió a Marian en brazos como si fuera una niña y la llevó a su piso.

—Entra conmigo y déjame en el sofá.

Las dudas volvieron a asaltarle, aunque solo por unos segundos. Así pues, cumplió la nueva orden, pero al agacharse sobre el sofá, ella lo abrazó por el cuello y lo besó. Christian no tomó parte activa, pero tampoco se resistió, por lo que Marian continuó besándolo. No obstante, cuando ella le desabrochó un botón de la camisa, él le dijo:

—No sigas, es un error. Lo sabes tan bien como yo.

Sin embargo, ella ignoró su prudencia. Le quitó la chaqueta y le desabotonó la camisa por completo. Acarició su pecho, lo besó y lo mordió.

Christian nadaba en un mar de dudas mientras observaba cómo ella se quitaba el abrigo y la chaqueta, y cuando ambas prendas cayeron al suelo, junto con las esposas y la pistola Smith & Wesson, los labios de su superior dejaron escapar un comentario, cuyo único fin era zaherirle.

—¿Es que nunca has estado con una mujer?

La indignación hizo mella en él, por lo que la colocó boca abajo y le quitó el pantalón con rudeza, aunque luego, para compensarlo, le dio un suave masaje en las piernas, que se prolongó por la espalda tras apartarle la camisa.

Ella jadeó levemente cuando le acarició la cabeza con la punta de los dedos, introduciéndolos entre su corto cabello.

—Más.

Pero, para su sorpresa, Christian interrumpió el masaje y se incorporó con brusquedad.

—Es mejor que me vaya.

—¡Quédate, por favor!

—No.

El tono fue rotundo, y para no caer en la tentación, se vistió a toda prisa y se dirigió a la puerta.

—¿Acaso eres maricón? —le espetó Marian desde el fondo del salón con un tono hiriente, impropio de una mujer en su estado de ánimo, y como si hubiese despertado en ella una desconocida y agresiva faceta de su ser.

Se encontraba de pie, desnuda, con los brazos a su espalda. Se giró para mostrarle cómo las esposas se los inmovilizaban por las muñecas y le sonrió de forma desafiante.

Pablo Palazuelo

Viernes, 3 de diciembre

—No tenemos mucho: unos cuantos muertos, pocas pistas y a Valentina Irinova, nuestra único testigo, debatiéndose entre la vida y la muerte e incapaz de hablar por encontrarse en coma inducido.

El inspector Toole estaba profundamente insatisfecho. Paseaba con rapidez por su despacho y daba vueltas alrededor de su mesa.

—Ni os imagináis la de llamadas que estoy recibiendo. De los de arriba, la prensa, asociaciones de todo tipo con intereses en la comunidad, curiosos… ¡Es una pesadilla! Así que aprovechad que hago de muro de contención para trabajar, porque necesito éxitos y los necesito pronto.

—Los cogeremos, Jefe —sentenció Marian—. Esto se ha convertido en un asunto personal.

—Entiendo lo que sientes y comprendo que quieras vengarte, pero pensar así no te ayudará.

Ella se revolvió enfadada en su silla.

—¡Sí lo hace! ¡Me da fuerzas!

—Esa actitud te llevará a cometer un error, y no quiero que se repita lo del metro.

—¿Crees que debí disparar?

—No he dicho eso, pero sí que es cierto que te dejaste llevar por los sentimientos y no viste las alternativas. Solo pensabas en disparar y no en inmovilizarlo. Lo habrías hecho con facilidad.

La acusación la indignó. A pesar de ello, contuvo una airada contestación y se limitó a decir:

—No volverá a ocurrir.

En realidad, le había ocultado que, cuando estuvo frente a Harry apuntando a su cabeza, tuvo la sensación de ir a disparar contra su propio padre.

John Toole, ante la evidente tensión, trató de enfriar los ánimos.

—Otro error así podría ser mortal...

—Lo sé.

—... y no me gustaría perderte.

—Te doy mi palabra de que no volverá a ocurrir.

—Espero que sea cierto y que no pierdas de vista tu verdadero objetivo: terminar viva tu jornada de trabajo.

En ese momento, Christian tomó la palabra.

—Hay un aspecto de lo sucedido en el incendio que no hemos tenido en cuenta: Pável murió por herida de bala, posiblemente, disparada por Nick, porque Valentina... ¿Para qué hablar de ella?

Colocó las palmas de la mano hacia arriba para enfatizar la inminente pregunta.

—¿Entonces, quién asesinó a Nikolái? ¿Quién más estaba con ellos?

Toole y Marian permanecieron tan callados como dos muertos, hasta que el inspector se sentó de nuevo en su incómodo sillón y profundizó en la cuestión:

—¿Alguien se ha preguntado cómo fueron capaces de planificar y ejecutar un plan de semejante complejidad en tan poco tiempo? Matar a dos policías en lugares diferentes, cerrar el sistema de agua que alimenta los rociadores automáticos...

—Vigilaban a Nick desde mucho antes —dedujo Christian—. Desde su estancia en el hospital como mínimo.

—Sí, es una buena respuesta. Otra cuestión interesante: ¿quién hizo la vigilancia de forma tan discreta?

—¿Quizá, alguien que no llamase la atención?

¿Alguien como… Harry?

Marian, exasperada por la insinuación, perdió el control y exclamó con agresividad:

—¡¿Harry?! ¿De verdad estás pensando en él? ¿Lo consideras el autor del plan que ha causado tantas muertes?

—Sí.

Fue muy contundente.

—¿Le acusas de matar con sus propias manos al que era uno de sus mejores amigos?

—Ya te he dicho que sí.

—¿Con tanto policía alrededor del edificio? —se defendió ella, presionada por la repugnancia que le inspiraba la idea—. Lo dudo.

—Pues tuvo que ser así.

—Solo son elucubraciones. Además, pudo haber sido cualquier otra persona.

—¿Quién? Todos los protagonistas de esta historia se encuentran muertos o en coma. Todos, salvo uno.

En ese instante, Marian tuvo un desesperado momento de lucidez.

—Todos no. Kayden Fox continúa desaparecida.

—¡¿Kayden?! ¿La estás inculpando? ¡Eso es una locura!

—Esta historia nació con Mijaíl Lébedev hace mucho tiempo, pero no murió con él, sino que creció con el paso de los años, afectando a mucha gente, y quién sabe si…

—Es Harry. No lo quieres ver, pero es él.

—No sabemos a ciencia cierta si ha sido él. Hay indicios, sí, aunque solo son eso.

—También está su fuga. Si no es culpable, ¿por qué huir, entonces?

Christian volvió a hablar ante su falta de respuesta.

—Por más que lo pienso, solo se me ocurre que lo hizo por dinero. Imaginaos la tentación que representa tener al alcance de la mano la fortuna que aún ocultaba

Nikolái. Y, a Harry, para satisfacer su deseo, le habría bastado con incrementar la lista de muertos que ese dinero había causado previamente. Por otro lado, ha tenido mucho tiempo para preparar un plan tan sofisticado como el que estamos viendo.

—No estoy de acuerdo, no tiene por qué ser cierto, y, si no, ¿qué necesidad tenía de mandar a Valentina a investigar, pudiendo hacerlo él? Sus amigos nunca sospecharían. ¿Y para qué enviarla a preguntar por detalles que, en la mayoría de los casos, él ya conocía?

—Porque así parecería que el ladrón lo desconocía todo y no se sospecharía de Harry.

—Me da la impresión de que le has dedicado mucho tiempo a atar cabos por tu cuenta.

Marian estaba visiblemente molesta.

—Eeeh… Comencé a hacerlo con mis primeras sospechas sobre tu amigo.

Christian buscó la ayuda de Toole, pero su desesperación para completar la explicación no le pasó inadvertida a su compañera.

—¿Me has puenteado?

Miró a su jefe con rabia.

—Me preocupaba que pusieras al corriente a Harry. Era tu amigo y podías tener un desliz.

Su enfado fue en aumento. Estuvo a punto de explotar y dejarse llevar por la cólera, pero tras unos instantes de tensión, dominó sus emociones. No era el momento de echarlo todo a perder, y que la apartaran del caso por comportarse como una cría.

—Esto es una traición, Jefe —dijo con rabia contenida.

Toole cortó la discusión con un «¡basta ya!» y un sonoro manotazo sobre la mesa.

—Poneos a trabajar como locos. Y si alguien os quiere dar una patada por lo sucedido, pondré mi gordo culo para recibirla en vuestro lugar, pero, os lo advierto, no lo haré una segunda vez.

—En el fondo, eres un encanto —comentó Marian.

Y lo besó en la mejilla.

—Cambiemos de tema —dijo él—. Hay unos carteristas que andan incordiando mucho últimamente. Creo que se trata de una banda, un grupo organizado. ¿Tenéis tiempo para llevar otro caso?

—¿Otro más?

—Sí, otro más.

—¿No hay nadie que se pueda ocupar de ello?

—Están todos con más trabajo que vosotros. Es más, no os he saturado antes con otros asuntos por la importancia del caso de los turistas.

—Qué remedio...

—Gracias, gracias a los dos. Os pasaré el expediente completo en cuanto tenga un hueco.

Después, los dos agentes volvieron a sus mesas dejando atrás la inquietante cuestión de Harry y Kayden.

Ella comprobó su correo electrónico y se fijó en uno remitido por la Oficina del Jefe Médico Forense, que detallaba la comparación de los ADN que habían realizado entre los restos biológicos localizados en la basura recogida por Nikolái, los encontrados sobre el cadáver de Louis y los obtenidos de la chica quemada en el Michigan. La conclusión confirmaba que los tres sujetos eran indefectiblemente la misma persona: Valentina Irinova, a quien, por otra parte, no se le podría reimplantar el pie amputado debido a su mal estado de conservación.

El informe también incluía detalles sobre la herida de bala en una pierna de la chica abrasada en el Michigan. Entre otras conclusiones, especificaba que no era letal, aunque sí pudiera resultar muy dolorosa.

Asimismo, incorporaba otro análisis comparativo del ADN, esta vez, entre el cuerpo carbonizado del conductor que había intentado secuestrar a Valentina y los restos de cabello y saliva encontrados en el *loft* en el que Harry había hallado a la perra, obtenidos del peine y cubiertos sin lavar. De nuevo, los resultados eran inequívocos: se trataba del mismo individuo.

En cuanto al cadáver de Nikolái, en la última página se indicaba que el cuerpo ya se encontraba en el OCME.

«Pobre Nick», pensó.

A continuación, se marchó a su casa. Quería arreglarse y ponerse una ropa más adecuada para las dos citas de la tarde.

Livia la recibió moviendo alegremente la cola. Le estaba más que agradecida por haberla sacado de la perrera municipal tras haber sido recogida en el apartamento de Harry por los empleados de Control y Cuidado Animal de la Ciudad de Nueva York.

—¿Has descansado bien?

Un simpático ladrido fue suficiente respuesta.

—Me gusta acariciarte a gusto, así que te lavaré esta noche. O mejor, mañana, que es sábado, y lo podré hacer con más calma. Luego, cuando estés bien limpia, iremos al Elysian Park y, desde allí, daremos un paseo hasta el Stevens Park. Tiene zonas acondicionadas para perros. Te gustará.

Tras el recibimiento, la perra fue a tumbarse en un rincón entre el sillón y el sofá. Desde que lo había descubierto, se había adueñado de él y lo había convertido en su madriguera. Ofrecía cierta protección contra las miradas indiscretas y le servía para rascarse y lamerse sin que la importunaran.

Marian le rellenó el cuenco de agua y comprobó que le quedase una cantidad razonable de pienso. Después pasó a su dormitorio, se cambió la ropa que llevaba puesta por una camisa blanca y un traje de chaqueta y falda de color azul oscuro, se peinó, se repasó el maquillaje y se calzó unos zapatos negros. Por último, se despidió de Livia con unas caricias.

—Volveré enseguida.

El cuerpo sin vida de Johann se encontraba en un féretro de madera de roble, con tapizado interior de seda blanca y sudario del mismo color.

Entre los presentes, solo Marian conocía al difunto. El resto eran empleados de la línea aérea, que, a pesar de sus esfuerzos por ser amables, se comportaban de manera fría y distante.

El féretro embarcó en el avión, cuyo destino era Berlín, donde todo estaba dispuesto para la recepción del cadáver gracias a la colaboración de la hermana de Johann.

Simultáneamente, Marian procedió a «facturar otro paquete»: un sencillo recipiente metálico con las cenizas de Louis Prior, cuya cremación solo había sido posible tras levantar el fiscal sus garras de sus restos el día que hubo dispuesto de los informes de la autopsia y del análisis del ADN.

La cremación se había realizado siguiendo los deseos expresos del fallecido, según constaba en un acta de manifestaciones, y sus cenizas, por el mismo motivo, partieron hacia su destino final, en Malo-les-Bains, haciendo escala en París. Allí quedarían a cargo de unos primos segundos, localizados por ella.

Cuando Marian finalizó todos los trámites, salió corriendo para llegar a tiempo a la misa funeral que se iba a celebrar por el alma de Nikolái, en la catedral ortodoxa de San Nicolás. La había escogido ella, seleccionándola de entre todas las que conocía porque su interior poseía una belleza que evocaba las iglesias rusas como ninguna otra de la ciudad. Una elección que esperaba que, de alguna manera, fuera del agrado de su difunto amigo.

El trayecto entre el aeropuerto y la catedral se le hizo eterno a causa del tráfico y el aspecto grisáceo del cielo, lo que, a su vez, facilitó que la pesadumbre por los cinco amigos que habían desaparecido de su vida la venciera a mitad de camino. Abatida, detuvo su coche en el arcén de la Shore Parkway, junto al gigantesco complejo ferroviario de Coney Island, que servía de depósito de trenes del transporte público. Allí se echó a llorar, permaneciendo así varios minutos, con su soledad e insignificancia acentuados por la inmensidad del conjunto de vías y trenes.

Cuando se desahogó, trató de reconfortarse a sí misma.

—Al menos, me queda Christian.

LA REINA GUERRERA

Sábado, 4 de diciembre

El doctor Charles Southall, jefe de la Sección de Acústica Forense, revisó el informe del técnico de audio del laboratorio de la Policía, con los resultados del análisis de la grabadora y del móvil de Nikolái. En él detallaba cómo había reparado una de las conexiones de la unidad de memoria de la grabadora digital y explicaba de qué manera había extraído, con un *software* especializado en la recuperación de datos de unidades dañadas, un archivo de audio en formato MP3. Sin embargo, este era un hecho que no significaba que se hubiese recuperado todo el contenido, dado que posiblemente se hubiese perdido una parte, y además, de ser así, no era factible averiguar cuántas horas o minutos faltaban.

«Eso queda para mí», reflexionó Charles Southall.

Continuó leyendo, ahora ya la parte final, la referente al teléfono móvil. En ella se indicaba que se descartaba una avería en la tarjeta SIM como consecuencia del incendio o del agua que la había salvado de fundirse por el calor. También se detallaban los datos recuperados de llamadas, SMS y contactos, así como el número de teléfono de la propia tarjeta.

«Un repaso más, y estaré listo para hacer una buena presentación».

Cuando llegaron Christian y Marian, el doctor se sintió atraído por ella nada más verla, así que decidió impresionarla. Comenzó, para ello, una parrafada técnica que, sin embargo, se vio cortada con brusquedad.

—Seguro que han obrado un auténtico milagro —le dijo Marian con unos modales exquisitos—. Ahora bien, todo ese lenguaje me suena a chino. De modo que vayamos al grano. ¿Qué se ha salvado?

Southall se rascó la cabeza y centró sus ideas en lo que de verdad importaba.

—Del móvil se ha recuperado la lista de llamadas, pero dudo que esté completa porque no hay entrantes y solo una saliente, si bien con el número del destinatario identificado. Tampoco había ningún SMS ni contacto guardado en la memoria.

Les hizo entrega de tres bolsas de plástico con los restos del móvil, la grabadora y el sistema de interconexión.

—¿Ha recuperado el número de la SIM?

—Sí, y el número de registro del propio aparato.

—Gracias. Contactaremos con la compañía de telefonía móvil para que nos completen la información. En cuanto a la grabadora, ¿qué nos puede decir sobre ella?

—Solo contiene una grabación, y mi primera impresión fue que estaba incompleta. Ahora bien, no hablo de que falte un tramo anterior o posterior, sino de que, únicamente, se escucha la voz del destinatario.

—¿Y del lado del remitente?

—No se oye nada, salvo ruido de fondo. No obstante, el análisis demuestra que su micrófono funcionaba.

—¿Cómo diferencia los sonidos del remitente de los del destinatario?

—Por la calidad. Siempre se escucha mejor al remitente. Ah, se me olvidaba. El teléfono tenía acoplado un sistema de grabación bastante sofisticado, que permitía hacerlo por dos pistas: una para el sonido del destinatario, grabado del procesador que lo emitía hasta el amplificador, y otra para el del remitente, grabado con el propio micrófono en vez de tomarlo del canal de audio.

Se recostó en su butaca y añadió:

—Me gustaría conocer al autor de tan particular invento.

A Marian se le ocurrió el nombre de cierto jovencito, pero lo omitió.

—¿Podemos escuchar la grabación?

Southall activó el reproductor del ordenador de sobremesa, y la emoción embargó el ánimo de los dos policías. ¿Qué secreto había protegido Nikolái con tanto interés? ¿Qué había descubierto en aquella grabación a costa de desproteger su cara en pleno incendio?

Enseguida escucharon el tono de llamada y la voz de un hombre que respondía:

«¿Diga?».

Transcurrieron varios segundos de silencio.

«¿Diga?».

Otro lapso de tiempo sin conversación, y después la comunicación se cortó.

—¿Esto es todo?

Christian se encontraba muy decepcionado.

—¿Y quién era él?

—Yo apostaría por el albino —repuso Marian.

—¿Nick consiguió su teléfono? ¿Cómo lo hizo?

—Recuerda que estuvo secuestrado, por lo que pudo hacerse con el número durante su fuga.

«Ahora es cuando le toca brillar a mi trabajo», pensó

el doctor, a punto de retomar la palabra.

—Hay un…

—Una pregunta más —lo interrumpió Marian—. Es acerca de la reacción del hombre al contestar.

Southall la invitó con un gesto a que expusiera su duda.

—¿Desde qué número se hizo la llamada?

El doctor le pasó contrariado el documento que contenía ese dato.

—No veo qué relación guardan entre sí.

Marian cotejó el número que figuraba en el documento con el de Nikolái, que tenía grabado en su móvil.

—El número de Nick y el de este móvil no coinciden, lo que podría significar que quería un número nuevo para realizar una única llamada, una con la que nadie pudiera reconocerlo. Eso, en mi opinión, implica que buscaba sorprender a su interlocutor, a Pável Kórotov. ¿Tiene el día y la hora de la llamada?

—Está en la hoja que le he dado.

—Continuemos. Sigo pensando que esta grabación tiene más valor de lo que pensamos. Averigüemos, por lo tanto, qué hemos pasado por alto y qué descubrió Nick.

«Ahora sí que voy a deslumbrarles», pensó nuevamente el doctor.

—Marian, con esa misma idea en mente, edité la grabación para ver si, entre los unos y ceros de su corazón binario, se escondía lo que buscan. Para ello, amplifiqué el audio y lo dividí en diecisiete pistas, tantas como sonidos encontrados. Más tarde, descarté los que no aportaban nada y terminé con unas pocas pistas, que fusioné después en una sola. Este es el resultado, a volumen normal.

Reprodujo otra vez la conversación. En esa ocasión, la calidad era excepcional, como si Pável estuviera hablando junto a ellos. A la vez, se escuchaba el resuello del jadeante

Nikolái con una claridad inaudita.

—Se oye mejor, sí, pero no aporta nada nuevo.

—¿Y Nikolái? Si no se lo oye es porque no quiso hablar. Porque está ahí, ¿verdad? Le hemos escuchado respirar.

El doctor Southall sonrió enigmáticamente.

—Por favor, déjeme que termine.

—Sí, sí, adelante.

—Sometí por segunda vez al mismo procedimiento las pistas con origen en el micrófono del destinatario y descubrí una señal acústica muy interesante, escondida entre el ruido de fondo. Le practiqué una limpieza, atenué sus partes más agudas y equilibré la intensidad de sus sonidos. Ahora la escucharemos de nuevo, pero tras compensar el volumen de ambos teléfonos con el del fondo.

Volvieron a oír la grabación, solo que esta vez, superpuesta a ella, otras dos personas mantenían una tensa conversación.

—No se entiende nada.

En efecto, era ininteligible, y no se trataba de un problema de la calidad de la señal, sino de que no los habrían entendido ni aunque estuvieran en su presencia.

—Pero ¿qué dicen? ¿Y quiénes son?

—Vayamos por partes. Primero, eliminemos al destinatario y al remitente.

Ahora solo se reprodujo la conversación de fondo.

—Sigo sin entender nada.

—Por supuesto, no es inglés. Tampoco parece ruso. ¿Seguro que es esto lo que Nick quería proteger? Además, es imposible que pudiera escucharlo.

El doctor Southall se estiró con gesto autoritario, como si fuera a darle una lección magistral a un alumno.

—Entendemos lo que nos dicen dado que lo reconocemos con nuestra memoria ecoica. En ella almacenamos los sonidos que escuchamos a lo largo de nuestra vida que, tras una codificación, son guardados también en otro almacén, para su uso posterior mediante un proceso de recuperación de datos conocido como «recordar». Sin embargo, esta otra memoria, llamada memoria a corto plazo, tiene una capacidad limitada, por lo que solo alberga una parte y borra el resto al cabo de medio minuto. Es en la memoria a largo plazo, que, en teoría, es ilimitada, donde de verdad se almacena y clasifica por categorías toda la información recibida.

Se levantó y paseó por la sala para organizar sus ideas.

—De esta última memoria es de donde en, última instancia, sacamos los datos con los que, de forma inconsciente, comparamos lo que escuchamos, para identificarlo y comprenderlo y, si no está en nuestra base de datos, se activa la atención consciente y nos esforzamos en comprender lo que nos dicen.

—¿En resumen?

—El remitente escuchó lo que los otros interlocutores decían, aunque no de manera consciente, como consecuencia del bajo volumen de la conversación de estos. Sin embargo, después de colgar el teléfono, esa información surgió del fondo de su cerebro, haciéndole comprender que había oído algo más que la voz del destinatario, que lo había comprendido y que por eso su mente lo había conservado. En cuanto al retardo, este se explica por el hecho de que, lo que había escuchado, su mente tuvo que asociarlo con sonidos captados hacía muchos años y que no se encontraban almacenados ni en la memoria a corto plazo ni en la ecoica, sino en la memoria a largo plazo, que tarda más en reaccionar.

—Pero ¿qué ha podido determinar de los nuevos interlocutores?

—Déjeme que le explique. El análisis del habla con fines identificativos está condicionado por cuatro factores:

la frecuencia de la señal acústica, la intensidad, el tiempo y la cavidad resonante del tracto. ¿Qué significa todo esto? Por ejemplo: que un sujeto con sus condiciones psicofísicas en estado normal puede hacer uso de sus órganos de fonación para alterar el sonido que desea emitir. No obstante, las características morfológicas del sistema de fonación son únicas en cada ser humano, y no es posible simular otro acento de modo efectivo. Tampoco sirve hablar con la nariz taponada por una gripe, porque no se alteran las características fundamentales de los sonidos que emiten nuestras cuerdas vocales, lo que implica que continúan siendo identificables. Incluso casos extremos, como quitarse la dentadura postiza, no significan una alteración del patrón básico.

Sonrió, como si lo que fuera a contar le resultara divertido.

—Recuerdo el caso de un hijo de un jefe del crimen organizado georgiano. Era un tonto de remate y, al tratar de emular a su padre, lo detuvo el FBI. Su captura e interrogatorio tenían mucho valor, pues todo el mundo sabía que era un cobarde y que hablaría por los codos; confesión de la que podría obtenerse la muestra de voz que confirmaría su presencia en el momento de la comisión de unos asesinatos. De ese modo, al inculparlo, el FBI lo podría presionar para que delatara a su padre, si bien se descuidaron y cuando lo metieron en la cárcel, sus compañeros de celda le arrancaron todos los dientes para transformar su voz. Sin embargo, la maniobra resultó inútil, puesto que tomamos muestras válidas de su voz, lo inculparon, confesó y desarticularon al grupo criminal de su padre, quién, por cierto, había intercedido en su favor, para que no lo asesinaran en la cárcel.

—¿Me va a decir que puede identificar a una persona solo por la voz y sin margen de error?

—Sí.

El doctor Southall al final había conseguido lo que quería: impresionar a Marian.

—La gente ni imagina de lo que somos capaces. Por ejemplo: con una grabación de una conversación, podemos establecer el sexo y la edad de los interlocutores, realizar una asociación diatópica, que determine su origen geográfico, y otra diastrática, para su estrato social. También estamos capacitados para fijar estados conductuales, emocionales, toxicológicos y patológicos. Por supuesto, nuestra actividad no se limita a las personas. Por poner un caso, partiendo de una grabación, podemos determinar qué tipo de arma se ha disparado, el ambiente en el que se efectuó el disparo y el ángulo con respecto al micrófono.

—¿Y qué nos puede comentar de los interlocutores de la conversación de fondo?

—Tengo que reconocer que no tengo ni la más remota idea del idioma en el que están hablando ni cuál es su lugar de origen.

—Pero ¿no ha dicho que…?

—Sí, pero nunca me había enfrentado a un caso como este.

Otro callejón sin salida. Pese a ello, Marian no tiró la toalla.

—¿A qué distancia es capaz de captar el micrófono de un móvil una conversación realizada en un tono normal?

—En condiciones ideales, no más de quince metros, aunque varía mucho en función de las circunstancias acústicas del entorno.

La reunión apenas duró unos minutos más, y al finalizar, los dos policías se fueron al apartamento de Marian. Al fin y al cabo, era sábado, el día perfecto para ser disfrutado por una pareja joven. Ahora bien, en Hoboken, ella no supo olvidarse de la investigación, por lo que mantuvo entretenido a Christian durante más de dos horas con sus recovecos. La última pista, la de la conversación de fondo que quizá escuchara Nikolái, fue a lo que más tiempo le dedicó.

Pasado un buen rato, él la obligó a tomarse un descanso y, para ello, la llevó a cenar al Amda´s de la calle Washington. Allí aprovechó ese rato de tranquilidad para sondearla con sutileza acerca de la posibilidad de darle un carácter más formal a su relación.

—No te puedo responder ahora —le aclaró ella—. Es demasiado pronto. Llevamos viéndonos solo dos días, y estas decisiones hay que madurarlas.

—En el amor debes dejarte llevar por el corazón, y tú eres demasiado racional.

—Claro, y después vienen los disgustos.

—Yo nunca me he parado a pensar qué es mejor para mí cuando me enamoro, y me ha ido muy bien.

Marian no podía decir lo mismo, habida cuenta de que sus relaciones de pareja habían sido un desastre. Todas, sin excepción.

—Debes hacer un esfuerzo para superar tus miedos —añadió él.

—¿Mis miedos? —replicó molesta—. ¿Quién te crees que eres?

—No pretendía ofenderte. Solo… quería abrirte los ojos.

—No estoy de humor para que un jovencito me dé lecciones de cómo afrontar la vida.

—Por favor, no te enfades conmigo. Pensaba que te sentías atraída por mí y pretendía mantener una conversación franca con respecto a nosotros. Yo te quiero y…

—No hay nada entre nosotros.

En el fondo no pensaba así, ya que se sentía a gusto en su compañía y, a pesar de sus defectos, poseía virtudes y atractivos más que suficientes como para enamorarse de él. El problema radicaba en que su cabeza estaba ocupada al cien por cien con la investigación, y su corazón, habitualmente muy despistado, también. Este último, por la muerte de cuatro amigos y la conversión de otro de ellos en su asesino.

Terminaron su cena sin hablar y se marcharon del restaurante abrazados pero en silencio. Por el camino, Marian se sintió culpable por cómo había tratado a Christian. Por ello, al llegar a su edificio, se disculpó y le preguntó si quería subir. Él titubeó. A pesar del ofrecimiento, pensaba que era mejor dejarla tranquila y a solas esa noche para que aclarase sus ideas. Albergaba la sospecha de que lo invitaba a subir no porque deseara que durmieran juntos, sino por remordimientos y, en esas circunstancias, consideraba más sensato no caer en la fácil tentación de aceptar su invitación. La situación podía degenerar en una discusión y dificultar la relación que intentaba consolidar.

En consecuencia, Marian llegó sola al rellano de su apartamento. En él se encontró con su vecino, el octogenario Sr. Arno, un encantador divorciado al que se le iba la cabeza con facilidad por sus ochenta y cinco años de edad, lo que le producía, entre otras cosas, numerosos fallos de memoria.

—¿Cómo estás, querida vecina?

—He tenido días mejores.

—¿Algún problema de pareja?

—¿Por qué lo pregunta? ¿Acaso me ha vuelto a espiar?

—¿Espiarte? —dijo con indignación fingida—. Tengo cosas mejores que hacer

—Yo no estaría tan segura de eso, Sr. Arno. En fin, le deseo buenas noches.

—¿Te retiras ya? Es pronto para hacerlo. Te invito a

comer.

—Sr. Arno, ni es la hora de comer ni es pronto. Consulte su reloj.

—Ya me gustaría poder hacerlo, pero mi cansada vista no me permite apreciar esas pequeñas agujas, que corretean en círculos por mi reloj.

Marian confirmó lo que ya sabía: el reloj de muñeca de su vecino continuaba siendo un sencillo modelo digital con enormes caracteres alfanuméricos.

—¿Te apetece dar un paseo? Iba a salir ahora a estrenar mis zapatos nuevos.

Ella se fijó en sus brillantes zapatos. No eran nuevos, ni mucho menos, pero lucían como si los acabase de estrenar, producto del exhaustivo proceso de limpieza y abrillantado al que su dueño los sometía a diario.

—Me encantaría dar un paseo contigo y después llevarte a merendar a algún lugar en el que degustar un buen café.

—Es usted tan amable como insistente, pero mi respuesta sigue siendo que no.

—Espero no haberte molestado.

—No se preocupe. Es solo que estoy cansada.

Entró en su apartamento, y Livia le dio la bienvenida, lamiéndole la mano. En respuesta, ella acarició con cariño a la perra y lamentó su mala fortuna en el aspecto sentimental, ya que de no ser por el animal, estaría tan sola como siempre.

Dio de comer a Livia y después decidió prepararse un postre con el que endulzar sus amarguras, pero al abrir la nevera, descubrió que no sería posible. No había recordado que llevaba varios días sin hacer la compra, hasta el punto de ni siquiera tener nada para el desayuno.

—Debería bajar ahora a comprar comida. Mañana por la mañana me va a dar mucha pereza.

Deseó sentar la cabeza algún día no muy lejano y

formar una familia. Ayudaría, entre otras cosas, a tener la nevera llena.

Revisó las notas que había pegadas en el electrodoméstico: recordatorios de recados pendientes, compras por hacer... Su vida era un desastre en todos los sentidos y ahora también en lo profesional. Pensó en abandonarlo todo, marcharse de la ciudad y empezar una nueva vida en otro lugar, pero ¿adónde ir?

De repente le surgió una idea con fuerza. ¿Adónde se habría ido Harry para huir de la justicia?

—Harry... —susurró—. ¿En qué agujero te has escondido?

Otra idea cruzó por su mente.

—¿Y si no te has ido de la ciudad? Si continuaras aquí, ¿cómo te moverías de un lado a otro? Te has vuelto muy famoso. Desplazarte en transporte público es muy arriesgado, tu Cobra lo tenemos fichado y...

De manera simultánea, recreó la imagen de un bonito coche clásico de color negro.

—¡Claro! ¿Quién iba a pensarlo?

Se abrigó, se despidió de Livia y se marchó del apartamento.

Marian llegó a la comisaría de Midtown South y saludó al extrañado agente de la entrada.

—No esperaba verte hoy, y menos a esta hora.

—Yo tampoco —contestó ella con tosquedad.

Sin mediar más palabra, se dirigió a su despacho y sacó el expediente con los resultados de la investigación que había realizado de sus amigos y sus empresas. Centró su atención en el informe de Nikolái. De él extrajo la información de sus coches: el viejo Lada Niva y el bonito Lincoln Cosmopolitan Sedan. Anotó la matrícula de este último en un pósit y entró en el programa del Lower

Manhattan Security Initiative, un sistema de vigilancia de las vías públicas, equipado con cámaras y lectores de matrículas, cuya segunda actualización diaria de datos acababa de tener lugar.

Tecleó la placa del Lincoln y rezó para que al menos una de las ciento ocho cámaras fijas lectoras de matrículas y ciento treinta montadas en coches patrulla con que contaba el sistema hubiese registrado la del Cosmopolitan.

En la pantalla de su ordenador apareció un mensaje casi al instante. Indicaba que una de las cámaras del Manhattan Bridge había detectado hacía escasos minutos el paso del coche saliendo de Manhattan.

—¿Adónde ibas, querido Harry?

Tamborileó con los dedos sobre el teclado tratando de despejar la incógnita.

—¿Estás huyendo? No lo creo. Lo habrías hecho antes.

Se acercó a un mapa de la ciudad de gran tamaño, colgado de una de las paredes. Fijó su mirada en el puente y recorrió con la vista la trayectoria recta de su prolongación imaginaria a lo largo de la avenida Flatbush.

—¿Adónde ibas?

Se detuvo en una zona en la que recordaba que solía haber prostitución callejera, cerca de Atlantic con la Cuarta. Acto seguido, pensó en Valentina.

Un bip anunció al Sr. Hooper de la llegada de un SMS a uno de sus múltiples móviles. Echó una ojeada a la caja de zapatos donde guardaba los que no tenían un uso personal y vio que, en un sencillo Nokia, un icono con forma de sobre anunciaba la recepción de un mensaje.

—¿Quién demonios me envía un mensaje a este número? Nadie conoce…

Se asombró al ver el remitente.

—¡Valentina!
El texto consistía en un escueto:

Hola, Hooper. ¿Nos vemos?

Tecleó la contestación sin darle importancia a que no le llamara Marcus.

¿Cuándo?

No tardó en llegar otro SMS.

¿Ahora?

«¿Por qué no?», pensó él.
Tecleó otro texto.

¿Motel Boulevard? ¿En una hora?

Citarla allí era todo un atrevimiento, pero si ella aceptaba, significaría ver realizado su sueño. En consecuencia, la mera esperanza de que así fuera hizo que se le acelerase el pulso y el tiempo pareciera detenerse.

Por fortuna para él, un bip anunció el final de su angustia pasados unos pocos segundos.

De acuerdo.

—Debería haber dicho que no. «Ahora» es demasiado pronto. Esto va a parecer un mal polvo en un sitio barato. Tenía que haber contestado que nos viéramos en un par de horas, lo necesario para encontrar un lugar mejor y comprar flores y bombones.

La premura solo le había permitido hacerse con abundante cerveza.

«Al menos, le gusta y servirá para que se desinhiba».

Por la cabeza del Sr. Hooper pasaron un par de fantasías bastante obscenas mientras «saludaba» al recepcionista del Motel Boulevard con un billete de veinte dólares. Cogió su llave, subió a la tercera planta y se metió en la 303.

Solo había tardado cuarenta y nueve minutos desde que había recibido el último SMS, lo que significaba que apenas disponía de margen para hacer algo más acogedora su habitación y disimular el agujerito en el papel pintado de la pared lindante con la habitación de Valentina.

«¿Me desnudo?», pensó después. «No, ¡qué barbaridad! Enano, que no te ciegue la pasión».

Paseó nervioso de la ventana a la puerta sin dejar de observar las cortinas marrones opacas, que, a la luz mortecina de la lámpara del techo, le daban un aspecto triste a la habitación.

—¡Qué feas son!

Las corrió solo para descubrir el sombrío callejón y la escalera de incendios.

—La verdad, no sé qué es peor.

Estaba muy alterado. Desconocía de qué manera actuar y no sabía qué hacer ni cómo preparar la habitación. Todo porque, en verdad, el Sr. Hooper jamás se había llevado una chica a la cama, a pesar de sus fanfarronadas. La cruda realidad era que tontear con mujeres lo había hecho siempre y que había tirado los tejos a chicas mayores que él, tanto del barrio como del colegio. Incluso a profesoras. No obstante, todas lo habían despachado con una sonrisa que ocultaba su desprecio por su físico. Tan solo, y además en contadas ocasiones, había conseguido arrancar un beso a alguna de ellas, a la que previamente había colmado de regalos y le había facilitado los exámenes a los que debía enfrentarse, sumida en la ignorancia.

Ahora bien, la chica de los ojos verdes parecía sentirse a gusto con él y no le había solicitado nada a cambio de su compañía, y si se tenía en cuenta a qué se dedicaba, el Sr. Hooper tenía motivos más que sobrados para la esperanza.

Miró la hora. Faltaban cinco minutos para la cita.

«¿Qué más? ¿Qué más?», caviló nervioso.

Un ligero olor a desagüe estancado le hizo pensar en el baño y en su inminente visita.

—Esto va a ser un desastre.

Abrió la ventana sin perder un instante para ventilar la habitación, pero el frío húmedo de la calle lo obligó a cerrarla en cuanto se puso a tiritar. A su vez, el imprevisto lo forzó a rebuscar en cajones y armarios un ambientador con el que perfumar la habitación, encontrando uno con olor a pino en el baño, que escondió enseguida bajo la cama.

—Fantástico. Olor a pino con un toque de humedad y pestilencia de los contenedores de basura del callejón.

Un bip en su móvil le alertó de la llegada de un mensaje.

¿Dónde estás?

Respondió en el acto.

En mi habitación.

Una corta espera y sonó otro bip.

Estoy subiendo.

No se lo podía creer. Una cita con aquella preciosidad en un hotel y por la noche. Su imaginación volvió a volar.

Marian había permanecido aparcada durante casi una hora con su viejo GMC Terrain en la Cuarta, a poca distancia del cruce con la avenida Atlantic. No muy lejos, la luz azul de los neones del Motel Boulevard trataba de cortar la niebla que se estaba formando.

Había examinado a los transeúntes y vehículos que se habían cruzado con ella con la esperanza de ver confirmado lo acertado de su intuición, pero poco a poco, la monotonía de la espera había hecho que la invadiera un pesado sopor y se quedase dormida.

Soñó con una vida tranquila, en familia, con un hijo al que cuidar y que le diera sentido a su vida. Se imaginó a sí misma paseando con él por un frondoso bosque, pero, en su sueño, se detuvo cuando la tranquilidad se vio interrumpida por un potente rugido. Llena de temor, echó a correr con su hijo en dirección opuesta hasta que este tropezó y se soltó de su mano. Cuando quiso retroceder a por él, hizo su aparición un dragón de color negro. El animal rugió, de su enorme boca salió una humareda que envolvió a su hijo y se abalanzó sobre él.

Se despertó sobresaltada. Sin embargo, por un instante, creyó que continuaba en el sueño porque seguía escuchando el bramido en medio de la densa niebla que se había formado a su alrededor.

«El aliento del dragón», pensó.

Por el cruce pasó un Lincoln Cosmopolitan Sedan, atravesando la bruma en compañía del rugir de su motor. Al volante, una cara de sobra conocida.

—No hay nada mejor que la intuición de una mujer.

Puso en marcha su todoterreno con una sonrisa, pero cuando comenzaba a cruzar la intersección, se vio obligada a detenerse al escuchar la sirena de una ambulancia, acompañada de otra de un coche patrulla, que se aproximaba a toda velocidad. Esperó, impaciente, a que los vehículos llegaran al cruce y pasaran de largo y, en cuanto este volvió a quedar despejado, retomó el seguimiento del Cosmopolitan, aunque sin apercibirse de que los recién llegados se detenían justo ante el Motel Boulevard.

El discreto seguimiento a Harry la llevó por calles secundarias del barrio. Pasaron por delante del sórdido Boadicea y continuaron por el cruce de la calle Nevins con Butler, junto al Canal Gowanus.

En varias ocasiones, temió perder su pista a causa de la escasa visibilidad reinante. Tanto era así que, más que circular con un coche por las calles de la ciudad, tenía la sensación de navegar en un submarino a través de unas aguas de color blanquecino.

En un momento dado, Marian observó cómo un par de prostitutas le hacían señas al Cosmopolitan y Harry se bajaba de él para hablar con las mujeres; situación que ella aprovechó para aparcar sin alertarle a no mucha distancia. A continuación, descendió del coche y, medio oculta por la niebla, se acercó con su arma reglamentaria en la mano.

—¡No te muevas! —ordenó, encañonándolo con su pistola.

Su objetivo reaccionó con una rapidez inaudita, pero no retrocedió hasta el Lincoln, lo que lo habría apartado de su escudo humano, sino que corrió entre los escasos coches aparcados junto a la acera.

Ella lo maldijo por obligarla a disparar. Sin embargo, no estaba lo suficientemente cerca como para hacerlo sin riesgo de alcanzar a ninguna de las dos mujeres. Así pues, echó a correr tras él.

—No me volverás a despistar. No puedes correr más que yo.

Se detuvo al pasar junto a las sorprendidas prostitutas. Apuntó, contuvo la respiración y disparó. El estampido de la detonación rebotó como un eco en la densa niebla, y en apenas un suspiro, el proyectil de 9 mm pasó muy cerca de Harry, pero este, en lugar de detenerse, agachó la cabeza de forma instintiva y aceleró el paso.

—Le he disparado. ¡No me lo puedo creer! ¡Le he disparado!

Sorprendida, reanudó la carrera para que él no se alejara en exceso. Sabía que, si ocurriera, la astucia de Harry y la baja visibilidad le jugarían una mala pasada, y en efecto, cuando este alcanzó el cruce con la calle Bond, giró a la izquierda y desapareció. Después, al llegar ella a la esquina, vio cómo una difusa figura oscura estaba a punto de alcanzar el siguiente cruce, por lo que se detuvo de nuevo y volvió a disparar. Luego, sin saber si había hecho blanco, observó cómo la figura torcía en dirección al Canal Gowanus.

«Acércate o no acertarás, y él se volatilizará».

Siguió el eco de los pasos de Harry lo más rápido que pudo y alcanzó el cruce a tiempo de ver cómo se introducía por un hueco en una verja metálica, situada junto a la orilla occidental del canal.

La persecución se veía dificultada ahora por un alumbrado público deficiente y con el riesgo adicional de tener que hacerlo por una ruta cuando menos difícil; en especial, por las aguas del canal, que estaban contaminadas con nitratos y un sinfín de agentes tóxicos que reducían la cantidad de oxígeno a un nivel mucho menor del que permitía la vida. A consecuencia de ello, emanaban gases de una pestilencia nauseabunda por medio de curiosas burbujas. Además, Marian recordó los rumores que corrían acerca del uso que la delincuencia organizada le daba al canal para deshacerse de sus víctimas[44].

«Otro cementerio siniestro. Procura no tropezar y caer al agua».

Se introdujo por el hueco de la verja y apareció ante

---

[44] Nota del autor: verídico.

una estrecha franja de terreno, plagada de escombros, que, con la niebla, se asemejaban a las púas de un erizo gigante.

Unos pasos más adelante, se encontró con una tapia parcialmente derruida. Trepó por el muro y se impulsó con una potente zancada para saltar por encima de los fragmentos de vidrio, incrustados en su parte superior, pero al hacerlo, unos ladrillos se escurrieron, haciéndola caer sobre un largo y afilado trozo de cristal, que se hundió en su mano hasta casi atravesarla. Se dolió, mucho, y soltó un quejido, pero no dejó caer su arma. Acto seguido, se levantó con precaución para desclavarse el cristal sin agravar la herida y retomó la persecución.

Enseguida alcanzó un puente en el que la visibilidad era muy reducida a causa de la niebla.

—¿Dónde estás? —murmuró.

Contuvo su ruidosa respiración y agudizó el oído, pudiendo entonces escuchar un jadeo a su izquierda. Avanzó hacia este, hasta descubrir entre la neblina una figura, que permanecía encorvada sobre la barandilla.

—¿Harry? —preguntó con ingenuidad.

La figura se sorprendió. Marian disparó y esta se volteó sobre la barandilla.

—¡Dios mío, le he dado!

Se asomó para buscar el cuerpo de Harry, pero, salvo las ondas producidas por la caída, no se veía nada, ni en el agua ni en los muros de las orillas. Tampoco se escuchaba ruido alguno bajo el puente.

—¡Lo he matado!

La aterradora predicción que Harry había realizado, que sería ella quién lo mataría, se había convertido en realidad.

—No es posible, no es posible.

Cambió de lado en el puente y examinó la zona contraria del río, pero ni rastro de su antiguo mentor.

—Podías haber llevado un arma con la que

amenazarme. Ahora me harás tener cargo de conciencia cada vez que recuerde que he matado a un hombre desarmado.

El inconfundible aullar de las sirenas de policía se acercaba con rapidez, y ella deseó estar en condiciones de atender a los refuerzos, pero sabía que, de hacerlo, sus superiores la apartarían del caso en cuanto tuviesen conocimiento de su arriesgada iniciativa, cuando no algo más grave. Por consiguiente, concluyó que había llegado el momento de desaparecer.

Pablo Palazuelo

Domingo, 5 de diciembre

Christian conducía irritado camino del Instituto Harriman porque el denso tráfico los obligaría a llegar tarde a su cita con el catedrático Roger Walker. Sin embargo, esa no era su única preocupación.

—Tienes mala cara.

—No he dormido bien.

La réplica de Marian fue muy brusca.

—Más bien parece que no hayas dormido.

—No es asunto tuyo.

—¿Y lo de la mano?

—Te digo que no es asunto tuyo.

—Me preocupa que ayer terminásemos con un simple enfado y esta mañana estés herida.

Ella se giró hacia su ventanilla para no tener que mirarlo a la cara. No lo odiaba, a pesar de lo que pudiera parecer, pero no podía contarle lo sucedido en su aventura nocturna.

—Tienes otro corte en el cuello. ¿Qué te ha ocurrido durante la noche?

—Por favor, no insistas más. No quiero hablar de ello.

—Se me ocurre una idea que lo explicaría y, de ser verdad, estarías incurriendo en un grave peligro.

—Déjame en paz.

Marian se limitó a pensar en sus viejos amigos, aunque hacerlo también en el autor del asesinato de Nikolái, le revolvió las tripas.

—Los de la 84 han encontrado un cuerpo sin vida de

una persona identificada como Damarcus Hooper. Estaba descuartizado.

Las palabras de Christian conmocionaron a Marian.

—¿Dónde lo han encontrado?

—En un motel de Brooklyn.

—¿Cerca de la avenida Atlantic?

—Marian, ¿qué me estás ocultando?

—¿Cuál fue la hora de la muerte?

—No sé la hora. No he visto el informe del forense, pero fue ayer por la noche.

El detalle horario agotó su ya escasa resistencia, y las palabras comenzaron a fluir por su boca.

—Ayer vi a Harry allí, también por la noche. Seguro que el forense fija la hora de la muerte a la misma a la que se cruzó conmigo.

Le hizo un resumen de lo que la había conducido hasta el canal, de la persecución y del fatal desenlace, y a medida que avanzaba en la narración, a Christian le preocupó más y más su actitud impulsiva y descontrolada.

—Marian, no cometas más locuras o acabarás en un agujero tan profundo que no podrás salir de él.

Las posibles complicaciones del asunto le habían causado un profundo desánimo.

—Para que rastreen la zona, diré que me ha llamado un confidente jurando haber visto un cadáver en las aguas del canal Gowanus, aunque omitiré de quién se trata. Así resultará más fácil ocultar tu participación «irregular», al menos, hasta que confirmemos su muerte. Lo contrario no te beneficiaría.

Ella le cogió la mano y se la acarició con cariño. Después se la apretó, presa de una fuerte desmoralización.

—Piensa que, si Harry hubiera muerto —comentó Christian en un tono muy suave—, todo habría terminado. Sé que decirlo con tanta crudeza no es lo más adecuado, pero, al menos, serviría para aliviar tu...

—No puedo más, no puedo más…

Él la abrazó tratando de reconfortarla. Le limpió las lágrimas y la besó.

A Roger Walker, antiguo coordinador de lengua rusa de la Universidad de Columbia, ahora director del Instituto Harriman, lo habían llamado al móvil el día anterior al análisis. No era mucho preaviso para ser fin de semana, pero, en cualquier caso, resultó suficiente para alguien acostumbrado a colaborar con la Policía en momentos imprevistos.

Esperaba la llegada de sus invitados en su despacho de la duodécima planta del Edificio de Asuntos Internacionales revisando el informe elaborado para ellos. Mientras tanto, recordó cómo el día anterior había descargado en su ordenador personal un documento de Word con los comentarios del Dr. Southall y un archivo de audio, tipo MP3, con una extraña grabación. Esta última, tras haberla escuchado siete veces, le había hecho llegar a la conclusión de que no sería un encargo normal. Y de hecho, había resultado todo un reto.

Volvió a revisar su presentación en la pantalla del ordenador, hizo un par de correcciones y la leyó de nuevo, todo pensando que, incluso en un trabajo de colaboración con la Policía, era necesario saber venderse.

—Ahora sí, ahora me gusta.

A los pocos minutos, dieron unos golpecitos en su puerta.

—¡Adelante!

La teniente Bennett entró acompañada de un hombre a quien no conocía.

—Hola, Marian. ¿Cómo está Harry? Hace tiempo que no sé nada de él.

Luego hizo un gesto de resignación.

—En realidad sí he tenido noticias. Por los telediarios, claro.

Se dieron un apretón de manos, y Marian le presentó a Christian. A continuación, Walker continuó con su interrogatorio.

—Lamento lo de tus amigos. ¿Hay alguna esperanza con respecto a Harry?

—No te quiero engañar. La tele no lo cuenta todo, pero lo acabará haciendo, y las noticias no serán buenas.

El catedrático mostró sus sentimientos mediante un rostro cargado de preocupación.

—¿Alguna novedad con la grabación?

—Sí, pero, por favor, sentaos.

Se acomodaron alrededor de una mesa circular, en las que había dispuesto unas bebidas y unos aperitivos, comprados en el Kosher Deli del John Jay Hall de la Universidad.

—Empecemos —dijo Roger Walker—. Hay un aspecto que resulta evidente en cualquier persona: no habla igual un niño que un adulto; ni tienen el mismo timbre ni utilizan el lenguaje de forma similar. En nuestro caso, se trata de dos adultos. Uno rondará los setenta años. El otro estará en torno a los veinte. Son varones y no son de por aquí.

—Eso último ya lo sabíamos —bromeó Christian—. No hay quien los entienda.

—¡Error! El más joven dice en inglés la primera de las frases.

—¡No puede ser! ¿Qué clase de acento es ese? ¿Y qué tipo de persona habla así?

—Un inmigrante. Un recién llegado.

—¿Y por qué uno habla en inglés y el otro no? ¿La otra lengua es la materna?

—Vayamos por partes. El joven tiene un acento realmente malo, así que yo diría que no lleva entre nosotros más de seis meses; a lo sumo, un año. También supongo que dirigirse en inglés a un compatriota es una muestra de sus esfuerzos por integrarse en la sociedad y la cultura del país de acogida. En cambio, al mayor, un anciano, le resultará mucho más difícil adaptarse; por eso habla en su propio idioma.

Roger Walker respiró satisfecho con su propia explicación.

—Por otra parte, la lengua utilizada en su conversación me resultaba una completa desconocida. De modo que empecé la investigación por esa primera frase en inglés. Estudié cómo estructura la oración el interlocutor y especulé con la idea de que la causa estuviera relacionada con su idioma materno; uno que fuera tan primitivo que resultase más inútil que un inglés muy mal hablado. Esta teoría se vería confirmada por la incapacidad del anciano para conversar en inglés a pesar de llevar unos meses en nuestro país. En este aspecto, hay que tener en cuenta que a una persona de edad avanzada le cuesta más absorber un idioma nuevo, pero no hasta ese extremo. A mi entender, esto denota una incapacidad innata del interlocutor para aprender cualquier lengua.

—Pero él habla, si no he entendido mal.

—Exacto. Lo que me condujo a pensar que aprendió a hablar de niño, pero también que su lengua materna, igual que sucede con el otro interlocutor, es tan primitiva que apenas se desarrolló en él la capacidad del lenguaje; capacidad que, por cierto, se forma en el ser humano antes de los siete años y que, pasada la infancia, es considerablemente difícil adquirirla.

—¿Y adónde nos lleva esto? Porque si no es ruso, ¿qué hablan que pueda haber comprendido la persona que grabó la conversación?

—Nos lleva a buscar un idioma o un dialecto que apenas alcance el rango de lenguaje, pero como a nivel mundial la lista es interminable, para acotarla, me limité a los hablados en la extinta Unión Soviética.

Tomó aire y continuó.

—No os aburriré con detalles de fonética articulatoria, identificación de voz o prosodia, porque lo escaso del material ya ha hecho del estudio suficiente pesadilla. En resumen, el texto que tenía delante de mí continuaba sin parecerse en nada a ningún idioma o dialecto eslavo que conociera. Ante esta contrariedad, pensé en el propio idioma ruso, pero extremadamente mal hablado. Así que procedí a cotejarlo con un corpus sonoro de cientos de versiones de la lengua rusa, todas basadas en tres textos de no más de medio minuto de duración y con lecturas hechas por veinte locutores diferentes. A su vez, cada una contiene siete lecturas distintas, según las siete emociones básicas. Es decir, que lo cotejamos con un gigantesco proyecto de modelización acústica del ruso, que terminamos hace dos años y que hemos validado con pruebas realizadas en mil quinientos individuos.

—¿Y? —preguntaron, cargados de curiosidad.

—No encajaba con ningún patrón registrado en el corpus. Es más, el sistema solo reconocía algunas partes aisladas de la conversación. ¡Era desesperante!

La desilusión se contagió a los policías.

—Comencé a sospechar que se trataba de un sistema de comunicación oral muy especial y que no tuviera que ver necesariamente con el ruso. Así, al revisar de nuevo la conversación, me pareció reconocer algún vocablo noruego y, en ese instante, pensé: ¿y si se trata de noruego combinado con ruso? No es que conozca ese idioma, pero tengo un colega, doctorado por la Universidad de Oslo en dialectos escandinavos, con el que mantengo una estrecha relación, y que me ha enseñado algunas palabras.

—¿Noruego? ¿Qué tiene que ver con nuestros inmigrantes?

—Un pidgin.

—¿Un pidgin? ¿Qué es eso?

—Una combinación de lenguas. En ocasiones, se da en zonas fronterizas como medio de comunicación entre ambos lados de la línea divisoria. No es un idioma de verdad. Tampoco tiene una gramática estructurada ni un vocabulario definido, a pesar de que suele utilizar palabras de ambas lenguas matrices.

—Interesante.

—El caso es que investigué esa posibilidad y descubrí que existió un pidgin en el que encajaba nuestra grabación: el *russenorsk*. Este pidgin que parece que hablan es más noruego que ruso y se utilizaba por comerciantes rusos y pesqueros noruegos en su comercio transfronterizo, conocido como pomor. Este toma el nombre de los pomores, colonos rusos asentados en la costa del mar Blanco, quienes visitaban en verano los puertos pesqueros noruegos de Vardø y Vadsø para realizar sus compras. Además, el pidgin de la zona era muy primitivo. No llegó ni a cuatrocientos vocablos, y su gramática era elemental.

—¿Has podido confirmar tu conclusión de alguna forma?

—Lo he consultado con mi amigo noruego, y sí, la ha ratificado.

—¡Fantástico! Sabemos que vienen de un remoto lugar perteneciente a un país ya desaparecido. ¿Se sabe, al menos, lo que dicen?

—Mi colega, el doctor Peder Claussøn Friispor, me ha facilitado este documento.

Pasó a cada uno varias hojas con texto imprimido por ordenador. En la primera página figuraba la siguiente conversación:

Joven: No querer volver.

Anciano: *Kak sprek? Moja tvoja ne ponimaj.*

Joven: *Moja njet spaserom!*
Anciano: *Njet har penga!*
Joven: *Moja njet fiska prodatli. Moja dag stinke fiska.*
Anciano: *Kak levom?*

La grabación continúa durante diez segundos sin que hable ninguno de los dos interlocutores.

Joven: *Den njet dobra. Moja njet vil den.*

—¿Qué están diciendo?
—Yo diría que hablan de lo que parece un trabajo en una pescadería, pero, si pasas la página, podrás leerlo tú mismo.

Le dieron la vuelta a la hoja y se encontraron con la conversación en *russenorsk*, su traducción literal y la idiomática.

ORIGINAL	T. LITERAL	T. IDIOMÁTICA
JOVEN		
No querer volver.		*No quiero volver.*
ANCIANO		
Kak sprek?	*¿Cómo hablar?*	*¿Qué has dicho?*
Moja tvoja ne ponimaj.	*Yo tú no entiendo.*	*No te entiendo.*
JOVEN		
Moja njet spaserom!	*¡Yo no ir!*	*¡Yo no quiero ir!*
ANCIANO		
Njet har penga!	*¡No tener dinero!*	*¡No tenemos dinero!*
JOVEN		
Moja njet fiska prodatli.	*Yo no pescado vender.*	*No quiero vender pescado.*
Moja dag stinke fiska.	*Yo día apestar pescado.*	*Apestaría todo el día a pescado.*
ANCIANO		
Kak levom?	*¿Cómo vivir?*	*¿De qué viviremos?*

La grabación continúa durante diez segundos sin que hable ninguno de los dos interlocutores.

<u>JOVEN</u>

Den njet dobra.	*Ese no bueno.*	*Es malo.*
		(No es buen trabajo.)
Moja njet vil den.	*Yo no querer ese.*	*Yo no quiero eso.*
		(No me gusta.)

—Y para mayor claridad, en la última página encontraréis la versión exclusivamente en inglés.

Los policías pasaron la página con avidez.

Joven (en inglés): No quiero volver.

Anciano (en *russenorsk*): ¿Qué has dicho? No te entiendo.

Joven (en *russenorsk*): ¡Yo no quiero ir!

Anciano (en *russenorsk*): ¡No tenemos dinero!

Joven (en *russenorsk*): No quiero vender pescado. Apestaría todo el día a pescado.

Anciano (en *russenorsk*): ¿De qué viviremos?

La grabación continúa durante diez segundos sin que hable ninguno de los dos interlocutores.

Joven (en *russenorsk*): No es buen (trabajo). No me gusta.

—No es mucho —comentó Marian, buscando más texto en el reverso del documento—. Y parece que hablen como los indios de las películas baratas del oeste.

En efecto, esas pocas líneas no aportaban nada, así que ¿dónde estaba el preciado tesoro de Nick?

—Pues es todo lo que hay en la grabación.

—¿Y la traducción es correcta?

—Marian, la única actividad de los hablantes del

russenorsk era el comercio de pescado, y estos dos sujetos discuten por un trabajo en una pescadería. No puede ser casualidad.

—¡Tiene que haber más! —profirió, irritada.

—¿Qué es exactamente lo que buscáis?

—El hombre que hizo la grabación la protegió a costa de su vida... ¡Ha de contener algo muy valioso!

—¿Qué es lo importante, el contenido o el continente? Lo preguntaré de otra manera: ¿lo que dicen o quién lo dice?

Sus dos visitantes no entendían cuál era el verdadero objeto de la pregunta.

—No conozco los detalles de la investigación, pero si la conversación es irrelevante para vosotros, la identidad de los interlocutores no debería serlo. Lo digo porque se creía que los últimos hablantes de este pidgin desaparecieron en torno a 1923. Ahora bien, de forma sorprendente, estos dos sujetos todavía lo hablan y lo hacen como si fuera su idioma materno. Eso es muy extraño en un pidgin, y solo se explica si son originarios de alguna aldea fronteriza y costera muy atrasada, cuyo medio de subsistencia esté basado en el comercio de pescado y su sistema de comunicación sea el *russenorsk*. En cuanto al resto, eres policía, así que te resultará fácil deducirlo.

Antes de marcharse, les facilitó los datos de contacto del doctor Peder Claussøn Friispor, por si tuvieran alguna otra duda. En cualquier caso, él siempre quedaba a su disposición para posibles aclaraciones posteriores.

Marian y Christian se dirigieron a la Unidad de Cuidados Críticos del Queens Hospital Center. Enseguida les atendió el médico de guardia, quién, tras unas concisas presentaciones, pasó a explicarles la situación de Valentina.

—Solo llamamos estado de coma a los casos de

reducción del nivel de consciencia que no estén causados por el equipo médico. Por el contrario, al coma inducido lo denominamos sedación, como es el caso de su testigo. Se consigue utilizando fármacos que ralentizan el metabolismo del paciente y reducen su temperatura corporal. Otro efecto de estos es la disminución de su consumo de oxígeno y energía, lo cual nos permite «dormir» el cerebro, pero sin impedir que continúe controlando las funciones vitales, ya que, de lo contrario, el paciente fallecería. En el caso concreto de la señorita Irinova, también nos facilita la limpieza y cura de sus quemaduras.

—¿Siente algún dolor?

—No, en su estado, no. Además, como sufre quemaduras en sus vías respiratorias, utilizamos analgesia para rebajar los dolores y que tolere la ventilación mecánica con respiradores artificiales.

—¿Cuánto tiempo podría estar así? —preguntó Marian.

—Permanecer largos períodos en coma inducido conlleva multitud de riesgos para la salud. De modo que no lo solemos prolongar más de unas pocas semanas. En cualquier caso, la reducción de la sedación es paulatina, lo que siempre retarda aún más la plena recuperación de la consciencia.

—¿Cuánto tardan en despertar, una vez reducida la sedación?

—Algunos lo hacen en horas, otros, en días, pero, en todo caso, cuando esa chica despierte, solo lo hará unos minutos durante el primer día. Por otro lado, ese primer instante de consciencia será, para ella, muy confuso. Puede que, en un primer momento, ni recuerde su nombre. Piense que los fármacos utilizados producen un efecto amnésico que ayudan a olvidar los sufrimientos que conlleva el coma por la inmovilidad, las punzadas de las agujas o las intubaciones. Y posiblemente padezca otras discapacidades, como la disartria.

—¿Qué es eso?

—La incapacidad de articular palabra.

Terminadas las explicaciones, el médico los acompañó hasta la cama en la que reposaba Valentina.

—No sé si tienen claro qué es lo que van a ver.

—En cierto modo.

—Me alegro. Es un panorama que nunca resulta agradable. Ni siquiera para nosotros.

Por último, el médico de guardia les aconsejó que su visita no se prolongara más de cinco minutos, puesto que su paciente no debía ser molestada en exceso. Por no hablar de que consideraba que la presencia allí de dos policías entorpecía la labor del personal del hospital.

Luego pasaron todos a la Unidad de Cuidados Críticos, donde ella se hizo con una silla y se sentó junto a la cama sobre la que yacía Valentina para hablarle y tratar de consolarla con palabras que quizá ni escuchara.

—¿Es capaz de comprenderme?

—Con un nivel seis de sedación como el suyo, no. Es a partir de un grado de coma inferior al tres cuando sí hay respuestas a estímulos sonoros, y cuando el nivel solo es superficial, el paciente puede comprender algunas cosas o reconocer una voz.

Marian posó su mirada sobre el tubo que atravesaba la garganta de la chica, y por el cual fluía el oxígeno que la mantenía con vida. Luego tuvo la tentación de acariciarla, pero no encontró una parte de su cuerpo con suficiente piel donde poder hacerlo sin miedo a causarle molestias. Asimismo, deseó que mejorara lo suficiente como para que le redujeran la sedación y pudiera ser interrogada.

«¿Cuál es el papel de Harry? ¿Dónde se esconde? ¿Has oído hablar de Lébedev?».

Y, así, un sinfín de cuestiones que ayudasen a

explicar cómo se había llegado a la situación actual. Por otra parte, tantas preguntas planteaban otro problema: de suceder una súbita y milagrosa recuperación, la chica no tendría fuerzas para soportar un interrogatorio tan largo.

En ese momento, Christian decidió tocar un tema muy espinoso, con la certeza de que se trataba de una cuestión que enojaría a Marian bastante más que a él.

—Tenemos que sacarla del coma inducido.

—¿Para qué?

—Para interrogarla.

—¡Eso es una barbaridad! ¿Te imaginas lo que sufriría de estar despierta antes de tiempo, teniendo que soportar el dolor de sus quemaduras y el de la amputación?

—Es idea de Paul Preuss. Le están presionando mucho, tanto la prensa como sus superiores en la oficina del fiscal, y quiere el secreto que encierra la cabecita de esta chica cuanto antes porque es la única persona viva que conoce la verdad de lo que sucedió en el Michigan.

—Pero si ni siquiera sabemos si llegó a ver algo. Piensa en el humo y en que tal vez estuviera inconsciente. Además, le hará falta una orden judicial y ningún juez se la concederá.

—No estés tan segura.

—Pues me parece inmoral y me opondré con todas mis fuerzas. Nada justifica someterla a semejante tortura.

—Entonces, solo nos queda continuar investigando casi a ciegas.

Pablo Palazuelo

INMOLACIÓN

Lunes, 6 de diciembre

—Me gustaría creer que la burocracia es cosa del pasado, pero prefiero ser realista y pensar que se debe a la urgencia para que averigüemos quién ha asesinado a un ciudadano de origen ruso. El caso es que el jefe Gates ha conseguido del cónsul ruso que yo pueda hablar con el gobernador de Múrmansk, la región rusa que tiene frontera con Noruega.

Christian escuchaba sus explicaciones ávido de noticias positivas.

—¿Ha habido suerte?

—Solo con su nivel de inglés, que era bastante decente —expuso Marian—. En cuanto al *russenorsk*, solo sabe lo que le contaron sus abuelos y no conoce a nadie que lo hable ni le parece posible que lo siga habiendo. Entonces le pregunté si algún pescador de alguna aldea fronteriza... ¡Qué ocurrencia! Empezó a quejarse de la actitud de los pescadores rusos, que han dejado de trabajar en su propio país a pesar de que el puerto de matrícula de sus flotas es Múrmansk. Y todo porque en Noruega pagan a mejor precio el pescado y el combustible es más barato. Sin embargo, sus competidores noruegos han puesto el grito en el cielo, dado que los rusos venden el pescado a precios con los que no pueden competir, y ahora las autoridades del país vecino están pensando en echarlos de Noruega.

Llegaron a la oficina para el área de Nueva York de los Servicios de Ciudadanía e Inmigración de Estados Unidos, ubicada en el Jacob K. Javits Federal Building. Aparcaron en la calle Worth, y allí un policía les indicó que estaba prohibido hacerlo delante de un inmueble federal; contrariedad que salvaron mostrándole sus placas y comentándole que sería por poco tiempo.

Desde su despacho de la tercera planta, Cass Gilbert tenía una estrecha panorámica sobre el puente de Brooklyn por el hueco que quedaba entre los edificios de The Thurgood Marshall US Courthouse y el Manhattan Municipal. Gracias a ella, se imaginaba a sí mismo casi a diario paseando por el puente en lugar de aburrirse tramitando la pila de expedientes que se acumulaba sobre su mesa.

—¿Se puede?

La cabeza de Marian asomó por la puerta.

—Claro, adelante.

Con unas pocas palabras, Christian y Marian le explicaron el motivo de la visita.

—¿Dos inmigrantes rusos llegados en el último año? —preguntó el funcionario en respuesta a la solicitud de los recién llegados.

Reexaminó la orden judicial parapetado tras la pantalla de su ordenador y añadió:

—Pues serán unos miles. ¿Incluimos las antiguas repúblicas soviéticas?

—Solo la Rusia actual —precisó Marian—. ¿Tiene algún listado informatizado?

El funcionario tecleó unas cuantas instrucciones.

—Tenemos en el país a más de dos millones y medio de personas de ascendencia rusa. Ahora bien, lo que ustedes buscan se encuentra entre… —Tecleó un poco más en su ordenador— los tres mil setecientos cincuenta y tres de este listado, entre ilegales en proceso de regularización e inmigración legal.

—¿Cuántos pertenecen a la región de Múrmansk?

El funcionario volvió a centrarse en su teclado.

—Doscientos cuarenta y dos.

—¿Cuántos son originarios del distrito Pecherski?

—¿Qué tiene de especial?

—Es el único que hace frontera con Noruega y tiene salida al mar.

El oficial de Inmigración tecleó unas cuantas ordenes más.

—Aquí está su lista. Contiene los nombres de solo veinte personas.

Christian la repasó con rapidez, pero no vio ninguna pareja de personas procedente de la misma población.

—¿Y si se empadronaron en otro lugar tras abandonar su aldea?

Marian examinó el documento y enseguida vio unos nombres que le llamaron la atención.

—Aquí, Christian, observa. Hay dos personas cuyos apellidos coinciden: Yuriy Petróvich Yevdokímov y Yevgeniy Aleksándrovich Yevdokímov.

—¿Abuelo y nieto? ¿Qué opinas? Mira las fechas de nacimiento. Se llevan casi cincuenta años. La diferencia concordaría con la de las voces de la grabación.

Marian recordó el comentario del profesor al despedirse:

«¿Cuántas personas que hablen *russenorsk* cree que quedan vivas? ¿Cuántas en Estados Unidos?».

«Dos», se respondió a sí misma.

—¿Tiene los datos de su domicilio y su trabajo?

—Tenemos los del domicilio que figuraron en su registro de entrada y los de la oferta de empleo, que usaron para entrar en el país, pero no siempre los tenemos actualizados; especialmente con inmigrantes de origen rural. Son los que menos cumplen con estas formalidades. Así que lo más probable es que ustedes dispongan de información más actualizada.

—Lo comprobaremos.

Cass Gilbert imprimió los datos. Los examinó y detectó un detalle que lo irritó.

—¿Cómo conceden un permiso de trabajo por una demanda de empleo insatisfecha en una pescadería? ¿Es que no hay suficientes parados aquí?

—Gracias, nos ha sido de mucha utilidad —repuso ella sin hacer caso de la preocupación del funcionario.

En el camino de vuelta a comisaría, llamaron para contrastar la dirección actual de los dos inmigrantes con la que les había facilitado Inmigración. El resultado de la consulta arrojó que el domicilio era el mismo y coincidía con el de la empresa que los había contratado, lo que les hizo sospechar que se trataba tan solo de una dirección a efectos de notificaciones para poder entrar en Estados Unidos.

—Si esos dos no continúan en la pescadería, será difícil localizarlos. Es gente sin cualificación y, con la crisis, son carne de cañón. Es más, si no tienen dinero ni para pagar un alquiler, estarán malviviendo en cualquier parte. Y ahí está la verdadera cuestión: ¿dónde?

—Pues es la única pista que tenemos, y no la abandonaremos.

Marian agitó los papeles con rabia. No obstante, su compañero no coincidía por completo con sus planteamientos, pero, no por ello, se lo dijo, ya que consideraba que estaba demasiado exaltada.

En ese instante, recibieron una llamada telefónica del inspector Toole.

—¿Una conversación que, para escucharla, hace falta

un sofisticado proceso de laboratorio? —pregunto él, tras recibir unas sucintas explicaciones—. Demasiado débil. Además, ni siquiera sabemos si el Sr. Leónov podía reconocer el *russenorsk*. Por no hablar de su contenido, que es irrelevante.

—¡Estamos en el buen camino! —gritó Marian para que la oyera con claridad por el manos libres—. ¡Llámalo sexto sentido!

—Tu intuición femenina me ha costado más de un disgusto siempre que no ha ido acompañada de pruebas sólidas.

—¡Eso no es cierto!

Las frases se solapaban en la acalorada discusión.

—Sí lo es, y por cierto, debo deciros que la investigación puede escapar a mi control. El FBI ha hablado con el jefe Gates y ha hecho muchas preguntas. Y lo que es peor, si no avanzamos, lo llevarán ellos. Me dolería mucho por ti, Marian, y por los nuestros que han muerto, pero sería incapaz de evitarlo.

Les ordenó presentarse en comisaría cuanto antes para que le dieran más detalles en persona. Así, a las doce y media en punto, aunque una hora más tarde de lo previsto, se hallaban reunidos en torno a la mesa del inspector Toole.

—Lamento el retraso —se apresuró a decir Christian.

—Ha sido culpa mía, Jefe. He tenido que realizar una pequeña investigación antes de vernos.

—¿Tú sola?

—Sí.

—¿Y tiene algo que ver con esta reunión?

—Claro.

La posibilidad de que pudiera perder el control de la investigación la estaba corroyendo. ¡Era suya! ¡Se trataba del asesinato de sus amigos! Era ella quien la había empezado y quien debía terminarla. Por todo ello, consideraba una intromisión injustificable que lo hiciera otro cualquiera y se había jurado a sí misma que lo evitaría a cualquier precio. Y de ahí el retraso. Porque, para alcanzar sus objetivos, debía avanzar en la investigación, debía desbloquear el atolladero en el que se encontraba la pista del *russenorsk*. Y eso requería investigar, investigar, investigar...

—Pues espero que ahora me deslumbres —comentó su jefe.

—Veamos... La cuestión es vincular a Nikolái Leónov con el *russenorsk*, y dado que fue agente del KGB, la pregunta que debemos hacernos es: ¿estuvo destinado en la frontera con Noruega?

Parecía una profesora planteando a sus alumnos un problema cuya solución era evidente.

—Lo dudo —respondió Toole—. Por lo que me habéis contado de su preparación y su carrera, no me lo imagino destinado en una gélida y perdida aldea fronteriza.

—Cierto, solo que el área donde se habla el *russenorsk* pertenece a la península de Kola. En ella hay una ciudad portuaria, ubicada junto al río Múrmansk y que lleva este mismo nombre. Era una ciudad costera sin importancia hasta que Stalin decidió instalar, a unos veintiocho kilómetros río abajo, la base naval de Severomorsk.

—¿Qué has estado haciendo? ¿Estudiar historia militar soviética?

—Buscar un destino de prestigio para un prometedor miembro del KGB.

—¿Qué tiene de especial esa base naval?

—El gobernador de Múrmansk me contó que Severomorsk es la principal fuente de ingresos de toda la zona. A fin de cuentas, no es una base como las demás. Es toda una ciudad, aunque una ciudad cerrada y solo para personal autorizado.

La sensación de encontrarse frente a un descubrimiento que lo acercase a la verdad encendió en los ojos del inspector una chispa de alegría.

—¿Qué más tiene de especial Severomorsk?

—Es la base más importante de la principal flota de guerra de la antigua Unión Soviética. Un lugar estratégico que requiere de una vigilancia especial. Es decir, el destino ideal para un agente del KGB como Nikolái Ivánovich Leónov.

Marian les dejó digerir la información para preguntarles, a continuación, con ironía:

—¿A quién le comprarían el pescado los cocineros de la base?

—Esto sí que lo vincularía con el *russenorsk*. Por desgracia, el contenido de la conversación me sigue pareciendo irrelevante, y no sabemos si el Sr. Leónov fue capaz de escucharla. ¿Tienes algo más?

—No, no tengo nada más.

Dar aquella respuesta no le gustó ni un ápice.

—Pues eso quizá nos sirva para comprender si de verdad tiene sentido continuar por ese camino.

Y el comentario de Toole le agradó todavía menos.

—En fin, olvidémonos de eso por ahora. ¿Qué hay de los carteristas?

—Estabas en lo cierto. Forman una banda. La dirige un tal Markus Wolf, y ha actuado ya en varios estados.

—Markus Wolf, Markus Wolf… El caso es que ese nombre me suena bastante.

—Es muy conocido en la costa oeste.

—Pues, si querían cambiar de aires, ya podían haberse ido a Florida, a tomar el sol y robarles la cartera a los jubilados. ¿Qué más sabéis de ellos?

—Que son viejos amigos del FBI.

—¿Los buscan desde hace mucho?

—Más de lo que piensas.

—Interesante…

—¿Por qué?

—Porque nos vendrá bien algún éxito de este tipo, que compense un posible fracaso con el caso de los turistas.

La reunión finalizó con una autorización para continuar con la pista de los inmigrantes a pesar de la escasa fe en ella por parte de Toole. Ahora bien, en previsión de un fiasco, les ordenó asimismo que investigasen el propio teléfono móvil de Pável, del que tenían su número gracias a que Nick lo había llamado y había quedado registrado en el móvil encontrado en su cadáver. Con ese fin, Toole se ocuparía de conseguirles una orden judicial para que T-Mobile les procurase cualquier información que pudieran precisar de ambos móviles.

El director del Departamento de Asuntos Jurídicos de la oficina de Nueva York de T-Mobile terminó de leer el informe de sus técnicos y concluyó:

—En efecto, su titular era Nikolái Ivánovich Leónov. Solo realizó una llamada y no recibió ninguna.

—Eso confirmaría que lo compró para realizar tan solo una llamada, a Pável, y sorprenderlo —apuntó Marian—. ¿Qué hay del otro móvil?

—Solo recibió una llamada: la del Sr. Leónov.

—¿Qué opinas?

Christian trataba de disipar las incertidumbres.

—¿Que el de Pável fuera un móvil comprado para no dejar pistas? ¿Qué tengan un buen número de teléfonos con los que realizar una única llamada con cada uno de ellos?

—¿Les sirve saber que el móvil al que llamó el Sr. Leónov nunca volvió a conectarse a la red de telefonía móvil? Ni la tarjeta SIM ni el aparato.

Les facilitó una copia del informe, en el que figuraban los escasos datos que les había comentado, además de otros como el IMEI, desde dónde llamó Nick y en dónde recibió la llamada Pável.

—Times Square... —masculló Marian, al ver que Nikolái lo había hecho desde su casa y Pável había contestado en Times Square—. ¿Con qué precisión es capaz de ubicar su sistema un móvil en el centro de la ciudad?

—Entre diez y quince metros, pero no siempre. Con los rascacielos se producen distorsiones en la cobertura, y no siempre la antena más cercana es la que mejor señal hace llegar al usuario.

—¿Están registrados sus movimientos antes de la llamada de Nikolái?

—No, porque fue la primera vez que SIM y teléfono se usaron desde su compra.

—¿Seguro?

—Claro, nuestro sistema registra de forma automática todos esos datos, incluso sus ubicaciones.

—No me puedo creer que encendiera el móvil justo antes de que Nick lo llamara. ¿Acaso se habían puesto de acuerdo? Es ridículo.

Christian intentó digerir ese detalle que tanto dificultaba comprender lo que había ocurrido.

—¿Cómo se llama el titular del móvil? Dudo mucho que sea Pável Kórotov.

—Es una empresa. Se llama Viktor´s Computers, y en representación de la compañía firmó un tal Viktor Chébrikov.

—¡Un ruso! ¿Por qué no me resulta extraño?

Marian había permanecido pensativa mientras hablaban los dos hombres, pero ahora retomó la palabra.

—Si los del grupo usan un móvil con IMEI y SIM diferentes para todas y cada una de las llamadas, deberán tener preestablecido un calendario con el que saber cuándo se debe llamar a uno de esos números, y seguro que Nick también lo vio durante su fuga. Eso explicaría que Pável estuviera a esa hora en una vía pública tan concurrida, posiblemente en un coche, de tal forma que ahora le sea imposible a cualquiera localizar con precisión el lugar exacto en el que recibió la llamada.

—Es una buena teoría. En cualquier caso, ¿qué más puedo hacer para aclarar sus dudas? Veo que no son pocas.

—Que estén alerta y nos avisen si el móvil del destinatario o su SIM se conectan de nuevo a la red.

De vuelta en comisaría, introdujeron los datos de Viktor Chébrikov en el ordenador. Este les indicó que había una denuncia por su desaparición, presentada por un amigo y vecino del edificio en Brooklyn en el que tenía su empresa de informática, tras una semana sin tener noticias suyas.

Más tarde, sus compañeros de la comisaría del distrito 67, quienes habían recibido la denuncia, les remitieron copia de toda la información disponible, incluida una fotografía tomada por el amigo de Chébrikov. En la foto se lo veía vestido con una sudadera del gimnasio Atlantic, ubicado en la calle Junius, en Brooklyn, junto a la avenida Atlantic, y en ella mostraba orgulloso un magnífico ejemplar de trucha, recién pescado en los Adirondacks, a juzgar por el cartel que se veía a sus espaldas, en el que rezaba: «Adirondack Camping Village».

«¿Y si estuvieras otra vez de vacaciones?».

Marian resopló abatida, pensando que todo aquello pudiera no conducir a ninguna parte.

«¿De qué manera podrías ayudarnos, Viktor?».

—Yuriy Petróvich Yevdokímov y Yevgeniy Aleksándrovich Yevdokímov. Son abuelo y nieto.

—¿Me deja ver los nombres? —pidió Anthony

Soboul, funcionario del IRS[45]—. No soy capaz de escribirlos correctamente.

Christian le entregó el documento que les había facilitado el empleado de Inmigración, con los datos de los dos inmigrantes y los detalles que figuraban en la oferta de trabajo que les había permitido la entrada en el país: nombre de la empresa, domicilio y datos de identificación fiscal.

—Gracias.

El funcionario del IRS introdujo la información en el ordenador, y mientras lo hacía, Marian comenzó a recordar las palabras del inspector Toole:

«Tenéis dos o tres días más y si no llegáis hasta el final en ese plazo, despedíos de la investigación».

Cruzó los dedos para que esa pista no fuese otra decepción, e instantes después, unos datos aparecieron en la pantalla de Anthony Soboul.

—Sus datos coinciden con los del permiso de trabajo que los trajo hasta aquí. Ahora bien, no creo que estén actualizados. Veo que no tenemos registrada actividad alguna desde hace meses, ni de la pescadería ni de los empleados.

—¿Tiene más información de la empresa?

Se marcharon a comisaría con el informe de la pescadería emitido por el IRS. Allí, Marian examinó el expediente del negocio familiar que había contratado a los extraños inmigrantes.

Había sido fundado en 1962 por un matrimonio noruego nacionalizado estadounidense: Asgeir Olsen Jakobselv, recientemente fallecido, y Arnbjørg Olsen, cuyo apellido de soltera era Anderste.

---

[45] Servicio de Impuestos Internos (Internal Revenue Service). Agencia federal encargada de la recaudación fiscal.

Trató de imaginar el porqué de la elección de los noruegos al escoger a los Yevdokímov. ¿Quizá, por la proximidad geográfica entre sus lugares de origen?

—¿Estará despierto Peder Claussøn Friispor? —le preguntó Christian—. Me gustaría saber si puede darnos alguna información que nos sea de utilidad antes de interrogar a los dueños de la pescadería.

Sacaron la fotocopia de la tarjeta de visita que les había facilitado Roger Walker. Marcaron el número del fijo, y los atendió una secretaria en un correcto inglés. Enseguida pasó la llamada al doctor y, tras unos minutos de charla en la que lo pusieron en antecedentes, este comentó que, a juzgar por el uso de un segundo apellido por parte del marido, era muy probable que no fuera originario de una ciudad, dado que lo normal, en Noruega, hacía años, era no usar más que el primer apellido. El segundo, habitualmente, servía para identificar el lugar de origen o residencia, pero era una tradición, sobre todo, de los habitantes de las aldeas. Esto significaba a su vez que, si el marido se sentía próximo al abuelo y nieto, era porque tenía que haber residido en alguna localidad cercana a la frontera con la Unión Soviética, dedicada al comercio de pescado.

El siguiente paso lógico fue averiguar si el segundo apellido existía como población. En ese sentido, el doctor Peder Claussøn Friispor les dijo que, en la región noruega de Finnmark, había un municipio, Sør-Varanger, localizado más al norte del círculo polar ártico. En su extremo más oriental, junto a la frontera rusa, se ubicaba la pequeña población de Grense Jakobselv, y si se tenía en cuenta que Grense significaba frontera, se podía decir que la similitud con el segundo apellido era exacta.

La pescadería se ubicaba en la avenida Bay Ridge, de Brooklyn, y el «imaginativo» nombre con el que la habían bautizado era The Bay Fish Store.

Según los datos que obraban en poder del IRS, al menos tres de sus hijos habían pasado por el negocio familiar durante alguna época de sus vidas, pero, con el tiempo, todos continuaron con sus sencillas carreras profesionales por otros caminos. Como consecuencia de la marcha de los hijos, habían contratado a personal ajeno a la familia; una media, más o menos constante, de dos empleados simultáneos. Sin embargo, cuando, en 1980, la mujer dejó de trabajar, sin estar claro el motivo, en la plantilla apareció un tercer asalariado.

El negocio había sufrido diferentes altibajos en la facturación y los beneficios, coincidiendo con las diversas crisis económicas. No obstante, había sido capaz de sobrevivir a todas. Por desdicha, la que comenzó en 2007 acabó con él en algún momento del 2010, cuando cesó toda actividad registrada por el IRS. De modo que supusieron que el abuelo y el nieto fueron contratados pocos meses antes de cerrar, época en la que el propietario estaba a punto de fallecer.

De su mujer habían averiguado que cobraba una pensión y vivía en un apartamento situado encima del negocio familiar, a juzgar por la dirección que figuraba en el expediente del IRS. Por otra parte, en los informes de Inmigración y del IRS no coincidían los domicilios de los inmigrantes rusos, aunque daba la impresión de que la dirección del IRS era la de su domicilio real, y como no quedaba lejos de la tienda, tan solo cinco manzanas más al sur, en la calle 74 Este con la Tercera, empezarían por ir a él.

Al llegar, se encontraron con un inmueble de apartamentos de fachadas grises y rentas bajas, según figuraba en un cartel que colgaba de la entrada. El edificio tenía como conserje a uno de los inquilinos, que además limpiaba las zonas comunes. El hombre soltó una carcajada cuando le preguntaron por los Yevdokímov. Dijo que los recordaba perfectamente. También, que resultaba imposible comprenderles, pero que eran muy simpáticos, y les indicó que se habían alojado en el apartamento 3011 hasta hacía solo cuatro meses, alquilado desde entonces a un matrimonio rumano.

—¿Alguna idea de dónde encontrarlos?

—Eran unos muertos de hambre, así que estarán tirados en algún callejón. Con suerte, en un albergue para indigentes.

Se marcharon a probar fortuna en la pescadería y cuando aparcaron frente al negocio, vieron confirmadas las advertencias del funcionario del IRS. Estaba cerrado.

Miraron a través de los cristales. No parecía haber movimiento en el interior desde hacía meses. Entonces se separaron de la fachada y alzaron la vista en busca del apartamento del matrimonio. Les sirvió para descubrir a una señora de edad avanzada, que los miraba con curiosidad a través de la ventana del primer piso. Marian sospechó de inmediato que se trataba de la Sra. Anderste y la saludó de forma ostentosa y con alegría. Pese a ello, la anciana dudó unos instantes, como si no tuviera claro que ella fuera la destinataria del saludo.

La viuda del señor Jakobselv era una ancianita capaz de hacer salir corriendo a la visita más curtida debido a su alzhéimer. En pocos minutos, había preparado un espantoso té acompañado de unas galletitas, compradas en el Ikea de Brooklyn, y que cualquiera habría jurado que habían caducado hacía bastantes semanas. Por si fuera poco, sacó también un bollo casero de chocolate amargo. Y por supuesto, todo fue servido en una vajilla que en tiempos seguramente había sido blanca, pero que ahora estaba amarillenta.

Sus dos invitados bebieron un sorbo de té sin pensar en el extraño color del fondo de la taza, con el anhelo de romper así la desconfianza que dos desconocidos como ellos generaban en una débil e indefensa mujer de la tercera edad, y tras varios tragos, entre los que alabaron la capacidad de su anfitriona para preparar meriendas «inolvidables», la Sra. Anderste sonrió satisfecha.

Por desgracia, la indigesta merienda fue todo lo que obtuvieron de la «encantadora» viuda debido a la enfermedad que la aquejaba.

En las noticias de las diez de la noche, hablaban de los planes de boda cancelados entre Charlotte Glenn, hija del secretario de Prensa del Departamento, y Steven Hampton. La reportera de la cadena que daba los detalles se hallaba frente un elegante edificio de apartamentos en el agradable y bohemio barrio de Park Slope, en el que residía la ahora exprometida.

—Su padre se va a enfadar mucho —comentó Marian con despreocupación—. ¿Por qué la habrán cancelado?

Christian no respondió y continuó acariciando las curvas del cuerpo desnudo de su compañera. Sin embargo, sus caricias se vieron interrumpidas cuando sonó su móvil. Recibía una llamada.

—¿No contestas?

Casi con desidia, comprobó de quién se trataba y luego colgó.

—Ya lo haré mañana. Ahora tengo algo más importante entre manos.

Su móvil volvió a sonar e interrumpió de nuevo su quehacer.

—¿Quién es?

—No lo sé, no conozco el número.

Ella lo apartó con delicadeza.

—Tengo un regalo para ti.

Desapareció en el dormitorio y regresó enseguida con un paquete, que Christian recibió intrigado.

—Pesa mucho.

Le dio un beso y desenvolvió su regalo, sorprendiéndose al ver la caja que había quedado al descubierto. Se trataba de una pistola Glock, del calibre 45, con compensador integrado para un mejor control de la puntería en ráfagas y cargador para trece cartuchos. Una joya muy popular en Estados Unidos, pero tan temida como prohibida en muchos estados si iba acompañada de ese cargador.

—Espero que te guste aunque sea de segunda mano. Nueva no me la puedo permitir. Vale más de quinientos dólares.

—Es el arma con el que todos soñamos, pero ¿a qué guerra tengo que ir?

—No quiero perderte, y no sabemos con qué nos vamos a encontrar al final del camino.

—No puedo llevarla. No es reglamentaria. Necesitaría un permiso especial y no me lo van a conceder.

—¿Vas a rechazar mi regalo?

Christian le pasó la mano por la mejilla.

—No conocía esta cara tuya de indignación, pero la verdad es que te sienta muy bien.

—Eres un capullo. Como Toole, con su instinto de protección hacia mí. Cualquiera diría que creéis que, por ser mujer, no soy capaz de cumplir mis obligaciones o que no puedo enfrentarme a una amenaza.

—No es eso. Él y yo lo hemos estado hablando…

Marian sintió rabia al oír sus palabras, y él enmudeció al comprender que había metido la pata. Acto seguido, ella le arrancó el arma de las manos con un movimiento violento.

—¿Otra vez los dos conspirando contra mí?

El teléfono de Christian volvió a sonar.

—¡¿Quién demonios es?!

Marian estaba perdiendo el control.

—Para ser un desconocido, tiene mucho interés en ti.

—Toole te va a apartar del caso.

—¿Cómo se atreve? ¡No tiene ningún derecho!

—No quiere otro error como el del metro.

—¡Ah, qué bien! No le importa que me maten, porque aunque Pável está muerto, su clon continúa libre, ya que siguen apareciendo cuerpos mutilados, y según tú, ese otro triturador humano de carne, además, es el cerebro del grupo.

—Yo no he dicho nada de todo eso.

—¿No? ¿Acaso piensas, entonces, que Pável tiene un hermano gemelo? ¿Temes que me viole? Lo digo porque en esta historia hay mucho sexo, pero no te preocupes, estoy tomando anticonceptivos.

—¡Qué bruta eres!

Ella continuó con su sarcasmo.

—Y tú, ¿qué piensas? ¿Te molestaría compartirme con otro hombre?

—Eres injusta. Toole te aprecia y yo te quiero. Sabemos que estás dispuesta a asumir ciertos riesgos como agente de policía, pero…

Por cuarta vez, el móvil de Christian recibió una llamada y, en esa ocasión, Marian lo cogió de la mesa antes de que él pudiera hacerlo.

—¿De quién es este número? ¿Ha sido el mismo las cuatro veces?

No tardó en comprobar que efectivamente había sido así.

—¿Quién es, vamos, quién es? No me digas que no

lo sabes.

Una vibración centró de nuevo su atención en el móvil. Había recibido un SMS.

—Te espero en el Sterling Café —leyó ella—. Eso está en Brooklyn, en Sterling Place. ¿Quién te espera ahí?

—Un amigo de la 78.

—¿De la 78? ¿En Sterling Place? Eso se encuentra en Park Slope. ¿Tienes un amigo en Park Slope?

A Marian se le abrieron los ojos como platos.

—¡Park Slope! Es esa chica, Charlotte, la hija del secretario de Prensa. ¡Ahora lo entiendo! Su padre te apartó de su escolta porque te liaste con ella y, para no levantar sospechas, hizo presión a fin de que te promocionasen a detective en vez de echarte del Departamento, pero os seguís viendo y nunca habéis dejado de hacerlo. Y ahora Steven Hampton se ha enterado y ha cancelado la boda. ¡Qué valor tienes!

Se llevó las manos a la cabeza.

—¿Por qué me habré liado con alguien con tu fama? ¡Seré idiota!

—Marian, yo...

—¡Pensaba que yo sería diferente a tus mujeres desechables! Me vas a convertir en el hazmerreír del Departamento. ¡Eres un miserable!

—Déjame explicarte. Debes saber que...

—¡Fuera de aquí! —chilló ella, apuntándole con el arma.

Christian estaba seguro de que no se había dado cuenta de ello, pero, aun así, se asustó, sobre todo porque jamás la había visto tan exaltada. De forma que se levantó con tranquilidad y trató de abrazarla.

—¿Cómo puedes echarme? Me la estoy jugando por ti al ocultarle al jefe tu persecución nocturna.

—¡He dicho que te largues!

—Eres injusta. Te he apoyado en todo momento. Por

no hablar de que te sigo en tu... paranoia, la de un culpable que no sea Harry.

Fue la gota que colmó el vaso y que produjo que Marian estuviera a punto de dejarse llevar por la ira, frente a lo cual Christian no discutió más. Le pareció que no era el momento. En su lugar, prefirió marcharse y esperar a que se le enfriasen los ánimos.

—Ya te llamaré mañana.

Ella lo despidió con un portazo, pero nada más darlo, volvió a abrir.

—Sr. Arno, a sus asuntos, por favor —le ordenó a su vecino, sin dejar de observar cómo desaparecía Christian escaleras abajo.

—Tú eres uno de ellos.

—Vamos, déjese de bromas y no siga espiándome.

—No es ninguna broma. No me gusta verte así. Eres mi vecina y me caes bien. Es lógico que me preocupe por ti.

A la vista de lo inútil de su empeño, cejó en su intento de hacer que su vecino entrara en razón y se metió de nuevo en su apartamento, cerrando la puerta con energía.

Marian llevaba buena parte de la noche maldiciendo a Christian y atiborrándose de unos bombones de chocolate blanco con forma esférica, interior cremoso y un adictivo toque de limón. Trataba así de suavizar sus furiosos pensamientos, hasta que, a las seis de la mañana, se saturó de ellos, de su grasa y su azúcar. Tenía una pesadez de estómago imponente y la sensación de que por sus venas solo corría colesterol. Sin embargo, se había recuperado emocionalmente, hasta el punto de ser capaz de olvidarse de Christian y volver a pensar en la idea que tanto le preocupaba: la de no permitir que le arrebatasen el caso de los turistas, el cual consideraba que era suyo. Por desdicha, no tenía mucho tiempo para evitarlo, sobre todo, a causa de las acciones que pudieran emprender el inspector Toole y el FBI. Y por si eso no fuera suficiente, su única pista no era muy sólida.

«¿Y si los inmigrantes no saben nada de Pável?».

Rememoró la conversación que habían mantenido entre ellos, la de la grabación, pero al no recordar algunos fragmentos, rebuscó la traducción al inglés entre sus papeles para poder refrescar su contenido.

—Aquí estás.

Joven (en inglés): No quiero volver.

Anciano (en *russenorsk*): ¿Qué has dicho? No te entiendo.

Joven (en *russenorsk*): ¡Yo no quiero ir!

Anciano (en *russenorsk*): ¡No tenemos dinero!

Joven (en *russenorsk*): No quiero vender pescado. Apestaría todo el día a pescado.

Anciano (en *russenorsk*): ¿De qué viviremos?

La grabación continúa durante diez segundos sin que hable ninguno de los dos interlocutores.

Joven (en *russenorsk*): No es buen (trabajo). No me gusta.

Releyó el texto con detenimiento. Pretendía asimilarlo lo mejor posible para comprender los sentimientos de ambos interlocutores. Así, al llegar a la penúltima línea, descubrió algo que le llamó la atención.

—Esta es una conversación rápida, de frases cortas. ¿Por qué, entonces, ese silencio de diez segundos?

«No me gusta», decía la voz en la última frase.

—¿No te gusta la idea de volver a la pescadería? No me lo creo. Ni me creo que te pienses la respuesta durante diez segundos. Si discutís no es porque tu abuelo trate de convencerte de algo, sino porque habías tomado una decisión que no le agradaba.

Reexaminó la segunda hoja de la documentación de Roger Walker y centró su atención en las frases finales.

JOVEN

Den njet dobra.	*Ese no bueno.*	*Es malo.*
		(No es buen trabajo.)
Moja njet vil den.	*Yo no querer ese.*	*Yo no quiero eso.*
		(No me gusta.)

Tamborileó con los dedos sobre la mesa.

—¿Qué «es malo»? ¿Qué no te gusta? No mencionas la palabra trabajo.

Paseó para concentrarse en darle forma a una idea que rondaba por su cabeza.

—Quizá no te refirieras al trabajo.

Estrujó el papel presa del nerviosismo.

—¿Y si lo que no te gusta es…?

Casi se atraganta al comprender la realidad.

—¡Claro! Es el miedo lo que te ha enmudecido.

Se vistió, se colocó la cartuchera con su arma reglamentaria y cogió el regalo de Christian.

«Dos pistolas mejor que una».

Del sobre con los documentos facilitados por Inmigración, sacó la hoja con las fotos de las caras de Yuriy y Yevgeniy. Llenó de agua el cuenco de Livia y le dejó una buena provisión de pienso.

—Volveré pronto, y como acabas de salir, espero que respetes mi casa.

También cogió un cargador de repuesto, además del expediente de la investigación. Luego, al terminar de prepararse, se centró en la peligrosa línea que proyectaba cruzar. No habría marcha atrás, no después de la correría nocturna tras los pasos de Harry. Sin embargo, se olvidó de todo ello cuando pensó en el hombre de la cicatriz.

—Pável... Estaba allí, cerca de vosotros, cerca de ti, Yevgeniy. Te asustaste por ello y enmudeciste. Y eso significa que lo conocías, que le tenías pánico porque sabías quién era y el daño que podía hacerte.

Tras enterrar sus vacilaciones bajo el peso del sólido razonamiento, recordó al gruñón de Nikolái.

—Nick, tú lo descubriste. Lo comprendiste igual que yo, y espero que compartas mi esperanza desde el más allá.

Tras salir del apartamento, añadió:

—Yevgeniy, Yuriy, vosotros me llevaréis hasta el final del camino, hasta la persona que dirigía a Pável.

En toda la ciudad de Nueva York, entre públicos y privados, existían unos cuatrocientos albergues, centros asistenciales, apartamentos de rentas bajas y un sinfín de opciones para gente sin recursos. A pesar de todo, resultaba insuficiente para los casi treinta y siete mil indigentes existentes, cifra que, por otro lado, se refería solo a los contabilizados por organismos oficiales.

Marian eliminó de la lista los centros para dormir que, únicamente, admitían familias o mujeres, centrándose solo en los que ofrecían cama para pasar la noche. Pensaba que en ellos existía un mayor contacto con la gente a la que asistían, y que quizá, por ello, algún empleado recordase a los Yevdokímov.

Luego cometió la locura de llamar a los centros restantes, con una media de tres llamadas por cada uno, dado que no siempre encontraba a la persona idónea con la que hablar. Fueron horas y horas de llamadas con el móvil, recargándolo en el coche y sin parar más que para comer un sándwich.

Al final, su lista con albergues que pudieran haber admitido a los inmigrantes y en los que hubiese personal que hablase noruego, se redujo a tan solo seis centros.

Comenzó a llover camino del primero, el Dorot Transitional Center. Ofrecía alojamiento temporal a personas mayores que se hallaban a la espera de encontrar una casa definitiva.

Marian aparcó frente a la entrada a la hora de la cena. No era difícil, habida cuenta de que los asistentes no se distinguían por poseer un flamante automóvil, pero a pesar de tal facilidad, tuvo cuidado de evitar el hidrante de bomberos que había justo delante. De no hacerlo, no se libraría de que la grúa le retirara su coche por mucho que llevara puesto sobre el salpicadero una identificación de la Policía. De hecho, sucedía con frecuencia que la grúa retiraba los coches patrulla camuflados a pesar de llevar el distintivo bien visible. No importaba que el agente estuviera en plena persecución o con un detenido esposado, y de nada servían las quejas de los detectives, aduciendo que interrumpían su labor o ponían en peligro la continuidad de una investigación, cuando no su propia integridad física o la de la gente de la calle. Exasperados, preguntaban a los responsables de la grúa qué demonios querían que hicieran con sus detenidos o los alijos de armas y drogas que incautaban. ¿Llevarlos en autobús hasta la comisaría?

Al final, el único consuelo que les quedaba, cuando veían que sus quejas caían en saco roto, era que pasarían al cobro las horas extras por ir a recoger su vehículo al depósito municipal. Sin embargo, en el caso de Marian, semejante alivio carecía de validez, ya que se quedaría sin coche en un momento crítico.

En la secretaría del Dorot Transitional Center, sus inquietudes con respecto a la posibilidad de encontrar a los inmigrantes se vieron confirmadas en cuanto le mencionaron las condiciones de acogida, entre las cuales figuraba el pago de una reducida renta mensual.

—¡Pagar! ¡¿Hay que pagar por alojarse aquí?!

Aquello resultaba impensable con los Yevdokímov, de forma que interrumpió sin más la conversación y se marchó al centro de la American Red Cross, también especializado en acoger a gente mayor. Este, a diferencia del anterior, solo exigía de los internos que demostraran haber sido titulares de un apartamento sin problemas habituales con el pago de la renta.

Nada más llegar, preguntó por los inmigrantes y recibió una contestación que le causó desanimo:

—Las personas por las que pregunta presentaron su solicitud al entrar en el país. Ahora bien, como estaban a la espera de ocupar su primera vivienda, no pudieron cumplir nuestro único requisito para su admisión y, desde entonces, no han vuelto a presentar instancia alguna.

—¿Sabría decirme dónde puedo encontrarlos?

—La verdad es que no. Lo lamento.

De camino hacia su tercer objetivo, recibió una llamada de Christian. Sin embargo, dejó sonar el móvil, dudando si contestar o no, hasta que el teléfono enmudeció.

Antes de que dejara de pensar en él, su teléfono volvió a sonar, y las dudas la asaltaron de nuevo. Pese a ellas, se mantuvo firme en su decisión de continuar en solitario. Después, a los pocos segundos de que el móvil dejara de sonar, recibió un SMS:

> Por favor, pásate por la comisaría cuanto antes. Toole está muy cabreado. Ya encontraremos una alternativa. Quizá, con el fiscal, que está presionando para que despierten a Valentina.

Aparcó en la acera contraria a la del Harlem I Men´s Shelter y localizó con rapidez al gerente de guardia, quien le habló de sus programas de apoyo a los indigentes. Entre ellos, estaba el que los obligaba a realizar pequeños trabajos a cambio de un sueldo de quince dólares diarios, que, a pesar de que no era mucho, les permitía adquirir conciencia de trabajo y mantener la dignidad sin tener que pedir limosna; una fórmula que era todo un éxito y que hacía que las ciento noventa y seis camas del albergue estuviesen casi siempre ocupadas.

El gerente de guardia se mostró después muy interesado por la suerte del abuelo y el nieto y por ello le presentó a una mujer de unos cincuenta años de edad, que trabajaba en Admisiones, de origen noruego y emigrada a Estados Unidos a comienzos de los noventa.

—¿Los conoce? —le preguntó Marian, mostrándole las fotos—. ¿Han pasado por aquí en alguna ocasión?

—Creo que no. Mejor dicho, seguro que no. Tengo buena memoria, y estos dos no me suenan de nada.

Regresó al coche muy desalentada. Era como buscar una aguja en un pajar y ahora, además, con sus compañeros del Departamento a punto de ponerse tras sus pasos.

Su móvil volvió a sonar: era el inspector. ¡Qué casualidad! Se imaginaba lo que le diría: que volviera al redil. No obstante, continuó su andadura por la ciudad tras apagar el teléfono.

Era casi medianoche cuando terminó de visitar los tres siguientes albergues de la lista: el Fort Washington Men's Shelter, el New Haven y el New York City Rescue Mission.

«Tres opciones menos, y no he avanzado nada».

Estuvo un buen rato dándole vueltas al paradero de los Yevdokímov y cayó en la cuenta de que, si habían tratado de ingresar en un centro municipal, debían haberse registrado con carácter previo en un *in-take*; un requisito para todos aquellos que optasen a una plaza si, en los seis meses anteriores, no habían residido en un albergue del Departamento de Servicios para Personas sin Hogar.

Supuso que el *in-take* por el que deberían haber pasado era el Bellevue, un antiguo y desagradable hospital psiquiátrico ubicado en la calle 30 y que seguía pareciendo lo que antiguamente había sido.

Cuando llegó al *in-take*, el personal de guardia le confirmó que los Yevdokímov se habían registrado para presentar su solicitud. Asimismo, recordaba que había sido una pesadilla conseguir que entendieran lo que el formulario los obligaba a cumplimentar. Por último, le ratificó que se trataba de ellos cuando Marian les mostró sus fotos.

—¿Siguen aquí? —pregunto, esperanzada.

—No, los enviamos al Bedford-Atlantic Armory.

Ni se despidió. Se metió en su coche a la carrera y se fue lanzada hasta la avenida Bedford.

El Bedford-Atlantic Armory tenía mala reputación, tanta que muchos de aquellos que pretendían usar sus servicios asistenciales tenían miedo a entrar en él. Era uno de los pocos que todavía gestionaba directamente el Ayuntamiento y se lo consideraba el peor de la ciudad. Quizá por todo ello, los valientes que permanecían en él lo veían como una cárcel sin rejas, y para los Yevdokímov, no había sido diferente.

Marian lo averiguó todo nada más llegar. También, que «sus inmigrantes» solo se habían alojado en él una noche y que, a la mañana siguiente, se habían marchado sin ni siquiera decir adónde.

«¿Y ahora qué?».

Miró su reloj. Eran las cuatro y media de la madrugada, y estaba agotada.

«Al coche, a descansar un poco», se dijo, sin mucha convicción.

Caminó pensativa de vuelta a su vehículo, aparcado en Pacific. Cerca de él, las luces estroboscópicas azules y rojas de un coche patrulla llamaron su atención. Se había detenido junto a su automóvil, y uno de los agentes examinaba el interior con una linterna.

Marian se giró de inmediato y retrocedió por donde había venido.

—¡Tuve que haberlo previsto!

En efecto, sus antiguos compañeros ya estaban sobre su pista.

Pablo Palazuelo

EL AGUJERO

Martes, 7 de diciembre

«Milagro, milagro, no lo han robado», fue lo primero que pensó Marian al comprobar que el coche de Nick continuaba donde Harry lo había dejado aparcado.

Se encontraba a doce manzanas del lugar en el que la policía había localizado su propio vehículo; una distancia recorrida a pie, bajo un frío helador, y durante la cual no se había cruzado con nadie, salvo los dos hombres que se le aproximaban ahora.

No parecían muy de fiar, y daba la impresión de que caminaban directos hacia ella. Sin embargo, Marian, en vez de amilanarse, los miró con determinación e hizo el gesto de ir a sacar un arma.

—Sí, eso, corred como conejos —murmuró al verlos huir.

Arrancar a continuación el Lincoln le supuso hacer un puente y dañarlo, ya que Harry se había fugado con las llaves.

«¿Qué habrá sido de ti? ¿Reposarás en el fondo del

canal junto a las llaves del coche?».

Se olvidó de él y pasó a los Yevdokímov.

«¿Y si esos dos se han largado del país?».

Pensó en ello mientras cruzaba las calles de la ciudad, hasta que, preocupada por la idea, detuvo el coche en el semáforo del cruce de la calle Bond con la avenida Atlantic, junto a la pequeña catedral ortodoxa de San Cirilo de Turov.

«Avenida Atlantic...».

Si había un barrio en la ciudad repleto de inmigrantes, culturas y religiones ese era Brooklyn y la mejor forma de cruzarlo de extremo a extremo era por la avenida Atlantic.

«Atlantic...».

El semáforo cambió a verde, pero ella no continuó la marcha, sino que permaneció inmóvil, con su vista clavada en el cartel de la avenida Atlantic.

«Atlantic. Atlantic. Atlantic».

La palabra resonaba con insistencia en su mente.

«Atlantic, cómo no. El gimnasio Atlantic».

Del expediente de la investigación, sacó la foto en la que Viktor Chébrikov aparecía en el Adirondack Camping Village con la sudadera del gimnasio de la calle Junius, una vía perpendicular a la avenida Atlantic.

—No estará de más echar un vistazo ahora.

Continuaba lloviendo cuando encontró el gimnasio entre dos bloques de viviendas de diseño anodino. Ocupaba al completo una pequeña edificación de solo planta baja y tenía vistas a las vías elevadas de la Línea L. El interior parecía estar a oscuras, lo que le hizo presuponer que se encontraba desocupado. Aun así, se acercó a la entrada principal con cautela.

—Cerrada —masculló, tras intentar abrirla.

Se dirigió a la puerta de servicio y trató infructuosamente de entrar por ella. Luego probó con la ventana que había más a la izquierda. En esa ocasión, consiguió abrirla, aunque solo un poco. No obstante, fue lo suficiente como para que se pudiera deslizar al interior un cuerpo delgado como el suyo.

«Vamos allá».

Sacó su arma reglamentaria sin dejar de pensar en que quizá su cara hubiese salido en el telediario y que el presentador contase que la perseguían sus propios compañeros.

«Eso me podría complicar mucho la vida».

Tras pasar al interior del edificio, se coló en un cuartucho en el que se hallaba una sofisticada impresora 3D. Junto a la máquina, había piezas de plástico imprimidas con ella, que parecían formar parte de una pistola, además de un ejemplar del arma, terminado y montado. En el extremo contrario del cuarto, se encontraba una puerta bajo la cual se filtraba una luz amarillenta. Se trataba de un detalle tan inquietante como inesperado, por lo que solo la abrió cuando hubo confirmado que al otro lado todo estaba en el más absoluto silencio.

Se encontró frente a una sala de musculación en la que el ambiente apestaba a sudor y de cuyas paredes colgaban fotos de chicas en poses muy provocativas. Sin embargo, ese no era el único toque «femenino», porque sobre una mesa se veían más fotos de mujeres, con sus datos personales y características físicas. Junto a ellas, había varias botellas de vodka, vasos y un plato con *pirozhkís* de limón. Luego estaba el hombre desnudo, que permanecía de pie y con una toalla enrollada por su cintura.

—Ya que estás aquí, haremos una fiesta —comentó él, mirándola con fijeza—. Hasta tengo un regalo para ti, un gran regalo. Te gustará, seguro.

—¿Con eso me lo voy a pasar bien?

Ella señaló con desprecio la toalla de la cintura. Acto

seguido, analizó la increíble musculatura de su oponente. Este no se trataba del típico culturista, deformado por horas y horas de pesas, sino que era fuerte por naturaleza, y los ejercicios en el gimnasio solo habían acentuado su constitución. Sin embargo, lo más llamativo era que no aparentase extrañeza por la irrupción de una mujer con un arma en la mano.

El repentino golpe en su antebrazo con la barra de acero cromado le produjo un calambre a Marian que la obligó a soltar su arma. Entonces trató de defenderse del hombre que había permanecido oculto tras la puerta, pero un segundo golpe, ahora contra su estómago, la forzó a encorvarse como un caracol. Luego, otro contra la rodilla le hizo perder el equilibrio y caer al suelo. No obstante, fue capaz de sobreponerse al dolor y echar a correr hacia la salida, rezando para que le fuera posible abrirla desde el interior.

—¡Se escapa! ¡Cógela, cógela!

Pero ella ya casi estaba con un pie en la calle para cuando reaccionaron los confiados forzudos.

«Todo lo que tienen de grandes lo tienen de lentos», pensó.

Alcanzó el coche en una corta carrera, saltó al interior y echó el seguro.

—¡Arranca, arranca! —exclamó tratando de hacer de nuevo el puente.

Un brazo la rodeó por el cuello, desde atrás, hasta que su cabeza desapareció bajo un enorme bíceps. Trató de zafarse de él, pataleó y lo arañó, pero solo consiguió que el brazo se cerniera más sobre su cuello y no pudiera respirar. En ese momento, el que la había golpeado con la barra se colocó junto al coche.

—¡Abre la puerta, zorra!

Mientras tanto, el musculado brazo tiraba con más y más fuerza, arrastrándola por completo al asiento trasero.

—Sorpresa… —murmuró ella con agresividad.

El frío del cañón de su otra pistola contra los músculos abdominales del asaltante paralizó a este.

—¡Suéltame! —ordenó Marian.

Un pesado disco de metal atravesó la ventanilla haciéndola añicos, golpeó las costillas de Marian y lanzó una lluvia de cristales, que la obligó a protegerse la cara.

El hombre aprovechó para arrancarle la pistola. Otras dos manos la cogieron por la cabeza desde fuera y, con la potencia que les otorgaban sus músculos de culturista, la sacaron del coche sin esfuerzo.

Marian gritó y pataleó, golpeando en la cara con sus zapatos al que permanecía en el interior, pero un porrazo en la cabeza hizo que su resistencia finalizase y todo su entorno se oscureciera por completo.

—Bonito trofeo, el nuestro —le dijo el hombre que había visto medio desnudo —.Y bonito cuerpo, el tuyo.

La examinó de pies a cabeza a medida que ella recuperaba la consciencia.

—Ahora cuéntame qué demonios haces husmeando por mi gimnasio con una pistola.

Su aliento apestaba a vodka barato, y su cabeza, colocada sobre un cuello desproporcionadamente ancho, parecía la de un hombre prehistórico. Además, no era muy alto, igual que sus compinches, y por su constitución, de haber nacido caballo, habría sido un percherón.

—¿No te apetece hablar?

Echó un trago de una botella de vodka, que resultaba diminuta entre sus manazas.

—Sé cómo solucionarlo.

En aquellos escasos segundos, Marian recordó haber visto sus fotos en el expediente de la investigación de los violadores relacionados con el Brooklyn Runners Club.

—Eres *Boston* Pet Anderson... Estuviste hace años con Tommy, el *Gallo*.

¡Qué increíble casualidad!

—Entonces, no te sorprenderá saber que ahora dirijo el negocio de Tommy, y tampoco, que vas a ser la nueva gallinita del corral.

Marian supuso que los otros dos eran sus lugartenientes James *Biff* Ellison y *Little* Mike.

—Será todo un honor para ti, pero... Creo que no debo engañarte. No te gustará. Es por lo que tengo que hacerte antes, para suavizar tu carácter, para volverte una chica sumisa y «cariñosa».

Los dos hombres que aún no habían hablado la sujetaron con fuerza. Ella trató de soltarse, si bien era como pretender mover el brazo de una grúa. Entonces gritó y gritó hasta que le metieron un trapo en la boca. Luego trajeron varias cuerdas, con las que la ataron a un banco por tobillos, rodillas, cadera y pecho. Acto seguido, lo hicieron con sus brazos, colocándolos por detrás de su cabeza.

—Te dolerá —le dijo el cabecilla, apurando su vaso de vodka.

Le hizo una señal a James *Biff* Ellison.

—Trae la navaja.

Antes de que Marian pudiera comprender cómo iba a comenzar la fiesta, las gruesas manos de uno de los gorilas acercaron a su cuello una navaja de afeitar.

«¡Me van a degollar!».

Ella se agitó para evitarlo, pero *Little* Mike la sujetó con fuerza por su corta melena y la inmovilizó por completo.

—Veo que te gusta el pelo corto.

De un rápido y despreocupado movimiento, desapareció el primer grupo de cabellos. Se vio un corte en la piel y enseguida, otro. Luego, el gorila continuó con su trabajo y, entre trasquilón y trasquilón, dejaba más y más heridas. Finalmente, ella dejó de oponer resistencia, pensando que de esa forma se reducía el riesgo de sufrir un corte más serio.

—Sí… Mejor así, sin moverte. Me gusta más.

El alcohol empezaba a hacer efecto en los tres hombres, que ahora se reían con desprecio de la actitud sumisa de Marian.

—Imagino que todavía no me dirás qué has venido a buscar —masculló *Boston* Pet Anderson.

Desapareció de la habitación para volver enseguida con una porra eléctrica de quinientos mil voltios. La encendió y surgió un arco voltaico.

—Te dije que te dolería.

Sus dos compañeros le subieron la ropa a Marian por encima del pecho. El cabecilla acercó el arma a su piel, hasta que llegó a rozarla. Entonces los electrodos le erizaron el vello, y ella trató de apartarse al sentir la proximidad de la corriente eléctrica. Aun así, la porra tocó su costado desnudo, instante en el que la electricidad recorrió su cuerpo, alterando el sistema nervioso central y provocando una contracción muscular general incontrolada que la hizo arquearse.

De haber estado de pie, habría caído al suelo como si la hubiese fulminado un rayo. Era algo que sucedía siempre, sin importar el tamaño o vigor de quien recibía la descarga.

Duró cinco segundos, durante los cuales solo pudo apretar la mandíbula con todas sus fuerzas y dejar la mente en blanco. Después se relajó, dejó de arquearse y sintió un dolor en el punto en el que la porra eléctrica había hecho contacto, como si tuviera una quemadura de segundo grado. Asimismo, percibió cómo su corazón se encontraba desbocado y su resuello acelerado.

Luego vino un chorro de agua helada para

espabilarla, seguido de otra descarga, aunque mucho más intensa que la primera por estar mojada, y en esta ocasión, Marian se desmayó.

El siguiente chorro de agua cayó sobre el trapo que tenía metido en la boca. Eso la despertó. Trató de hablar, de gritar. Gimió y miró suplicante a *Boston* Pet Anderson.

—Ya pareces más sumisa —dijo él entre risas—, pero ¿sabes lo que te pasará si te quito el trapo y no respondes a mi pregunta? Que te meteré la porra por la boca y apretaré el botón. Y eso es lo más retorcido que se le puede hacer a alguien porque lo obliga a sorber sopas con una pajita durante mucho tiempo para no morir de hambre. —Se echó a reír a carcajadas—. Solo a un psicópata como a ese Enterrador se le ocurriría semejante idea, pero es que ese cabrón tiene el estómago suficiente como para hacerle eso a una desgraciada de quince años y, más tarde, traernos bebida y comida para celebrar lo bien que se lo ha pasado.

«¡El Enterrador!».

Marian recordó la descripción que Johann había hecho del albino. ¿Y si...? Decidió jugársela. Asintió al cabecilla, y este ordenó que le quitaran la mordaza.

—¡Pável va a hacer que os arrepintáis por torturarme, a mí, a su chica!

—¿Pável? ¿Pável Kórotov? ¿Conoces al Enterrador? —inquirió *Boston* Pet Anderson, entre sorprendido y asustado—. ¿Eres su novia?

Su perplejidad era creciente.

—¡Sí, Pável! ¡Mi Pável! Os va a descuartizar en cuanto os vea. ¿Por qué creéis que os conozco?

Fue lo más agresiva que pudo.

—¡Cacheadla! Veamos quién es.

La registraron, aunque sin encontrar nada, salvo su teléfono móvil. Molestos, lo repitieron más minuciosamente, pero ni rastro de la cartera ni de la placa de policía.

—Tal vez se le cayera la documentación cuando la sacamos del coche.

—Quedaos aquí con ella mientras voy a echar una ojeada.

—¡Soltadme o será mucho peor!

Decidió tirarse otro farol para despejar el dilema del cabecilla.

—¿Por qué diablos crees que le llaman el Enterrador? ¿Por su aspecto o por el número de personas que mete bajo tierra?

La amenaza era muy real y lo forzó a dar una orden a disgusto.

—Desatadla, pero que no salga de aquí. Volveré enseguida.

Cuando el cabecilla desapareció por la puerta, Marian calculó que disponía de un par de minutos y que, si no salía de allí antes, terminaría violada y asesinada.

—¿Dónde está el lavabo? —preguntó en cuanto la soltaron.

Le indicaron el más cercano a la sala de musculación y la acompañaron hasta él.

—No os necesito para bajarme los pantalones.

Les cerró la puerta en las narices y de inmediato se puso a buscar una vía de escape, pero solo encontró un ventanuco, al que llegaría subiéndose al inodoro.

—¿Ese cabronazo de Pável sigue jugando a los puzles con la gente? —bromeó James *Biff* Ellison desde el otro lado de la puerta.

Marian trepó por el inodoro hasta el ventanuco y lo abrió justo cuando más fuertes sonaban las carcajadas de *Little* Mike.

—Sí, y nunca había estado de tan mal humor.

Asomó la cabeza y luego el tronco. Pretendía dejarse caer hacia fuera. Sin embargo, antes de hacerlo, algo sacudió su nuca con toda contundencia, aturdiéndola y provocando que su cuerpo cayera completamente inerte.

Ya en el suelo, en un estado de semiinconsciencia, alcanzó a entender una parte de la conversación que iniciaron sus captores.

—No me fiaba..., ... volví corriendo...

—... cartera..., ... y placa..., ... policía..., ... lío...

—Metedla... agujero..., ... Enterrador no sepa...

Perdió la consciencia del todo justo antes de que la ataran y amordazaran.

El frío y la pestilencia la despertaron. Luego, el hedor a putrefacción le produjo arcadas y la espabiló del todo. ¿Qué podía oler así?, se preguntó ¿Y por qué era tan intenso? No era un olor como el de la comida podrida, sino otro que resultaba mucho más penetrante.

Marian se hallaba parcialmente inmersa en una pasta húmeda, que le dificultaba la respiración, con el agravante de encontrarse sumida en la más absoluta oscuridad. A pesar de todo, no tardó en hacerse una idea de dónde estaba.

«¡Un asqueroso pozo negro lleno de mierda!».

Era, exactamente, donde sus captores habían querido que muriera ahogada.

«¡Si en Nueva York no hay! ¿Dónde demonios está este agujero?».

El pozo negro en el que se encontraba era un estrechísimo hueco vertical con forma circular, delimitado por paredes frías y resbaladizas. En él se hallaba colocada con la cabeza por debajo del tronco, como si la hubiesen tirado al interior sin muchos miramientos.

«Esos no me han dejado aquí para venir a buscarme en otro momento».

Sus pensamientos se sucedían con rapidez.

«La propia naturaleza se deshará de mi cadáver a medida que lo devoren las bacterias del pozo. Así no quedarán huellas de torturas ni ataduras, y se pensará que caí por accidente en él, quedé inconsciente del golpe y morí asfixiada».

Quiso apartar la cara de esa masa viscosa y hedionda. No obstante, se lo impedía una fuerte presión, como la de una bota que empujase con fuerza hacia abajo, aplastándola contra el nauseabundo puré.

No tardó en darse cuenta de que el peso que soportaba se debía a un disco de cincuenta kilos del gimnasio, por cuyo hueco en el vértice pasaban las cuerdas que mantenían anudadas sus muñecas a la espalda. La finalidad era clara: mantenerla sumergida hasta morir asfixiada.

«Vamos, muévete, libérate».

Con un golpe seco de la cadera, giró sobre sí misma y quedó tumbada de lado, hecha un ovillo.

«Y, ahora, la cuerda».

Esta no se encontraba anudada con solidez, resultado de la intención de asfixiarla en lugar de retenerla de manera indefinida, por lo que consiguió liberarse con varios movimientos de los brazos.

«Ya está, ya está, menos mal».

Su primera reacción fue la de estirarlos para desentumecer las articulaciones. Después, la de aflojarse los nudos de los pies y quitarse las cuerdas que los ataban.

«A buscar la forma de salir de aquí».

Palpó la superficie del pozo, hacia arriba, en busca de una salida, pero, si había alguna, debía de encontrarse más alto, lejos del alcance de sus brazos.

«Tienes que ponerte de pie o no saldrás nunca de aquí».

Forcejeó en su estrecha prisión para incorporarse, se apoyó contra el fondo y empujó con el brazo, pero la consecuencia no fue la esperada, porque su codo se hundió en el puré, impidiendo que se levantara, y se clavó un objeto punzante en la articulación, que la hizo chillar.

Cuando fue capaz de controlar sus reacciones, se revolvió hasta sumergir la mano con precaución en el puré sobre el que estaba sentada, removió la porquería y extrajo lo que le había causado la herida. Al tacto, le resultó familiar, una familiaridad que la horrorizó.

—¡No, no, no!

Repasó su contorno y deseó haberse equivocado, pero no había margen para la duda. Eso la llevó a gritar una y otra vez y a dejar caer el llavero con el emblema de los U.S. Army Rangers y su cuchillo Ek.

No supo cuánto tiempo estuvo agitándose entre chillidos, pero, en ese plazo, terminó de comprender que los estúpidos gorilas del gimnasio la habían metido, casualmente, en el mismo agujero en el que Pável había escondido los restos descuartizados del novio de la chica.

Medio minuto más tarde, cuando había conseguido relajarse, volvió a reflexionar acerca de cómo escapar.

«¡La pesa!».

Colocó el disco horizontalmente bajo su codo y empujó hacia arriba. El disco evitó que el brazo se hundiera, y su tronco terminó por encima de las rodillas. El resto solo fue cuestión de realizar pequeños movimientos, hasta que acabó sentada sobre la masa viscosa.

«Y ahora ponte de pie».

¡Clonc!

Su cabeza había chocado contra algo metálico.

»¿Qué es esto?».

Pudo comprobar que se trataba de una pieza circular, como si fuera la tapa del pozo.

«Venga, empuja con fuerza».

Sus pies se hundieron entre los restos del novio nada más hacer fuerza, pero, aun así, la tapa cedió. Y, luego, una pequeña corriente de aire entró en su prisión.

«Por fin, aire fresco, limpio…».

Lo inspiró con fuerza y dejó que la finísima lluvia lavase su rostro de sangre y suciedad. Al mismo tiempo, supuso que si el pozo no se había llenado de agua filtrada era porque no funcionaba, de modo que quizá llevase el suficiente tiempo sin uso como para pensar que lo que la manchaba no eran excrementos, sino barro.

Trepó por las paredes del pozo hasta salir al intenso frío de una noche en la que debería estar nevando, y un extraño y desconocido paisaje, mal iluminado por maltrechas farolas, se presentó ante ella.

Se hallaba sobre un promontorio, rodeado de bruma, desde el que apenas se distinguían casas. Eran, en la mayoría de los casos, construcciones aisladas de no más de dos plantas, cuyas siluetas se reflejaban en el agua.

Toda la zona estaba inundada hasta donde alcanzaba la vista. Las aceras no se veían, las ventanas de la planta baja de las edificaciones eran lamidas por pequeñas olas, levantadas por el viento, y no había coches ni camiones; ni siquiera hundidos en el agua. Era, en definitiva, como si jamás los hubiese habido.

«¿Dónde estoy?».

Tuvo la impresión de encontrarse en una ciudad fantasma, anegada por el desbordamiento de un río.

«Debo volver a la civilización».

Reparó en la rodilla que había recibido el golpe. La tenía hinchada y todavía le dolía, y aunque no le impediría caminar, la forzaría a hacerlo con una cierta cojera.

«Pero ¿por dónde ir?».

A su derecha, tras unos árboles, había varias colinas de fuerte pendiente, que parecían delimitar el extraño mundo que la rodeaba. Ahora bien, sus veinte metros de altura, formados por escombros, sumados a su irregular orografía, perfilada por un tenue contraluz, la volvían impracticable.

«Por allí no».

Se adentró en el agua en medio de una intensa tiritona. A su vez, la tensión muscular producida por los temblores le hizo reparar en la molestia de las cervicales, causada, posiblemente, por la caída cuando la tiraron boca abajo al pozo negro. Por otro lado, localizó dos brechas cuando se tocó la cabeza a causa de los dolores que estas le producían.

Caminó con el agua por la cintura hasta que pasó por delante de varias casuchas con tejado de chapa corrugada, entre las cuales había algunas en mejor estado, que parecían estar habitadas. Frente a ellas, un par de perros ladraron a un grupo de patos y después a Marian, pero sin atreverse a mojarse los hocicos.

Al poco rato, se detuvo al ver una embarcación de madera, que asomaba entre la niebla. Sobre ella navegaba, en compañía de su potro, un hombre de mediana edad, y a pesar de lo cerca que llegaron a estar, ninguno de los dos le prestó atención a Marian.

«¿Qué lugar es este?».

Esperó a que la barca desapareciera y después continuó hacia una zona mejor iluminada. Tras avanzar un par de manzanas, alcanzó una casa construida sobre unos pilares que la libraban de las inundaciones.

«Esta sí que parece habitada».

Una luz asomaba a través de los visillos de las ventanas del palafito, y junto a una puerta con grafitis en caracteres rúnicos, una barca en buen estado permanecía amarrada a una de las pilastras.

«Mejor será que continúe sobre ella o moriré de frío».

—Por aquí, las inundaciones son habituales, pero no los ladrones, porque no hay mucho que robar.

La oscura figura se balanceó en su mecedora y le dio

una calada a un cigarrillo sin filtro. Luego se acercó hasta la barandilla del porche.

—Hace no mucho tiempo, robar un caballo se castigaba con la horca.

—Eso no es un caballo —replicó Marian con firmeza para controlar el temblor causado por el frío.

—Para los que vivimos aquí, con toda esta agua, sí que tiene el mismo valor que un caballo en el Lejano Oeste.

El hombre dio otra calada a su cigarrillo, y se iluminó su sombrero de fieltro marrón oscuro, el cual, junto a su forma de vestir, le otorgaba una apariencia propia de un personaje salido del mítico Oeste.

—¿Dónde estoy? Parece el infierno pasado por agua.

—¿Acaso mereces estar en él?

Ella guardó silencio.

—¿Dónde estoy? —volvió a preguntar.

—En el Agujero.

—¿El agujero? ¿Mi agujero? ¿Estoy muerta?

—No temblarías tanto si fuera así. Estás en el Agujero[46], un lugar de esta ciudad que vive su propio tiempo. Ahora sal del agua o morirás de una neumonía.

El salón, con sus paredes recubiertas de cuadros descoloridos por el tiempo, se encontraba lleno de objetos acumulados durante toda su vida de indio lenape. Reflejaban un pasado mejor en un mundo con praderas infinitas repletas de caballos. Era, en definitiva, como estar en una tienda para turistas del Medio Oeste.

El indio lenape, de piel curtida y surcada por profundas arrugas, observaba cómo su invitada cotilleaba su colección de recuerdos mientras se secaba el pelo con una toalla.

---

[46] Pequeño vecindario a caballo entre Brooklyn y Queens.

—Gracias por todo, Josey —dijo Marian—. Espero que no te importe que no te llame por tu nombre lenape. No recuerdo cómo era.

—Buckongahelas.

—Dime, ¿cómo llega un indio a convertirse en granjero en el corazón de una gran ciudad? Esas fotos de ahí, con los animales en la huerta que debes de tener detrás de la casa, no cuentan esa parte de tu trabajo actual.

—Es fácil cuando las circunstancias te obligan a ello. Además, me ayuda a bajar la factura del súper. Piensa que la venta de mis cuadros no da mucho de sí. De hecho, ya casi no pinto. Me tiemblan las manos.

El hombre acarició su sombrero Stetson, que evidenciaba los años de uso y cuyo fieltro hacía ya mucho tiempo que se había amoldado a la cabeza de su portador. Parecía bastante viejo, tanto quizá como su dueño, quien, enfundado en su ropa de vaquero, creaba un anacronismo que acentuaba su vejez.

—¿Conociste lugares con manadas de caballos como los de tus cuadros?

—Sí, alguno, pero no por esta zona. Aunque mi abuelo me contaba historias de tiempos en los que también podían encontrarse por aquí.

—¿Los cuadros se inspiran en sus relatos?

—Es mi mejor fuente de inspiración.

Marian dobló la toalla y la dejó sobre la mesa.

—Debo irme.

Josey observó cómo le quedaba la ropa que le había prestado; en especial, los pantalones azul oscuro y la cazadora gris. Eran de su mujer, ya fallecida, pero le sentaban bien porque tenían tipos parecidos.

—Quédate a tomar otro café.

—Lo lamento, pero no es posible. Por cierto, ¿qué día es hoy? No sé cuánto tiempo he estado metida en ese pozo negro.

—Estamos a martes.

—Entonces solo he estado unas horas. ¿Cómo es posible que todo esto se haya inundado tan rápido?

—Porque el agua de la lluvia de los barrios que nos rodean, la que no se tragan sus alcantarillas, corre por las calles y se concentra aquí. No olvides que esta es un área de marismas, que nos encontramos a nueve metros por debajo del nivel medio de la ciudad y justo por encima del agua del mar. Y que por eso no hay alcantarillado y algunos charcos solo desaparecen en los veranos más secos. También, que nos vemos obligados a utilizar pozos negros.

Sus labios esbozaron una sonrisa.

—Si los de Protección Ambiental supieran que tenemos esos agujeros… Esos burócratas ni se imaginan la de porquería que hay bajo esta tierra. ¡Dios mío! Tan cerca y a la vez tan lejos de la civilización.

—La civilización… Tengo que volver a ella.

—Hoy has sobrevivido gracias a un milagro. Has sido muy afortunada con que tu pozo no se inundara como los demás.

El indio lenape se aproximó a uno de sus cuadros y le quitó el polvo al marco con la punta del dedo índice.

—Tentarás demasiado a la suerte si continúas por el camino que venías.

La miró a los ojos.

—La historia que me has contado no está completa. Intuyo qué partes faltan y que tus heridas más graves no son físicas. Y esas son difíciles de curar.

—¿También eres adivino?

—Desiste y aprovecha la oportunidad que la fortuna te ha brindado.

Ella observó con detenimiento un revólver, enmarcado y colgado de la pared.

—¿De qué año es?

—1849. Es un Colt Wells Fargo.

—Es una preciosidad. ¿Funciona?

—Sí, pero esa belleza es como una mujer joven y te da una alegría con la misma facilidad que te causa un disgusto.

—¿Tienes munición?

Josey le puso una mano sobre el hombro.

—Vuelve a casa, Marian. La vida transcurre por un sendero muy estrecho, fuera del cual están los problemas.

Marian se encontraba a pocos pasos de una solitaria farola. Miraba cómo Josey se introducía en las turbias aguas del Agujero sobre su montura, un palomino de lejana juventud, y cuando el indio desapareció en la oscuridad, afloró en ella el agotamiento físico y psíquico consecuencia de lo vivido.

Se preguntó si de verdad continuaba con vida o si, por el contrario, se hallaba inmersa en un sueño que formase parte del camino que conducía hasta el más allá. No obstante, a su alrededor, no se veía ninguna otra zona inundada, lo que significaba que volvía a estar en el mundo civilizado y bien despierta.

«Vuelta a empezar».

Caminó con lentitud hacia la farola, como si fuera un fantasma que vagase por un castillo, y se derrumbó anímicamente al llegar a ella.

—¡Maldito Harry! —exclamó, apoyándose contra la farola para descansar.

Tembló y lloró, y sus pensamientos se centraron aún más en su antiguo mentor.

«¿Continúas también con vida? ¿Me dispararás si volvemos a encontrarnos?».

Le costaba hacerse a la idea, a pesar de imaginar que era altamente probable que el encuentro final con quien ideó el robo a Mijaíl Lébedev terminase con un tiroteo.

En ese instante, un coche patrulla hizo su aparición a cierta distancia. Circulaba despacio, como si sus ocupantes buscasen algo. O, más bien, a alguien.

—¿Es que sois imbéciles?

La tensión en el gimnasio era más que evidente. El cabecilla estaba fuera de sí. La rabia le hizo dar un golpe sobre la mesa con el puño, haciendo que los vasos se tambaleasen y la botella cayera al suelo.

—¡Cálmate! —gritó James *Biff* Ellison—. No hay por qué preocuparse. Pável no se enterará.

—¿Cómo lo sabes? No es la primera vez que usa el Agujero como cementerio.

—Pero volver para sacarla es muy arriesgado —explicó *Little* Mike—. Además, ahora estará inundado.

—¡Me da igual! Lo quiero solucionado antes del amanecer. No quiero mirar a la cara a ese Enterrador con un secreto por el cual me mataría como a esa puta que descuartizó en el sótano.

—¿Qué más dará? No es la primera que enterramos ahí.

—Esta es diferente.

Agitó en el aire la placa de policía de Marian que habían encontrado en su coche.

—Bastante putada me supone la posibilidad de tener a todos los polis de la ciudad pegados a mi culo por matar a uno de los suyos como para además tener que preocuparme por Pável.

Little Mike inspiró profundamente.

—¿De verdad tenemos que ir ahora?

Boston Pet Anderson se puso aún más furioso. El cuello se le hinchó y se le marcaron todas las venas.

—¡Ahora!

Se levantó y se dirigió a la puerta.

—Me voy atrás. Quiero dormir un rato antes de vérmelas con ese loco.

Cuando sus dos colegas se quedaron solos, *Little* Mike vació lo que quedaba de la botella de vodka en uno de los vasos y se lo bebió de un trago.

—De momento —dijo—, guarda el coche de esa mujer en el garaje. Que no lo vea Pável.

James *Biff* Ellison lo miró dubitativo.

—¿A qué esperas?

Little Mike se fue al baño con despreocupación. Sabía que su compañero respetaría la escala de mando de su grupo criminal.

—Meterse ahora en el Agujero... Tendremos que sacar a esa fisgona buceando en mierda.

Pensó en el semblante huesudo y mortecino del Enterrador y se puso nervioso.

—Deberíamos acabar con él antes de que nos cree más problemas —murmuró.

Se subió la cremallera del pantalón y regresó a la oficina. De camino se cruzó con el rastro de un líquido de color rojo oscuro, que provenía del garaje y se dirigía al almacén. Estremecido, buscó el rostro siniestro de Pável. Sin embargo, solo encontró el de Marian.

Antes de que pudiera reaccionar, el pesado disco de metal que ella le lanzó lo había golpeado en la frente, dejándolo sin conocimiento. Entonces Marian corrió a la parte trasera y le dio una patada a la puerta del fondo. Entró en tromba en la habitación en la que *Boston* Pet Anderson aún permanecía recostado y le atizó con la culata del arma en la boca.

—¡Te mataré! —gritó él, escupiendo los dientes rotos.

Ella lo encañonó con la vieja arma de Josey.

—No te engañaré diciendo que te va a gustar.

—Si no fuera por tu revólver...

Marian no pudo evitar una mueca de cinismo.

—No está cargado.

Apretó el gatillo varias veces. No se produjo ningún disparo, y la cara de humillación de *Boston* Pet Anderson fue evidente. Luego, pero sin darle tiempo para recuperarse de la sorpresa, le atizó con el revólver en la cabeza y lo dejó inconsciente.

—Espera a mi vuelta mientras me hago con un bonito trofeo.

Salió cojeando de la habitación, y enseguida, los gritos de dolor y terror provenientes de la garganta de James *Biff* Ellison espabilaron a *Boston* Pet Anderson, si bien antes de que hubiese recuperado por completo la consciencia, ella volvió a entrar.

—Tu turno.

Llevaba consigo la porra eléctrica.

Marian sujetaba con precaución la cuchilla desechable, encontrada en una bolsa de aseo de plástico transparente. Pretendía mejorar su aspecto antes de salir a la calle y continuar con su búsqueda. Para ello, se enjabonó la cabeza con gel de manos y se pasó la cuchilla por los trasquilones, prestando especial atención a las heridas a fin de no agravarlas. Al terminar, se miró con detenimiento en el espejo. Su apariencia continuaba siendo lamentable y reflejaba el sufrimiento por todas las heridas y contusiones, por no mencionar las molestias de las dos descargas eléctricas, pero, al menos, la había mejorado un poco. Sin embargo, lo que de verdad dejaba traslucir su rostro era la más absoluta determinación.

«Este es mi caso y nadie me lo arrebatará».

Regresó a la sala de musculación y buscó sus pertenencias: sus dos armas, la cartera, la placa… Encontró en el tercer cajón de una mesa todo lo que buscaba, a excepción del cargador de repuesto. Por último, se aseguró de que no faltaba nada más, tampoco el móvil, y que las armas continuaban cargadas.

«¿Habrán vuelto a su país?» —se preguntó Marian. No era probable. Los billetes de avión no los regalaban, y los Yevdokímov no tenían derecho a una repatriación a costa del Estado ruso, dada su condición legal. Por consiguiente, seguían en el país y, casi con toda seguridad, en la ciudad.

La única pista que le quedaba por investigar eran los *drop-in*, centros de atención donde se facilitaba comida, ropa, duchas y servicios médicos primarios, dado que si los Yevdokímov estaban en la ruina, solo satisfarían esas necesidades acudiendo a uno de ellos.

Había obtenido la lista de los *drop-in* de la ciudad del Departamento de Servicios para Personas sin Hogar. De estos, tres no abrirían hasta las siete y media de la mañana: Oliveri Center, The Gathering Place y Project Hospitality. En cuanto a Mainchance y The Living Room, permanecían abiertos las veinticuatro horas del día. Así pues, decidió acercarse primero a uno de estos dos, en concreto a The Living Room, a pesar de ser el más lejano.

Cruzó la distancia que la separaba del Bronx dominada por una obsesión enfermiza, la de continuar sola hasta el final. Más tarde, cuando llegó a su destino, detuvo el Lincoln frente al edificio de ladrillo que acogía el albergue, donde unos pocos mendigos escrutaron con curiosidad su lamentable aspecto.

Entró tras un hombre corpulento, al que cachearon en el control de seguridad y luego dejaron pasar. Sin embargo, ella lo cruzó sin que la inspeccionaran porque se identificó como policía, aunque cuando se adentró en el albergue, lo hizo bajo la atenta observación del vigilante.

Una vez en secretaría, puso al corriente de su búsqueda a la mujer que estaba de guardia.

—Sí, los he visto hace poco —comentó, preocupada por su apariencia—. Vienen por aquí cada dos o tres días. No es fácil olvidarlos. Son muy amables, siempre sonriendo. Eso sí, no hay quien los entienda.

—¿Sabe dónde puedo encontrarlos?

—Creo que duermen en algún lugar cercano al Union Plaza Care Center.

Se marchó hacia allí a toda velocidad. El tiempo se acababa. Su tiempo se acababa.

Llegó al 3323 de la calle Union a las cinco y media de la madrugada, cuando apenas había gente. Cruzó bajo el arco de ladrillo y pasó por delante del vigilante. En el interior, se presentó ante la administrativa de guardia, una mujer con evidente sobrepeso.

—Necesito que mire unas fotos de dos personas que estoy buscando. Puede que hayan pasado hace poco por aquí.

—Esa cuestión la responderá mejor el personal que atiende a los que vienen buscando asistencia.

—¿Alguno habla noruego?

—Sí, pero no volverá hasta mañana. Tiene usted... mal aspecto. ¿Quiere que la vea un médico? Tenemos uno de guardia.

No necesitaba un médico, sino tiempo.

Regresaba a la salida pensando en ello cuando un mensaje llegó a su móvil. Christian le pedía, casi le rogaba, que se presentase en la comisaría lo antes posible. Añadía que así se evitaría la posibilidad de un enfrentamiento con la policía que terminase en tragedia.

El mensaje finalizaba de esta manera:

Vuelve, por favor. Tengo un mal presentimiento y no soportaría tu pérdida. No es necesario que continúes. El fiscal ha conseguido una orden para que se le reduzca la sedación a Valentina y se la saque del coma inducido. Va a ser interrogada de inmediato.

Indudablemente, se trataba de un mensaje atrayente y con un trasfondo cariñoso, pero no caería en la trampa por muy tentador que fuera el cebo. Después, para evitar futuras tentaciones, apagó el móvil y lo tiró a una papelera.

—¿Va todo bien? —le preguntó con amabilidad el fornido vigilante—. ¿Alguien la ha molestado ahí dentro? En ocasiones viene alguno un poco borracho y hace lo que no debe.

Junto al alto y musculoso vigilante, su silueta aparentaba ser la de una diminuta y frágil muñeca, no así su rostro, cuyos rasgos no habían perdido ni un ápice de su dureza, hasta el punto de parecer que en realidad sería el hombre quien fuera incapaz de enfrentarse a Marian.

—No me ha respondido. ¿Se encuentra bien?

El hombre reparó en las fotos que llevaba en la mano.

—¿Está buscando a esos dos?

El corazón de Marian dio un salto.

—¿Los conoce?

—Solo un poco. Con tantas horas como paso en la entrada, termino por saber algunas cosillas de los que vienen por aquí.

—¿Dónde puedo encontrarlos?

—Duermen en Willets Point. No queda lejos, y por las noches se queda casi desierto, con lo que pueden calentarse con un fuego en plena calle.

—Pero ¿dónde exactamente?

—Suelen acampar cerca del río. En él se asean y cocinan con su agua, aunque me parece una locura, porque no es potable. ¡Ni sé cómo siguen vivos!

—¡No siguen vivos!

El grito provenía del remojado gaznate de un hombre de la tercera edad, de aspecto sumamente envejecido y agarrado a una botella de *whisky* como si fuera un salvavidas.

—¿Tú qué sabrás? —le espetó su amigo.

De pie y en la calle, ambos hombres incrementaban poco a poco el tono de su discusión.

—Je, je, je… Antes eran dos muertos de hambre, que vagabundeaban por ahí, y ahora son dos muertos sin más, que vagan como dos almas errantes, como dos fantasmas.

Marian se acercó a ellos.

—¿Se refiere a estos dos?

Le mostró las fotos.

—No le haga caso. Está borracho. Siempre lo está. Hace mucho que ahogó sus neuronas en *whisky*.

—¡Las remojo en alcohol para que no se marchiten! ¡No como las tuyas, resecas por las drogas!

—Señorita, hágame caso a mí. Si quiere ver a esos dos, vaya adonde le ha dicho el vigilante.

Sin embargo, su amigo alcohólico no iba a darse por vencido con facilidad.

—¡Tú qué sabrás, necio!

Se aproximó a Marian, echándole encima su aliento a alcohol.

—Los quemaron. Yo lo vi. Por eso no he vuelto por allí.

Su compañero de desdichas le propinó un empujón, ocupando su lugar frente a ella.

—Se lo garantizo. Esos dos siguen vivos.

El borracho le atizó a su compañero con la botella en la cabeza y le produjo varios cortes al romperse el vidrio.

—¡Cabrón, te voy a matar!

Se revolvió con fiereza contra su tambaleante

compañero. El vigilante, al verlo, se abalanzó sobre ambos y los redujo con facilidad.

—Y, ahora, quietecitos los dos.

Logró calmarlos un poco, lo suficiente como para centrarse de nuevo en Marian, y tuvo la impresión de que una renovada esperanza iluminaba su rostro.

—¿No pensará ir ahora?

Al vigilante le había parecido oportuno disuadirla.

—No creo que sea un buen sitio para una mujer sola, y menos después de escuchar los chismorreos de estos dos.

Boston Pet Anderson comprobó la herida de su cabeza. La hemorragia se había detenido y no parecía grave, a pesar de la primera impresión. En cualquier caso, era un magro consuelo frente a las punzadas de dolor en los labios y en la lengua, que le recordaron lo que le había ocurrido antes de desmayarse: tres descargas con la porra eléctrica en el interior de su boca, que no olvidaría con facilidad.

En la sala de pesas se encontró con *Little* Mike, tirado en el suelo en una postura bastante extraña, como si se hubiese desplomado sin tiempo de evitar una mala caída. No presentaba marcas en la boca de la porra eléctrica, pero sí un hematoma en su frente, y aunque continuaba con vida, necesitaba con urgencia el auxilio de un médico. De lo contrario, no volvería a abrir los ojos nunca más.

Unos quejidos llamaron la atención de *Boston* Pet Anderson. Se dirigió hacia ellos, hacia el almacén, y halló a James *Biff* Ellison completamente desnudo. Estaba sentado sobre un charco rojo, con la espalda apoyada contra la pared, y tenía el cuerpo plagado de cortes.

—¿James?

No le escuchó. Tampoco lo había hecho justo antes, al entrar, ya que, en sus condiciones físicas, no podía oírlo ni verlo. Por otro lado, la abundante pérdida de sangre, unida a su pálida piel, no hacía presagiar nada bueno. Por si no fuera suficiente, el cuadro se tornaba aún más preocupante cuando se le sumaba su respiración entrecortada y superficial.

—Te han jodido pero que muy bien.

Boston Pet Anderson se agachó para buscarle el pulso.

—Casi no se te nota.

Sin embargo, sí reparó con facilidad en su baja temperatura corporal, por lo que concluyó que James *Biff* Ellison tampoco duraría mucho con vida si no recibía de inmediato cuidados médicos que lo sacaran de su estado hipovolémico[47].

—Zorra... Nos has pagado con nuestra propia moneda.

Estaba fuera de sí. Las cuentas no se cerraban aquí, ni mucho menos. Ahora el saldo estaba en el debe, y pretendía cobrárselo.

—¿Y vosotros dos? ¿Qué hago con vosotros?

Su lengua asomó por el hueco dejado por los tres incisivos partidos, y se la pasó por los labios. Estaban ennegrecidos y requemados, como el interior de su boca.

—Mike, James, hoy no es vuestro día de suerte —pronunció con un extraño ceceo.

No habría médico para los suyos. Supondría demasiadas complicaciones, y prefería dedicar su tiempo a dar caza a esa poli.

El Lincoln Cosmopolitan atravesó la niebla sin importarle a su conductora su desmesurada velocidad. Pasó bajo la ruidosa Van Wyck Expressway y se adentró en

---

[47] Estado que tiene lugar cuando el volumen sanguíneo cae por debajo de la capacidad de bombeo del corazón.

Willets Point. A continuación, Marian lo aparcó en un cruce de la Trigésimo Cuarta Avenida. ¡Avenida! No pudo evitar reírse. Aquella vía era lo más alejado de una avenida de lo que cualquiera pudiera imaginar. Peor aún, a medida que la niebla se disipaba, dejaba a la vista montones de chatarra, que adornaban la calle por doquier, como si crecieran del suelo para justificar el apodo de Willets Point: el Triángulo de Hierro.

El lugar se asemejaba a una zona a medias entre un lugar devastado por una guerra y un caótico mercadillo tercermundista construido con medios de fortuna, pero lleno de vida y color. En sus maltrechas trece manzanas se apiñaban doscientos treinta pequeños negocios relacionados con el automóvil: talleres, centros de recuperación de materiales para su reciclado, almacenes de chatarra... Allí se podía conseguir desde una caja de transmisiones de un Audi, por mil doscientos dólares, a chatarra al peso, a razón de dos dólares cada cincuenta kilos.

Por el día, mil trescientas personas trabajaban a destajo en comercios regentados por indios, pakistaníes, mejicanos y un sinfín de países. Por la noche, en todo el Triángulo de Hierro permanecía tan solo su único habitante.

En definitiva, una zona con muchas caras desconocidas por la multitud de clientes que pasaba por allí a diario, con coches y furgonetas anónimas que entraban y salían a todas horas, una zona en la que nadie llamaba la atención ni preguntaba indiscreciones. En otras palabras, el escondite ideal.

«Sí, el lugar perfecto para dar con los inmigrantes, pero también con muchos problemas».

Antes de abandonar su coche, Marian guardó su arma reglamentaria en la cartuchera y se ajustó a la cintura la pistola que le había regalado a Christian. Luego avanzó hacia el supuesto dormitorio de los Yevdokímov, caminando por calles sin aceras y mal pavimentadas y entre coches a medio desguazar y montañas de herrumbre. Asimismo, se encontró por todas partes con filas y filas de neumáticos junto a torres de repuestos de automóvil. En resumen, un paisaje fascinante, pero fuera de lugar en una ciudad del primer mundo.

En un momento dado, dos perros sin collar y de aspecto lamentable se cruzaron en su camino sin dignarse a mirarla. Se metieron de lleno en uno de los innumerables charcos que provocaba la ausencia de alcantarillado y se perdieron entre dos naves que podrían pasar por chamizos.

Durante el registro del coche de Marian, *Boston* Pet Anderson había encontrado documentación de Pável Kórotov, pero también del caso de los turistas, por lo que no le costó deducir que ella no mantenía con él ninguna relación sentimental; más bien al contrario.

Por otra parte, *Boston* Pet Anderson visitaba con cierta frecuencia el Triángulo de Hierro, donde compraba repuestos para la vieja camioneta en la que trasladaban a las chicas de burdel en burdel, y en una de sus visitas, había visto a Pável conduciendo un coche de alquiler, pero ni lo llamó ni permitió que el otro lo viera, sino que se mantuvo parapetado tras el volante de su furgoneta y nunca se lo dijo. Era información que podía resultar útil en el futuro, ya que nadie iba a Willets Point a buscar piezas de recambio para un coche de alquiler.

Así pues, para localizar a Marian, solo tenía que apostarse en un lugar discreto junto a uno de los accesos al Triángulo de Hierro y esperar a que la fortuna le permitiera cruzarse con ella.

—Marian Benneth, Marian Benneth...

Repitió el nombre completo varias veces más, pero

siempre con un extraño ceceo al final del apellido por culpa de las lesiones en su boca. Sacó la lengua por el hueco que quedaba entre los dientes rotos y se humedeció los labios para refrescarse las ampollas, causadas por la porra eléctrica. Los labios... Casi no podía ni hablar por su lamentable estado. No obstante, sí logró formar una sonrisa con ellos, aunque extraña, al ver la silueta de una mujer moverse con sigilo entre los claroscuros existentes bajo la autopista.

—Por fin.

Sí, por fin. Tenía planes para esa poli y estaba a punto de ponerlos en práctica.

Con ella viva y bien atada, pero sin amordazar para escuchar sus gritos, usaría la porra eléctrica en el sitio más sensible de una mujer. Más tarde, la rociaría con metanol, un alcohol altamente inflamable, le prendería fuego y disfrutaría viendo cómo moría envuelta en llamas.

Sin embargo, y esa era la verdadera crueldad del plan, ella no sabría qué le estaría ocurriendo, dado que las llamas del metanol son invisibles para el ojo humano. Por consiguiente, solo vería cómo se fundiría la ropa con su piel, envuelta en un calor insoportable, pero desconocería la razón y de qué forma detener el dolor, lo que a su vez generaría un miedo a lo desconocido, que sería tan horrible como el propio sufrimiento.

Además, la capacidad olfativa de su nariz desaparecería enseguida, y quedaría así impedida para oler el penetrante olor frutal del combustible. Luego, los restos carbonizados que quedasen sobre su piel se irían cayendo a medida que el fuego profundizase en su cuerpo.

Por último, cuando ya estuviera muerta, *Boston* Pet Anderson la metería en un saco y se la llevaría al gimnasio. Allí le daría un baño bien caliente en agua regia, de unos dos días de duración, para disolver su cadáver, después del cual solo quedarían sus huesos mayores, que trituraría y haría desaparecer por el desagüe.

Se deleitó pensando en su plan mientras comprobaba que el bidón metálico con metanol se encontrase bien cerrado y que la porra eléctrica estuviera cargada. Luego chequeó su pistola, una sencilla JA-22, y se fue tras su presa.

Christian se aproximó a Valentina Irinova cuando el médico de guardia de la Unidad de Cuidados Críticos, visiblemente irritado, se lo autorizó.

—Tardaré lo menos posible —le comentó el policía.

—Qué más da. El daño principal ya está hecho.

—¿Hace cuánto que le han reducido la sedación?

—Poco más de tres horas.

—¿Está consciente?

—Apenas algún movimiento ocular y reflejo, pero estos no implican que sea capaz de identificar a personas. Recuerde que se encuentra sumamente aturdida y desorientada.

Los quejidos y lamentos de su paciente lo enojaron todavía más, y Christian prefirió no enzarzarse con él en una discusión sinsentido. Ya resolverían otros el conflicto planteado. De hecho, la dirección del hospital había presentado un recurso en contra de la decisión del juez, pero para cuando se resolviera, él confiaba en haber terminado su interrogatorio.

Comenzó a hablarle a la chica con delicadeza, con calma, a pesar de su agitado estado de nervios.

—Valentina, ¿me recuerdas? Soy Christian Willocks, del Departamento de Policía de Nueva York. Necesito tu ayuda. La vida de una mujer está en peligro y cualquier detalle adicional que nos aportes acerca de los que te contrataron podría salvarla.

No obstante lo encarecido de sus ruegos, no obtuvo

respuesta alguna.

—¿Me entiendes, Valentina? Necesito que me des algún detalle que no nos hayas facilitado previamente, una pista que me conduzca a su lugar de reuniones o algo del pasado que olvidases mencionar y que pueda arrojar luz sobre el presente. Tienes que recordar, tienes que...

Los lamentos de la interpelada interrumpieron su perorata.

—¿Qué has dicho?

—Duele —susurró de forma casi inaudible.

El policía lamentó profundamente su tormento y por ello le cogió con suavidad una de las manos vendadas, como si con ese gesto fuera a aliviar sus dolores.

—Siento de veras por lo que estás pasando, pero necesito que me ayudes. ¿Has escuchado lo que te he preguntado?

La respuesta no fue más que un estertor. Sin embargo, Christian tuvo la impresión de que ella trataba de decirle algo.

—No te entiendo, Valentina —le dijo, pegando su oreja a la boca de la chica—. Te lo suplico, haz un esfuerzo.

—¿¡Es que no se da cuenta de que no le está facilitando las cosas?! —chilló el médico—. ¡Hágale una pregunta, una única pregunta, y que sea sencilla! ¡La cabeza de esa chica no da más de sí!

«Una sola, pero... ¿cuál?».

Enseguida cayó en la cuenta de cuál tenía que ser.

—Valentina, ¿puedes decirme quién más estuvo con vosotros en el incendio, aparte de Pável y Nikolái?

—¡Más sencilla, se lo ruego!

De nuevo, la chica respondió con unos susurros casi inapreciables, por lo cual el policía volvió a pegar su oreja a la boca de la agonizante mujer.

—Dame un nombre, por favor.

Las palabras que comenzaron a escurrirse con

extrema debilidad por los labios de Valentina asustaron a Christian; un miedo que se tornó en pánico al comprender todas sus implicaciones. Cuando se incorporó, solo pensaba en cómo salvar a Marian, porque la mujer a la que amaba se encaminaba hacia una muerte segura.

Marian alcanzó cojeando la orilla del río junto al Triángulo de Hierro, una zona con matorrales y hierbas, alimentados por la pestilente humedad proveniente del Flushing Creek. Desde allí, caminó unos pasos pegada a la fachada trasera de las edificaciones, acompañada por el estruendo de los aviones que aterrizaban en el cercano aeropuerto de La Guardia.

Se sobresaltó por el movimiento de una sombra. Encendió la linterna y alumbró a un vagabundo que orinaba sobre una pila de madera enmohecida. Sin embargo, aquel hombre no se dio cuenta de que estaba siendo iluminado, por lo que terminó con tranquilidad su necesidad fisiológica y desapareció entre unas ruinas cercanas.

Marian lo siguió a cierta distancia y entró tras él por un hueco en la fachada. Dentro se topó de bruces con dos vagabundos.

—¿Adónde vas? —le gritó el que había visto hacía unos instantes.

—Necesito ayuda. Busco a dos personas.

—¿Ayuda? ¿Has venido sola? Acabarás necesitándola.

—Soy agente de policía y estoy armada.

Se llevó la mano a su pistola.

—Pues nadie de por aquí va a colaborar contigo si no eres más simpática. ¿Y desde cuándo va un poli con esa pinta? Estás mucho peor que yo.

—Sabes poco de la policía.

—No me des lecciones, niñata.

—Te puedo dar una lección, pero quizá prefieras solucionarlo con dinero.

El hombre dudó hasta que sus sucios dientes brillaron en la oscuridad.

—¿Cuánto?

—Unos dólares.

—Querida, ¿no querrás que sean unos Donuts? ¿Cuánto?

—Veinte.

—Seguro que lo que buscas vale mucho más o no estarías aquí sola a estas horas.

Se había metido en un problema. Por no hablar de que ya no eran dos los que la escrutaban con malsana curiosidad, sino tres; el tercero, atraído por el olor del dinero. Y en caso de dificultades, le costaría controlarlos a todos.

—Primero te haré una pregunta —dijo ella con aplomo—. Luego veré si te pago más.

—De acuerdo, pero no sabrás nada hasta que no vea los billetes. No quiero que después me digas que no hay dinero en tus bolsillos.

—Dos hombres, abuelo y nieto, de origen ruso, aunque no lo hablan. Utilizan una especie de dialecto. Se llaman Yuriy y Yevgeniy. Suelen venir a dormir por aquí. ¿Los habéis visto?

Iluminó las fotos de sus caras y se las enseñó.

—Que sean cien.

—Cincuenta. No tengo más.

—Pues te quedarás sin noticias de tus amigos.

—¿Preferís ir a comisaría y contármelo allí?

Había decidido jugársela tirándose un farol.

—La propina es solo porque tengo prisa, pero puedes estar seguro de que te acabaré sacando lo que quiero sin pagar si me obligas a ello.

El envalentonado vagabundo dudó de nuevo y miró a sus dos amigos, ahora mudos.

—Aquí al lado duermen dos con los que nadie habla porque no hay quien los entienda. Ahora déjame ver el dinero.

Marian le mostró el billete y rogó que no saltara sobre ella con la intención de quitárselo.

—Precioso.

Los ojos del hombre brillaron en la oscuridad.

—Sal de aquí por dónde has entrado y camina calle abajo hasta Quincy´s Trucks & Vans. Es una nave de ladrillos pintados de color gris oscuro. En el interior, encontrarás su dormitorio.

—¿Cómo se entra en el edificio?

—Por cualquiera de las ventanas rotas de la planta baja.

Marian alargó el brazo con el dinero.

—Lástima que no siempre hagan noche ahí —añadió él con picaresca.

Fue muy rápido. Se adelantó hasta el billete y lo cogió antes de que ella tuviera tiempo de reaccionar.

—Mío.

A pesar del susto, Marian se tranquilizó cuando vio cómo se alejaba su informante. Después salió de allí escuchando los gritos de los tres vagabundos e imaginó que se peleaban por ver quién se ocupaba de custodiar el billete hasta cambiarlo por otros más pequeños.

Marian caminó por el bulevar de Willets Point ocultándose entre las numerosas sombras de la calle. A mitad de trayecto, halló una nave de ladrillo bastante desvencijada, de planta baja y primera, sobre cuyo acceso principal colgaba un descolorido cartel.

Quincy´s Trucks & Vans

El tamaño de la entrada principal no dejaba lugar a dudas. Se trataba de un antiguo taller de venta y reparación de camiones, cabezas tractoras y furgonetas.

Todas sus ventanas estaban tapiadas, el acceso peatonal también y el de vehículos tenía bloqueada su apertura por una cadena de generosas dimensiones.

«Busca una ventana», se dijo ella.

Rodeó la nave por el hueco que existía con el edificio colindante. Llegó hasta la fachada posterior y atravesó un descampado que quedaba bajo la Van Wyck Expressway. Lindaba con la zona de arena que había junto al río y en él se apreciaba un surco, una especie de sendero hecho por el paso de los vagabundos camino del agua.

Tras caminar unos metros por él, se encaramó a una ventana y de un salto se introdujo en la edificación. En el interior, se encontró con un espacio diáfano, de unos treinta metros de ancho por cuarenta de largo. Se trataba de un aparcamiento para los vehículos en venta y reparación, que apenas estaba iluminado por la luz que se filtraba a través de la maltrecha cubierta.

En él, algunas palomas revoloteaban por los huecos existentes en sus lucernarios, y la humedad acumulada durante la noche se escurría por ellos, cayendo al interior por infinidad de goteras. Podía decirse que en el interior llovía, y que las gotas, al chocar contra el suelo, al caer sobre los charcos o golpear los viejos esqueletos de metal producían un peculiar e incesante tintineo, que se asemejaba a una suave melodía de xilófono.

«¿Y ahora por dónde?».

En un lateral, descubrió lo que parecía un pasadizo, sin ventanas, muy oscuro, que debía de conectar con la nave colindante. Se adentró en él bajo una agotadora tensión que le entorpecía los movimientos y, durante unos segundos, avanzó por el interior de esa interminable boca del lobo, escuchando tan solo el eco de sus pisadas.

De repente se detuvo. Le había parecido ver a alguien caminando con torpeza por el extremo opuesto.

—¿Yuriy?

La figura dejó de caminar.

—¿Yevgeniy?

Quienquiera que fuese, no dio contestación alguna, y Marian, con la rapidez que da realizar un movimiento de forma instintiva, apuntó su Glock hacia el frente y disparó. Una vez, dos, tres… Apuntó al centro, a la derecha, a la izquierda, arriba, abajo. Cuatro, cinco… No estaba dispuesta a dejar que sobreviviera por hacer un único impacto. Seis…

—¡Disparos! Y muchos. Yo diría que siete.

La voz de alerta del agente Grayson sonó como un mazazo a través de los auriculares.

—Están en plena guerra —comentó el sargento Winget desde el interior del camión pesado de rescate.

En él se ubicaba el puesto de mando y control del Noveno Escuadrón ESU-SWAT, la Unidad del Servicio de Emergencia y de Armas y Tácticas Especiales, cuyo lema era: «Cuando un ciudadano tiene un problema, llama a la Policía. Cuando la Policía tiene un problema, nos llama a nosotros».

Christian, preocupado por las palabras del sargento al mando del operativo de asalto, no pudo reprimir un comentario:

—¡Llegamos tarde!

Devolvió el casco que le habían prestado y se despidió del patrullero de la motocicleta, que lo había conducido desde el Queens Hospital Center hasta el puesto de mando en una veloz carrera, esquivando el lento tráfico de Brooklyn; un trayecto de veinte kilómetros en el que apenas habían empleado quince minutos, cuando normalmente se necesitaban cuarenta. A continuación, comenzó a recordar los sucesos de las horas previas, acaecidos al margen de los de Valentina Irinova.

Después del enfado de Marian, se había temido lo peor y había hablado con el inspector Toole. Más tarde, tras los vanos intentos de hacerla entrar en razón, dieron la alerta y activaron a la ESU-SWAT del sargento Winget. Por otra parte, ella tuvo que introducir su identificación en el Lower Manhattan Security Initiative para localizar el coche de Nikolái, y a Toole le resultó sencillo detectar su entrada y averiguar qué era lo que buscaba. Luego, encontrar con las cámaras lectoras de matrículas el Cosmopolitan en el que viajaba fue solo cuestión de tiempo. El último paso consistió en una carrera a la desesperada de la policía por aquellos lugares por los que había transitado el Cosmopolitan, si bien de forma un tanto aproximada y con cierto retraso, lo que obligaba a sus compañeros a ir a remolque de los acontecimientos.

El francotirador Grayson terminó de subir hasta lo más alto del estadio Citi Field, a un lugar ubicado sobre la puerta Bullpen. Allí escucharía cualquier posible nuevo disparo mejor todavía de lo que lo había hecho hacía unos instantes. Por supuesto, mejor también que sus compañeros, ocultos tras el estadio, pero a salvo de miradas indiscretas desde el Triángulo de Hierro.

—¿De dónde proceden, Grayson?

—Ni idea. Han sonado muy apagados y con eco, como si los hubiesen realizado en el interior de una de las edificaciones de mayor tamaño.

Rápidamente, se apostó entre los pilares de los carteles publicitarios, montó su rifle y comenzó a otear el Triángulo de Hierro a través de la mira telescópica de su arma.

A esa distancia, podía acertar en una persona sin problemas. La cuestión, sin embargo, era ser capaz de apreciar los detalles del objetivo a batir para no disparar contra un inocente, algo que la niebla y los incontables ángulos muertos le dificultaban, a pesar de la excelente panorámica de la que gozaba.

«Si hago blanco con la poca luz del amanecer, presumiré de ello ante los del equipo del Trofeo Palma[48]».

Le encantaba su «juguete». Lo sostuvo con firmeza y llevó la vista a lo largo de las veintiséis pulgadas del cañón de su rifle. Por otra parte, la sensación que le producía estar en lo alto del Citi Field era como la de volar en el helicóptero con el que aprendió a disparar en pleno vuelo, en Floyd Bennett.

—¿Novedades? —preguntó su superior, interrumpiendo sus divagaciones.

—Negativo.

El sargento Winget masculló algo que resultó ininteligible para Christian, quien observaba con inquietud cómo aparcaban junto a ellos la ambulancia de la unidad y los dos blindados Bearcat, comprados con dinero embargado a delincuentes.

Marian dudaba de si había sido víctima de una aparición fantasmal, porque donde debería haber un cadáver, no encontró nada.

Salió del pasadizo, cruzó lo que en tiempos fue un almacén y pasó a otra sala, de dimensiones mayores. En ella, se detuvo a la espera de escuchar alguna pista del lugar por el que hubiera huido su fantasma.

«¡Pasos!».

Agudizó la mirada y vislumbró lo que buscaba.

---

[48] Prestigioso campeonato de francotiradores en el que compiten equipos de diferentes países.

«Allí estás».

Apuntó con su pistola hacia la figura, que se desplazaba con torpeza entre las sombras, y gritó:

—¡Alto o disparo!

El agente Grayson recordó las prácticas efectuadas en la Escuela de Entrenamiento Especializado de la isla Barren con el subfusil MP5, el rifle Commando, la escopeta semiautomática de 12 cartuchos Súper 90, el lanzagranadas de proyectiles químicos contra revueltas y la escopeta para apertura de puertas. Esta última lanzaba las conocidas como «desintegradoras» o «llaves maestras», dado que volatilizaban cualquier cerradura o bisagra con una facilidad pasmosa.

Todas eran armas que le apasionaban, si bien la que más le gustaba y en la que se había especializado era el rifle de francotirador 700P.

El repentino eco de la detonación producida por un nuevo disparo lo apartó de sus recuerdos y lo hizo ponerse en contacto con su superior.

—¡Han vuelto a disparar!

El sargento Winget no pudo reprimir sus ganas de saber más.

—¿Sigues sin poder concretar la procedencia?

—Sí, pero he visto el resplandor de un fogonazo en una nave del bulevar.

La respuesta no satisfizo al sargento Winget, puesto que no le permitía determinar la ubicación exacta. A pesar de ello, empezó a repartir instrucciones con vistas a un asalto inminente.

La desastrosa puntería, consecuencia de la tensión y el agotamiento, le había vuelto a jugar una mala pasada a

Marian.

«No volverás a escapar», se repetía ahora una y otra vez.

Comprobó que sus cuentas de los disparos efectuados cuadrasen con los cartuchos restantes en el cargador. Así se evitaría una desagradable sorpresa en un más que probable encuentro fatal. Después, con el corazón desbocado, continuó avanzando por el laberinto de pasillos hasta llegar a una gran sala, a cuya izquierda había un amplio ventanal, que se extendía desde el suelo hasta el techo y a través de cuyos cristales rotos se podía divisar la inmensidad del estadio Citi Field.

Christian permanecía a la espera junto a un grupo de agentes equipados con cascos balísticos, chalecos antibalas pesados, máscaras y guantes ignífugos. En ese momento, la radio por la que todos escuchaban emitió nuevos mensajes.

—Grayson, ¿qué has dicho que has visto? —preguntó el sargento Winget—. Repite, por favor.

—Una figura humana en movimiento. Cojea, lleva ropa oscura y es calva. ¿Disparo?

Había respondido mostrando la seguridad más absoluta.

—¿Dónde la has visto?

El francotirador le facilitó la localización de forma rápida y precisa, confirmando así que se trataba del mismo lugar que el del fogonazo.

—No es de los nuestros —concluyó el sargento Winget—, y la descripción no encaja con la de Marian Bennett.

—No es seguro —protestó Christian—. Tu tirador no puede discernir con claridad de quién se trata, no desde esta distancia.

El sargento se sumió en un mar de dudas.

—Grayson, ¿cuánto tiempo crees que mantendrás al blanco a la vista?

—Solo unos segundos más.

—Prepárate para disparar.

Christian continuó con sus protestas.

—¡La confirmación no cumple con las condiciones que exige el reglamento!

—Se han producido disparos donde Grayson tiene localizado al blanco, y eso solo nos deja dos opciones: disparar contra alguien que no aparenta ser Marian Bennett o inhibirnos, con el consiguiente riesgo para ella o el equipo de asalto. ¿Qué crees tú que debemos hacer?

Podría parecer que Christian eludía darle una respuesta, pero Winget sabía bien lo difícil que era decantarse por una de las dos alternativas, sobre todo, en unos pocos segundos. En cualquier caso, la pregunta no era más que una cuestión retórica, ya que era su obligación, y no la de otro, encontrar la respuesta más acertada. Así, cuando el sargento tomó una decisión, Christian ya corría hacía los coches patrulla.

—Grayson, dispara —ordenó Winget.

Al presionar el gatillo de su rifle, el disparo lo sorprendió, como debía ser. Sin embargo, el agente Grayson ni se inmutó, para no alterar la puntería, por lo que el proyectil de alta velocidad recorrió los trescientos metros hasta su objetivo sin desviarse lo más mínimo de la trayectoria prevista.

El proyectil pasó junto a la cabeza de Marian con un silbido muy característico, continuó su marcha hasta el fondo de la nave e impactó contra un objeto oculto en la oscuridad: la porra eléctrica que portaba *Boston* Pet

Anderson.

«¡Joder, qué mala suerte!», pensó este al sentir cómo reventaba la porra y se deshacía en multitud de pequeños pedazos de metal.

No obstante, aún conservaba el metanol y la pistola; más que suficiente para controlar y torturar a esa endiablada mujer.

—¡He fallado! —exclamó estupefacto el agente Grayson.

A pesar de la decepción, no apartó la vista de su mira telescópica para no perder a su objetivo.

—¡Dispara de nuevo, dispara de nuevo!

Las órdenes que le llegaban con voz nerviosa a través de la radio no lo distrajeron.

—No volveré a fallar —se dijo.

Tiró de la palanca y recargó el arma.

Marian trataba de determinar la procedencia del primer disparo mientras permanecía agazapada tras un grueso pilar.

«¿Desde dónde está disparando?».

Debía localizar cuanto antes la ubicación del tirador o, de lo contrario, acabaría siendo alcanzada por un proyectil.

«Ahora… Ahora no te libras».

Grayson contuvo la respiración, terminó de centrar la cruz filar de la mira telescópica en su objetivo y volvió a disparar.

El segundo proyectil viajó a una velocidad superior a la del sonido y sorprendió a Marian en su escondite antes de que escuchara la detonación del disparo. Su mano se desintegró, o esa fue la sensación que tuvo cuando el proyectil hizo blanco en ella. La segunda consecuencia fue que su Smith & Wesson salió despedida, impulsada por la bala.

Quiso gritar, chillar, para desahogarse por su padecimiento, pero en su lugar cerró la boca con fuerza y reptó hasta esconderse tras una furgoneta sin llantas ni neumáticos. Allí sacó su pañuelo y se hizo un torniquete con él alrededor de la muñeca, que ahora terminaba en un muñón, lleno de jirones de piel y carne desgarrada.

«Tienes que escapar, tienes que dejar de ser un blanco fácil».

Se hallaba en medio de la sala y protegida exclusivamente por la fina chapa de una camioneta, que no retendría un proyectil de alta velocidad, por lo que de continuar allí, no tardaría en ser de nuevo víctima del francotirador.

«No sabe por dónde voy a salir. Eso me da margen suficiente para alcanzar la salida».

Calculó el tiempo que le llevaría recorrer la distancia que la separaba de la puerta más cercana.

El sargento Winget escuchó con claridad el tercer disparo de su francotirador. Los acontecimientos se precipitaban. Todo sucedía a mayor velocidad de lo previsto.

—Equipo 1, sector 1-2. —comunicó Winget a sus hombres por radio—. Equipo 2, sector 1-3. Equipo 3 y helicóptero Bell, sector 4.

Tras unas indicaciones adicionales, preguntó:

—¿Está todo el mundo en su posición?

A la masiva respuesta afirmativa le siguió un rápido reparto de las últimas instrucciones para el asalto a la nave. A pesar de ellas, tocaba realizar una operación sin tiempo para un análisis detallado de la edificación ni para elaborar un minucioso plan que redujera los riesgos a los que se enfrentarían los agentes. Tampoco había margen para que el equipo de contención bloquease con eficacia las posibles vías de escape de cualquiera que intentara saltarse el improvisado cerco que se había ido cerrando en torno al Triángulo de Hierro y, ahora, en derredor a la nave en la que se habían producido los disparos.

Sus cálculos habían resultado acertados, y se había librado del tercer disparo por escasos centímetros.

—No escaparás de mí... —murmuraba Marian una y otra vez, sin dejar de pensar en la mano perdida y en el espantoso dolor que sentía.

Empuñaba con la zurda la pistola que le había regalado a Christian mientras proseguía con su insensata búsqueda. Finalmente, se detuvo frente a una puerta bajo la cual se escapaba un haz de luz.

«El final del camino».

La abrió de una patada y apuntó al frente con su arma, al interior de una lóbrega habitación. Al entrar, le sorprendió ver a un hombre sentado sobre una silla, en el mismo centro de la estancia, y completamente a solas. De aspecto enjuto, daba la impresión de haberse consumido a lo largo de muchos años de sufrimiento. Su rostro descarnado era el perfecto reflejo de la soledad a la que condena la pobreza extrema, y sus ojos sin vida, de un color grisáceo, parecían observar a la recién llegada con un extraño interés.

—¿Yuriy?

Desde luego, el parecido con la foto del abuelo era

innegable, salvo por tener media cara quemada. ¿Tendría algo que ver con la inquietante historia contada por uno de los borrachos?

—Yuriy...

El hombre le hizo gestos para que se acercara, momento en el que ella reparó en sus enfermos ojos grises.

—Yuriy, ¿qué quieres?

El anciano no respondió, y Marian comprendió que no lo haría, al recordar que no hablaba inglés. Entonces se aproximó hasta él.

—Yuriy Petróvich Yevdokímov, por fin eres mío.

Lo empujó para que se levantara. No quería perderle de vista ni un instante, no al menos hasta saber qué había sido del fantasma que tanto la había perturbado.

—Ven conmigo. Este sitio es peligroso.

Le dio la espalda y empezó a caminar delante de él.

—¿Dónde está Yevgeniy?

Marian había formulado la pregunta en voz alta aun siendo consciente de que no recibiría respuesta alguna.

—Ya no vendrá —repuso él.

Y ella descubrió su error, su propio y fatal error, puesto que él no debería haber hablado en inglés, con un acento similar al de Nikolái; sencillamente, porque no sabía hablarlo.

Se giró hacia él y escuchó la repentina detonación. No obstante, el disparo no la sorprendió, ya que en cierto modo se lo esperaba. Al mismo tiempo, sintió un brusco desfallecimiento, que le hizo perder el control de sus piernas. Cayó de rodillas y se miró el abdomen con incredulidad, donde una mancha de color rojo se extendía con rapidez.

Volvió a mirar a Yuriy, a sus ojos sin vida, y al revólver que empuñaba.

—¿Quién eres?

El helicóptero Bell 206 sobrevoló los vehículos del Noveno Escuadrón, que avanzaban con rapidez por las calles del Triángulo de Hierro. Iban encabezados por los blindados y seguidos por una multitud de coches patrulla. Enseguida, otro helicóptero se unió al primero, iluminando con su potente foco la nave hacia la que había disparado el agente Grayson, y más coches patrulla se incorporaron al asalto, con Christian en uno de ellos.

Solo una entrada masiva les permitiría superar los imprevistos, y a él, ayudar a Marian. Porque de todo el grupo policial, era el único que sentía verdadera preocupación por ella. Para el resto, se trataba de un elemento fuera de control contra el que no tendrían muchos miramientos.

Boston Pet Anderson dudó. Los helicópteros que sobrevolaban la zona a baja altura y el ulular de las sirenas eran indicios más que suficientes para deducir con facilidad que el lugar quedaría atestado de policías en muy poco tiempo.

Frente a semejante perspectiva, largarse de allí parecía la mejor de las opciones, aunque también significaría dejar con vida a una testigo muy incómoda y que lo inculparía de un intento de homicidio. Por otro lado, continuar con su caza hasta eliminarla lo convertiría en culpable de asesinato, si bien se libraría de la cárcel porque no quedaría nadie que pudiera vincularlo con ella ni se descubriría el móvil del crimen.

Se estaba muriendo. Había llegado el final, su final. Las múltiples heridas que la aquejaban eran ya demasiado graves, y su cuerpo se veía incapaz de continuar luchando por mantenerse con vida.

Ella dejó de percibir sus extremidades y luego, su tórax. De su boca salió un hilo de voz, como si tratase de contar algo de suma importancia, un secreto que debiera dar a conocer antes de abandonar este mundo, y luego falleció.

—Se terminó —dijo la enfermera—. Me alegro por ella.

—Yo también, pero es una lástima que haya tenido que morir así, con este padecimiento —comentó el médico de la Unidad de Cuidados Críticos del Queens Hospital Center.

—Ya sabíamos que ocurriría.

—Sí, lo sé, nada podía salvarla, pero... ¿de verdad era necesario sacarla del coma? Me parece indignante.

—Vamos, trata de olvidarlo. Casos así de tristes los vemos con frecuencia, y no es bueno dejarse influir tanto por ellos.

El doctor sopesó el consejo de la enfermera y comentó:

—Tienes razón. Mejor será olvidarse de este asunto.

Sin embargo, el médico no parecía muy convencido de sus propias palabras.

—Haces bien —añadió ella—, de verdad, no le des más vueltas. Ahora dame su nombre. He de rellenar unos cuantos formularios.

—Valentina, Valentina Irinova.

El siguiente disparo contra Marian fue también a quemarropa, pero, a pesar de la escasa distancia que los separaba, Yuriy erró y provocó que el proyectil solo atravesara su ropa.

—Se nos acaba el tiempo —comentó él.

Ella permaneció inmóvil, al borde del desmayo y sin

saber qué hacer.

«Tengo que defenderme. Tengo que dispararle».

Por desgracia, ni lo haría ni podía hacerlo, ya que aquel misterioso personaje escondía un secreto demasiado valioso como para quitarle la vida.

Entretanto, su pistola se volvió pesadísima y se escurrió de entre sus dedos hasta caer al suelo con un golpe seco.

—Los ciegos tenemos muchas desventajas —añadió con frialdad el extraño inmigrante— y para compensarlo, desarrollamos nuestro oído más que los que sí pueden ver.

«No ve bien. Por eso ha fallado», se dijo a sí misma.

Se arrastró hacia la salida, y Yuriy giró el arma siguiendo su desplazamiento, gracias al sonido del roce de su cuerpo contra el suelo. Disparó de nuevo, el proyectil pasó a escasos milímetros de su cabeza y la obligó a permanecer inmóvil bajo un silencio sepulcral.

Marian comprendió que Yuriy apenas distinguía las siluetas, pero también que el movimiento le permitía discernir entre estas y el fondo, si bien solo de forma imprecisa. Sin embargo, su desarrollado oído complementaba con eficacia su deficiente visión, por lo cual era capaz de apuntar con cierta precisión a un blanco en movimiento del tamaño de una persona.

Estudió el arma: un pequeño revólver con un cilindro que solo admitía seis cartuchos y al que ahora le quedaban tres.

—Como tendrás muchas preguntas sobre mi pasado —le espetó él en tono burlón—, tendré la cortesía de ahorrarte algunas mientras jugamos al escondite.

Preguntas, preguntas… La mente de Marian bullía con esa palabra, a la vez que el extraño personaje continuaba hablando.

—Pagué muy caro el error de calcular mal la cantidad de explosivo del maletín. La explosión y la niebla debían ser suficientes distracciones para que yo saltara al río y desaparecer, pero casi muero por culpa de mi propio fallo. Incluso se pensó que fue así, y los occidentales permitieron que la corriente se llevara mi «cadáver». Más tarde, cuando recuperé la consciencia, el KGB ya me había recogido en la orilla contraria y me trasladaba al centro médico de la cárcel de Hohenschönhausen. De allí pasé a la pavorosa prisión de Lefórtovo; un lugar que te destruía, incluso de espíritu, como si de sus siniestras paredes emanase una energía negativa, y donde, al completarse mi recuperación física, empezó la pesadilla.

Ella no terminaba de salir de su asombro.

«Es Mijaíl. ¡Es increíble! ¡Es Mijaíl Lébedev!».

—Comenzaron los interrogatorios acerca de un dinero robado, y yo intenté convencerles de mi inocencia con una maniobra inesperada: les acusé de prácticas ultrajantes, de que no me habían entregado la lista de las pertenencias que me habían quitado, que temía por el robo de mi reloj de oro y que era contrario al reglamento interrogarme durante la noche. —Esbozó una mueca que se asemejaba a una sonrisa—. Por la cara que pusieron, debieron de pensar que nadie que fuera culpable perdería el tiempo con semejantes alegatos. Sin embargo, continuaron con los interrogatorios.

Marian consiguió incorporarse, pero su agotamiento la hizo jadear. Fue muy leve, casi imperceptible, aunque no para Lébedev, quien movió un poco la pistola para afinar la puntería y volvió a disparar. Milagrosamente, el proyectil erró el blanco e impactó en la pared del fondo.

—Como yo no les decía lo que querían porque no sabía nada del robo de tanto dinero, pasaron a las torturas. Palizas, palizas y más palizas. Duraban horas y me convirtieron en un desecho humano, pero, a pesar de su insistencia, no obtuvieron lo que buscaban, puesto que yo no lo sabía. Y el caso es que sí, que yo había robado, pero ni mucho menos tanto como me decían.

Los dolorosos recuerdos fluían con inusitada rapidez.

—Tuve que idear una forma de aliviar las torturas, dado que, de seguir así, me matarían. Así que opté por dejar de comer, hasta que, a las pocas semanas, enfermé de gravedad. Entonces me llevaron a la enfermería, pero no para curarme, sino para romperme los dientes con el fin de alimentarme por la fuerza. Yo, para luchar contra ello y continuar con mi plan, aprendí a provocarme arcadas y vomitar. De ese modo, conseguí que fracasara la alimentación forzada y terminasen las palizas, ya que muerto no les servía de nada. Además, con el tiempo, simulé encontrarme en un profundo letargo, con la esperanza de que me dejaran en paz para siempre, pero eso los llevó a enfrentarme a la aterradora punción lumbar a fin de comprobar si era real. Yo sabía que si no gritaba cuando me la practicasen, se tragarían mi ficción y por fin me dejarían tranquilo. Y lo conseguí. Superé un dolor indescriptible sin inmutarme. Yo lo superé. ¡Lo superé!

Rebosaba orgullo recordando su proeza.

—Fui trasladado al pabellón psiquiátrico del miserable centro penitenciario de Cruces y allí, durante mis largos días de inactividad, planeé mi fuga.

El asombro de Marian por el relato la indujo a moverse, y el consiguiente roce de la ropa contra su cuerpo resultó ensordecedor para Mijaíl, pero no tanto como la detonación que tuvo lugar justo después. El nuevo disparo lanzó un proyectil que la alcanzó en el hombro, causándole una rozadura y obligándola a realizar un esfuerzo para no chillar.

«Piensa…, piensa cómo librarte de él».

Estudió la difícil situación para comprender enseguida que la larga perorata no era más que una trampa, una continua invitación al error.

—No imaginas lo fácil que es hacer creer a la gente

sin dinero que estás forrado si siempre lo has estado, y si los convences de que les darás una parte cuando seas libre, son capaces de cualquier acto; en especial, en un sistema como el soviético, que estaba podrido y donde todo era posible con dinero, incluso la fuga del peor enemigo de la patria. Lamentablemente, no pude escapar con mi mujer porque murió a manos de sus torturadores, pero sí con mi hijo Grigori. Aunque en la fuga, un matón del KGB le dejó marcada su cara de por vida con un cuchillo, y desde entonces, le gusta hacer daño a la gente de la misma manera.

Mijaíl Lébedev movió sus ojos como si buscara con ellos la silueta en movimiento de Marian.

—Huimos durante mucho tiempo, siempre perseguidos por el KGB. Hasta que conseguí nuevas identidades que nos permitieron entrar en Estados Unidos: Norman Sprey y su hijo Theodore. Aquí, por fin, me sentí a salvo a pesar de vivir en el corazón de mi enemigo.

La cabeza de Marian funcionaba a toda velocidad para asimilar el torrente de información.

—Estuve mucho tiempo pensando en lo sucedido —continuó Lébedev—. ¿Quién cometió el robo? ¿Quién fue el causante de todo mi padecimiento y la muerte de mi mujer y mi hijo? Una pregunta difícil, que tardé años en responder, en averiguar que fue un servicio secreto extranjero con la colaboración de un traidor. Pero ¿quién en concreto? La nueva pregunta me hizo recordar que en los interrogatorios me preguntaron por nombres que jamás había escuchado, entre otros los de tus amigos occidentales. Así que los investigué y, con el paso de los años, descubrí que se citaban con frecuencia. Eso me hizo centrar aún más la atención en ellos, y cuando Nikolái salió de su escondite tras el final de la Guerra Fría y se reunió con ellos, supe que él, Sviatoslav Ivánovich Artamónov, era el traidor.

El odio lo dominaba por completo.

—Tus amigos debían pagar con su vida por lo que me habían hecho, incluso aunque recuperara lo que me habían robado. La venganza constituía mi derecho y mi obligación, y cualquiera que se interpusiera en mi camino correría su misma suerte.

Quizá fuera por casualidad, pero, en esa ocasión, el cañón del arma apuntaba directamente al corazón de Marian.

El primero de los blindados embistió la puerta principal, reventó la cadena, y las dos hojas del portón metálico se abrieron con violencia. Los miembros del equipo ESU-SWAT se bajaron y se desperdigaron con rapidez por el amplio espacio central de la nave, vigilando cada uno su área asignada.

El segundo Bearcat entró en el edificio atravesando el amplio ventanal, a través del cual el francotirador había avistado a Marian. De inmediato, más agentes descendieron del vehículo y se dispersaron en perfecto orden por otro sector del inmueble.

Christian, en una peligrosa decisión, entró tras ellos con su coche patrulla y se bajó del vehículo pistola en mano.

—¡Marian!

No se conformó con marchar detrás de los hombres del grupo de asalto, sino que echó a correr y los adelantó sin importarle el riesgo en el que incurría.

El dolor de Marian por la herida abdominal era terrible. No podía soportarlo más. Llevaba demasiado tiempo sufriendo y deseó que todo terminase cuanto antes.

«Christian, ¿dónde estás? Sálvame, por favor, sálvame».

Supo que iba a morir cuando su vista se tornó borrosa y la luz del entorno pareció desvanecerse, algo que quizá evitara si se desembarazaba de Lébedev. Además, en ese momento, ya tenía las respuestas a casi todas sus preguntas, lo que eliminaba el dilema de matarlo o no. En cambio, no tenía su pistola.

«¿Dónde está? No puede encontrarse lejos».

Boston Pet Anderson irrumpió por la puerta y se detuvo perplejo al contemplar la escena. ¿Quién era el viejo? ¿Y qué hacía con un arma en la mano?

—Complicaciones —murmuró.

Y lo mejor era liquidarlas.

«Primero él, luego la zorra».

Apuntó su JA-22 contra el hombre de la cara quemada, y sonó un disparo. La pésima puntería de Lébedev causó que el proyectil perforara el bidón metálico con metanol que sujetaba *Boston* Pet Anderson. Luego saltó una chispa. Una llamarada invisible rodeó al recién llegado, y sus gritos de dolor y terror retumbaron en la sala.

Las llamas alcanzaron el rostro de Lébedev y quemaron la parte que se había librado de la explosión del maletín, años atrás, agravando ahora su ceguera. Este, de forma instintiva, retrocedió de un salto para alejarse del calor, aunque sin comprender qué estaba ocurriendo y a la vez que se llevaba las manos a la cara y chillaba como un poseso.

Marian tuvo mejor fortuna. Languidecía tumbada en el suelo cuando se produjo la explosión, por lo que las llamas le pasaron por encima sin apenas afectarla, y a pesar de no entender tampoco qué sucedía, se apartó de *Boston* Pet Anderson, espoleada por la bola de fuego en la que se había convertido y el intenso calor que desprendía.

El delincuente, por su parte, no podía ver qué estaba devorando sus ropas, su piel y su pelo. Sin embargo, sí era perfectamente visible su inútil y desesperada lucha contra el enemigo invisible, que lo consumía a toda velocidad. En esa batalla, dio violentos manotazos al aire y contra sí mismo. Luego quiso quitarse la cazadora, pero ya se había fundido con su piel. Esta cambió de color con rapidez, convirtiéndose en algo oscuro e irreconocible. Después, cuando los ojos de *Boston* Pet Anderson dejaron de estar protegidos por los párpados, echó a correr por el pasillo, con sus gritos rebotando en las paredes de manera cada vez más débil, hasta convertirse en un aullido siniestro.

Marian se relajó entonces, pensando que el peligro ya había pasado, y la primera consecuencia fue que sus párpados quisieron cerrarse como si se trataran dos pesadas persianas. Casi al mismo tiempo, sintió frío y tembló.

«Es el final».

Se preparó para morir, y luego se cerraron sus ojos.

Pablo Palazuelo

LA CRUELDAD DEL DESTINO

Los finales

Montañas de billetes de diferentes divisas occidentales se guardaban celosamente en cajas de seguridad de la PQN Corporation, así como en otras entidades, también presentes en países con opacidad bancaria. Las cajas se escondían bajo sólidas bóvedas de metal, y la información relativa a su contenido o sus titulares estaba protegida por un estricto secreto profesional. A su vez, para acceder al valioso tesoro que escondían, era necesaria la correspondiente llave de seguridad y un código secreto.

Esa codiciada fortuna en metálico, que tantas vidas había costado, se había ido diluyendo en multitud de pequeñas participaciones, tantas como empleados y obras benéficas tenían las cinco empresas del grupo de jugadores de *poker*. Sucedía que sus propietarios y fundadores habían designado a sus trabajadores y proyectos caritativos como herederos de estas y de los fondos ocultos para que el dinero jamás cayera en las manos equivocadas. De esa forma, cada vez que Mijaíl Lébedev asesinaba a uno de sus viejos rivales, creyendo así acercarse a su objetivo, en realidad se alejaba más y más de él.

Milagrosamente, Lébedev no murió a causa de las graves quemaduras producidas por el metanol. Sin embargo, la cruel jugarreta del destino, relacionada con el dinero y sus herederos, le causó tal impacto emocional, que le provocó a su vez una acusada pseudodemencia depresiva, la cual, con el paso del tiempo, sí que acabaría con su vida.

Leonard Lance, también conocido como Renny Smith, no había sido más que otro peón, contratado por la banda con un fin puntual y concreto, y quizá, de no haber fallecido pasto de las llamas en el accidente de la camioneta, lo hubiesen asesinado como a otros, para eliminar cabos sueltos.

Como no hubo quien reclamara su cadáver, los reclusos del Departamento Correccional procedentes de la isla de Rykers lo enterraron en una fosa común del camposanto para indigentes y personas anónimas de la isla de Hart, con un coste total para las arcas públicas que ascendió a la irrisoria cantidad de setenta y cinco dólares.

Durante el sepelio, la pestilencia de su cuerpo carbonizado, a pesar de estar metido en una bolsa hermética, obligó a los presos a utilizar mascarillas.

Junto a él, en otro ataúd, se introdujeron los restos de Grigori Lébedev, también conocido como Theodore Sprey y Pável Kórotov.

Previamente, el forense había sentido curiosidad por el tamaño de sus huesos, así que, intrigado, pidió autorización para conservarlos y proceder a un interesante estudio osteológico. Sin embargo, le denegaron la solicitud por una cuestión de tipo burocrático, que en realidad no era más que una forma de rechazar su petición sin tener que dar muchas explicaciones incómodas.

Little Mike y James *Biff* Ellison, trofeos logrados por

Marian Bennett en el gimnasio Atlantic, se unieron a *Boston* Pet Anderson en la misma fosa común que todos los demás.

Los restos de Jack Boyd, el supuesto novio de Valentina Irinova, fueron entregados a su familia, en Kenosha, Wisconsin, y los de Holmer Reuben, o los trocitos que quedaban de él, a sus familiares, en South Bend, Indiana.

A Damarcus Hooper lo enterraron en el precioso cementerio de Green-Wood, Brooklyn, según lo establecido en su testamento, encontrado durante un registro de su búnker de la calle Marginal Oeste. De hecho, ya tenía pagado y construido un mausoleo, apartado de las rutas turísticas que recorrían el camposanto y que encajaba con su preferencia por permanecer en un discreto segundo plano.

El cuerpo sin vida de Nikolái Ivánovich Leónov partió hacia Helena en el vuelo 6927 de United Airlines, con escala en Denver. Sus empleados se habían ofrecido para celebrar el funeral y enterrarlo en el cementerio de Sunset Hills, en Gallatin. Le tenían aprecio porque, a pesar de su carácter hosco, había sido un jefe comprensivo y generoso.

Nunca se les comunicó que en verdad se llamaba Sviatoslav Ivánovich Artamónov.

Harry Anthony Powers fue la otra víctima del cruel destino, no solo por ser el blanco de los disparos de Marian Bennett, sino por aquello que realmente había causado su muerte.

Igual que en su momento el río Havel había marcado

la suerte de Mijaíl Lébedev, el canal Gowanus, al que Harry había caído tras haberle disparado su amiga, selló la suya, porque cuando lo encontró la policía, cuatro días después, ya había estado flotando en sus aguas tóxicas un tiempo que resultaría fatídico.

La herida de bala lo había dejado inconsciente y por ello había tragado sin darse cuenta agua, envenenada con alquitrán de hulla. Desde entonces, sufría ardor de garganta y dolor de estómago, sarpullidos en la piel, irritación de las vías respiratorias y quemaduras en los ojos, además de un cáncer, diagnosticado a las pocas semanas de ser rescatado. Todo ello, sumado a su edad y la herida del disparo, le produjo la muerte por parada cardiorrespiratoria.

Justo antes, en sus últimos instantes de vida, estuvo acompañado de la que había sido como su hija. Fue el momento de las palabras de reconciliación:

«Lo siento, pero tuve que huir porque me destruyeron, me convirtieron en sospechoso y me quitaron todo lo que amaba. Lamento que por ello tuvieras que perseguirme. También, lo que has sufrido por mi culpa, pero ocurrió lo que los cinco nos temíamos: el pasado se hizo presente y se volvió contra nosotros. Creíamos que, si llegase a suceder, nuestra edad nos haría invulnerables frente a ello al no tener nada que perder. Sin embargo, esa chica nos restituyó las ganas de vivir, nos entregó algo cuya pérdida no aceptaríamos, aunque en realidad nos inoculó ese sentimiento de forma consciente, como si fuera un veneno con el que devolvernos nuestra vulnerabilidad y manipularnos».

La amargura se apoderó de él y lo hizo temblar.

«Me hubiera gustado que algún día te casaras y asistir a tu boda, ser tu padrino y que tuvieras hijos para jugar con ellos como si fueran mis nietos».

Las lágrimas hicieron acto de aparición y se

derramaron por el borde de los ojos de Marian.

«Adiós, pequeña».

Fue lo último que dijo la fría y mortecina cara de su antiguo mentor.

Pablo Palazuelo

NUNCA ES TARDE PARA MORIR

El despertar

«Yuriy Petróvich Yevdokímov».

Esas habían sido las palabras que Valentina Irinova había pronunciado durante su agónico despertar del coma inducido y que tanto habían aterrorizado a Christian Willocks. Ahora, Christian y Marian volvían a encontrarse frente a ella, en el Queens Hospital Center, pero en esta ocasión, no para interrogarla, sino para darle un sepelio algo más digno que el habitual en un caso como el suyo.

Sabían que también sería enterrada en el camposanto de la isla de Hart y que su ataúd de madera de pino, en el cual yacería envuelta en un sudario, se depositaría en una fosa común para adultos, que haría la treinta y nueve de ese año. En ella quedaría en compañía de otros ciento cuarenta y tres fallecidos, colocados en tres hileras de cuarenta y ocho filas, y de ese modo, acabaría junto a los más de ochocientos mil cuerpos allí enterrados.

—Un final muy solitario a pesar de toda la compañía que va a tener en esa isla —comentó Christian.

Así pues, propuso darle el adiós definitivo

acompañándola durante su entierro en la isla de Hart y, para tratar de persuadir a Marian, adujo que, a pesar de su participación en los crímenes, en buena medida era otra víctima más, forzada a intervenir por su desesperada situación económica. La idea no fue del total agrado de Marian, por lo que, en su lugar, ella propuso conseguirle una sepultura decente en otro cementerio, uno que dispusiera de un acceso más sencillo.

La razón era que aún no se había recuperado de las graves heridas sufridas, por lo cual dedicar una mañana entera a esa cuestión se le hacía muy cuesta arriba. En ese sentido, los médicos habían considerado un auténtico milagro que no falleciera por una de ellas, la del abdomen, incluso a pesar de que el proyectil lo había atravesado sin afectar ningún órgano. Por otra parte, continuaban los temblores en la muñeca derecha, la que había perdido la mano. Asimismo, padecía debilidad muscular en la zona abdominal que había recibido el disparo y problemas digestivos causados por desgarros en el intestino delgado.

No obstante, Christian insistió y la convenció garantizándole una mañana tranquila, con un paseo en barco hasta la isla de Hart y una vuelta rápida al hogar para disfrutar juntos del resto del día, si bien antes le darían un buen empujón a la mudanza, la que Christian estaba haciendo a casa de Marian.

—Vamos, agarra de ahí y, cuando yo te avise, tira con fuerza.

—Te he dicho que no, que lo haré solo. Tú no te encuentras en condiciones de levantar peso.

—No seas exagerado.

—¿Exagerado? También te lo ha dicho el médico. Y recuerda que estás de baja por tus lesiones, no de vacaciones.

—Pero ¡es demasiado para ti solo!

—Ya me las apañaré. Tú limítate a abrirme las puertas.

Media hora más tarde, Christian había conseguido introducir su viejo pero querido sillón en casa de Marian. También, su creciente dolor de espalda.

—Te lo advertí, pero...

—Ya, ya, no te he hecho caso.

—Ahora, descansa. Yo me ocuparé de colocar todas esas cosillas con las que vas a inundar mi piso.

—Claro, así aprovecharás para dejarlo todo a tu gusto.

—¿Por qué tienes que ser tan cascarrabias? Por cierto, ¿no tienes que marcharte ya?

—Sí, en apenas unos minutos.

—¿De verdad que te ha sido imposible no tener que ir?

—Pues sí. Toole ha sido inflexible.

—Toole, Toole, claro. Seguro que todo es culpa suya. ¿Le costó mucho convencerte para que vayas a Detroit, a ese asuntillo con los rateros de la banda de Markus Wolf?

—¡Detener, en colaboración con el FBI, a la banda de carteristas más importante del país no es un asuntillo!

—Pero ¡esta podría ser la primera noche que pasaras en mi casa y, en cambio, te vas por ahí, a hacerte fotos con el FBI!

—¡Dices que soy yo el cascarrabias, y resulta que no paras de protestar!

La cogió por la cintura y la pegó contra su cuerpo. Luego la besó.

—Solo estaré ausente una noche, pero, para compensarte, te dejo que ordenes a tu gusto todas mis cosas, salvo de las de baño. Soy un poco maniático con ellas y me gusta colocarlas siempre de la misma manera.

—Hecho.

Otro beso, este más largo, más intenso.

—Es una pena que me tenga que marchar —susurró, casi sin despegar sus labios de los de Marian—. Tenemos tanto de qué hablar.

—¿Hablar? —murmuró ella—. ¿Ahora piensas en hablar? ¿Es una broma?

—No. ¿Por qué iba a serlo?

—Hombre, ¿no te parece que justo ahora estabas haciendo algo más importante?

El mutismo de Christian evidenció lo desacertado de su comentario.

—Qué poco romántico eres.

—Vaya, lo siento, pero es que la pérdida de tus cinco amigos te ha afectado mucho, y creo que hablar de ello y de ellos te ayudará a superarlo.

—¿En eso estabas pensando?

—Sí.

—¿Justo ahora?

—Ahora y a todas horas. Es algo que me preocupa. Aún te noto distante. Y apagada, como si...

—... siempre pensara en ellos.

—Sí, y por eso creo que debes abrirte, contarme todo lo que escondes de ellos. Solo así podrás dejar atrás el dolor que te causa su desaparición. Por otro lado, ese distanciamiento te vendrá bien para afrontar mejor el papeleo que tenemos por delante.

—¿Hablas del informe final que estamos haciendo para Toole?

—Claro.

Ella pareció pensarse la respuesta durante unos instantes.

—Me pides mucho. Es... algo que no puedo darte. Son mis recuerdos, son momentos que conservo como si fueran intimidades de familia.

—Pues háblame de los más recientes, de los que más

te afligen, y así, al compartirlos conmigo, podremos sobrellevar esa carga entre los dos.

—Eres una buena persona y te amo, pero creo que nunca podré contarte todo lo que siento. Además, no me parece justo. No es algo con lo que debas cargar.

—Pues desahógate solo con una pequeña parte, la que únicamente tenga algo que ver con nuestro caso. Piensa que sabes de él más que nadie, más que yo también.

—Quizá no sea posible.

—Pero te quiero solo para mí y ahora te comparto con cinco fantasmas.

—Ten paciencia. No durará para siempre.

—Ya, pero no me divierte la idea de compartirte durante un tiempo que no sé cuánto se va a prolongar.

Se separó de Christian, lo miró con cariño y lo beso de nuevo.

—Ahora márchate o llegarás tarde.

—Pues que Toole se espere un poquito.

—Ese no admite retrasos. Ya lo sabes.

Se separaron de nuevo tras darse un último beso.

—No te diviertas demasiado sin mí cuando vayas a recoger tus cosas en comisaría —comentó él.

—¿Estás de guasa?

—Veo que volvemos a empezar.

—Sí, así que es mejor que te marches ya.

El taxi había dejado a Marian en la esquina con la Novena Avenida. Pretendía así caminar un poco y comenzar a fortalecer los músculos abdominales; un suave ejercicio que le había prescrito el médico y que poco a poco realizaba con mayor frecuencia y ritmo.

Ahora bien, esa leve recuperación no ocultaba la necesidad de un largo descanso, que a su vez conllevaba una baja laboral de igual duración. Por si fuera poco, no estaba claro que cuando se reincorporase, fuera a ocupar su antiguo puesto. Las lesiones, con toda probabilidad, la obligarían a llevar una vida más relajada en algún despacho triste y repleto de papeles y a la vez lejos de las calles y la ajetreada vida que había llevado en ellas.

Marian se lamentó al pensar en ello. No le hacían ninguna ilusión sus perspectivas profesionales. No era lo que siempre había anhelado ni encajaba con su espíritu, propio de un corredor de medio fondo.

«Quizá sea mejor cambiar de trabajo en lugar de coger polvo en una oficina como si fuera un mueble cualquiera. Aunque, a decir verdad, ¿qué otra cosa puedo hacer? En fin, ya lo hablaré con Christian cuando vuelva de Detroit».

Al entrar en el edificio de la comisaría del Distrito 14, el saludo que le realizó el policía que montaba guardia en la puerta le resultó un tanto misterioso, sobre todo, por la llamativa indiferencia con el que lo hizo. A pesar de ello, Marian se adentró en la comisaría sin darle de verdad importancia.

—¡Sorpresa!

Fue un grito vociferado por decenas de sus compañeros.

—Ya pensábamos que no vendrías —exclamó Toole.

—Pero ¿qué…?

Una fiesta sorpresa por su regreso. Eso escondía la calculada apatía del agente de la entrada.

—Oh, Jefe, eres un…

—Te encuentro muy favorecida con ese pelo rapado.

Toole le dio un beso en la mejilla, y a ella se le saltaron las lágrimas a causa de la emoción de la que era presa.

Sus compañeros se aproximaron entonces a Marian y comenzaron a darle la enhorabuena por su mejoría, deseándole a la vez que volviera a ocupar su puesto en el

RAM lo antes posible.

—Te echamos mucho de menos.

—No sabes cuánto me alegra volver a verte por aquí.

—¿Cuándo te reincorporas? Esto no es igual si no estás tú.

Y así un sinfín de comentarios que provocaron que de sus ojos brotaran más y más lágrimas.

—¿De quién ha sido la idea? Jefe, ¿acaso tú…?

—La verdad, que de todos. Y ahora que hablamos de tus compañeros, lamento haberte arrebatado a Christian en este momento, pero, de todos los que podían ocuparse de la banda de Markus Wolf, a él será al que menos eches en falta. Recuerda que lo vas a tener solo para ti cuando vuelvas a casa, y espero que sea durante mucho tiempo.

Toole le guiñó un ojo, y Marian comprendió en ese instante las palabras «No te diviertas demasiado sin mí», pronunciadas por Christian.

Al cabo de dos horas, Marian paseaba por la calle con lentitud, aunque más bien parecía deambular de tan absorta que estaba en sus pensamientos. No cejaba de darle vueltas a una idea. Todo había terminado, todo se había aclarado, pero, igual que le sucediera a Harry, se sentía terriblemente sola, y ni la reconfortante compañía de Christian era suficiente para compensar la pérdida de cinco entrañables amigos.

Se detuvo para recapacitar y comprender que debía olvidar el pasado y concentrarse en el futuro. Aún le quedaba mucha vida por delante de la que disfrutar.

«Y, además, ahora tengo a Christian».

Decidió coger un taxi para regresar a casa. Estaba cansada y no quería meterse en un autobús después de la sorpresa preparada por sus compañeros de trabajo, que se había alargado más de lo previsto. De hecho, había sido una auténtica fiesta, tanto que la había dejado agotada. Por no hablar de que tampoco le tentaba la idea de cargar en un transporte público con la bolsa de lona en la que llevaba sus objetos personales.

Así pues, siguiendo asimismo el criterio de los médicos, contrario a que condujera un automóvil, buscó un taxi hasta dar con uno que se detenía unos treinta metros calle atrás. Sin embargo, el cliente del vehículo no descendió de él y, pasado casi un minuto, continuaba sin hacerlo.

—Será que lleva a una abuelita que busca las monedas con las que pagar en el fondo de su bolso.

Por fortuna para ella, enseguida surgió lo que buscaba: un taxi desocupado.

—¿Adónde la llevo? —le preguntó el conductor al detenerse frente a ella.

—A Hoboken.

—De acuerdo. Suba.

Desde el mismo momento en que subió al vehículo, el conductor no paró de hablar.

—¿Tienen algo que ver las cicatrices con el pelo rapado?

—¿Cómo lo ha adivinado?

El taxista no captó la sutil ironía de la pregunta y continuó con su charla.

—¿Es usted policía? Lo pregunto porque aquí recojo a muchos. Salen de la comisaria, claro. Por eso lo sé. Y usted, qué quiere que le diga, parece que viene de un servicio bien difícil. Mire —Le mostró el libro en edición de bolsillo que llevaba sobre el salpicadero—: *La hija del tiempo*. Me pirran las novelas policiacas ¿Sabe? Y me encanta su trabajo. No es que yo haya sido poli, pero... todo ese mundillo en el que se mueven... me resulta muy atractivo.

—La ficción no suele coincidir con la realidad. Esta es

mucho más aburrida.

—¿No quiere hablar? ¿Está cansada? No se preocupe. No me importa.

«¿Por qué no se limitará a conducir?», pensó ella.

—De no ser por la lesión en mi espalda, hace tiempo que me habría presentado para ser de la policía, ¿sabe? Me fijo en todo. Quién esconde un arma bajo la ropa, quién es un carterista, quién conduce un coche que no le corresponde...

«Menudo rollo me está soltando».

Miró por la ventanilla para distraerse de semejante pelmazo.

—Sé incluso dónde se colocan muchos amigos de lo ajeno para dar sus pequeños golpes a los viandantes.

«Lo que me faltaba, que ahora me dé una clase sobre carteristas».

Los malditos carteristas... Como los de la banda de Markus Wolf, que le habían «arrebatado» a Christian. Los había de todo tipo: ratas de metro, goteras, lanceros, falsos recaudadores, descuideros, suplantadores... Todos con técnicas muy depuradas, como auténticos artistas. De hecho, entre ellos se había detectado a más de uno que llevaba una doble vida. Por un lado, como delincuente. Por otro, como mago en locales y celebraciones de todo tipo. Solían ser personas a los que la pasión por el riesgo y su deseo de poner a prueba sus habilidades en un entorno radicalmente diferente los había empujado a delinquir. En cualquier caso, todos ellos se consideraban por encima de un vulgar atracador.

—... también sé qué coche es un coche patrulla camuflado de los que usa la poli u otro que hace un servicio de escolta privado —continuaba diciendo el taxista—. Y me resulta tirado adivinar qué coche sigue a otro y más y más cosas... Cuando se está todo el día al volante, uno se fija en esos detalles. Por ejemplo, ¿qué se apuesta a que el taxi que llevamos dos coches por detrás también se mete en el túnel Lincoln para cruzar el río?

—Oiga, le doy una buena propina si guarda silencio.

—¿Es que no siente curiosidad por ver adónde va el taxi que nos sigue desde que la recogí?

El comentario alarmó a Marian, pero no por el ridículo reto, sino por el sexto sentido del que presumía en ocasiones, una intuición femenina que la tentó a girarse para observar el taxi que, supuestamente, los seguía. Sin embargo, fue capaz de contenerse para no alertar al posible perseguidor.

—¿Puede ver la matrícula por los espejos retrovisores?

—Qué va. Siempre hay coches entremedias.

—¿Y la compañía a la que pertenece o algún distintivo?

—¿Ahora sí quiere hablar?

—Gire en cuanto pueda a la derecha, pero sin brusquedad.

—¿Ya no vamos a Hoboken?

—No, y quiero que circule sin prisas.

—Claro, no quiere que sepan que los hemos cazado, ¿verdad?

Marian comprobó el coste de la carrera en el taxímetro y pagó al conductor, incluyendo una buena propina.

—Deténgase en cuanto haya girado.

Activo la cámara del móvil que le permitía verse a sí misma y cuando el taxista giró y se detuvo, se bajó del vehículo, pero sin mirar los coches que circulaban por la calle perpendicular. De ese modo, no alertaría a quien estuviera tras sus pasos. No obstante, el vehículo que pretendía fotografiar cruzó en paralelo a un camión que lo ocultaba por completo.

«Se ha dado cuenta. Debía conocer mi destino y, al

girar mi taxi donde no correspondía, habrá sospechado que lo he descubierto. Lástima».

A continuación, el temor comenzó a hacerse hueco en su cabeza.

«¿Por qué me vigilan? ¿Y quién lo hace?».

No tenía sentido. La pesadilla había finalizado, y no quedaban cabos sueltos. No obstante, la seguían, y aunque no tenía la prueba que lo confirmase, estaba segura de ello. Ahora bien, esa percepción originaba ciertas consecuencias. Entre ellas, la de rememorar el pasado más reciente, el del Triángulo de Hierro, y al recordar el disparo efectuado contra ella por Mijaíl Lébedev, no pudo evitar llevarse las manos a la zona del abdomen donde tenía la herida.

—Lébedev…

Pensó en él y en lo que ahora sucedía, una situación que podía echar por tierra parte de las conclusiones que cerraban el caso de los turistas.

«Lébedev, eres casi ciego. Así que, sin ver bien, ¿cómo pudiste llevar a cabo todo lo que hiciste? Alguien más, aparte de los que ya conocemos, tuvo que ayudarte, alguien del que no sabemos nada, alguien que pudiera pasearse entre nosotros sin llamar la atención y que nos fuera conocido, de tal modo que nos inspirase la suficiente confianza como para conseguir lo que quisiera de todos nosotros sin levantar nuestras sospechas, pero… ¿quién?».

En opinión de Christian, se trataba de un sicario más contratado por Lébedev, pero ni mucho menos conocido por ellos, en contra de lo que Marian imaginaba. En consecuencia, la idea de que tuviera que ser alguien familiar para así moverse con impunidad entre ellos solo era una teoría sin nada que la apuntalase.

Y aunque a Marian nunca le había convencido demasiado esa argumentación, había logrado enterrar sus dudas en lo más profundo de su mente, si bien había sido solo por pura conveniencia, puesto que no parecía existir respuesta alguna para semejante pregunta. Sin embargo, ahora, la vuelta de los recuerdos de la muerte de Pavel y Nikolái durante el incendio del Edificio Michigan, así como el de Valentina Irinova, quemada viva, desenterró de nuevo la pregunta: ¿quién más, que sí pudiera ver, estuvo con ellos cuando murieron en el incendio?

«¿Quién más, sí, quién más?».

Sacó su móvil y, con dedos temblorosos, marcó el número de Christian.

—Maldita sea —gritó al escuchar la señal que indicaba que el móvil se hallaba apagado—, ya podías haberme acompañado en vez de irte a cumplir tu deber. El Jefe seguro que no te habría dicho nada.

Volvió a probar, así varias veces, hasta que por fin se escuchó una voz que le resultó tranquilizadora.

—Ya estoy en Detroit. Acabo de bajar del avión —comentó él cuando descolgó—. ¿Qué tal tú? ¿Ya has terminado en comisaría? ¿Te ha gustado la sorpresa?

—Me están siguiendo.

Su interlocutor guardó un largo silencio, como si no supiera qué decir, hasta el punto de que ella pensó que ni siquiera comprendía a qué se refería.

—¿He escuchado bien?

—Sí.

—¿Estás segura?

—¡Claro que lo estoy!

—Pero ¿por qué iba a seguirte alguien? ¿Y de quién se trata? ¿Lo has visto?

—Sí, bueno…, no.

—Entonces, ¿cómo estás tan segura?

—¿Recuerdas lo que hablamos en su momento acerca de quién más estuvo en el incendio del Michigan, de quién asesinó a Nikolái?

—Claro, y concluimos que si no fue Lébedev, tuvo que ser un sicario cualquiera del que no sabemos nada.

Todo lo demás no tiene sentido.

—Cierto. No tiene mucho sentido, pero lo tendría si fuera otra persona que sí conociéramos.

—Y ese es el que te ha seguido.

—Sí, cuando yo iba en taxi.

—¿Cómo te seguía?

—En otro taxi, pero que cuando me bajé, pasó de largo.

—¿Te das cuentas de lo que dices? Deberías escucharte.

—Ya sé que suena ridículo, pero tengo razón.

—Tienes que olvidarte de ese asunto. Empieza a ser una paranoia. Recuerda que todos lo que estaban involucrados en esta historia se encuentran muertos o en la cárcel. Por cierto, ¿por dónde andas? No me gusta pensar que estás sola por ahí, en tu estado y con esas fantasías.

—¡Mis fantasías!

—Lo siento si te ha molestado mi comentario, pero te has vuelto muy susceptible. Te afectan hasta los más pequeños detalles. Siempre estás nerviosa y no te concentras. La prueba es que avanzamos muy despacio con las indagaciones para nuestro informe de conclusiones. Vamos, dime dónde te encuentras.

—¿Vas a mandar a alguien a recogerme? —preguntó con enfado—. No te molestes. Sé cuidarme sola.

Colgó y prosiguió con su camino, esta vez, muy atenta a las palabras de Christian.

Todos estaban muertos o en la cárcel. Eso había dicho él. Aun así, ella se preguntaba si de veras era cierto.

Repasó con rapidez cómo habían desaparecido los principales actores del drama por el que había pasado: el atropello de Travis, el infarto de Louis, el infarto de Johann, las muertes de Nikolái y Pável en el Michigan, la de Harry en el hospital, la de Valentina en otro hospital… Todos muertos. Todos debidamente identificados. Todos, salvo... Travis.

Era el único caso en el que no había sido posible la identificación por hallarse con el rostro aplastado y desfigurado. En todos los demás, incluso en los quemados por las llamas, sí había sido factible confirmar sus identidades más allá de toda duda.

«Travis... No tiene sentido. Está muerto. O, al menos, tiene que estarlo, pero ¿y si...? No, no, no..., él no. ¿Y Kayden Fox, la verdadera?».

La propia Marian había realizado esa conjetura días antes, y se daba la circunstancia de que continuaba sin saberse nada de ella. No obstante, por parecido que fuera su físico con el de Valentina, se las podía distinguir con una simple foto, lo que significaba que no era la candidata que buscaba porque habría llamado mucho la atención, más, si cabe, precisamente por culpa de ese parecido. Pero, entonces, ¿había alguien más del grupo de Lébedev que estuviera vivo, y a pesar de tratarse de una persona cercana, ni Christian ni ella se habían apercibido de ello?

Tomó otro taxi y se marchó a casa, pero sin dejar de reflexionar sobre tan ardua cuestión.

Más tarde, cuando se encontraba abriendo su apartamento, su vecino de rellano, el Sr. Arno, asomó la cabeza por la puerta.

—Hola, Marian. ¿Qué es de tu vida? Llevo mucho tiempo sin verte.

—No tanto, Sr. Arno, no tanto.

—¿Tú crees? ¿Cuándo nos vimos por última vez?

—Esta mañana.

—¿De verdad?

—Sí, seguro —respondió Marian con paciencia.

—Madre mía, creo que al final deberé ir al médico.

—Eso ya lo hace, Sr. Arno.

—¿Seguro? Mira que me extraña.

En ese instante, a ella se le ocurrió que su encantador

pero olvidadizo vecino quizá pudiera ayudarla a aclarar la cuestión que la angustiaba.

—¿Le puedo hacer una pregunta?

—¿Me quieres invitar a cenar? ¿Estás sola? ¿Te aburres?

—No, Sr. Arno, ya sabe que tengo pareja.

—¿Ese jovencito con tan buen aspecto?

—Sí, ese.

—Seguro que te aburres con él. ¿No prefieres a alguien con más experiencia?

—¿Por qué no lo deja ya? Tengo que hablarle de otro asunto. Además, ¿qué diría su exmujer de su actitud?

—Marian, ¿por qué crees que se divorció de mí?

—¡O me toma en serio o me enfado con usted!

—Ah, no, eso sí que no. Cuéntame, ¿qué problema tienes?

—¿Sabría decirme si los días que he estado ausente, ha pasado alguien por mi casa?

—¿Por qué me lo preguntas? Ni que yo fuera el conserje del edificio.

—No lo es, pero pasa tanto tiempo aquí, atento a todo lo que sucede, que bien podría serlo.

—Mmmm, cierto, pero no deja de ser una pregunta difícil. Piensa que ni siquiera tengo claro qué días has estado fuera.

Ella le mencionó las fechas de sus correrías nocturnas, tanto la que había terminado en el puente sobre el canal Gowanus, como la que había finalizado en el Triángulo de Hierro. También le indicó los días que había permanecido ingresada en el hospital.

—Pues… yo creo que no, pero… no estoy seguro. A decir verdad, no tengo ni idea. Aunque el edificio no es muy grande, entran y salen personas todos los días, y las fechas… las confundo con facilidad.

—Entiendo.

—¿A quién me has dicho que debería haber visto?

—No se lo he dicho.

—¿Seguro?

—Seguro.

—¿Y a quién debería ver, si estoy atento? ¿A un antiguo novio, celoso del nuevo?

—Nooo.

—No me ayudas mucho, y así no resulta fácil.

—Seguro que sí lo es.

—Pues no. Ni que estuviera todo el día espiando a los vecinos.

—A los demás, no lo sé, pero a mí sí que me echa un vistazo de vez en cuando. ¿O es que nunca le he sorprendido escuchando al otro lado de mi puerta?

—Solo pretendía averiguar qué ocurría dentro de tu apartamento. Se escuchaban ruidos extraños.

—¿Extraños? ¿Hablar por teléfono con una amiga son ruidos extraños?

—Aquello no era una conversación por teléfono, qué va.

—¿Ah, no? ¿Qué era, entonces?

—Como si alguien moviera un mueble muy pesado.

«Como si moviera… Pero ¡yo no he movido la cama ni el armario en años!».

—¿No fue el mismo día que el del teléfono? —preguntó ella con rapidez.

—No, claro que no. O eso creo.

A pesar de las dudas del Sr. Arno, Marian lo vio claro. Habían registrado su piso a fondo, moviendo algún mueble, y la suerte había querido que el cotilla de su vecino estuviera ese día a la caza de alguna pequeña noticia en la comunidad, con la que olvidar su tedio de jubilado.

—¿Está seguro de ello? —preguntó Marian, otorgándole de repente una credibilidad al Sr. Arno que no se merecía.

—De todo lo demás, no mucho, pero de eso...

—¿Tuvo lugar más o menos en el último mes?

—Sí.

—¿Cómo lo sabe?

—Lo pone aquí.

Le mostró un diminuto cuaderno, en el que se podían apreciar distintas anotaciones de sucesos que, en apariencia, habían tenido lugar en la vida de su vecino.

—¿De cuándo es todo esto?

—Pues, la verdad, no estoy seguro.

—¿No me ha dicho que es del último mes?

—Verás, mi neurólogo me regala un cuaderno cada vez que me pasa consulta para que ejercite mi mente con él, anotando lo que me apetezca, sea relevante o no.

—Y no hay otro cuaderno posterior a este. Por eso cree que ha sido en el último mes.

No obstante, en el cuaderno no figuraba fecha alguna, por lo que sus anotaciones podían pertenecer a cualquier periodo, incluso ser de hacía meses o años, en especial si se tenía en cuenta que Livia vivía con ella desde hacía varias semanas y que habría montado un buen escándalo de haberse colado un intruso, alertando así a todo el vecindario. En cualquier caso, la emoción le embargó el ánimo, y ahora que la sospecha por el incidente con el taxi se veía reforzada por el registro de su piso, de nuevo surgía en su mente la pregunta para la que no existía respuesta.

Atemorizada, se despidió de su vecino y se adentró en lo que antes veía como su hogar, su fortaleza, en la que protegerse del mundo exterior, pero que ahora ya no le inspiraba tal sensación de seguridad.

«¿Qué debo hacer? ¿Qué debo hacer?», se preguntaba una y otra vez. «Christian ni está ni ve lo claras que son las cosas. ¿Para qué contarle entonces lo de mi piso?».

La cabeza se le llenó de preguntas. ¿Por qué habían rebuscado en su casa? ¿Qué era lo que pretendían encontrar? ¿Y si habían instalado cámaras o micrófonos? Todas esas incógnitas la desanimaron aún más, y deseó tener a Christian a su lado para consolarse con su presencia, escuchando su respiración por la noche, en la cama, y despertarse por la mañana junto a él.

Por un instante, estuvo a punto de marcharse y buscar un hotel en el pudiera disipar sus miedos, lejos del lugar que se los causaba, pero no, no era una buena idea. Mejor quedarse en casa y distraerse con algo, para enfriar los ánimos y recapacitar sobre los dos acontecimientos que la turbaban. Quizá, si los analizaba pasadas unas horas, pudiera hacerlo con otra perspectiva que implicara una mayor objetividad.

«Termina de poner orden en las cosas de Christian. Eso es, y empieza por la caja de sus cosas de aseo. Que se fastidie por haberme dejado sola».

Se llevó la caja al baño y examinó su contenido.

«Eres más coqueto de lo que pensaba».

Removió las diferentes cremas, cotilleando en sus marcas, utilidades y momentos del día en las que debían usarse.

«Te las voy a mezclar con las mías. A ver si te gusta».

Dicho y hecho. Luego pasó a las colonias.

«¡Si tiene más que yo!».

Dos para el día a día, más de *sport* de lo habitual, y otras dos para salir por la noche o veladas románticas.

«¿A qué huelen estas?».

Su curiosidad la empujó a abrir uno de los botes que contenía perfume romántico, dejando que su olor saliera y se expandiera a su alrededor.

«Huele a ti, Christian».

Abrió el segundo de los frascos románticos.

«Este no me gusta».

Entonces pasó al primero de los de carácter más informal.

«No huele a nada».

Lo olisqueó de nuevo.

—Pues no. No huele a nada.

Pensó que quizá se tratase de un perfume que llevara en manos de Christian los años suficientes como para que hubiese perdido su propiedades o que, en un descuido, lo hubiera dejado expuesto al sol, al calor o a la humedad, con las mismas consecuencias.

—¿Livia, qué opinas?

Acercó el frasco a la nariz de la perra, y esta dio un respingo hacia atrás.

—¿Tan fuerte te parece?

Lo volvió a oler.

—Nada. ¿De cuándo es esto?

Revisó la cajita de la que había extraído el frasco en busca de la fecha de envasado, pero no la encontró. En todo caso, a juzgar por el impecable aspecto del envase, no debía de tener mucho tiempo. Por otro lado, este se encontraba en perfecto estado, por lo que no parecía que un descuido de Christian hubiese malogrado su contenido.

—Entonces, ¿por qué no huele a nada? O mejor dicho, ¿por qué yo no lo huelo?

Decidió que, para salir de dudas, haría una prueba pegándole fuego. De forma que se fue a la cocina y vertió una pequeña cantidad del frasco en un recipiente metálico. A continuación, prendió una cerilla y la aproximó al líquido. Este comenzó a arder de inmediato, con fuerza, como si se tratara de un buen combustible.

—Esto no se ha degradado ni un ápice.

Permaneció pensativa hasta que recordó una de las múltiples conversaciones que, en su momento, había mantenido con Brian Krause, el capitán de bomberos que había conocido a raíz del incendio en el Edificio Michigan. «Hay delincuentes que tratan de ocultar sus fechorías con fuego y, para ello, utilizan aceleradores que a los perros les cuesta detectar, como la isoparafina, un producto que apenas es perceptible por el olfato, salvo para estos animales, pero que una vez que es consumido por las llamas, ni siquiera ellos pueden dar con él».

—¿Isoparafina? ¿Tienes isoparafina en un bote de colonia? ¿Para qué, Christian?

Ahora reflexionaba acerca de ello con seriedad.

—¿Qué pretendes incendiar?

Sin embargo, en su mente no afloró ninguna respuesta, sino que, por el contrario, surgió otra pregunta.

—¿A quién esperas quemar?

Influida por el suceso del taxi y el detallado por su vecino, detuvo en seco sus razonamientos. También se paralizó su respiración. En ambos casos, porque, con esta, era la tercera vez en un mismo día en la que determinados indicios, de mayor o menor fuerza, apuntaban en el mismo sentido, y de nuevo se planteó la terrible cuestión, la de si existía alguien involucrado en el caso de los turistas, próximo a todos los intervinientes, pero de cuya participación no tuviesen constancia, si bien en esta ocasión, sí halló la respuesta: en efecto, había alguien. La contestación era evidente, aunque también, absurda: quedaban vivos dos. Ella, como no podía ser de otra manera, y Christian, claro está.

Se sobrecogió solo de pensar en esa posibilidad. Él no podía ser el cabo suelto. Era imposible. ¡Imposible!

La mera sospecha fue como un clavo al rojo vivo que perforaba su cerebro, hundiéndose en él hasta atravesarlo para luego volver a hacerlo una y otra vez. La brutal conjetura la obligó a buscar alternativas que le permitieran desecharla, y entonces lo comprendió. Entendió con una claridad meridiana cuál era la verdad, la espantosa realidad:

ella era el cabo suelto, un elemento fuera de control, con una iniciativa peligrosa, que sabía demasiado y, por lo tanto, debía ser vigilada y quizá asesinada. Y todo a manos de Christian.

«No puede ser. Él no. No tiene sentido. ¿Por qué ha de tratarse de él? No, esto no es más que otra pesadilla».

Sí, pero creada sobre la base de su apetencia por una pareja formal. En otras palabras, construida sobre su punto débil, tal y como previamente había tenido lugar con sus cinco amigos, a los que habían conducido a una trampa aprovechando sus debilidades o pasiones.

—El incendio del Michigan... Tú no estuviste conmigo en él hasta más tarde, hasta que...

¿Hasta que se deshizo de Nikolái?

—No, no, no. Es una locura. ¿Para qué te metiste en el incendio y arriesgaste tu vida? ¿Solo para matar a Nick?

O para hacer que pareciera que había muerto, pasto de las llamas o a manos de sus asaltantes. Una buena forma, en ambos casos, de borrar otro rastro del pasado, otra pista que conducía a esclarecer un robo increíble, pero que no debía salir a la luz bajo ningún concepto. Y eso incluía eliminar todos los cabos sueltos, surgidos como consecuencia de los actos de Lébedev. O dicho de otra forma, asesinar a todos los que pudieran desvelar lo que había sucedido en ese pasado. Incluso a ella.

—¿Para quién trabajas, entonces? ¿Acaso lo haces para los mismos servicios secretos que robaron todo aquel dinero?

No había otra explicación posible, y lo que era peor: a Marian le habían permitido investigar solo para que no tuvieran que hacerlo ellos, evitándose así verse expuestos a riesgos impredecibles.

—Aunque solo te implicaste lo necesario para conducir la investigación por buen camino. Y te liaste conmigo como parte de tu tapadera, para controlarme mejor y saber lo que hacía en todo momento.

El engaño sentimental... Esa era la parte más dolorosa, que resultaba insólita a la vez que imperdonable.

—¿Cómo es posible? ¿Cómo has podido hacerlo? Yo te amaba.

Le parecía inconcebible que la hubiera traicionado de ese modo, pero... sus líos con Myra, Valentina, Charlotte... ¿Y si el de Christian fuera un amor tan superfluo como lo eran sus relaciones, tan vacío de contenido que, ante una orden de sus superiores, pudiera acabar con ella sin que le temblara el pulso?

—Entonces, ¿deseabas saber con tanto ahínco si Valentina había visto a alguien más en el incendio solo para averiguar si te había visto a ti?

Claro, y si ella hubiera dicho que sí cuando le hubiese sido retirada la sedación, Christian siempre se habría podido defender aduciendo que en efecto lo vio a él, pero que lo recordaba porque lo había visto mientras la bajaban en la camilla por las escaleras. En cualquier caso, esa incómoda testigo no habría supuesto un riesgo durante mucho más tiempo, dada su cortísima esperanza de vida, reducida además de manera dramática, aunque con sutileza, por la supuesta necesidad de tener que interrogarla.

—Los de arriba... Esos a los que decías que habías puesto al corriente de las revelaciones de Harry... No eran solo los políticos municipales ni el jefe Gates... Y ahora te han ordenado hacerme callar para siempre. ¿Cómo no he visto antes que había alguien por encima de todos nosotros, incluso del grupo de Lébedev, que nos vigilaba y conducía por el camino que le interesaba? Seré...

Las piezas del puzle encajaban a la perfección, y aunque toda aquella teoría conspiratoria aparentaba ser bastante endeble, lo que la convertía a ella en una paranoica, también era cierto que no resultaba más débil que la pista de la perra que había causado el atropello de Travis o el intento de secuestro que había tenido como verdadero objetivo producirle un paro cardiaco a Johann.

Todo ello hizo que ya no viera a Christian como lo había hecho hasta el momento. A la vez, lo recordó cuando le exponía de qué manera trabajaban los carteristas que se había ido a detener, explicación que había venido a su mente por lo bien que se ajustaba a las circunstancias por las que ahora atravesaba.

«Aparte de tener unos dedos geniales, hay que ser un mago, un encantador que además conozca bien las carencias de la mente humana y sepa que esta solo puede realizar de manera adecuada una única función en cada momento. Esta aparente limitación es en realidad lo que nos permite realizar concentrados esa exclusiva función, pero también, lo que un carterista utilizará en su propio beneficio, distrayéndonos de alguna forma. De este modo, la víctima se concentra en ello involuntariamente y descuida lo esencial: sus pertenencias. Ahora bien, para lograrlo, no es suficiente conseguir que la víctima mire a otro sitio que no sea su bolso o su cartera, sino que su mente se concentre en aquello que no sea protegerse. Por ejemplo, si a la víctima le presento distintas alternativas y esta elige cualquiera de ellas, ya habrá sido engañada, dado que su salvación no reside en ninguna de esas opciones. En consecuencia, esa capacidad de elección es donde de verdad se encuentra el engaño, puesto que la víctima cree de veras que al elegir, domina la situación, cuando es justo lo contrario. En cierta manera, es similar a esos carteles que alertan de la presencia de carteristas. ¿Qué hace la gente al verlos? Comprobar que el bolsillo donde guarda el dinero está bien cerrado. Sin embargo, ese es en realidad el momento de la perfecta pero falsa sensación de seguridad, ya que, con ese mismo gesto, le acaba de indicar al ladrón dónde se halla lo que pretende robar».

Y resultaba que Marian había podido elegir entre vivir sola o con él, pero sin haberse dado cuenta en su momento de que en verdad no había tenido elección, dado que difícilmente habría rechazado aquello que tanto había anhelado. Prueba de ello eran las veces en las que había pasado por alto los aparentes deslices de Christian con otras mujeres.

«Por eso me pregunta una y otra vez por los cinco del *poker*. Quiere conocer todo lo que sepa de ellos y entonces me hará desaparecer. Y me vigila. A todas horas. Para no perderse ni un instante de mi vida y ni un retazo de información. Pero ¿qué hará si no me sonsaca lo que quiere? ¿Qué hará ahora que recelo? ¿Asesinarme antes de tiempo? ¿Antes de averiguar más de lo que ya sé?».

No se había percatado de ello, pero hacía rato que había abandonado la cocina y se encontraba en el salón, empuñando su pistola.

La isla de los muertos

A aquella franja de tierra de un kilómetro y medio de longitud también se la conocía como la isla de Las Almas Perdidas. En ella se hallaban enterradas cientos de miles de personas, muertas por enfermedades y epidemias, asesinadas, sin identificar o sin dinero para una sepultura..., pero sobre todo fetos que nunca vieron la luz y niños fallecidos por múltiples causas. Cientos de miles. Todos sepultados allí en fosas comunes y en el anonimato más absoluto. Sin la menor duda, si había algún lugar en el mundo que se pudiera considerar el museo de los horrores, ese era la isla de Hart.

El acceso a la isla estaba fuertemente restringido por evidentes motivos de seguridad. No convenía olvidar que el personal que se ocupaba de todas las tareas del camposanto estaba formado por delincuentes, y por mucho que se tratase de criminales primerizos que cumplían con el final de sus condenas, existía un claro riesgo para las visitas. Prueba de ello era la concertina que protegía el campamento en el que se hallaban unos espartanos aseos o la multitud de carteles colocados a lo largo de la orilla que advertían de la prohibición de desembarcar en ella.

Por consiguiente, la única forma de llegar a la isla de manera legal era mediante el ferri del Departamento Correccional, que partía desde City Island, lugar al que se podía acceder en automóvil desde El Bronx por diferentes puentes.

—Te sigo notando extraña —le comentó Christian, apoyado contra la barandilla del barco que los conducía de una isla a otra—. ¿Me contarás de una vez qué te sucede?

—Olvídalo. Son cosas mías.

—¿Sigue siendo esa idea, la de que queda por ahí alguien que nos la ha jugado?

—No, no. Es… que no he dormido bien.

—No has pegado ojo, querrás decir, porque parece que te has pasado toda la noche sentada en el sofá viendo la tele.

Marian ya no dijo nada más por miedo a que, al hablar, él entreviera la sospecha que anidaba en su mente, algo que podría precipitar su propia muerte. A su vez, le pareció que quedaba muy lejos en el tiempo el momento en el que habían dejado sus armas en manos del personal del Departamento Correccional, justo antes de embarcar en el ferri. La entrega había tenido lugar en cumplimento de las estrictas normas de seguridad, que impedían el acceso al lugar con cualquier tipo de arma, salvo que se tratase de guardias del propio Departamento. Por ese mismo motivo, también habían tenido que hacer entrega de cualquier dispositivo electrónico que portasen y pudieran hacer llegar a los reclusos de la isla de Rykers, encargados de los sepelios.

Al cabo de unos minutos, cuando arribaron al embarcadero de la costa oeste, el oficial del Departamento al mando del grupo destacado en la isla, el capitán Whitman, les dijo que disponían de tres cuartos de hora antes de que mandara al oficial Hersch a buscarlos y les recomendó que no se entretuvieran demasiado pensando en todos los desgraciados que estaban allí enterrados.

—Es algo que les suele ocurrir a las escasas visitas que tenemos por aquí. En cuanto descubren lo que esconde esta isla, se ponen muy melancólicos, se distraen con todo tipo de ensoñaciones y se les agota el tiempo sin haber hecho lo que los trajo aquí. Ahora bien, no los culpo porque incluso yo caigo en ello con facilidad. Si incluso estoy escribiendo un poema sobre este sitio. Se llama *Hojas de hierba*.

A su vez, les recordó que el féretro con Valentina Irinova había arribado a la isla ese mismo día, en el primer ferri de la mañana, junto con otros muchos ataúdes. De esa manera, se cumplía con la normativa del Departamento Correccional que establecía que las visitas no debían viajar bajo ningún concepto en el mismo barco que los fallecidos. Luego les explicó de qué manera llegar hasta las fosas comunes más recientes, aquellas en las que en estos momentos se estaba procediendo a sepultar a los fallecidos recién llegados.

Tras una fría despedida, se apearon del ferri y se encaminaron hacia su destino por uno de los múltiples caminos de descuidado asfalto que recorrían la isla.

A lo largo del trayecto, atisbaron una serie de decrépitas construcciones, que en otros tiempos albergaron un centro de cuarentena de tuberculosos, un asilo para mujeres con desórdenes mentales y un establecimiento de rehabilitación de drogodependientes. No obstante, lo que más les llamó la atención no fue ninguno de aquellos viejos edificios de pasado tan oscuro, sino los tubos de plástico blanco clavados en el suelo cada pocos metros.

—Creo que cada marca blanca representa una fosa común en la que hay mil niños enterrados —comentó Christian.

Marian siguió el camino con la vista, reparando en los tubos blancos que se podían observar a lo largo de sus lindes.

—Dios mío, hay decenas y decenas. Son… incontables.

El viento proveniente del mar, frío y húmedo, acentuó su sensación de malestar.

—Vamos —dijo él—, no perdamos el tiempo aquí.

A los pocos minutos, alcanzaron la fosa común que

el capitán Whitman les había indicado, pero en contra de lo esperado, no había nadie. ¿Dónde se encontraban los presos? ¿Y los hombres del Departamento responsables de su custodia? Era evidente que habían estado allí, trabajando con la grúa, los picos y las palas que aún permanecían junto a la fosa.

Marian los buscó con la mirada, pero solo vio la fila de ataúdes de madera clara colocados en el fondo de la fosa, sobre los que figuraban una inscripción, hecha a mano, y un certificado de defunción, adherido a la tapa del féretro.

Como la fosa no era muy profunda, Christian saltó al interior y se acercó al penúltimo de los ataúdes para leer el nombre que figuraba en su certificado

—Valentina Irinova.

—Entonces, es aquí, pero ¿por qué no han esperado a que llegáramos para meterla en la fosa?

Después, Marian se fijó en el ataúd abierto y vacío que se hallaba junto al de Valentina, en el extremo de la fila. Se trataba de un detalle que le llamó bastante la atención, dado que todos los cuerpos que llegaban a la isla lo hacían en el interior de uno de los sencillos féretros del Departamento, y bajo ninguna circunstancia los transportaban de otro modo para luego introducirlos en los ataúdes al llegar a su destino. En consecuencia, ese hecho solo podía significar que aquel féretro había arribado vacío a la isla.

«No, ese ataúd no está destinado para alguien que ya esté muerto», pensó de inmediato. «Y antes de meter mi cadáver en él, Christian lo quemará con la isoparafina para que no se lo pueda identificar».

—Vamos, baja —le dijo el—. ¿O es que ya no quieres despedirte de Valentina?

Ahora se encontraban solos. Demasiado solos. Y sin testigos.

—¿Va a ser aquí? —preguntó ella.

—¿El qué?

—¿Por qué disimulas? No hay necesidad. Estamos solos.

—¿De qué estás hablando?

—¿Crees que no me he dado cuenta? ¿Tan estúpida te parezco? ¿Para qué, si no, me has hecho venir hasta aquí?

—Marian...

Comenzó a trepar para salir de la fosa.

—¡Quédate ahí abajo!

Ella le apuntó con una extraña pistola de color blanco.

—¿De dónde la has sacado? Es imposible pasar los detectores de metal con una.

Christian retrocedió hasta el fondo de la fosa.

—No es de metal. Es toda de plástico, salvo un clavo que hace de percutor y un plomo que hay en la punta del único proyectil que puede cargar, pero son tan pequeños que no resultan detectables, salvo que el detector esté calibrado con una gran sensibilidad. En fin, una joya de la tecnología de las impresoras en 3D.

—Ya lo entiendo. La cogiste en el gimnasio, pero ¿por qué me apuntas con ella?

—Por lo mismo que me has traído a este lugar.

—¿Me vas a matar?

—Tu claridad de ideas es toda una confesión.

—Pero ¿qué dices? ¿Y por qué quieres matarme?

—Es lo que tú ibas a hacer conmigo.

—No, y no sé de dónde sacas esa idea. Ahora déjame salir de aquí.

—Haré algo diferente: darte una oportunidad. Métete en el ataúd vacío, el que está junto al de Valentina.

—No pienso meterme ahí.

—Es mejor que morir de un disparo.

—¿Morir enterrado vivo? ¿Mejor?

—¿Lo ves? Ya estás asumiendo tu culpabilidad.

—¡No!

—Sí, porque ya no defiendes tu inocencia.

—¿Cómo quieres que lo haga si estoy muerto de miedo y no sé de qué me acusas?

—Pon junto al ataúd la pala que hay ahí. Luego coge la tapa de este y métete en él, cubriéndote con ella.

—Por favor, no. Soy inocente. No sé cuál es la acusación, pero soy inocente. Lo sabes bien. Me conoces. Recuerda los momentos que hemos pasado juntos. Recuerda que te salvé la vida.

—No me sobra el tiempo, así que hazlo o tendré que disparar.

—En el fondo, no quieres matarme. Por eso hablas y hablas. Porque tienes dudas, porque buscas algo que te confirme que estás equivocada. Y esas dudas nacen de lo que sentimos el uno por el otro. Y, con ese amor de por medio, es imposible que yo pueda pensar en hacerte daño.

—Christian, se acaba mi tiempo. Haz lo que te he dicho o…

—¿Cómo puedo convencerte? Dime cómo puedo conseguirlo.

—¿Quieres probar que eres inocente, pero ni siquiera sabes de qué te acuso? Eso es imposible, salvo que ya lo sepas, lo que significa que no eres inocente.

—Esto es una locura. Estoy nervioso. Estoy… muy asustado. Y desconcertado. La mujer a la que amo va a matarme. ¿Así esperas que razone con claridad?

—Esa es la peor parte de esta historia. ¿Cómo eres capaz de salvarme y amarme y luego pretender asesinarme? ¿Cómo eres capaz?

Se echó a llorar, pero sin dejar de apuntarle.

—Me has manipulado, me has utilizado para que te resuelva el caso y no hayas tenido que comprometerte. ¿Cómo te has atrevido?

—Mírame a los ojos y dime si de verdad me crees culpable.

Pero ella no lo hizo y en su lugar, le preguntó:

—¿Trabajas para los viejos colegas de Harry en la CIA? ¿Me habéis utilizado para que os haga el trabajo sucio?

—¡No, no, no!

—Eres un miserable. Eres un... Tu amor es a la vez tan real como falso. Ya me la jugaste antes con Myra Reed, la chica de los *piercings*, y con Valentina, y con la hija del secretario de Prensa...

Se quitó las lágrimas de la cara porque no le gustaba mostrar semejante debilidad ante él.

—... y a saber cuántas más.

—Marian, te lo suplico. No lo hagas. No me dispares.

—Pues métete en la caja que habías preparado para mí.

—No pienso meterme ahí.

—Entonces, se acabó.

Estiró su brazo para asegurarse de no fallar su único disparo. Christian, al ver el gesto, se echó de rodillas al suelo.

—Te lo ruego, confía en mí. Te quiero. A pesar de todos mis errores, te quiero, te quiero...

Se le saltaron las lágrimas, y dejó caer su tronco hacia el suelo, apoyándose en él con los brazos estirados.

—Recuerda lo que me dijiste por teléfono: que te estaban siguiendo. No te creí, pero ahora... Nos la han vuelto a jugar. Han vuelto a crear una situación para otro crimen perfecto. Así no necesitarán mancharse las manos de sangre y les bastará con que nos matemos entre nosotros.

Permaneció lamentándose en la misma posición hasta que un fuerte golpe en la cabeza le hizo perder el conocimiento.

—¡Cállate ya!

Marian había descendido a la fosa y lo había golpeado con la pala. Lo había hecho con el mango, como si fuera un bate de béisbol, si bien el esfuerzo para golpear con su única mano le había costado un serio disgusto con la cicatriz de la tripa. Le dolía, y mucho. Preocupada por ello, se levantó la ropa y observó el vendaje. En él había surgido un pequeño punto de color rojo.

«Se me ha abierto la cicatriz».

Cuando se desentendió de su herida, le echó un vistazo a Christian. Ni se movía ni parecía respirar, por lo que bien podría estar muerto. Sin embargo, no se fiaba lo más mínimo de las apariencias.

«Vaya, continúas con vida», se dijo, a la vez que le tomaba el pulso.

Lo encañonó, aunque con incredulidad a causa de lo que estaba a punto de realizar: asesinarlo a sangre fría. Se agachó y apoyó la boca del cañón de su arma contra la nuca de Christian. Luego tomó aire, cerrando los ojos para no ver cómo le reventaba el cuello. El pulso le tembló, y cuando estaba a punto de presionar sobre el disparador con su dedo índice, murmuró:

—No puedo hacerlo. No soy como tú.

Rompió a llorar de nuevo.

—Eres un... —exclamó entre sollozos—. Mereces morir encerrado en esa caja.

Se secó las lágrimas de la cara.

—¿Por qué me has hecho esto, por qué? ¿Por dinero? ¿O acaso por un estúpido y ciego sentimiento del deber?

Los estampidos de dos disparos atravesaron la densa niebla y llegaron hasta ella.

Desconcierto. Turbación. Aturdimiento. Faltaban palabras para describir lo que sentía.

¿Quién estaba disparando? ¿Desde dónde? ¿Y por qué?

Se asomó por el borde de la fosa y oteó el entorno. Nada. La niebla no permitía distinguir los alrededores más allá de unos pocos metros.

Tres disparos más, y después, algunos gritos.

«¿Qué está pasando?».

Se dejó caer al interior de la fosa y reflexionó acerca de lo que estaba sucediendo. Podía tratarse de una fuga, y que los guardias hubiesen abierto fuego contra los presos que trataban de huir, pero también podía ser una evasión con ayuda del exterior por parte de alguien que hubiera desembarcado en la isla con armas de fuego.

En el primero de los escenarios, y a causa de la escasa visibilidad, era mejor permanecer escondida en el interior de la fosa. Además, de ese modo, se evitaría ser confundida con un preso a la fuga. Sin embargo, en el segundo de los casos, la situación era más preocupante, puesto que una isla bajo el control de convictos armados no representaba un panorama muy halagüeño para una mujer.

Enseguida intuyó que existía una tercera opción: la relacionada con lo que ella creía que los había conducido hasta la isla.

Miró a Christian. ¿Y si fuera cierto que era inocente? ¿Y si ambos fueran cabos sueltos que había que eliminar? De repente le parecía que aquello tenía sentido, dado que ambos se encontraban solos y casi desarmados frente a alguien que, con tal de asesinarlos, no dudaría en quitarse de en medio a todos los testigos que fueran necesarios. También cabía la posibilidad de que provocase de algún modo una revuelta entre los convictos y que, en los inevitables enfrentamientos entre estos y los guardias, aquel que sobreviviera de entre Christian y Marian tras su particular duelo muriera a tiros en un «lamentable» accidente.

En cualquier caso, no tenía forma de saber qué era lo que sucedía más allá de lo que abarcaba su vista. Aun así, se dejó llevar por su intuición, pero también por el amor.

—Christian, despierta, por favor. Te necesito.

Lo besó y lo abrazó. Le quitó la sangre que manaba por la brecha que le había abierto en la cabeza y lo zarandeó.

—¡Despierta!

Sonó otro disparo, pero esta vez bastante más cerca que los anteriores, lo que la empujó a escudriñar de nuevo los alrededores.

«Allí están».

Entre la niebla, divisó difusas figuras humanas en movimiento, que se dirigían hacia ella a la carrera.

«No hay tiempo que perder».

Rodó hasta el fondo de la fosa, cogió la cubierta del ataúd vacío y se introdujo en él. Después, con sumo cuidado, colocó la tapa sobre el féretro y la dejó perfectamente encajada.

—Christian, espero que sigas quieto como un muerto hasta que pase el peligro —se susurró a sí misma.

Guardó silencio y trató de calmar su respiración para ahorrar oxígeno y evitar que alguien le escuchara. Entonces, recluida en el ataúd, solo pudo pensar en una cosa:

«No quiero morir aquí. No quiero desaparecer sin que nunca más se vuelva saber de mí».

No obstante sus deseos, sabía bien que sus opciones de conseguirlo eran casi nulas, por lo que decidió salir del ataúd y echar a correr. Sin embargo, logró controlar su pánico justo después y reconsiderar esa alternativa.

«Ya es tarde para huir. Además, casi no puedes correr. Así que aguanta aquí dentro y confía en la suerte».

Transcurrió un tiempo que se le hizo eterno antes de escuchar pasos de gente corriendo. Justo después, varias personas se detuvieron cerca de ella, probablemente, junto al borde de la fosa, y jadeaban con fuerza. Una de ellas descendió y se paseó entre los ataúdes hasta llegar donde yacía Christian.

—Le han reventado la cabeza.

—¡Pues vámonos!

—¿Y la mujer?

—¿Acaso la ves por aquí?

—Tiene razón —intervino una tercera voz—. En este sitio, perdemos el tiempo.

—Entonces, ¿dónde está?

A la pregunta le siguió un silencio interminable, durante el cual a Marian se le aceleró el pulso como si hubiera corrido un maratón. Se imaginó que la encerraban allí para siempre, echando después tierra encima para que nadie escuchara sus gritos. La pesadilla también incluyó su lucha por salir del ataúd, tratando sin éxito de hacer un agujero en la madera con las uñas hasta morir por asfixia.

«Olvídate del tiro en la tripa, olvídate de la mano perdida y prepárate para luchar».

Nuevamente escuchó carreras y, a los pocos segundos, dejó de oír las fatigadas respiraciones de los tres hombres. Se relajó, soltó un fuerte suspiro de alivio y luego se mantuvo un rato recuperando el aliento.

Ahora, aunque el peligro había pasado, debía encontrar el modo de salir de la isla porque sabía que era cuestión de tiempo que la localizaran y que la fortuna le diera la espalda. Así que hizo acopio de valor y deslizó la cubierta lo necesario para dejar una rendija por la que echar un vistazo.

«Nada. Nadie».

Apartó la tapa del todo y salió del que quizá fuera su propio ataúd.

«Christian…».

Continuaba inmóvil a pesar de que su herida había

dejado de sangrar.

—Iré al ferri y trataré de conseguir ayuda. Después volveré a por ti.

Se asomó por el borde de la fosa y, cuando estuvo segura de que no había nadie a la vista, echó a correr. La niebla la engulló enseguida, y ya no pudo ver el lugar que dejaba atrás. Al poco tiempo, la cicatriz del abdomen la obligó a bajar el ritmo de la carrera, hasta convertirla en un suave trote, y algo más tarde, se vio forzada a detenerse. Para entonces, jadeaba con fuerza. Trataba así de recuperar el resuello y no pensar en el dolor.

«Sigue, sigue...».

Retomó su marcha hacia el embarcadero, aunque con la certeza de que no aguantaría mucho más.

La segunda vez que se detuvo, Marian supo que se había extraviado, sobre todo, porque el edificio que estaba frente a ella no le resultaba conocido ni había pasado por delante de él a la ida.

«Regresa a la fosa y vuelve a empezar».

Sin embargo, volvió a detenerse nada más comenzar a trotar, cuando divisó a alguien caminando hacia ella con un arma en la mano.

—No es posible —murmuró.

El corazón le dio un vuelco cuando creyó saber quién era.

—¡Tú ya has muerto, ya has muerto! ¡No puedes estar aquí!

Sus gritos de estupor provocaron que le disparase. No obstante, como Marian era un blanco en movimiento, la puntería no fue muy certera y el proyectil pasó de largo.

«¡Acelera!».

El trote se transformó en una carrera, y tras otros minutos de sufrimiento y agonía, alcanzó su destino en un momento en el que la visibilidad se había reducido todavía más.

En la fosa todo continuaba igual, y ni siquiera daba la impresión de que hubiesen retornado los tres hombres que habían pasado antes por allí.

«¿Y ahora qué hago? No puedo plantarle cara. No con un único cartucho».

Sus divagaciones se vieron interrumpidas por otro disparo, realizado por el fantasma que tanto la había atemorizado, y que, por fortuna, tampoco hizo blanco.

—Valentina…—musitó mientras la veía aproximarse cojeando.

Marian saltó al interior de la fosa y reptó hasta ocultarse entre el ataúd vacío y el de… Allí sacó su arma y se aprestó a una defensa desesperada.

—¡Tienes un arma! —gritó Valentina, asomándose a la fosa—. Me sorprende que hayas llegado hasta aquí con ella, pero la conozco y sé que solo admite un cartucho.

En un rápido movimiento, Marian apuntó y disparó contra Valentina. El ligero proyectil de plástico cruzó la distancia que los separaba, aminorando su velocidad más de lo normal por culpa de la elevada humedad. Por último, impactó en el grueso abrigo de Valentina y lo atravesó. Sin embargo, no llegó a penetrar en su cuerpo porque ya había agotado su escasa energía cinética. A pesar de ello, Valentina se tambaleó y estuvo a punto de caer al suelo. También chilló y se llevó la mano al pecho, al lugar donde Marian había hecho blanco. Luego volvió a encañonarla con su pistola.

—He perdido la posibilidad de hacerme con una fortuna, y además ahora me toca desaparecer —La miró con odio—, pero antes me aseguraré de que no queda nadie con vida que pueda reconocerme con facilidad.

—Solo podrás disparar una vez más con esa Beretta —le gritó con rabia el recluso.

Valentina miró a su alrededor. Los presos que había atemorizado con sus disparos, compañeros de prisión de los que había asesinado junto con los guardias que los custodiaban, la tenían rodeada y buscaban venganza. Antes de que pudiera reaccionar, alguien la golpeó en la cabeza. Cayó al suelo. Luego otro golpe. Y otro. Quedó tumbada boca arriba, y en esa postura, el grupo de reclusos continuó atizándole con los largos mangos de picos y palas, con fuerza, con saña. La belleza de su rostro fue desapareciendo a medida que surgían las heridas, y cuando su cara comenzó a sangrar, su piel dejó de ser blanca y lisa como el marfil.

Por un instante, a Marian le pareció que pedía socorro, que le suplicaba que la ayudase. Eso le provocó todo tipo de dudas. ¿Era merecedora de ese auxilio? ¿Por otra parte, podía ella realmente socorrerla? Sin embargo, su duda se desvaneció cuando su rostro se deformó hasta el punto de volverse irreconocible. En ese momento, comprendió que debía intervenir, que era un agente de policía y estaba obligada a ello, pero no lo hizo y permaneció inmóvil, observando cómo se desahogaban los presidiarios.

Y así, la vida de aquella seductora mujer se extinguió para siempre.

Dos días después

El cadáver carbonizado de Kayden Fox fue exhumado de la fosa común en la que yacía, en la isla de Hart, bajo el nombre de Valentina Irinova, y quedó a cargo de las autoridades locales de Clinton, *Missouri*. Estas se comprometieron a ocuparse de él para darle la despedida que se merecía una de sus hijas, de la que todos recordaban su carácter extraño, pero también su dulzura y entrega para con todos aquellos en los que confiaba.

Esta vez, sí. Valentina Irinova fue enterrada en el camposanto de la isla de Hart. Las copias del certificado de enterramiento se adhirieron a la parte superior, a los laterales y por el interior del ataúd. En ellas se detallaban la fecha del permiso, número de fosa y sección, así como la edad de la fallecida (estimada), fecha del fallecimiento, lugar del deceso y su causa. Los documentos iban firmados por el médico forense y estaban químicamente tratados para durar un mínimo de veinticinco años. En cuanto a las casillas de los formularios correspondientes a nombre y apellido, se rellenaron con un triste «desconocido», una práctica frecuente en aquel lugar.

Tal decisión tenía su origen en una nueva petición del Departamento de Policía a sus homólogos de Moscú para que comprobasen la veracidad de su pasado. Así, en cumplimiento de la solicitud, la Policía moscovita había registrado un domicilio en el degradado sudeste industrial de la ciudad, en Výjino, cuya titular se llamaba Valentina

Irinova. En el garaje de la casa, se encontró un contenedor metálico con un cuerpo calcinado en su interior. El forense concluyó que se trataba de una mujer joven, de unos veinte años de edad, que había sido quemada viva haría unos seis meses. Como consecuencia de ese horrible descubrimiento, se trató de determinar si existía algún parentesco entre la familia Lébedev y la chica de los ojos verdes mediante el análisis de las secuencias genéticas de todos ellos. Sin embargo, el resultado no pudo ser más desalentador, y la creencia general fue que probablemente jamás se supiera quién era en realidad la mujer enterrada en la isla de Hart.

Por otra parte, en su demencia, Mijaíl Lébedev no facilitó pista alguna acerca de la identidad de la chica de los ojos verdes, a cuyo entierro no asistió nadie más que los presidiarios que se encargaron de ello. En él no hubo rezos ni ceremonias, por estar prohibidos desde 1950, pero meses después, alguien depositó sobre su fosa común una flor, una escasa y valiosa *Paphio rothchildianum*. Era un hecho particularmente extraño, ya que las visitas a la isla estaban prohibidas, y por lo tanto, debía solicitarse una autorización especial para acceder a ella. No obstante, conseguirla requería contactar con la Policía de Nueva York, la Oficina del Jefe Médico Forense y el Departamento Correccional; un laberinto burocrático que lo hacía casi imposible.

2011

Por su capacidad para idear tramas y fugas complejas, se había decidido recluir a Mijaíl Lébedev en completo aislamiento. Para impedirlo, su abogado alegó enajenación mental, aportando como pruebas su pseudodemencia depresiva y un intento de suicidio, evitado gracias a la rápida intervención de los enfermeros. Con su alegato, también pretendía evitar que se destinara a su cliente al Mid-State Correctional Facility, donde estaría sometido a un estricto régimen disciplinario y le asignarían una celda del bloque S, el único de máxima seguridad de todo el centro.

No obstante, un caso mediático obligaba a los políticos y la fiscalía a no hacer concesiones de ningún tipo. Por consiguiente, se consideró que el psiquiátrico penitenciario solicitado por el abogado de Lébedev no era lo adecuado y costaría demasiados votos.

De esta manera, y por el resto de su vida, una pequeña celda sería todo su universo durante veintitrés horas diarias. Tan solo quedaría autorizado para salir al exterior una hora al día, lo que no dejaba de ser una especie de broma de mal gusto porque el reducido espacio en el que tomaría el aire y haría ejercicio era del mismo tamaño que la celda y estaba revestido con un sólida valla metálica.

Pablo Palazuelo

Primavera

—Los Yevdokímov... Finalmente, el misterio se ha resuelto. Hemos averiguado que el irregular contrato de trabajo que les franqueó el acceso a Estados Unidos fue consecuencia de un soborno de Mijaíl Lébedev a Asgeir Olsen Jakobselv para que les ofreciera un empleo en su pescadería, y que, de este modo, pudieran entrar de manera legal en el país. La finalidad era tener aquí a dos inmigrantes sin familia ni arraigo social, y que nadie echara en falta en caso de desaparición. Así, una vez finalizada la venganza, Mijaíl ocuparía el lugar del abuelo y su vástago tomaría el del nieto. Por supuesto, primero había que asesinarlos y, para ello, los tuvieron siempre controlados, con los inevitables contratiempos originados por el irascible y violento Pável, quien los mató y quemó, abandonando sus cuerpos calcinados en un sótano de la nave en la que te encontramos. Ahora nos queda por averiguar si, de alguna forma, la muerte del propietario de la pescadería fue «provocada» con un «accidente», aprovechando su avanzada edad.

Marian llevaba diez minutos escuchando las explicaciones de Christian, en el despacho del RAM.

—¿Cuántas reuniones llevamos ya? ¿Seis? Siento molestarte tanto, pero siempre surgen nuevos puntos sobre los que necesitamos echar luz. Ahora bien, creo que con lo que hemos hablado hoy, podré dar por finalizados los interrogatorios.

Pasó la página de su bloc de notas.

—Hemos sabido que los integrantes del viejo grupo

de Tommy, el *Gallo* que asaltaste en el gimnasio continuaban con la inmigración ilegal y la trata de blancas y habían comenzado a fabricar armas de plástico. También, que no guardaban relación alguna con nuestra investigación, salvo que compartían gimnasio con Pável. Por cierto, el gimnasio funcionaba como tal, pero mantenían ocultas en su sótano a las chicas que secuestraban hasta que las reenviaban a diferentes prostíbulos, repartidos por el país.

—Tengo una pregunta: ¿cuánta gente está ahora al corriente de ciertos detalles económicos?

—La lista es muy larga.

—¿Qué piensan hacer? Esos «detalles» no deben salir a la luz. Desaparecería todo el bien que ese dinero hace.

El agente se encogió de hombros.

—Quizá lo tapen.

—¿Qué hay de la prensa? Puede ser un problema.

—No. Para ella, Travis murió en un accidente de circulación, Louis de un paro cardíaco, Johann por su acto heroico y Harry tras ser asaltado por un delincuente sin identificar y caer al canal Gowanus cuando estudiaba un proyecto benéfico de limpieza de sus aguas. En lo que se refiere a Nick y los otros asesinatos, ya tiene a su culpable: Mijaíl Lébedev, quién entró de manera ilegal en Estados Unidos, a fin de crear una organización criminal, no dudando, para ello, en asesinar a cuantos fueran necesarios y, de paso, eliminar a un viejo enemigo de la Guerra Fría. Y en cuanto a Valentina, principal cómplice de Lébedev junto con Pável, basta como explicación su deseo de venganza, por el cual quiso asesinarnos a los dos en la isla tras nuestros éxitos previos. Por cierto, una venganza audaz, brillante.

—¿La admiras?

—Claro.

—¿Estás mal de la cabeza o es que no te has llevado suficientes golpes en ella por culpa de esa mujer?

Christian se tocó la cicatriz de la cabeza a modo de acuse de recibo de la indirecta.

—No pienses mal. No admiro su moral, sino su inteligencia. Buena prueba es el plan que casi hace que me mates. Era tan sencillo como genial, y para ponerlo en marcha, le bastó con unos ruidos en tu piso, un taxi y una falsa colonia. Luego, de madrugada, tras llegar en barca a la isla, esperó el cambio de turno de los presos que realizan trabajos en el camposanto y entonces aprovechó que la fosa común quedó sin vigilancia para vaciar uno de los ataúdes, llegados esa mañana y pendientes de enterrar. Le arrancó cualquier documento que lo identificase y escondió el cadáver que contenía entre unos arbustos cercanos. Lo hizo no solo para asustarte, sino también porque sabía que los guardias del siguiente turno lo verían antes que nosotros y que volverían al ferri con sus reclusos para abandonar la isla y dar parte de ello, empujados por el peligro que supone enfrentarse a semejante incertidumbre a la vez que se encuentran a cargo de un elevado número de presos. Sin embargo, hubo un fallo, provocado por no ser capaz de marcharse sin saber si su plan tenía éxito. Una curiosidad que la hizo esperar escondida para ver si nos matábamos entre nosotros y que, cuando comprendió que quizá no sucediera, la obligó a intervenir, provocando un desenlace que no se esperaba: que el grupo de guardias y convictos se cruzase fortuitamente con ella y se desatara un tiroteo, en el que mató a los agentes y alguno de los presos. No obstante, quedaron varios reclusos con vida y, un rato después, estos supervivientes le pagaron con la misma moneda, asesinándola sin miramientos.

—¿Qué les ocurrirá por ello?

—A saber. El Departamento ha intercedido en su nombre frente al juez porque, si bien es cierto que han asesinado a Valentina, nos salvaron a nosotros.

—¿Y qué hay de Lébedev? Ese sí que puede hablar. Y mucho.

—Nadie le creerá. Está como una cabra. Prueba de ello es que intentó envenenarse con el líquido refrigerante del aparato de aire acondicionado de la enfermería, aunque fue muy lento debido a su deficiente visión, y los enfermeros consiguieron impedir que ingiriera una cantidad suficiente como para lograr su objetivo. Ahora bien, se causó lesiones de gravedad en el aparato digestivo y ahora apenas come. En cuanto a esa ceguera que, contra su voluntad, le ha salvado la vida, tiene su origen en las palizas que recibió durante los interrogatorios del KGB. Fueron tan brutales que le destrozaron los riñones, por lo que, para aguantar las infecciones e inflamaciones, tuvo que tomar dosis masivas de corticoesteroides durante muchos años, y con el paso del tiempo, estos le produjeron cataratas y le otorgaron ese extraño color gris al cristalino de sus ojos.

—Es un pasado terrible.

—En fin, que ahora Lébedev, con el alma podrida, se marchitará rápidamente hasta morir.

Christian miró abstraído el montón de papeles.

—¿Por qué no intentó matarme la chica?

Jugueteó con la placa que acreditaba su ascenso y su nuevo cargo.

—Tal vez se sintiera atraída por mí.

—O tal vez prefirió que lo hiciera yo. En cualquier caso, es mejor que no te engañes y te centres en lo que ya tienes para que no vuelvas a equivocarte.

El comentario no lo molestó. Seguía interesado en Marian y le alegraba la oportunidad que le brindaba de continuar juntos; esta vez, como una pareja formal. A pesar de ello, no pudo reprimir una réplica:

—Nunca me lie con ella.

—Pues sabía mucho de ti. Incluso, de detalles personales, como la de tu manía con los objetos de aseo.

—Lo sé, lo sé. Es más, se lo dije yo. Fue cuando la llevé a su apartamento. En el trayecto teníamos que hablar de algo, y ella aprovechó para preguntarme por todo tipo de cuestiones. Eso sí, con bastante disimulo. Ahora, a toro pasado, sé que era para conocerme mejor y poder manipularnos si lo necesitaba. De hecho, lo hizo con la isoparafina.

—Dios mío, pensar que casi te mato por una «colonia».

—Olvídalo, y sigamos con lo que importa, con ella. Algún día investigaré quién era en realidad, pero será por mi cuenta porque mi futuro en el Departamento no es muy halagüeño.

—¿Por qué lo dices?

—Por Samuel Glenn. No me extrañaría que me expulsaran por su culpa. Frente a ese perro, los méritos por este caso no servirán de nada. Ahora bien, antes dejará que se enfríe el recuerdo de nuestros éxitos y entonces hará que me den la patada en el culo. Será su fría venganza por lo de su hija.

Le desagradaba la idea de abandonar el Departamento, pero parecía inevitable y no tenía cómo luchar contra ello.

—En fin, prosigamos con el informe. Hemos concluido que los restos biológicos de mujer recogidos por Nikolái en la basura de la chica, igual que los encontrados en el cadáver de Louis Prior, no pertenecían a Valentina Irinova, sino a la auténtica Kayden Fox, cuyo cuerpo hallamos carbonizado en el Michigan. Es de suponer que los obtuvieron de ella mediante algún subterfugio, con el único fin de engañarnos. A todo esto, en el edificio disponían de otra vivienda, alquilada para su uso a modo de piso franco. Desde allí prepararon el incendio y en ella retenían secuestrada a la verdadera Kayden, que, como ya sabemos, resultó calcinada. La intención, al quemarla, claro está, era asegurarse de que no hubiera forma alguna de realizar su identificación visual y así hacernos creer que se trataba de Valentina. Por otro lado, debo presumir que el humo y el fuego impidieron a la verdadera Valentina cerciorarse de que Kayden era pasto de las llamas y por ese motivo la dejó atrás, confiando después en que el incendio terminaría su trabajo.

El recuerdo del engaño sufrido hizo aflorar un sentimiento de resquemor, que apartó con rapidez.

—Por otra parte, el Michigan es un edificio que, por su diseño y construcción, tenía que arder despacio, lo que le daría tiempo para huir por el ascensor a pesar del riesgo que conllevaba. En cualquier caso, era mejor opción que bajar herida por las escaleras, esquivando el foco del incendio, ubicado tres plantas más abajo. También imagino que antes de abandonar el edificio, cargó de nuevo el revólver de Nick y disparó contra la pierna de Kayden. De ese modo, engañaría a cualquier investigador que tuviera conocimiento de la herida por medio de algún testigo imprevisto. En relación a este punto, no me ha quedado claro dónde obtuvo la munición, aunque, tal vez, si habían investigado a Nick, supieran que poseía un arma de ese calibre y previamente hubiesen adquirido cartuchos para ese revólver.

De un rápido vistazo, examinó a su compañera para cerciorarse de que aún le escuchaba.

—Para concluir, quiero decir que Pável, el encargado de eliminar todo tipo de testigos y obstáculos en el camino de Valentina, tuvo una idea, tan estúpida como propia de su brutal forma de ser, para librarla del revólver de Nikolái: incendiar el edificio antes de lo previsto. También aprovecharía el caos que provocó para ir al piso franco, coger a Kayden y llevarla hasta la escalera. Allí la mutilaría para consumar el engaño a Nikolái, y de esa forma, si Nick conseguía escapar, contaría lo que creyó ver: que Valentina había muerto. Aun así, y a pesar de acabar con la vida de Pável, tu amigo no se libró de morir porque Valentina lo asesinó a continuación.

Soltó un bufido, impresionado por lo retorcido y sofisticado del plan.

—Imagino que lo tendrían todo muy bien preparado, pero también que se les complicaron las cosas cuando Nick les sorprendió con su revólver, a pesar de conocer su existencia. Entonces tuvieron que improvisar, con los consiguientes errores que provocaron el fallecimiento de Pável.

Recogió los documentos y los colocó en el interior de un archivador.

—En definitiva, esa chica, el fantasma al que disparaste toda una salva en el Triángulo de Hierro, era una peligrosa embaucadora, que asesinó incluso al Sr. Hooper. Era tan carismática como desequilibrada, pero, a pesar de ello y de tratarse del brazo ejecutor de Mijaíl Lébedev, creo que no dejaba de ser una contratada más, otro peón en el juego de la venganza desatado por él y que, como la actriz que, en apariencia, quiso ser, interpretó el papel de su vida. Con esa idea en mente, a veces me pregunto si de verdad importa quién era en realidad.

—No estoy de acuerdo contigo en parte de lo que has dicho.

—¿Por qué no?

—Ser la única que se libra de la policía, dirigir el grupo de Lébedev con tanta eficiencia, hacernos creer que había fallecido… Hay que tener un talento muy especial para conseguir todo eso.

—¿Y?

—Que quizá fuera una contratada más, pero seguro que solo lo fue al inicio de las operaciones y que, con el tiempo, se hizo con el control de la banda.

Marian se frotó los ojos para aliviar su irritación. Aun así, su aspecto continuó siendo el de alguien que lleva mucho tiempo durmiendo mal.

—No tienes buena cara —comentó él—. Aprovecha que has dejado la Policía para quedarte en casa y descansar.

La causa del agotamiento estribaba en la tensión soportada durante varios meses por la investigación de los asesinatos del gimnasio Atlantic. Evidentemente, existía alguna correlación entre ellos y la muerte de *Boston* Pet Anderson en el Triángulo de Hierro, lo cual implicaba de manera muy comprometedora a la heroína del momento. No obstante, la temeraria orden que había dado el sargento Winget a su francotirador, el agente Grayson, y que a Marian le había costado su mano derecha, ponía en entredicho la actuación del Departamento de Policía; un problema de imagen que, de alguna manera, había que solventar.

La decisión final, ideada por Samuel Glenn, secretario de Prensa del Departamento, que permitió resolver los dos problemas de manera simultánea, fue la de realizar una investigación «superficial» de ambos hechos.

En consecuencia, se «concluyó» que *Little* Mike y James *Biff* Ellison fueron víctimas de un asalto al gimnasio por miembros de una banda rival de identidad desconocida. Por otra parte, se «dictaminó» que un disparo realizado por la chica de los ojos verdes antes de huir del Triángulo de Hierro, con un arma no localizada y del mismo tipo que las utilizadas por los tiradores del equipo ESU-SWAT, fue la que amputó la extremidad de Marian Bennett. De esta manera, los trapos sucios no saldrían a la luz y ambas partes ganaban con ello.

Curiosamente, el ocultamiento de la verdad también tuvo como beneficiario a Mijaíl Lébedev aunque no fuera consciente de ello debido a su pseudodemencia depresiva.

La causa estaba en que su condena se centró solo en los delitos relacionados con el secuestro y asesinato de los Yevdokímov y Kayden Fox; esta última, como parte de un plan para vengarse por determinados acontecimientos acaecidos durante la guerra fría, pero sin referencia alguna al dinero. De ese modo, no se le imputaron cargos relacionados con las muertes de cuatro de los cinco jugadores de *poker*. Algo que, por otro lado, apenas restó brillantez a los logros de Marian, ya que había descabezado al grupo criminal encabezado por él, arriesgando su vida en el empeño.

Sin embargo, la enorme tensión que se había visto obligada a soportar tuvo otra consecuencia: la de abandonar su prometedora carrera en el Departamento de Policía. Una decisión tomada con el fin de disfrutar del tan necesario descanso, pero tras haber sido «sugerida» por Samuel Glenn.

—¿Te ocurre algo? —preguntó Christian, preocupado por el largo silencio de su pareja.

Sus palabras la apartaron de sus recuerdos.

—Lo sé, lo sé. Debo descansar —repuso nerviosa, retomando la conversación donde se había quedado—, pero antes debo cumplir una promesa que le hice a Harry en su lecho de muerte.

Calor. Color. Por fin, el sol. Todo lo iluminaba, calentándolo con sus rayos, resaltando su colorido. Era de agradecer después de las semanas tristes y grises del invierno y del caso de los turistas.

Marian continuaba su travesía en moto por las grandes extensiones de Dakota del Norte y las infinitas rectas de la Ruta 94 bajo un magnífico sol primaveral. Lo hacía en una Indian Chief Vintage, de colores crema y rojo, que se había comportado como era de esperar y le había ofrecido una suave cabalgada a lo largo de la arteria que recorría el norte de Estados Unidos.

Llevaba un casco de tres cuartos, de color negro, y gafas de sol. La ropa, de cuero marrón oscuro, ocultaba las heridas de las que no se había repuesto del todo; en especial, la media mano perdida, cuya ausencia dificultaba la conducción a pesar de la prótesis que portaba en su lugar.

El resto de sus pertenencias viajaba en bolsas de cuero, colgadas junto al basculante. En ellas guardaba también una pequeña urna cilíndrica de metal, que contenía las cenizas de su viejo amigo y mentor.

Al llegar a Richardton, se detuvo en la sencilla gasolinera de la avenida 88. Se bajó de su montura para estirar las piernas, caminó unos pocos pasos alrededor de la moto y pensó en Livia. Con Christian estaría en buenas manos, al menos, hasta que volviera con él, para vivir juntos y, quizá, formar por fin la tan deseada familia; una como la que habían anhelado sus cinco amigos, desaparecidos sin ver cumplido su sueño, que le otorgase a ella la estabilidad desde la que recuperarse de tan dolorosa pérdida y que a la vez le sirviera para reforzar el vínculo que con tanta fuerza la unía a Christian.

«Una familia...», suspiró.

Pensó en ello hasta que se le aproximó el empleado de la gasolinera.

—¿Se la lleno?

—Sí, por favor.

El hombre sacó la manguera del surtidor y la introdujo en el depósito de la motocicleta. Mientras tanto, ella procedió a ajustarse los auriculares de su reproductor MP3.

—¿Qué escucha?

—*The House of the Rising Sun.*

—Bonita canción para la carretera. ¿Adónde se

dirige?

—Hacia el oeste, hacia el río Sin Retorno.

—Parece el lugar perfecto del que no volver jamás.

Nunca es tarde para morir

Nunca es tarde para morir

Segunda edición

Noviembre 2016